Dacia
YRICUM
Moesia Superior
almatia
Moesia Inferior
Pontus Euxinus
Dardania
Thracia
Bithynia et Pontus
Armenia
Macedonia
Galatia
Thessalia
Cappadocia
Epirus
Mysia
Mesopotamia
Asia
Lydia
Mare Ionium
Achaia
Caria
Lycia
Cilicia
Syria
Phoenicia
Cyprus
TERNUM
Creta
Judaea
Arabia
Cyrene
Aegyptus

Siegfried Obermeier · Caligula

Siegfried Obermeier

Caligula

Der grausame Gott

Roman

edition meyster

3. Auflage 1993

Umschlaggestaltung: Atelier Höpfner-Thoma, München
Umschlagmotiv: Fresko von Giulio Romano,
Archiv für Kunst und Geschichte, Berlin
Produktion: VerlagsService Dr. Helmut Neuberger
und Karl Schaumann GmbH, Heimstetten
Satz: Cicero Lasersatz GmbH, Augsburg
Gesetzt aus der 10/12 Punkt Palatino
Druck und Binden: Ebner Ulm
Printed in Germany
ISBN 3-485-08226-0

Praefatio

Eine Stunde nach Mitternacht braute sich über den Sabinerbergen ein Gewitter zusammen. Die letzten Septembertage waren ungewöhnlich heiß gewesen und lasteten auf Rom wie ein glühendes Dach. In dieser Nacht aber fegte ein Wind vom Adriatischen Meer übers Land, trieb regenschwere Wolken zusammen, die nun an den Bergen hängenblieben, bis heftige Sturmböen sie ins Tibertal jagten. Das ferne Grollen näherte sich, die Blitze beleckten mit feurigen Zungen den Mons Pincius, der Donner krachte ohrenbetäubend.

Der Kaiser erwachte jäh. Er hatte erst um Mitternacht ins Bett gefunden, war betrunken eingeschlafen, doch jetzt, beim grellen Schein der Blitze und dem Donnergepolter war er sofort hellwach. Gegen seine Gewitterfurcht war er machtlos, da konnte er sich zehnmal sagen, daß er hier in seinem Palast auf dem Palatinus sicher sei wie im Olymp und selbst wenn der Blitz ins Dach fuhr, gab es ringsum genügend Tempel und Paläste, wohin er sich hätte flüchten können.

Er hatte sich aufgerichtet und klammerte sich zitternd an die seidene Bettdecke.

»Wache!« kreischte er mit sich überschlagender Stimme.

Die Tür flog auf und zwei Prätorianer salutierten.

»Wollte nur sehen, ob ihr vor dem Unwetter weggelaufen seid«, versuchte der Kaiser zu scherzen.

»Aber Imperator . . .«

»Ist ja gut! Raus mit euch!«

Das waren die einzigen, denen er noch traute. Er fühlte geradezu, wie sich in den Kreisen des Senats die Verschwörungen zusammenbrauten, spürte den Haß, der ihn umgab, durch das speichelleckerische Gebaren, mit dem sie ihm begegneten. Lemu-

ren! Masken, hinter denen der Mord lauerte. Zu Dutzenden hatte er sie hinrichten lassen, hatte Verschwörungen im Keim erstickt, hatte foltern und töten lassen, hatte die Steinbrüche mit ihnen bevölkert, doch sie wuchsen nach wie die Köpfe der Hydra. Was sollte er nur tun? Und er dachte wie so oft: Hätte Rom nur einen einzigen Hals, er würde nicht zögern, ihn durchhauen zu lassen. Aber in diesem Rom, dieser faulen stinkenden Frucht am Baum des Reichs gab es viele Hälse, viele Köpfe – Köpfe, in denen er oft – mit Hilfe der Götter – die finsteren Gedanken lesen konnte, die allesamt nur darauf gerichtet waren, ihn zu vernichten, ihn, den göttlichen Augustus und Imperator Gaius Julius Caesar Germanicus, den Zwilling Jupiters, den Herrn der Welt, den sie respektlos, aber aus alter Gewohnheit Caligula nannten – das Stiefelchen. Und er ließ es geschehen, denn die Zeit, da dieser Kosename entstanden war, hielt er für seine glücklichste. In den langen Nächten, wenn der Schlaf vor ihm floh wie vor einem Aussätzigen, versuchte er sich mit Bildern aus der Vergangenheit zu trösten und zu beruhigen. Niemand konnte ihm diese Erinnerungen nehmen, sie waren sein köstlichster Schatz, eine warme behagliche Höhle, in die er sich zurückzog, in der er sich für wenige Stunden geborgen und sicher fühlte.
Ah, jetzt setzte der Regen ein und das Gewitter begann sich zu entfernen. Er ließ sich in die Kissen zurücksinken und sofort tauchten die vertrauten Bilder aus der Vergangenheit auf. Sie reichten lange zurück, bis in sein drittes Lebensjahr. Da war sein Vater Germanicus als Oberbefehlshaber in Germanien gewesen und hatte in zwei Schlachten den Cheruskerfürsten Arminius besiegt, hatte die Ehre der römischen Waffen wieder hergestellt. Und er, der Dreijährige war mit dabei gewesen, er und seine Geschwister. Da hatte es sich irgendwann ergeben, daß der kleine Gaius auch solche Stiefel wollte, wie sie die römischen Offiziere trugen und der Vater – immer zum Scherzen aufgelegt – ließ ihm welche anfertigen. Die sahen genauso aus, wie die Stiefel der Legaten und Tribunen, doch sie waren winzig – gerade richtig für einen Dreijährigen. Da lachten die Legionäre, wenn er durchs Feldlager marschierte, mit seinen herrlichen kostbaren Stiefeln hin- und herstapfte, damit sie es ja nur alle sehen konnten.

»Schaut, da kommt unser Stiefelchen«, riefen die Soldaten, »das ist schon ein richtiger kleiner Legionär!«
Der Vater ließ ihn gewähren, denn er war stolz auf diesen Sohn, in dem er schon den künftigen Heerführer sah.
Caligula lächelte und dachte: ich habe dich nicht enttäuscht, mein Vater, denn nicht nur Heerführer bin ich geworden, sondern Kaiser. Ja, Kaiser und Gott, Zuchtrute der Senatoren, allmächtig, unsterblich, einmalig, begnadet...
Jetzt hielt es ihn nicht mehr im Bett. Wie so oft, hatten ihn die Gedanken an seine Göttlichkeit froh und heiter gemacht, ihn zu irgendwelchen Taten beflügelt. Und jetzt wollte er tanzen – vor Freude tanzen. Er sprang aus dem Bett und klatschte. Sofort kamen die Prätorianer herein, doch er befahl:
»Nicht euch brauche ich jetzt. Weckt die Musiker! Ich will Flöten und Trommeln haben!«
Und er brauchte ein Publikum! Sein vorzügliches Gedächtnis hatte viele Namen gespeichert und gleich fielen ihm drei Männer ein – ehemalige Konsuln – die seinen Tanz immer mit besonderem Beifall bedacht hatten. Er befahl, sie zu holen. Unterdessen kleidete er sich in aller Eile an, mit Tunica und orientalischem Fransenmantel, auch die mit Glöckchen besetzten Fußklappern legte er an. Die verschlafenen Musiker blickten erstaunt, doch Caligula fuhr sie an: »Glotzt nicht wie geköpfte Hühner! Spielt auf zum ägyptischen Tempeltanz, ihr wißt schon, was ich meine.«
Er intonisierte den Takt und lief voraus in den Audienzsaal. Dort begann er zu proben, hüpfte herum, stampfte mit den nackten Füßen, um die Glöckchen laut klingen zu lassen. Ja, das war es! Er fand den richtigen Takt und freute sich. Ein wahrer Göttertanz! Jetzt erschienen auch die drei Patrizier, übernächtig und zitternd vor Angst. Caligula ließ für sie Sessel aufstellen, gab den Musikern ein Zeichen und begann zu tanzen, hingegeben zum Ton der Flöten und der Trommeln. Links herum, rechts herum, schnelle Drehung, zwei Takte ausgesetzt, die Arme erhoben und wieder von vorne, bis ihm der Atem stockte und er stehenblieb. Die Patrizier klatschten.
»Ein göttlicher Tanz, Imperator! Ergebenen Dank, daß du uns daran teilnehmen ließest – ein Genuß, den man sich häufiger wünschte.«

Der göttliche Kaiser verharrte in Schweigen und schweigend tanzte er davon. Die drei Männer atmeten auf. Diesmal hatten sie die kaiserliche Laune überlebt...

Zufrieden und herrlich müde stieg Caligula wieder in sein Bett. Sein Onkel und Adoptivvater, der verewigte Kaiser Tiberius hatte ihn wohl unterschätzt. Er, Caligula, hatte es nicht nötig, sich auf einer Insel zu verstecken, er blieb hier in Rom und trotzte ihnen allen, denn er las ihre Gedanken, er verkehrte mit den Göttern als ein Gleicher und er würde ewig leben – ewig, ewig, ewig.

Von dieser Nacht an hatte Kaiser Caligula noch drei Monate und sechsundzwanzig Tage zu leben.

I

Cassius Chaerea stammte aus der Gegend von Praeneste, der durch ihren Fortuna-Tempel weithin berühmten Stadt. Seine Eltern waren Pachtbauern und gehörten zur Clientel des Großgrundbesitzers Cassius Babulus, dessen Namen sie – wie üblich – dem ihren hinzugefügt hatten. Chaerea konnte sich erinnern, wie sein Vater sagte: »Das ist gewiß eine Ehre, aber auch eine Last. Zwar sind wir freie Menschen und römische Bürger, aber im Grund führen wir ein Sklavendasein. Uns bliebe nur eine Wahl: wir geben den Pachthof auf, gehen nach Rom, schlagen uns zur Plebs und lassen uns vom Kaiser ernähren. Da gehöre ich schon lieber zur Gefolgschaft des Babulus, auch wenn wir uns für diesen – diesen Herrn den Rücken krumm arbeiten.«

Chaerea war damals etwa fünfzehn Jahre alt und machte sich seine Gedanken. Er war der Zweitgeborene und wußte nicht recht, was er wollte. Eines aber war sicher: er wollte kein Pachtbauer werden und sich an einen Boden binden, der einem anderen gehörte. Da hatte sein Vater schon recht, denn das hieß frei und doch ein Sklave sein. Außerdem stand es seinem älteren Bruder zu, den Hof zu übernehmen.

»Da bleibt dir nur eines«, riet ihm der Vater, »du gehst zur Truppe. Leute unseres Standes bringen es zwar in der Regel nur bis zum Centurio, aber das ist schließlich auch etwas. Als Veteran kriegst du ein Stück Land, kannst dir ein paar Sklaven kaufen und bist dein eigener Herr.«

»Wenn's überhaupt dazu kommt...«

»Freilich mußt du auch Glück haben. Zu allem braucht man Glück. Aber schließlich bist du im Bannkreis der Göttin Fortuna geboren. Ehe du dich in Rom einschreiben läßt, pilgerst du nach Praeneste und bringst der Göttin ein Opfer dar.«

Chaerea folgte dem Rat seines Vaters, und bisher war ihm die Glücksgöttin sehr gnädig gesinnt. Mit knapp zwanzig war er schon Centurio und hatte die besten Aussichten, noch höher zu steigen. Das kam so.

Nach dem Tod des Kaisers Augustus brach bei den rheinischen Legionen eine Meuterei aus. Inzwischen war bekannt geworden, daß Tiberius, der Adoptivsohn des großen Augustus, die Nachfolge antreten würde, doch die Legionäre waren der Meinung, ihr geliebter Germanicus, zur Zeit Oberbefehlshaber der rheinischen Legionen, wäre dafür weitaus geeigneter. Sie meinten es gut, die braven und einfältigen Burschen, und ihre Vorgesetzten wußten das. Doch das wichtigste im Heer war die Wahrung der Disziplin und dagegen hatte alles andere zurückzustehen. Wer aber hatte die Ordnung wiederherzustellen? Das blieb – wie alles Unangenehme – an den Centurionen hängen, und sie waren auch zunächst die Zielscheibe der Meuterei. Die Soldaten rotteten sich bei Morgengrauen zusammen und stürzten mit gezückten Schwertern auf die Centurionenzelte los.

Chaerea hatte das kommen sehen und trat ihnen gepanzert und gerüstet entgegen. Seine hohe athletische Gestalt wirkte einschüchternd, aber die Leute waren wie von Sinnen und fielen ihn an wie ein Rudel Wölfe. Mit wuchtigen Schwertstreichen tötete er einen und verwundete etliche andere, ehe er sich losreißen konnte. Er diente damals bei der XXI. Legion und die hatte, wie man später feststellte, einundfünfzig von ihren sechzig Centurionen verloren. Die wütende Meute hieb sie in Stücke und warf die verstümmelten Körper in den Rhein. Chaerea schlug sich zum Zelt des Tribunen durch, dessen syrische Leibwache loyal blieb. Dort erstattete er Bericht und wurde gleich an Ort und Stelle für seinen Mut belobigt.

Es dauerte noch mehrere Tage, bis sich die Lage beruhigt hatte. Ein Dutzend der Anführer wurde unverzüglich hingerichtet und damit war die Meuterei beendet, aber der Wunsch der Truppe, ihren Germanicus als Kaiser zu sehen, blieb weiterhin bestehen. Die Soldaten sandten eine Abordnung zum Feldherrn und bestürmten ihn, Tiberius zu stürzen und selber den Thron zu besteigen. Germanicus aber blieb fest. Er hätte mit Hilfe der rheinischen Legionen nach Rom marschieren und dort die Herrschaft übernehmen können, doch der göttliche Augustus hatte bestimmt, daß er erst nach dem Tod des Tiberius – der ihn adoptiert hatte – für eine Nachfolge vorgesehen sei. Und daran hielt er sich. Das änderte aber wenig an seiner Beliebtheit, denn die Legionäre rechneten ihm seine Treue hoch an, obwohl er damit ihren Absichten entgegentrat. Das war für manchen Nichtsoldaten schwer zu verstehen, aber der Begriff Fides (Treue) nahm bei der Truppe den höchsten Rang ein und wurde deshalb auch als Göttin personifiziert und verehrt. Cassius Chaerea jedenfalls verstand es und hätte sich für Germanicus eine Hand abschlagen lassen.

Einige Wochen nach der Meuterei wurde Chaerea auf Betreiben seines Tribuns eine Auszeichnung für Tapferkeit verliehen. Julius Caesar Germanicus nahm solche Ehrungen – wenn er in der Nähe war – gerne selber vor, denn er liebte den unmittelbaren Kontakt mit seinen Leuten. Und darum liebten sie ihn.

Germanicus empfing die zur Auszeichnung vorgesehenen Männer am Eingang seines Feldherrnzeltes. An der Hand hielt er den vierjährigen Caligula, ein munteres Bürschchen mit frechem Gesicht, das den Soldaten Gesichter schnitt und ihnen die Zunge herausstreckte. Dafür gehörte ihm der Hintern versohlt, dachte Chaerea, aber die Leibwache des Germanicus feixte. Sie fanden offenbar alles lustig, was dieser kleine Teufel ausheckte. Germanicus aber mußte es bemerkt haben, blickte auf seinen Sohn, zog ihn am Ohr und schubste ihn ins Zelt zurück. Dann schritt er die Reihen ab, sprach mit jedem der Männer einige Worte und hing ihm die Auszeichnung um. Chaerea erhielt die silberne Virtus-Münze, auf der die Personifikation der Tapferkeit als behelmte Frau erscheint, die ihren Fuß auf einen Harnisch setzt.

Das männlich schöne Gesicht des Germanicus wirkte auf den ersten Blick mit dem weichen Mund und den träumerischen Augen wenig soldatisch. Doch dieser Anblick täuschte. Germanicus besaß einen eisernen Willen, bewies in gefährlichen Situationen Mut und Entschlossenheit, aber es gab auch eine andere Seite seines Wesens. Er schrieb gelehrte Abhandlungen, dichtete

in griechischer Sprache und besaß einen Ruf als glänzender Redner.
»Du bist noch sehr jung, Centurio. Woher kommst du?«
»Aus Praeneste, Feldherr.«
Germanicus lächelte: »Dann ist Fortuna auf deiner Seite. Gehe weiter auf diesem Weg, und du wirst nicht Centurio bleiben.«
»Vielleicht wird er sogar Kaiser«, rief der kleine Caligula, der sich aus dem Zelt geschlichen hatte und kicherte.
Germanicus verabreichte ihm eine leichte Ohrfeige. »Aus dir wird jedenfalls keiner, da kannst du sicher sein. Geh' sofort ins Zelt zurück!«
Heulend und sich die Backe reibend lief der Kleine zurück. Die Männer schmunzelten.

In den Monaten darauf begannen die Feldzüge gegen die Marser und Chatter. Bei dieser Gelegenheit besuchte Germanicus den Ort, wo der Cheruskerfürst Arminius sieben Jahre zuvor den römischen Feldherrn Varus besiegt hatte. Danach hielt er eine kurze Rede an seine Soldaten.
»Diese Schande sitzt nach wie vor wie ein häßlicher Flecken auf dem römischen Ehrenschild. Drei Legionen wurden damals vernichtet, und nun ist es unsere Aufgabe, diese Schmach abzuwaschen und Arminius mit seinen Kriegern von der Erde zu tilgen.«
Das war nun leichter gesagt als getan, aber schließlich hoch im Norden, auf dem Idistavisofeld wurde Arminius gestellt und besiegt, doch er selber konnte entkommen. Daraufhin war Kaiser Tiberius so vernünftig, diesen Teil Germaniens aufzugeben. Das kalte, unwirtliche Land mit seinen langen Wintern und seiner aufsässigen, kaum zu bändigenden Bevölkerung brachte Rom auf die Dauer keinen Gewinn. Seine Entscheidung wurde auch dadurch beschleunigt, daß die römische Transportflotte in der Nordsee durch einen Herbststurm fast vollständig zugrunde ging. Germanicus wurde als Oberbefehlshaber der Rheinarmee abberufen und in den Osten des Reiches versetzt.

Cassius Chaerea stieg in den folgenden Jahren zum Centurio erster Klasse auf, diente weiter in Germanien und Gallien und

sah den Feldherrn Germanicus niemals wieder. Aber er konnte ihn nicht vergessen, schon weil sich sein Sohn Caligula später ganz anders entwickelte, und es sich erwies, daß er nicht das geringste vom Wesen seines Vaters geerbt hatte.
Nach der Neuordnung der Länder Armenien und Kappadozien trat Germanicus eine Studienreise nach Ägypten an, für die er sich – wie es Vorschrift gewesen wäre – keine kaiserliche Erlaubnis einholte. Ägypten nämlich war seit Augustus kaiserlicher Privatbesitz und stand als Kornkammer des Reiches unter der persönlichen Verwaltung des Princeps. Da dort ein politischer Umsturz für Rom von großer Gefahr gewesen wäre, mußten Ritter, Senatoren oder Mitglieder des Herrscherhauses sich vom Kaiser selbst die Besuchserlaubnis einholen.
Germanicus tat es nicht, und niemand weiß, warum. Vielleicht war es, weil er als Privatmann reiste und sich so von den Vorschriften für Staatsmänner nicht betroffen fühlte. Sein siebenjähriger Sohn Caligula durfte ihn nach Alexandria begleiten, der lauten volkreichen Stadt – nicht viel kleiner als Rom – doch von Ägypten, vom alten dreitausendjährigen Ägypten war hier nichts zu spüren. Alexander der Große hatte die Stadt aus strategischen Gründen – wie so viele andere – gegründet, und die Dynastie der Ptolemäer hatte hier dreihundert Jahre lang geherrscht – »bis Rom«, so erklärte Germanicus seinem Sohn, »die Königin Kleopatra besiegte und selber die Herrschaft über Ägypten antrat.«
Sie machten einen Höflichkeitsbesuch beim römischen Präfekten, der das Land für den Kaiser verwaltete und nur ihm allein verantwortlich war. Am Ende des belanglosen Gesprächs stellte der Präfekt die vorsichtige Frage: »Edler Caesar Germanicus, ich nehme doch an, du hast deinen Vater, den Imperator Tiberius, von deiner Reise unterrichtet?«
»Hätte ich es tun sollen?« fragte Germanicus harmlos.
Der Präfekt räusperte sich verlegen: »Nun, Caesar, du kennst sicher die Vorschriften. Ritter, Senatoren und Mitglieder des Kaiserhauses sollten . . .«
»Ach was!« unterbrach ihn Germanicus. »Ich bin kein Senator und ziehe nicht als kaiserlicher Prinz durchs Land, sondern als einfacher Privatmann, der sich weiterbilden will. Meine Truppen

sind in Syrien geblieben, ich reise nur mit meinem Sohn und einigen Dienern. Nicht der Rede wert! Wenn es deine Pflicht erheischt, so melde meine Reise nach Rom – ich bitte dich sogar darum. Nach meiner Rückkehr werde ich mich vor dem Kaiser selber verantworten.«

Einige Tage später trat Germanicus vom Nilhafen Kanopus die Fahrt nach dem Süden an. Doch zuvor besuchte er mit seinem Sohn die Sema, das Grab des großen Alexander im Zentrum der Stadt. Rings um das Königsgrab hatten die Ptolemäer ihre Grüfte angelegt, doch Germanicus winkte ab, als der Führer ihm die Sarkophage dieser griechischen Könige zeigen wollte.
»Nein, mein Freund, die Gräber dieser Griechen bedeuten mir nichts. Wir wollen Alexander die Ehre erweisen und nur ihm allein.«
Der mazedonische König und Eroberer der Welt lag einbalsamiert in einem goldenen Sarg, dessen Deckel aus dünnen Kristallplatten gefertigt war. Ehrfurchtsvoll traten sie näher. Caligula faßte nach des Vaters Hand und ließ sie nicht mehr los solange sie sich in dem stickigen, von Fackeln erhellten Raum befanden. Durch das trübe Kristall war das Antlitz des toten Königs nur undeutlich zu erkennen, doch das schwärzlich verfärbte, eingefallene Gesicht strahlte eine magische Würde aus. Seinen Körper bedeckte ein goldener Brustpanzer, Unterleib und Füße waren mit einem Purpurtuch verhüllt.
Germanicus legte als Opfergabe einen goldenen Lorbeerkranz vor dem Sarg nieder. Er beugte sich zu Caligula hinab und flüsterte: »Die Ägypter haben ihn zu einem Gott gemacht, die Griechen haben ihn verehrt, die ganze Welt hat ihn angebetet. Bedenke aber auch, daß alles vergänglich ist. Der große Alexander ist tot und ruht hier für ewige Zeiten in seinem Sarg, und die meisten der von ihm eroberten Länder gehören jetzt zum römischen Weltreich – auch Griechenland und Ägypten.«
Caligula aber gefiel der goldene Brustpanzer mit seinen schönen Bildern so sehr, daß er seinen Vater fragte : »Wenn jetzt alles Rom gehört, was damals König Alexander besaß, dann gehört sein goldener Panzer auch uns. Kannst du ihn nicht fortnehmen?«

Germanicus blickte auf seinen Sohn und sah die Habgier in den Augen des Jungen funkeln. Kindergeschwätz, dachte er, doch diese Frage enttäuschte und empörte ihn.
»Das ist Lästerung, Gaius, so denkt kein edler Mann. Doch du bist noch ein kleiner Junge, und so wollen wir deine Worte vergessen.«
Caligula aber vergaß den schönen goldgetriebenen Panzer nicht.

Auf einem Nilschiff fuhren sie nach Memphis, der einstigen Hauptstadt des alten Ägypten, doch seit Alexandria gewachsen und gar Millionenstadt geworden war, begann Memphis zu schrumpfen und zu verfallen. Die meisten der einstmals so prächtigen Tempel und Paläste lagen in Trümmern, doch der große Ptah-Tempel stand noch aufrecht, und der Kult um den Apis-Stier wurde noch immer gepflegt. Sie besuchten das Gehege mit dem heiligen Stier, der als die »lebende Seele« des Schöpfergottes Ptah galt und noch immer von vielen Gläubigen verehrt wurde.
»Ein Gott soll das sein?« fragte Caligula enttäuscht und deutete grinsend auf den schwarzen Stier mit den weißen Flecken.
»Man soll sich nicht über die Religion anderer Völker lustigmachen, mein Sohn. Der Apis-Stier wurde schon verehrt, tausend Jahre ehe Rom entstand. Jedes Volk hat seine Götter und es ziemt sich nicht, über fremde Glaubensnormen zu spotten.«

Von Memphis fuhren sie auf einer Nilbarke weiter nach Theben, das auch lange Haupt- und Residenzstadt der ägyptischen Könige war. Sie ließen sich von einem Priester durch die weitläufigen Tempelanlagen führen, und immer wieder fiel dabei der Name des Königs Ramses.
»Sie waren Götter, die Könige des alten Ägypten«, erklärte der Priester. »Heilige Wesen, unantastbar, hoch über den Menschen stehend. Sie heirateten meist ihre Schwestern, um das göttliche Blut nicht zu verunreinigen. Ihr Wort war Gesetz, weder das Volk noch ein Senat beschnitten ihre Macht. Ihre Titel waren ›Vollkommener Gott und Sohn der Sonne‹, und wer sie berührte, wurde sofort hingerichtet.«

Caligula war zu klein, um alles zu verstehen, doch es hinterließ in ihm einen tiefen Eindruck. Ehe die Hitze des Sommers einsetzte, verließen sie Ägypten und reisten zurück nach Syrien, wo sich die übrige Familie aufhielt. Dort gab es Schwierigkeiten mit dem Statthalter Calpurnius Piso, der auf Germanicus eifersüchtig war und viele seiner Verfügungen hintertrieben und aufgehoben hatte. Bald waren die beiden Männer so tödlich verfeindet, daß sie einander aus dem Weg gingen. Da reiste Piso plötzlich ab, und Caesar Germanicus wurde unmittelbar danach schwer krank. Die Ärzte konnten die Ursache nicht herausfinden, doch Germanicus behauptete, Piso habe ihm ein lange wirkendes Gift verabreicht und sei danach – um nicht verdächtigt zu werden – abgereist. Agrippina, seine Gemahlin, glaubte es jedenfalls.
Im Oktober starb Julius Caesar Germanicus mit Schaum vor dem Mund und seltsamen Flecken am ganzen Körper. Als man nach der Verbrennung die Asche einsammelte, fand man sein Herz unversehrt zwischen den verkohlten Gebeinen. Da wiegten die Ärzte ihre klugen Köpfe und gaben der Witwe zu verstehen, daß ein solches Phänomen manchmal bei an Gift Verstorbenen auftrete. Es hätte dieses Hinweises nicht bedurft, die rachsüchtige Agrippina klagte Piso sofort nach ihrer Rückkehr des Mordes an ihrem Gatten an. Während des Prozeßverlaufs nahm Piso sich das Leben, andere sagen, Tiberius habe ihn – ehe der Fall sich ausweiten konnte – beseitigen lassen.
Mit des Vaters Tod ging die glückliche Kindheit des Gaius Caligula zu Ende. Von nun an lebte er mit seinen Geschwistern – zwei Brüdern und drei Schwestern – im Haus der Mutter, doch es war ein gedrücktes freudloses Dasein. Agrippina war herrschsüchtig und von jähem Zorn, im übrigen lebte sie ganz ihrer Rache, die auch nach Pisos Tod nicht gestillt war. Sie hielt Piso ohnehin nur für ein Werkzeug des Kaisers Tiberius, in dem sie den wahren Schuldigen am Tod ihres Mannes sah. Sie sprach diesen Verdacht ganz unverblümt aus, als wolle sie den Langmut ihres kaiserlichen Schwiegervaters auf die Probe stellen.
Eines aber konnte man ihr nicht vorwerfen, nämlich, daß sie die Erziehung ihrer Söhne vernachläßigte. Die besten Hauslehrer wurden bemüht, um die Knaben in Geschichte, Geographie, Recht, Staatskunde und Literatur auszubilden.

Caligula lernte leicht und schnell und besaß ein fabelhaftes Gedächtnis, das er aber nur nutzte, wenn es ihm angemessen erschien. Einige Monate verpflichtete Agrippina einen Lehrer für Stilistik und Rhetorik. Seine Brüder langweilten sich bei diesen Lektionen, aber Caligula hing mit funkelnden Augen an den Lippen des Magisters und konnte bald die wichtigsten Reden des Cicero auswendig hersagen. Und nicht nur das – er bemühte sich, die Redekunst des berühmten Staatsmannes kritisch zu durchleuchten. Am liebsten war ihm Ciceros Rede für Marcus Rufus Caelius. Da entspannte sich der Fünfzehnjährige, wenn er lachend zu seinem Lehrer bemerkte: »Allein, wie Cicero seine Rede beginnt, ist bewunderswert. Wenn er gleich zu Anfang die Anklage zu einer winzigen Nichtigkeit herabredet und die Richter bedauert, daß sie wegen einer solchen Lächerlichkeit hier sitzen müssen, trotz der Festtage und während andere feiern. Das nimmt dem Fall von vorneherein die Schärfe, macht die Ankläger zu Hampelmännern, die verantwortungslos und eigensüchtig handeln. Dabei ging es immerhin um den Vorwurf einer Beteiligung an der Verschwörung des Catalina.«
Der Lehrer hob warnend die Hände: »Nun, ganz so ist es nicht, mein junger Freund. Freilich war es Ciceros Absicht, die Tat des Caelius zu verkleinern, ja sogar, sie zu einer verzeihlichen Jugendsünde herabzumildern. Aber bitte vergiß nicht, daß es sich bei den Richtern um alte erfahrene Männer handelte, die sich von geschickten Advokaten nicht so leicht betören ließen.«
Caligula schlug mit der Hand auf die Buchrolle: »Und doch hat er sie betört, hat ihr Urteil beeinflußt. Die Richter sprachen Caelius frei, während alle Welt wußte, daß er ein Nichtsnutz war, ein Ehebrecher und von geradezu sträflichem politischen Leichtsinn. Mir gibt das zu denken. Caelius' Charakter war allen wohlbekannt, und einem Redner wie Cicero gelingt es, ihn reinzuwaschen, einen Freispruch zu erwirken. Mir scheint, verehrter Magister, die Redekunst ist eine Waffe, schärfer als jedes Schwert, gefährlicher als jedes Gift, wirksamer als jede Medizin.«
»Da muß ich dir recht geben, Gaius, das hast du richtig erkannt. Ein geschickter Redner kann zum Mörder an Unschuldigen wer-

den, kann Schuldige rehabilitieren, er selber wäre dann allerdings moralisch zu verurteilen, denn es wäre seine Aufgabe, der Unschuld beizustehen und die Schuld ans Licht zu bringen.«
Caligulas starre Augen glitzerten. Hatte er gehört, was sein Lehrer anmerkte?
Nach einer Weile sagte er leise und mit abgewandtem Gesicht. »Moral? Was ist schon Moral? Am Ende zählt nur Stärke und ein geschickter Redner kann stärker sein als eine Legion.«
»Diese Bemerkung war zynisch, Gaius, und klingt häßlich aus dem Mund eines Knaben.«
Caligula lächelte spöttisch: »Klingt sie weniger häßlich aus dem Mund eines Erwachsenen?«
Den Lehrer fröstelte es. Hilflos sagte er: »Deine – deine Brüder würden so etwas – niemals – niemals ...«
Caligula winkte gelassen ab. »Meine Brüder sind Dummköpfe. Hast du das noch nicht bemerkt, verehrter Magister?«

II

Vipsania Agrippina befahl ihren Sohn Caligula zu einer Unterredung. Sie bat niemals und befahl immer.
Caligula war jetzt sechzehn Jahre alt; er konnte schmeicheln, loben, sich verstellen, doch er offenbarte niemanden gegenüber seine wahren Wünsche. Der hochaufgeschossene Junge wirkte mit seinen dünnen, stark behaarten Beinen und dem bleichen ältlichen Gesicht nicht gerade anziehend. Seine tiefliegenden, keine Regung verratenden Augen sahen alles, doch nichts spiegelte sich in ihnen, nichts drang in sie ein.
Agrippina saß am Fenster und las in einem Schreiben, das sie weglegte, als ihr Sohn eintrat. Ihr herrisches Gesicht mit den angriffslustig funkelnden Augen, dem schmalen trotzigen Mund und der schön geformten, kühn geschwungenen Nase wirkte alterlos. Sie hatte das dreißigste Lebensjahr schon um einiges überschritten, aber niemand sah es ihr an; auch nicht, daß sie neun Kinder geboren hatte.
»Die Götter mögen dich schützen ...«, murmelte Caligula zur Begrüßung.

»Die Götter, die Götter! Besser, man nimmt sein Schicksal selber in die Hand. Was hat es die Götter geschert, als Calpurnius Piso im Auftrag des Kaisers deinen Vater vergiftete? Einen Mann in der Blüte seiner Jahre, beliebter beim Volk als es dieser alte Lustmolch auf Capri jemals war. Er haßt unsere Familie, Gaius, er würde uns alle am liebsten umbringen – mich, dich und deine Geschwister. Was unternimmt er denn dagegen, daß sein Günstling Sejanus deine Brüder Nero und Drusus mit seiner Rachsucht verfolgt? Nichts! Nichts!«

»Vielleicht weiß er gar nichts davon«, meinte Caligula.

»Er will nichts davon wissen, läßt Sejanus freie Hand. Aber nun ergibt sich eine Gelegenheit, ihn aufzuklären. Er will dich wieder einmal sehen, seinen geliebten Großneffen. Hüte dich vor seinen Ränken! Capri ist eine Schlangengrube. Tiberius hat es mit dem Blut seiner Widersacher getränkt wie einen Schwamm. Das alte Scheusal wird heuer siebzig, und ich bete täglich, er möge doch endlich in den Orcus fahren.«

Caligula ließ sich nicht hinreißen.

»Er scheint noch recht gesund zu sein. Irgendeinen Kaiser braucht das Land. Sein einziger Sohn ist tot, die Enkel noch unmündig. Sejanus schielt nach dem Thron, aber es wäre unklug, ihn spüren zu lassen, daß wir es merken. Abwarten, Mutter, abwarten.«

»Dein Abwarten wird dich eines Tages den Kopf kosten, mein Lieber. Dich, als Jüngsten, hat Sejanus noch nicht auf seiner schwarzen Liste, aber er behält dich im Auge.«

Caligula lächelte düster. »Ich ihn auch, Mutter, ihn und einige andere ...«

»Wenn ich nur wüßte, was du wirklich denkst.«

»Ich möchte vorerst nur am Leben bleiben, weiter nichts.«

»Feigling! Hätte ich mein Leben höher gestellt als meine Rache an Piso, so würde dieser feige Mörder heute noch herumlaufen. Du machst deinem Vater keine Ehre, mein Sohn.«

Caligula wandte sich ab. Er fürchtete, sein Gesicht könnte der Mutter verraten, wie sehr ihn dieser Vorwurf traf. Leise sagte er: »Man muß am Leben bleiben, um Rache nehmen zu können, und man muß schlau und geduldig sein. Mit Tiberius ist nicht zu spaßen. Das solltest du bedenken, Mutter, ehe du mich einen Feigling nennst.«

Seit über einem Jahr lebte der Kaiser ganz auf Capri, wo er sich im äußersten Nordosten der Insel, in luftiger Höhe, die prächtige Villa Jovis errichtet hatte. Hier schlug nun das Herz des römischen Reiches, hier liefen die Fäden zusammen – wenn auch nicht mehr alle.
Einen Teil davon hielt Lucius Aelius Sejanus in Händen, der Günstling des Kaisers. Als beinahe allmächtiger Prätorianerpräfekt führte er in Rom alle Befehle des Kaisers aus, während ein machtloser und ständig gedemütigter Senat vor ihm zitterte und ihm zugleich schamlos schmeichelte. Offene Gegner gab es keine mehr – zu viele hatten schon ihren Kopf verloren.

Lange und gründlich wurden Agrippina und Caligula auf Waffen oder andere verdächtige Gegenstände untersucht.
»Laß die Finger von mir!« fauchte Agrippina den Prätorianer an, »der Kaiser wird sich doch nicht vor einer Frau fürchten? Dient ihr einem Mann oder einer Memme?«
Der Prätorianer zog es vor, auf solche Bemerkungen nicht einzugehen.
Der Kaiser empfing sie in dem ovalen Peristyl, einem Wunderwerk der Architekten. Die Säulen waren aus verschiedenen kostbaren Marmorsorten gefertigt, ein Baldachin aus blauer Seide überspannte einen Teil des Hofes, darunter stand ein Tisch aus Ebenholz mit Elfenbeinintarsien.
Caligula hatte seinen Großonkel über ein halbes Jahr nicht mehr gesehen und fand ihn stark gealtert. Wie fast alle männlichen Mitglieder des julisch-claudischen Hauses war Tiberius von hoher Gestalt, doch er ging stark gebeugt, und sein fast kahler Kopf zitterte leicht. Die in seinem Gesicht seit Jahren auftretenden Geschwüre waren mit Pflastern verklebt, was ihm ein groteskes Aussehen verlieh, denn sein Gesicht war von edlem Schnitt, mit großen Augen und einer schöngeformten Nase über einem Mund mit tief herabgezogenen Winkeln.
Flüchtig begrüßte er Agrippina und wandte sich dann an Caligula.

»Du bist schon wieder gewachsen, Gaius. Du wirst das oft hören, aber ich habe dich lange nicht mehr gesehen. Was spricht man in Rom von mir? Liebt das Volk seinen Kaiser, wie es sich gehört?«
Caligula ging nicht auf den Spott ein.
»Das Volk entbehrt dich, Herr. Du würdest ihm eine besondere Freude bereiten, wenn du öfter nach Rom kämst. Die Leute reden von nichts anderem ...«
Agrippina mischte sich in das Gespräch.
»Außerdem sind wir es leid, von Sejanus geknüppelt zu werden, der sich freilich immer auf deine Befehle beruft. Er verfolgt meine Söhne Nero und Drusus; ich weiß kaum noch, wie ich mich dagegen wehren soll.«
Der Kaiser runzelte die Stirn, was ihm wegen der Pflaster schwer gelang. »Nero und Drusus sind erwachsene Männer, sie werden sich selber zu wehren wissen, doch ich nehme an, daß du wieder einmal übertreibst. Ich kann mich auf Sejanus verlassen, er würde es nicht wagen, sich an Mitgliedern unserer Familie zu vergreifen – ohne ausdrücklichen Befehl.«
»Den du ihm natürlich nicht erteilt hast...«
»Nein!« sagte Tiberius scharf, »ich habe ihm nichts dergleichen befohlen. Bist du gekommen, um mit mir Streit zu suchen, Agrippina?«
Sie ließ sich nicht aus der Ruhe bringen: »Sejanus schleicht in Rom herum wie ein beutegieriger Wolf und verübt seine Schandtaten in deinem Namen, Tiberius. Täglich schadet er deinem Ansehen mehr, der ganze Senat umschmeichelt ihn, als säße er auf dem Cäsarenthron und nicht du. Es wäre klug, ihn von zuverlässigen Leuten überwachen zu lassen – Tag und Nacht.«
»Das tue ich ohnehin!«
Agrippina lachte hart und spöttisch: »Freilich tust du das, aber er kauft sich diese Leute – einen nach dem anderen.«
Caligula hatte dem Gespräch mit verschlossenem Gesicht zugehört.
Tiberius wandte sich an ihn. »Was ist deine Meinung dazu, Gaius?«
»Ich trage noch die Knabentoga, Erlauchter, da steht mir keine Meinung zu. Mir hat Sejanus bis jetzt nichts getan.«

»Feigling!« zischte Agrippina.
»Du nennst deinen Sohn einen Feigling, weil er die Wahrheit spricht?«
»Die Wahrheit – die Wahrheit! Er sagt nur, was du hören willst. Gehe nach Rom, und du wirst die Wahrheit mit eigenen Augen sehen.«
»Rom ekelt mich an, und ich werde hierbleiben. Du aber hüte deine Zunge, Töchterchen, in jedem deiner Worte steckt eine Majestätsbeleidigung. Genug davon! Ich will nichts mehr von Rom und Sejanus hören.«
Er klatschte in die Hände: »Tragt jetzt die Speisen auf!«
Die Tafel des Tiberius war nicht üppig, ihm lag nicht viel am Essen. Es gab gebratenen Fasan, eine Muräne in Senfsauce und Ofellos Ostienses, eine Art Ragout in Pfeffertunke. Agrippina nahm nur von den Speisen, die der Kaiser aß, mied den Wein und trank nur das Wasser, mit dem Tiberius seinen Falerner verdünnte. Danach wurden Früchte gereicht, Äpfel, Trauben und mit Honig übergossene Melonenschnitten. Der Kaiser verschmähte das Obst, doch er bot es Agrippina an.
»Ich habe das Obst nur deinetwegen servieren lassen, weil ich weiß, daß du es schätzst. Warum nimmst du nichts davon?«
»Es bekommt mir zur Zeit nicht, außerdem bin ich satt.«
Da griff Caligula nach einem Apfel.
»Laß das! Auch du verträgst kein Obst. Von diesen unreifen Äpfeln bekommst du nur Magenschmerzen.
Tiberius sah seine Schwiegertochter mit einem seltsamen Blick an: »Du wirst doch nicht glauben...«
»Ich glaube gar nichts, Tiberius, außer, daß dein Obst uns nicht bekommt.«
Tiberius lehnte sich zurück und lachte leise. Er wirkte entspannt und vergnügt, was bei ihm sehr selten zu beobachten war.
»Jetzt weiß ich wenigstens, wofür du mich hältst. Du hast in Rom schon einmal einen solchen Verdacht geäußert. Ich hielt es damals für einen Scherz – jetzt bin ich klüger. Ich lerne auch als Siebzigjähriger gerne noch etwas dazu.«
Er stand auf und berührte Caligula am Arm: »Gehen wir ein paar Schritte, ich möchte mich mit dir noch ein wenig unterhalten.«

Agrippina ließ der Kaiser sitzen, als sei sie nicht mehr vorhanden. Als sie außer Hörweite waren, fragte ihn Tiberius: »Ist an dem, was deine Mutter behauptet, etwas dran? Ich weiß natürlich, daß ich nicht alles erfahre, was in Rom geschieht, aber daß Sejanus mich hintergeht, kann ich mir nicht denken.«
Caligula überlegte sich seine Antwort sehr genau: »Er hintergeht dich gewiß nicht, Herr, aber vielleicht legt er seine Machtbefugnisse zu weit aus. Mutter mag schon recht haben, wenn sie sagt, daß die Menschen ihm zu sehr schmeicheln. Nicht jeder verdient das Vertrauen, das man in ihn setzt – ich sage das nur ganz allgemein.«
»Du darfst nicht glauben, daß ich ihm ganz traue. Ich traue keinem! Was ein Mensch sagt und was er denkt, ist oft zweierlei. Aber deine Mutter geht in allem zu weit. Seit dein Vater tot ist, kann man mit ihr nur mehr schwer auskommen. Doch Schluß damit! Ich möchte dir jetzt die schöne Aussicht zeigen, die man von hier oben hat.«
Während sie eine ganz schmale marmorne Wendeltreppe hinaufstiegen, dachte Caligula: Ganz Rom würde sich freuen, wenn er endlich stürbe, doch solange Sejanus an der Macht ist, muß er am Leben bleiben. Zuerst Sejanus – dann er!

Lucius Aelius Sejanus hatte seit einigen Jahren nur ein einziges Ziel im Auge: Er wollte Kaiser werden, doch der Griff nach der Macht wurde ihm durch die Fruchtbarkeit der julisch-claudischen Familie erschwert. Es mußten so viele Menschen aus dem Weg geräumt werden, um dieses Ziel zu erreichen, daß er oft nahe daran war, aufzugeben. Doch der Wille zur Macht war in ihm so stark ausgeprägt, daß er immer wieder einen Weg – oder Umwege – fand, sich diesem Ziel zu nähern, Schritt um Schritt über Leichen hinweg.
Das stärkste Hindernis war Julius Caesar Drusus gewesen, der leibliche Sohn des Tiberius und sein unbestrittener Thronfolger. Als Drusus vom Kaiser die tribunische Gewalt erhielt, mußte Sejanus handeln.
Er machte sich an Claudia heran, die Gemahlin des Prinzen, und zog sie behutsam in seine Kreise. Seine eigene Frau Apicata stand ihm dabei im Weg – er jagte sie samt ihren zwei Kindern davon.

Die Macht hat ihren Preis, und niemand wußte das besser als Sejanus. Er war immer bereit, diesen Preis zu zahlen, denn am Ende stand das Ziel: Lucius Aelius Sejanus Imperator Augustus. In Gedanken kostete er seinen künftigen Namen aus und er fühlte sich durchaus imstande, das julisch-claudische Kaiserhaus abzulösen, denn er war Vetter, Bruder und Neffe von Konsuln, war mit den erlauchtesten altrömischen Familien verwandt. Er hatte das vierzigste Lebensjahr schon überschritten, doch er fühlte sich stark und gesund, allen Anforderungen gewachsen. Tiberius war schließlich schon sechsundfünfzig Jahre alt gewesen, als er den Kaiserthron bestiegen hatte.
Claudia war eine dumme Gans, aber er dankte den Göttern, daß sie es war. Sie fiel auf seine schamlosen Schmeicheleien herein, um so mehr, als sich Drusus immer stärker zum Säufer und Hurenbock entwickelte und sie sich vernachläßigt fühlte. Auch Kaiser können sich ihre Söhne nicht aussuchen, dachte er zufrieden und es dauerte nicht lange, da stieg er in Claudias Bett. Das war kein besonderes Vergnügen. Zuerst spielte sie die Verschämte und Unnahbare, aber dann brachte er sie auf Touren, das Dummchen, und sie quiekte und stöhnte wie eine Sau unter dem Eber.
Dieser Drusus, das Kaisersöhnchen. Freilich, als Soldat im Feld hat er seinen Mann gestanden, hat den Helden gespielt. Aber einer Stadt wie Rom war er nicht gewachsen, da brauchte es andere Qualitäten. Sejanus rieb sich die Wange. Das hatte er dem Burschen nie vergessen. Drusus übte damals gerade sein zweites Konsulat aus und geriet mit Sejanus wegen Claudia in Streit.
»Ich verbiete es dir in Zukunft, daß du bei den Symposien meine Frau anstarrst wie ein Schuljunge seine erste Liebe. Ihr zwinkert euch zu und tut, als seid ihr ein Liebespaar. Ich bin Konsul, Sejanus, und möchte nicht ins Gerede kommen, außerdem sind wir beide verheiratet.«
Sejanus feixte: »Schön, daß du dich daran erinnerst. Gibt es noch eine Frau in Rom, mit der du nicht geschlafen hast?«
Drusus trat mit drohender Miene auf ihn zu: »Willst du Streit? Oder soll das nur eine Ablenkung sein, damit ich euer Liebesge-

tändel vergesse? Ohne meinen Vater wärst du ein Nichts, Sejanus, weniger als ein Nichts!«

»Und du wärst nicht Konsul, Drusus, sondern bestenfalls Fischverkäufer oder Schankwirt in der Subura mitten im Hurenviertel.«

Da hatte Drusus ihm eine Ohrfeige verpaßt, die Sejanus noch immer auf der Wange brannte. Daraufhin spielte er Claudia den in tiefer Leidenschaft entbrannten vor, lauerte ihr bei jeder Gelegenheit auf und sagte, er würde sie auf der Stelle heiraten, wenn sie frei wäre.

»Du selbst bist ja auch noch verheiratet. Apicata hat dir drei Kinder geboren und wird ihren Platz nicht freiwillig räumen.«

»Das laß nur meine Sorge sein. Meine Liebe zur dir wird alle Schwierigkeiten überwinden. Unser großes Problem ist Drusus, dein Mann. Er kann sich aus Standesrücksichten nicht scheiden lassen, selbst wenn er wollte. Außerdem würde es ihm der Kaiser verbieten.«

Ihrem dummen Gesicht war anzusehen, wie angestrengt sie nachdachte.

Sejanus half nach: »Ich bin der zweite Mann im Staat, und Tiberius ist alt. Wenn er stirbt und Drusus nicht mehr lebt – nur angenommen! – und ich mit der Frau des Thronfolgers verheiratet bin ...«

Kaiserin sein! blitzte es durch das eitle Köpfchen der Claudia, erste Frau im Reich – Augusta! Sie atmete schneller. Und dieser Sejanus wäre an sie gefesselt, ein Leben lang, denn ihr hätte er – zum Teil wenigstens – den Thron zu verdanken, außerdem läßt sich ein Kaiser nicht scheiden. Was hatte sie denn von Drusus? Seit der Geburt von Julia mied er ihr Bett, und die römischen Lebedamen reichten ihn weiter, von einem Schlafzimmer ins andere. Sie blickte Sejanus an:

»Es müßte wie Selbstmord aussehen ...«

Sejanus schüttelte den Kopf. So dumm konnte nur Claudia sein: »Nein, meine Liebe, das nun gerade nicht. Dein Mann hat keinen Grund, sich umzubringen. Aber er ist ein Fresser und Säufer. Ein verdorbener Fisch, ein Pilzgericht, eine schlechte Auster – das wäre eher glaubhaft.«

Da Claudia sich nun einmal für diesen Weg entschlossen hatte, handelte sie schnell. Der ihr hörige Arzt und Freigelassene Eudemus braute ein Gift, das nach und nach verabreicht, äußerlich das Bild einer zehrenden Krankheit vermittelte. Der Praegustator (Vorkoster) des Drusus wurde bestochen und eingeweiht; der Thronfolger erkrankte, doch niemand nahm es sehr ernst, auch der Kaiser nicht. Er lebte damals noch in Rom, ging täglich in die Kurie und schien sich weiter keine Sorgen zu machen. Doch die »Krankheit« nahm ihren beabsichtigten tödlichen Verlauf.

Sejanus war seinem Ziel ein gutes Stück nähergekommen. Von Claudia begann er sich langsam zurückzuziehen. Sie war nur ein Werkzeug gewesen, und das mußte er jetzt loswerden. Freilich war er zu klug, sie das spüren zu lassen. Voll Zuversicht sprach er von Heirat und einer glanzvollen Zukunft. Er sandte Tiberius einen Brief und bat ihn um die Hand der Claudia. Er wußte genau, wie der Kaiser reagieren würde. Tiberius antwortete in einem langen freundschaftlichen Brief, der mit vielen Worten nur eines sagte: Laß die Finger von Claudia, denn ich habe andere Pläne mit dir und ihr.

Von da an änderte sich das Verhalten des Sejanus Claudia gegenüber. Er behandelte sie schroff und gleichgültig, und sie schlich dauernd mit verheultem Gesicht herum. Aber das fiel nicht auf, man schrieb es ihrer Trauer um Drusus zu. Sie drohte Sejanus, den Mordanschlag aufzudecken, doch der grinste nur und fuhr mit dem Finger über ihren Hals.

»Wäre schade um das schöne Köpfchen, mein Kind. Schließlich bist du erst Fünfunddreißig. Für mich ein wenig zu alt – das mußt du einsehen – aber zum Sterben zu jung.«

Was sollte sie machen, sie hing am Leben und mußte nun zähneknirschend mitansehen, wie Sejanus um ihre Tochter Julia warb. Sie war die Enkelin des Kaisers. Sejanus wollte sich möglichst nahe an den Thron heranheiraten. Doch da gab es wieder ein Hindernis: Auch Julia war seit drei Jahren verehelicht, und zwar mit Nero Caesar, dem Sohn der Germanicus.

Die Söhne des Germanicus! Sejanus wußte, daß er an ihnen nicht vorbeikam. Caligula war noch ein Junge, den konnte er vorerst vergessen, aber die beiden anderen, vor allem Julias Mann. Doch

war es unmöglich, sein Verfolgungswerk unter den Augen des Kaisers fortzusetzen. Der alte Mann stand einfach im Weg, so lange er in Rom weilte. Es fiel dann Sejanus nicht einmal so schwer, Kaiser Tiberius von den Vorteilen einer entfernteren Residenz zu überzeugen.
Er kannte die Insel Capri seit langem, denn Kaiser Augustus hatte sich dort in seiner Sommervilla sehr gerne aufgehalten und Tiberius häufig eingeladen. Der Gedanke wurde ihm immer sympathischer. Er hatte dieses Rom satt bis obenhin. Er mochte die Menschen nicht, und sie mochten ihn nicht. Auf Capri würde er sich mit einigen Freunden umgeben, etwa seinem Lehrer Thrasyllus, den er überaus schätzte, und der Rom ebensowenig mochte. Wenn er an diesen Hofklüngel dachte, an die Kurie, an die Senatoren, an seine zahlreichen Verwandten, die immer etwas wollten. Sejanus hatte recht! Er konnte es zumindest einmal versuchen.

Kaiser Tiberius siedelte im dreizehnten Jahr seiner Regierung nach Capri über und ließ Rom in den Händen des Sejanus, dem er vertraute, wie keinem anderen Menschen. So hatte der Präfekt freie Bahn und machte sich nun daran, die Söhne der Agrippina und des verstorbenen Germanicus zu beseitigen.
Daß Tiberius dieser Familie nicht gewogen war, wußte Sejanus längst, und so ging er daran, zuerst den Menschen zu vernichten, den der Kaiser am wenigsten mochte – Vipsania Agrippina, die rach- und herrschsüchtige Mutter von Nero Caesar, Drusus dem Jüngeren und Caligula.
Aus Capri erhielt er den Hinweis, er möge verfahren nach Belieben, da diese Frau ihn, den Kaiser, ohnehin für einen Giftmischer hielt. Tiberius hatte Agrippinas Verhalten bei jenem Mahl weder vergessen noch verziehen.
Sejanus war trunken von seinen Erfolgen. Er selber blieb freilich im Hintergrund, gab sich niemals eine Blöße. Alles geschah auf den Befehl des Kaisers, alles ging rechtens zu.
Um den Vorwurf einer Willkür zu entkräften, sammelte Sejanus »Beweise« gegen Agrippina. Er ließ sie und ihre beiden älteren Söhne Tag und Nacht beobachten, führte Buch über jedes ihrer Worte, das man ihm hinterbrachte. So hatte sie angeblich die

Absicht geäußert, sich mit ihren Kindern in den Schutz der Rheinarmee zu begeben, wo ihr verstorbener Gatte noch in hohem Ansehen stand. Auch solle sie erwogen haben, an einem belebten Tag auf das Forum zu gehen, um dort Volk und Senat um Hilfe anzuflehen. Wer die stolze Agrippina kannte, wußte genau, daß sie lieber hocherhobenen Hauptes zur Hinrichtung gegangen wäre, als sich so zu demütigen. Ihre Freunde aber versuchte Sejanus in Angst zu versetzen. Er ließ das Gerücht ausstreuen, eine Anklage wegen Hochverrat werde gegen Agrippina erwogen, so daß die Schreckhaften und die Vorsichtigen ihren Umgang mieden. So stand die stolze, leidenschaftliche und unbedachte Agrippina am Ende ganz allein. Caligula berief sich auf seine Knabentoga, und die beiden erwachsenen Söhne waren ihr keine Hilfe. Der eher sanfte Nero war so verunsichert, daß er nicht mehr wußte, was er sagen oder denken, wie er sich verhalten sollte. Drusus, der weder seine Brüder noch seine Mutter mochte, war von wildem unbeherrschtem Sinn, und Sejanus wartete nur darauf, daß er sich eine Blöße gab.

Im Fall der Agrippina aber hielt er die Zeit für gekommen. Der Senat erhob gegen sie Anklage wegen Majestätsverbrechen, wobei unter anderem der Punkt genannt wurde, sie habe Tiberius der Giftmischerei bezichtigt. Als diese Vorwürfe bekannt wurden, rottete sich das Volk auf dem Forum zusammen, umstellte die Kurie mit Heilrufen auf den Kaiser und ließ durch Sprecher den Senat wissen, man glaube, der Kaiser sei durch falsche Anschuldigungen getäuscht worden. Jetzt handelte Sejanus schnell.

Er ließ Agrippina durch seine Prätorianer festnehmen. Sie stieß dabei schlimme Schmähungen gegen den Kaiser aus und wehrte sich wie eine Wildkatze. Dabei wurde sie übel zugerichtet und verlor ein Auge, aber das hatte sie sich selber zuzuschreiben, wie Sejanus meinte.

Caligula hatte die Prätorianer kommen sehen und sich schnell durch die Hintertür verdrückt. Er hatte sich schon gewundert, daß Sejanus – oder Tiberius – so lange mit der Verhaftung zögerten. Damit wollte er nichts zu tun haben; für seine späteren Pläne wäre Agrippina nur hinderlich gewesen – auch wenn sie seine Mutter war.

Da er nun schon einmal dabei war, machte Sejanus reinen Tisch. Wenige Tage später ließ er Nero, Agrippinas ältesten Sohn, festnehmen und Drusus unter Hausarrest stellen.
Caligula aber tat das einzig richtige: Er floh aus dem verwaisten Haus in die Arme seiner Urgroßmutter Livia, die als Witwe des vergöttlichten Kaisers Augustus hohe Verehrung genoß und weder vor Sejanus noch vor ihrem Adoptivsohn Tiberius den geringsten Respekt hatte. Sie näherte sich dem neunzigsten Lebensjahr, doch sie nahm an allem wachen Anteil, mischte sich aber kaum noch in die Staatsgeschäfte. Sie mißbilligte die Verfolgung der Agrippina und ihrer Söhne, tat aber nichts, um sie zu schützen. Doch als Caligula in ihrem Haus Asyl suchte, gewährte sie es ihm bereitwillig und gab ihm mit ihrer zittrigen Greisinnenstimme den Rat:
»Bleibe hier, bis die Gefahr vorüber ist, und dann geh zu Tiberius nach Capri. Dort allein bist du in Sicherheit, solange der Kaiser diesen Sejanus deckt. Auch er wird stürzen, und ich glaube, das dauert nicht mehr lange. Doch er muß fallen, ehe Tiberius stirbt – hörst du! Sonst sehe ich düstere Tage für Rom heraufziehen.«
Caligula gab Livia recht, tausendmal recht. Seit er vernünftig denken konnte, hatte er ihr Urteil geschätzt und bewundert, ja, sie als eine Art Pythia gesehen, deren Orakel – wenn auch manchmal verschleiert – doch immer die Wahrheit enthielten. Von dieser Frau war immer etwas zu lernen.
»Aber wie stellst du dir das vor, erlauchte Livia, – Sejanus zu stürzen? Da müßte man ja halb Rom zum Richtblock führen, ehe man ihn zu fassen bekäme. Es sind nicht nur Schmeichler, die ihn umgeben – viele verehren ihn wirklich. Für sie ist Tiberius nur ein düsterer Schatten, der über Rom liegt und der mit Hilfe des Sejanus bald weichen wird.«
Das zerknitterte Gesicht der Uralten blieb ohne Regung. Nur die jung gebliebenen Augen verrieten den wachen ungetrübten Geist in diesem greisenhaften Körper.
»So sieht es aus, ja, aber Rom ist nicht das Reich. Die Prokuratoren und Legaten in den Provinzen sind fast ohne Ausnahme stolze loyale Staatsdiener und haben nichts übrig für Usurpatoren, genauso wenig wie die Präfekten und Tribunen der Legio-

nen. Dagegen sind die römischen Prätorianer ein Nichts, eine winzige Stadtarmee, die schnell hinweggefegt sein wird. Sejanus meint: Habe ich die Stadt Rom auf meiner Seite, fällt mir das andere von selber in den Schoß. Aber es ist genau umgekehrt; Octavian hat das niemals vergessen. Er wäre kaum unser erlauchter Augustus geworden, hätte er nicht zuvor seine Gegner in den Provinzen besiegt und die Beute dem Senat zu Füßen gelegt. Dann – erst dann fällt dir Rom in den Schoß. Sejanus mag schlau, mutig und entschlossen sein, aber er ist dennoch ein Dummkopf, weil er die Realität nicht sieht. Er stammt eben nur aus kleinem Provinzadel, ist unfähig, die wirklichen Zusammenhänge zu erkennen und wird scheitern, Gaius, glaube mir. Das ist so sicher, wie der morgige Sonnenaufgang.«

»Aber was ist, wenn er sich noch zwei, drei oder fünf Jahre hält?«

Caligula war nicht sicher, ob die faltige Grimasse auf Livias Gesicht ein Lächeln bedeutete.

»Was wäre gewesen, wenn Antonius meinen Octavian besiegt hätte? Das durfte nicht sein und konnte nicht sein, weil sich Octavian zu jener Zeit schon so viel Legitimität erworben hatte, gegen die Antonius nicht mehr ankam. Er saß mit seiner Kleopatra auf dem ägyptischen Thron und hatte sich damit gegen Rom entschieden. Bei Sejanus ist das nicht so offensichtlich, aber wenn er versucht, sich wie eine Made in unsere Familie hineinzufressen, so unterhöhlt er die Legitimität und ist ein Verräter an Rom. Ich hoffe nur eines und bete dafür zu den Göttern, sie mögen mich so lange leben lassen, bis Sejanus gestürzt und sein Verrat aufgedeckt ist.«

Caligula küßte der Uralten ehrerbietig die Hand und sagte: »Ich teile deinen Wunsch, erlauchte Livia.« Und er dachte: mein Wunsch ist es, daß ich euch beide überlebe und je mehr Sejanus von meiner Familie aus dem Weg schafft, um so mehr schmutzige Arbeit wird er mir ersparen, um so schneller komme ich an die Macht.

In Rom war der Prozeß gegen Agrippina eröffnet worden, und schon nach kurzer Verhandlung stand das Urteil fest: lebenslange Verbannung auf die wüste Insel Pandateria weit draußen

im Tyrrhenischen Meer. Wenig später wurde ihr erstgeborener Sohn Nero Caesar mit demselben Urteil bedacht. Ihn schickte man auf die Pontinischen Inseln. Den wilden und anmaßenden Drusus aber nahm sich Sejanus persönlich vor. Er ließ ihn einige Monate in Frieden, machte ihm sogar Hoffnungen auf eine Teilung der Macht, bis der unbeherrschte Drusus sich eine Blöße gab und daraufhin sofort auf dem Palatinus eingekerkert wurde. Sejanus war nun seinem Ziel einen wesentlichen Schritt näher gekommen. Julia, die Frau des verbannten Nero, war nun für ihn frei geworden, und sie als leibliche Enkelin des Kaisers war sein eigentliches Ziel, und diesmal wollte er den Kaiser nicht um Erlaubnis fragen.
Er umwarb das Mädchen heftig, doch es hätte einer solchen Anstrengung gar nicht bedurft. Die Zweiundzwanzigjährige war ihres langweiligen Gatten längst müde geworden und verehrte den schlauen und mächtigen Sejanus im Stillen. Sie war mit einer heimlichen Verlobung einverstanden, denn noch waren nicht alle Gegner ausgeschaltet.
Flüchtig kam es Sejanus in den Sinn, daß Caligula, Agrippinas jüngster Sohn, noch frei herumlief. Aber der ist ja noch ein Kind, dachte er, und somit vorerst keine Gefahr. Dieser falsche Schluß sollte sich für Sejanus als verhängnisvoll erweisen.
Caligula aber folgte dem Rat seiner Urgroßmutter und begab sich in die Obhut seines Großonkels Tiberius, der rechtlich durch die Adoption des Germanicus sein Großvater war.

III

Cornelius Sabinus entstammte dem patrizischen Zweig einer altrömischen Familie, die auf eine stattliche Reihe von Konsuln, Senatoren und Feldherrn zurückblicken konnte – eine Reihe, die weit in die republikanische Zeit zurückreichte. Die Cornelier hatten sich im Lauf der Jahrhunderte vielfach verzweigt, in Neben- und Hauptlinien, in ärmere und reichere. Sein Vater, Cornelius Celsus, entstammte einer weniger bedeutenden Linie, die seit Generationen weder Konsuln noch Feldherren,

sondern Gutsbesitzer, Gelehrte und Dichter hervorgebracht hatte.
Celsus lebte so lange seinen Studien, bis das väterliche Erbe aufgebraucht war. Wie aber sollte man als Schriftsteller und Gelehrter zu Geld kommen? Mit eigenen Veröffentlichungen? Das war ihm zu unsicher, und so wurde er Buchhändler und Verleger. Er ging dabei nicht den üblichen Weg mit gekauften Schreibsklaven, die sehr teuer waren, auch ernährt und untergebracht werden mußten. Er beschäftigte als Kopisten alte, in Not geratene Lehrer, Schüler, die sich etwas dazuverdienen mußten, oder unterbezahlte Sekretäre, die für ihre Familien ein Zubrot brauchten. Die mußte er nicht kleiden und nähren, und am Feierabend gingen sie nach Hause. Im Gegensatz zu manchen Sklaven waren sie durchwegs fleißig, weil sie die gutbezahlte Beschäftigung nicht verlieren wollten. So beschäftigte Celsus je nach Auftragslage sechzig bis hundert Kopisten. Auf eigenes Risiko verlegte er nur Gängiges wie Platon, Vergil, Ovid, Catull und Cicero, oder er gab einen Zyklus von griechischen Sagen heraus, die er dem Imperator Tiberius widmete. Jeder wußte, daß dies des Kaisers Lieblingslektüre war, und wie sehr er sich dafür einsetzte, daß sie unters Volk kam. Manchmal verlegte er auch lebende Autoren wie Lucius Annaeus Seneca, der neben philosophischen Abhandlungen auch schon zwei Dramen veröffentlicht hatte.
Auf diese Weise gelang es Cornelius Celsus in wenigen Jahren ein ansehnliches Vermögen zu sammeln, so daß sein einziger Sohn Sabinus im Reichtum aufwuchs. Er schien es darauf anzulegen, in allem das Gegenteil von seinem Vater zu tun. Celsus war kaum jemals über die Mauern Roms hinausgekommen; sein Sohn riß zum ersten Mal mit vierzehn Jahren aus, doch er kam nur bis Ostia. Celsus schätzte ein behagliches Gelehrtenleben mit regelmäßigen Mahlzeiten, einem überschaubaren Tagesablauf und möglichst wenig Veränderung. Schon eine umgestellte Truhe oder ein neues Möbel konnten ihn zur Verzweiflung bringen, während sein Sohn die ständige Abwechslung liebte. Mehr aus Bequemlichkeit war Celsus ein treuer Ehemann, während Sabinus als Zwölfjähriger eine ältliche Wäscherin verführte, die

vor Erstaunen kaum wußte, was ihr geschah. Von da an war er hinter jedem Rock her und besaß als Achtzehnjähriger schon eine Erfahrung, die andere im ganzen Leben nicht sammeln können.
»Von wem er das nur hat«, fragten sich seine Eltern und schauten sich kopfschüttelnd an.
»Von mir nicht!« sagte Celsus fest und meinte: »Da gab es einen Onkel, Crispus, er war ein Bruder meines Vaters, der trieb es genauso schlimm. Mit zwanzig ging er nach Hispania, wir haben nie wieder etwas von ihm gehört.«

Sabinus wuchs zu einem ansehnlichen Burschen heran. Er war schlank, sehnig, mittelgroß und hatte das kastanienfarbene Haar und die blauen Augen seiner Mutter geerbt. Bei ihm hatte dieses Blau eine beunruhigende Intensität angenommen. An seinem schmachtenden Lächeln blieben die Frauen hängen wie Wespen am Honig, und jede glaubte, dieser strahlend blaue, hingerissene Blick gelte nur ihr – ihr allein. Aber das Gegenteil war der Fall. Dieser Blick galt allen Frauen, in Rom, in Italien, in den Provinzen – allen Frauen auf der ganzen Welt.
Sabinus wuchs in einer Welt des Geistes auf. Schriftsteller, Dichter und Gelehrte gingen im Haus seines Vaters ein und aus, die Gespräche drehten sich um Literatur, Wissenschaft und Kunst. Sabinus, der ein enormes Gedächtnis besaß, wußte nicht nur über Frauen eine ganze Menge, sondern er wäre imstande gewesen, über die Literatur des augusteischen Zeitalters einen dreistündigen Vortrag zu halten. Doch das war die Welt seines Vaters, und er gab vor, daß sie ihn zutiefst langweile. Das stimmte freilich nicht ganz, und im Kreise seiner Freunde prahlte er gelegentlich mit seinen Kenntnissen. Aber zu Hause tat er, als gehe ihn das alles nichts an. Da sprach er dann mit Vorliebe von den Pferderennen im Circus Maximus und konnte die Sieger der Blauen, Grünen, Weißen und Roten der letzten drei Jahre aufzählen.
Nun war Sabinus Neunzehn geworden, trug die Toga Virilis (Männertoga) und wußte noch immer nicht, was er wollte. Er lebte in den Tag hinein, half, wenn er Lust hatte, seinem Vater beim Verschnüren der Buchrollen, und war der Augapfel seiner

Mutter Valeria, die seine Schwächen zwar nicht übersah, aber auf die leichte Schulter nahm.
»Er muß sich die Hörner abstoßen«, meinte sie nachsichtig, »und soll nur seine Jugend genießen. Auch ihm wird später ein schärferer Wind um die Ohren blasen.«

Heute morgen aber war Sabinus aufgestanden, ausnahmsweise ausgeschlafen, und nahm sich vor, einen nützlichen Tag zu verbringen. Er wollte seinem Vater – er liebte diesen großzügigen, zerstreuten und nachsichtigen Menschen – eine Freude machen, und so erschien er in der zweiten Morgenstunde bei dem erstaunten Cornelius Celsus und bat, ihm eine Arbeit anzuweisen.
»Du weißt ja, Vater, daß ich fast alles kann: Papier zusammenkleben, die Frontes (erste und letzte Seite) beschneiden, mit Bimsstein glätten; wie unser Catull im ersten Carmen so schön sagt: arida modo pumice expolitum; (... das der trockene Bimsstein just geglättet...) und dann das ganze auf den Umbilicus (Holzstab) wickeln. Habe ich etwas vergessen?«
Celsus lächelte. Er nahm das sprunghafte Wesen seines Sohnes als von den Göttern gegeben hin und sah in jedem von Sabinus seltenen Arbeitsanfällen – freiwillig noch dazu! – einen Ansatz zum Besseren, eine Hoffnung fürs Erwachsenwerden.
»Ja, mein Sohn – das Wichtigste. An der Spitze des Umbilicus muß der Index angebracht werden, denn sonst ist das Buch ohne Titel und könnte in einer Bibliothek nur schwer gefunden werden.«
Sabinus schlug sich in gespielter Verzweiflung an die Stirn, daß es klatschte. »Bei den neun Musen – denen wir unser Brot verdanken – der Titel! Das wäre freilich schon schlimm, wenn unser eitler Seneca eine Bibliothek aufsucht und unter dem Buchstaben ›S‹ nichts findet, weil der nachlässige Sohn seines Verlegers den Index vergessen hat.«
Sein Vater wartete geduldig ab: »Wenn dein theoretischer Prolog zur Arbeit jetzt beendet ist, darfst du mit der Praxis beginnen.«
Sabinus blitzte ihn mit seinen blauen Augen an.
»Ich bin unmöglich, verzeih mir, Vater. Die Götter haben dich mit einem nutzlosen Sohn geschlagen.«

»Wer weiß...«, meinte Celsus hoffnungsvoll und schob seinem Sohn einen Stapel Papierbögen hin.
Sabinus fing sofort mit der Arbeit an und summte dabei vor sich hin. Doch lange konnte er den Mund nicht halten.
»Vater, warum verwenden wir nicht häufiger die Codices membranei (gebundene Bücher), da sie sich doch als praktisch erwiesen haben? Es läßt sich wesentlich mehr Text unterbringen, man kann die Seiten bequem umblättern, anstatt die Schriftrolle mit zwei Händen zu halten, und außerdem...«
»Sabinus, das hast du mich schon etliche Male gefragt«, unterbrach ihn sein Vater, »und ich kann nur immer wieder sagen: Du hast recht, aber die meisten unserer Kunden sind konservativ. Wenn sie den Catull beim Buchhändler in zwei Ausgaben finden: gebunden und gerollt, und beide kosten das gleiche, dann greifen die meisten zur Rolle. Solche Veränderungen brauchen Zeit.«
So flossen die Stunden dahin, und plötzlich spürte Sabinus eine lähmende Langeweile. Er begann immer anhaltender zu gähnen, blickte auf die Sanduhr, prüfte den Stand der Sonne, stand schließlich auf, reckte sich und sagte: »Ich glaube, es geht schon auf Mittag. Ich habe einen Wolfshunger.«
»Eine halbe Stunde noch«, bat Celsus, »du solltest noch die ›Amores‹ von Ovidius mit Zedernöl bestreichen. Jeden Tag erscheinen im Buchladen Kunden, die über ihre von Motten zerfressenen Bücher klagen.«
Dann war auch diese Arbeit geschafft, und sie gingen zu Tisch.

Das Haus des Cornelius Celsus stand in der Gegend der Collis Viminalis, einem sehr guten und geschätzten Viertel mit großen Gärten und herrschaftlichen Häusern. Den ererbten, ursprünglich dreimal so großen Besitz hatte Celsus nach und nach verkauft, und so war nur das noble, altertümliche Haus geblieben, an das sich ein kleiner, gepflegter Garten anschloß.
Hier hatte Valeria, des schönen Wetters wegen, den Tisch dekken lassen. Die Köchin, der Gärtner und ein halbwüchsiger Junge – das »Mädchen« für alles – aßen nach altrömischer Tradition mit ihrer Herrschaft, doch an einem gesonderten Tisch. Daß sie Sklaven waren, spielte im Haus des Cornelius Celsus keine

Rolle – weder er noch Valeria ließen es sie spüren. Wie meist, hatte Valeria, wenn der Herr Sohn schon einmal zu Hause war, eine seiner Lieblingsspeisen bereiten lassen. Diesmal war es ein Minutal marinum, eine Mischung aus Fisch, Muscheln und Quallen mit Lauch, Koriander, Origanum, Liebstöckel und Pfeffer gekocht. Als Nachspeise gab es Dulcia domestica, eine Süßspeise aus Datteln, Nüssen, Pinienkernen, Pfeffer und Honig, in Salz gewälzt und in der Pfanne gebraten.
Sabinus wischte sich zufrieden den Mund. »Ich werde jetzt ein wenig bummeln – das ist gut für die Verdauung.«
»Bleib nicht zu lange, ich hätte noch einige Arbeit für dich«, sagte Celsus.
Sabinus blickte seinen Vater treuherzig an. »Verstanden, mein Herr und Gebieter! Ich werde zur Stelle sein.«

Auch Mittags war die Stadt noch immer sehr lebhaft. Boten liefen hin und her, Sklaven schleppten Lasten, Prätorianer trabten auf ihren Pferden durch die Straßen; sie kamen von der anderen Seite des Viminalis, wo Sejanus ihnen ein weitläufiges Lager errichtet hatte. Es hätte die Leibtruppe des Kaisers sein sollen, doch im Grunde waren es seine Männer, und mit ihrer Hilfe hoffte er eines Tages an die Macht zu gelangen.
Sabinus bummelte hierhin und dorthin, überquerte den Vicus longus und die Alta Semita, und wußte auch schon, was sein Ziel war, dem er sich aber nur zögernd näherte, denn er hatte sich geschworen, die Sache nicht zu übertreiben. Es ging um die Waffenübungen auf dem Campus Martius (Marsfeld), an denen er seit einiger Zeit einen sonderbaren Gefallen gefunden hatte. Was suchte er, der Sohn des reichen Buchhändlers und Verlegers Cornelius Celsus unter schwitzenden Gregarii (gemeinen Soldaten), die dort ihre Übungen abhielten? Freilich fand auf dem Marsfeld auch noch anderes statt. Jugendgruppen hielten hier ihre sportlichen Übungen ab, es wurde gelaufen, gesprungen, geschwommen, gerungen und gefochten, aber Sabinus haßte solche Gemeinschaftsspiele. Er war ein überzeugter Einzelgänger und tat immer nur, wozu er gerade Lust hatte. Warum aber zog es ihn dann zum Marsfeld?

Vor einigen Wochen war er hier herumgeschlendert und hatte einer Gruppe Prätorianer bei ihrer Übung zugesehen. Da war ihm ein Mann aufgefallen – er trug die Rangabzeichen eines Centurio der oberen Klasse – der mit seinem Trupp übte, ohne dabei, wie beim Militär üblich, herumzubrüllen, zu drohen und verrücktzuspielen. Der Centurio war gewiß über sechs Fuß groß und hatte die muskelbepackte Figur eines Ringers. Sein etwas bäuerisch wirkendes Gesicht blieb ruhig und konzentriert und seine Befehle gab er mit hoher sanfter Stimme. Er war ein ungemein geschickter Fechter mit blitzschnellen Attacken, überraschenden Ausfällen und so kraftvollen Hieben, daß zweimal das Schwert seines Gegners zersprang.

Plötzlich kam Sabinus der Wunsch an, es ihm gleichzutun. Auch er wollte so schnell und geschickt sein, sich so kraftvoll verteidigen können.

Nach der Übung ließ der Centurio seine Männer abziehen; er selber legte Helm und Panzer ab und streifte eine Toga darüber. Dann entfernte er sich mit schnellen Schritten in Richtung auf die Agrippa-Thermen, wie Sabinus annahm.

Er wollte ihm nicht direkt nachgehen, sondern schlich um den kleinen Neptunus-Tempel herum, durchquerte die Gasse zwischen dem Pompejus-Theater und dem Hecatostylum (Säulenhalle) und erreichte so auf Umwegen die Thermen, zu denen auch ein direkter Weg geführt hätte. Diese von Marcus Agrippa, dem Freund des Augustus, vor zwanzig Jahren erbaute Anlage bot ein Laconicum (Schwitzbad), große Becken mit kaltem und warmem Wasser, Ruheräume, Gärten, einen künstlichen See, Gaststätten und manches andere zur Bequemlichkeit der Gäste.

Im Laconicum fand Sabinus den Gesuchten, setzte sich in seine Nähe und wartete, bis ihm die überhitzte Luft den Schweiß aus den Poren trieb. Als der Centurio hinausging, folgte ihm Sabinus nach einer Weile und stürzte sich kopfüber ins Frigidarium (Kaltwasserbecken), wo er die massige Gestalt entdeckte. Die meisten Männer hier waren nackt, doch der Centurio trug einen schmalen Lendenschurz. Sabinus war absichtlich knapp neben ihm ins

Wasser gesprungen und entschuldigte sich wortreich, als er wieder auftauchte.
»Es gibt Schlimmeres, als die paar Spritzer«, sagte der andere.«
»Täusche ich mich, oder habe ich dich vorhin auf dem Übungsfeld fechten gesehen? Du trugst den Helmbusch eines Centurio.«
»Ja, das war ich. Gehörst du einer Collegia iuvenum (Jugendgruppe) an?«
»Nein, nein, ich habe nur zugeschaut und muß sagen, du hast mich sehr beeindruckt. Ich gäbe viel darum, so fechten zu können. Ich heiße übrigens Cornelius Sabinus.«
Der andere schmunzelte geschmeichelt. »Das läßt sich lernen. Du bist jung und kräftig, niemand hindert dich, es zu versuchen.«
Dann reichte er ihm die Hand und nannte seinen Namen. »Cassius Chaerea, Centurio bei den Prätorianern.«
»Würdest du mir Stunden geben? Natürlich gegen Bezahlung.«
Chaerea winkte ab: »Dazu fehlt mir die Zeit, Sejanus hält uns alle ganz schön auf Trab. Aber du findest mich zwei bis dreimal pro Woche auf dem Marsfeld, und ich könnte dir nach den Übungen ein paar Griffe beibringen.«

Sabinus hatte das Angebot genützt und bisher viermal mit Chaerea geübt, natürlich nur mit einem Holzschwert. Danach waren sie in die Thermen gegangen, und Sabinus hatte sich ausbedungen, wenigstens dafür die Kosten zu übernehmen. Im Ruheraum unterhielten sie sich leise, und Sabinus erfuhr, daß Chaerea schon fünfunddreißig Jahre alt war, einen Teil der Germanenzüge mitgemacht hatte und seit sechs Jahren in Rom bei den Prätorianern diente.
»Der Lohn ist höher als bei den Legionen draußen, und so konnte ich hier eine Familie gründen. Ich bin seit fünf Jahren verheiratet und habe zwei Kinder, einen Sohn und eine Tochter. Mehr sollen's auch nicht werden, denn unsere Wohnung ist jetzt schon zu eng. Wir leben in einer Cenacula (Mietshaus) beim Quirinal, da habe ich nicht weit zur Kaserne. Marcia möchte gern ein Häuschen in Transtiberium, weil sie da noch erschwinglich sind.«

So hatten sie einander nach und nach in ihre Lebensumstände eingeweiht, und Sabinus spürte, daß dieser Mann genau sein eigenes Gegenteil war. Chaerea hatte sein Leben von Anfang an ruhig und überschaubar geplant, er lebte in einer Welt von Pflichten und Aufgaben, denen er sich willig unterwarf. Die Truppe war seine Heimat, die Familie sein Zuhause. Und wenn er als Veteran mit einer Prämie ausschied, wollte er in Praeneste – wo jetzt sein Bruder den elterlichen Pachthof führte – eigenes Land kaufen. Auch in Bezug auf sein Liebesleben hatte er genaue Vorstellungen.

»Ich bin nicht für das Herumludern, auch wenn man noch unverheiratet ist. Das kostet Kraft und Geld. Lieber fleißig sparen, dann um so eher eine tüchtige Frau heiraten. Nichts Liederliches. Das bringt Streit und Ärger und verbittert das Leben. Mit Marcia habe ich jedenfalls einen guten Fang gemacht.«

Soviel also wußte Sabinus bisher von seinem neuen – Freund? Ja, in Gedanken nannte er ihn schon so. Obwohl sie im Wesen so unglaublich verschieden waren, schätzte Sabinus die ruhige Sicherheit, das Zielbewußtsein und die altrömischen Tugenden des Cassius Chaerea. Was dieser umgekehrt an ihm, dem Jüngeren fand, darüber machte Sabinus sich keine Gedanken.

Inzwischen war er auf dem Übungsgelände angelangt, das die Neubauten der letzten Jahrzehnte eingeengt hatten, so daß es mit einem Kranz von Tempeln, Hallen und Säulengängen umgeben war. Schon von weitem vernahm Sabinus die vertrauten typischen Geräusche: das helle Aneinanderklingen der Schwerter und den dumpfen hallenden Ton, wenn sie auf die Schilde trafen.

Das war hier eine Welt der Männer. Zwar verbot kein Gesetz die Anwesenheit von Frauen, aber man traf nur selten welche an, und diese wenigen waren in der Regel verschleiert. Huren hatten ohnehin keinen Zutritt, sie mußten sich in bestimmten Gegenden der Subura aufhalten, dem verrufenen Viertel zwischen Capitolinus und Equilinus.

Mit den Augen suchte Sabinus die vertraute massige Gestalt des Freundes, doch ehe er ihn entdeckte, legte sich von hinten eine Hand auf seine Schulter. Sabinus fuhr herum und blickte in das

beherrschte, verhalten lächelnde Gesicht des Chaerea. Der hatte sich schon umgekleidet und schien sich über die Begegnung zu freuen.
»Salve Sabinus! Ich dachte schon, du würdest heute nicht kommen. Zum Üben werde ich keine Zeit mehr haben, es reicht gerade für eine Stunde in den Thermen. Sejanus hat heute abend alle Prätorianerführer zu einer Besprechung befohlen.«
Als sie dann schwitzend im Laconicum saßen, druckste Chaerea ein wenig herum: »Ich hätte eine Frage, besser gesagt, eine Bitte. Du hast mir einmal für die Waffenübungen eine Bezahlung angeboten, doch ich wollte kein Geld – will auch jetzt keines, aber du könntest dich auf andere Weise – nun, erkenntlich zeigen, das heißt, wenn du willst ...«
Sabinus wurde neugierig: »Heraus damit, Chaerea, wir sind ja jetzt schon alte Bekannte. Wenn ich etwas für dich tun kann, dann tue ich es.«
Chaerea rückte nahe an ihn heran und flüsterte: »Ich möchte schreiben lernen, verstehst du? Nicht daß ich etwas vermisse, weil ich es nicht kann, aber ich werde es allmählich leid, mich von Jüngeren hänseln zu lassen, die aus wohlhabenden Familien stammen und sich einen Lehrer leisten konnten. Dazu kommt natürlich noch, daß ich nur befördert werde, wenn ich schreiben und lesen kann, vielleicht sogar zum Tribun.«
Sabrinus legte eine Hand auf Chaereas Arm: »Mit Vergnügen, mein Lieber, diesen Gefallen werde ich dir gerne tun. Stelle es dir aber nicht zu leicht vor!«
»Leicht oder nicht«, sagte Chaerea bestimmt, »ich habe mir vorgenommen, es zu lernen, und das werde ich tun. Ich habe es bisher nur nicht gewagt, jemand anderen darum zu bitten. Einen Lehrer hätte ich mir ohnehin nicht leisten können. Wenn ich mir da Marcias Gesicht vorstelle ...«
»Wobei?« fragte Sabinus.
»Wenn es soweit ist, wenn ich schreiben und lesen kann. Meinen Namen kann ich ja hinkritzeln, das wird in meiner Stellung verlangt, aber diese Buchstaben habe ich auswendig gelernt, ich weiß nicht, was sie bedeuten.«
»Das kriegen wir schon hin«, meinte Sabinus zuversichtlich. »Wenn ein Achtjähriger es lernt, wird es auch ein Dreißigjähriger

lernen. Wo soll übrigens der Unterricht stattfinden? Bei dir zu Hause? In den Thermen? Auf dem Übungsfeld?«
Chaerea lachte: »Bei Castor und Pollux, verspotten kann ich mich selber. Zu Hause geht es nicht, da ist es viel zu eng. Wir könnten irgendwohin ins Freie gehen ...«
Sabinus schüttelte den Kopf. »Nein, Chaerea, davon halte ich nichts. Die Welt des geschriebenen Wortes liebt die Stille, das Abgeschlossensein. Du kommst einfach zu mir. Wir haben am Viminalis ein großes Haus, ich bewohne zwei Zimmer nur für mich und meine Eltern werden begeistert sein, wenn ich häufiger anwesend bin.«
»Ich danke dir, Sabinus. Wenn es geht, komme ich übermorgen wieder hierher, dann besprechen wir die Einzelheiten, aber jetzt muß ich schleunigst weg. Unser Kommandeur Sejanus wartet nicht gerne.«

Sabinus blieb noch eine Stunde in den Thermen, aber dann wurde es ihm langweilig, außerdem spürte er ein deutliches Verlangen nach einer Frau. Er überlegte, welche von seinen Freundinnen in der Nähe wohnte, und da fiel ihm Lydia ein. Sie war eine freigelassene Griechin, nicht mehr ganz jung und schon zweimal Witwe. Sie war die Köchin eines reichen Getreidehändlers gewesen, der in seinem Testament die Freilassung seiner Sklaven verfügte. Danach hatte sie zweimal wesentlich ältere Männer geheiratet, die bald starben und ihr ein schönes Erbe hinterließen.
»Beim dritten Mal«, so sagte sie »kann ich es mir leisten, einen jüngeren Mann zu heiraten, und er muß auch nicht reich sein. Bis ich den richtigen finde, soll mein Bett freilich nicht kalt werden.«
Dafür hatte noch vor einigen Wochen Sabinus gesorgt, doch je häufiger er sich auf dem Marsfeld aufhielt, um so seltener wurden seine Besuche.
Höchste Zeit, daß ich wieder einmal vorbeischaue, dachte Sabinus und machte sich auf den Weg zum Capitolium Vetus, in dessen Nähe Lydias Haus lag. Es war schon ein älteres Gebäude mit vier Wohnungen, von denen sie drei vermietet hatte. Sie war sehr streng beim Eintreiben der Miete und duldete auch keinen

Unfug im Haus. Wegen seiner ruhigen Lage und der Nähe des Mons Quirinalis hatte sie kaum Sorgen mit ihren Mietern, von denen die meisten bei einem der zahlreichen Tempel beschäftigt waren.

»Schau, schau, ein seltener Gast! Daß du dich einmal wieder sehen läßt? Weißt du überhaupt noch meinen Namen?«
»Jetzt zügle deine freche Zunge, sonst gehe ich wieder«, sagte Sabinus grinsend.
»Dann geh' doch!« fauchte sie und funkelte ihn mit ihren schiefergrauen Augen zornig an.
»Genau das werde ich nicht tun, meine keusche Lydia«, scherzte Sabinus und ging an ihr vorbei ins Haus.
Die Tür zum kleinen Garten hin stand offen, Sabinus setzte sich auf die mit Kissen belegte Bank und gähnte herzhaft.
»Die Thermen machen müde – und durstig. Du darfst deinen lieben Gast bewirten, schöne Griechin.«
Lydia hatte sich beruhigt und schaute Sabinus liebevoll an. »Bewirten – womit?«
»Mit Wein, Brot, Käse, Nüssen, Dörrobst, was eben im Haus ist.«
»Essen und Trinken macht die Männer nur müde und schlapp. Ein Schlückchen Wein sollst du kriegen, damit ein wenig Feuer in deine Lenden kommt.«
»Du nennst die Dinge beim Namen, das gefällt mir so an dir.«
Er zog die etwas rundliche Griechin auf seinen Schoß und öffnete ihre zu einem Knoten aufgesteckten rabenschwarzen Haare. Sie entwand sich seinen Händen und zog die Vorhänge an Fenster und Türe zu. Dann ließ sie lässig ihre knöchellange Tunika zu Boden gleiten.
»Du bist eine Wiedergeburt der Juno, der Schutzherrin Roms, wer dich umarmt, spürt den Hauch der Gottheit – und noch einiges mehr.«
»Rede nicht so gespreizt daher! Man merkt, daß dein Vater mit Büchern und Dichtern zu tun hat.«
Sie half ihm aus seinen Kleidern und umfaßte zart sein Geschlecht. »Ist auch noch alles da, mein Böckchen? Ganz schön prall fühlt sich das an.«

»Für dich aufgespart; seit Wochen lebe ich keusch, meine Manneskraft gehört nur dir – dir allein!«
Lydia lachte schallend. »Wer's glaubt . . .«
Sie sanken aufs Bett, und Sabinus spürte ihre Bereitschaft. Heftig drang er in sie ein, seine vom Schwertkampf gestählten Arme preßten ihren rundlichen Leib, als wolle er sie ersticken.
»Langsam, Liebster, langsam . . .« keuchte Lydia, »spare dich noch etwas für später auf.«
Ja, sie war schon eine ideale Geliebte, wenn auch etwas dumm und einem gebildeten Gespräch nicht gewachsen. Aber das war ja auch nicht der Grund, warum Sabinus sie besuchte.

IV

Der Prätorianerpräfekt Lucius Aelius Sejanus hatte das Gefühl, seinem Ziel ganz nahe zu sein. Die Familie des Germanicus hatte er unschädlich gemacht; er lebte mit Julia, der leiblichen Enkelin des Kaisers zusammen, – und trotzdem wußte er jetzt nicht recht, wie es weitergehen sollte. Es gab niemand, den Tiberius zum Nachfolger bestimmt hatte; der Kaiser schwieg sich darüber aus.
Bei seinem letzten Besuch auf Capri war Sejanus nicht einmal empfangen worden. Er möge ihn entschuldigen, ließ Tiberius ausrichten, doch sein derzeitiger Zustand vertrage keine längeren Gespräche. So war Sejanus noch niemals behandelt worden, und er fuhr in sehr nachdenklicher Stimmung nach Rom zurück. Da war irgendwo eine faule Stelle, die es herauszufinden galt.
Mit seinen engsten Freunden besprach Sejanus die Lage, und er fragte sie:
»Wer kommt jetzt noch legitim für die Thronfolge in Frage?«
»Nur noch der kleine Tiberius Gemellus, der Sohn von Drusus und Livia. Das ist schließlich der leibliche Enkel des Kaisers.«
»Aber der ist erst zehn Jahre alt«, wandte Sejanus ein.
»Noch besser wäre, es gäbe ihn nicht . . .«, kam ein Zwischenruf.
»Und wo ist er jetzt?«
»Auf Capri.«

Das traf Sejanus wie ein Schlag. Auf Capri beim Kaiser, daß hieß: in Sicherheit, unerreichbar für seine Häscher und Spitzel. Sollten seine ganzen Pläne, sein jahrelanges mühsames, blutiges Heranrücken an die Macht an einem zehnjährigen Kind scheitern? Halt! Da wäre ja noch Gaius Caligula, der letzte in Freiheit befindliche Sohn des Germanicus und Adoptivenkel des Tiberius. Der war nun kein Kind mehr, der mußte jetzt siebzehn oder achtzehn sein. Den habe ich aus den Augen verloren, überlegte Sejanus, aber er ließe sich einspannen für die letzten Züge in diesem lusus latrunculorum (Schachspiel) der Macht.
Sejanus bekam wieder Boden unter den Füßen und atmete auf.
Ja, das wäre ein Weg. Den Caligula als Thronfolger aufbauen und ihn dazu bringen, den kleinen Tiberius zu beseitigen. Dann war es nur noch einer, der den Weg zum Thron versperrte: Caligula selber. Er mußte ihn jetzt in seinen engsten Freundeskreis ziehen, ihn umschmeicheln und umgarnen. Dieser schweigsame und unauffällige Gaius Caesar war kein ernsthafter Gegner. So dachte Sejanus und verlor sich wieder in seine alten Kaiserträume, deren Verwirklichung nun so nahe gerückt war. Mit goldenen Lettern würde der Name Lucius Aelius Sejanus Augustus Imperator als dritter Kaiser des römischen Weltreiches in die Geschichtsbücher eingehen. Und er würde mit Julia Kinder zeugen und das julisch-aelische Kaiserhaus begründen.
In Rom war er ja ohnehin schon der unbestrittene Herrscher. Seine zehn Kohorten Prätorianer warteten in ihrem Lager am Virinal nur auf einen Wink, und sie würden ihn mit ihren Leibern wie eine lebendige Mauer schützen. Aber das war längst nicht mehr notwendig. Das Volk verehrte ihn, weil er den Senat und die Patrizier klein hielt. Seit einigen Jahren wurde sein Geburtstag öffentlich gefeiert, und überall in der Stadt waren seine lebensgroßen Standbilder aufgestellt. Der zweite Mann im Staat und bald schon der erste!
Das war die Mühe wert, dachte Sejanus, aber der Weg zur Macht ist nun einmal mit Leichen gepflastert. Man brauchte ja nur zurückzublicken! Wie war Octavianus mit seinen Gegnern umgesprungen, ehe er als Augustus zum Alleinherrscher wurde. Den halben Senat hatte er über die Klinge springen lassen, bis der Weg für ihn frei war. Dann hatte er es sich leisten können, ein

guter und volkstümlicher Herrscher zu sein, der es nicht mehr nötig hatte, eventuelle Gegner zur Rechenschaft zu ziehen. Er verzieh ihnen einfach und machte sie vor aller Welt lächerlich.
Sejanus fühlte, wie in seiner Brust etwas wuchs, wie der künftige milde und gerechte Augustus Sejanus ans Licht drängte, wie der Körper einer Schlange, die ihre alte Haut abwirft und mit ihr die alten Fehler und Sünden.

Gaius Caligula lebte noch immer im Haus seiner Urgroßmutter Livia, beobachtete genau die Vorgänge und wartete ab. Es überraschte ihn nicht, als eines Tages ein Prätorianer-Centurio mit einer Botschaft von Sejanus erschien.
»Gaius Caesar, der Präfekt läßt anfragen, ob du geneigt bist, mit ihm und seinen Freunden das Fest der Stadtgründung zu feiern?«
Caligula überlegte blitzschnell. Konnte das eine Falle sein? Im nächsten Jahr würde er die Männertoga tragen und für Sejanus ein ernstzunehmender Gegner sein.
»Ja, Centurio, sage dem Präfekten, ich komme gern.«
Sofort ließ Caligula sich bei der seit Wochen bettlägrigen Livia melden. Es sei von höchster Dringlichkeit. Mit schwacher Stimme empfing ihn die Greisin.
»Mache es kurz, Gaius, ich habe nicht mehr viel Kraft.«
»Verzeih, ehrwürdige Augusta, aber ich habe es mir angewöhnt, vor wichtigen Entscheidungen deinen Rat einzuholen. Nun hat mich der Präfekt Sejanus zum Stadtgründungsfest einladen lassen. Ich habe zugesagt, aber du sollst wissen, wo ich bin.«
Caligula sah, wie ein Lächeln über das runzelige Gesicht huschte.
»Daran hast du gut getan, Söhnchen. Gehe hin und versuche in einem Gespräch unter vier Augen herauszubekommen, was Sejanus vorhat. Wenn er versucht, dir die Nachfolge auf den Kaiserthron schmackhaft zu machen, dann besteht höchste Gefahr. Gehe wohlwollend auf seine Vorschläge ein und begib dich dann sofort nach Capri in den Schutz des Kaisers.«
Caligula küßte flüchtig die Pergamenthaut ihrer schmalen Greisinnenhand und verabschiedete sich respektvoll. Draußen schüt-

telte er sich. Wie ihm vor dieser Mumie graute! Es war Zeit, daß sie endlich starb – jetzt, da er sie nicht mehr brauchte.

Mit ausgebreiteten Armen ging Sejanus auf ihn zu und rief: »Macht Platz für Gaius Caesar, unseren Ehrengast zur Feier der siebenhundertdreiundachtzigsten Stadtgründung. Durch dich, Caesar, aus dem glanzvollen julisch-claudischem Hause wird dieses Jubiläum zum Fest.«
Caligula bedankte sich mit herzlichen Worten und spielte den Naiven. Er schmeichelte Sejanus, pries dessen wohltätigen Einfluß auf Rom, lobte seine Treue zum Kaiser, der gewiß den Göttern dankt, daß sie ihm einen so zuverlässigen Mitarbeiter beschert haben.
»Mit deiner Hilfe, verehrter Sejanus, muß es ein Vergnügen sein, zu herrschen und ein Weltreich zu regieren.«
»Ich bin nur ein einfacher Soldat«, sagte Sejanus bescheiden, »und versuche, mein Bestes zu tun.«
»Genauso sieht es auch unser erlauchter Kaiser, mein hochverehrter Großvater.«
»Nur schade, daß unser Kaiser schon so hoch an Jahren ist. Ein Mann wie er müßte noch viele Jahrzehnte regieren.«
»Du sprichst mir aus dem Herzen, Sejanus. Aber gegen die Natur sind wir machtlos.«
»Aber die Natur hat uns einen Verstand gegeben, der uns befähigt, gewisse Vorsorgen zu treffen.«
Caligula tat, als verstehe er nicht.
»Vorsorgen?«
Wenn der einmal Kaiser wird, dachte Sejanus, geht Rom in ein paar Jahren zugrunde.
»Da wir nun einmal schon dabei sind, diese Dinge zu erörtern, so sollten wir es gleich gründlich tun, verehrter Gaius Caesar. Hier ist es laut, und es gibt zu viele Ohren. Ich bitte dich, mich zu begleiten.«
Sejanus erhob sich und seine beiden Leibwächter mit ihm. Caligula folgte ihm in einen kleinen Nebenraum.
»Ihr bewacht die Tür und laßt keinen herein, es sei denn, der Kaiser erschiene.«
»Möchtest du einen Schluck Wein, Caesar?«

»Nein, nein – ich bin es nicht gewöhnt, so viel zu trinken. Im Haushalt der verehrten Livia Augusta geht es sehr karg zu. Dort lebt man noch nach altrömischen Tugenden.«
Sejanus lachte. »Wie geht es der Augusta?«
»Sie nimmt an allem teil und hat mir ausdrücklich geraten, mit dir die Stadtgründung zu feiern. Ich lebe nämlich sonst sehr zurückgezogen.«
»Sie weiß also, daß du hier bist...«, sagte Sejanus mehr zu sich.
»Sie weiß alles, mein Verehrter, mehr, als wir denken.«
»Gut, gut, aber wir wollten uns über etwas anderes unterhalten. Ich schätze ein offenes Wort, Caesar, dafür bin ich bekannt. Der erhabene Imperator Tiberius hat sein siebtes Lebensjahrzehnt längst überschritten, und nach dem Gesetz der Natur – dem wir alle unterworfen sind – wird er sich in einigen Jahren, vielleicht schon eher – was Jupiter verhüten möge – zu seinen göttlichen Ahnen versammeln. Ich bin ehrgeizig, Gaius Caesar, das gestehe ich offen ein und möchte auch nach des hochverehrten Kaisers Tod Präfekt der Prätorianer bleiben. Wer aber wird sein Nachfolger – wer?«
Caligula dachte im Stillen: Genau das willst du nicht bleiben, du Fuchs, aber ich soll dir den Weg zum Kaiserthron öffnen.
»Das verstehe ich, Präfekt. Wer will sich schon verschlechtern, auch wenn die Verhältnisse sich ändern? Ich sehe die Sache ganz einfach: Du könntest für den kleinen Tiberius Caesar die Regentschaft führen, bis er volljährig ist. Ich jedenfalls würde mich dafür einsetzen.«
Mit einer solchen Antwort hatte Sejanus nicht gerechnet. Dieser Caligula schien tatsächlich keinen Geschmack an der Macht zu finden.
»Ich weiß nicht, ob ich dafür geeignet bin, ich als einfacher Soldat...«
»Du bist zu bescheiden, Sejanus. Wer seit über einem Decennium – mit Billigung unseres Kaisers – nahezu selbständig die Geschicke Roms leitet, ist auch geeignet für eine Regentschaft. Tiberius Caesar ist jetzt elf, und sollte sein Großvater während der nächsten Jahre den Thron freimachen, so müßtest du die Regentschaft ohnehin nur vier oder fünf Jahre führen.«

»Und du, Gajus?«, fragte Sejanus frei heraus.
»Ich bin nicht so ehrgeizig wie meine Brüder, denen das ja auch nicht gut bekommen ist. Ich ziehe ein stilles, beschauliches Leben vor, lese viel, gehe oft ins Theater, plane eine Biographie meines Vaters zu schreiben. Wahrscheinlich gerate ich eher meinem Onkel Claudius nach, der gerade an einer vielbändigen Geschichte des römischen Reiches arbeitet. Eine solche Beschäftigung lockt mich mehr als ein öffentliches Amt.«
Sejanus glaubte ihm, weil er es glauben wollte.
»Es freut mich, daß wir uns so gut verstehen, Caesar Gaius.«
Caligulas dünne Lippen zwangen sich zu einem Lächeln.
»Warum auch nicht? Ich kenne die Geschichte Roms gut genug, um zu wissen, daß es seine Größe fähigen Männern zu verdanken hat. Männern wie dir, Präfekt Sejanus.«
Beide hatten sich in dieser Unterredung faustdicke Lügen aufgetischt, besonders Caligula erwies sich als ein Meister der Verstellung. Er lebte keineswegs so zurückgezogen, wie er es dem Präfekt weiszumachen versuchte, sondern hatte die letzte Zeit genutzt, um Verbindung zu den noch zahlreichen Freunden und Anhängern seines verstorbenen Vaters aufzunehmen. Wer erinnerte sich nicht an das putzige »Stiefelchen«, das der Vater überallhin mitgenommen hatte? Das Schicksal der Agrippina und ihrer älteren Söhne hatte viele Menschen empört, auch wenn sie es nicht zeigen durften. Caligula tat nichts, als sich bemerkbar zu machen. Armee und Volk sollten wissen, daß es noch einen männlichen Erben aus der Familie des Germanicus gab.
Natürlich war das Sejanus nicht verborgen geblieben, doch er maß dem wenig Bedeutung bei, auch wurde es von seinen Spitzeln nicht ernst genommen. Im übrigen paßte es recht gut in Sejanus' Pläne, der ja Caligula zunächst als Thronfolger aufbauen wollte. Nach dieser Unterredung aber hatte er sich mit der Vorstellung von einer Regentschaft für den jungen Caesar Tiberius so angefreundet, daß er sich ganz darauf einstellte.
Caligula aber, so dachte Sejanus zufrieden, wird früher oder später das Schicksal seiner Brüder teilen müssen, auch wenn er keine Macht begehrt. Das Haupthindernis, die Familie des Germanicus, wäre damit beseitigt, und das Volk würde ein anderes Idol für seine Verehrung finden.

Kaiser Tiberius lebte nun schon das dritte Jahr auf der Insel Capri und hatte bis jetzt keinen Wunsch verspürt, nach Rom zurückzukehren. Nicht nur, weil er sich in der großen Stadt von Feinden und Verrätern umgeben glaubte, sondern weil zu viele Augen ihn beobachteten bei allem was er tat. Was er aß, wann er schlief, mit wem er privat verkehrte, welche Lustknaben er bevorzugte, welchen Lastern er frönte – alles wurde verdreht und zerredet, und das war ihm leid geworden. Tiberius war ein lasterhafter Mensch, und das verstärkte sich, je älter er wurde. Zwar schämte er sich dessen nicht, aber er hatte es nicht gern, wenn das Volk davon erfuhr und sich dadurch das Bild einer gottähnlichen Majestät trübte.
In welchem Licht er, der Kaiser sich vor der Öffentlichkeit sehen wollte, bewiesen die häufigen Briefe, die er an die Senatoren nach Rom schrieb, wie etwa dieser:
»Senatoren! Ich bekenne vor euch und wünsche, daß auch die Nachwelt dies im Gedächtnis behält, daß ich ein Mensch bin, der seine Menschenpflichten erfüllt, und mich damit begnüge, meinen Platz als Princeps auszufüllen. Die Nachwelt wird meinem Gedächtnis Ehre genug und übergenug erweisen, wenn sie von mir glaubt, daß ich meiner Vorfahren würdig, daß ich in euren Angelegenheiten fürsorglich, daß ich unerschrocken in Gefahren und im Kampfe für die öffentliche Wohlfahrt furchtlos gewesen bin. Das werden die Tempel sein, die ich in euren Herzen errichte, das die herrlichsten und dauerhaftesten Standbilder! Denn die Bildnisse, die man aus Stein macht, werden, wenn sich das Urteil der Nachwelt in Haß verwandelt, wie Grabsteine gemieden. Daher richte ich meine Bitte an die Mitbürger, die Bundesgenossen und die Götter selbst. Diese mögen mir bis zum Ende meines Lebens einen ruhigen Sinn schenken, der erkennt, was vor ihnen und den Menschen recht ist. Jene aber mögen, wenn ich einmal aus dem Leben geschieden bin, meinen Taten und dem Rufe meines Namens Lob und ehrende Erinnerung folgen lassen.«
Es war nun leider so, daß dieses Bild längst nicht mehr der Wirklichkeit entsprach. Einen solchen Kaiser hatte es wohl einmal gegeben, in den ersten Jahren nach der Thronübernahme, doch seit Sejanus an Macht und Einfluß gewann und die unsin-

nigen »Majestätsprozesse« die Luft vergifteten, war dieses Kaiserbild nur noch eine Schimäre.
Von seinen engsten Freunden, die mit ihm auf Capri lebten, verbarg er seine Laster nicht, forderte sie aber auch nicht auf, daran teilzuhaben. Für den alten Thrasyllus, seinen ehemaligen Lehrer und jetzigen Astrologen, zählten sie ohnehin nicht, und mit seinem vertrauten Freund, dem früheren Konsul Cocceius Nerva führte er nur Gespräche über Literatur und Philosophie.
So war das Leben des Tiberius Augustus dreigeteilt: Da gab es den Kaiser und Staatsmann, den von einigen Freunden umgebenen Privatmann und den Lüstling, der in seiner Altersgeilheit maß- und rücksichtslos war.
Seiner in jüngeren Jahren noch gezügelten Trunksucht gab er im Alter hemmungslos nach. Er liebte die schweren, gewürzten Weine und mußte nicht selten von seinen Dienern ins Bett getragen werden. Hinter vorgehaltener Hand nannte ihn das Volk »Biberius« (Säufer), doch was die Plebs von ihm dachte oder über ihn redete, war für Kaiser Tiberius ohne Bedeutung.
Um einem Versagen seiner Manneskräfte vorzubeugen, mußte ihm sein Leibarzt Charikles allerlei Liebestränke zusammenbrauen, die zwar nicht ohne Wirkung blieben, aber das Blut des Kaisers langsam vergifteten. Das zeigte sich an dem hartnäckigen Ausschlag, der sein Gesicht entstellte und immer wieder in nässenden Geschwüren aufbrach. Ihm war das gleich. Er wollte seine Angst vor dem nahen Tod betäuben, und dazu brauchte er das Spiel der Geschlechter, brauchte Jugend, um sich an Spielen zu ergötzen, an denen er selber nicht mehr oder nur noch beschränkt teilnehmen konnte.

Mit Neugier erwartete Tiberius jetzt den nächsten »Schub«. Das waren junge schöne Menschen, die seine Häscher in der Umgebung zusammenfingen und ihren Eltern unter allerlei Vorwänden wegnahmen. Der Kaiser suche neues Dienstpersonal, versuchten sie die Leute zu beruhigen, und es sei außerordentlich ehrenvoll, an seinem Hof leben und arbeiten zu dürfen. Doch mit der Zeit waren die Leute mißtrauisch geworden, denn ihre Kinder ließen nichts mehr von sich hören, ja, von einigen kam

sogar die Nachricht, sie seien bei ihrer Arbeit tödlich verunglückt. Besuche auf Capri wurden nicht gestattet und wer es versuchte, heimlich einen Fuß auf die Insel zu setzen, wurde von den Wachtruppen aufgegriffen und sofort getötet.
Den Kaiser scherten solche Belanglosigkeiten wenig. Ob von dieser namen- und gesichtslosen Masse da draußen ein paar Dutzend mehr oder weniger existierten, berührte ihn nicht.
Kriton, ein griechischer Freigelassener, ein stummer, ihm blind ergebener Athlet, betrat lautlos den kleinen Leseraum. Der Kaiser sah ihn fragend an, und Kriton nickte grinsend. Er machte ein paar erläuternde Bewegungen, doch Tiberius winkte ungeduldig ab. Der Stumme half ihm aus dem Sessel und trat dann in die Tür zurück.
Gebeugt und leicht hinkend ging der Kaiser hinaus und scheuchte einige Diener, die sich ihm nähern wollten, mit einer schroffen Handbewegung davon. Er tat es schweigend, denn er vermied jedes überflüssige Wort; längere Gespräche führte er nur im engsten Freundeskreis – etwa mit Thrasyllus über Fragen der Astrologie.
Kriton folgte seinem Herrn in kurzem Abstand, um ihm jederzeit beispringen zu können, wenn er strauchelte oder irgendwer es wagen sollte, sich unaufgefordert zu nähern.
Eine schmale Treppe führte in den unteren Teil des weiträumigen Villenkomplexes, wo sich um das Privatbad des Kaisers einige verschwiegene Räume gliederten, die nur über einen einzigen, ständig bewachten Zugang zu erreichen waren. Der größte davon war mit fellbezogenen Polstern ausgestattet, die überall wie spielerisch verstreut herumlagen. Im Hintergrund gab es eine dunkle Nische mit einem bequemen Sessel, auf dem Tiberius Platz nahm. Der Weg hatte ihn angestrengt, er war außer Atem und verspürte ein starkes Schwindelgefühl. Er ließ sich einen Becher mit heißem Würzwein reichen, den er gierig austrank und gleich wieder füllen ließ. Er klatschte in die Hände.
Zwei Mädchen und zwei Burschen wurden hereingeführt, etwa im Alter zwischen vierzehn und sechzehn in knielangen Tuniken. Sie waren verschüchtert und verängstigt und drängten sich aneinander wie Schafe, die man zur Schlachtbank führt.

»Was ist los mit euch?« rief der Kaiser aus seiner dunklen Nische, »ihr seid nicht hier, um gefoltert oder erschlagen zu werden, sondern zu meinem und eurem Vergnügen. Lacht gefälligst – ich möchte fröhliche Gesichter sehen!«
Entweder sie verstanden ihn nicht oder sie waren zu verschreckt, um ein Lachen zustande zu bringen – jedenfalls starrten sie nur ängstlich in die Richtung, aus der die heisere Greisenstimme kam. Einer der Bewacher holte mit seiner langen Hetzpeitsche aus und ließ sie über die nackten Beine der jungen Leute tanzen. Die schrien auf, liefen durcheinander, bis der Kaiser rief:
»Laß das! Dafür ist später noch Zeit. Holt jetzt die Spintriae herein.«
Das war die berüchtigte Garde von Lustknaben und Freudenmädchen, die alle Spielarten der Unzucht beherrschten. Sie waren dressiert und so abgestumpft, daß sie ohne zu zögern jedem Befehl augenblicklich gehorchten. Wenn er ihre geilen, stumpfen Gesichter nicht mehr sehen konnte, ließ der Kaiser sie auswechseln. Um ja nichts nach draußen dringen zu lassen, wurden sie von stummen Sklaven hinauf in die Klippen geführt und zu Tode gestürzt. Am Strand warteten schon hochgetürmte Scheiterhaufen, um ihre Leiber zu verbrennen. Die Asche schaufelte man ins Meer. Doch daran verschwendete Tiberius keinen Gedanken, er betrachtete diese Menschen nur als Werkzeuge für seine Lust; wurden sie unbrauchbar, warf man sie weg.
Die vier nackten Spintriae – zwei Mädchen und zwei Burschen – nahmen sich sofort der Neulinge an. Die jungen Männer zerrten die sich sträubenden Mädchen auf die herumliegenden Polster, rissen ihnen die Kleider vom Leib, zwängten ihre Schenkel auseinander und vergewaltigten sie mit Gestöhn und lauten, obszönen Rufen – wie der Kaiser es liebte.
»Jetzt die Burschen! Los, Mädchen, zeigt was ihr könnt!« rief Tiberius anfeuernd. Ein zynisches Lachen geisterte über sein verwüstetes und vom Ausschlag entstelltes Gesicht. Da es für Mädchen nahezu unmöglich ist, einen Mann gegen seinen Willen zu vergewaltigen, hatten die weiblichen Spintriae andere Methoden entwickelt. Sie preßten sich an die Burschen, küßten

und streichelten sie und versuchten mit geschickten Griffen die schlaffen Phalloi zum Leben zu erwecken.
»Reitet sie zu, die jungen störrischen Fohlen, hopp, hopp!«
Die Burschen wurden sanft auf die Polster gezwungen und die Mädchen setzten sich auf ihre Leiber, wippten auf und ab und riefen: »Hopp, hopp!«, um dem Kaiser zu gefallen. Es hatte sich in ihren Kreisen längst herumgesprochen, daß hinter seinem Mißfallen der Henker stand.
Tiberius schüttete einen Becher nach dem anderen in sich hinein, doch heute kam er nicht in Stimmung. Sein altes schlaffes Geschlecht rührte und regte sich nicht, so verlor er bald die Lust an den Spielen seiner Spintriae. Er zog sich mürrisch zurück und ließ Thrasyllus holen. Mit vom Wein schwerer Stimme befahl er:
»Trink einen Becher mit mir, mein gelehrter Freund, und sage mir, warum das Leben so beschissen ist. Wirst du geboren, steht hinter dir schon der Schatten des Todes, und wenn du stirbst, weiß niemand, warum du gelebt hast – am wenigsten du selber.«
Thrasyllus hob beschwichtigend die Hände. »Das mag für andere gelten, Herr, aber nicht für dich. Du hast das Werk des göttlichen Augustus mit Kraft und Geschick fortgeführt und so dem Reich Frieden und Wohlstand erhalten.«
»Frieden und Wohlstand ...«, lallte Tiberius, »ja, ja, das mag schon stimmen. Und was ist der Dank? Der dreimal verfluchte Senat konspiriert hinter meinem Rücken, und von Sejanus – dem einzigen Menschen, dem ich jemals vertraute – wird mir in letzter Zeit so allerlei berichtet. Aber ich will dich nicht mit Politik langweilen, gelehrter Sternengucker. Du hast mich, so viel ich weiß, nie getäuscht, nie belogen.
Nun sage mir eins – sage mir – sage ...«
Der Kaiser fuhr sich über sein Gesicht, wie um etwas fortzuwischen, senkte den Kopf und schlief ein.
»Jupiter sei Dank!« flüsterte Thrasyllus vor sich hin, »immer wenn Tiberius die Wahrheit wissen will, wird mir angst und bang ...«

Caligula hatte aus der Besprechung mit Sejanus die richtigen Schlüsse gezogen. Für den Präfekten war er nur eine Figur, deren er sich bediente und die er beseitigen würde, sobald sie für ihn wertlos oder gar hinderlich war. Der scharfe, intensive Verstand des Caligula durchschaute ihn. Und er tat das einzig Richtige. Er kehrte nur noch ins Haus der Livia zurück, um sich zu verabschieden.

Mit seinem Leibdiener ritt er nach Ostia und fuhr auf einem Schnellsegler nach Capri. Sein Onkel empfing ihn überraschend freundlich, denn er mochte nicht glauben, was ihm seine Vertrauten über Sejanus berichteten und verlangte ständig nach neuen Nachrichten.

»Gaius! Du kommst mir gerade recht. Sejanus scheint in Rom nur noch Feinde zu haben. Ich weiß, daß er ehrgeizig ist, aber daß er nach meinem Thron schielt, kann ich nicht glauben – will ich nicht glauben. Jetzt möchte ich deine Meinung hören.«

Caligula verbarg sein Erschrecken über das Aussehen des Kaisers hinter einer undurchdringlichen Miene.

»Salve, Imperator! Ich freue mich aufrichtig, dich so frisch und gesund anzutreffen.«

Tiberius wurde sofort mißtrauisch.

»Warum das? Dachtest du, einen Sterbenden vorzufinden?«

»Das nun gerade nicht, aber in Rom laufen Gerüchte um . . .«

»Gerüchte? Welche Gerüchte? Sag' mir die Wahrheit, Gaius, ich befehle es dir!«

»Bei den Manen unserer Familie, bei allem was mir heilig ist, ich kann dir nur die Wahrheit sagen, die ich kenne. Wie ich jetzt dir gegenübersitze, so hatte ich vor zwei Tagen ein Gespräch mit Sejanus, und davon will ich dir gerne berichten.

Der Präfekt scheint damit zu rechnen, daß du nicht mehr lange lebst und sieht sich als künftiger Regent für deinen unmündigen Enkel, den Caesar Tiberius. Er beherrscht Rom wie ein Diktator und erteilt alle Befehle in deinem Namen. Weißt du übrigens, daß er mit Julia heimlich verlobt ist? Wenn du tot bist, will er deine Enkelin heiraten und sich mit Hilfe seiner Prätorianer auf den Thron setzen. Das hat er mir zwar nicht ins Gesicht gesagt, doch er ließ keinen Zweifel an seinen Absichten.«

»Ich hätte es wissen müssen«, sagte Tiberius, »seine Briefe klangen so harmlos und bescheiden, wie es gar nicht zu ihm paßt. Im übrigen bat er mich, ihm die Ehe mit Claudia zu gestatten, doch ich hielt ihn hin . . .«

»Das war nur eine List. Er hat Claudia längst davongejagt, weil er sie nicht mehr braucht. Ganz Rom spricht davon, daß sie Drusus auf Sejanus' Geheiß vergiftet hat. Weißt du davon nichts?«

Das Gesicht des Kaisers erstarrte.

»Er hat meinen Sohn vergiftet? Das kann nicht wahr sein – das glaube ich nicht!«

»Vielleicht nur ein Gerücht, aber nach allem, was ich weiß, scheint es die traurige Wahrheit zu sein. Sejanus ist ein tüchtiger Mann, darüber besteht kein Zweifel, und ich hätte ihm – genauso wie du – mein volles Vertrauen geschenkt. Aber deine Gunst, Imperator, hat ihn anmaßend und unvorsichtig werden lassen. Mir scheint, er war zu schwach, dieser Versuchung zu widerstehen, und hat die Grenzen seines Amtes längst überschritten. Du hast eine Natter an deinem Busen genährt, Imperator! Es tut mir leid, dir das sagen zu müssen. Aber ich gehorche nur deinem Befehl, dir die volle Wahrheit zu berichten – so, wie ich sie kenne. Vielleicht hörst du von anderen bessere Nachrichten . . .«

Der Kaiser schwieg und kratzte an dem Ausschlag in seinem Gesicht herum. Er riß ein Pflaster ab und warf es auf den Boden. Dann richtete er seine trüben Greisenaugen auf Caligula.

»Nein, Gaius, ich habe keine besseren Nachrichten. Es fügt sich eines zum anderen, und was du mir berichtet hast, bestätigt Vermutungen von Freunden, denen ich vertraue. Im Augenblick halte ich es aber für unklug, Sejanus zu verunsichern. Er soll sein falsches Spiel noch eine Weile weitertreiben dürfen. Nur so kann ich ihn am Ende überführen. Ich habe sogar vor, ihm demnächst das Konsulat zu übertragen, zusammen mit mir. Er soll sich in Sicherheit wiegen, im Besitz meines Vertrauens und meiner Gunst. Das wird ihn leichtsinnig werden lassen, und dann schlage ich zu. Ich werde ihn mit seinen Freunden und Anhängern, mit seiner ganzen Familie vernichten, ihn zertreten wie eine Schlange. Ich vertraue dir, Gaius. Kein Wort von dem, was ich dir gesagt habe, darf nach draußen dringen! Du bist Blut von meinem Blut, und das zählt mehr, als dieser ehrgeizige Emporkömmling, dem ich lange vertraut habe – zu lange!«

Caligula triumphierte. Alles lief nach seinen Wünschen, und wenn Sejanus entmachtet war, würde seine Stunde schlagen, die des Gaius Caesar, den alle Welt das Stiefelchen nannte. Caligula lachte in sich hinein. Aus dem Stiefelchen wird schnell ein Stiefel und den werde ich auf eure Nacken setzen, noch ehe ihr wißt, was euch geschieht.

Cornelius Sabinus teilte seinem Vater in kurzen Worten mit, daß von nun an mehrmals wöchentlich ein Prätorianer-Centurio bei ihm erscheinen würde, den er in Schrift und Literatur ausbilden wolle.

Celsus schüttelte verzweifelt den Kopf.

»Mein zwanzigjähriger Sohn spielt den Lehrer, ehe er selber etwas gelernt hat. Bezahlt dich der wackere Krieger wenigstens anständig? Die Prätorianer sollen ja recht gute Löhne beziehen – auf unsere Kosten natürlich.«

»Nein«, sagte Sabinus geduldig, »der wackere Krieger bezahlt nichts. Erstens einmal ist er mein Freund, und zum zweiten hat er mir auch einen großen Gefallen erwiesen. Chaerea ist übrigens um einiges älter als ich, verheiratet und hat zwei Kinder. Das ist also nicht irgendein Bubenstreich, den wir in deinem Haus aushecken. Er will befördert werden, und da muß er perfekt schreiben und lesen können.«

»Gut, gut, mein Sohn, ich will dir da nicht dreinreden. Immer noch besser, als draußen hinter irgendwelchen Röcken herzulaufen. Warum sollen auch immer nur Gelehrte und Dichter hier aus- und eingehen? Der feste Tritt des Mars schadet unserem von Apoll verweichlichten Haus gewiß nicht.«

»Das hast du schön gesagt, teurer Vorfahr und in diesem Fall stimme ich dir einmal von Herzen zu.«

Kopfschüttelnd ging Celsus hinaus. Dieser Sohn war immer für eine Überraschung gut. Insgeheim war er stolz auf Sabinus, doch das behielt er für sich.

Am nächsten Tag erschien Cassius Chaerea unmittelbar nach seinem Dienst.

»Ich habe es Marcia nun doch gesagt. Sie muß schließlich wissen, wo ich bin und was ich treibe. Auf sie kann ich mich verlassen, von ihr erfährt niemand etwas.«

»Es ist ja keine Schande, nicht schreiben zu können. Die meisten Römer können es nicht und brauchen es wohl auch nicht. Also komm, Chaerea, setz dich hierher, wir wollen keine Zeit verlieren.«
Sabinus hatte sich vorgenommen, seinen Unterricht mit vertrauten Begriffen zu beginnen.
»Nehmen wir gleich deinen eigenen Namen, den du ja sogar schreiben kannst.«
Sabinus schob eine Schiefertafel zu Chaerea hin, drückte ihm einen Griffel in die Hand und forderte ihn auf, seinen Namen zu schreiben. Langsam und mühevoll kritzelte Chaerea die beiden Worte hin.
Sabinus nickte. »Da steht nun Cassius Chaerea. Spreche ich deinen Namen langsam aus, so hört man jeden Buchstaben einzeln. C-a-ss-i-u-s. Weißt du andere Namen, die mit einem C beginnen?«
Chaerea dachte nach. »Dein Familienname zum Beispiel: Cornelius. Oder der frühere Konsul Cocceius.«
»Gut, Chaerea. Dabei muß man aber beachten, daß das C, der dritte Buchstabe im Alphabet, vor i und e anders gesprochen wird. Es ist zwar derselbe Buchstabe, aber seine Aussprache wandelt sich. Du bist ein Centurio und am Anfang dieses Wortes steht ebenso ein C, wie bei Cassius. Oder bei Cicero, dem berühmten Redner.«
Mit solchen Beispielen versuchte Sabinus, seinem Freund zu verdeutlichen, daß die ganze lateinische Sprache mit ihren tausenden von Wörtern aus vierundzwanzig Buchstaben zusammengesetzt war.
Chaerea staunte: »Wirklich nur vierundzwanzig? Ich dachte, es müßten hunderte sein.«
Sabinus lachte. »Stelle es dir trotzdem nicht zu leicht vor. Auch wenn du bald alle vierundzwanzig einzeln aufschreiben kannst, wird es dir lange schwerfallen, Wörter daraus zu bilden, oder sie im Zusammenhang zu lesen. Ich bin vier Jahre zur Schule gegangen und habe ein halbes Jahr gebraucht, um einigermaßen Schreiben und Lesen zu lernen.«
»Ein halbes Jahr? Und was hast du in den restlichen dreieinhalb Jahren gemacht?«

»Da wendet man seine Kenntnisse an, um sich weiterzubilden in Geographie, Geschichte, Literatur, Philosophie und anderen Wissensgebieten. Die Lehrstoffe sind in Büchern niedergelegt, und da man nun imstande ist, sie zu lesen, braucht man für spätere Studien keinen Lehrer mehr. Wer Geld hat, legt sich eine eigene Bibliothek zu, andere benutzen die öffentlichen Büchereien. Aber da sind wir den Dingen weit vorausgeeilt. Außerdem willst du ja weder Gelehrter noch Dichter werden, sondern brauchst die Schrift für praktische Anwendung. Militärische Regeln, Namenslisten der Legionäre, eure Dienstjahre, eure Auszeichnungen, aber auch Vergehen und Strafen – alles ist irgendwo aufgezeichnet. Wenn man dich befördert, wirst du Zugang zu solchen Listen haben, kannst schnell herausfinden, wann und wo ein Legionär geboren ist, wie lange und wo er gedient hat, wie er sich führt – ohne den Mann selbst zu befragen. Wissen ist Macht, Chaerea, das hat sich immer wieder gezeigt.«
Chaerea lernte langsam, doch mit Eifer und Geduld. Als er endlich an den Punkt kam, wo er stockend, doch ohne Hilfe kurze Wörter lesen konnte, sprang er auf und schlug Sabinus so derb auf die Schulter, daß er fast umfiel.
»Sabinus, es geht! Das ist ja wie ein Zauber! Da stehen ein paar Kreidestriche, ich schaue hin und lese ›Pilum‹ (Wurfspieß). Und da steht ›Mars‹, ›Venus‹, ›Hercules‹ – da sind alle Götter niedergeschrieben, und ich lese ihre Namen herunter, als sei es nichts! Ach, Sabinus, du hast einen anderen Menschen aus mir gemacht. Das werde ich mit dem bißchen Schwertfechten niemals abzahlen können.«
Sabinus freute sich mit seinem Freund.
»Und ob du das kannst! Wir haben ja auch schon das Bogenschießen und Speerwerfen geübt. So lernt einer vom anderen, was er nicht kann. Das ist ein Tauschgeschäft unter Freunden.«

Ja, Freunde waren sie nun wirklich geworden in diesen Wochen und Monaten, bei dem Bemühen, sich gegenseitig weiterzubilden. Wie Chaerea, so freute sich auch Sabinus über jeden Fortschritt, den er durch Zähigkeit und Eifer erkämpfte. Es war sonst nicht seine Art, sich mit irgendetwas über Gebühr abzuplagen, doch da war der andere, der Freund, vor dem er sich hätte schämen müssen. Wenn Sabinus mit dem Bogen das Ziel zwanzigmal verfehlte, so legte er eben – auch wenn sein Arm schon lahm war – den einundzwanzigsten Pfeil auf die Sehne, und wenn es sein mußte den achtundzwanzigsten und dreißigsten. Irgendwann erzielte er einen Treffer, und es kam eine Zeit, da saß schon der fünfte oder sechste Pfeil auf der Scheibe, wenn auch nicht jedesmal im Zentrum.

Inzwischen wußten auch seine Eltern, womit Chaerea seinen Unterricht abbezahlte, und Celsus nahm es mit gemischten Gefühlen auf. Einesteils freute es ihn, wenn sich sein Sohn körperlich betätigte, denn er war ein Verehrer der alten Griechen und hielt viel von atlethischen Übungen. Andererseits wäre es ihm schon lieber gewesen, sein Sohn hätte sich mehr um das Geschäft gekümmert, von dem Celsus hoffte, er würde es eines Tages übernehmen. Gerade damit aber befaßte sich der Herr Sohn in letzter Zeit überhaupt nicht mehr.

»Laß mir Zeit, Vater, das kommt schon noch. Die Jugend soll ihre Kraft erproben, wenn ich einmal so alt wie du bin, ist es zu spät.«

Was sollte Celsus darauf antworten? Er war nicht der Mensch, seine Wünsche mit Gewalt durchzusetzen und sich als Patriarch aufzuführen. So blieb ihm nur die Hoffnung, auch wenn ihn als Literaturkenner dabei das Wort des Cicero warnte: O fallacem hominum spem! (Wie trügerisch ist die Hoffnung des Menschen!)

Eines Tages lernte Sabinus auch Marcia kennen, die Frau des Chaerea. Das war, als sein Freund zu ihm sagte:

»Sabinus, meine Frau wird mißtrauisch, und ich kann es ihr nicht einmal verdenken. Wenn ich von unserem Schreibunterricht spät nach Hause komme – und du weißt, wie spät es oft wird! – dann sieht sie mich so seltsam an, und ihre Zunge wird spitz. Sie redet mich gestelzt als Scriptor (Schreiber) und Litteratus (Gelehrter) an, und ich kann nicht mehr vernünftig mit ihr reden. Ich habe ihr längst von dir erzählt, aber ich glaube, sie hält dich für eine Frau. Ein paarmal hat sie schon gesagt – wenn auch im Scherz – mein Lehrer sei wohl eine Magistra (Lehrerin), und hinter diesen Scherzen vermute ich einen ernsten Verdacht. Den möchte ich zerstreuen, und deshalb solltest du uns einmal besuchen.«

Sabinus grinste und sonnte sich im Glanz seiner reichen Erfahrungen.

»Ja, ja, die Frauen«, sagte er weise, »man weiß nie, wie man mit ihnen dran ist. Schon Vergil konnte nicht umhin, zu bemerken: Varium et mutabile semper femina (launisch und schwankend sind die Frauen). Aber man muß kein Dichter sein, um das festzustellen. Den Satz nehmen wir uns vor, mein eifriger Schüler, ehe wir Schluß machen. Also schreib' hin: Varium et...«

Chaerea seufzte, aber er griff gehorsam zum Griffel und mühte sich mit dem Satz ab.

»Das muß später noch schneller gehen«, sagte Sabinus streng und schaute sich das Ergebnis an.

»Bei ›semper‹ fehlt der letzte Buchstabe und dein ›M‹ muß noch schöner werden. Aber wenn ich auf unsere Anfänge zurückblicke, können wir stolz sein: ich auf meine Geduld als Lehrer und du auf deinen Eifer als Schüler. Und ich habe kein einziges Mal die Rute gebraucht...«

Chaerea lachte. »Das wäre ja noch schöner, daß ein grünes Bürschchen wie du einen Centurio versohlt. Außerdem hebt es sich bei uns auf, denn draußen auf dem Marsfeld bist du der Schüler.«

»Gut, aber jetzt sage einmal ehrlich, was erscheint dir schwerer zu erlernen: das Schreiben oder das Fechten?«

»Das ist doch ganz einfach: für dich sind die Waffenübungen schwerer und für mich der Umgang mit dem Griffel. Dabei hast du wenigstens rechtzeitig damit begonnen, während es für mich als alten Mann schon erheblich schwieriger war, mir dieses Zeugs da anzueignen. Ich hätte es auch nicht getan, aber ich bilde mir nun mal ein, daß es besser ist, als Tribun aus dem aktiven Dienst auszuscheiden.«

»Womit du ohne Zweifel recht hast, aber bitte gewöhne dir an, die Schreibkunst nicht als ›Zeugs‹ zu bezeichnen. Sie soll ja immerhin der Schlüssel zu deiner Beförderung sein. Ich könnte dir da übrigens behilflich sein. Cornelius Lentulus ist ein Onkel

von mir, er war vor vier Jahren Konsul, später Legat in Germanien. Du hast seinen Namen sicher schon gehört. Wenn ich...«
Da wurde Chaerea böse.
»Nein! Wenn dir unsere Freundschaft etwas wert ist, fang nie wieder damit an! Ich möchte meine Stellung nicht der Protektion eines Patriziers verdanken, auch wenn es der Onkel eines Freundes ist.«
»Aber Chaerea, Protektion ist doch keine Schande, wenn sie einem Tüchtigen zuteil wird. Schlimm ist es nur, wenn ein Unfähiger oder Unwürdiger begünstigt wird.«
»Da magst du recht haben, aber ich will mein Fortkommen mir selber verdanken – wie bisher. Nenne es meinetwegen den Stolz eines Plebejers und damit laß es gut sein.«
Sabinus nickte. »Wie du willst, Chaerea – kein Wort mehr darüber. Wann soll ich nun dein mißtrauisches Weibchen über mein wahres Geschlecht aufklären?«
»Übermorgen habe ich einen freien Tag. Wenn du willst, verlegen wir unseren Unterricht auf den Vormittag und danach lade ich dich zum Essen ein.«

Die fast neunzigjährige Livia Augusta lag im Sterben. Seit nahezu siebzig Jahren lebte sie in dem bescheidenen Haus am Palatinus, davon vier Jahrzehnte als Gemahlin des Kaisers Augustus, der dem Erdkreis die Pax Romana geschenkt hatte, den römischen Frieden.
Sie hatte es nicht immer leicht gehabt mit ihm, dem die Provinzen schon zu Lebzeiten Tempel errichtet hatten und dessen einfache, anspruchslose Lebensführung schon bald zur Legende geworden war. Ihm, dem eingefleischten Patrizier, war es bald gelungen, das Volk auf seine Seite zu bringen. Wer zum Frühstück eine Handvoll Rosinen ißt und ein Glas Wasser dazu trinkt wie nur irgendeiner von den einfachen Leuten, dem traut man es auch zu, daß er die Steuergelder für nützliche Zwecke verwendet.
Aber auch er hatte es mit ihr nicht so leicht gehabt. Sie war kein willfähriges Weibchen, das allem beistimmte, was ihr Gatte und Herr tat und beschloß. Doch sie fanden immer wieder zueinander, und Augustus schätzte sie über alle Maßen.

Jetzt, da sie dabei war, hinüberzugleiten in die Gefilde der Seligen, da die irdische Welt um sie versank, fühlte sie sich ihrem Gemahl näher als manchmal zu seinen Lebzeiten.
Eine Stimme rief sie in die Gegenwart zurück.
»Augusta, der Arzt hat dir eine neue Arznei...«
Kraftlos winkte die Greisin ab.
»Ich brauche nichts mehr – die beste Arznei ist der Tod, denn er befreit uns von der Last des Lebens.«
Wieder versank sie in ihrem Dämmerschlaf und fand sich auf dem Schiff wieder, an jenem Tag, da Augustus seinen Adoptivsohn Tiberius auf dem Weg nach Illyrien ein Stück begleiten wollte. Sie legten auf Capri an, weil Octavian diese Insel liebte und dort ein schönes Sommerhaus besaß.
»Wir hätten nicht im Hochsommer auf Reisen gehen sollen«, beklagte Livia sich, »du bist schließlich kein Jüngling mehr. Tiberius wäre auch allein zurechtgekommen.«
»Das weiß ich auch, meine Liebe. Aber gerade im August ist Capri zu empfehlen, weil die Insel weit draußen im Meer liegt und immer ein kühler Wind weht. Anstatt die Gesetzesbrecher aufs Land zu verbannen, müßte man sie dazu verurteilen, den August in Rom zu verbringen. Ich fühle mich wohl und bin froh, daß wir hier sind!«
Sie blieben vier Tage; gingen Arm in Arm hinauf zu den Klippen und schauten auf das in der Sonne gleißende, von bunten Segeln getupfte Meer.
»Licht! Luft! Hier kann ich wieder atmen.«
Er drückte Livias Arm und sah sie zärtlich an. Ihre Besorgnis schwand, der Siebenundsiebzigjährige könne auf dieser Reise Schaden nehmen. Er hatte auf dem Schiff unter schwerem Durchfall gelitten, doch jetzt an Land ging es ihm wesentlich besser. Bei den seligen Göttern, wie hatte er sich gefreut, als sie an der Bucht von Puteoli vorbeisegelten, und die Besatzung eines gerade erst aus Alexandria eingelaufenen Schiffes war ihm zu Ehren in weißen Gewändern an Deck erschienen und jubelte ihm zu. Da konnte er, der für sich selber so anspruchslos war, recht großzügig werden. Er ließ Geld und Geschenke verteilen und zeigte sich lange an Deck.

Auch auf Capri zog er sich keineswegs zurück, sondern sah den jungen Männern bei ihren athletischen Wettkämpfen zu, belohnte die Sieger und speiste nachher mit ihnen in fröhlicher Runde.

Livia sah ihn wieder jung werden in diesen Tagen, doch sie mußte den dunklen Gedanken verscheuchen, daß dies vielleicht ein letztes Geschenk der Götter war, ehe sie ihn ins Reich der Schatten holten.

Die nächste Station war Neapolis, die heitere Stadt unter dem Vesuv, der sich seit Menschengedenken friedlich gebärdete und nur eine dünne harmlose Rauchwolke ausstieß.

Die Traumbilder wurden undeutlich, noch einmal erwachte Livia ins irdische Dasein.

»Hast du einen Wunsch, Augusta?« hörte sie jemand fragen. Die Stimme klang leise und drang wie aus weiter Ferne an ihr Ohr.

»Einen Wunsch? Nein – ich wünsche nichts, als in Ruhe gelassen zu werden. Doch ... Holt Caligula, ich möchte ihn sehen.«

»Gaius Caesar ist nach Capri abgereist, Augusta. Er hat sich vorgestern von dir verabschiedet.«

»Nach Capri ... Ah, das ist gut ... Ich möchte jetzt schlafen ... schlafen ...«

Sie schloß die Augen. Nach Capri ... klangen die Worte in ihr nach. Dort wo Tiberius sich eingenistet hat wie in einen Fuchsbau, bei ihrem Sohn, den sie mit in die Ehe gebracht und den Augustus adoptiert hatte. Freilich, er hatte das Erbe erhalten und redlich verwaltet, aber seit er Kaiser war, stand etwas Unnennbares zwischen ihnen, das sie einander entfremdete.

Jetzt ist ihm nur noch dieser Caligula geblieben, dachte sie schadenfroh, nachdem er seine ganze Verwandschaft mit Hilfe des ehrgeizigen Sejanus ausgerottet hatte: Drusus, Agrippina, ihre beiden Söhne – tot oder verbannt, und jetzt hat er nur noch einen zwölfjährigen Enkel und diesen Gaius Caligula, der ihn umgarnen wird, einspinnen, die Luft abwürgen ...

Sie hatten eine Zeitlang nebeneinander gelebt, Livia und Caligula, doch die alte, lebenserfahrene Menschenkennerin hatte sich von seinem stillen, höflichen Wesen nicht täuschen lassen. Manchmal hatte auch er sein Gesicht nicht beherrschen können, manchmal hatte auch er sich verraten. Armes Rom, dachte Livia,

du wirst jubeln und tanzen, wenn Caligula die Leichenrede auf Tiberius hält, doch wehe dir, du hebst dieses Reptil auf den Thron. Es wird seinen Rachen öffnen und euch alle verschlingen, es wird Blut saufen und doch nie satt werden, und es wird euch nichts anderes übrigbleiben, als es zu erschlagen.
Das Denken hatte Livia so angestrengt, daß sie sich wieder tiefer sinken ließ, hinab in die Vergangenheit, denn da kamen die Bilder wie von selber. Octavian... Stand er nicht auf dem sonnenüberfluteten Schiff mitten im saphirblauen Meer, wie auf einer Insel, ein Schiff ohne Segel...? Doch er näherte sich, oder sie näherte sich ihm, und die Gestalt wurde deutlicher. Blendendweiße Toga, ohne Purpurstreifen, einfach, wie er es schätzte. Sein Gesicht – ja, sein Gesicht war alterslos, hoheitsvoll, anmutig, und so mußten die Bildhauer ihn darstellen. Er duldete nur zwei Bildnisse von sich. Einmal das jugendliche, das ihn als Zwanzig- bis Dreißigjährigen zeigte und das in tausenden von Kopien aus Marmor oder Bronze das Reich und die Provinzen überflutete. Daran hielt er fest, etwa bis zum zwanzigsten Jahre seiner Herrschaft. Dann wurden Büsten gefertigt, die ihn als kraftvollen, doch alterslosen Mann zeigten, mit einem geschönten, fast verklärten Antlitz, das nun in strahlender Majestät bereits Tempel schmückte, aber nur in den Provinzen. Göttlicher Augustus! Innerhalb der Reichsgrenzen verbot er streng seine Verehrung als Gott. Ein Altersbildnis ließ er niemals anfertigen, und er begründete es auch.
»Die meisten Römer haben mich nie persönlich gesehen und werden es auch nicht. Doch sie identifizieren Rom mit meiner Person, und warum sollen sie den Eindruck gewinnen, Rom sei alt geworden? Zwar werde ich alt, das ist nicht zu übersehen, doch Rom bleibt jung, ewig jung und stark und mächtig. Und wenn die Bürger mir ins marmorne Antlitz blicken, dann sollen sie dieses junge, starke Rom darin wiederfinden.«
Jetzt stand Livia auf einem Nachen, der sich lautlos und ohne Ruderer über ein dunkles stilles Meer auf die strahlende Gestalt des Augustus zubewegte. Er stand nicht auf dem Deck eines Schiffes, sondern es war eine kleine sonnenbeschienene Insel, mit Palmen, Zypressen und schlanken Kiefern. Ihr Nachen näherte sich dem Ufer, und Octavianus winkte. Sie hörte seine

Stimme nicht, doch sie sah, wie sein Mund ihren Namen formte: Livia. Das Boot legte an, und er hob sie heraus, als sei sie eine Feder. Sie roch seinen vertrauten Duft, sah sein schöngeformtes Antlitz mit der schmalen, kühn hervorspringenden Nase, und er redete, doch sie hörte seine Stimme nicht, sie fühlte sich wohl und geborgen in seinen starken Armen, auf der sonnigen grünen Insel, die in Licht getaucht war...

»Augusta! Livia Augusta!«

Der Arzt nahm ihr Handgelenk und fühlte den Puls. Er schüttelte den Kopf. Sein Gehilfe reichte ihm einen kleinen Metallspiegel, den er lange vor Mund und Nase der Greisin hielt.

»Livia Augusta hat das irdische Leben mit den elysischen Feldern vertauscht«, sagte er feierlich und wandte sich ab.

V

Schon nach wenigen Tagen auf Capri hatte Caligulas scharfer, schneller Verstand die Zusammenhänge am Hof seines Großvaters durchschaut. Bei ganz flüchtiger Betrachtung ging es hier zu wie in der Villa eines Gutsbesitzers. Es gab Sklaven, Diener in verschiedenen Rängen, einen Majordomus, Aufseher und Aufseherinnen, nur die Prätorianer paßten nicht ins Bild. Und es gab IHN, den Herrn, der alles lenkte, dem alles gehörte, dem alle gehorchten, aber dieser Herr war meistens unsichtbar.

So sah es aus bei flüchtiger Betrachtung, doch es war nicht die Art des Gaius Caligula, sich damit zufriedenzugeben. Eines vor allem fand er schon nach wenigen Tagen heraus: Tiberius war völlig unberechenbar. Und es ließ sich nicht feststellen, ob manche seiner Entscheidungen einer Laune entsprangen, oder langer gründlicher Überlegung.

Von früheren, auch längeren Besuchen her kannte Caligula den engsten Freundeskreis des Kaisers, und nun war er doch überrascht, davon nur noch Thrasyllus vorzufinden. Freilich waren die meisten schon alte Herren gewesen, doch es ließ Caligula

keine Ruhe, er mußte herausfinden, was aus ihnen geworden war.
Er richtete es so ein, daß er mit Thrasyllus zusammen einen kleinen Spaziergang unternahm. Er lobte das frische Aussehen und die Rüstigkeit des über achtzigjährigen Astrologen und fragte so nebenher:
»Was ist denn aus den anderen alten Freunden meines Onkels geworden? Ich vermisse den Vescularius Flaccus und den Julius Marinus, auch Cocceius Nerva ist mir noch nicht begegnet. Den Kaiser wollte ich nicht fragen; es kann ja sein, daß – nun ...«
Er schwieg erwartungsvoll. Der alte Thrasyllus strich seinen Philosophenbart und meinte:
»Daran hast du gut getan, Gaius, es ist tatsächlich besser, ihn nicht danach zu fragen, vor allem nicht nach den beiden Erstgenannten. Flaccus und Marinus wurden hingerichtet – wegen Hochverrat. Erspare es mir, Einzelheiten zu berichten. Und Nerva – nun, Nerva gab sich selber den Tod. Er legte sich ins Bett, aß und trank nichts mehr, bis er starb. Um den tut es mir besonders leid, auch der Kaiser zeigte Bedauern.«
»Aber warum?« fragte Caligula, »warum tat er das? Wurde er verdächtigt oder angeklagt, erwartete er ein Verfahren?«
Thrasyllus schüttelte den Kopf.
»Nichts dergleichen. Er stand beim Kaiser in hoher Gunst, wie eh und je, doch nannte er jedem, der ihn auf seinem Sterbebett besuchte, den Grund seines Freitods. Es war Trauer – Trauer über den Zustand des Reiches, Trauer um die vielen unschuldigen Männer und Frauen, die Sejanus in den Tod getrieben hat und wohl hauptsächlich Trauer um die alten Freunde, die Tiberius zum Teil schon von Rhodos her kannte – wie auch mich.«
»Aber du lebst ...«, rutschte es Caligula heraus, doch Thrasyllus nahm es ihm nicht übel.
»Ja, Gaius, ich lebe noch, und ich kann dir auch sagen warum, da viele andere es auch wissen. Vor zwei Jahren hatte Tiberius aus nichtigem Anlaß meinen Tod beschlossen. Ich soll ihn verleumdet oder lächerlich gemacht haben, was weiß ich. Viel gehört ja nicht dazu, um in die Hände des Henkers zu fallen. Da der Kaiser von mir als Astrologe aber sehr viel hält, wollte er meine Kunst noch einmal auf die Probe stellen und bat mich,

sein und mein Horoskop sorgfältig auf die augenblickliche Prognose zu prüfen. Ich tat es und verkündete mit trauriger Stimme: ›Ach, Herr, uns beiden steht eine große Gefahr bevor...‹
›Uns beiden?‹ fragte der Kaiser erstaunt, und ich sagte:
›Ja, denn unsere Schicksalsfäden sind, wie ich jetzt sehe, auf seltsame Weise verknüpft. Sollte ich zu Tode kommen, so droht auch dir unmittelbar darauf ein Unheil. Ich kann dir gar nicht sagen, wie betrübt ich darüber bin, daß die Sterne mein Unglück mit dem deinen verbinden.‹«
Thrasyllus schwieg, und Caligula wußte nicht, ob dieser alte schlaue Fuchs die Wahrheit gesprochen hatte.
»Und euch beiden ist dann nichts geschehen?«
»Wie du siehst«, sagte Thrasyllus und schmunzelte.
Caligula bewunderte den Alten, wie ihn Schlauheit und List als menschliche Eigenschaften am meisten beeindruckten.
»Du wirst mir zwar aus naheliegenden Gründen nicht die Wahrheit sagen, aber ich frage dich dennoch: Hast du diese Prognose wirklich aus dem Horoskop gelesen oder wolltest du einfach nur überleben?«
Thrasyllus legte einen Zeigefinger an die Nase.
»Es stand schon so etwas in den Sternen, aber bei der Astrologie kommt es auf die richtige Auslegung an.«
»Und darin bist du ja Meister, teurer Thrasyllus, das erkennen alle neidlos an.«

Aus all dem zog Caligula den Schluß, daß auch er auf Capri nicht unbedingt seines Lebens sicher war, doch das mußte er als das kleinere Übel hinnehmen. In Rom wäre er ein Opfer des Sejanus geworden, und selbst wenn er ihn überlebt hätte: Er wollte nicht der Nachfolger des zweiten Mannes im Staate werden, sondern des ersten. Alle Macht ging von dieser kleinen Insel aus, und so galt es, hier am Leben zu bleiben.
Caligula spürte, wie ihn der Kaiser manchmal auf die Probe stellte. Eine harmlose Frage nach diesem oder jenem und dann hörte er sich die Antwort ganz beiläufig-zerstreut an, doch Caligula spürte, daß er alles registrierte und nichts vergaß.
Eine weitere Probe schien darin zu bestehen, daß er den Enkel in seine lasterhaften Vergnügungen einweihte. Er führte ihm seine

Freudenmädchen und Lustknaben vor und benahm sich dabei so schamlos-senil, als hätte er keinen Zeugen.
Im Schwimmbecken seines kleinen Tepidariums (lauwarmes Bad) nahm er ein paar etwa achtjährige Bürschchen mit ins Wasser, spielte und plantschte mit ihnen herum, als seien sie seine Kinder. Caligula mußte wider Willen lachen und fragte, ob er mithalten dürfe?
»Warte ein wenig, Gaius, das Spielchen ist noch nicht zu Ende – vielleicht gefällt es dir gar nicht so sehr.«
Er gab den Jungen ein Zeichen und stellte sich breitbeinig ins Wasser. Sie tauchten zwischen seinen mageren Schenkeln hindurch, wobei sie spielerisch seinen Phallus berührten, streichelten, rieben, bis er sich etwas aufrichtete.
»Jetzt bist du dran, Faunus, komm her!«
Ein etwas dicklicher, doch bildhübscher Junge schwamm herbei, grinste den Kaiser an, tauchte und schnappte wie ein Fisch nach dem halbsteifen Glied. Das vom Ausschlag entstellte Gesicht des Kaisers wandte sich Caligula zu.
»Siehst du das, teurer Nepos (Enkel)? Ah – ah – das tut gut, ja, mach weiter Faunus, sei nicht mundfaul, zier dich nicht, mein Fischlein, mein rundes Schweinchen . . .«
Dabei ließ er Caligula nicht aus den Augen. Später jagte er die Buben hinaus und ließ sich von einem Sklaven trockenreiben.
»Na, wie hat es dir gefallen?«
Caligula nickte unbewegten Gesichts.
»Ein nettes Spiel, könnte mir auch Spaß machen. Lade mich beim nächsten Mal dazu ein, Augustus. In Rom hatte ich keine Gelegenheit dazu, aber ich bin immer bereit, etwas Neues zu lernen.«
»Da gibt es nicht viel zu lernen, Gaius, du brauchst nur die Beine zu spreizen. Wenn die Senatoren mich so sehen könnten . . .«
Caligula winkte ab.
»Die treiben auch ihre Spiele; jeder sucht sein Vergnügen, wo er es findet. Was schadet es dem römischen Reich, wenn sein Kaiser sich vergnügt? Wer sich vergnügt, ist zufrieden, und ein zufriedener Fürst ist ein Segen für das ganze Land.«
»Es freut mich, daß du es so siehst.«
Caligula schüttelte verwundert den Kopf.

»Wie könnte man es anders sehen?«
»Ein paar Pagani (Spießer) gibt es immer, die gerne das gleiche täten, aber zu feig sind, es auszuführen.«
»Das sind die Schlimmsten«, sagte Caligula und wußte, daß er wieder eine Probe bestanden hatte.

Einige Tage später kam Sutorius Macro, Präfekt der Vigiles (Leibwächter) aus Rom zurück. Er war noch jung und genoß das volle Vertrauen des Kaisers. Caligula wußte das und behandelte ihn mit besonderem Respekt. Tiberius ließ ihn zu der Unterredung rufen.
»Höre dir an, Gaius, was Macro berichtet – es wird dich interessieren.«
»Der Präfekt Sejanus ist dabei, einen Staatsstreich vorzubereiten, dafür gibt es eindeutige Beweise.«
»Er tut seit Jahren nichts anderes, als darauf hinzuarbeiten«, warf Caligula ein.
Der Kaiser stimmte ihm bei.
»Leider ist es so, und ich bin auf das Schlimmste getäuscht und hintergangen worden. Aber damit ist jetzt Schluß, wir müssen sofort handeln. Nimm deine besten Leute, Macro, aber nicht zu wenige und segle morgen nach Rom. Ich werde dir ein eigenhändiges Schreiben mitgeben, das dich zur Festnahme des Sejanus berechtigt. Ein weiteres Schreiben wird die Senatoren unterrichten. Könnten seine Prätorianer rebellisch werden?«
»Dafür sorge ich schon, Imperator. Sejanus ist leichtsinnig geworden, ich werde ihn bei Nacht festnehmen, so daß ganz Rom am nächsten Morgen vor der vollendeten Tatsache steht.«
Caligula rieb sich die Hände.
»Rom wird jubeln, Rom wird tanzen, und es wird den Kaiser preisen. Sejanus war nirgends beliebt, auch wenn er vorgab, es zu sein. Sein maßloser Stolz hat viele abgestoßen. Damit befreist du viele Menschen von einer unerträglichen Last. Er hat zuletzt nur noch für sich gehandelt und dabei deinen Namen mißbraucht.«
»Superbientem animus prosternet« (Hochmut kommt vor den Fall), zitierte der Kaiser die alte Volksweisheit. »Und dich, Caligula, bekleide ich mit der Toga virilis und mache dich zum

Quästor (Schatzmeister). Du kannst Macro auf seiner Mission begleiten, wenn du willst.«

In die großen, kalten Augen des Caligula trat eine Spur von Glanz.

»Bei diesem Akt der Gerechtigkeit bin ich gerne dabei – wie es sich für einen guten römischen Beamten ziemt.«

VI

Sabinus hatte im Laufe seines kurzen Lebens schon weite Teile seiner Heimatstadt durchstreift, doch er bevorzugte nach Art junger Menschen die Gegenden, wo »etwas los« war, wo es Thermen, Läden, Arenen, Hippodrome oder Schenken gab. Im Grunde trennte ihn vom Wohnviertel seines Freundes Chaerea nur der Vicus Longus, aber Sabinus war von da immer nach Westen, in Richtung auf den Campus Martius gegangen.

Jetzt hielt er sich in nordöstlicher Richtung und sah schon von weitem die gräßlichen Wohntürme aufragen, denen mehr und mehr die alten Villen mit ihren schönen Gärten weichen mußten. Einige von ihnen hatten sich noch gehalten wie alte Krieger in einer Schar von Feinden, doch die hohen Mietshäuser nahmen ihnen Licht und Luft, so daß ein Besitzer nach dem anderen aufgab. Dabei war es durchaus rentabel, hier ein altes Haus loszuschlagen, denn die Bauunternehmer zahlten für die Grundstücke horrende Preise. Kaum war eine solche Villa von ihren Bewohnern verlassen, erschien ein Heer von Bauarbeitern mit schweren Hämmern und Spitzhacken. In wenigen Tagen war dann das Haus verschwunden, und niemand dachte daran, daß hier Generationen von Familien geboren, aufgewachsen und gestorben waren. Mit den Häusern starb auch die Erinnerung, und die ehemaligen Besitzer konnten sich für den Erlös in Tusculum oder Tibur schöne Sitze mit großen Gärten leisten.

Doch von solchen Überlegungen war Sabinus frei, denn er mußte den Weg zu Chaereas Haus finden, und das war gar nicht so einfach. Er fragte sich durch, ging ein paarmal irre und stand schließlich vor dem fünfstöckigen Haus, wo Chaerea schon beim Eingang auf ihn wartete.

»Gar nicht so leicht zu finden«, begrüßte ihn Sabinus, »hoffentlich bin ich nicht zu spät dran.«
»Nein, nein, wir dachten schon, daß du dich etwas verspätest. Schau dich um! Ist das eine Wohngegend für den künftigen Tribun Cassius Chaerea?«
»Nein, du hast etwas Besseres verdient.«
»Es wird auch nicht mehr lange dauern«, sagte Chaerea, während sie die schmale steile Treppe hinaufstiegen.
»Zum Glück wohnen wir nur im ersten Stock, da hat man nicht so weit, wenn man die Latrina aufsuchen muß. Solche Verhältnisse werden für dich neu sein.«
»Ja, da war mir Fortuna günstiger gesonnen. Hoffentlich macht Marcia wegen mir keine großen Umstände.«
Sie betraten die Wohnung, in der es schon verheißungsvoll nach gebratenem Geflügel roch. Marcia kam aus der Küche, wischte sich sorgfältig die Hände ab und begrüßte den Gast mit einer leichten Verneigung.
»Salve, Cornelius Sabinus. Ich freue mich, endlich einmal den Freund und Lehrer meines Mannes kennenzulernen. Manchmal hatte ich schon den Verdacht, du seist ein Gespenst, und mein Chaerea – nun, wer weiß schon, was die Männer draußen alles treiben.«
Sabinus lachte, und seine blauen Augen blitzten Marcia so fröhlich an, daß ihr ganz warm ums Herz wurde.
»Du siehst, verehrte Marcia, weder bin ich ein Gespenst, noch eine Magistra . . .«
»Für einen Lehrer bist du allerdings noch ziemlich jung.«
Sabinus winkte ab.
»Lassen wir das Gerede von Lehrer und Schüler. Wir sind Freunde, und ich habe deinem Mann etwas beigebracht, das er brauchen wird und umgekehrt war es genauso. Wenn ich jetzt einigermaßen mit Waffen umzugehen weiß, dann habe ich es nur ihm zu verdanken.«
Marcia schien ein Geräusch in der Küche zu hören, denn sie entschuldigte sich hastig und rannte zur Tür.
Chaerea führte seinen Gast in den Wohnraum, der mit Truhen, einem langen Tisch, Stühlen und zwei großen Schränken vollgestopft war.

»Es ist ein wenig eng hier«, entschuldigte sich Chaerea, aber aus Platzmangel muß das Wohnzimmer auch als Speiseraum dienen. Sonst essen wir gleich in der Küche, aber wenn Gäste kommen... Los, setz dich hin, dann trinken wir einen Begrüßungsschluck.«
Für Sabinus war es ungewohnt, beim Speisen zu sitzen, denn daheim gab es ein großes Triclinicum (Eßzimmer) mit den bei wohlhabenden Familien üblichen Speisesofas, die in Hufeisenform um einen großen Tisch angeordnet waren. Chaerea goß die Becher halb voll und füllte sie mit Wasser auf.
»Ein junger Sabinerwein für meinen Sabinus.....«
Sie tranken sich zu und grinsten sich liebevoll an.
»Freut mich ehrlich, daß du mein Gast bist, Sabinus. In dieses Plebejerviertel verirren sich nicht oft Patrizier, und noch dazu ein Cornelier...«
»Halts Maul!« sagte Sabinus freundlich und boxte den Freund gegen die Schulter. »Fortuna ist launisch und hat aus Patriziern schon oft arme Leute gemacht, und aus ehemaligen Sklaven Gutsbesitzer oder reiche Fabrikanten.«
Sie wurden durch Marcia unterbrochen, die mit der gebratenen Ente hereinkam. Dazu gab es eine Kräutertunke, mit Honig und Garum angemacht. Dem Gast zu Ehren wurde frisches Panis mundus gereicht, ein feines Weizenbrot ohne Zusätze von Roggen oder Hafer.
Marcia wirkte auf den ersten Blick eher unscheinbar. Kurzes, gelocktes Haar umrahmte ein rundes, freundliches Gesicht mit einer feinen Nase und etwas schüchtern blickenden, aber fröhlichen dunklen Augen. Sie stammte aus einer römischen Handwerkerfamilie und wirkte neben dem Riesen Chaerea wie eine Spielzeugpuppe.
Sabinus lobte das Mahl, und es schmeckte ihm auch wirklich, weil er Geflügel über alles schätzte.
»Wo sind denn eure Kinder heute?« fragte er.
»Wir haben sie zu den Großeltern gebracht, damit es in der Wohnung nicht zu eng wird.«
»Beim nächsten Mal möchte ich sie aber sehen«, sagte Sabinus.
»Vielleicht sind wir da schon im eigenen Haus. Greif doch zu, Sabinus, da liegt noch ein schöner knuspriger Flügel.«

Der aber seufzte und beteuerte. »Ich bin so satt, daß ich mich kaum noch bewegen kann.«
»Es gibt aber noch eine Nachspeise«, sagte Marcia schüchtern.
»Wenn's etwas Süßes ist...«
Sie lachte. »Du redest wie mein Mann, der will auch immer etwas Süßes zum Abschluß. Es gibt Dulcia domestica, ich bringe es gleich herein.«
»Daran könnte ich mich totfressen«, sagte Chaerea. »Ich habe es sogar schon selber zubereitet. Du mußt getrocknete Datteln entkernen und mit Nüssen und gemahlenem Pfeffer füllen. Dann in Salz wälzen, in Honig braten und sofort auf den Tisch bringen, weil sonst der Honig wieder erstarrt. Ein Hochgenuß!«

Doch dieser Genuß wurde ihnen heute nicht zuteil. Von draußen hörte man schwere Schritte und das Klirren von Waffen. Da öffnete schon Marcia die Tür und sagte verschreckt:
»Zwei Prätorianer...«
Da stapften sie schon herein, in voller Montur und grüßten militärisch.
»Salve, Centurio! Befehl vom Kaiser, übermittelt durch den Präfekten Sutorius Macro: Alle Tribunen und Centurionen haben sich sofort in der Prätorianerkaserne einzufinden.«
Chaerea war aufgestanden.
»Danke, Leute. Wartet draußen, ich komme sofort. Sabinus, bleibe noch da und leiste Marcia Gesellschaft. Es gibt ja noch die Süßspeise.«
»Nein, Chaerea, das schickt sich nicht. Verzeih, Marcia, aber ich möchte Chaerea begleiten. Und sei bedankt für die vorzügliche Bewirtung. An den Tischen der Patrizier speist man auch nicht besser.«
Marcia errötete vor Stolz.
»Begleite uns lieber nicht, sonst sieht es aus, als würdest du abgeführt. Wir sehen uns dann übermorgen bei dir zu Hause.«

Sabinus war besorgt. Was mochte geschehen sein, daß Chaerea an seinem freien Tag in die Kaserne befohlen wurde? In der Stadt war nichts Ungewöhnliches zu bemerken, kein Auflauf, keine

Zusammenrottungen, keine diskutierenden Menschen. Auch daheim wußte niemand etwas. Sein Vater meinte:
»Vielleicht ist Sejanus nervös geworden, er soll ja beim Kaiser nicht mehr ganz so beliebt sein. Da hat er zu seiner Beruhigung eine außerordentliche Übung angesetzt. Wer mag schon wissen, was in so einem Soldatenhirn vorgeht?«
Der letzte Satz klang so verächtlich, daß Sabinus glaubte, seinen Freund verteidigen zu müssen.
»Nicht alle sind so dumm, wie du glaubst. Immerhin hat Chaerea in einem knappen Jahr schreiben und lesen gelernt...«
»Ich meine das nur ganz allgemein«, beruhigte ihn sein Vater. »Auch Germanicus war Soldat und hat trotzdem Komödien in griechischer Sprache geschrieben.«

Auf der Fahrt von Capri nach Rom ließ Caligula den Präfekten Macro nicht aus den Augen. So oft es ging, suchte er sein Gespräch, versuchte ihn, auf jede Weise auszuhorchen. Doch es war gar nicht so einfach, Zugang zu dem wortkargen Offizier zu finden. Einmal hatte der Kaiser zu Caligula gesagt:
»Weißt du, warum ich diesen Macro so schätze? Weil er keine überflüssigen Fragen stellt, weil er nicht so geschwätzig ist und meine Befehle ohne das geringste Zögern befolgt. Dabei ist er keineswegs dumm. Ist ein Befehl nicht ganz klar definiert, so merkt er es sofort und vergewissert sich durch kurze Fragen. Ein brauchbarer Mann.«
Doch eines spürte Caligula sofort. Macro war ehrgeizig. Zwar verbarg er das recht klug unter seiner wortkarg-biederen Soldatenart, aber Caligula hatte ein feines Gespür für Menschen, die nach oben wollten.
Sie standen an Deck und blickten stumm auf das nahe Ufer, wo die Prachtvillen von Bauli und Baia wie weiße Tupfen aus dem Grün der Pinien und Palmen hervorleuchteten.
»Wäre schön, da ein Haus zu haben...«, sagte Caligula wie zu sich selber.
Von Macro kam nur ein Schulterzucken, als wollte er sagen, an eine solche Möglichkeit denke er nicht einmal.
»Jetzt sage bloß, es wäre dir unangenehm, dort ein Sommerhaus zu besitzen.«

»Unangenehm gerade nicht, Gaius Caesar, aber an etwas derart Unerreichbares verschwende ich nicht gern meine Gedanken.«

»Unerreichbar? Warum? Ich nehme an, daß der Kaiser dich als Nachfolger für Sejanus in Betracht zieht. Meine Fürsprache ist dir jedenfalls sicher, aber bei meinem erlauchten Großvater erlebt man ja immer wieder Überraschungen.«

Caligula war es nicht entgangen, wie Macros kleine tiefliegenden Augen bei diesen Worten kurz aufleuchteten. Aha, dachte Caligula, jetzt habe ich den richtigen Punkt berührt.

»Schön wär's schon, aber auch als Prätorianerpräfekt wird man nicht reich. Reich werden die Konsuln, wenn sie nach ihrer Amtszeit den Posten eines Statthalters übernehmen. Aus den Provinzen läßt sich schon etwas herausholen.«

»Warum sollst du nicht eines Tages Konsul werden? Du bist aus angesehener Familie ...«

»Aber kein Patrizier!«

Das war ihm so herausgerutscht. Caligula sah ihn erstaunt an.

»Das ist doch kein Problem! Jahr für Jahr werden verdiente Männer im Rang erhöht.«

»Der Kaiser macht aber selten Gebrauch davon.«

»Der Kaiser ist alt, und du bist noch jung. Was Tiberius versäumt hat, kann sein Nachfolger tun ...«

Mit Befriedigung bemerkte Caligula, daß Bewegung in das straffe, beherrschte Gesicht des Offiziers gekommen war.

»Sein Nachfolger ...«, wiederholte er unsicher.

»Aber Macro, wir beide sind doch keine Träumer. Ich gönne meinem Großvater von Herzen eine lange Lebenszeit. Meinetwegen wird er hundert Jahre, aber die Natur lehrt uns, wie außerordentlich selten so etwas geschieht. Im November vollendet der Imperator sein dreiundsiebzigstes Lebensjahr. Sieh dich doch um! Wer von deinen Freunden oder Verwandten hat ein solches Alter erreicht? Ich will damit nur sagen, daß wir in den nächsten Jahren mit einem Thronwechsel rechnen müssen.«

Macro schwieg; Caligula nickte ihm zu und ging unter Deck. Der Präfekt dachte lange über das Gespräch nach und kam zu dem Schluß, daß Gaius Caesar ihm wohlwollte. Aber auch er hat seinen Preis, dachte Macro nüchtern, und eines Tages werde ich erfahren, wie hoch er ist.

Lucius Aelius Sejanus, der allmächtige Prätorianerpräfekt, hatte erreicht, wovon viele Römer – auch die aus den vornehmsten Familien – ein ganzes Leben nur träumen: Heuer war ihm zusammen mit dem Kaiser Tiberius das Konsulat übertragen worden. Der Kaiser hatte ihm einen sehr gnädigen Brief dazu geschrieben und sprach sogar in unbestimmten Worten von einer verwandtschaftlichen Verbindung, die er zu Sejanus anstrebe.
Wußte er von der heimlichen Verlobung mit Julia? Jedenfalls schien es ihm, als sei er der einzige, dem Tiberius vertraute und den er vielleicht sogar für seine Nachfolge in Betracht zog, durch eine Ehe mit seiner Enkelin Julia legitimiert. Ich scheine doch alles richtig gemacht zu haben, lobte Sejanus sich selber und malte sich eine glänzende Zukunft aus. Vielleicht erlebte der Kaiser seinen nächsten Geburtstag am 16. November gar nicht mehr? Das wird genau in einem Monat sein, überlegte Sejanus, aber er mag ruhig noch ein oder zwei Jahre leben; ich lasse die Macht nicht mehr los. Der auf Capri ist im Grunde schon ein Schattenkaiser, er weiß es nur noch nicht.
Sejanus blickte auf die bronzene Wasseruhr. Die vierte Nachtstunde; ob es sich noch lohnte, Julia zu besuchen? Der Gedanke an seine künftige Macht hatte ihn auch sexuell stark erregt. Schließlich war Julia die letzte Stufe zum Thron, und mit ihr würde er eine neue Kaiserdynastie begründen. Seine frühere Gemahlin Apicata würde er mit den drei Kindern verbannen müssen, um die Dynastie nicht zu gefährden – aus Staatsrücksichten. Vielleicht wäre es sogar besser, ihr einen Hochverratsprozeß anzuhängen? Sejanus schob die Überlegungen beiseite. Kommt Zeit – kommt Rat.
Er gähnte und nahm einen letzten Schluck aus dem Weinbecher. Dann stand er auf, schnallte sich sein kurzes Schwert um und ging hinüber zu Julia.
»Du mein kostbarster Schatz...«, nannte er sie oft, und Julia wußte recht gut, wie doppeldeutig das gemeint war. Doch Sejanus war ein Mann nach ihrem Herzen: stark, rücksichtslos, ein ausdauernder Liebhaber, genau das Gegenteil von Nero Caesar, ihrem ersten Gemahl. Es wurde gemunkelt, Sejanus habe ihn an

seinem Verbannungsort verhungern lassen, doch Julia nahm wenig Anteil an seinem Schicksal. Sie war froh, ihn los zu sein. Es gab wichtigeres.
Sejanus überprüfte die Wache vor der Villa, wechselte ein paar freundliche Worte mit den Männern und ging ins Haus zurück. Julia war noch wach; Sejanus streifte seine Tunica ab und schlüpfte zu ihr ins Bett. Er küßte ihre Brüste.
»Wir werden bald heiraten, mein Schatz, was sagst du dazu?«
»Ist der Kaiser einverstanden?«
»Es scheint so. Du kennst ja seinen Brief. Er selber strebe eine verwandtschaftliche Verbindung mit mir an, damit kannst nur du gemeint sein als seine Enkelin. Wir gründen ein neues Geschlecht, Julia, ich muß dir viele Kinder machen.«
Sie lachte leise.
»Dann fang schon damit an, verlieren wir keine Zeit!«
Er war ein rechter Soldat, der wenig Umstände machte und von komplizierten Vorspielen nichts hielt. Bei Julia brauchte er es auch nicht – sie war bereit, wenn er nur das Zimmer betrat.
Er umklammerte sie wie ein Ringer, nahm sie schnell und brutal, doch dann ließ er sich Zeit, dehnte das schöne Spiel lange hinaus, bis Julia einen lauten gurrenden Schrei ausstieß, wie eine Katze, wenn sie besprungen wird.
Dann lagen sie keuchend und erschöpft nebeneinander, Julia hatte ihre Hand besitzergreifend auf das Geschlecht ihres Liebhabers gelegt.
Plötzlich richtete sich Sejanus auf und lauschte.
»Hörst du nichts?«
Julia schüttelte träge den Kopf.
»Was soll schon sein? Die Wache geht ums Haus, da wird ein Schwert oder eine Lanze zu Boden gefallen sein.«
Sejanus sprang aus dem Bett, streifte sich die Tunica über und griff nach dem Kurzschwert. Stimmen und Waffengeklirr näherten sich, die Tür flog auf und einige Vigiles, Soldaten der kaiserlichen Leibtruppe, umringten den schreckensstarren Sejanus. Sie nahmen ihm sein Schwert ab und führten ihn hinaus. Auf Julia hatte niemand geachtet, doch vor ihrer Tür blieb eine Wache.
Sejanus begann zu fluchen und zu toben, rief nach seinen Prätorianern, doch einer der Vigiles schlug ihm den Schwertknauf auf

den Mund, daß einige Zähne splitterten und die Lippen aufplatzten.
»Du redest erst, wenn du gefragt wirst!«
Im Atrium hatten Caligula und Macro auf Stühlen Platz genommen.
»Salve Sejanus!« begrüßte ihn Caligula. »Entschuldige unseren späten Besuch, aber wir müssen dich im Auftrag des Senats festnehmen. Solltest du unschuldig sein, wird es sich bei der Verhandlung erweisen. Den Anlaß dazu gab ein Schreiben des Kaisers, der sich sehr kritisch mit dir befaßte und gestern vor den Senatoren verlesen wurde. Der Kaiser selbst empfahl deine vorläufige Festnahme, und es wurden inzwischen auch einige Anklagepunkte genannt, nämlich Hochverrat und Mord.«
»Mord?« stammelte Sejanus durch seine zerschundenen Lippen.
»Ja, Mord an Drusus, des Kaisers Sohn, mit Hilfe von dessen Gemahlin Livia und ihrem Arzt Eudemus. Des weiteren Mord an zahllosen Männern und Frauen, meist patrizischer Familien, die dir im Wege standen und die du – das Vertrauen des Kaisers schamlos mißbrauchend – vor Gericht brachtest. Mord auch an meinem Bruder Nero Caesar, den du in der Verbannung, wie sich jetzt herausstellte – verhungern ließest. Dazu kommt noch dein jahrelang betriebener Verrat am Kaiser durch absichtliche Verdrehung seiner Befehle und zuletzt noch Verschwörung gegen das Leben des Imperators, auf dessen Thron du durch Julia zu gelangen hofftest. Ich habe dir damit die Hauptanklagepunkte genannt, die du, falls du unschuldig bist, widerlegen mußt. Doch ich fürchte, das wird dir schwerfallen. Sejanus versuchte mit aller Kraft, Würde und Fassung zu bewahren, doch das fiel ihm sichtlich schwer.
»Ich werde ... ich werde Zeugen finden, die für mich sprechen, werde nicht zulassen ..., daß ..., daß ...«
Er spuckte Blut und einige Zahnsplitter auf den Boden.
»Spare dir deine Kraft für den Prozeß«, sagte Caligula und erhob sich.
»Abführen!« befahl Macro.
Caligula wandte sich zu ihm.
»Ich werde jetzt einige Stunden schlafen. Du bereitest bis morgen früh die Listen vor mit den Namen der Tribunen und Centu-

rionen, die unter Sejanus in Rom gedient haben. Ich werde am Nachmittag zu ihnen sprechen und sie über die neue Lage aufklären.«

»Warum erst am Nachmittag, Caesar? Soldaten sind es gewohnt, beim Morgenappell neue Verfügungen zu erfahren.«

Caligula schaute ihn kalt an.

»Das brauchst du mir nun wirklich nicht zu sagen; ich wußte es schon als Dreijähriger. Aber wir benötigen einige Beweise, um Sejanus überführen zu können. Das heißt: Livia muß vernommen werden, ihren Arzt müssen wir befragen und vermutlich foltern, der Tod meines Bruders Nero muß eindeutig geklärt werden. Ich hoffe, daß der Vormittag dafür reicht, da diese Fälle ziemlich klar liegen. Mit dem anderen werden wir uns später befassen, aber wenn ich morgen zu den Prätorianern rede, muß ich einen überführten Schuldigen präsentieren.«

»Jawohl, Caesar!« sagte Macro militärisch knapp.

Am nächsten Morgen wurden die Prätorianer zunächst einmal hingehalten. Caligula ließ ihnen durch beliebte und bekannte Offiziere mitteilen, daß sie sich in erhöhter Alarmbereitschaft zu halten hätten, weil ein Anschlag auf den Kaiser geplant sei. Als einige Veteranen nach Sejanus fragten, wurde ihnen gesagt, auch der Präfekt sei damit befaßt, doch am Nachmittag würden sie mehr erfahren.

Inzwischen waren die geschicktesten Folterknechte Roms am Werk, um einigen Männern und Frauen Geständnisse abzupressen. Es waren dies vor allem der Arzt Eudemus, der das Gift bereitet und der Praegustator (Vorkoster) Lygdus, der es dem Drusus verabreicht hatte.

Lygdus, ein hübscher junger Eunuch, gestand schon nach den ersten Peitschenhieben, die seinen zarten Rücken zerfetzt hatten. Der Arzt Eudemus erwies sich als zäher; er war ein Freigelassener, hatte es zu Reichtum und Ansehen gebracht und hatte viel zu verlieren. Peitsche und Streckgalgen vermochten nicht, seine Zunge zu lösen, doch als der Henker das letzte Mittel, die glühenden Eisenplatten anwandte, sprudelte ihm das Geständnis nur so heraus. Livia habe ihm gesagt, Drusus sei eine Gefahr für das Reich, und es sei des Kaisers geheimer Wunsch, daß man ihn

beseitige. Da er nun aber der Sohn des Kaisers sei, dürfe niemand von diesen Zusammenhängen wissen, und es müsse so aussehen, als sterbe Drusus an einer zehrenden Krankheit.
Bei Claudia Livia, der Witwe des Drusus, brauchte man die Folter nicht anzuwenden. Sie gestand bereitwillig ihre Teilnahme an dem Verbrechen, schob aber Sejanus die Hauptschuld zu. Er habe ihr nicht nur die Ehe versprochen, sondern auch behauptet, der Kaiser wünsche insgeheim den Tod seines Sohnes und habe nur ihn, Sejanus, eingeweiht. Diese Aussage deckte sich mit der des Arztes, und so war Sejanus als eigentlicher Anstifter überführt.
Caligula zeigte sich zufrieden. Das allein genügte ihm schon; wie sein Bruder Nero auf der Verbannungsinsel Pontia zu Tode gekommen war, kümmerte ihn wenig. Er war froh, daß er nicht mehr am Leben war. Sein zweitältester Bruder, Drusus Caesar, schmachtete noch immer im palatinischen Kerker, doch der Kaiser hatte keinen Auftrag erteilt, ihn freizulassen, was Caligula eine Last von der Seele nahm. Dieser Drusus, den alle Welt den Jüngeren nannte, um ihn von des Kaisers Sohn zu unterscheiden, stand noch als einziger zwischen ihm und dem Thron. Irgendwann hatte der Kaiser einmal die Bemerkung fallenlassen, ihm bliebe ja für alle Fälle noch Drusus Caesar und da sei er froh, daß dieser im Gefängnis in Sicherheit sei. Caligula hatte es als Warnung aufgefaßt und hielt seitdem diesen Bruder für eine Gefahr, auch wenn sie vielleicht nur gering war.

Dies war nun der Tag, an dem man die Offiziere des römischen Prätorianerheeres versammelte, darunter war auch Cassius Chaerea. Caligula hatte außerdem noch ein Dutzend der ältesten Veteranen dazu befohlen, denn er kannte das Heer und wußte, welchen Einfluß solch alte, bewunderte Haudegen auf die jüngeren Soldaten besaßen. So standen sie nun an diesem kühlen, etwas regnerischen Oktobertag im Hof der Kaserne, vorne die Tribunen, dahinter die Centurionen, zu beiden Seiten die Veteranen.
Zuerst trat Macro vor:
»Prätorianer! Wir haben euch herbefohlen, um euch über gewisse Veränderungen, die der Kaiser verfügt hat, Mitteilung

zu machen. Wie ihr wißt, ist Imperator Tiberius Augustus unser oberster Herr, und er führt als solcher den Willen der Götter aus. Mit ihrer Hilfe hat er nun eine Verschwörung aufgedeckt, die gegen ihn und den römischen Staat gerichtet war und vielleicht einen blutigen Bürgerkrieg ausgelöst hätte. Euer Präfekt Lucius Aelius Sejanus war vermutlich der Anstifter und muß sich demnächst dafür verantworten.«

Bei diesen Worten kam Unruhe auf, doch Macro hob die Hand.

»Ich weiß, wie sehr es euch trifft, und darum soll es nicht bei dieser knappen Mitteilung bleiben. Gaius Caesar wird euch das weitere erläutern.«

Caligula trat vor, hob die Hand und rief:

»Salve Prätorianer! Ihr seid eine Stütze von Kaiser und Reich, deshalb möchte ich euch im Namen des Imperators für eure stete Treue und Pflichterfüllung danken – auch dafür, daß ihr die Befehle eures früheren Präfekten genau und ohne zu murren befolgt habt. Er war euer Vorgesetzter, und es ist nicht die Aufgabe der Untergebenen, nach dem Sinn und der Richtigkeit von Befehlen zu fragen. Daß er euch für seine Zwecke mißbraucht hat, wissen wir jetzt, doch die Schuld trifft nicht euch, sondern ihn – ihn allein!«

Caligula hatte ein feines Gespür und fühlte die Erleichterung, die sich unter den Männern breitmachte. Ihre Ehre als treue und zuverlässige Soldaten wurde nicht angezweifelt, sondern ausdrücklich gelobt und bestätigt. Damit hatte der kluge und im Kreis von Soldaten aufgewachsene Caligula die meisten von ihnen für sich gewonnen. Doch er kannte auch die Feinheiten und wußte, daß er noch jene beruhigen mußte, die zur Beförderung oder Verabschiedung anstanden und nun befürchteten, daß alle Verfügungen des Sejanus zunichte seien. Doch das hob er sich bis zuletzt auf, als süße Nachspeise.

»Nun sollt ihr hören, was man Sejanus vorwirft oder wessen er schon überführt ist. Heute vormittag haben zwei Männer gestanden, Drusus, den Sohn des Kaisers, vor acht Jahren auf Anstiften des Sejanus und mit Wissen Livias langsam vergiftet zu haben. Jedermann, auch unser erhabener Imperator, glaubte damals an eine Krankheit, nun aber kennen wir die traurige Wahrheit.

Übrigens hat auch Sejanus, unter dem Druck der Beweise, die Tat gestanden. Des weiteren ist er ohne ausdrückliche Billigung des Kaisers gegen die Familie meines Vaters Germanicus, gegen meine eigene Familie, rücksichtslos und ungerecht vorgegangen. Meine Mutter ist verbannt, mein Bruder Nero auf noch zu ermittelnde Weise getötet worden. Warum Sejanus seine Frau verstoßen und sich zuerst Livia, dann Julia als Buhle genommen hat, wird klar, wenn man seine Absicht kennt: Er wollte den erhabenen Tiberius stürzen und den Thron usurpieren. Also Hochverrat! Das allein würde genügen, um ihn zum Tode zu verurteilen. Ihr seid Soldaten und wißt, daß eure höchste Tugend die Treue ist, und so kenne ich auch das Urteil, daß ihr über Sejanus sprechen würdet. Tod! Hundertmal den Tod!«
Es folgte kein Jubel, doch es war deutlich ein zustimmendes Gemurmel zu vernehmen. In Macro zeigte sich eine widerwillige Bewunderung. Dieser junge Bursche wußte genau, was bei den Leuten ankam, was sie bewegte, was sie beruhigte. Und er konnte reden!
Caligula wartete, bis das Gemurmel erstarb.
»Nun zu etwas anderem. Wie ihr wißt, bin ich in einem Feldlager unter euresgleichen aufgewachsen, und so kenne ich auch eure Sorge: wie steht es mit den schwebenden Verfügungen, die Sejanus hinterlassen hat? Ihm lagen die Beförderungslisten vor, er hat da und dort eine Bemerkung hinzugefügt; außerdem muß über Eingaben entschieden werden, die Versetzungswünsche, Abschiedsgesuche und anderes enthalten. Ich verspreche euch bei meiner Ehre als kaiserlicher Prinz, daß nichts davon vergessen, übersehen oder gar abgelehnt wird, weil Sejanus es befürwortete. Der Präfekt war ein fähiger und tüchtiger Vorgesetzter, daran zweifelt niemand. Ihr sollt nicht dafür büßen müssen, daß er seine Macht mißbraucht hat.«
Jetzt erfolgte lauter Jubel und man hörte deutlich die Rufe.
»Heil Caligula! Es lebe der Kaiser!«
Jetzt jubeln sie mir und dem Kaiser zu – bald werden sie mir als Kaiser zujubeln.

Noch einen weiteren Befehl des Kaisers galt es auszuführen. Tiberius hatte in letzter Zeit immer häufiger von Caligulas

Schwestern zu reden begonnen und faßte plötzlich den Entschluß, es gehöre sich, daß diese elternlosen Mädchen unter dem Schutz eines Ehemannes stünden. Wie immer, wenn er sich etwas in den Kopf gesetzt hatte, wollte er es schnell zu Ende führen. Tagelang wälzte er die Listen der ritterlichen und senatorischen Familien, prüfte die Integrität und die Wohlhabenheit der in Frage Kommenden, ließ nachforschen, ob die Betreffenden schon verlobt seien und fand auf diese Weise drei Ehekandidaten, deren Namen er Caligula mitteilte.
»Leite das in die Wege, wenn du in Rom deine Schwestern besuchst. Ich habe die drei Männer geprüft und für gut befunden und ich will, daß die Eheschließungen bald stattfinden.«
Caligula hatte sich gehütet, zu widersprechen. Er nahm am Leben seiner Schwestern keinen großen Anteil, und sollte sich die Lage einmal ändern, so war eine Ehe leicht wieder aufzuheben.
Er ging zu Fuß zum Palatinus, von vier Prätorianern begleitet, und freute sich, wenn man ihn da und dort erkannte. Wem sein Gesicht fremd war, der wurde von anderen aufgeklärt.
»Mann, das ist doch Gaius Caesar, der Sohn des Germanicus! Unseren Caligula kennt doch die ganze Stadt!«
Natürlich kannte jeder Römer die Namen von Mitgliedern der kaiserlichen Familie, aber das Schicksal der Kinder des Germanicus verfolgte man mit besonderem Interesse. Die von Sejanus verbreiteten Greuelmärchen über Caligulas Brüder wurden in weiten Kreisen geglaubt, außerdem hatte sie doch der Kaiser selbst zu Staatsfeinden erklärt. So blieb nur Caligula, und ihm galt jetzt die Zuneigung des Volkes. Wenn ihn der Kaiser zu sich nach Capri in seine engste Umgebung gezogen hatte, dann wird es nicht ohne Grund gewesen sein, dachten die Leute, und so wurde Caligula, ohne es verdient oder herausgefordert zu haben – zum Liebling der Römer. Ihm war das nur recht, denn das würde ihm später viele Mühen ersparen.
Caligulas Schwestern lebten auf dem Palatin in der Domus Augustiana. Das war ein ganzer Häuserkomplex, den Kaiser Augustus nach und nach erworben hatte, um für sich, seine Familie und einige mittellose Verwandte ein Heim zu schaffen. Das war

kein Palast im üblichen Sinn, sondern ein behagliches Durcheinander, zum Teil sehr alter Häuser mit kleinen Zimmern und verwinkelten Gärten.
Wie konnte ein großer Mann so armselig wohnen, dachte Caligula und rümpfte die Nase.
Da er seinen Besuch angekündigt hatte, waren sie alle drei zugegen: Agrippina, die nicht nur den Namen, sondern auch die herbe Schönheit ihrer Mutter geerbt hatte, Livilla, die eigenwillige und schweigsame und die sechzehnjährige Drusilla, deren Anblick Caligula überraschte. In seinen kalten, toten Augen trat ein warmer Glanz.
»Bei unserer letzten Begegnung warst du noch ein Kind – und eine junge Frau finde ich wieder. Hübsch bist du geworden, Drusilla, dein künftiger Mann wird sich freuen.«
»Welcher Mann?« fragte Drusilla verständnislos.
Mit kaltem Behagen genoß Caligula ihre Überraschung.
»Womit wir beim Grund meines Besuches wären. Unser erhabener Kaiser hat gnädig geruht, für euch passende Ehemänner auszusuchen. Für Drusilla hat er Cassius Longinus gewählt, für Livilla Marcus Vinicius und für Agrippina Domitius Ahenobarbus. Allesamt Männer aus den besten Familien, die freilich stolz sein dürfen, in die kaiserliche Familie einzuheiraten. Eure Jungmädchenzeit ist nun vorbei, teure Schwestern, ihr werdet einem Haushalt vorstehen, Kinder gebären ...«
Mit einem zynischen Lächeln brach Caligula seine Rede ab. Ihm war nicht entgangen, daß jede seiner Schwestern unterschiedlich reagierte, doch keine schien sich zu freuen. Agrippina setzte eine stolze trotzige Miene auf und tat, als ginge sie es nichts an. Livillas Gesicht blieb unbewegt, doch ihre Augen funkelten zornig, während aus Drusillas mädchenhaftem Antlitz Schrecken und Ablehnung abzulesen waren.
Caligula hob in gespielter Unschuld die Hände.
»Gebt nicht mir die Schuld! Es ist ein Entschluß des Kaisers, doch ich glaube, er ist wohlüberlegt. Tiberius ist alt, und er will euch versorgt wissen. Er hat unseren Vater adoptiert, ist also dem Gesetz nach euer Großvater. Wir schulden ihm Gehorsam, auch wenn es manchmal schwerfällt, uns seinen Wünschen zu fügen.«

»Und was ist mit dir, Caligula? Hat Tiberius für dich keine Frau ausgesucht?«
Agrippina stellte die Frage und blickte ihn spöttisch an.
»Ich bin ein Mann«, sagte Caligula abweisend, »und kann selber auf mich aufpassen. Bisher hat sich der Kaiser nicht dazu geäußert.«

VII

Die Festnahme des Sejanus zog eine Welle von Verhaftungen nach sich. Nun wollte niemand mit dem ehemaligen Präfekten befreundet gewesen sein, und wer es offensichtlich war, schob es auf die besonderen Umstände.
»Es wäre tödlich gewesen, sich mit Sejanus zu verfeinden...«, hörte man jetzt allenthalben sagen, und es war nicht einmal gelogen. Jetzt aber war es tödlich, als sein Freund oder Handlanger zu gelten, und eine ganze Reihe von Römern suchte trotz der späten Jahreszeit ihre abgelegensten Landhäuser auf. Wer keines besaß oder zu lange zögerte, wurde schnell in den gefährlichen Strom gerissen, und nur ganz wenigen gelang es, unbehelligt wieder herauszukommen.

Mit Sejanus machte man kurzen Prozeß. Drei Tage nach seiner Festnahme schlug ihm der Henker den Kopf ab und schleifte den nackten Körper über die Gemoniae Scalae am Aventinus und ließ ihn dort zur Abschreckung liegen. Doch er blieb nicht lange allein. Schon wenige Stunden später erhielt er Gesellschaft von weiteren kopflosen Leichen, und zwei Tage später häuften sich dort die Toten. Als auf der Gemonischen Treppe kein Platz mehr war, warf man die Hingerichteten in den Tiber. Täglich folgten neue nach, Frauen und Männer, Junge und Alte und am Ende sogar Kinder. Es waren dies die einzigen Überlebenden aus der Familie des Sejanus, doch ein übereifriges Gericht glaubte, dem Kaiser einen Gefallen zu erweisen, wenn man auch sie dem Henker übergab. Die beiden wurde erdrosselt und auf die Gemonien geworfen.

Das elfjährige Mädchen mußte vorher von einem Büttel geschändet werden, da nach alter Sitte keine Jungfrau hingerichtet werden durfte. Das war ein erbärmliches Schauspiel und erregte Unwillen beim Volk. Überhaupt war man jetzt der Meinung, an Sejanus und seinen Handlangern sei die Rache nun vollzogen, und es gäbe keinen Sinn, jeden zu bestrafen, der einmal mit Sejanus gesprochen oder ihn um etwas gebeten habe.

Caligula, der in dieser Zeit häufig zwischen Rom und Capri hin- und herreiste, spürte sofort, daß es nicht klug sei, weitere Verhaftungen vorzunehmen. In behutsamen Worten machte er den Kaiser auf die Lage aufmerksam und beschwor ihn zugleich, die Gelegenheit zu nützen und persönlich im Senat aufzutreten. Tiberius lehnte den Vorschlag nicht rundweg ab, doch er zögerte. Eine abergläubische Furcht hielt ihn von der Stadt fern, und so konnte er sich auch diesmal nicht zu einem Besuch durchringen.

In diesen Tagen trat ein römischer Ritter im Senat auf. Marcus Terentius, der Freundschaft mit Sejanus beschuldigt, sprach vor allen Senatoren aus, was insgeheim viele dachten.
»Für mein Schicksal mag es wohl weniger vorteilhaft sein, die Beschuldigung anzuerkennen, als sie zu leugnen. Aber wie die Sache auch ausgehen mag, ich will gestehen, des Sejanus Freund gewesen zu sein, danach gestrebt zu haben, es zu werden, und als ich es geworden war, mich darüber gefreut zu haben. Ich hatte gesehen, daß er Amtsgenosse seines Vaters im Oberbefehl über die prätorischen Kohorten wurde, daß er später sowohl städtische wie militärische Verwaltungsämter bekam. Seine Verwandten und Angehörigen sahen sich durch Ehrenstellungen gehoben. Je vertrauter einer mit Sejanus stand, desto mehr galt er auch beim Kaiser. Wer dagegen mit ihm verfeindet war, der hatte mit Furcht und Armut zu kämpfen. Ich will keinen als Beispiel nennen, sondern alle, die wir an seinem letzten Anschlag unbeteiligt waren, auf meine alleinige Gefahr hin zu verteidigen suchen. Denn wir haben nicht irgendeinen Sejanus aus Vulsinii verehrt, sondern ein Mitglied der claudischen und julischen Familie, in die er durch Verschwägerung gelangt war.

Deinen Schwiegersohn, Caesar, deinen Mitkonsul, deinen Vertreter in der Führung der Staatsgeschäfte haben wir verehrt ...«
Dies und noch mehr sagte Terentius in einer langen und mutigen Rede, die er mit den Worten schloß:
»Aber Freundschaft und Aufmerksamkeiten gegen Sejanus sollten straflos bleiben, da diese für dich, Imperator, wie für uns mit dem gleichen Tage geendet haben.«

Zwei Tage später hielt Tiberius diese Rede in seinen Händen. Mit einer furchtlos vorgetragenen, wohlbegründeten Meinung konnte man bei Tiberius noch am ehesten auf Verständnis hoffen. So sehr er für seine Majestätsprozesse Denunzianten brauchte, so sehr verachtete er sie auch. Und nun drehte er den Spieß um. Jene, die den Terentius auf die Anklagebank gebracht hatten, wurden festgenommen und fielen nun in die Grube, die sie ihm bereiten wollten. Terentius kam frei, und die Verfolgung von Sejanusanhängern wurde eingestellt.

Gaius Caesar war es gelungen, sich in dieser Zeit dem Kaiser so unentbehrlich zu machen, daß sogar der argwöhnische und krankhaft mißtrauische Tiberius allmählich Vertrauen zu ihm faßte. Noch vor einem Jahr hätte er nicht einmal erwogen, Caligula für seine Nachfolge ins Auge zu fassen, doch nun ließ ihn der Gedanke nicht mehr los. Es gab nur einen Menschen in seiner engeren Umgebung, dem er von Zeit zu Zeit sein Herz öffnete und das war Thrasyllus, sein früherer Lehrer und jetziger Astrologe.
An diesem Abend hatte der Kaiser schon einige Becher ungemischten Weines geleert, als er plötzlich den dringenden Wunsch verspürte, sich mit dem Freund über Caligula auszusprechen.
»Setz dich zu mir, Thrasyllus, ich brauche einen Helfer, um den da leer zu kriegen.«
Er klopfte auf den halbvollen Weinkrug, und Thrasyllus wußte gleich, daß dies die Einleitung zu einem ernsthaften Gespräch war.
»Vinum lac senum« (Wein ist die Milch der Greise), sagte der Astrologe scherzhaft, worüber Tiberius so lachen mußte, daß er

fast erstickte. Der Freund klopfte ihm kräftig auf den Rücken, bis der Husten abklang. Tiberius lehnte sich zurück und versuchte wieder zu Atem zu kommen.

»Auf diese Weise könntest du mich umbringen. Aber sage es nicht weiter, sonst versucht es noch wer. Caligula zum Beispiel würde unverzüglich die besten Witze sammeln, damit ich mich totlache. Welchen Eindruck hast du von ihm?«

Nachdenklich strich Thrasyllus seinen Philosophenbart.

»Offen gesagt, Tiberius, es fällt mir schwer, darauf zu antworten. Caligula ist nicht leicht zu durchschauen, und wenn ich schon einen Eindruck schildern soll, so ist es der eines bis zur Unkenntlichkeit maskierten Menschen. Manchmal glaubt man, hinter die Maske zu blicken, aber nur, um dort eine weitere zu entdecken. Nicht zu übersehen ist sein scharfer Verstand, seine geschliffene Rede, seine Fähigkeit, andere schnell zu durchschauen. Aber was steckt dahinter, worin besteht sein wahres Wesen?«

Tiberius hob den Becher und zuckte die Schultern.

»Sein wahres Wesen ist Verstellung. Dahinter ist nichts weiter erkennbar, wenigstens vorläufig. Sollte er mein Nachfolger werden und die Macht in Händen halten, dann möchte ich allerdings nicht dafür einstehen, daß er sie klug und gerecht gebraucht. Ich habe manchmal das Gefühl, ich erziehe dem römischen Volk eine Natter, die eines Tages das ganze Reich vergiftet. Ich mag viele Fehler begangen haben, aber niemand kann mir vorwerfen, ich habe dem römischen Reich Schaden zugefügt. Du weißt es wie kein anderer, Thrasyllus, daß ich nicht nach diesem Amt gestrebt habe – ich wäre lieber Privatmann geblieben. Doch es war der Wille des großen Augustus, und ihm habe ich gehorcht. Habe ich sein Erbe schlecht verwaltet, Thrasyllus, sage es mir ehrlich, habe ich mich als unwürdig erwiesen?«

Der Astrologe kannte diese Fragen, sie wurden ihm schon öfter gestellt.

»Du kennst meine Meinung dazu, Tiberius, daß Augustus keinen würdigeren Nachfolger hätte finden können. Was ich dir vorwerfe, und mit mir viele Römer, ist deine Zurückgezogenheit. Sejanus hätte niemals seine Macht derart mißbrauchen können, hättest du dich von Zeit zu Zeit in Rom gezeigt – oder besser noch, wärest du nie von dort weggegangen. Ich achte deinen

Entschluß, kann ihn sogar verstehen, halte ihn aber trotzdem für falsch.«
Tiberius seufzte. Er kannte die Meinung seines alten Freundes und nahm ihm seine Worte nicht übel.
»Laß es gut sein, Thrasyllus, ich habe nun einmal diesen Weg gewählt und werde ihn zu Ende gehen müssen. Was aber rätst du mir in Bezug auf Caligula? Ich komme allmählich nicht umhin, ihn für einen geeigneten Nachfolger zu halten, aber ich zögere, dies in meinem Testament zu verfügen. Besser gesagt: Etwas läßt mich zögern, hält mich vor diesem Schritt zurück. Welche Macht will mich hindern, scheint mich vor einem solchen Entschluß zu warnen? Du glaubst so wenig wie ich an die Götter im Olymp – sind es die Sterne, die mich warnen?«
Thrasyllus schüttelte lächelnd den Kopf.
»Die Sterne warnen und raten nicht, sie weisen nur auf einen möglichen Weg. Dein eigenes Mißtrauen macht dich vorsichtig, deine Verantwortung dem Volk gegenüber läßt dich zögern, und ich verstehe das. Gäbe Caligula mehr von seinem Wesen preis, könnte es deinen Entschluß erleichtern.«
Tiberius nickte heftig.
»Das ist es Thrasyllus, du hast es klar erkannt. Rem involutam emere; der Volksmund warnt davor, die Katze im Sack zu kaufen. Gaius ist klug, belesen, scharfsichtig, ein glänzender Redner, kann überzeugen – aber wo steckt er selber? Wer oder was ist er wirklich? Ich habe schon mehrmals versucht, zum Kern seines Wesens vorzudringen, aber der Bursche legt seine Maske nicht ab. Dabei ist er kaum zwanzig Jahre alt.«
»Du solltest ihm irgendwie Verantwortung übertragen, ein Amt, in dem er sich bewähren muß. Vielleicht lernst du ihn dann besser kennen ...
»Kein schlechter Vorschlag. Zuerst aber suche ich ihm eine Frau. Vielleicht gelingt es ihr, einen Weg zu seinem Herzen zu finden.«
Falls er überhaupt eines hat, dachte Thrasyllus im Stillen und schlürfte mit Behagen den vorzüglichen Caecuber.
Er hatte Caligula auf Wunsch des Kaisers das Horoskop gestellt, doch selbst darin war nichts von Bedeutung zu erkennen. Ein Jedermann-Horoskop, das auf einen klugen und beherrschten

Charakter hinwies. Er war im Zeichen der Virgo geboren und hatte den Saturn im Aszendenten. Das von Merkur beherrschte Sternzeichen wies auf hohe Intelligenz, der Saturn jedoch... Thrasyllus verbot sich weitere Spekulationen. Alles hatte negative und positive Seiten. Ein scharfer Verstand ist geeignet zum Wohl eines Landes gebraucht zu werden, aber es lassen sich damit andere betrügen und übervorteilen. Er jedenfalls war zu alt, um sich über Caligulas Zukunft Gedanken zu machen.

Nach dem Sturz des Sejanus erwarteten die wenigen noch verbliebenen Freunde der Agrippina die sofortige Aufhebung ihrer Verbannung, für die – wie jedermann glaubte – vor allem der nach immer größerer Macht strebende Prätorianerpräfekt verantwortlich war. Daß sich der Kaiser seine herrschsüchtige und anmaßende Schwiegertochter vom Hals schaffen wollte, wußten die wenigsten. Sejanus wurde nun zum Sündenbock für alle Missetaten – der eigenen und der des Kaisers.

Das kleine Felseneiland Pandateria lag knapp vierzig Meilen vom Festland entfernt im offenen Meer, karg, windumtost, ohne Nachbarinsel, nur von wilden Ziegen, Kaninchen und einigen Fischern bewohnt – und von zwölf Wachsoldaten, die unter dem Befehl eines Centurio hier ihre Strafversetzung abbüßten. Ihre Aufgabe war es, eine Gefangene zu bewachen, die im Norden der Insel eine windschiefe, halbverfallene Holzhütte bewohnte. Sie durfte das Haus nur unter strenger Bewachung verlassen, doch viele Möglichkeiten zu Spaziergängen gab es hier nicht. Ein steiler beschwerlicher Pfad führte hinab zum Meer, ein anderer in weitem Bogen um die Hütte herum. Auf ihm gingen die Männer, ihre Wachhunde – Tag für Tag, Nacht um Nacht, um die stolze schweigsame Frau an der Flucht zu hindern, die ohnehin kaum möglich gewesen wäre.
Eine persönliche Dienerin war ihrer Herrin freiwillig in die Verbannung gefolgt, doch sie war vor einigen Monaten an verdorbener Nahrung gestorben. Nun lebte Agrippina allein in dem halbverfallenen Haus, zusammen mit Ratten und Fledermäusen, seit nunmehr fast vier Jahren. Ihre Hoffnung auf das Ableben des alten Kaisers hatte sich bisher nicht erfüllt, und allmählich hatte

sie ihr Mut verlassen. Zwar konnte sie mit ihren sechsundvierzig Jahren annehmen, daß der jetzt fünfundsiebzigjährige Kaiser vor ihr starb, doch das lange Warten hatte sie zermürbt und mutlos werden lassen. Die einstige Frau des Germanicus war in diesen Jahren alt und häßlich geworden. Das bei ihrer Verhaftung ausgeschlagene Auge, die schlechte und unzureichende Nahrung hatten ihr Gesicht hager und faltig werden lassen. Die durch ihren Strafdienst auf der kargen Insel verbitterten Legionäre ließen von Zeit zu Zeit ihre Wut an ihr aus, verweigerten ihr tagelang den Ausgang, ließen das Brot schimmlig und den Wein sauer werden, um sie zu demütigen.
So besaß sie nur noch ihren Stolz, den sie hegte, pflegte und bewahrte als ihren kostbarsten Schatz. Sie klammerte sich an diesen Stolz und fand so leichter zu ihrem Entschluß, dieses sinnlose Leben zu beenden. Vor zwei Tagen hatte sie das schimmlige Brot und den verdorbenen Fisch vor die Tür geworfen. Der Centurio war ratlos. Was sollte er tun? Er schickte einen Schnellsegler nach dem etwa fünfzig Meilen entfernten Capri, um sich für diesen besonderen Fall Instruktionen zu holen. Widrige Winde verzögerten seine Rückkunft und Agrippina war schon sehr schwach und hinfällig geworden. Der Befehl des Kaisers lautete: Falls es nicht anders geht, muß die Gefangene zwangsernährt werden.

So erschien der Centurio mit vier seiner Männer in Agrippinas Haus. Bleich und hager lag sie auf ihrem verwahrlosten Bett und wartete auf den Tod. Der Centurio hatte ein frisches Hähnchen braten lassen. Das hielt er ihr vor die Nase und sagte:
»Riecht gut, was? Der Kaiser befiehlt, daß du essen mußt, ich habe es schriftlich. Also füge dich und iß!«
Agrippina wandte ihren Kopf ab und biß die Zähne zusammen. Sie fühlte längst keinen Hunger mehr, der Geruch des gebratenen Hähnchens verursachte ihr nur Übelkeit. Als auf diese Weise nichts zu erreichen war, befahl der Centurio:
»Haltet sie an Händen und Füßen fest!«
Grinsend führten die Legionäre den Befehl aus, und der Centurio versuchte, Agrippinas Mund gewaltsam zu öffnen, um etwas von dem Braten hineinzustopfen. Das gelang ihm auch, doch sie

spie es sofort wieder aus. Der Centurio fluchte lästerlich und versetzte Agrippina ein paar derbe Ohrfeigen. Mit ihrer letzten Kraft schnappte sie nach seiner Hand und biß sich fest. Der Centurio brüllte, die Soldaten feixten. Der Versuch wurde im Laufe der nächsten Tage noch mehrmals fortgesetzt, doch ohne wesentlichen Erfolg. Was in ihren Mund geriet, spie Agrippina sofort wieder aus, und so ließ man sie schließlich in Frieden.
Am nächsten Tag fiel sie in tiefe Bewußtlosigkeit, einige Stunden später setzte ihr Atem aus. Ihr letzter Gedanke war ein Fluch auf Tiberius und ein Stoßgebet an die Götter, einem ihrer Söhne die Möglichkeit zu geben, ihren Tod zu rächen. Sie dachte dabei an Drusus Caesar, ihren Zweitältesten, denn sie wußte nicht, daß er seit drei Jahren auf dem Palatin eingekerkert war. An Caligula verschwendete sie keinen Gedanken, von diesem Sohn erhoffte sie nichts.

Einige Tage später traf die Nachricht von Agrippinas Tod auf Capri ein. Der Kaiser nahm sie ungerührt zur Kenntnis.
»Diese Frau war sich selber im Weg. Gebt die Nachricht an Gaius Caesar weiter«, sagte er noch und blätterte zerstreut in seinen Akten.
»Gestorben?« fragte Caligula. »Woran gestorben?«
Der Prätorianer stand stramm.
»Ich weiß es nicht genau, Caesar. Man sagt, sie sei verhungert. Freiwillig...«
»Freiwillig – so so.«
Das Schicksal seiner Mutter berührte ihn kaum, doch ihn störte, daß Tiberius es verursacht hatte. Warum lebt dieses alte Scheusal noch, dachte er zornig, warum stoßen ihn die Götter nicht endlich in den Orcus? Lange werde ich nicht mehr warten, auch meine Geduld hat Grenzen.
Von diesem Tag an beschloß Caligula, dem natürlichen Ableben seines Onkels zuvorzukommen. Bei seiner Gesundheit, überlegte er, kann der Alte fünfundachtzig oder sogar neunzig Jahre alt werden. Noch zehn oder fünfzehn Jahre warten? Nein und nochmals nein! Doch er wollte nichts überstürzen, mußte geduldig und systematisch planen. Lange überlegte er hin und her, wo am besten anzusetzen sei und da fiel ihm immer wieder ein

Name ein – Macro. Tiberius hatte ihn zum Nachfolger des Sejanus ernannt, Macro war der Schlüssel zur Macht. Seit er Präfekt der Prätorianer war, zeigte er Caligula die kalte Schulter. Das müssen wir ändern, Sutorius Macro, denn ich brauche dich, so wie du mich einst brauchen wirst. Da Macro im Augenblick unzugänglich war, beschloß Caligula, über dessen Frau Ennia Naevia Einfluß auf ihn zu nehmen. Ich muß ihren Ehrgeiz anstacheln, muß ihr den Mund nach mehr wässrig machen.

Von da an begann Caligula die Frau des Präfekten zu umwerben. Er spielte den Verliebten, lauerte ihr auf, schmachtete sie an, und schließlich gelang es ihm, sie in sein Bett zu locken.

Auf den ersten Blick schien Naevia nichts weiter als eine hübsche dumme Gans zu sein – etwas launisch, putzsüchtig und einem außerehelichen Vergnügen nicht abgeneigt. Macro hatte die fast zwanzig Jahre Jüngere erst vor wenigen Jahren geheiratet; bis jetzt war die Ehe kinderlos geblieben. Da Macros aufreibender Dienst sich ständig zwischen Rom und Capri bewegte, hatte Naevia wenig von ihrem Mann, und das schien ihr gerade recht zu sein.

Der Präfekt hatte das Haus des Sejanus am Viminalis übernommen, das eigentlich Julia, der einzigen leiblichen Enkelin des Kaisers gehörte. Als eine der ganz wenigen hatte sie den Sturz ihres Geliebten überlebt, da der Kaiser davor zurückscheute, ihr, der Tochter seines von Sejanus ermordeten Sohnes den Prozeß zu machen. Livia, ihre Mutter, war als Hauptschuldige hingerichtet worden, doch Tiberius hatte Julia als Erbin ihrer Eltern anerkannt, und so lebte sie nun, auf eines ihrer Landgüter verbannt, in den Albaner Bergen.

Ennia Naevia haßte die Enge von Capri und das Eingesperrtsein in die Hofhaltung des Kaisers. Sie hatte den Umzug nach Rom durchgesetzt und bewohnte nun das ehemalige Liebesnest des gestürzten Sejanus. Eine Eigenschaft teilte sie mit der Vorbesitzerin: Sie war maßlos ehrgeizig und sah ihren Aufstieg zur Frau des Prätorianerpräfekten keineswegs als Ende ihrer Laufbahn an. Naevia entstammte einer wohlhabenden plebejischen Familie und träumte davon, einmal in Patrizierkreise aufzusteigen. Leider schien Macro dafür wenig geeignet, denn er hatte nach dem

Sturz seines Vorgängers alle vom Senat für ihn beantragten Ehren abgelehnt. Ihm genügte es, Präfekt der Prätorianer und damit des Kaisers rechte Hand zu sein.
Als nun Gaius Caesar, ein kaiserlicher Prinz, um sie warb, durchrieselte es Naevia warm. Doch sie wollte sich vorerst nichts vergeben, sie war schließlich kein Flittchen, das in jedes Bett hüpfte, auch wenn es ein hochadliges war. Sie kannte Caligula von Capri her, und als Mann gefiel er ihr nicht besonders. Ihr graute vor seinen kalten starren Augen, und obwohl er einige Jahre jünger war als sie, ließ er jede Jugendlichkeit vermissen.
Caligula aber spürte ihre instinktive Ablehnung, ahnte auch, wie sie ihn sehen wollte und nützte seine fast magischen Fähigkeiten zur Verstellung. In seine starren Augen trat ein warmer Glanz, wenn er sie anredete, in seinen Worten und Gesten lag eine Leidenschaft, die er nicht empfand, aber vollendet spielte.
Es erwies sich für dieses Verhältnis als sehr vorteilhaft, daß der alte Kaiser immer einen seiner beiden Vertrauten um sich haben wollte, während der andere in Rom nach dem Rechten sah. Tat Macro auf Capri Dienst, so blieb Caligula in der Hauptstadt, und wenn der Präfekt sich zu seinen Prätorianern begab, wollte Tiberius seinen Neffen bei sich sehen.

Caligula hatte Naevia schon mehrmals in der kleinen Villa beim Viminalis besucht unter dem Vorwand, er müsse in Macros Abwesenheit ein Auge auf die Prätorianer haben.
Er schüttelte verwundert den Kopf, als staune er über etwas, das er nicht begreifen könne.
»Es kann dir doch auf Capri nicht entgangen sein, daß ich für kein anderes weibliches Wesen Augen hatte – nur für dich. Venus ist meine Zeugin, daß dein Anblick mich jedesmal in tiefe Verwirrung stürzte, daß ich dich in Gedanken so oft verführte, wie vermutlich dein Mann während eurer ganzen Ehe nicht.«
Naevias große, feuchte Kuhaugen blickten gerührt, doch sie tat recht schnippisch.
»Davon habe ich nichts bemerkt, Gaius Caesar. Entweder du hast deine Gefühle so geschickt verborgen oder – nun – oder du beschwindelst mich jetzt.«

»Nein, Naevia, ich könnte dich niemals belügen – dich nicht! Du warst für mich auf Capri inmitten all dieser Greise, die meinen verehrten Onkel umgeben, ein Lichtblick, ein Hort von Jugend und Schönheit. Wenn du einen Raum betratest, dann fühlte man geradezu, wie die abgestandene Altmännerluft entwich und einer köstlichen Frische Platz machte. Heimlich habe ich Jupiter geopfert, damit er deinen Sinn wandelt und dich nach Rom lockt. Nun bist du hier, und ich könnte vor Freude zerspringen.«
Naevia wäre keine Frau gewesen, hätten diese und ähnliche Reden ihre im Grunde nur gespielte Ablehnung nicht bald ins Gegenteil verkehrt. Seine starren Augen jagten ihr keine Angst mehr ein, und seinen dicht behaarten Körper fand sie jetzt männlich und aufregend. Schließlich – und das gab den Ausschlag – war er ein echter kaiserlicher Prinz. Daß Tiberius in ihm seinen Nachfolger sah, wußte inzwischen ganz Rom, und nicht wenige hätten sich den jüngsten Sohn des Germanicus lieber heute als morgen zum Kaiser gewünscht.

Tiberius aber machte sich jetzt beim Volk verhaßt. So lange man annehmen konnte, Sejanus verfälsche kaiserliche Befehle oder verfolge seine Gegner aus Machthunger, hätschelte das Volk sein Bild vom getäuschten und hintergangenen Kaiser, der doch im Grunde kein schlechter Mensch sei. Nun aber waren Sejanus und sein Freundeskreis vernichtet, doch die Verfolgungen setzten sich unvermindert fort. Und immer wieder ging es um »Majestätsverbrechen«. In diesem Delikt war alles enthalten, was den Kaiser irgendwie störte. Wer auf ihn ein Pamphlet verfaßte, wurde genauso hingerichtet wie ein Gaukler, der mit einer harmlosen Posse über den Kaiser den Pöbel zum Lachen brachte. Bei den Patriziern genügte oft nur ein Verdacht, eine fahrlässige Bemerkung, eine anonyme Denunziation, um sie unter das Henkerschwert zu bringen. Auf der Gemonischen Treppe häuften sich wieder die Leichen, von Soldaten bewacht, die jeden festnahmen, der laut klagte oder gar den Körper eines Freundes oder Verwandten zur Bestattung wegholen wollte. Die halbverwesten Kadaver wurden von Zeit zu Zeit in den Tiber geworfen, um Platz für neue Opfer zu schaffen.

Der Imperator Tiberius Augustus aber saß auf Capri wie eine Spinne, die unermüdlich auf Opfer lauert, und keinen losläßt, der einmal in ihr Netz geraten ist. Obwohl er sich schon dem achten Lebensjahrzehnt näherte, war er völlig gesund. Er nahm keinerlei Rücksicht auf seinen Körper, aß und trank was ihm behagte, gebrauchte schwere, aufpeitschende Mittel, um seine Manneskraft anzuregen, doch seine jahrelangen Ausschweifungen begannen sich nun zu rächen. Die Freudenmädchen und Lustknaben wurden jetzt immer häufiger ausgewechselt, doch das brachte keinen Erfolg, denn der sonst allmächtige Herr der Welt konnte eines nicht: die Natur überlisten oder sie bestechen. Sein Arzt riet ihm, es einmal mit einer längeren Enthaltsamkeit zu versuchen, und der Kaiser – sonst keineswegs geneigt, dieses Mittel zu erproben – folgte seinem Rat.
Zehn Tage hielt er es durch, am elften stieg er hinab in die verborgenen Räume, wo die »Spintriae« untergebracht waren. Er hatte schon einige Becher mit heißem Würzwein getrunken, fühlte eine angenehme Wärme in seinen Lenden aufsteigen und machte sich große Hoffnungen. Er hatte den Aufsehern befohlen, die ganze Brut auszutauschen, er wolle neue Gesichter sehen.
Als sich eine verschreckte Schar nackter Jungen und Mädchen hereindrängte, bereute Tiberius seinen Befehl. Einige der erfahrenen Lustknaben hätte er behalten sollen, die wußten am besten, worauf es ankam.
Der Kaiser setzte sich in den Schatten des grottenartigen Raumes und gab das Zeichen, mit den Liebesspielen anzufangen.
»Los – los!« Der Aufseher klatschte in die Hände.
»Jeder der Burschen greift sich ein Mädchen, der Kaiser möchte eine fröhliche Jugend sehen, die sich vergnügt. Nehmt euch an denen da ein Beispiel!«
Der Mann deutete auf vier lebensgroße Figurengruppen, die auf Podesten an den Wänden standen. Da begattete ein Faunus seine Nymphe von hinten, oder sie saß rittlings auf dem behaarten Körper des gehörnten Waldgottes. Die Halbwüchsigen wußten, was man von ihnen erwartete, doch sie waren verlegen und eingeschüchtert; nur einige brachten ein ungeschicktes Rammeln zustande.

Der Kaiser war zuerst belustigt, dann gelangweilt. Der Wein hatte ihn müde gemacht, und er gähnte ausgiebig; brachte nicht einmal die Kraft auf, sich zu ärgern. Ächzend erhob er sich.
»Übt nur weiter!« rief er den jungen Leuten spöttisch zu, »vielleicht klappt es beim nächstenmal besser.«
Mühsam stieg er wieder hinauf und zog sich in seine privaten Räume zurück.
»Laß die Nubierin kommen!« befahl er dem Diener.
Lautlos wie eine Katze betrat die nur mit einem Lendenschurz bekleidete schwarze Sklavin den Raum. Sie kniete vor dem Kaiser nieder und küßte den Saum seiner Toga.
»Laß die Faxen, Nigra, schließlich kennen wir uns schon länger. Ich will heute von oben bis unten durchgeknetet werden; nimm jeden Muskel einzeln und walke ihn durch.«
Die Nubierin verstand kaum Latein, doch Tiberius unterstrich seinen Wunsch mit anschaulichen Gesten. Sie kleidete ihn schnell und geschickt aus und begann bei den Waden. Mit großem Geschick klopfte, zupfte, rieb und knetete sie Muskel um Muskel, drehte den schlaffen, alten Körper in verschiedene Richtungen, dabei blieb ihr schönes dunkles Gesicht immer ernst und konzentriert.
Wie alt sie wohl sein mag? überlegte Tiberius. Er kannte nicht einmal ihren richtigen Namen, nannte sie seit jeher Nigra – Schwarze. Ihr sehniger, katzenhafter Körper roch nach Zimt und Nelken – schien alterlos wie eine Statue aus Ebenholz.
»Wie alt bist du eigentlich, Nigra?«
Die dunklen Augen blickten ihn an, und ein leises Lächeln huschte über ihr Gesicht. Sie beantwortete niemals eine Frage, sondern lächelte nur freundlich.
Plötzlich kam dem Kaiser zum Bewußtsein, daß er noch nie ihre Stimme vernommen hatte.
»Sag ein Wort, Nigra, irgend etwas in deiner Sprache.«
Wieder lächelte sie nur. Vielleicht sollte ich sie einmal auspeitschen lassen, überlegte Tiberius, ganz leicht nur, um ihre Stimme zu hören. Doch er schon den Gedanken beiseite, mit ihrer Kunst war sie ihm zu wertvoll. Er wollte es auf andere Art versuchen. Mit einer Geste gebot er ihr, innezuhalten. Sofort zog sie ihre Hände zurück und schaute ihn fragend an.

»Nigra«, sagte Tiberius und deutete auf ihren feingeschwungenen Mund.
»Nigra, Nigra«, wiederholte er und nickte ihr zu. Jetzt verstand sie.
»Nigra«, hörte der Kaiser ihre dunkle Stimme, und nochmals nach einem herzlichen Lächeln lauter und bestimmter »Nigra!«
»Gut!« lobte der Kaiser, »sehr gut! Jetzt darfst du weitermachen.«
Er drehte sich auf den Rücken, und sie begann seine Oberschenkel zu bearbeiten. Plötzlich erregte den Kaiser ihr Anblick, ihr Geruch, ihre dunkle Stimme, die in ihm nachklang. Sein Phallus richtete sich auf, worauf Nigra innehielt und herzlich lachte. Tiberius tat, als sei nichts geschehen, er wollte ihre Reaktion abwarten. Nach kurzem Zögern streifte sie ihren Lendenschurz ab, stieg auf das Bett und ließ den Phallus in ihren Schoß gleiten. Der Kaiser dachte anerkennend: Wie anmutig und natürlich sie das macht, ganz ohne Gekicher und Getue, als sei es die selbstverständlichste Sache von der Welt.
Mit einem sanften Kreisen ihres Beckens brachte sie ihn langsam und genußvoll zum Höhepunkt. Danach holte sie ein feuchtes Tuch, säuberte ihn und setzte ihre Behandlung fort, als sei nichts geschehen.
Tiberius fiel in einen tiefen Schlaf, aus dem er drei Stunden später wie neugeboren erwachte. Er fühlte sich wunderbar, frisch wie ein Jüngling, und sehr unternehmungslustig.
Dabei hatte dieser Tag so übel begonnen. Gleich nach dem Erwachen hatte ihn ein allgemeiner Ekel erfaßt auf sich selber, seine Umgebung, sein hohes Alter, seine unausrottbaren Laster, seine Rachsucht. Sein gelegentlicher, nie recht ernst genommener Wunsch, dieses zur Last gewordene Leben abzustreifen wie einen vor Schmutz schwer und stinkend gewordenen Mantel, wurde an diesem Morgen übermächtig.
Als sein Sekretär anfragte, ob er Befehle oder Anfragen für den Senat habe, sagte er gallig:
»Ja, allerdings. Sende ihnen folgende Botschaft:
›Was soll ich Euch schreiben, Senatoren, oder wie soll ich schreiben, oder was soll ich im Augenblick nicht schreiben? Wenn ich das weiß, so mögen mich die Götter und Göttinen elender

zugrunde gehen lassen, als ich mich jetzt schon täglich zugrunde gehen fühle.‹«
Der Sekretär machte zu diesen Sätzen ein steinernes Gesicht, denn es stand ihm nicht zu, die Worte des Kaisers zu kommentieren. Als Tiberius schwieg, wartete er mit gezückter Feder auf eine Fortsetzung, doch der Kaiser erhob sich plötzlich und brüllte:
»Worauf wartest du noch, Dummkopf? Mehr habe ich heute den ehrwürdigen Vätern nicht zu sagen. Mögen sie davon halten, was sie wollen!«
Trotzdem reute es ihn jetzt nicht, daß er diese verzweifelten Zeilen an den Senat gerichtet hatte. Er schmunzelte, wenn er daran dachte, wie sie sich die Köpfe darüber heiß redeten, um den verborgenen Sinn seiner Botschaft zu ergründen.
»Ist mein geliebter Neffe in der Nähe?«
Es hätte dieser mit Spott durchtränkten Frage nicht bedurft, denn Caligula – sobald er auf Capri weilte – war immer in unmittelbarer Nähe des Kaisers zu finden.
»Setz dich, Gaius.«
Der Kaiser betrachtete seinen Neffen genau. Diese perfekt geheuchelte bieder-respektvolle Miene macht ihm keiner so leicht nach, dachte er mit widerwilliger Bewunderung. Mal sehen, ob ich ihn heute nicht aus der Ruhe bringen kann.
»Ich habe beschlossen, dich zu verheiraten.«
Caligula heuchelte Freude.
»Du hast so etwas schon angedeutet. Auf welche Frau ist deine Wahl gefallen?«
Er läßt sich nicht aus der Ruhe bringen, der Herr Neffe.
»Ich habe an die älteste Tochter des Marcus Silanus gedacht, an Junia Claudilla.«
»Ganz ohne Zweifel eine vorzügliche Wahl. Wann soll die Hochzeit sein?«
Der Kaiser ärgerte sich etwas, weil es ihm auch diesmal nicht gelungen war, in Caligula eine spürbare Regung zu entfachen.
»So bald wie möglich!« sagte er kurz und fügte hinzu: »Das ist alles, ich möchte jetzt ruhen.«

Caligula verneigte sich tief. »Immer zu deiner Verfügung, verehrter Onkel.«
Innerlich aber kochte er vor Zorn. Das alte Ekel war ihm heute so frisch und jugendlich erschienen, als stecke irgendeine Zauberei dahinter.
»Ein solcher Zauber verlangt einen Gegenzauber!« zischte er haßerfüllt und beschloß, koste es was es wolle, Macro für seine Absichten einzuspannen. Und wenn ich ihm das Blaue vom Himmer herunter versprechen muß, auf irgendeinen Köder wird er schon ansprechen. Vielleicht will er Senator oder Prokonsul werden? Jedermann ist käuflich, aber es muß ja nicht immer Geld im Spiel sein.
Von diesen Gedanken angenehm erregt, suchte Caligula die Thermen auf und nahm ein ausgiebiges Bad. Dann ging er zu Bett, und sein letzter Gedanke vor dem Einschlafen war – wie schon seit langem – der innige Wunsch, Tiberius würde diese Nacht nicht überstehen.

Cornelius Sabinus wußte sich keinen Rat mehr. Die neuen Pläne seines Sohnes schienen ihm so abwegig, daß er kaum Argumente dagegen fand. Es widerstrebte ihm, sich einfach auf seine väterliche Autorität zu berufen und ein unbegründetes Verbot auszusprechen. Er wollte durch Vernunft überzeugen, doch es fiel ihm nichts Gescheites ein. So hatte er um den Besuch seines Onkels Cornelius Calvus gebeten, der Sabinus schätzte und ihm sehr nahestand.
Calvus gehörte dem wohlhabenden Zweig der Cornelier an, doch das Schicksal hatte ihm schwer zugesetzt. Nach kurzer glücklicher Ehe war seine Frau bei einer Totgeburt gestorben, der zweijährige Sohn folgte seiner Mutter wenige Wochen später ins Grab. Calvus hatte sich verbittert aufs Land zurückgezogen, wo er – wie man munkelte – an einer umfassenden Familiengeschichte der Cornelier arbeitete. Aus schwer durchschaubaren Gründen hatte er seit Jahren eine Zuneigung zu seinem Großneffen Sabinus gefaßt, und es galt als sicher, daß er in ihm seinen Erben sah.
So war Celsus auf den Gedanken gekommen, ihn um Rat zu fragen. Der schon fast Siebzigjährige war hager und ging leicht

gebeugt, doch sein strenges, verschlossenes Gesicht verriet Klugheit und Güte. Nach dem ersten Schluck Wein platzte Celsus heraus:
»Sabinus will zu den Prätorianern gehen! Er ist seit einiger Zeit mit einem um fünfzehn Jahre älteren Centurio befreundet, der ihn mit seinem Waffengeklirr so beeindruckt hat, daß ihm nun Schwert und Schild als die höchste Manneszierde erscheinen. Ein Bursche, der den halben Catullus auswendig kann, will Soldat werden! Was sagst du dazu?«
Calvus wiegte seinen schmalen Kopf.
»Sabinus ist jung und hat Phantasie. Er kann sich jetzt noch nicht mit der Zukunft eines Verlegers und Buchhändlers abfinden. Er will seine Kraft anwenden, Abenteuer erleben... Ich verstehe das schon.«
Celsus seufzte. »Du hast ein weites Herz, Calvus, besonders wenn es um deinen Lieblingsneffen geht. Aber eigentlich wollte ich einen Rat von dir haben.«
Calvus blickte nachdenklich über den Garten hin auf die schlanken hohen Zypressen.
»Wie lange wirst du deine Villa noch halten können, Celsus? Ringsum entstehen Mietshäuser – häßlich, schlecht gebaut, eine Beleidigung für unser schönes Rom.«
»Ich denke nicht daran, hier wegzugehen. Die Hälfte des Parks habe ich ohnehin schon verkauft, und dabei bleibt es. Die Geschäfte laufen nicht schlecht, ich kann mir das Haus schon leisten.«
»Ob Sabinus später hier noch wohnen will?«
»Der ändert seine Meinung fast jede Woche. Aber kehren wir zum Thema zurück. Was soll ich mit dem Burschen anfangen?«
»Ich hätte schon einen Vorschlag...«, sagte Calvus zögernd.
»Heraus damit!«
»Du weißt, daß ich seit Jahren unter Kopfschmerzen und Schlaflosigkeit leide. Als Stoiker nahm ich es eben hin und hoffte auf Besserung. Die ist aber leider nicht eingetreten und so habe ich mich entschlossen, nach Epidauros zu gehen. Von dort hört man ja wahre Wunder, selbst bei aussichtslosen Fällen. Hilft es nicht, so ist's eine schöne Reise gewesen. Sabinus könnte mich dorthin

begleiten. Da läßt sich manches bereden, und er kann Abstand zu seinem bisherigen Leben gewinnen.
Celsus fiel eine Last von der Seele.
»Dein Vorschlag ist gut – sehr gut sogar. Sabinus faselt ohnehin schon immer von weiten Reisen, die er unternehmen müsse, um sich weiterzubilden. Bei dir weiß ich ihn gut aufgehoben, und vielleicht gelingt es dir, ihm den Kopf zurechtzurücken.«
»Die Frage ist nur, ob er reisen will.«
Celsus straffte sich.
»Darauf bestehe ich! Ich werde ihn bei seinen eigenen Worten nehmen. Schließlich bekommt er jetzt, was er sich schon so lange wünscht.«
Calcus war gerade im Weggehen, als Sabinus nach Hause kam.
»Onkel! Jetzt wo ich komme, willst du gehen? Du besuchst uns so selten, bleib wenigstens noch auf einen Becher Wein.«
Calvus umarmte seinen Neffen.
»Vielleicht wirst du meiner Gesellschaft schnell überdrüssig, wenn du hörst, was wir dir vorschlagen.«
Wider Erwarten war Sabinus sofort Feuer und Flamme.
»Epidauros! Hellas! Mein Herzenswunsch geht in Erfüllung. Ach Onkel, ich könnte dich abküssen!«
Calvus war sichtlich gerührt von der spontanen Freude seines Neffen.
»Nun – nun – deine Begeisterung wird sich etwas legen, wenn du merkst, wie beschwerlich es ist, mit einem alten, kranken Mann zu reisen.«
Sabinus lachte fröhlich.
»Alt und krank? Du steckst noch manchen Jüngling in die Tasche, und deine Kopfschmerzen wirst du sicher dort los. Endlich kann ich meine Griechischkenntnisse einmal richtig anwenden. Mein Freund Chaerea wird staunen ....«
Celsus und Calvus waren so klug, nicht auf dieses Thema einzugehen. Sie sprachen über den Zeitpunkt der Reise.
»Jetzt ist es noch zu früh; die Ägäiswinde gelten im Winter als tückisch. Mitte bis Ende Mai dürfte die beste Reisezeit sein.«
Calvus nickte. »Da bleibt mir genügend Zeit, alles vorzubereiten.«
Als Calvus gegangen war, meinte Sabinus:

»Auf ein paar Monate hin oder her komme es nicht an, schließlich kann ich auch ein halbes Jahr später zu den Prätorianern gehen.«
»Darüber reden wir, wenn du zurück bist. Ich erwarte jedenfalls, daß du ohne meine Zustimmung nichts unternimmst.«
»Natürlich nicht, Vater, was denkst du von mir!« wehrte Sabinus sich empört.
Celsus seufzte.
»Dieser Sohn – dieser Sohn ...«, murmelte er kopfschüttelnd.

Gleich beim nächsten Treffen mit dem Freund mußte die Neuigkeit heraus.
»Ich fahre nach Epidauros, Chaerea, stell dir vor! Eine Seereise von einigen Wochen! Wir werden auch an verschiedenen Häfen anlegen: in Neapolis, in Messana, vielleicht auch auf einigen ägäischen Inseln, und dann ...«
»Halt, halt!« unterbach ihn Chaerea. »Es freut mich ja für dich, daß du einmal hinauskommst, aber eigentlich – nun, du hattest doch andere Pläne, wolltest deinen Vater bitten, dich bei den Prätorianern anzumelden, und das klang so, als könntest du es nicht mehr erwarten.«
Sabinus sah die Enttäuschung im Gesicht seines Freundes und versuchte, ihn zu beschwichtigen.
»Aber daran halte ich fest! Du hättest allerdings meinen Vater hören sollen, als ich ihm meinen Plan unterbreitete. Fast hätte ihn der Schlag getroffen! Wir wollen dann nach meiner Rückkehr nochmals darüber reden und du wirst sehen, ich kriege ihn herum. Ich habe noch immer erreicht, was ich wollte. Aber diese Reise durfte ich mir nicht entgehen lassen. Du bist ja auch schon herumgekommen, warst in Gallien und Germanien ...«
»Als Soldat!«
»Jedenfalls hast du draußen etwas gesehen und erlebt. Nun gönne auch mir das Vergnügen!«
Da mußte Chaerea lachen.
»Bei Mars und Jupiter! Du wirst doch nicht glauben, ich beneide dich um diese Reise? Du wirst bald merken, daß eine so weite Fahrt nicht nur aus Vergnügen besteht. Auch im Mai gibt es

Stürme auf den Meeren, und wenn du dir dann tagelang die Seele aus dem Leib gekotzt hast...«

»Ach hör schon auf, Chaerea. Unglücksprognosen haben mich noch nie beeindruckt. Es kommt wie es kommt, die Schicksalsgöttinnen lassen sich nicht in die Karten gucken. Omnia levi momento pendent (alles hängt an einem seidenen Faden). Ich glaube, Livius hat das einmal gesagt. Wir haben das bei Sejanus gesehen: Am Abend ging er mit seiner Geliebten ins Bett, im Bewußtsein, als der zweite Mann im Staat zu gelten und ein paar Stunden später führten sie ihn als Schwerverbrecher ab. Weißt du, was morgen sein wird? Mit dir, mit mir, mit Marcia?«

»Jetzt hör schon auf zu philosophieren, Sabinus. Man darf schließlich nicht immer an irgendein Unglück denken, das uns im nächsten Augenblick treffen kann. Da könnte man sich ja gleich die Adern öffnen.«

Sabinus lachte triumphierend.

»Siehst du! Jetzt bist du selber auf den Punkt gekommen, wie jeder vernünftige Mensch. Du hast ja damit angefangen, mich vor etwaigen Reisegefahren zu warnen. Das Leben ist nun einmal gefährlich, alter Freund, nur die ganz Dummen verschließen vor dieser Erkenntnis die Augen. Und trotzdem lassen wir es uns nicht verdrießen, Chaerea. Mir als Buchhändlersohn fallen natürlich immer wieder die Worte unserer Dichter ein. Weiß du, was Vergilius dazu bemerkt hat? Tu ne cede malis, sed contra audentior ito (nicht ausweichen soll man dem Unglück, sondern ihm kühn entgegengehen).«

Chaerea lachte unfroh.

»Die Dichter tun sich leicht. Sitzen in ihrer bequemen Stube und verteilen weise Ratschläge. Ist dieser Vergilius jemals durch die Wälder Germaniens marschiert und hat damit rechnen müssen, daß hinter jedem Busch ein mordlustiger blonder Riese lauert, der dir – wenn du Glück hast – nur den Kopf abhackt, dir aber auch die Haut abziehen oder die Eier abschneiden kann? Da gerätst du ins Schwitzen, mein Freund, und wünschst sämtliche Dichter in den Orcus!«

»Solche Ratschläge sind auch nur symbolisch gemeint. Jetzt zu etwas ganz anderem. Wie macht sich Sutorius Macro, euer neuer Präfekt?«

Chaerea zuckte die Schultern.
»Er tut sein Bestes. Daß er den Schmeicheleien des Senats unzugänglich blieb, hat ihm viele Sympathien eingebracht. Auch wurde ihm hoch angerechnet, daß er sich vor jeden Mann gestellt hat, den man in das Sejanusverfahren hineinziehen wollte. Niemand hat bedauert, daß einige von Sejanus' Günstlingen über die Klinge springen mußten, auch wenn sie Prätorianer waren. Solche Protektionskinder sind bei der Truppe niemals beliebt. Da gilt nur, was ein Mann selber aus sich macht.«
»Gerade das gefällt mir. Glaubst du, dein Antrag auf Beförderung geht durch? Nach Dienstjahren und Fähigkeiten müßtest du längst Tribun sein.«
Chaerea grinste: »Daß du mir den Rang gönnst, weiß ich ja. Es heißt, daß Caligula die Eingaben der Reihe nach prüft, und er soll sehr großzügig sein.«
»Sollte nicht doch mein Vetter, der Senator Cornelius...«
»Nein! Ich will das nicht! Daß du mir Schreiben und Lesen beigebracht hast, muß genug sein. Mehr will ich von den Corneliern nicht.«
»Schon gut, Chaerea, ich dachte nur, wenn man dich ungerechterweise übergeht, sollte man vielleicht doch...«
»Warten wir's ab. Zu den Tugenden des Soldaten gehört vor allem Geduld.«

VIII

Seit jenem Tag, da der Kaiser dem Senat sein von Verzweiflung und Altersmelancholie geprägtes Schreiben gesandt hatte, fühlte er sich wieder wohler, als sei eine Last von ihm genommen. Er aß mit großem Appetit, genoß die linde Luft der ersten Frühlingstage und hatte seinen knappen, scharfen, ironischen Ton wiedergefunden, den seine Umwelt an ihm kannte und fürchtete.
Mit dem körperlichen und seelischen Wohlbefinden verstärkte sich sein immer waches Mißtrauen, das auch vor den ihm Nahestehenden nicht halt machte. Tiberius argwöhnte, daß Macro – mit ähnlicher Machtfülle wie sein Vorgänger ausgestattet – all-

mählich den Verlockungen erliegen und seine Vertrauensstellung mißbrauchen könnte. Auch daß Caligula beim Volk immer populärer wurde, behagte ihm nicht. Zwar versuchte sein Neffe, diese Tatsache herunterzuspielen und meinte, er sei nur als Verwandter des Kaisers beliebt und nicht um eigener Verdienste willen, denn da habe er ja wirklich nichts aufzuweisen. Tiberius tat, als glaube er seinen Argumenten und beschloß, Macro von Caligula und diesen von Macro überwachen zu lassen.
»Was ich dir jetzt sage, Gaius, muß ganz unter uns bleiben – ich appelliere an dich als meinen potentiellen Nachfolger und Adoptivenkel, daß du nichts davon preisgibst. Das ist übrigens auch in deinem Interesse! Es geht um Macro.«
Caligula hob die Hand, als wolle er etwas einwerfen, doch Tiberius gebot ihm:
»Nein, sag jetzt nichts und höre genau zu. Eines gleich vorweg: Ich bin nach wie vor mit dem Präfekten zufrieden, weiß, daß ich mich auf ihn verlassen kann und vertraue ihm. Aber ich halte mir immer vor Augen: Homines sumus, non dei (Menschen sind wir, keine Götter) und als solche gewissen Anfechtungen ausgesetzt. Das ist eine Tatsache, die gerade ein Herrscher immer im Auge behalten muß. Macro scheint nicht ehrgeizig, vorausgesetzt seine Ablehnung der vom Senat vorgeschlagenen Ehrungen war aufrichtig gemeint und nicht nur Vorsicht. Auch diese Möglichkeit sollte bedacht sein. Ich weiß, du hältst mich für einen übervorsichtigen mißtrauischen alten Mann, aber vergiß dabei nicht: Es geht dabei nicht um mich, sondern ums Reich. Ich hab mein Leben gelebt, bin nun schon seit zwanzig Jahren Kaiser, aber so lange ich lebe, nimmt mir diese Verantwortung keiner ab. Nur darum geht es.«
Wie ehrlich und bieder das klingt, und doch glaube ich ihm kein Wort, dachte Caligula. Der Alte hängt wie eine Klette am Leben, ist halb wahnsinnig vor Angst und Mißtrauen. Widerlich! Doch nichts von diesen Gedanken war Caligula anzusehen. Er blickte seinem Onkel mit warmem Verständnis in die Augen.
»Ich würde es genauso halten, Erhabener, und ich werde alles tun, um dich zu unterstützen. Ich fürchte nur, ich könnte dabei etwas falsch machen. Was erwartest du von mir, wie kann ich dir am besten dienen?«

»Halte dich von nun an immer ein paar Tage mit Macro zusammen in Rom auf. Beobachte ihn ein wenig, stelle ihm unverfängliche Fragen, beobachte seine Reaktionen, aber mache ihn nicht mißtrauisch! Er soll nicht das Gefühl haben, überwacht zu werden, das will ich nicht, denn wie ich schon sagte: Er besitzt nach wie vor mein Vertrauen. Aber ich muß vorsichtig sein, der Fall Sejanus hat es mich gelehrt.«
Die Dinge kommen in Bewegung, dachte Caligula, im übrigen, verehrter Onkel, hast du eben einen großen Fehler gemacht. Er war glänzender Laune, und seine dünnen Lippen verzogen sich zu einem hämischen Lächeln.
Einige Tage später wurde Macro zum Kaiser befohlen. Der Präfekt stand stramm.
»Salve Imperator!«
»Mache es dir bequem, Macro, und laß jetzt den Präfekten beiseite, denn ich möchte zu dir wie zu einem Freund sprechen. Ich brauche deinen Rat, vielleicht deine Unterstützung. Es geht um Gaius Caesar. Sei beruhigt, ich habe ihm nichts vorzuwerfen, er genießt – wie du – mein volles Vertrauen. Eines aber macht mir Sorge und das ist seine wachsende Beliebtheit bei der Plebs. Verstehe mich nicht falsch. Ich gönne ihm den Beifall von Herzen, freue mich sogar darüber, doch ich fürchte, daß er in ihm falsche Empfindungen auslöst. Er ist ein junger Mann, nicht gefestigt und etwas ungeduldig. Du bist ein gutes Decennium älter, bist ein reifer, erfahrener Mann und weißt so gut wie ich, daß der Beifall des Pöbels wenig oder nichts wert ist. Heute bejubeln sie diesen, morgen einen anderen. Ich möchte meinen Neffen vor Enttäuschungen bewahren und verhindern, daß er die falschen Schlüsse zieht und dementsprechend falsch handelt. Was soll ich tun, Macro, was rätst du mir?«
»Daß du meinen Rat wünschst, ehrt mich, Imperator, aber ich bezweifele, ob ich dir nützen kann. Mein Eindruck in diesem Fall ist der, daß Gaius seine Beliebtheit beim Volk richtig einschätzt. Er mißt dem keine große Bedeutung bei und hat kürzlich mir gegenüber ähnliche Worte gebraucht, wie du sie eben geäußert hast. Ich glaube, er nannte die Volksgunst eine kleine Münze, die schnell ausgegeben sei, und sagte, wesentlich höher schätze

er dein Vertrauen, und er würde sich selber den Tod geben, sollte er es verlieren.«
»Das freut mich, Macro, doch es zerstreut keineswegs meine Bedenken. Gib ihm zu verstehen – und stelle es als deine eigene Meinung hin – daß es nicht klug sei, den Kaiser mißtrauisch zu machen und lege ihm nahe, sich stärker zurückzuhalten und keine öffentlichen Reden mehr zu halten. Ich glaube, dieser Hinweis dürfte genügen.«
»Du kannst dich auf mich verlassen, Imperator.«
Doch er dachte im Stillen: Ich werde mich hüten, Gaius Caesar bei dir anzuschwärzen, Tiberius. Schon morgen kann er deinen Platz einnehmen und wird es zu schätzen wissen, wenn man zu ihm gehalten hat.

Bei Macro machten sich bereits die Einflüsterungen seiner Frau bemerkbar, die ihm dringend riet, auf Caligula zu setzen.
»Hänge dich nicht an einen alten Mann, der morgen schon tot sein kann. Denk an deine, an unsere Zukunft, Liebster. Und die Zukunft heißt Caligula! Wohl dem, der das rechtzeitig erkannt hat.«
Macro verehrte seine junge Frau und hielt viel von ihrem Rat. Nach und nach gab er seine Zurückhaltung gegenüber Caligula auf.
Für Naevia aber war der ungeliebte Gemahl ein Werkzeug, der ihr den Weg ebnen sollte, und dieser Weg führte in ihrer Vorstellung steil nach oben. Bei ihrem letzten Zusammensein hatte Caligula – wie sie glaubte – seine Maske fallenlassen und ihr seine wahren Pläne enthüllt. Zuerst hatte er getan, als fiele es ihm sehr schwer, einen Anfang zu finden. Er druckste herum, wich ihrem Blick aus, so daß sie ihn schließlich ermunterte:
»Dir liegt etwas auf der Seele, Caligula. Also heraus damit, du findest doch sonst immer die rechten Worte.«
Er tat, als überwinde er eine Hemmung.
»Wenn ich jetzt zu reden beginne, geliebte Naevia, dann gebe ich mich ganz in deine Hand. Du könntest von hier aus direkt zum Kaiser gehen, und glaube mir, er würde dich reich beloh-

nen, wenn du ihm die Pläne des Gaius Caesar verrietest. Wenn ich mich jetzt dir anvertraue, dann lege ich mein Schicksal in deine Hände. Ich tue es nur, weil ich dich liebe – bis zum Wahnsinn...«

Er sah sie schmachtend an, und das abendliche Licht der Öllampen zauberte einen leidenschaftlichen Glanz in seine harten, toten Augen. Ennia Naevia war hingerissen. Endlich hatte er sich ihr eröffnet, vertraute sich ihr an, verband sein Schicksal mit dem ihrigen. Sie nahm einen zierlichen Dolch und legte ihn in seine Hände.

»Sollte ich jemals verraten, was du mir jetzt anvertraust, so töte mich mit diesem Dolch! Nicht einmal die Qualen der Folter würden mir ein Geständnis entreißen!«

Ihre Kuhaugen blitzten, und über ihr Gesicht breitete sich ein verklärter Schein.

Vermutlich glaubt sie in diesem Augenblick selber, was sie sagt, dachte Caligula, machte ein gerührtes feierliches Gesicht und sagte:

»Ich glaube dir, Liebste, und weil ich dich so sehr liebe und dir blind vertraue, möchte ich, daß du meine Frau wirst. Natürlich nicht sofort, denn zuerst müssen wir drei Hindernisse beseitigen: Deinen Mann, meine Frau – und den Kaiser. Ich bin gerade dabei, Macro auf meine Seite zu ziehen; auch er hat jetzt seinen Ehrgeiz entdeckt und möchte nicht immer Präfekt bleiben, möchte zum Senator oder Statthalter aufsteigen. Es gilt jetzt nur noch eine günstige Gelegenheit abzuwarten; bei einem fast Achtzigjährigen wird niemand an einen gewaltsamen Tod denken. Dabei fühlt er sich zur Zeit wieder wie ein Jüngling. Vielleicht sollte ich versuchen, den Kaiser zu einer Romreise zu überreden. Da müßten wir ihn beide begleiten, Macro und ich...«

Naevias Augen glänzten fiebrig.

»Und was ist mit Junia Claudilla? Du hast sie doch vor einigen Wochen geheiratet.«

»Heiraten müssen, Liebste, auf Befehl des Kaisers. Eine Scheidung ist etwas Alltägliches, und wenn ich erst Kaiser bin, kostet mich das nur einen Federstrich. Fortuna hat dich zu meiner Frau bestimmt, unwiderruflich, für alle Zeiten.«

»Und ich – ich werde Kaiserin?« fragte Naevia mit kleiner, zweifelnder Stimme.
Caligula nickt feierlich.
»Julia Ennia Naevia Augusta – das wird dein künftiger Name sein, und wir werden einen neuen Stamm begründen, unsere Söhne und Enkel werden die Welt regieren.«
In diesem Augenblick überkam sie eine kurze hellsichtige Nüchternheit. Niemals, flüsterte in ihr eine leise Stimme, niemals kann das sein! Eine Plebejerin gelangt nicht auf den Kaiserthron, Caligula will dich nur blenden, damit du ihm als Werkzeug dienst. Du gehst auf einen Abgrund zu, Ennia Naevia ...
Da hörte sie wieder Caligulas Stimme und das Flüstern in ihr verstummte.
»Das soll unser Ziel sein, dem wir uns, Schritt um Schritt, behutsam nähern wollen. Ich bin noch jung, Naevia, aber ich bin nicht unbedacht. Vor Senat und Volk muß es so aussehen, als sei alles seinen natürlichen Weg gegangen. Dem Kaiserpaar darf man später nicht das geringste nachsagen können, wir müssen über jeden Verdacht erhaben sein. Das Gebot der Stunde ist für uns beide: Geduld, Geduld, Geduld.«
Caligulas nüchterne und besonnene Worte hatten Naevias Glauben an die Zukunft wieder gefestigt. Nein, dieser Mensch war kein Glücksritter, der sie mit leeren Versprechungen blendete, er plante sorgsam und mit Bedacht, auf ihn konnte sie sich verlassen.
»Ich werde nicht das geringste ohne dein Einverständnis tun, werde jede Kleinigkeit mit dir absprechen.«
Caligula nickte ernst.
»So ist es recht, Naevia, nur Beharrlichkeit führt zum Ziel.«

Bald darauf hatte Caligula ein vertrauliches Gespräch mit Macro.
»Du sollst etwas wissen, Macro, das der Kaiser als ein Geheimnis zwischen ihm und mir betrachtet, das aber dich betrifft. Ich breche mein Wort, aber ich muß es tun, um unser beider Zukunft willen. Zuvor möchte ich eines zu bedenken geben: Solltest du in falsch verstandener Treue dem Kaiser etwas davon berichten, so wird nicht nur mein Kopf fallen – auch der deine! Willst du es wissen oder soll ich besser schweigen?«

Macros kleine, tiefliegende Augen suchten Caligulas Blick, als wolle er prüfen, ob er ihm trauen könne. Doch die starren kalten Augen verrieten nichts, blieben leer und ausdruckslos.
»Betrifft es nur uns beide?«
»Es betrifft das ganze römische Reich, aber zunächst einmal dich und mich.«
»Dann rede, Caesar, denn bei dir liegt die Zukunft.«
Caligula lächelte sparsam.
»Es freut mich, daß du es erkannt hast. Also höre. Bei unserer letzten Unterredung hat mich der Kaiser gebeten, dich zu bespitzeln. Ich soll in Rom deine Gesellschaft suchen, auf deine Worte und Taten achten und ihm jede Kleinigkeit berichten. Du kannst dir denken, warum er das will – er beginnt dir zu mißtrauen. Er fürchtet, der Fall Sejanus könnte sich wiederholen und trifft dafür seine Vorbereitungen. Wenn wir künftig nicht gemeinsam handeln, wird er uns beide zugrunde richten.«
Diesmal meinte Caligula, was er sagte.
»Ich danke dir für deine Offenheit, Caesar, und möchte sie mit Offenheit belohnen. Auch ich hatte ein Gespräch mit dem Kaiser. Ihn beunruhigt deine Beliebtheit beim Volk und bei der Truppe. Ich soll dich behutsam am öffentlichen Reden hindern, und dir – als meine eigene Meinung – Zurückhaltung anraten. Diese Gespräche beweisen, daß der Kaiser uns beiden mißtraut, und darum soll einer den anderen bespitzeln.«
Caligula nickte.
»So sehe ich es auch. Doch sein hohes Alter und sein krankhaftes Mißtrauen haben ihn blind gemacht für die andere Seite der Menschennatur. Es gibt nicht nur Argwohn, Mißtrauen und Heimtücke, es gibt auch Offenheit, Vertrauen und Ehrlichkeit. Wir beide haben es bewiesen, und uns beiden soll es zum Vorteil gereichen. Du hast mein Wort als künftiger Kaiser, daß ich deine Treue fürstlich belohnen werde. Du kannst Senator, Konsul oder Statthalter werden, oder, wenn du willst, diese Ämter der Reihe nach bekleiden.«
»Ich vertraue dir, Gaius Caesar. Was schlägst du nun vor, was sollen wir als nächstes tun?«
»Dem Kaiser gehorchen. Ich werde über dich berichten und du über mich – Belangloses natürlich. Daneben werde ich alles

daransetzen, um Tiberius eine Romreise schmackhaft zu machen. Sollte es mir nicht gelingen, müssen wir einen anderen Weg finden.«

»Sollte der Kaiser unterdessen auf natürliche Art sterben, gelten dann deine Versprechungen auch?«

Schlauer Fuchs, dachte Caligula, erwägt alle Möglichkeiten.

»Das wird nichts ändern, mein Wort gilt in jedem Fall.«

»Noch etwas, Caesar. Ich möchte bei dieser Gelegenheit daran erinnern, daß dein Bruder Drusus noch immer im palatinischen Kerker sitzt. Der Kaiser hat bisher keine Verfügung getroffen, aber der Fall sollte auf die eine oder andere Weise gelöst werden. Der Princeps kann täglich sterben, und der Senat wird Drusus als Nachfolger zumindest in Erwägung ziehen. Er ist immerhin dein älterer Bruder ...«

»Ja, daran habe ich auch schon gedacht. Ist Drusus noch gesund?«

»Es steht mit ihm nicht zum Besten. Er bräuchte Licht, Luft, bessere Nahrung ...«

»Vergeßt ihn einfach. Seine Wachen sollen ihn bei der Essensverteilung übergehen, als sei er schon tot. Dann wechselst du die Leute aus, und wenn der Kaiser nach ihm fragt, ist er gerade gestorben. Geht das?«

»Es wird sich machen lassen.«

Damit war über Drusus Caesar, den zweitgeborenen Sohn von Agrippina und Germanicus, das Todesurteil gesprochen. In seiner Verzweiflung kaute Drusus das Stroh seiner Matratze, doch niemand im palatinischen Viertel hörte seine schwachen, verzweifelten Rufe aus der Tiefe des Kerkers. Seine Leiche ließ Macro stillschweigend beseitigen, die Wachen wurden befördert und in entlegene Provinzen versetzt. Nun lebte nur noch einer von den Söhnen des Germanicus: Gaius Julius Caesar Germanicus, genannt Caligula – das Stiefelchen.

Sabinus fieberte dem Tag der Abreise entgegen und betete täglich zu den Göttern, sein Onkel möge nicht vorher noch erkranken oder gar sterben. Cornelius Calvus aber hing der stoischen Lehre an und war durch nichts zu erschüttern. Wenige Stunden

vor der Abreise vertiefte er sich noch in seinen geliebten Horatius.
»Denk stets in schweren Zeiten den Gleichmut dir zu wahren, wie in guten ein Herz, das klug die übermütige Freude meistert...«
In Begleitung von drei Dienern bestiegen Onkel und Neffe einen gutgebauten Schnellsegler. Freilich war dies eine teure Art zu reisen, denn nach Griechenland verkehrten zahlreiche Lastschiffe, die meist auch Passagiere beförderten. Doch Calvus meinte, er wolle nicht neben stinkenden Ölamphoren und Säkken mit getrocknetem Fisch schlafen. Tatsächlich fuhren die schweren, langsamen Lastschiffe eine direkte Route und nahmen den Weg durch das offene Meer, während die leichteren Schiffe aus Sicherheitsgründen von Hafen zu Hafen segelten, so daß – da man nur bei Tageslicht unterwegs war – die Reisenden fast jeden Abend an Land schlafen und essen konnten.
»Und das hat seine Vorteile, Sabinus, du wirst es sehen, auch wenn die Reise ein paar Tage länger dauert.«
An einem sonnigen, windigen Tag Mitte Mai segelten sie von Ostia ab, nicht ohne am Morgen dem Neptun einen Stier dargebracht zu haben. Dieses Opfer übernahmen der Gubernator (Kapitän) und die Passagiere zu gleichen Teilen. Der wortkarge Opferpriester zerhackte mit einem Gehilfen Leber, Lunge und Herz und brachte sie zu einem der kleinen Opferaltäre an der Hafenmauer, wo sie verbrannt wurden. Er murmelte etwas von gutem Omina (Vorzeichen), nahm beide Keulen und machte sich davon. Das übrige Fleisch wurde gebraten und an die Schiffsbesatzung verteilt. Zum Glück hatte niemand beim Besteigen des Schiffes geniest, auch saß weder eine Krähe noch eine Elster auf Mast oder Segel. Es gab noch eine Reihe anderer schlechter Vorzeichen, und die abergläubischen Seeleute achteten streng darauf, daß keines sich zeigte. Die Reise hätte sonst verschoben werden müssen, auch ein neues Opfer wäre nötig gewesen.
Von den drei Kabinen hatte sich Calvus eine gesichert, während sich Sabinus mit anderen Reisenden auf dem Deck aufhielt. Hier wurden vormittags Sonnensegel aufgespannt, so daß, wer wollte, die Stunden bis zum frühen Abend im Schatten verbringen konnte.

Vierzehn reiche und vornehme Reisende, darunter auch einige Frauen, unternahmen die Fahrt nach Epidauros. Einige von ihnen konnten kaum gehen, andere wieder saßen den ganzen Tag stumm an Deck und starrten aufs Meer. Sie alle waren von drei oder mehr Dienern begleitet, die sich um Nahrung und Getränke kümmern mußten, denn der Gubernator übernahm nur die Beförderung, alles andere ging ihn nichts an.
Meistens wehten um diese Zeit die etesischen Winde (aus nördlichen Richtungen), so daß das Schiff zügig vorankam. Schon vor Einbruch der Nacht legte es bei Neapolis an, und Sabinus verließ mit seinem Onkel das Schiff. In der alten Griechenstadt besaß Calvus einen guten Freund, bei dem sie nächtigten.
Sabinus ließ sich eine halbe Stunde vor Tagesanbruch wecken und nützte diese Zeit der Dämmerung zu einem hastigen Rundgang, denn bald nach Sonnenaufgang sollte die Reise weitergehen. Er besichtigte das prächtige Forum mit seinen langen Säulengängen, blickte zu den Giebeln riesiger Tempel auf und mußte ein paar verschlafene Huren abweisen, die ihn auf dem Rückweg an der Toga faßten.
Die nächste Nacht verbrachten sie in Messana an der sizilischen Meerenge, und dann ging es für drei oder vier Tage hinaus aufs offene Meer; diesem Teil der Reise sah jedermann mit Bangen entgegen, denn der leichtgebaute Segler war starken Stürmen weit weniger gewachsen als die schweren Lastschiffe.
Nur Calvus blieb ruhig.
»Es ist unwahrscheinlich, daß wir im Mai in einen Sturm geraten. Um diese Zeit ist das Ionische Meer so friedlich wie der Lacus Nemorensis (Nemi-See) an einem stillen Sommertag. Im übrigen kann uns ein steifer Wind nur recht sein, weil er unsere Reise abkürzt.«
Und Calvus behielt recht. Am Nachmittag des dritten Tages kam Zakynthos in Sicht, die schöne, schon von Homer erwähnte Insel. Von da an war die Reise nur noch eine Spazierfahrt durch die Meerenge von Korinth, und immer waren die Ufer zu beiden Seiten sichtbar. Als der Hafen von Lechaion in Sicht kam, sagte Calvus:
»Jetzt wirst du gleich etwas Seltsames erleben, ich glaube, daß es nirgendwo etwas Ähnliches gibt.«

Natürlich wußte Sabinus gleich, was er meinte, die Geographen haben es ja oft genug geschildert. Doch er ließ seinem Onkel die Freude und tat, als wüßte er nichts. Es war ja auch das erste Mal, daß er es mit eigenen Augen sah. Es dauerte dann allerdings noch ein paar Stunden, bis einige Dutzend der schweren Lastochsen vor das Schiff gespannt waren. Sie zogen den Segler in eine schmale Rinne, dort wurden am Kiel Schlittenkufen befestigt, und auf ihnen bewegte sich das zuvor völlig entladene Schiff auf dem Diolkos, einer Gleitbahn, die von einem Hafen zum anderen führte. Die Gebühren dafür waren sehr hoch.
Calvus bemerkte:
»Es heißt, daß Korinth seinen Reichtum nicht zuletzt den beiden Häfen und dem Diolkos verdankt. Auf der anderen Seite liegt Kenchreai, und von dort setzen wir unsere Fahrt nach Epidauros fort. Wir wollen unterdessen die Zeit nutzen und dem alten Korinth einen Besuch abstatten.«

Das »alte Korinth«, von dem Calvus sprach, existierte jedoch längst nicht mehr. Die Römer hatten die Stadt hundertachtzig Jahre zuvor völlig zerstört, doch sie wurde von Julius Caesar neu gegründet.
»Übriggelassen haben unsere frommen Legionäre nur den mächtigen alten Apollo-Tempel«, bemerkte Calvus.
Sabinus aber war enttäuscht. Nichts erinnerte daran, daß Korinth ursprünglich eine griechische Stadt war. Alles wirkte so römisch, besonders das Forum mit der langgestreckten Basilica Julia, einem Gerichtsgebäude aus der Zeit des Kaisers Augustus. Doch die Stadt war seitdem wieder mächtig aufgeblüht und schließlich sprachen die Menschen auf der Straße griechisch, was Sabinus wieder versöhnte. Es war allerdings eine Form des Griechischen, die er kaum verstand, obwohl er sonst Homer und Sappho im Original lesen konnte.
»Ein seltsames Griechisch sprechen hier die Leute«, bemerkte Sabinus.
Calvus lachte: »Aus dir spricht der belesene Verlegersohn. Du darfst nicht vergessen, daß diese Menschen auf der Straße nicht Homer, Sophokles oder Aischylos zitieren, sondern über ganz alltägliche Dinge reden. Da schleift sich mit der Zeit die Sprache

ab, wird zum Dialekt, der im übrigen auch seine eigenen Regeln kennt. Aber jeder halbwegs gebildete Korinther wird dein Griechisch verstehen.«

Doch es blieb nicht viel Zeit, denn bald hatte das Schiff Kenchreai, den Osthafen erreicht und wurde dort ins Wasser gesetzt. Die Diener luden das Gepäck wieder auf, und bald konnte die Fahrt fortgesetzt werden.
»Einfacher wäre es, zwischen den beiden Häfen einen Kanal zu bauen. Ich schätze, der würde etwa vier Meilen lang werden. Das ist doch kein großes Problem.«
Cornelius Calvus lächelte zu den Worten seines Neffen.
»Für euch Junge ist nichts ein Problem. Man muß nur wollen, und schon geht es. Zumindest wäre es kein technisches Problem, da hast du schon recht. Wer aber soll es bezahlen? Korinth sieht dazu keine Veranlassung, denn der Diolkos und die beiden Häfen sind eine stetig fließende Geldquelle. Die Besitzer der Lagerhäuser und Geschäfte an den Häfen sind reich und damit einflußreich. Sie sitzen im Rat der Stadt und würden den Durchstich niemals gestatten. Das römische Reich aber mischt sich niemals in die inneren Angelegenheiten der griechischen Städte und ist bisher sehr gut damit gefahren.«
»Eines Tages wird es doch geschehen«, meinte Sabinus, »weil es das Wohl aller verlangt.«
»Eines Tages – gewiß.«

Die Fahrt nach Epidauros dauerte nur wenige Stunden. Es lag an der Ostküste der Argolis, doch einige Meilen landeinwärts. Schon seit vier oder fünf Jahrhunderten war es eine Apoll und Asklepios geweihte Stätte, von Kranken aus aller Welt wegen ihrer Heilerfolge aufgesucht.

Cornelius Sabinus war vom bisherigen Verlauf der Reise enttäuscht. Er hatte es sich bunter und abenteuerlicher vorgestellt, doch nun schien es ihm nicht anders, als besteige man in Rom eine Sänfte und ließ sich zum Forum oder zum Marsfeld tragen. Wehmütig dachte er an seinen Freund Chaerea, der eine wirkliche Aufgabe hatte und dessen Leben ausgefüllt war. Ein Spa-

ziergang durch Rom erschien ihm jetzt aufregender als die Reise nach Epidauros.
Als sie auf Maultieren vom Hafen zum Heiligtum ritten und Sabinus sah, daß er von Alten, Kranken und Gebrechlichen umgeben war, sank ihm der Mut. Er sandte ein Stoßgebet zu Asklepios, er möge seinem Onkel schnelle Heilung gewähren, daß der Aufenthalt in Epidauros ein möglichst kurzer sei.
Doch alles kam ganz anders, als Sabinus es sich ausmalte. Bald flehten seine Gebete genau um das Gegenteil, denn jeder Tag, den er hier noch verbringen durfte, erschien ihm wie ein Geschenk Amors, des geflügelten Liebesboten und Sohnes von Venus und Mars.

Wieder einmal empfand Kaiser Tiberius sein fortgeschrittenes Alter als schwere Bürde. Er hatte keine ernsthaften Beschwerden, nichts schien seiner eisernen Gesundheit etwas anhaben zu können, doch er fühlte ein immer schnelleres Abstumpfen seiner Sinne. Er sah und hörte sehr schlecht, und sein Geschmacksempfinden hatte sich so stark verringert, daß er Speisen und Getränke kaum noch unterscheiden konnte. Ob er nun raetischen Wein trank, ob Falerner, Faustiner, Massiker, Calener oder Sorrentiner – sie hatten alle das gleiche Aroma, und mit den Speisen war es dasselbe. Ob Schwein, Lamm, Huhn oder Rind, alles schmeckte gleich, nichts war imstande, seine Zunge zu erfreuen. Außerdem war er seit einigen Monaten so gut wie impotent. Er hielt sich noch immer seine Spintriae, doch sein Verlangen war so gering, daß er sie schon einige Wochen nicht besucht hatte.
Sein einziges Vergnügen war die Jagd auf Majestätsverbrecher, und da erwies sich Macro als ausgezeichneter Jäger. Doch es war wie bei der Hydra: Sobald man einen Kopf abschlug, wuchsen zwei neue nach.
Wie sie sich wanden! Wie sie jedem seiner Schreiben entgegenzitterten! Sie verleumdeten, beschuldigten und bezichtigten sich gegenseitig; manchmal traf es den Verleumder, manchmal den Beschuldigten.
»Aber es trifft immer die Richtigen!« sagte der Kaiser laut und erschreckte damit den Diener, der einen Krug Wein brachte.

»Was ist das?«
»Der Wein, Herr, den du befohlen hast.«
Tiberius kostete und verzog das Gesicht.
»Da scheint der Kellermeister ein Essigfaß angezapft zu haben. Bring mir einen anderen! Einen Sorrentiner!«
Allmählich hatte es den Kaiser mißtrauisch gemacht, daß Gaius und Macro – die sich ja gegenseitig beobachten sollten – nichts Nachteiliges voneinander berichteten. Sofort war sein Argwohn erwacht und er hatte zwei Spitzel auf sie angesetzt. Deren Berichte erbrachten auch nichts Neues, und das war für Tiberius nur der Beweis, daß sie es besonders geschickt anstellten. Er aber mußte der Schlauere sein, war es immer gewesen. Seit Tagen dachte er darüber nach, wie er die beiden in eine Falle locken konnte, denn er war jetzt fest davon überzeugt, daß sie irgend etwas ausheckten.
Vielleicht aber war Macro tatsächlich unschuldig? Ein treuer Soldat, der nichts als seine Pflicht erfüllte. Gaius Caesar aber traute er einen Verrat ohne weiteres zu; der lauerte ja schon seit Jahren auf seinen Tod. Der Kaiser kicherte hämisch in sich hinein.
Darauf kann er noch lange warten! Ich bin gesund wie ein Jüngling. Vielleicht wäre es am besten, den ganzen Hof samt Macro und Gaius in den Orcus zu schicken und durch ehrenwerte Männer zu ersetzen. Aber wo gibt es solche? Kaum haben sie ein Amt, wollen sie mehr, kaum schenke ich ihnen mein Vertrauen, verraten und betrügen sie mich. Vielleicht ist schon der ganze Senat auf Seiten von Gaius und seines Anhangs?
Tiberius begann zu zittern und fühlte eine eisige Furcht in sich aufsteigen. Vielleicht waren die Mörder schon unterwegs? Er trank schnell drei Becher von dem Sorrentiner und stellte fest, daß auch der wie Essig schmeckte. Was tun? Was tun? Da traf ihn die Lösung wie ein Blitz. Nach Rom! Er mußte sofort nach Rom reisen, sich dem Volk zeigen und sagen: Da bin ich, euer Kaiser und Herr, ich lebe und habe euch nicht vergessen. Oder habt ihr vergessen, daß ich bei dem Brand auf dem Mons Caelius alle Betroffenen aus eigener Tasche entschädigte? Euer Kaiser ist immer für euch da, wenn ihr ihn braucht.

So würde er zum Volk reden, um dann vor den Senat zu treten und Rechenschaft zu fordern. Da würden sich schnell die Wölfe von den Schafen sondern.
Der Gedanke belebte und begeisterte ihn. Nach Rom! Das war genau der rechte Augenblick.
Hätte ich nicht immer zur rechten Zeit das Rechte getan, wäre ich nicht mehr am Leben, dachte Tiberius zufrieden.
Dann ließ er Thrasyllus kommen.
»Salve Astrologus!«
»Salve Princeps!«
Thrasyllus bemerkte sofort, daß sein kaiserlicher Freund in bester Laune war. Vermutlich hatte er Lust auf eine gelehrte Unterhaltung bekommen.
»Mein Freund, werfe deinen gelehrten Blick auf den Himmel und sage mir, ob die nächsten Tage günstig für eine Reise sind.«
Thrasyllus brachte vor Erstaunen kein Wort heraus.
»Eine – eine Reise?« stammelte er schließlich.
Tiberius nickte fröhlich.
»Ich fahre nach Rom, um dort nach dem Rechten zu sehen. Lange habe ich es aufgeschoben, aber nun ist's Zeit.«
»Ein guter Gedanke, Herr. Ich mache mich gleich an die Arbeit. Soll ich dich begleiten?«
»Selbstverständlich! Ich reise doch nicht ohne meinen Astrologen.«
Dann befahl er Macro zu sich und instruierte ihn.
»Und lasse Gaius aus Rom holen! Ich möchte euch während der Reise beide um mich haben.«
»Es soll geschehen, Imperator!«
Endlich, dachte Macro erleichtert, endlich bewegt er sich weg von hier. Jetzt kommt unsere Stunde, Caligula wird einen Freudensprung machen. Doch sogleich nahm er diesen Gedanken als unziemlich zurück. Ein Gaius Caesar macht keinen Freudensprung, aber er wird aufatmen.

Caligula wohnte in Rom stets in der Domus Augustiana, denn seine Schwestern waren nach ihrer Heirat ausgezogen. Für seine Frau Junia Claudilla hatte er einen Flügel ausbauen und neu

einrichten lassen, doch seine Besuche bei ihr wurden immer seltener. Nach der Hochzeit war er ein paarmal mit ihr ins Bett gegangen, pflichtgemäß und ohne große Lust. Nun war Claudilla schwanger geworden, und Caligula beschränkte sich auf kurze Höflichkeitsbesuche in langen Abständen. Die meiste Zeit verbrachte er bei Macros Frau Ennia Naevia, die ihn zwar auch schon längst langweilte, die er aber nicht vergrämen wollte, ehe er sein Ziel erreicht hatte.
Und hier fand ihn auch der Bote aus Capri. Er las Macros wenige Zeilen:
›Der Kaiser wünscht deine Anwesenheit, Gaius Caesar, denn er plant eine Reise nach Rom. Auch ich habe die Ehre, ihn mit einer Leibtruppe zu begleiten.‹
Nun hätte er doch fast einen Freudensprung getan, aber vor dem Boten gab er sich keine Blöße.
»Ist gut, ich reise gleich mit dir zurück.«

Caligula fand die Villa Jovis in Aufruhr. Abgesehen von einem einzigen Versuch, hatte der Kaiser niemals die Insel verlassen. Auch damals sollte Rom das Ziel sein, doch er kehrte vor den Toren der Stadt wieder um – ohne nähere Begründung. Niemand hatte damit gerechnet, daß er in seinem hohen Alter jemals wieder Capri verlassen würde.
Nun aber ging es dem Kaiser nicht schnell genug. Er überwachte persönlich die Vorbereitungen, gab eine Reihe unnützer und überflüssiger Befehle, an die er sich später nicht mehr erinnerte.
»Und vergeßt die Vipera nicht! Ohne sie kann ich nicht reisen.«
Die zahme Schlingnatter hatte ihm Thrasyllus geschenkt, und er hegte und liebte sie als sein Glückstier. Er fütterte sie selber mit Eidechsen und Mäusen und achtete streng auf ihr Wohlbefinden.
Thrasyllus hatte bei seinen astrologischen Berechnungen keinerlei Gefahren entdecken können, allerdings wies auch nichts darauf hin, daß die Zeit für Reisen besonders günstig sei.
»Es ist Raum für alles, Herr. Eine neutrale Zeit und gewiß kein Grund, die Reise zu verschieben.«
Tiberius nickte ungeduldig. Er war in einer solchen Aufbruchstimmung, daß ihn auch eine schlechtere Auskunft nicht von der Reise abgehalten hätte.

Als Caligula eintraf, zog ihn Macro in eine Ecke. Flüsternd sagte er:
»Es ist so weit, Caesar! Er ist fest entschlossen, die Reise zu unternehmen. Sollte er zögern, so rede ihm gut zu! Die Gelegenheit ist da, eine bessere gibt es nicht.«
»Endlich, Macro, endlich. Ich war schon dabei, die Geduld zu verlieren.«
Macro blickte sich vorsichtig um.
»Am besten scheint mir, wir machen keinen Plan. Die Reise dauert mehrere Tage, die rechte Gelegenheit wird sich finden.«
Caligula nickte.
»Ich teile deine Meinung. Ich kann doch auf dich zählen, Macro – in jeder Lage?«
»Du hast mein Wort. Die Zeit ist reif.«
»Noch eines: Bis Rom darf er keinesfalls kommen, da liegt ihm der Senat zu Füßen, und alles wird schwieriger.«
Macro winkte ab.
»Selbst wenn er bis Rom käme. Er ist beim Volk so verhaßt; sie würden dich auf offener Straße zum Kaiser erheben, wenn du es wolltest. Und ich stünde mit meinen Leuten hinter dir.«
»Nein, Macro, darauf würde ich es nicht ankommen lassen. Ich möchte nicht als Thronräuber dastehen; das würde meine künftige Herrschaft nur belasten.«
Macro nickte.
»Wahrscheinlich hast du recht, wir Soldaten vertrauen immer zu sehr auf unsere Waffen. Es soll und muß im Geheimen geschehen.«

Am nächsten Morgen meldete der Praefectus Classis (Admiral), die kaiserliche Flotte sei bereit, in See zu stechen. An diesem Morgen war die Reiselust des Kaisers fast erloschen, und er bereute seinen übereilten Entschluß. Als dann Gaius und Macro auf ihn zutraten und ihm sagten, ganz Rom sei festlich gestimmt und sein Eintreffen werde sich zu einem Festtag gestalten, hob sich seine Stimmung wieder.
»Es war wirklich Zeit, meine Freunde, wirklich Zeit. Aber ich werde nicht bleiben, da dürft ihr dem Volk keine Hoffnung

machen. Der Senat wird sich ohnehin freuen, wenn ich wieder abreise.«
Das Volk hofft seit Jahren, daß du endlich krepierst, dachte Caligula und hob bedauernd die Hände.
»Sie werden dich anflehen, länger zu bleiben, aber die Entscheidung liegt natürlich bei dir.«
An diesem kühlen Märztag wehte ein steifer Wind, doch die Sonne hatte schon genug Kraft, die frische Seeluft zu erwärmen. Das tiefblaue, etwas bewegte Meer funkelte in der Morgensonne wie mit Gold übersprüht.
»Es ist doch der richtige Entschluß«, murmelte Tiberius, als er die Schiffsplanken betrat.

In Rom hatten Macro und Caligula seit Monaten vorgearbeitet. Der Kaiser war inzwischen bei Senat, Volk und der Armee gleichermaßen verhaßt. Die von immer neuen Majestätsprozessen bedrohten Senatoren hatten guten Grund zu ihrer Abneigung, und das Volk war eines Herrschers müde, der nicht das geringste zu seiner Belustigung unternahm. Der geizige Kaiser verteilte weder Geschenke, noch hielt er Tierhetzen oder Gladiatorenspiele ab. Auch gab es keine prächtigen Aufzüge oder irgendwelche Feste, denen der Kaiser persönlich vorstand. Es war, als gäbe es ihn nicht, den alten Knicker.
Daß er inzwischen auch bei der Armee unbeliebt war, hatte mehrere Gründe. Zum einen wurden schon seit Jahren keine Legate mehr verteilt, wie das unter Augustus üblich gewesen war, zum anderen verweigerte er in einem ausdrücklichen Befehl die Entlassung der Veteranen vor ihrem fünfundfünfzigsten Lebensjahr, denn er wollte die Abfindungen sparen, die dann zu zahlen waren. Die wachsende Unzufriedenheit schürte Macro auf geschickte Weise.
Cassius Chaerea, der schon fast vier Jahre auf seine Beförderung wartete, fragte höflich bei seinen Vorgesetzten an, ob man ihm etwas vorwerfe oder ob sonst etwas an ihm auszusetzen sei. Macro befahl ihn zu sich.
»Salve Centurio!«
Chaerea stand stramm.

»Salve Praefectus!«
»Ich kann es dir nicht verdenken, Chaerea, daß du unzufrieden bist. Wir haben deinen Fall schon im Vorjahr geprüft, deine Stammrolle ist makellos, und es wurde auch vermerkt, daß du perfekt Schreiben und Lesen gelernt hast. Unter uns, Chaerea: Ich würde dich noch heute zum Tribun befördern, übrigens mit vollem Einverständnis von Gaius Caesar, doch die kaiserlichen Verfügungen lauten anders, und ihnen haben wir zu gehorchen. Der Kaiser ist ein sparsamer Mann, Centurio, er bestätigt ungern, höchst ungern, Entlassungen und Beförderungen. Beides kostet Geld, und das ist bei unserem Imperator ein heikler Punkt. Meine Soldatenehre verbietet mir, mehr darüber zu sagen, du verstehst das doch?«
»Jawohl, Präfekt!«
»Ich kann dich aber mit der Versicherung entlassen, daß du – und etliche andere – nach dem Ableben des Kaisers sofort befördert wirst. Dafür bürgt Gaius Caesar, und du weißt, wie nahe er den Truppen steht.«
Das war nun schon ein Trost, denn Tiberius konnte schließlich nicht ewig leben.
So wie Macro den Centurio Chaerea vertröstete, tat er es mit vielen anderen auch, und es sprach sich schnell herum, daß der alte Kaiser für seine Armee nichts mehr übrig hatte – ganz im Gegenteil zu seinem Neffen und vermutlichen Nachfolger Gaius Caesar.
So warteten Volk, Senat und Armee mit Ungeduld auf den Tod des alten geizigen Ekels, das wie eine fette Kröte auf Capri saß und einfach nicht abtreten wollte.

Cassius Chaerea hatte noch einen anderen Grund zur Ungeduld. Er hatte einen hohen Kredit aufgenommen, um endlich aus der Mietskaserne in ein eigenes Haus umziehen zu können. Das war inzwischen geschehen und Marcia war sehr stolz auf das Häuschen in Transtiberium, auch wenn der Garten nur ganz klein war und die Schulden so hoch, daß Chaerea manchmal glaubte, die Dachsparren unter ihrer Last knacken zu hören.
Aber es war ein ganz anderes Leben. Das Haus hatte Anschluß an einen Aquädukt, eine eigene Latrina war vorhanden, und

Marcia konnte ihre Küchenkräuter, dazu etwas Salat und Gemüse im eigenen Garten ziehen.
Ihre Freude und die seiner Kinder entschädigten Chaerea für seine Sorgen, die er mit dem Kredit hatte. Freilich, die Zinsen waren dank einer kaiserlichen Verfügung nicht allzu hoch, aber jedermann hatte längst vergessen, daß dieser Vorteil dem verhaßten Imperator zu verdanken war.

IX

Kaiser Tiberius wollte mit seiner Reise kein Aufsehen erregen, denn er haßte die Neugier des Pöbels und verabscheute Menschenmassen. Andererseits hielt er es für unter seiner Würde, ein einfaches Segelboot zu benutzen. Sein Staatsschiff war eine schön gebaute Trireme, reich mit Schnitzereien und Vergoldungen geschmückt. Auf dem Purpursegel war mit Goldfäden die römische Wölfin eingestickt. Vier Schnellsegler mit Prätorianern begleiteten das kaiserliche Prunkschiff.
Der tagelange steife Wind hatte einen heftigen Seegang verursacht, so daß Tiberius – der Schiffsreisen ohnehin nicht liebte – ein Anlegen beim nächsten Hafen befahl.
Das war nun Antium, die uralte, von den Volskern gegründete Stadt, übrigens die letzte Siedlung, die sich der römischen Herrschaft unterworfen hatte. Jeder Schuljunge kannte ihren Namen, denn die Volsker wurden in einer Seeschlacht besiegt und die Rostren ihrer Schiffe waren bis heute am Forum ausgestellt.
Unter Kaiser Augustus hatte sich das Seestädtchen zu einem begehrten Sommeraufenthalt der reichen und vornehmen Römer entwickelt. So besaßen hier Cicero, Lucullus und Maecenas prachtvolle Villen; eine der schönsten gehörte der julisch-claudischen Kaiserfamilie. Hier war Gaius Caesar vor fünfundzwanzig Jahren zur Welt gekommen, und nun hielt er es für ein gutes Omen, daß sie dort anlegten.
Dem Kaiser ging es sichtlich schlecht. Auf Macros Arm gestützt, verließ er das Schiff, gebeugt, schwankend, bleich und mit Schweißtropfen auf der Stirn. Doch er wollte es sich nicht anmerken lassen und überspielte seinen Zustand mit kläglichen Scherzen.

Caligula fragte besorgt: »Willst du dich hier ein wenig ausruhen, ehrwürdiger Vater?«
Wenn andere zuhörten, redete Caligula seinen Onkel und Adoptiv-Großvater gerne mit dem vertrauten Wort »Vater« an, um seine enge Verbundenheit zu demonstrieren.
»Ich möchte von hier aus zu Land weiterreisen, ich vertrage den Seegang nicht. Wir übernachten hier und brechen morgen früh nach Rom auf.«

Den Majordomus der kaiserlichen Villa traf fast der Schlag, als der Kaiser mit seinem Gefolge eintraf. Nichts war vorbereitet, aber Caligula beruhigte ihn.
»Ein unvorhergesehener Aufenthalt. Der Kaiser fühlte sich nicht wohl, und so haben wir die Schiffsreise hier unterbrochen. Dir als altem vertrauten Diener kann ich es sagen: Es geht dem Princeps sehr schlecht; die Reise war für einen fast Achtzigjährigen einfach zuviel. Aber behalte es für dich, das braucht niemand zu wissen.«
Der alte Mann strahlte über das ganze Gesicht, denn das Vertrauen des Gaius Caesar ehrte ihn sehr. Caligula aber hatte nur vorgebaut. Es war gut, einige vertrauenswürdige Zeugen zu haben, die später den schlechten Gesundheitszustand des Kaisers bestätigen konnten.

Bei einem Glas Wein erholte sich Tiberius schnell, scherzte mit Thrasyllus und seinem Arzt Charikles. Als dieser gewohnheitsmäßig seinen Puls fühlen wollte, meinte der Kaiser:
»Mir fehlt nichts! Ich fühle mich jetzt recht wohl und brauche keinen Arzt.«
Um zu zeigen, wie gut es ihm ging, schenkte er sich eigenhändig den Becher voll Wein, und es gelang ihm fast ohne Zittern.
»Das ist nun schon der vierte«, warnte Charikles. »Vielleicht solltest du heute etwas enthaltsamer leben.«
»Warum denn? Mir geht's doch gut, und ein Krug Wein hat mir noch nie geschadet. Im übrigen möchte ich dich an den Spruch erinnern: Praesente medico nihil nocet (in Gegenwart des Arztes schadet nichts).«
Charikles lachte, Thrasyllus schmunzelte, und Caligula blickte in gespielter Besorgnis auf den Kaiser. Dann suchte er Macro auf,

und sie gingen in den weitläufigen Garten, bis sie außer Hörweite des Hauses waren.
»Es geht ihm wieder gut, er hat eine richtige Pferdenatur. Hier möchte ich nichts unternehmen, es ist mein Geburtshaus...«
Macro lachte.
»Abergläubisch – du? Uns bleibt nicht mehr viel Zeit, morgen geht es weiter nach Rom.«
»Ich habe mit Charikles gesprochen. Er meint, die Erholung sei nur scheinbar, in Wirklichkeit habe der Kaiser nicht mehr lange zu leben.«
»Du meinst, wir sollten abwarten?«
»Warum sollen wir etwas riskieren, wenn die Natur uns die Arbeit abnimmt?«
»Ich füge mich deinem Vorschlag, doch ich habe Bedenken.«
»Es wird gutgehen, ich spüre es.«

Der Kaiser verbrachte eine ruhige Nacht, war aber am Morgen müde und abgespannt. Doch er bestand darauf, weiterzureisen und bestieg bei Tagesanbruch eine bequeme Sänfte. Er schien geistesabwesend und zerstreut, vergaß sogar, seine Schlange zu füttern. Die kräftigen nubischen Sänftenträger liefen im Trab und wechselten sich von Zeit zu Zeit ab, so daß die kaiserliche Prozession schnell vorankam.
Sie waren jetzt auf der Via Appia und passierten gerade den siebten Meilenstein, als der Kaiser zu halten befahl.
»Wo ist meine Vipera? Ich habe sie seit Tagen nicht gefüttert. Bringt mir den Korb!«
Der Korb mit der Schlange war irgendwo beim Gepäck, doch er fand sich bald. Tiberius öffnete ihn.
Macro ritt zu Pferd neben der Sänfte und hörte einen verhaltenen Schrei.
»Imperator?«
Er stieg ab und beugte sich hinein. Bleich und stumm, mit zitternder Hand wies Tiberius in den Korb. Da lag die Natter, tot, und schon halb von Ameisen aufgefressen, die in großen wimmelnden Klumpen an ihr hingen.
»Das ist – das ist – ein Zeichen!« keuchte Tiberius erregt. »Die Götter wollen mich warnen! So wird es mir ergehen, wenn ich

Rom betrete, sie werden mich zugrunde richten. Wir kehren um! Ich will zurück nach Capri! Sofort umkehren!«
Caligula und Macro schauten sich an. Sie waren beide nicht unzufrieden mit dem Gang der Dinge.
So eilte die Prozession zurück nach Antium und bestieg die Schiffe. Der Kaiser drängte unentwegt, offenbar hatte er panische Angst, nicht mehr lebend Capri zu erreichen. Doch die Seefahrt bekam ihm so schlecht, daß sie irgendwo an der Küste anlegen mußten. Der Kaiser wurde an Land getragen und in die nächstbeste Villa gebracht.
Charikles sagte flüsternd zu Caligula:
»Ich glaube, es geht zu Ende. Vielleicht erholt er sich noch einmal, aber seine Zeit ist um. Es ist nur noch eine Frage von Tagen.«
Mit unglaublicher Kraft klammerte sich Tiberius ans Leben. Er, der seines Daseins schon öfter überdrüssig geworden war, wollte nun doch nicht hinab ins Dunkel, sondern noch eine Weile das Licht der Sonne sehen.
Im Frühling stirbt man nicht, dachte er, wenn die Tage länger werden und die Felder grün, das ist eine Zeit des Wachsens und Lebens.
Sein eiserner Wille bewirkte, was Charikles für unwahrscheinlich gehalten hatte: Tiberius erholte sich so gut, daß man die Weiterreise beschloß.
Caligula erschien es wie ein Alptraum, aus dem er bald zu erwachen hoffte. Zu Macro sagte er:
»Nun muß es geschehen, ich will und kann nicht länger warten. Ich habe auch schon einen Plan.«
»Und der wäre?«
»Ich mache es zunächst allein. Sei du immer in der Nähe, vielleicht werde ich Hilfe brauchen.«
Da der Kaiser sich weigerte, ein Schiff zu besteigen, wurde die Reise auf dem Landweg fortgesetzt.

In Astura, einem kleinen Küstenstädtchen, machten sie halt, um dort die Nacht zu verbringen. Wie immer, wenn der Kaiser sich wohler fühlte, trank er nach dem Nachtmahl Becher um Becher unverdünnten Weines, bis ihn die Müdigkeit übermannte.

Liebevoll besorgt sagte Caligula:
»Wir sind alle so froh, daß es dir wieder besser geht, verehrter Vater, und so möchte ich dich bitten, deine Gesundheit mit zu viel unverdünntem Wein nicht von neuem aufs Spiel zu setzen.«
Der Kaiser war gnädig und bester Laune.
»Also gut, Gaius, von nun an trinke ich ihn verdünnt – gieße also Wasser hinzu.«
Caligula nahm den Wasserkrug und füllte den halbleeren Becher auf. Der Wein war zuvor vom Degustator gekostet worden und so trank der Kaiser sorglos weiter. Nach drei weiteren Bechern des verdünnten Weines verlangte er nach seinem Bett.
Caligula nahm den Wasserkrug und sagte lachend:
»Da werde ich mir noch einige Becher mischen...«
Der scharfsichtige Macro hatte sofort erkannt, daß Caligula das Wasser für seinen Anschlag benutzt hatte, und nun selber die Spuren beseitigte.
Recht klug, dachte er bewundernd, darauf wäre ich nicht gekommen.

In dieser Nacht erkrankte Tiberius schwer, und so war vorläufig an eine Weiterreise nicht zu denken.
Caligula und Macro ließen den Kaiser nicht aus den Augen. Charikles reichte Stärkungsmittel und verordnete strenge Ruhe. Tiberius erholte sich zwar schnell, aber er blieb geschwächt, sprach stockend und schien manchmal nicht zu wissen, wo er sich befand. Am dritten Tag erwachte er nachmittags aus einem kurzen Schlummer und verlangte nach Thrasyllus.
»Wir sind doch schon in Capri?« fragte er.
»Nein, Majestät«, sagte der Diener »wir sind noch immer in Astura.«
Der Kaiser blickte verständnislos.
»In Astura? Wo ist das?«
»An der Küste, höchstens eine Tagesreise von Capri entfernt«, sagte Caligula.
»Warum sind wir nicht längst dort? Ich habe doch befohlen, umzukehren. Warum hält man sich nicht an meine Befehle?«

»Du bist krank geworden, verehrter Vater, aber jetzt befindest du dich auf dem Weg der Besserung. Sobald Charikles es erlaubt, reisen wir weiter.«

»Charikles hat nichts zu erlauben!« brauste der Kaiser auf, »ich reise morgen weiter! Morgen schon!«

Und so geschah es dann auch. Sie zogen bis Circei weiter, und dort hatte der Kaiser sich so weit erholt, daß er an ihm zu Ehren veranstalteten Wettkämpfen der Prätorianer teilnehmen wollte. Charikles warnte ihn vergebens vor dieser Anstrengung. Als Tierhetzen veranstaltet wurden und die Männer gegen wilde Eber kämpften, verlangte der Kaiser einen Speer, stand auf und schleuderte ihn mit aller Kraft. Er traf einen Eber in die Flanke, doch die Anstrengung war zu groß gewesen. Mit einem Schmerzenslaut sank er in seinen Sessel zurück, bleich wie ein Leintuch und mit jagendem Puls, wie der Arzt feststellte.

Von da an ging es stetig abwärts. Der Kaiser wurde täglich schwächer, hatte es aber plötzlich nicht mehr eilig, zurückzukehren. Nachdem nun die ganze Küste zwischen Rom und Neapolis wußte, wo er sich aufhielt, setzte sich Tiberius in den Kopf, er müsse allen beweisen, daß er gesund und am Leben sei.

Die nächste Station war Misenum, wo ein Teil der römischen Flotte lag. Hier bezog der Kaiser zusammen mit Caligula, Macro, Thrasyllus und Charikles die prachtvolle Villa des Lucullus. Die Erben des Feldherrn und Feinschmeckers hatten sie dem Kaiserhaus verkauft, so daß Tiberius jetzt im eigenen Haus wohnte. Dies und der Umstand, daß es von hier nach Capri nur eine kurze Seefahrt war, erhöhte sein Gefühl der Sicherheit, und so rüstete sich der alte Imperator, der Welt seine letzte Rolle vorzuführen. Er empfing Abordnungen der umliegenden Städte, gab fast jeden Abend ein Gastmahl, bei dem er, wie es Tradition war, jeden der Gäste stehend verabschiedete. Er mußte dabei von Dienern gestützt werden, wobei er mit falschem Lächeln bemerkte, die Knochen eines alten Mannes seien eben ein wenig schwach.

Während der Symposien gaukelte er seinen Gästen vor, er esse mit gutem Appetit, doch jeder sah, daß auf seinem Teller fast nichts lag. Dafür trank er um so mehr, wobei es Caligula mehr-

mals gelang, ihm mit dem Wasser ein wenig von dem langsam wirkenden Gift zu verabreichen.
Am siebten Tag konnte er sich nicht mehr ohne Hilfe von seinem Lager erheben. Charikles stellte hohes Fieber fest und verordnete strenge Bettruhe. Am Abend trank Tiberius noch zwei Becher Wein, verbrachte eine unruhige fieberglühende Nacht und fiel gegen Morgen in einen totenähnlichen Schlaf.
»Das ist das Ende«, sagte Charikles, worauf Caligula sofort Eilkuriere nach Rom und an die Legaten der verschiedenen Heeresteile sandte. In der Botschaft hieß es, der Kaiser habe ihn, Gaius Caesar, auf dem Sterbebett zu seinem Nachfolger bestimmt. Doch der Kaiser lebte noch immer.
Caligula wachte abwechselnd oder zusammen mit dem Präfekten Macro an seinem Bett. Gegen Nachmittag begann der Todkranke zu röcheln und unruhig zu werden. Caligula nickte Macro zu und zog den Siegelring von des Kaisers Finger. Als hätte er diese symbolische Entmachtung gespürt, schlug Tiberius plötzlich die Augen auf und rief mit schwacher Stimme nach dem Diener. Da erkannten seine fiebertrüben Augen den Neffen, der wie erstarrt dastand, mit dem Ring in der Hand.
»Gib den Ring zurück! Noch gehört er dir nicht...«
Diese Worte waren nur geflüstert, doch deutlich zu vernehmen; auch Macro hatte sie gehört.
»Nun ist es genug!«
Mit schnellen Schritten ging der Präfekt zum Bett, nahm ein Kissen und preßte es dem Kaiser auf das Gesicht. In diesem Augenblick öffnete sich die Tür, und ein Diener wollte eintreten. Caligula stieß ihn zurück und rief den wachhabenden Prätorianern draußen zu:
»Den Mann sofort töten! Er wollte den Kaiser bestehlen.«
Macro nahm das Kissen weg und betrachtete kopfschüttelnd das eingefallene und durch Ausschlag entstellte Gesicht, dessen halboffene Augen er behutsam schloß.
»Salve Imperator Gaius Julius Caesar Augustus!« begrüßte er mit erhobenem Schwert den neuen Kaiser.
Die tagelange Spannung war aus Caligulas Gesicht gewichen, und in seine starren kalten Augen kam etwas Leben.

»Danke, Präfekt. Ich glaube, es wäre jetzt am besten, du würdest deine Prätorianer auf den neuen Kaiser einschwören.«
Macro nickte.
»Wird sofort geschehen, Imperator.«
Er ging nach draußen, wo noch die Leiche des getöteten Dieners lag.
»Schafft den Unrat hier weg! Dann sollen alle Prätorianer draußen antreten – in Reih und Glied!«
Als dies geschehen war, trat Caligula vors Haus. Er hatte sich die Purpurtoga seines Onkels übergestreift und trug den Siegelring am Zeigefinger.
Macro rief: »Achtung!«
Alle standen stramm und richteten ihre Augen auf ihren neuen Herrn.
»Kaiser Tiberius ist tot, mögen die Götter ihn gnädig aufnehmen. Er hat in seiner letzten Stunde vor Zeugen den Gaius Julius Caesar zum Nachfolger bestimmt, so wie wir es uns alle wünschten und erhofften. Ihr genießt nun den Vorzug, ihm als erste ewige Treue zu schwören, bei den Manen des Tiberius, bei Jupiter und Mars, im Namen von Senat und Volk von Rom.«
»Wir schwören!« schallte es freudig zurück, und dann war alle militärische Disziplin dahin.
»Salve Imperator Gaius Caesar, lange lebe unser Caligula!«
Und schließlich skandierten sie gemeinsam: »Vivat Caligula! Vivat Caligula!«
Daß sie ihn jetzt, als Kaiser, noch immer das »Stiefelchen« nannten, störte ihn nicht. Er empfand es als Ehrenname, von Legionären im Feldlager verliehen und so durften sie ihn ruhig weiterhin so nennen.

Während der nächsten Tage trafen Boten und Glückwünsche aus allen Teilen des Reiches ein. Vor ihnen hielt Caligula eine seiner spontanen Reden.
»Meine Freunde! Bürger des römischen Reiches! Die Götter haben meinem verehrten Onkel, dem verewigten Kaiser Tiberius ein hohes Alter gewährt, vielleicht, mit Respekt zu sagen, ein zu hohes. So war es ihm in den letzten Jahren nicht mehr vergönnt, das Erbe des Augustus in dessen Sinne zu verwalten. Es hat

Irrtümer und Ungerechtigkeiten gegeben – wir alle wissen es. Damit ist es nun vorbei, meine Freunde! Die Denunzianten werden künftig als Verbrecher behandelt, und sie – nicht die von ihnen Angezeigten – sollen zuerst verfolgt werden. Das gilt aber nur für die Zukunft – das Vergangene wollen wir vergessen. Künftig wird der Kaiser wieder in Rom bei seinem Volk sein und wird von Zeit zu Zeit vor dem Senat die schuldige Rechenschaft ablegen, wie dies für den Princeps ein alter römischer Brauch ist. Wir wollen gemeinsam den verewigten Tiberius nach Rom bringen, ihn dort bestatten, um aufzubrechen in eine bessere Zukunft.«

Begeisterte Zustimmung lohnte seine Worte – übrigens Worte, die Caligula ehrlich gemeint hatte. Er sah sich jetzt in der direkten Nachfolge des großen Augustus und versuchte, dessen Leben und Taten nachzueifern.

Hatte nicht Augustus, als er noch Octavianus hieß, seine Gegner mit grausamer Härte verfolgt und beseitigt? Doch als er unbestritten der Herr war und der Senat ihm den Ehrennamen Augustus verlieh, wurde er milde und gerecht, und das Volk vergötterte ihn. So wollte auch er, Caligula, es halten, und er fühlte, wie seine innerliche Leere und Kälte sich an diesen Vorsätzen erwärmte, wie die Aufgaben der Zukunft ihn anregten und beflügelten.

Daß er auch diesmal nur in eine Rolle schlüpfte, von der er nicht wußte, ob er sie beherrschen würde, kam ihm nicht zum Bewußtsein. In diesen Tagen jedenfalls hatte er die ehrliche Absicht, sie gut zu spielen.

Als in Rom die Nachricht vom Tod des alten Kaisers eintraf, erregte sie keineswegs Betroffenheit, sondern eine allgemeine Freude. Tiberius hatte längst keine Freunde und Anhänger mehr, weder im Volk, noch beim Senat. Er war nur noch gefürchtet und verhaßt. Die Menschen sprangen und tanzten in den Straßen umher und brüllten:

»In den Tiber mit Tiberius! In den Orcus zu den Verdammten! Werft seine Leiche auf die Gemonien!«

Alle fieberten der Ankunft des jungen Kaisers entgegen, der gerade dabei war, die Leiche seines Vorgängers auf einem

Trauerkondukt von Misenum nach Rom zu geleiten. Dieser Trauerzug aber wurde zu einem Triumphzug für Caligula. Zwar trug er Trauerkleidung und hatte eine ernste, gefaßte Miene aufgesetzt, aber seinem Gesicht und seinen Gesten war anzusehen, wie sehr er den Jubel der Menge genoß.
Die Menschen hatten am Wegrand blumengeschmückte Altäre aufgebaut, die Städte empfingen ihn mit schnell errichteten lorbeergeschmückten Triumphbögen; am Abend säumten Fackelträger die Straßen.
Insgeheim freute es ihn, daß niemand über den Tod seines Vorgängers betrübt schien; er hörte sogar durch die Jubelrufe Verwünschungen für den Toten und er überhörte sie. Ihn aber überhäuften sie mit Kosenamen, nannten ihn Bübchen, Hähnchen, Püppchen neben dem längst populären Stiefelchen.
Ich hätte den Alten eher in den Orcus schicken sollen, dachte Caligula, dann hätte ich mir und dem Volk ein paar schmerzliche Wartejahre erspart.

Sein Einzug in Rom wurde zum Volksfest. Man hatte die Gärten geplündert und ganze Wagenladungen an Frühlingsblumen, blühenden Zweigen, jungen Birken und Lorbeerbäumen aufgeboten, um die Straßen zu schmücken.
Der Zug bewegte sich durch die Porta Appia und die Via Triumphalis zum Forum Romanum. Dort wäre er von der dichten Menschenmenge beinahe erdrückt worden, hätten nicht Macros Prätorianer eine Gasse gebildet, durch die der junge Kaiser zur Rostra (Rednerbühne) schritt. Stumm stand er dort oben, mit undurchdringlicher Miene, und wartete, bis die Menge sich ausgetobt hatte. Dann hob er die Hand, und fast augenblicklich trat Schweigen ein. Mit geübter, weithin tragender Stimme begann er seine Trauerrede auf Kaiser Tiberius, und ihm, dem vollendeten Schauspieler, gelang es sogar, dabei echte Tränen zu vergießen. Das Volk war hingerissen. Welch ein Mensch! In schuldigem Respekt betrauerte er seinen Onkel und Vorgänger, wie es Herkommen und Pietät erforderten. Gerade weil Tiberius so unbeliebt gewesen war, rechnete man es Caligula hoch an, daß er dem Toten die gebührende Ehre erwies:

»Mag euch der Verewigte in den letzten Jahren auch fremd geworden sein, so müssen wir ihm doch dafür danken, daß er seine ganze Sorge dem Wohl des Reiches gewidmet hat, rastlos und unermüdlich, ohne auf seine zuletzt schon sehr schwache Gesundheit zu achten. Das Wort Ciceros: iucundi acti labores (nach getaner Arbeit ist gut ruhen), galt für ihn nicht, denn er gönnte sich keine Ruhe als erster Diener des Staates. In dieser Eigenschaft – aber auch nur in dieser – will ich ihm nacheifern...«
Das Volk verstand. Caligula hatte seine Kritik an Tiberius geschickt in ein Lob verpackt und damit zu verstehen gegeben, daß er »Majestätsprozesse« und Verfolgungen nicht dulden würde. Eine goldene Zukunft tat sich auf, und die gerechten, friedvollen Zeiten eines Augustus schienen zurückzukehren. Nichts deutete in den nächsten Monaten darauf hin, daß es anders kommen könnte.

Caligula betraute Macro mit der Verlesung von Tiberius' Testament, aber der Präfekt war davon wenig begeistert. Er hegte den Verdacht, Caligula schiebe ihn vor, denn das Testament nannte keinen Nachfolger, sondern setzte nur Tiberius Caesar – den Enkel des verstorbenen Kaisers – und Caligula zu beiden Teilen als Erben ein.
Macro tat, wie befohlen und verlas das Testament vor den versammelten ehrwürdigen Vätern. Da Caligula aber längst der erwünschte Nachfolger war, überging man die Ansprüche des jungen Tiberius und sprach dem Gaius das volle Erbe zu. Das hatte Caligula erreichen wollen, und so raffte er sich zu einer großzügigen Geste auf: Er verlieh seinem achtzehnjährigen Vetter die Toga virilis und adoptierte ihn.
Macro hatte unterdessen viel Arbeit nachzuholen. Gleich nach Caligulas Ankunft in Rom wurden die Prätorianer auf den Kaiser vereidigt, und in den Tagen darauf löste Macro sein Versprechen ein, das er so vielen gegeben hatte. Er brauchte die Eingaben um Beförderung, Versetzung oder Entlassung nicht mehr zu prüfen, ausgenommen die neuen Fälle. Caligula hatte ihm freie Hand gegeben, doch mit der Bedingung, jedem Akt hinzuzufügen: »auf Befehl des Gaius Julius Caesar Augustus«.

So erhielten hunderte von altgedienten Veteranen ihre ehrenvolle Entlassung mit einer nach Dienstjahren und Rang abgestuften Prämie in Form von Geld oder Land. Mit wenigen Ausnahmen wurde fast allen Beförderungen stattgegeben. Caligula hatte verlangt: »Ich will junges Blut bei meinen Prätorianern! Wer immer von den Alten gehen mag, soll gehen, und ich werde es ihm noch durch eine schöne Prämie versüßen. Das wird einiges kosten, aber es ist auch notwendig.«
Macro nickte erfreut.
»Da stimme ich dir von Herzen zu, Imperator. Je mehr von den Männern ihren ersten Eid auf dich schwören, um so besser.«

Damit hatte auch der Centurio Cassius Chaerea das Ziel seines Lebens erreicht. In einer Feierstunde wurde er mit einigen anderen zum Tribun befördert, und er war der einzige von ihnen, der aus einer plebejischen Familie kam.
Macro überreichte ihm das gravierte und polierte Kupfertäfelchen, das seine Beförderung dokumentierte und sagte:
»Der Kaiser hat deinen Fall geprüft und deiner Beförderung zugestimmt. Es lebe Gaius Julius Caesar Augustus!«
»Es lebe der Kaiser!«
Wie es das Herkommen verlangte, hatte Caligula bei seinem Regierungsantritt Prämien an die Prätorianer verteilt, dazu kamen noch die Legate aus dem Testament des Tiberius. So war Chaerea in der Lage, den größten Teil seines Kredits auf einmal zurückzuzahlen. Den Rest konnte er mit seinem Tribunengehalt in monatlichen Raten leicht aufbringen.
»Jetzt beginnt eine neue Zeit!« schwärmte er Marcia vor, »und nicht nur für uns. Vorgestern hat der Kaiser befohlen, alle Prozesse aus der Zeit des Tiberius niederzuschlagen und die Akten öffentlich zu verbrennen. Für viele mag damit ein Alptraum zu Ende sein. Und du, Marcia, bist nun die Frau eines Prätorianertribuns. Das ist schon etwas!«
Er hob sie hoch und wirbelte sie herum.
»Jetzt sollte Sabinus hier sein! Ich glaube, er würde sofort zu den Prätorianern gehen – unter solch einem Kaiser!«
Chaerea stellte seine Frau behutsam auf den Boden zurück und fuhr fort:

»Ich weiß gar nicht, was mit dem Burschen los ist. Jetzt ist er fast ein Jahr weg, hat vor langem einen einzigen Brief geschrieben und hüllt sich seitdem in Schweigen. Vielleicht sollte ich einmal bei seinem Vater nachfragen?«
»Ich weiß nicht...«, sagte Marcia zögernd. »Seine Eltern haben doch den Umgang mit dir nicht gerne gesehen.«
»Weil sie fürchteten, er könnte zur Truppe gehen. Cornelius Celsus will ja einen Federfuchser aus seinem Sohn machen. Als ob das ein Beruf für einen Mann wäre!«
Marcia lächelte. »Du vergißt ganz, daß Sabinus aus dir einen Federfuchser gemacht hat. Könntest du nicht schreiben und lesen, wärst du niemals Tribun geworden.«
»Nun ja...«, sagte Chaerea verlegen.
»Und außerdem bist du froh und glücklich, wenn du die Briefe deines Freundes selbst beantworten kannst.«
»Briefe! Einen einzigen hat er geschrieben – es wird ihm doch nichts zugestoßen sein?«

Nein, dem Cornelius Sabinus war nichts zugestoßen, jedenfalls nichts, was Leib oder Leben bedroht hätte. Auch hatte er einige Wochen nach seinem ersten einen zweiten Brief an Chaerea gesandt, doch der kam nicht an, weil das Frachtschiff in einem Sturm bei Sizilien auf den Klippen zerschellte.
Während der ersten Wochen in Epidaurus schien es Sabinus, als habe er eine andere Welt betreten. Alles vollzog sich in feierlicher Ruhe und Gemessenheit, ohne Hast, ohne Geschrei – für einen Römer ein fast beängstigender Zustand.
Er hatte seinen Onkel auf der Heiligen Straße zum Tempel begleitet. Auf diesem Pilgerweg begann das streng vorgeschriebene Ritual für alle, die hier Heilung suchten. Der Tempel war tagsüber für jedermann geöffnet. In halbdunkler Cella thronte die überlebensgroße Statue des heiligen Arztes Asklepios, aus Gold und Elfenbein gefertigt. Der bärtige Gott hielt in der Rechten einen langen Stab, während seine Linke auf dem Kopf der aufgerichteten heiligen Schlange lag. Sein zweites Symbol, ein Hund, lag zu seinen Füßen. Der Tempel beeindruckte weniger durch seine Größe als durch die Pracht seiner Ausstattung, an der viele namhafte Künstler beteiligt waren.

Hier hatte nun der Pilger seine Bitten vorzutragen, um sich danach an der heiligen Quelle zu reinigen. Sabinus wunderte sich, mit welchem Ernst sein sonst eher skeptischer Onkel diese Handlungen vollzog. Später sagte er:
»Es hat keinen Sinn, etwas halb zu tun. Wer nach Epidaurus kommt, um Heilung zu suchen, muß das altehrwürdige Ritual akzeptieren und einhalten. Wer das lächerlich findet, soll besser zu Hause bleiben.«
Eine der wichtigsten Pflichten war die Darbringung des Opfers, das in der Regel aus Tieren bestand – Ochsen, Ziegen, Lämmern, Gänsen oder Hähnen. Unbemittelte Pilger konnten auch Früchte, Brote oder Süßigkeiten darbringen. Wer von weither kam, durfte Geld spenden, und Sabinus gewann den Eindruck, daß dies den Asklepios-Priestern am liebsten war.
Bis zur Opfergabe hatte Sabinus seinen Onkel begleiten dürfen, was danach kam, ging nur den Kranken allein etwas an. Es waren dies lange vertrauliche Gespräche mit Priestern, die auf diesem Weg zu erkunden suchten, wo die Wurzel des Übels lag, um damit einer Heilung den Weg zu bereiten.
Die Begleiter der Kranken, wie überhaupt alle, die nicht Heilung suchten, mußten außerhalb der Anlage wohnen. Es gab verschiedene Gästehäuser, von ganz einfachen, doch peinlich sauberen Herbergen bis zu luxuriösen, mit allen Bequemlichkeiten ausgestatteten Villen, die an den sanften, bewaldeten Hängen des Kynortion-Berges lagen.
Die Heilungssuchenden wohnten während des tagelangen und langwierigen Zeremoniells im Innern der Tempelanlage und schliefen im Adyton an der Nordseite des Tempels. Wer danach länger bleiben wollte, nahm sich draußen eine Wohnung und konnte weiterhin an allem teilnehmen, denn zur Ablenkung und Unterhaltung der Pilger gab es eine ganze Reihe von Angeboten.
Wer sich sportlich betätigen wollte, ging ins Gymnasterion, wo speziell ausgebildete Priester die Übungen überwachten. Im Hippodrom konnte man ein Pferd mieten und ein paar Runden herumgaloppieren, und wer sich selbst bewegen wollte, ging ins Stadion, wo die Jugend sich beim Laufen, Springen, Kugelstoßen, Diskus- und Speerwerfen austobte.

Die meisten Kranken aber zogen passive Unterhaltungen vor, und dazu diente vor allem das gewaltige Amphitheater, von dem berühmten Architekten Polykleitos vor drei Jahrhunderten errichtet. Wegen seiner Ausdehnung – hier fanden zwölftausend Besucher Platz – und seiner hervorragenden Akustik, genoß das Theater Weltruhm. Hier traten bekannte Künstler auf, und der Spielplan umfaßte die klassischen griechischen Komödien, Weihespiele für Apoll und Asklepios, aber auch seichte Possen römischer Lustspieldichter. Die Musikfreunde suchten das kleine Odeion auf, wo Chorgesang, Tänze und Rezitationen dargeboten wurden. So gab es für jeden Geschmack etwas, wenn auch aus Rücksicht auf die Kranken keine Tragödien aufgeführt wurden.

Cornelius Sabinus geriet in einen Kreis junger Leute, meist Verwandte oder Freunde von Heilungssuchenden, die sich auf ihre Weise mit Symposien, Sport, Ausflügen und gegenseitigen Besuchen die Zeit vertrieben. Die Umgangssprache war griechisch, das Lateinische galt als vulgär und wurde auch von den Römern kaum gebraucht. Die jungen Leute, mit denen Sabinus verkehrte, kamen aus allen Teilen der griechisch-römischen Welt, vor allem aus Kleinasien, von den ägäischen Inseln oder den großen Städten des alten Hellas wie Athen, Korinth, Sparta oder Chalkis. Die Römer waren in der Minderheit. Im übrigen gab es auch Pilger aus Syrien, Palästina und Afrika und anderen Provinzen des Reiches.

Und es gab Helena aus Ephesos. Die achtzehnjährige Griechin hatte ihre Mutter nach Epidauros begleitet, wo die wohlhabende Gattin eines Reeders Heilung von einer rätselhaften Brustkrankheit suchte.
Sabinus hatte, wie es seine Art war, schon in der ersten Woche verschiedene Liebschaften angeknüpft, doch hier kam er nicht so schnell voran wie im leichtlebigen Rom. Die junge Gattin eines kranken Pilgers war es schließlich, die bei Sabinus jene Freuden suchte und fand, die sie in ihrer Ehe seit langem vermißte. Doch das Paar reiste bald wieder ab, und die meisten der jungen Griechinnen erwiesen sich als spröde. Zwar blickten auch sie mit Vergnügen in seine blauen, fröhlich blitzenden Augen und

bewunderten im Stadion seine Leistungen im Wettkampf und beim Speerwerfen, ließen sich meist auch willig küssen, aber in ihr Bett ließen sie ihn nicht. Sabinus machte sich nicht viel daraus, zählte die Tage bis zur Rückreise und vergnügte sich, so gut er konnte.

Onkel Calvus äußerte sich zunächst nicht über die voraussichtliche Dauer des Aufenthaltes, doch er schien die Tage in Epidaurus sehr zu genießen. Er besuchte regelmäßig die Theateraufführungen, nützte eifrig die umfangreiche Bibliothek und hatte einige feste Partner für sein geliebtes Ludus latrunculorum (Schachspiel) gefunden. Seine Kopfschmerzen hatten sich merklich gebessert, und er konnte nun auch länger durchschlafen.

Sein Neffe Sabinus langweilte sich nicht gerade, aber es hätte ihn nicht betrübt, bald, sehr bald die Heimreise anzutreten – bis zu jenem Tag, da er Helena aus Ephesus kennenlernte.

Innerhalb des Heiligtums gab es für die Pilger eine kleine, luxuriöse Badeanlage gleich neben dem Asklepios-Tempel, eine wesentlich größere, von den Römern errichtete, befand sich im Norden außerhalb des heiligen Bezirks. Sie war für jedermann zugänglich und wurde so zum Treffpunkt der jungen Leute nach einer sportlichen Übung im Stadion oder einfach, um die Zeit hinzubringen. Die Griechen waren keineswegs prüde, doch gewisse Vorkommnisse hatten die Verwaltung veranlaßt, den Badebetrieb in einem zweitägigen Rhythmus dreifach zu unterteilen. Zwei Tage waren die Thermen nur für Frauen reserviert, zwei Tage nur für Männer und zwei Tage für gemischtes Baden, aber mit der Vorschrift, dabei einen Lendenschurz oder eine kurze Tunika zu tragen, während Frauen oder Männer unter sich – bis auf wenige ganz Schamhafte – nackt ins Wasser stiegen.

Sabinus, den die meisten Männer mit ihrem dummen Geschwätz langweilten, bevorzugte die Tage des gemischten Badens und betrachtete dabei mit Vergnügen die meist jüngere Weiblichkeit. Da es für Frauen und Mädchen als unschicklich galt, die Brust zu zeigen, trugen sie ausnahmslos kurze Tuniken, die gerade noch die Oberschenkel bedeckten, während sich fast alle Männer mit einem knappen Lendenschurz begnügten.

An diesem Tag, diesem besonderen Tag, den Sabinus niemals vergaß, hatte er mit Onkel Calvus eine Mahlzeit eingenommen, war danach ins Stadion gegangen und hatte lustlos ein paar Speere geschleudert. Dann war es ihm – man schrieb schon die letzten Junitage – zu heiß geworden, und er hatte die Bäder aufgesucht.
Lange und genußvoll schwamm er im Frigidarium seine Runden, ging dann in den angrenzenden Garten, um sich von der Sonne trocknen zu lassen.
Unter einem Busch hockte ein junges Mädchen und kämmte sich die noch feuchten Haare. Die hellblaue, dünne Tunika klebte an ihrem schlanken Körper und zeigte recht plastisch die kleinen, festen Brüste. Über ihre Oberschenkel hatte sie schamhaft ein Badetuch gebreitet, um lüsternen Blicken keinen Angriffspunkt zu bieten.
Sabinus, der schon viele Frauen nackt gesehen hatte, starrte auf die Brust des Mädchens und überlegte gerade, was bei Frauen reizvoller sei – ein nackter oder ein knapp verdeckter Oberkörper.
Da riß ihn eine helle Stimme aus seinen Betrachtungen:
»Hast du dich sattgesehen, Fremder, oder soll ich dir zu gefallen die Tunika ablegen? Das würde es dir ersparen, mich mit den Augen auszuziehen ...«
Sabinus trat ein paar Schritte näher.
»Entschuldige, schöne Nymphe, wenn meine Blicke dich belästigen. Aber ich bin wehrlos weiblichen Reizen gegenüber, schwach und wehrlos. Und die deinen sind beträchtlich, wenn ich das noch bemerken darf.«
Sie schüttelte ihr nasses Haar.
»Natürlich darfst du. Nur dumme Frauen fühlen sich durch Komplimente beleidigt. Sie müssen aber ehrlich gemeint sein.«
Er verbeugte sich:
»Das schwöre ich dir bei Eros und Aphrodite. Mein Name ist Cassius Sabinus. Ich komme aus Rom und habe meinen Onkel hierher begleitet.«
»Ich heiße Helena und stamme aus Ephesos.«
Sabinus blickte Helena an und hatte dabei ein wunderliches Gefühl, das ihm bis jetzt fremd gewesen war. Ihm war, als

stürzten warme Ströme vom Bauch in die Brust, brachten seinen Kopf zum Glühen, trockneten die Kehle aus, dabei rauschte es in seinen Ohren.

Er schluckte mehrmals, ehe er hervorbrachte:

»So, so, aus Ephesos... Helena aus Ephesos. Du bist wunderhübsch, Helena, wunderhübsch... aber das habe ich ja schon gesagt – also – nun...«

»Jetzt bleibt dir die Sprache weg«, bemerkte Helena spöttisch.

Sabinus hatte sich wieder gefangen:

»Schönheit kann das durchaus bewirken.«

Da wurden sie durch zwei Mädchen und einen Burschen unterbrochen. Die drei rannten lachend auf Helena zu, und eines der Mädchen rief:

»Da bist du ja! Wir suchen dich schon überall. Wir wollen hinüber ins Hippodrom, da gibt es ein Wettrennen.«

Helena stand auf, und das Badetuch glitt von ihren Schenkeln. Sie war groß und schlank, das dunkle Haar umrahmte ein schmales, ernstes Gesicht mit großen, etwas schrägliegenden bernsteinfarbenen Augen.

Auch Sabinus erhob sich.

»Wenn ich nachkommen darf...«, sagte er lahm.

»Ich kann dich nicht hindern, das Stadion ist für alle da«, entgegnete sie schnippisch.

Die anderen lachten und zogen Helena mit sich fort.

Sabinus stand wie im Traum, und ihn fröstelte trotz der heißen Junisonne. Was war das? Warum hatte dieses dünne Geschöpf ihn so beeindruckt? Viel zu mager und außerdem sogar etwas größer als er selbst. Er schüttelte den Kopf. Das wird vorbeigehen, vielleicht war ich zu lange in der Sonne.

Er kleidete sich an und schlenderte an der Stoa und dem kleinen Aphrodite-Tempel vorbei zur großen Zisterne, tat unschlüssig und wußte doch genau, wo es ihn hinzog. So schlug er den Weg nach Osten ein und betrat das Hippodrom. Auf dem Dromos (Rennbahn) tummelten sich ein paar Burschen mit geliehenen Pferden und versuchten, die alten, trägen Rösser in Schwung zu bringen. Zur Freude des Vermieters gab es immer einige, die aus Langeweile Rennen veranstalteten, aber der schlaue Grieche dachte nicht daran, schnelle und feurige Pferde anzuschaffen,

zum einen wegen des Preises, aber auch wegen der Gefahr von Unfällen, für die man ihn haftbar gemacht hätte. Er hatte sich das Recht, Pferde zu vermieten, vom Tempel teuer erkauft und wollte diese Goldgrube nicht aufs Spiel setzen.
Sabinus starrte lustlos auf die staubverhangene Bahn. Es gab nur wenige Zuschauer, doch ganz vorne an der Rampe entdeckte er Helena, die jetzt eine weiße, knapp über das Knie reichende Tunika mit kurzen Ärmeln trug. Sie hatte ihre langen, dünnen Arme um die beiden Freundinnen gelegt und rief den Reitern etwas zu. Dahinter stand der Bursche von vorhin und starrte den Mädchen auf die Beine.
Sabinus näherte sich und berührte ihn an der Schulter. Der andere wandte sich unwillig um, doch Sabinus legte den Finger auf den Mund und zog ihn beiseite.
»Kennst du die drei Mädchen?«
»Ach, darauf geht's hinaus? Kennen ist zuviel gesagt. Man trifft sich da, man trifft sich dort...«
»Hast du Absichten?«
Der Bursche feixte und deutete mit dem Kinn auf die Mädchengruppe.
»Die kleine Nike hätte ich schon gern ins Bett gelockt. Schau dir nur ihren runden, frechen Hintern an – den würde ich gerne zum tanzen bringen.«
»Das erreichst du aber nicht, wenn du ihr nur stumm auf die Beine starrst. Ich bin an Helena interessiert. Vielleicht könnten wir gemeinsam etwas unternehmen.«
»Die dürre – äh, ich meine, die schlanke Helena? Gewiß kein übles Mädchen, doch sie scheint mir ziemlich unzugänglich.«
Sabinus lächelte überlegen.
»Das scheint oft so, und später stellt sich genau das Gegenteil heraus.«
»Du wirst es ja wissen...«
»Allerdings, mein Freund – wie darf ich dich nennen?«
»Ich heiße Leon und komme von der Insel Andros, etwa eine Tagesreise von hier. Mein älterer Bruder hat die Fallsucht, ich begleite ihn, um...«.
»Bitte keine Krankengeschichten, da hört man hier genug davon. Ich heiße Sabinus und komme aus Rom. Wir gehen jetzt zu den

Mädchen und laden sie heute abend zu einem Symposion. Machst du mit?«
Leon schüttelte resigniert den Kopf.
»Etwas Ähnliches habe ich schon versucht. Die sind nach Sonnenuntergang nicht aus ihren Höhlen zu locken – wegen des guten Rufs, versteht sich. Ich hätte einen anderen Vorschlag, der jetzt, da du mitmachst, leichter auszuführen ist. Laden wir doch die Mädchen zu einer Landpartie ans Meer. Wir mieten uns Maultiere, reiten an die Küste, schwimmen ein wenig, essen und trinken ...«
»Guter Vorschlag, Leon. Und was soll mit der dritten geschehen? Eine ist zuviel.«
»Das ist Ismene, die Schweigsame. Mit der ist ohnehin nicht viel anzufangen. Wenn es nicht anders geht, soll sie eben mitkommen.«
Sabinus schüttelte den Kopf.
»Ein fünftes Rad am Wagen ist ein Hemmnis, ich habe da meine Erfahrungen. Also packen wir es an?«
Leon nickte, und sie gingen zu den Mädchen, die sich gerade zum Gehen wandten.
»Kein besonders toller Wettkampf?«
»Da müßt ihr uns halt einmal etwas Besseres vorführen.«
Die kleine, freche Nike blickte dabei Leon an.
Helena sprang ihr sofort bei:
»Das ist vielleicht sogar recht erheiternd, wenn sie bei jeder Kurve vom Pferd fallen.»
»Wenn du daran deine Freude hast, würde ich es für dich tun«, sagte Sabinus zuvorkommend.
»Vom Pferd fallen?«
»Was immer du willst – verkehrt herum reiten, stehend oder liegend ...«
Jetzt mußte Helena lachen:
»Vielleicht fordere ich schon bald eine Einlösung deiner Versprechen. Dann gibt es aber keine Ausrede!«
»Keine! Du wirst mich bereit finden. Aber was machen wir bis dahin? Da hätten wir einen Vorschlag, Leon und ich. Wir mieten uns Maultiere und reiten nach Sonnenaufgang an die Küste.

Morgen oder übermorgen, wann es euch paßt. Wir könnten dort schwimmen, speisen, Wein trinken ...«
Die Mädchen schauten sich an. Nike mit ihrem runden, kindlichen Gesicht und der frechen, kleinen Stupsnase meinte schließlich:
»Wir besprechen es und sagen euch beim Nachtmahl Bescheid.«
Tuschelnd zogen sie ab. Leon schüttelte den Kopf:
»Sei mir nicht böse, wenn ich dich frage: Aber was findest du eigentlich an diesem langen, mageren Geschöpf? Sie ist größer als wir beide.«
»Ich weiß es selbst nicht«, sagte Sabinus hilflos, »aber mir werden die Knie weich, wenn ich sie anschaue.«
Leon nickte weise:
»Ein klarer Fall, mein Freund, du hast dich verliebt.«

X

Seit Caligula Kaiser war, rückte seine Familie in den Mittelpunkt des Interesses. Man bedauerte den tragischen Tod der Eltern und seiner beiden Brüder und sprach ganz offen aus, daß Tiberius den Untergang der Familie gewollt und verursacht hatte.

Caligula mit seinem feinen Gespür für wirksame Auftritte, wagte trotz des stürmischen Aprilwetters eine Fahrt zu den Pontinischen Inseln, um dort die Asche seiner Mutter Agrippina und seines Bruders Nero eigenhändig zu bergen. Es gelang ihm, aus diesem Akt eine Art Weihespiel zu machen.
In Trauerkleidung stand er auf Deck des kaiserlichen Schiffes, als es am Hafen von Ostia ankerte. Von da fuhr er auf einer Barke tiberaufwärts bis Rom. An Deck waren sichtbar die beiden kostbaren Marmorurnen aufgestellt, bewacht von zwei Prätorianern, während Caligula, in Trauer versunken, davor saß. Viel Volk stand schweigend am Ufer, da und dort wurden Klagerufe laut. Der tiefe Schmerz des Kaisers wurde respektiert und bewundert und machte Caligula noch populärer als er es ohnehin schon war.

Um die Mittagszeit legte das Schiff in Rom bei der Pons Fabricius an. Abordnungen aller Patrizierfamilien empfingen den Kaiser und trugen die Urnen in einem feierlichen Trauerkondukt zum Mausoleum der julisch-claudischen Familie, wo schon die Kaiser Augustus und Tiberius, sowie andere Familienmitglieder bestattet waren, darunter auch Caligulas Vater Germanicus.
Als zwei römische Ritter die schweren Marmorurnen in ihre Nischen stellten, ging es Caligula flüchtig durch den Sinn, daß auch seine Asche einstmals hier ihren Platz finden würde. Sofort verdrängte er diesen Gedanken. Diese Zeit war so unendlich ferne, lag so weit in der Zukunft, daß es gar nicht nötig war, sich damit zu befassen.
Für den Abend hatte der Kaiser ein Gedächtnismahl angesetzt, zu dem er die Spitzen der römischen Gesellschaft geladen hatte. Das war eine auserlesene Gruppe von etwa sechzig Personen, die der Zeremonienmeister zusammenstellte und die Caligula noch eigenhändig ergänzte.
»Wenn ich zu bauen beginne«, bemerkte der Kaiser zu einem Hofbeamten, »dann wird es Bankettsäle für sechshundert Gäste geben und nicht nur für ein paar Dutzend.«

Der verwinkelte Palast des Augustus mit seinen meist kleinen Räumen, erwies sich für die Einladung ohnehin als ungeeignet, doch das nahegelegene Domus Tiberianae bot genügend Platz. In den ersten Jahren seiner Regierung hatte sich Tiberius diesen Palast gebaut, der ein wenig kalt und nüchtern wirkte, dafür aber geräumig und besser für Repräsentationszwecke geeignet war.
Die kaiserliche Familie speiste im Triclinium (Speisesaal) auf einem erhöhten Podest. Es waren dies die drei Schwestern Caligulas, sein Vetter, der achtzehnjährige Tiberius Caesar und sein wenig bekannter, sehr zurückgezogen lebender Onkel Claudius. Der schon fast fünfzigjährige Gelehrte war wenig präsentabel, denn er hinkte und hatte von Zeit zu Zeit heftige Gesichtszukkungen. Eine Unterhaltung mit ihm war wegen seines Stotterns sehr schwierig. Die meisten hielten ihn für einen harmlosen Narren, mit dem wenig anzufangen war, doch die Fachgelehrten

schätzten ihn als Verfasser brauchbarer Geschichtswerke, vor allem über die untergegangenen Reiche der Etrusker und Karthager. Caligula beachtete ihn nicht weiter, aber er gehörte immerhin zur kaiserlichen Familie und konnte bei einem Trauermahl nicht übergangen werden. Der Kaiser plante sogar, ihn demnächst zum Konsul zu ernennen – nicht etwa, um Claudius zu ehren, sondern um den Senat zu demütigen, wenn er einen stotternden Narren mit dem zweithöchsten Amt des Reiches betraute. Er freute sich schon jetzt auf ihre verdutzten und gekränkten Gesichter.

An diesem Abend hatte Caligula nur Augen für seine Schwester Drusilla. Ihr schönes Gesicht hatte etwas geheimnisvoll-sphinxhaftes, ihr kokettes und launisches Wesen übte auf Caligula einen seltsamen Zauber aus. Sie hielt dem Blick seiner starren, kalten Augen ruhig stand und ließ es sich mit einem vieldeutigen Lächeln gefallen, daß er sie selber beim Mahl bediente, ihren Becher füllte, ihr die besten Bissen vorlegte. Diese Bevorzugung war so offensichtlich, daß Agrippina, die älteste Schwester, in ihrer heftigen Art bemerkte:

»Es gibt uns auch noch, teurer Bruder, oder hast du uns nur aus Versehen eingeladen?«

Caligula ließ sich nicht aus der Ruhe bringen:

»Aus Pflichtgefühl, Agrippina, ebenso wie eure Ehegatten.«

Agrippinas Ehe mit dem stadtbekannten Wüstling und Säufer Domitius Ahenobarbus war nicht glücklich, und sie begegnete ihrem wesentlich älteren Mann mit kalter Verachtung. Sie war jetzt hochschwanger und hatte dadurch wenigstens erreicht, daß sie der Verhaßte nicht mehr berühren durfte.

Aufgrund ihres Zustandes begegnete Caligula seiner ältesten Schwester mit Nachsicht. Er wies mit einer unbestimmten Geste hinab auf die Gäste. Zuerst hatte er die seinen Schwestern von Tiberius aufgezwungenen Ehemänner überhaupt nicht einladen wollen, doch der Zeremonienmeister wies ihn darauf hin, daß dies altrömischer Tradition entspräche.

»Wie bekommt dir die Ehe mit Longinus? Du wirst von Tag zu Tag schöner.«

Drusilla lächelte ihren Bruder hexenhaft an.

»Das ist gewiß nicht sein Verdienst. Übrigens hat man auch ihn nicht gefragt, ob er mich zur Frau möchte.«

»Du kannst dich scheiden lassen.«

»Schadet das nicht dem Ruf unserer Familie?«

Caligula beugte sich nahe zu ihrem Ohr und flüsterte:

»Ich kann ihm auch ein Amt geben, das ihn von Rom entfernt.«

Drusilla nickte lächelnd, als hätte ihr Caligula ein Kompliment gemacht.

»Ein guter Gedanke«, sagte sie laut und vernehmlich.

Der strengblickende Zeremonienmeister verbeugte sich vor Caligula:

»Du solltest jetzt einige der Anwesenden mit einer kurzen Audienz ehren. Sechzehn haben sich schon angemeldet, alte verdiente Patrizier wollen dazu aufgefordert werden, wie es schon unter dem göttlichen Augustus ...«

»Du langweilst mich, Alter!« schnitt ihm Caligula das Wort ab. »Du langweilst mich, aber du hast natürlich recht. Laß die Hammelherde aufmarschieren.«

Drusilla tauschte mit ihrem Bruder einen belustigten Blick, während Agrippina eine herrische und abweisende Miene aufgesetzt hatte.

Livilla, die Schweigsame und Eigenwillige, hatte an dem Familiengespräch bisher nicht teilgenommen. Sie war eine Stoikerin und ertrug ihren Ehemann mit Gleichmut. Er hatte sie nicht gewollt und sie ihn nicht, so lebten sie nebeneinander her, und jeder ging seinen eigenen Weg. Livilla hatte sich der Literatur zugewandt und baute sich systematisch eine Bibliothek griechischer und römischer Autoren auf. Seit Caligula seiner Schwester das von Tiberius beschlagnahmte Vermögen hatte zurückerstatten lassen, besaß sie auch die Mittel dazu. Mit besonderem Interesse verfolgte sie das stetig wachsende Werk von Lucius Annaeus Seneca, dessen Bearbeitung von griechischen Dramen sie nicht weniger schätzte als seine philosophischen Werke, die vom Geiste Zenons, des Begründers der stoischen Leere, geprägt waren. Marcus Vinicius, ihr Gemahl, pflegte gelegentlich zu bemerken, er habe mit seiner Ehe noch Glück gehabt, denn Livilla nehme sich nur Bücher und keinen Liebhaber mit ins Bett.

Während nun der Kaiser seine Audienzen erteilte und gnädige, oft auch spöttische Worte zu tief gebeugten Rücken sprach, suchte Livillas Blick den Dichter Seneca, von dem sie wußte, daß er geladen war. Da entdeckte sie seinen langen, schmalen Denkerkopf mit den Stirnfalten und dem vollen, etwas struppigen Haar. Der Dichter achtete nicht auf das Gedränge um Caligulas Tisch, sondern widmete sich mit Hingabe einer großen Languste, die er stilvoll zerlegte und mit sichtlichem Genuß verzehrte.

»Genug!« sagte Caligula, »ich mag jetzt keinen mehr empfangen. Ein andermal vielleicht.«

Er blickte auf Drusilla.

»Wir werden uns jetzt zurückziehen, geliebte Schwester, zu einem Familiengespräch.«

Er sagte das so vieldeutig, daß Agrippina ihre Stirn runzelte und gerade etwas sagen wollte, als ihr Livilla zuvorkam.

»Ich möchte, daß du Seneca empfängst, den Dichter. Ich kenne sein Werk und will ihn einmal aus der Nähe sehen.«

»Sieh da, sieh da, unsere Livilla besitzt eine Stimme! Ich habe dich bisher für stumm gehalten.«

Der Spott ihres Bruders ließ Livilla kalt:

»Also?«

Caligula fügte sich und winkte dem Zeremonienmeister. Seneca schien zu zögern, doch dann stand er auf, wusch sorgfältig seine Hände in dem hingehaltenen Becken und schritt langsam zur Empore.

»Salve Augustus!«

»Salve Lucius Annaeus. Nicht ich war es, der dich sehen und sprechen wollte, denn ich kenne die Gleichgültigkeit eines stoischen Dichters gegenüber der Staatsmacht und wollte dich nicht behelligen. Es ist der Wunsch meiner Schwester Livilla.«

Seneca verbeugte sich vor ihr und sagte:

»Was würde aus der Dichtung, gäbe es nicht die vielen Leserinnen, die mit Inbrunst unsere Werke studieren, während ihre Männer draußen mit prosaischeren Dingen beschäftigt sind.«

Livilla lächelte:

»Das klingt recht spöttisch, Seneca, aber genauso ist es. Ich kenne jede Zeile von dir und möchte keine missen. Mögen die

Götter dir ein langes Leben bescheren, damit du dein Werk noch vervielfachen kannst.«
»Omne nimium nocet! (Allzuviel ist ungesund)«, warf Caligula ein.
»Da muß ich unserem Princeps schon zustimmen. Besser nur wenig Gutes schaffen als viel Schlechtes oder Mittelmäßiges.«
»Auch ich kenne einen Teil deiner Schriften. Deine Dramen sind beeindruckend und voll Feuer – auch wenn du sie meist den alten Griechen entlehnt hast, aber deine Verse – nun, sie sind wie Mörtel ohne Kalk.«
Seneca schien keineswegs beleidigt, sondern fragte nur neugierig:
»Wie ist diese Metapher zu verstehen, Princeps?«
»Ganz einfach. Ich vergleiche ein Gedicht mit einem Haus, dessen Wände nur durch Mörtel zusammengehalten werden. Mörtel besteht aus Kalk und Sand. Läßt man den Kalk weg, bindet er nicht und das Haus wird zusammenstürzen. Da bleibt nur noch ein wirrer Haufen Steine – oder Worte, auf ein Gedicht bezogen.«
»Ein faszinierender Vergleich! Und vielen Dank für den Hinweis; ich werde mich künftig bemühen, mehr Kalk hinzuzufügen.«
Dabei blickte Seneca Livilla an und erwärmte sich an ihrer stillen, verhaltenen Schönheit.
»Ich werde dir künftig jedes meiner neuen Werke mit einer Widmung zukommen lassen, edle Livilla.«
»Du machst mich glücklich.«
Caligula lachte scheppernd:
»Bei allen Musen! Wie leicht hat es ein Dichter, jemanden glücklich zu machen! Da muß sich ein Kaiser schon mehr anstrengen.«
Er blickte dabei auf Drusilla, und ein geiler Glanz trat in die kalten, starren Augen.

Der Prätorianerpräfekt Sutorius Macro sah sich um den Lohn seines Verbrechens betrogen, denn er glaubte, im entscheidenden Moment richtig gehandelt zu haben, als er den sterbenden Tiberius mit einem Kissen erstickte. Seit Caligula Kaiser war, behandelte er Macro mit gönnerischer Herablassung, ohne auch nur anzudeuten, wann und wie er die Tat zu belohnen gedenke.

Macro aber drängte ihn nicht, weil er dem jungen Kaiser einige Monate Zeit lassen wollte, um sich in sein neues Amt einzuleben.

Nicht weniger enttäuscht war Macros Frau Ennia Naevia. Caligula hatte ihr zu verstehen gegeben, daß es sich nun nicht mehr schicke, miteinander Umgang zu haben. Als Kaiser müsse er auf seinen guten Ruf achten, denn das Volk stelle hohe Anforderungen an den ersten Mann des Staates. Im übrigen möge sie nur abwarten – die Pläne seien nicht aufgehoben, nur aufgeschoben. Mit diesem unbestimmten Versprechen aber begnügte sich die ehrgeizige Naevia nicht. Hatte sie früher ihren Mann gegen Tiberius aufgehetzt und ihn bedrängt, sich auf die Seite Caligulas zu schlagen, so versuchte sie jetzt, ihn gegen den Kaiser aufzubringen.

»Jetzt, da er erreicht hat, was er will, bricht er dir gegenüber sein Wort. Du bist jetzt nichts anderes als unter Tiberius, nämlich Präfekt der Prätorianer. Nur mit dem Unterschied, daß Tiberius verhaßt war, während sie Caligula vergöttern. Und du stehst im Schatten, Macro, dein Einfluß schwindet; der Kaiser wird dich bald entlassen und durch einen Jüngeren ersetzen.«

»Das glaube ich nicht...«, sagte Macro lahm, doch im Grunde gab er seiner Frau recht. Aber was sollte er tun? Caligula war beliebt und saß so sicher auf dem Thron wie einst der erlauchte Augustus. Noch hatte er seine Worte im Ohr, als er versprach:

»Wenn ich einmal auf dem Thron bin, kannst du jedes Amt haben – Senator, Konsul, Statthalter, was du willst.«

Macro wartete noch eine Weile und nützte dann die Abendstunden – da war Caligula meist in guter Laune – zu einer Anfrage.

»Ich will nichts fordern, Imperator, will auch nicht drängen, möchte dich nur daran erinnern, welche Aussichten du mir einstmals eröffnet hast.«

Caligulas starre, tote Augen blickten an Macro vorbei, als er sagte:

»Ich habe es nicht vergessen, Macro, doch ich bin dir dankbar, daß du mich mahnst. Aber die Bürde meines Amtes läßt mir wenig Zeit. Nun, ich habe dir versprochen, Senator, Konsul oder Statthalter zu werden oder eines nach dem anderen. Du hast mir

treu gedient, Macro, und darum will ich dir ein hohes Amt anvertrauen: Ich ernenne dich zum Statthalter von Ägypten.«
Macro verbeugte sich, stammelte einen Dank und wußte nicht recht, ob er sich freuen oder ärgern sollte. Das Amt des Statthalters einer römischen Provinz war in der Regel begehrt, denn es war hoch angesehen und sehr ertragreich. Der Prokonsul konnte in seinem Bereich frei schalten und walten und war nur gegenüber dem Senat zu einem gewissen Steueraufkommen verpflichtet. Doch es gab eine Ausnahme, und die hieß Ägypten. Diese Provinz war wegen ihrer Bedeutung für die Ernährung Roms allein dem Kaiser unterstellt, und so war der Statthalter hier an genaue Richtlinien gebunden, durfte sich auch nicht Prokonsul, sondern nur Präfekt nennen. Zugleich war es ein gefährliches Amt, denn in Alexandria gab es häufig Unruhen, und die drei dort stationierten Legionen mußten öfter gegen spontane Aufstände eingesetzt werden.
Naevia platzte fast vor Zorn:
»Da hätte er dich gleich zum Gefängnisaufseher machen können! Jeder kleine Senator hat mehr von seinem Amt als der Präfekt von Ägypten. Er hat uns betrogen, der feine Caligula, hat dich scheinbar erhöht und damit ausgeschaltet. Ägypten ist der persönliche Besitz des Kaisers! Du bist nichts weiter als ein Vermögensverwalter, der bei jeder Abrechnung zittern muß, ob sie seinem Herrn gefällt.«
»Das weiß ich selbst«, rief Macro wütend, »aber was hätte ich tun sollen? Das Amt verweigern? Caligula läßt nicht mit sich spaßen, da hätte ich mich erst recht in die Nesseln gesetzt. Ich werde diese Zeit durchstehen; vielleicht kann ich danach Senator werden.«
»Danach – danach!« höhnte Naevia, doch sie konnte nicht gut eingestehen, was Caligula ihr versprochen hatte. Sie mußte jetzt an der Seite ihres ungeliebten Gatten bleiben und auf bessere Zeiten hoffen.

Im Gegensatz zu Macro und seiner Frau gehörte Cassius Chaerea zu den vielen, die der Thronwechsel glücklich und zufrieden gemacht hatte. Er wäre für den jungen Kaiser durchs Feuer

gegangen und hatte auch schon Gelegenheit gehabt, ihm persönlich gegenüberzustehen.
Bereits wenige Tage, nachdem die Beförderungen ausgesprochen worden waren, ließ Caligula sich die neuen Centurionen und Tribunen vorstellen. Er wußte, daß von der Treue dieser Männer unter Umständen sein Leben abhing und wollte nichts versäumen, sich bei ihnen beliebt zu machen. Für jeden fand er lobende Worte, und als Chaerea in strammer Haltung vor ihm stand, wußte Caligula sofort – er hatte die Listen genau studiert – daß dies der altgediente plebejische Soldat war.
»Du hast längere Zeit einer Legion meines Vaters angehört und dich schon damals glänzend bewährt. Dein Name ist mir in guter Erinnerung.«
»Wer unter Germanicus dienen durfte, wird es niemals vergessen und seine Treue zu ihm auf dich, Imperator, übertragen.«
»Gut gesprochen, Cassius Chaerea. Zu Männern wie dir kann sich ein Kaiser beglückwünschen.«
Wie leicht flossen ihm solche Lügen von den Lippen, aber er brauchte diese Männer als gefügige Werkzeuge, und kein guter Handwerker wird sein Werkzeug vernachlässigen. Nur mit Mühe hatte er eine spöttische Bemerkung unterdrückt, als er die sanfte, helle Stimme des hochgewachsenen und athletischen Chaerea hörte. Ein Herkules mit der Stimme eines Säuglings, dachte Caligula und wandte sich an den Nächsten.

Lucius Annaeus Seneca konnte die Begegnung mit Livilla nicht vergessen. Als Patrizier und Senator wußte er natürlich, daß ihre Ehe von Tiberius erzwungen war, und sie erschien ihm nun als sanftes, anmutiges Geschöpf, das man an einen Unwürdigen verschachert hatte. Er kannte Marcus Vinicius nicht näher, wußte nur, daß er aus einer Ritterfamilie stammte, die irgendwo in der Provinz ihren Sitz hatte.
Seneca hatte gerade seine Abhandlung »De Tranquillitate« (von der Seelenruhe) vollendet und wollte eine der ersten Abschriften Livilla zusenden. Doch dann überlegte er es sich anders. Ich werde ihr die Schrift selbst überreichen, wir können dann ein wenig plaudern, vielleicht ergibt es sich sogar... Seine Gedanken verloren sich in allerlei Spekulationen, doch sein klarer

nüchterner Geist fand schnell zur Wirklichkeit zurück. Er schickte an Livilla ein förmliches Schreiben, ob und wann sie ihn empfangen könne, denn er wolle ihr sein neuestes Werk überreichen. Die Antwort kam postwendend. Sie freue sich auf einen Besuch, der ihr, wie ihrem Gemahl, jederzeit willkommen sei. Seneca lächelte bitter. Als gute Römerin bezog sie gleich ihren Gemahl mit ein. Er kündigte sein Kommen für den übernächsten Tag an und richtete sich schon auf ein fades, belangloses Gespräch mit Marcus Vinicius ein. Aber es kam anders, und dieser Besuch sollte sein späteres Leben verändern.

Der Majordomus führte Seneca ins Atrium des schönen, weitläufigen Hauses. Dort empfing ihn Livilla mit einem herzlichen Lächeln.
»Mein Mann läßt sich entschuldigen, er wollte ein wichtiges Symposium nicht versäumen.«
Seneca fühlte eine helle Freude in sich aufsteigen.
»Ja, Symposien können manchmal sehr wichtig sein.«
Mit einer Verbeugung reichte er Livilla sein neuestes Werk.
»Ich habe es heften und binden lassen – man beginnt jetzt diese Art Bücher den Volumina (Schriftrollen) vorzuziehen. Beim Lesen hat es jedenfalls große Vorteile.«
»Ich komme auch mit den Rollen zurecht«, sagte Livilla und begann in dem Buch zu blättern. Sie fand eine Stelle und begann zu lesen:
»Wie erwerben wir uns eine beständige und zuträgliche Gemütsverfassung? Wie können wir uns selbst gerecht beurteilen, wie mit Genuß unser eigenes Schaffen betrachten, ohne die dabei gewonnene Freude wieder zu zerstören? Wie können wir uns diese Gelassenheit erhalten, ohne überheblich oder niedergeschlagen zu werden?«
Livilla blickte auf und schaute Seneca fragend an:
»Und du hast die Antwort darauf gefunden?«
»Ich hoffe es. Vielleicht ist es nicht eine für jedermann gültige Antwort, aber vielen mag mein Buch eine Hilfe sein.«
»Auch den Frauen? Oder hast du es nur für Männer geschrieben?«

»Ich bin ein Mann und kann nur als solcher empfinden, doch ich hoffe, daß auch Frauen daraus ihren Nutzen ziehen.«
Livilla ging voran, und sie nahmen auf einer breiten, überdachten Terrasse Platz, von der man auf den kleinen, gepflegten Garten sah.
»Ich mag dich, Seneca. Seit ich dich beim Trauermahl kennenlernte, beschäftigt mich nicht nur das Werk, sondern auch sein Schöpfer. Vielleicht spreche ich für deinen Geschmack zu offen, benehme mich nicht nach den strengen altrömischen Regeln. Da hat eine verheiratete Frau mit nicht verwandten Männern den Umgang zu meiden, es sei denn, ihr Gatte ist zugegen. So ist es doch? Ich kann mich über meinen Mann nicht beklagen, er ist umgänglich und rücksichtsvoll, doch wir haben uns nichts zu sagen – nicht das geringste. Ich gelte als schweigsam, mein Bruder hänselt mich immer deswegen. Ich bin schweigsam aus Überdruß, Seneca. Denn wo nichts zu sagen ist, wäre langes Reden nur Geschwätz.«
»Die Philosophie lehrt handeln, nicht schwätzen, steht in einem meiner Bücher.«
»Was soll eine Frau schon tun? Es sind immer nur Männer, die das Leben draußen gestalten und unser Schicksal – das der Frauen – mit bestimmen. Ein Mann, Kaiser Tiberius, hat mir diese Ehe aufgezwungen, und nur ein Mann – mein kaiserlicher Bruder – kann sie wieder lösen.«
»Und trotzdem kannst auch du handeln, Livilla, kannst dir eine eigene Welt schaffen.«
»Das habe ich getan – meine Welt sind die Bücher.«
»Eine Welt aus Pergament ...«
»Und das sagst du, der Dichter und Philosoph?«
Etwas trieb Seneca dazu, nun nicht mehr mit Worten, sondern mit Taten zu antworten. Er beugte sich zu Livilla, umfaßte mit beiden Händen ihren Kopf und küßte sie ungestüm.
Sie machte sich los:
»Nicht jetzt und nicht hier, mein Freund.«
»Ist das ein Versprechen?«
Sie lächelte und sah ihn liebevoll an:
»Du kannst es nehmen, wie du willst. Jetzt komm mit, ich zeige dir meine Bibliothek.«

An jenem Abend im Palast des Tiberius blickte Caligula dem sich zurückziehenden Seneca nach. Er hatte es ihm gegeben und war stolz auf seinen Vergleich mit dem Mörtel ohne Kalk. Und doch war er nicht zufrieden. Der Bursche hatte nichts gesagt oder getan, das man als zweideutig oder respektlos auslegen konnte, aber da war ein Ton in seiner Stimme... Caligula verfolgte den Gedanken nicht weiter. Er stürzte einen Becher Wein hinunter und fühlte, wie die Trunkenheit ihn erwärmen und einzuhüllen begann. Zufrieden blickte er auf seine Gäste und ergötzte sich an dem Gedanken, daß er mit einem Wort das Schicksal eines jeden verändern konnte. Dem konnte er den Kopf abschlagen lassen, diesen zum Senator machen, einen anderen auf Lebenszeit verbannen oder ihm die Frau wegnehmen.

»Ganz nach Belieben«, sagte er laut, »ganz nach Belieben«, und lachte scheppernd.

Onkel Claudius lachte mit und meinte:

»Ich f-f-freue m-mich, daß es d-dir so gu-gut geht, Gaius.«

»Ja, es geht mir gut, teurer Onkel, und damit auch du eine Freude hast, werde ich dich im kommenden Jahr zum Konsul erheben, vielleicht zusammen mit mir.«

Claudius blickte verdutzt drein und sah dabei so erbärmlich aus, daß Caligula laut lachend auf ihn wies.

»Schaut euch unseren Claudius an! Ich verspreche ihm das zweithöchste Amt im Staat, und er macht ein Gesicht wie ein Karpfen auf dem Trockenen.«

»D-d-danke, P-Princeps«, stammelte der Gelehrte.

»Und was kriege ich, da du nun schon in Geberlaune bist«, fragte Drusilla.

»Was wünschst du dir?«

»Ich möchte weg von hier.«

Caligula erhob sich:

»Da geht's dir wie mir. Ich habe es längst satt. Komm mit, ich führe dich durch den Palast des göttlichen Tiberius.«

Der Kaiser hob die Hand, und sogleich verstummte das Gemurmel der Gäste.

»Ich ziehe mich zurück, meine Freunde. Bleibt, so lange ihr wollt, eßt und trinkt...«

Er zog Drusilla an der Hand mit sich und verschwand. Als sich ihm draußen zwei Prätorianer anschließen wollten, befahl er: »Bleibt, wo ihr seid! Wer soll mir etwas tun? Alle lieben mich ...«

Caligula führte seine Schwester durch hohe, fast leere Räume mit Säulen aus buntem Marmor und Wandfresken, die in bewegten Bildern die Taten des Herkules und andere mythologische Szenen darstellten.

»Das ist der kleine Audienzsaal, und hier ...« – er öffnete eine von außen nicht sichtbare Tür – »hat Tiberius sich ein Liebesnest geschaffen. Ja, er war zeitlebens kein Kostverächter, auch wenn er hier in Rom den sittenstrengen Herrscher spielte.«

Der kleine Raum war fast zur Hälfte von einem großen Bett ausgefüllt, auf dem eine purpurne Decke und einige schwarze Kissen lagen.

Caligula stellte den Leuchter auf einen Sims und deutete in eine Nische.

»Weißt du, wer das ist?«

Drusilla blickte auf die ellenlange, goldfunkelnde Statue einer Göttin. Sie trug auf dem Kopf ein Kuhgehörn mit Sonnenscheibe, in der Hand Kornähren und Lotosblüten, ihre Füße ruhten auf einer silbernen Mondsichel.

»Das ist eine fremde Gottheit, vielleicht aus Syrien oder Ägypten?«

Caligula klatschte in die Hände:

»Ja! Ja! Du hast sie erkannt, die göttliche Isis! Sie ist mit ihrem Bruder, dem Gott Osiris verheiratet. Ihrer beider Sohn heißt Horus, der auch in Gestalt eines Falken verehrt wird. Vor ihrem Angesicht werden wir Hochzeit feiern, du, meine Schwestergemahlin, und ich, dein göttlicher Bräutigam.«

Drusilla spürte keine Furcht; sie hörte die Worte ihres Bruders, verstand aber ihren Sinn nicht ganz. Hochzeit feiern? Eine mystische Hochzeit wohl, symbolisch, zu Ehren der ägyptischen Götter, die Caligula – wie man in der Familie wußte – seit langem verehrte.

Doch Caligula begann sie feierlich zu entkleiden, nahm ihr Toga und Stola ab, löste den Gürtel der Tunika, als Drusilla ihre Hände über der Brust kreuzte.

»Was machst du da? Du bist doch mein Bruder...«
»Ja, das auch. Die ägyptischen Könige durften nur ihre Schwestern heiraten, um das göttliche Blut nicht zu verunreinigen. So werde auch ich meine erste Ehe als Kaiser mit dir schließen. Mein Blut fiebert nach deinem Leib, Drusilla, göttliche Schwester. Isis, Venus und Luna verschmelzen in dir zu einer Gestalt...«
Mit fiebrigen Händen streifte er ihr die Tunika über den Kopf und betrachtete ihren nackten Körper.
»Schön bist du, schön wie eine Göttin.« Er berührte die Spitzen ihrer Brüste. »Du bist tatsächlich aus Fleisch und Blut!«
Er riß sich die Kleider herunter und preßte seinen behaarten Körper an den ihren, umklammerte sie mit beiden Händen und warf sie aufs Bett. In seinen starren Augen brannte ein kaltes Feuer, mit seinem aufgerichteten Phallus und der dicht behaarten Brust wirkte er auf Drusilla wie Faunus, der Waldgott. Sie gab ihren Widerstand auf, fühlte, wie ihr Schoß sich entflammte, und so empfing sie ihren göttlichen Bruder, bot ihm ihren Leib wie ein Opfer, das man einem Gott darbringt. Als die Lust ihren Körper durchpulste und sie sich stöhnend und keuchend an den Bruder preßte, blitzte der Gedanke durch ihren Kopf, daß das keineswegs ein Opfer war, sondern lustvolle Hingabe.
»Von nun an bist du meine Gemahlin, und der Göttin Isis werde ich einen Tempel errichten«, sagte Caligula später.
»Und mein Mann? Was soll mit Longinus werden?«
Caligula kicherte böse:
»In diesem Augenblick bist du von ihm geschieden. Der Arme liegt zu Hause in seinem Bett – oder sitzt er noch im Triclinium? Gleichviel – ich habe euch soeben geschieden. Wir werden Rom, das erst reif werden muß für ein göttliches Kaisertum, wir werden Rom eine Komödie vorspielen. Du heiratest pro forma meinen Freund Aemilius Lepidus, der es nicht wagen wird, dich anzurühren. So bist du Longinus los und gehörst ganz mir. Sollte ich irgendwann eine Frau nach römischem Recht heiraten, so vergiß eines nicht: meine eigentliche und göttliche Gemahlin bist du, für immer und ewig!«
Wann erwache ich aus diesem seltsamen Traum, dachte Drusilla und rollte sich müde zusammen. Das Licht war erloschen, ganz

von ferne hörte sie draußen den Schritt der Wachen. Sie schlief ein und erwachte noch vor Sonnenaufgang.
So war es doch ein Traum, dachte sie belustigt und drehte sich um. Da lag im grauen Dämmerlicht, halb auf dem Gesicht und leise schnarchend, ein stark behaarter männlicher Körper. Drusilla erschrak und richtete sich auf.
Nun war es doch kein Traum gewesen. Doch sie empfand weder Scham noch Reue. Es gefiel ihr sogar recht gut, so wie es war.

XI

Cornelius Sabinus wartete mit Ungeduld auf den Abend. Der Speisesaal des Gästehauses lag teils unter Arkaden, teils im Freien. Untertags spannte man der Hitze wegen Sonnensegel über die Tische und Bänke, die man jetzt am Abend wieder wegnahm.
Leon verspeiste mit Heißhunger ein Ragout aus Wachteln, Schweineleber und verschiedenen Gemüsen, während Sabinus lustlos in einem Fisch herumstocherte.
»Mir schmeckt heute einfach nichts; dabei habe ich tagsüber kaum etwas gegessen.«
Leon lachte und sagte mit vollem Mund: »Du bist eben verliebt, da sucht man Nahrung fürs Herz, nicht für den Magen. Aber das geht wieder vorbei.«
»Wo bleiben sie denn nur? Sie wollten uns doch beim Nachtmahl Bescheid geben.«
»Nur ruhig, mein Freund! Frauen sind unberechenbar. Vielleicht lassen sie uns nur zappeln und tun so, als wüßten sie von nichts.«
»Aber Nike hat uns doch versprochen...«
Leon winkte ab:
»Nike ist eine launische Hexe; der ist nicht über den Weg zu trauen. Aber ich mag sie, verflixt nochmal, ich bete sie an! Ich muß sie haben, und wenn ich ganz Epidaurus auf den Kopf stelle.«
»Dir scheint es nicht besser zu gehen wie mir.«

»Vielleicht ist es bei mir nur Ehrgeiz, wer weiß – ah, da kommt sie ja schon.«
Doch es war Ismene, die Schweigsame, das »fünfte Rad am Wagen«:
»Ich soll euch Bescheid sagen, daß die anderen kommen werden. Helena und Nike warten übermorgen bei den Propyläen. Ihr sollt die Maultiere und Getränke besorgen, die beiden bringen das Essen mit.«
»Und du, Ismene? Was ist mit dir?«
»Ich habe andere Pflichten«, sagte sie mürrisch und ging schnell weg.
»Andere Pflichten! Daß ich nicht lache! Die ärgert sich nur, weil sie keinen Freund hat.«
»Dabei ist sie gar nicht häßlich«, sagte Sabinus.
»Wie dem auch sei, wir kümmern uns gleich morgen um die Maultiere. Der Wirt hier führt Weine aus Andros, da werden wir einen Krug mitnehmen.«
»Ist der nicht zu sauer? Du weißt, daß die Mädchen lieber süße Weine trinken.«
»Ich stamme von dort und kenne den Wein. Nehmen wir ein Töpfchen Honig mit, dann können sie ihn nachsüßen.«

Die zwei Wartetage dehnten sich schmerzlich in die Länge. Die Sanduhr schien jetzt mit Lehm gefüllt, so zäh tropfte die Zeit. Am zweiten Tag fiel Sabinus aus allen Wolken, als ihm Onkel Calvus so nebenher sagte, sie sollten nun allmählich an die Abreise denken.
»Du willst schon wieder weg? Aber wir sind doch erst angekommen!«
Calvus schaute seinen Neffen von der Seite an:
»Wir sind schon über sechs Wochen hier. Die meisten bleiben nur einige Tage in Epidaurus. Außerdem hast du mich kürzlich noch gefragt, wann wir endlich zurückreisen.«
»Ja, damals . . .«
Calvus blieb stehen. »Was heißt ›ja, damals‹? Du sprichst allmählich in Rätseln, Sabinus. Was hält dich hier fest?«

»Ein Mädchen!« platzte Sabinus heraus, »ein unglaubliches Mädchen! Sie heißt Helena, stammt aus Ephesos und ist – und ist...«

»Nun?« Calvus sah seinen Neffen neugierig an. »Was ist mir ihr?«

Sabinus hob hilflos die Hände:

»Frage nicht weiter, ich weiß es selbst nicht. Aber ich bitte dich von Herzen, gibt mir noch ein paar Wochen Zeit – oder reise allein zurück, wenn du es nicht mehr hier aushältst.«

Da mußte Calvus lachen.

»Und ob ich es noch aushalte! Im Vergleich zu Rom ist das Klima hier im Sommer sehr gesund und verträglich. Juli und August können wir gerne noch hier verbringen, aber dann muß ich zurück.«

Sabinus fiel Calvus um den Hals:

»Du bist der beste Onkel im römischen Reich! Ich werde dir Helena bald vorstellen, dann verstehst du mich vielleicht besser.«

Vor Aufregung erwachte Sabinus schon zwei Stunden vor Sonnenaufgang. Er fand keinen Schlaf mehr, wälzte sich auf seinem Lager herum und dachte unentwegt an Helena. Dabei fiel ihm auf, daß er im Zusammenhang mit ihr noch kein einziges Mal daran gedacht hatte, sie zu verführen, als sei sie ein Traumbild und kein Mädchen aus Fleisch und Blut mit Armen, Beinen, Brüsten, Schenkeln und einem süßen, feuchten Schoß. Bei seinen sonstigen Liebschaften waren diese Dinge das von vorneherein angestrebte Ziel gewesen, doch jetzt...

Er seufzte tief und richtete sich auf. Wo war er da hineingeraten? Sabinus kannte sich selbst nicht mehr, und es schien ihm, als sitze ein Fremder in seinem Bett. Er stand auf, schlüpfte in seine Tunika und ging ins Freie zu den Waschhäusern. Dort goß er sich einen Eimer kalten Wassers über den Kopf und dann noch einen.

Tief in Gedanken vergaß er, sich anzukleiden, und ging mit der Tunika unter dem Arm nackt und wassertriefend in sein Zimmer zurück. Ein Küchenmädchen, das Wasser holte, blieb mit offenem Mund stehen und starrte Sabinus entsetzt an, als sähe sie ein Gespenst. Er grüßte das Mädchen freundlich und merkte erst später, daß er nackt war.

Natürlich war Sabinus als erster zur Stelle, dann kam der Maultiervermieter, wenig später erschien Leon.
»Die Damen lassen natürlich auf sich warten, aber damit habe ich gerechnet. Sie tun das, um uns zu ärgern, aber den Gefallen werden wir ihnen nicht erweisen.«
»Ärgern? Warum ärgern?« fragte Sabinus zerstreut.
Die Sonne stand schon mehr als eine Handbreit über dem Horizont, als die beiden erschienen, begleitet von einem Diener mit zwei geflochtenen Körben. Sie packten dem Esel die Körbe und den Weinkrug auf und bestiegen die Maultiere.
»Sie sollen ausgesprochen gutartig sein, hat der Mann gesagt«, rief Sabinus den anderen zu, als sie hintereinander zur Küste trabten.
Trotzdem begann Helenas Maultier zu bocken, blieb stehen, schlug mit dem Schwanz und trabte so plötzlich wieder los, daß sie fast heruntergefallen wäre.
»Wollen wir wechseln?« bot Sabinus an, »das meine ist ganz fromm.«
Helena zuckte unentschlossen die Schultern, doch Sabinus war schon abgestiegen und hob das Mädchen vom Sattel. Als er ihren Körper fühlte, ihren Duft roch und ihre Haare über sein Gesicht strichen, wurden ihm die Knie weich. Er stellte sie auf den Boden, ließ sie aber nicht los.
»Ach Helena, wenn ich dich nur ewig so festhalten könnte!«
Sie wand sich aus seinen Armen:
»Das würde dir so passen, aber daraus wird nichts. Im übrigen brauche ich keine Hilfe, um von einem Maultier zu steigen.«
»Du mußt das verstehen«, sagte Nike spitz. »Sie nutzen jede Gelegenheit, um uns anzufassen, darum spielen sie uns den hilfsbereiten Ritter vor.«
»Das ist kein Spiel«, widersprach Sabinus geduldig. »Es kommt von Herzen.«
Bald öffnete sich ihnen der Blick aufs Meer, und sie ritten ein Stück an der Küste entlang, bis sie eine kleine Sandbucht mit ein paar schattigen Kiefern gefunden hatten.

»Das ist es!« rief Leon entzückt, »ein schattiges Plätzchen mit dem Blick aufs Meer, Sand und Klippen...«
»Mir tut sowieso schon der Hintern weh«, maulte Nike.
»Daß so etwas Entzückendes überhaupt weh tun kann?« wunderte sich Leon.
Helena kletterte vom Maultier und streckte ihre langen, schlanken Glieder.
»In Ephesos reitet keine Dame, da benützen wir nur Sänften.«
»Ich schlage vor, daß wir ein erfrischendes Bad nehmen, ehe wir unsere Köstlichkeiten auspacken.«
»Wenn ihr hier nackt herumlaufen wollt, dann schreie ich um Hilfe«, sagte Nike in gespielter Furcht.
Leon lachte. »Niemand wird dich hören; ihr seid uns völlig ausgeliefert.«
»Also folge ich Leons Vorschlag«, sagte Helena plötzlich und zog ihre weiße Tunika über den Kopf.
Mit offenem Mund sahen ihr die anderen zu, doch sie trug darunter ihre knappe blaue Badetunika.
»Zu Hause darf ich das nicht«, rief sie den anderen zu und lief zum Wasser.
Sabinus sprang auf, schlüpfte aus seiner Kleidung und rannte ihr nach.
»Schnell wie der Blitz!« meinte Leon und schaute zu Nike, die nicht recht wußte, wie sie sich verhalten sollte.
Helena stand schon bis zu den Knien im Wasser, als Sabinus sie einholte. Sie zögerte, doch er faßte ihre schmale Hand und zog sie sanft weiter.
»Nicht ins tiefe Wasser«, bat sie ihn, »ich kann nicht schwimmen.«
»Das brauchst du im Meerwasser nicht, es trägt dich von selbst.«
Sabinus warf sich in die Wellen, tauchte unter, schwamm ein Stück hinaus und kehrte wieder um.
»Komm, Helena!« rief er, »gönne den Fischen auch etwas von deiner Schönheit. Vielleicht läßt sich sogar Poseidon herbeilokken.«
Mutig schritt sie voran, bis ihr das Wasser zu den Schultern reichte.

»Ich bringe dir das Schwimmen bei«, sagte Sabinus und schob eine Hand unter ihren Rücken, während die andere den Kopf hielt.
»Du mußt es machen wie der Frosch, einfach mit Armen und Beinen rudern.«
Er fühlte einen süßen Schauer bei der Berührung ihres Körpers und merkte, wie sein Phallus sich aufrichtete.
Helena zappelte hilflos herum und machte sich frei, um wieder auf die Füße zu kommen. Sie prustete, lachte und strich ihre nassen Haare zurück. Ihre Bernsteinaugen blitzten Sabinus fröhlich an.
»So schnell lerne ich das nicht. Komm, gehen wir zu den anderen zurück.«
Sabinus hatte aber eine so mächtige Erektion, daß er sich nicht hinauswagte.
»Ich komme gleich nach«, rief er ihr zu und schwamm mit kräftigen Zügen hinaus ins offene Meer. Er schwamm so lange, bis er spürte, wie seine Erregung abklang. Am Ufer fand er nur Helena vor, die gerade dabei war, die Speisen anzurichten. Sie breitete zwei gebratene Hühner, Weißbrot, frische Fenchelknollen und etwas Dörrobst auf ein großes Leintuch.
»Du mußt nur noch den Mundschenk machen«, empfing sie ihn.
»Wo sind die anderen?« fragte Sabinus.
»Weg, irgendwohin«, sagte sie mit gespielter Gleichgültigkeit.
Sabinus blickte sich um:
»Einfach weg? Aber wir wollten doch ...«
»Jetzt setz' dich schon hin, die beiden werden nicht verlorengehen.«
Sabinus streifte seine Tunika über und betrachtete das feine Profil der schönen Lydierin.
Dagegen haben unsere Römerinnen Bauerngesichter, dachte er und mußte sich beherrschen, um nicht wie ein Wolf über das Mädchen herzufallen. So mögen Soldaten empfinden, ging es ihm durch den Kopf, die eine Stadt erstürmt und erobert haben, um sich dann als Sieger auf die Frauen und Mädchen zu stürzen – geil, gefräßig, brutal ... Er riß sich zusammen und sagte leise:
»Helena, ich liebe dich. Ja, ich liebe dich wirklich, jetzt weiß ich es ganz sicher. Ich liebe dich ...«

Sie blickte auf und sah ihm in die Augen.
»Ganz sicher?« wiederholte sie. »Wir kennen uns doch kaum. Rede keinen Unsinn, Sabinus, die Hitze hat deinen Geist verwirrt.«
Er seufzte und stand auf. »Ich wollte, es wäre so.«
Er nahm ihre Hände und zog sie hoch. Sie war tatsächlich größer als er, aber das störte ihn nicht.
»Darf ich dich küssen, Helena?«
Sie schüttelte den Kopf.
»Ich muß dich küssen!«
Er faßte ihren Kopf und zog sie an sich. Sie wehrte sich kaum, als er seine Lippen auf die ihren preßte, bis sie sich zögernd öffneten. Sie roch nach Salz und Meer und Frau und war noch feucht, und er küßte ihre Schultern, ihren Hals, ihre Wangen, bedeckte ihr Gesicht mit Küssen, bis sie ihn zurückstieß.
»Sabinus, Sabinus, komm zu dir! Wir sind nicht allein.«
Hand in Hand schlenderten Leon und Nike herbei.
»Ich glaube, wir stören«, sagte Nike spöttisch.
Helena strich ihre feuchten Haare zurück:
»Nein, ihr stört nicht! Das Mahl ist bereitet, wir haben schon auf euch gewartet.«
»Was gibt es denn Gutes?« fragte Leon und setzte sich in den Sand.
»Liebe macht hungrig«, sagte er grinsend und griff nach dem gebratenen Hahn.
Die sonst so freche und unbekümmerte Nike sagte verlegen: »Er redet natürlich Unsinn, wir haben nur einen Spaziergang gemacht.«
»In den Garten der Venus«, ergänzte Leon kauend.
Sabinus öffnete den Weinkrug und goß zwei Zinnbecher voll.
»Wir haben nur zwei, aber ich hoffe, wir dürfen aus den Bechern der Damen trinken.«
Die gebratenen Hühner waren schnell verschwunden, und schnell ging auch der Krug zur Neige. Die Mittagshitze hatte sie müde und schweigsam gemacht.
»Wir könnten ein wenig im Schatten schlafen«, schlug Leon vor.
Nike gähnte. »Ein guter Vorschlag. Wir versäumen ja nichts.«

Helena protestierte: »Ich mag jetzt nicht schlafen. Ich liebe die Stunde des Pan.«
Sabinus nahm den Gedanken auf:
»Gehen wir ein wenig am Strand entlang, vielleicht treffen wir den Gehörnten.«
»Vielleicht...« sagte Helena und lächelte leise.
»Macht dir die Sonne nichts aus?« fragte Sabinus liebevoll und besorgt.
»Ich liebe die Hitze des Mittags, wenn die Natur unter dem Gluthauch erstarrt. Da strömen die Pinien ihren stärksten Duft aus, die Zikaden schweigen, und sogar die Schlangen ziehen sich in ihre Höhlen zurück. Die Stunde des Pan. Hast du ihn jemals gesehen?«
»Gesehen nicht, aber geahnt.«
Sie schlenderten weiter, doch der goldene Sand war so heiß geworden, daß sie in den Schatten auswichen.
Sabinus blieb stehen und zog Helena an sich. Er streichelte ihre kühlen schlanken Schenkel, erkundete behutsam ihren Schoß, doch sie drängte seine Hand beiseite.
»Du bist nicht Pan, Sabinus, und ich bin keine Nymphe.«
Er nahm ihre Hand und legte sie auf seinen steifen Phallus.
»Fühlst du es? Ich begehre dich, Helena, ich liebe dich, ich will dich!«
Sie machte sich los und lief davon. Sabinus folgte ihr, doch sie schlug Haken wie ein fliehender Hase, bis sie strauchelte und in den heißen Sand fiel. Sabinus warf sich auf sie, zwängte seine Knie zwischen ihre Schenkel, umfaßte ihre Brüste und suchte ihren Mund.
»Nein, Sabinus, nein!«
Sie preßte ihre Beine zusammen und entschlüpfte seiner Umklammerung.
Sabinus ließ von ihr ab:
»Ich will dich zu nichts zwingen, habe nie eine Frau mit Gewalt genommen.«
»Das hoffe ich!« sagte Helena streng und klopfte den Sand aus ihrer Tunika. Seite an Seite, doch in schicklichem Abstand gingen sie zurück. Nike und Leon schliefen noch, eng umschlungen.

»Die zwei haben sich gefunden«, sagte Sabinus neidisch.
Helena lachte leise.
»Gefunden? Für wie lange? Für Stunden, für Tage, für Jahre – ewig?«
»Kommt es darauf an? Liebe fragt nicht nach Zeit. Eine Stunde kann Ewigkeit bedeuten und zehn Jahre nur einen Augenblick.«

Die vier Maultiere und der Esel standen im Schatten und betrachteten das Treiben der Menschen mit trägen, gutmütigen Blicken. Sie genossen die Stunde der Ruhe, da keine Last ihre Rücken beschwerte und niemand etwas von ihnen verlangte.

XII

Rom, das Zentrum der Welt, summte vor Geschäftigkeit wie ein Bienenstock. Der sparsame Kaiser Tiberius hatte einen ungeheuren Staatsschatz angesammelt, und sein Nachfolger, Gaius Caesar Augustus, war dabei, ihn auszugeben. Architekten, Schiffsbauer, Maler, Bildhauer und Schnitzer traf man jetzt in ganzen Scharen am Mons Palatinus, und sie alle hatten fröhliche Gesichter, denn für alle gab es Aufträge.
Der Tempel des Augustus und das Pompeius-Theater – beide unter Tiberius begonnen – wurden nun fertiggebaut, ein neuer Aquädukt von Tibur nach Rom in Angriff genommen.
Freilich dachte Caligula auch an sein eigenes Vergnügen und an seine Repräsentationspflichten als Kaiser. Er gab ein prunkvolles Schiff in Auftrag von einer Art, wie es bisher noch nie gebaut worden war. Es mußte weder hochseetüchtig noch besonders schnell sein, dafür aber soviel Luxus und Bequemlichkeit bieten wie ein Palast. Der Kaiser verlangte Bäder, Gärten, Säulenhallen, Bankettsäle und brachte ein Dutzend Schiffsbaumeister fast zur Verzweiflung. Dabei durften nur die kostbarsten Materialien verwendet werden. Die Segel wurden aus bestickter Seide gefertigt, und da man für die Säulenhalle aus Gewichtsgründen nur höl-

zerne Arkaden verwenden konnte, mußten sie vergoldet und mit Edelsteinen besetzt werden.
Doch man nahm dem Kaiser seinen Hang zur Verschwendung nicht übel, und es regte sich kaum Kritik. Er ist noch jung, sagte man, und will sich austoben. Außerdem schufen diese Projekte Brot und Arbeit für ganze Heerscharen von Unternehmern und Handwerkern. Der Kaiser war aber auch sehr ungeduldig und fragte immer wieder, ob dies oder jenes nun endlich fertig sei.
Sein erster Auftrag, wenige Tage nach seinem Regierungsantritt, ging an die besten Architekten von Rom und betraf einen gründlichen Umbau der Domus Tiberiana. Das hieß vor allem eine Verdoppelung des bisherigen Umfangs.
Caligula saß stundenlang mit den Architekten an Zeichentischen, und diese Fachleute versuchten, seine laienhaften Vorschläge in konkrete Pläne umzusetzen. Das Hauptproblem war natürlich der Platz. Man konnte am Palatium nicht beliebig bauen, ohne sogleich auf Tempel, Säulenhallen oder Privathäuser zu stoßen. Caligula löste dieses Problem auf seine Art und ließ alle Privatbauten, die seinem Palast im Wege standen, zu hohen Preisen aufkaufen.
»Niemand soll durch mich benachteiligt oder geschädigt werden«, bestimmte er und wies seine Sekretäre an, den Besitzern zu bezahlen, was sie forderten. Doch keiner wagte es, die Preise zu hoch anzusetzen, um sich nicht später vorwerfen zu lassen, er habe den Kaiser übervorteilen wollen.
So entstand nach Nordwesten zu ein Freiraum, und der Palast wurde bis hinab zum Forum erweitert. Dort allerdings stand der Tempel des göttlichen Zwillingspaares Castor und Pollux, Söhne des Zeus und der Leda. Caligula scheute davor zurück, den Tempel abreißen zu lassen, und so wurde er zum Vestibulium des neuen Palastes.
Caligula rieb sich die Hände, als er den Bau wachsen und werden sah. Hätte er nur seinen Vorgänger für eine Stunde zum Leben erwecken können, um ihm zu zeigen, wie sein ängstlich gehüteter Schatz das Gesicht der ihm so verhaßten Hauptstadt veränderte.
Im Bereich des Mons Quirinalis gab es schon seit den Zeiten der Republik einen kleinen Serapis-Tempel, damit aus Ägypten

stammende Soldaten den ihnen vertrauten Gott verehren konnten. Caligula ließ ihn abreißen und durch einen weitaus größeren Neubau ersetzen, der nun Isis und Serapis geweiht war. Seine Vorliebe für ägyptische Gottheiten ging soweit, daß er Macro den Auftrag mit nach Ägypten gab, dort einige größere Obelisken aufzutreiben und sie nach Rom zu verschiffen.

Aber noch war der neue Statthalter nicht nach Alexandria abgereist; der Kaiser hielt den Befehl aus unerfindlichen Gründen zurück. Macro, ohnehin zutiefst enttäuscht von Caligulas Verhalten, begann im Freundes- und Bekanntenkreis unvorsichtige Reden zu führen. Er, der mit dem Wein immer Maß gehalten hatte, trank nun aus Langeweile und Überdruß, denn Caligula verlangte keinen Dienst von ihm, schloß ihn einfach aus seinen Kreisen aus. Seiner Stellung als Präfekt der Prätorianer war er enthoben, und sein neues Amt als Statthalter ließ man ihn nicht antreten.

Bei einem abendlichen Symposion mit einigen befreundeten Senatoren und Tribunen – Macro hatte schon den zweiten Krug geleert – lief ihm die Galle über.

»Wenn ich es nicht Caligula in die Hand versprochen hätte, zu schweigen, so könnte ich euch von Dingen berichten – von Dingen...«

Mit einer trunkenen Geste winkte er ab und stierte vor sich hin. Dann begann er wieder:

»Wenn er jetzt auf dem Thron sitzt, unser Stiefelchen, dann ist das allein mir zu verdanken, meinem schnellen Handeln im Augenblick der Gefahr. Was ich getan habe, würde kaum ein Sohn für den Vater oder ein Bruder für den anderen tun, aber ich – ich... Ja, für ihn habe ich es auf mich genommen, damit wir später gemeinsam die Früchte ernten würden.«

Er lachte trunken. »Aber er denkt nicht daran, unser junger, prächtiger Kaiser, der sein Bett mit Blutschande befleckt, denn er hat Wichtigeres zu tun. Läßt sich vom Volk feiern als der große Befreier, als der Begründer eines neuen Zeitalters. Sie schreien sich die Kehlen wund, um ihr Hühnchen und Püppchen zu feiern, während Macro, der dumme einfältige Macro, der seinen Kopf hingehalten, sein Leben gewagt hat...«

Er sprach nicht weiter, doch das Gespräch unter den anderen war verstummt und die meisten lauschten mit unbewegten Gesichtern seiner düsteren Rede.
»Du bist unter Freunden, Macro! Sage uns, was dich drückt, was du dem Kaiser vorzuwerfen hast, und wir werden sehen, was zu tun ist.«
Doch Macro war noch nicht betrunken genug, um alle Vorsicht fallen zu lassen. Seine tiefliegenden Augen glitzerten schlau.
»Vorwerfen? Was werde ich ihm schon vorzuwerfen haben? Aber es kränkt mich, daß er meinen Rat nicht mehr sucht, daß er vergessen hat, was war.«
»Und du willst uns nicht sagen, was gewesen ist?« fragte einer der Gäste.
»Nein«, sagte Macro, »noch nicht. Aber es könnte sein, daß ich bald den Mund aufmache, wenn er mich noch lange so untätig herumsitzen läßt. Hat er Avillius Flaccus vielleicht schon aus Alexandria abberufen? Habt ihr etwas davon gehört?«
Niemand wußte etwas. Aber es hatte bei diesem Symposion einen Denunzianten gegeben, der dem Kaiser von Macros seltsamem Gerede berichtete.

Er fühlt sich übergangen, dachte Caligula, will sich eine höhere Belohnung ertrotzen, kann gefährlich werden. Wie gut, daß ich ihn vorläufig zurückhielt. Wer weiß, was dieser Ehrgeizling in Ägypten angerichtet hätte. Er fällt mir lästig, ob hier oder in Ägypten. In meinem neuen Reich ist kein Platz mehr für ihn.
Und alle guten Vorsätze, nach der Regierungsübernahme in die Fußstapfen des Augustus zu treten, waren vergessen. Macro mußte vernichtet werden. Nun begann Caligula seinerseits das Gerücht auszustreuen, Macro habe es nur ihm zu verdanken, daß er noch lebe, denn Tiberius sei zuletzt schon so mißtrauisch geworden, daß er ihn habe beseitigen wollen. Er, Caligula, habe sich vor den Freund gestellt und ihn beschützt und zum Dank werde er nun verleumdet. Man könne dies auch Verrat nennen – Hochverrat sogar.
Caligula überlegte, wie er Macro und seiner Frau ein unauffälliges Ende bereiten könnte; denn der frühere Präfekt besaß Freunde und Anhänger im Senat und am Hof.

Doch vorläufig kam es nicht dazu, weil Caligula im Herbst schwer erkrankte. Er litt unter Erbrechen, rasenden Kopfschmerzen und Fieberschüben, die seinen Körper in Glut setzten. Im ganzen Land wurde den Göttern geopfert, wurden Gelübde für die Genesung des beliebten Herrschers abgelegt. So mancher verfluchte sich später für seine Sorge und wünschte sich, er hätte von den Göttern Caligulas Tod erfleht.

Cassius Longinus atmete insgeheim auf, als man ihm mitteilte, der Kaiser habe seine Ehe mit Drusilla aufgelöst. Er wollte seinen Ruf als unbescholtener und ehrenwerter römischer Bürger nicht gern aufs Spiel setzen. Seit Caligula kein Hehl daraus machte, daß Drusilla nach »heiligem ägyptischem Ritus« als Schwestergemahlin mit ihm Tisch und Bett teilte, wurde Longinus von seinen Freunden bedauert, daß Fortuna ihn mit einer solchen Frau geschlagen hatte. Nun war er sie los und empfand seine Ehre als wiederhergestellt. Doch nicht alle litten unter einem so empfindlichen Ehrgefühl.

Aemilius Lepidus, seit längerer Zeit als Freund des Kaisers bekannt, fühlte sich über alle Maßen geehrt, als Caligula ihm kurz mitteilte, er habe sich mit Drusilla zu verheiraten, müsse jedoch die Finger von ihr lassen.
Der etwa gleichaltrige Kumpan galt als Genußmensch und Zyniker, doch in ihm brannte ein verborgener Ehrgeiz, der sich auf die Dauer nicht damit begnügen wollte, nur der Freund des Kaisers zu sein. Er stammte aus einer hoch angesehenen, sehr alten römischen Patrizierfamilie, die eine Reihe von Feldherrn, Konsulen und Senatoren aufzuweisen hatte.
Gedanken sind frei, dachte sich Lepidus, und gesetzt den Fall, Caligula stürzt aus irgend einem Grund. Wer würde dann sein Nachfolger? Vermutlich Tiberius Caesar, den ja der Großvater zu gleichen Teilen mit Caligula zum Erben eingesetzt hatte. Doch der Bursche hatte keinen Anhang und war auch noch zu jung. Claudius Caesar, der stotternde und hinkende Gelehrte?

Undenkbar! Blieben also noch die Schwestern mit ihren Ehegatten. Agrippinas Mann Ahenobarbus, der Säufer und Wüstling, schied aus. Livillas Gatte, der sanfte und liebenswürdige Vinicius, besaß weder den Ehrgeiz noch die Eignung zu einem solchen Amt. Außerdem stammte seine Familie nicht aus Rom. Da bliebe doch nur er, Marcus Aemilius Lepidus, der so viele glänzende Ahnen aufzuweisen hatte wie nur ganz wenige römische Familien. Die Ehe mit der Lieblingsschwester des Kaisers würde seine Aussichten um so größer machen.
Aber das sind fruchtlose Überlegungen, sagte sich Lepidus, denn Caligula lebt und Tiberius Caesar lebt. Außerdem ist der Kaiser so beliebt und populär wie vor ihm nur Augustus. Aber dieser Gedankengang faszinierte Lepidus, und er wurde nicht müde, ihn von Zeit zu Zeit in allen möglichen Varianten durchzudenken. Bald jedoch würde er Veranlassung haben, seine Überlegungen nicht nur als Gedankenspiel anzusehen.

Cornelius Sabinus erlebte alle Höhen und Tiefen eines Verliebten. Ein freundliches Wort von ihr, ein gewährter Kuß hoben ihn in elysische Gefilde, ein nicht eingehaltenes Treffen, eine ärgerliche Miene verursachten ihm Tantalusqualen.
Helena gab nicht zu erkennen, ob sie Sabinus liebte; wenn er manchmal den Eindruck gewann, er sei ihr nicht ganz gleichgültig, so stürzte ihn ein mürrisches oder abweisendes Wort gleich wieder in die Tiefen schwarzer Verzweiflung.

Wie er es seinem Onkel Calvus versprochen hatte, stellte er ihm Helena vor. Sie begegnete dem älteren Mann in vorbildlicher Haltung, lauschte mit Respekt und Anteilnahme seinen Reden, gab jedoch auf seine manchmal sehr direkten Fragen eine unbestimmte Antwort.
Als Calvus sie scherzhaft fragte: »Bedeutet dir mein Neffe denn gar nichts? Sieh ihn doch an, wie er mit seinen treuen blauen Augen um ein gutes Wort von dir bettelt.«
Sabinus wand sich vor Verlegenheit, auch wenn die Frage nur aus Spaß gestellt war.

»Er bedeutet mir sehr viel, edler Cornelius Calvus. Ich schätze seine Gesellschaft in den Thermen, auch seine Begleitung bei Ausflügen. Er ist höflich, aufmerksam und rücksichtsvoll; ein junges Mädchen, das auf sich hält, könnte sich nichts Besseres wünschen, als mit Sabinus bekannt zu sein.«
Calvus verzog das Gesicht:
»Genau das wollte Sabinus nicht hören, glaube ich. Nun, das müßt ihr jungen Leute unter euch ausmachen. Ich mische mich da nicht ein.«
Sabinus kochte vor Zorn. Als sie zurückgingen, fuhr er sie an:
»In deinen Augen bin ich wohl ein ausgemachter Hampelmann, ein Narr, den die Dame sich zu ihrer Zerstreuung hält. Jetzt reut es mich, daß ich dir damals am Strand nicht Gewalt angetan habe, vielleicht würdest du dann anders reden.«
Helenas Bernsteinaugen flammten vor Empörung:
»Ah, darum geht es dir, nur darum! Deine Worte beweisen mir, daß du mich nicht liebst, wie du nicht müde wirst zu versichern, sondern in mir nur ein Stück Fleisch siehst, zu nichts anderem nütze, als deine Geilheit zu befriedigen. Hol' dir doch eine Nutte ins Bett, es laufen ja genug herum! Du mit deinen Blauaugen wirst nicht einmal dafür bezahlen müssen. Aber mich lasse künftig in Ruhe!«
Sofort bereute Sabinus seine Worte. Er fiel auf die Knie und umfaßte ihre schlanken Beine:
»Ich hab's nicht so gemeint, Helena, bitte verzeihe mir! Schneide mir die Zunge ab, ohrfeige mich, prügle mich durch – aber wende dich nicht ab. Bitte glaube mir, daß ich genau das Gegenteil denke. Ich könnte es mir niemals verzeihen, hätte ich dir damals Gewalt angetan. Sag, daß du mir verzeihst, sag es!«
»Steh auf!« sagte Helena unwirsch. »Es ist kein schöner Anblick, wenn ein junger römischer Patrizier sich auf dem Boden windet wie ein geprügelter Sklave.«
»Ich bin dein Sklave, Helena, ich bin es ganz und gar. Verfüge über mich! Vielleicht erscheine ich dir jetzt lächerlich, aber ich kann einfach nicht anders. Ich war schon öfters verliebt und habe in Rom immer irgendwo ein Bettschätzchen gehabt, doch geliebt – wirklich geliebt habe ich nicht, ehe ich dich kennenlernte. Was gäbe ich nur darum, könnte ich in dir die gleichen

Gefühle erregen. Aber sie schätzt mich als Gesellschafter beim Baden! Mehr nicht, Helena, mehr nicht? Sage mir jetzt die Wahrheit, ich bitte dich!«

Helena hatte ihren Blick abgewandt und blickte auf das entfernte Arachnaion-Gebirge, wo man eine der Wohnstätten von Zeus und Hera vermutete.

»Ach, Sabinus, du bist mir wirklich nicht gleichgültig. Darum soll es zwischen uns auch nicht so sein wie zwischen Nike und Leon. Ein paar nette Worte, eine kleine Balgerei im Bett, und dann ist es bald vergessen. Dafür bin ich mir zu schade, Sabinus, und du mir auch.«

Er lauschte aufmerksam, schwieg, weil er hoffte, sie würde etwas hinzusetzen, aber es kam nichts.

»Ja – was weiter, Helena? Dafür bin ich dir zu schade, aber wofür bin ich nütze? Sag es mir! Ich habe es dir schon oft gesagt, ich heirate dich auf der Stelle, gehe mit dir nach Ephesos, wenn du willst, nehme dich mit nach Rom, falls du das vorziehst ...«

Helena fiel ihm wortlos um den Hals, wobei sie sich ein wenig herabbeugen mußte, und saugte sich an seinen Lippen fest wie ein Vampir, küßte ihn voll Hingabe und Leidenschaft, machte sich aber schnell wieder los.

»Das ist meine Antwort, Sabinus, eine andere habe ich nicht, eine andere gibt es nicht – kann es nicht geben.«

Sabinus stand mit hängenden Armen. »Kann es nicht geben?«

»Nein, denn ich bin verlobt. Einmal mußt du es ja wissen, Lieber. Du verschwendest deine Leidenschaft an ein untaugliches Objekt. Ich bin seit langem einem jungen Mann versprochen. Seine Eltern sind Freunde der meinen, unsere Väter sind Geschäftspartner, wie es schon deren Väter waren. Petron war mir schon als Kind vertraut, wir wurden bereits vor Jahren von unseren Eltern verlobt. Nach meiner Rückkehr soll die Hochzeit sein. Und mein zukünftiger Gatte will eine Jungfrau im Bett haben, verstehst du das? Ein Römer dächte vermutlich nicht anders.«

Sabinus stand wie betäubt, er konnte keinen klaren Gedanken fassen.

»Aber – aber – warum hast du mir das nicht gleich gesagt – oder eher ...«

»Hätte es etwas geändert? Ich bin und bleibe Helena, so wie ich vor dir stehe, verlobt oder nicht. Warum hätte ich dir deine Freude nehmen sollen? Ich brachte es nicht übers Herz.«
»Du hast recht«, sagte Sabinus stockend, »es hätte nichts geändert. Freilich, er will dich jungfräulich haben, dein Verlobter, während er selbst vermutlich Stammgast in den Freudenhäusern von Ephesos ist. Er tobt sich aus vor der Ehe, und du sollst keusch auf ihn warten.«
»Ja, so ist es bei uns üblich. Ist es in Rom anders? Toben sich da auch die Frauen vorher aus und bringen Kinder mit in die Ehe? Bei uns Frauen pflegt ja das Austoben des öfteren Folgen zu haben – leider.«
»Leider? Du möchtest also... Ich meine, wenn es keine Folgen hätte?«
»Mit dir schon, warum nicht?«
»Aber es muß keine haben«, sagte Sabinus eifrig, »denn da gibt es gewisse Mittel. Davon weißt du natürlich nichts. Zum Beispiel der Coitus interruptus; das ist, wenn der Mann...«
»Nein!« unterbrach sie ihn. »Ich will davon nichts wissen! Nur meinem künftigen Mann steht es zu, mit mir darüber zu reden.«
»Aber ich liebe dich doch, Helena, ich liebe dich, und wollte dir nur einen Weg zeigen, ich meine – also gut, ich schweige. Was jetzt?«
»Wir reisen in neun oder zehn Tagen ab, Sabinus. Meine Mutter hat schon zwei Schiffsplätze belegt. Es tut mir furchtbar leid, aber das ist die Wahrheit, und damit müssen wir fertig werden.«
Sabinus sah einen Hoffnungsschimmer. »Wir? Du sagtest, wir. Es trifft also auch dich, auch dir geht es nahe?«
»Ich mag dich, Sabinus, und wäre ich nicht verlobt, wer weiß, ob wir beide nicht... Aber die Götter haben es anders bestimmt, und wir müssen uns fügen.«
»Die Götter – die Götter«, maulte Sabinus. »Immer wenn es scheinbar keinen Ausweg mehr gibt, schiebt man den Göttern die Verantwortung zu. Da mußt du einmal unseren Seneca lesen! Facere docet philosophia, non dicere (die Philosophie lehrt handeln, nicht schwatzen) hat er einmal gesagt. Handeln! Wir könnten zum Beispiel fliehen! Warum nicht? Meine Eltern sind reich, sie würden dich jederzeit willkommen heißen. Mit einem

Jugendfreund wirst du nicht glücklich, das weiß jeder. Jugendfreunde wachsen wie Bruder und Schwester auf, da ist eine Ehe fast wie ein Inzest! Das mußt du doch wissen!«
Helena schüttelte entgeistert den Kopf:
»Aber was redest du da, Sabinus? Es ist schließlich nicht selten, daß die Eltern schon ihre Kinder verloben. Wenn du das Inzest nennst . . .«
»Ich nenne es nicht so, ich habe es nur damit verglichen. Laß diesen Petron fahren und gehe mit mir nach Rom! Fangen wir ganz von vorne an, wir beide. Die Zukunft gehört uns, Helena, dir und mir!«
»Ach Sabinus, deine feurige Rede kann mich nicht überzeugen. Wir dürfen nicht nur an uns denken, sondern auch an unsere Eltern, Verwandten und Freunde. Niemand ist allein auf der Welt, es gibt Rücksichten, Verpflichtungen . . .«
»Nicht für Liebende! Über sie hält Aphrodite ihre Hand.«
»Jetzt kommst auch du mit den Göttern. Mich fröstelt, die Sonne ist schon längst zur Ruhe gegangen. Morgen ist auch noch ein Tag, und dann reden wir weiter – falls du es noch willst.«
»Was soll ich sonst tun? Ich lasse dich nicht, Helena, ich kann es nicht. Erst wenn ich tot bin, werde ich dich in Ruhe lassen.«
Helena schloß ihm mit einem Kuß den Mund und wandte sich ab. Sabinus spürte Tränen auf ihren Wangen.
Im Weggehen rief sie ihm zu: »Morgen muß ich mich ganz meiner Mutter widmen. Wir sehen uns dann in zwei oder drei Tagen.«
Warum hatte sie geweint? War dies ein hoffnungsvolles Zeichen? Vielleicht bedachte sie seinen Vorschlag, ließ sich mitreißen?

Als sich Helena am übernächsten Tag nicht zeigte und auch am Morgen des dritten nichts hören ließ, fragte Sabinus nach ihr. Sie seien abgereist, erfuhr er, und zwar schon an dem Tag nach ihrer Aussprache.
Sabinus empfand es wie einen Schlag ins Gesicht. Wie ein Gehetzter lief er in die Kiefernwälder am Fuße des Titthionberges, auf dem in grauer Vorzeit Asklepion geboren wurde. Er versteckte sich wie ein verwundetes Tier und weinte, bis er keine Tränen mehr hatte.

Am nächsten Tag erschien er mit versteinertem Gesicht bei seinem Onkel und sagte tonlos:
»Ich überlasse es ganz deinem Belieben, Onkel Calvus, ob und wann wir abreisen. Mich hält jetzt nichts mehr hier.«
Calvus wollte zu einer Frage ansetzen, doch er spürte, daß dies nicht der rechte Augenblick sei, und nickte nur schweigend.

Zwei Tage vor seiner Krankheit hörte Caligula von Zeit zu Zeit ein seltsames Rauschen, das aber nicht von außen kam, sondern – wie ihm schien – aus dem Innern seines Kopfes. Meistens hörte es nach kurzer Zeit wieder auf, einmal dauerte es mehrere Stunden. Dem folgte dann ein seltsam taubes Gefühl, als trenne ihn eine Wand von seiner Umwelt, und er hatte das Bedürfnis, laut zu schreien, damit die anderen ihn ja verstünden. Dabei plagte ihn eine wachsende Unruhe. Es hielt ihn nicht lange an einem Ort, dann trieb ihn etwas davon, hetzte ihn den ganzen Tag über herum, und nachts fand er keinen Schlaf. Er ließ Aemilius Lepidus kommen.
»Ich habe Lust, diese Nacht etwas zu unternehmen. Was hältst du davon?«
Lepidus grinste. »Ein guter Gedanke. Hast du Lust zu einem Zug durch die Lupanarien? Oder soll eine Tanzgruppe auftreten? Wir könnten auch die Nacht durchsaufen, zusammen mit einigen geilen Weibern...«
Caligulas kalte, tote Augen starrten an dem Freund vorbei ins Leere.
»Ich weiß nicht recht... Heute kann ich nicht denken... Etwas in meinem Kopf, das rauscht und tobt, als wolle es ans Licht. Ich friere und schwitze fast gleichzeitig, dabei ist es draußen mild, weder heiß noch kalt. Es ist doch schon Oktober?«
»Ja, Gaius, seit drei Tagen. Ich glaube, du solltest hinaus, das bringt dich auf andere Gedanken.«
»Hinaus? Wohin?«
»In die Stadt, verkleidet, wie wir es schon öfters taten. Übrigens gibt es beim Circus Maximus eine neue Lupanaria der Luxusklasse. Ich habe es mir angesehen. Die Mädchen sind durchwegs jung, hübsch und sehr reinlich. Es gibt ein Laconicum (Schwitzbad) und ein Frigidarium (Kaltwasserbecken), damit man den

ganzen Hurendreck wieder los wird. Außerdem führt der Besitzer einen Weinkeller...«

Lepidus küßte andächtig seine Fingerspitzen.

»Da wir ohnehin nichts Besseres vorhaben...«, sagte Caligula zerstreut und erhob sich.

Aemilius Lepidus sah es mit Genugtuung. Je öfter der Kaiser mit ihm diese Inkognito-Streifzüge unternahm, desto größer war seine Hoffnung, daß ihn ein betrunkener Nachtschwärmer im Streit erschlug. Natürlich war immer ein Trupp Prätorianer dabei, doch die mußten einen gewissen Abstand halten, damit niemand einen Verdacht schöpfte. Wenn Caligula betrunken war, suchte er Streit, wurde hitzig und ausfallend. Er war auch schon einmal von einem besoffenen Gladiator niedergeschlagen worden. Die Prätorianer hatten den Mann in Stücke gehauen, aber vielleicht kamen sie einmal zu spät.

Die Oktobernacht war schon ziemlich kühl, und so streiften die beiden braune Wollumhänge über und ließen sich in Sänften bis in die Nähe des Bordells bringen. Die letzten Schritte gingen sie zu Fuß. Hinter sich hörten sie die Marschtritte der Prätorianer.

Lepidus klopfte an der Pforte und hielt eine Goldmünze hoch. Sogleich öffnete sich die Tür. Ein junger geschminkter Mann verbeugte sich tief.

»Willkommen, ihr Herren, wonach steht euer Sinn? Wein, Mädchen, eine köstliche Mahlzeit, ein Bad? In welcher Reihenfolge?«

»Zuerst einen Krug von dem alten Sorrentiner, den ich beim letzten Mal trank.«

Lepidus schaute Caligula fragend an.

Der nickte.

»Gut, dann sehen wir weiter.«

Sie wurden in einen kleinen, schwach erhellten Raum geführt, den feines Räucherwerk durchduftete. Caligula ließ sich in die Polster fallen. Er schüttelte verwundert den Kopf:

»Da gehe ich in ein Lupanar wie irgendein Bürger und könnte jede Frau im römischen Reich haben. Seltsam, nicht wahr?«

»So seltsam nicht. Das ist der Reiz des Heimlichen und Verborgenen, den du immer genossen hast. Warte nur ab, bis die Mädchen kommen.«
Caligula fühlte eine Hitzewelle in sich aufsteigen, die ihm fast den Atem nahm. Er stürzte mehrere Becher des kellerkühlen Weines hinunter, was Lepidus veranlaßte zu glauben, er habe den Geschmack des Kaisers getroffen.
Schnell, wie sie gekommen war, schwand die Hitze wieder, und Caligula fühlte sich plötzlich recht wohl.
Wie leicht könnte ich bei einer solchen Gelegenheit vergiftet werden, dachte er. Ich müßte den Prägustator mitbringen. Der Gedanke erheiterte ihn.
»Ich ernenne dich hiermit zu meinem Vorkoster, Marcus Aemilius Lepidus, aber heute hast du deine Pflicht schon getan. Wo sind denn die Mädchen?«
Lepidus klatschte, und die Meretrices (Freudenmädchen) wurden vorgeführt. Jede hatte eine andere Art, sich den Männern anzupreisen. Die eine ging langsam und lässig vorbei, hüftenwiegend und scheinbar uninteressiert, eine tänzelte und wackelte dabei einladend mit dem Hinterteil, eine andere schritt wie eine Königin, und an ihr blieb Caligulas Blick haften. Sie fiel ihm auf, weil sie nicht wie eine Hure aussah, sondern wie eine vornehme Frau, die nachdenklich durch ihr eigenes Haus schreitet. Er winkte sie herbei:
»Wie heißt du, meine Schöne?«
Das Mädchen ließ sich ohne Scheu neben Caligula auf ein Polster nieder.
»Pyrallis.«
»Bist du Griechin?«
»Mein Vater stammte aus Neapolis.«
»Nun, das ist ja heute noch fast eine griechische Stadt. Du gefällst mir, Pyrallis.«
Das Mädchen war nicht eigentlich eine Schönheit zu nennen. Sie hatte ein anmutiges, stolzes, etwas herbes Gesicht mit graugrünen Augen, einer schmalen, herrischen Nase und einem weichen, feingeschwungenen Mund, der die Strenge ihres Gesichtes milderte.

»Du gefällst mir auch«, sagte sie nach einer Weile und fügte noch hinzu: »Du bist sicher ein Senator.«
Caligula platzte fast vor Lachen. Lepidus hatte ihn nie so frei und herzlich lachen gehört.
»Ein Feldherr vielleicht? Ein Tribun?«
»Auch das stimmt ein wenig. Ach, Pyrallis, du bist dein Geld wert, schon weil man bei dir herzlich lachen kann. Was beherrschst du noch für Künste?«
Sie lächelte:
»Das kommt darauf an. Ich kann deinen Nacken massieren, deine Fußsohlen kitzeln, kann Laute und Flöte spielen...«
Caligula unterhielt sich so gut mit dem Mädchen, daß er ganz vergaß, zu welchem Zweck sie eigentlich hier waren.
»Hol deine Laute und spiel uns etwas vor.«
Sie stand auf und ging hinaus.
Der Bordellwirt schlüpfte herein. »Nicht zufrieden, meine Herren?«
»Doch, doch, sogar sehr. Mit dieser Pyrallis hast du dir ein Goldstück eingehandelt.«
»Sie ist keine Sklavin, Herr. Sie arbeitet in meinem Haus sozusagen zur Miete, ist frei und kann gehen, wann sie will. Aber gerade die vornehmen Herren schätzen sie wegen ihrer Bildung und ihrem heiteren Wesen. Warum sie ihr Geld als Hure verdient, weiß ich auch nicht.«
Da kam Pyrallis zurück und ließ sich nieder. Sie stimmte ihre Laute und sang:
»Vivamus, mea Lesbia, atque amemus rumores que senum severiorum...«
Als sie geendet hatte, klatschte Caligula.
»Hätten wir doch heute wieder einen Catull! Der konnte noch Verse machen, dagegen sind Seneca und Konsorten die reinsten Schlafmittel.«
Caligula faßte Pyrallis bei der Hand:
»Laß uns in die Tat umsetzen, was Catull vorschlägt: Da mi basia mille, deinde centum...« (Gib mir tausend und nochmals hundert Küsse).
Noch ehe er aufstand, setzte das Rauschen in seinem Kopf ein, schwoll zu einem Sturm, der ihn zerriß. Ächzend sank er zu

Boden, wand sich, erbrach den Wein, stöhnte und konnte noch hervorstoßen:
»Hol die ... die Prä ...«
Lepidus stürzte hinaus, winkte die Sänftenträger herbei und lief zurück. Der Kaiser lag verkrümmt am Boden und regte sich kaum noch. Sie trugen ihn behutsam hinaus und legten ihn in die Sänfte.
Pyrallis stand an der Tür, hielt ihre Laute im Arm und sah zu. Als der Trupp der Prätorianer die Sänfte wie einen Schutzwall umgab, meinte der Bordellwirt:
»Das muß aber ein hohes Tier gewesen sein!«
Pyrallis schwieg und betrachtete den frischgeprägten Aureus, den Lepidus ihr noch schnell zugesteckt hatte. Sie schaute sich das Kaiserbildnis genauer an. Das große starre Auge, die kräftige Nase, der schmale zusammengepreßte Mund. Er sei kein Senator, hatte er gesagt, aber so etwas ähnliches. Dann die Prätorianerbegleitung ... Das war Caligula, dachte Pyrallis ohne große Aufregung; denn der Rang eines Mannes hatte sie nie besonders beeindruckt. Irgendwie hatte ihr dieser Mensch leid getan, aber sie wußte nicht warum. Hinter seinen kalten Augen schimmerte eine tiefe Verletzlichkeit und etwas wie Trauer.
Als am nächsten Tag die Nachricht von der schweren Erkrankung des Kaisers die ganze Stadt erschütterte, wußte Pyrallis, daß sie ihren Gast richtig erkannt hatte.

Lucius Annaeus Seneca hatte sich vor einem halben Jahr von seiner Frau getrennt; ihm war die Ehe zum Käfig geworden, aus dem er ausbrechen mußte. Von Zeit zu Zeit besuchte er seine beiden Söhne, die zusammen mit ihrer Mutter bei den Großeltern lebten. Manchmal vermißte er seine Kinder, aber er scheute sich davor, seiner Frau zu begegnen und ihre zänkischen Vorwürfe anhören zu müssen. Er brauchte Ruhe und Frieden für seine Arbeit, und dem mußte sich alles andere unterordnen, auch sein politisches Amt. Er würde ohne zu zögern, seine purpurgesäumte Senatorentoga ablegen, sollte sie ihm einmal zur Last werden.

Seneca gehörte zu den wenigen, die den neuen Kaiser nicht mochten, und seine Abneigung hatte sich verstärkt, seit er ihm bei der kurzen Audienz gegenübergestanden hatte. War Seneca verärgert, weil Caligula seine Gedichte als *»Mörtel ohne Kalk«* bezeichnet hatte? Als vorurteilsfreier und systematischer Denker hatte er sich das selbst gefragt, war aber zu dem Ergebnis gekommen, daß ihn die Kritik eines Caligula nicht berührte. Er selbst stellte seine philosophischen Abhandlungen über seine dramatischen und lyrischen Arbeiten, und die Zustimmung der meisten wirklichen Literaturkenner galt ihm mehr als das Wort eines jungen, launischen Fürsten.

Seneca hatte Livilla in aller Form auf sein Landgut nach Tibur eingeladen, das ihm sein vor kurzem verstorbener Vater vererbt hatte.

In ihrer liebenswürdigen Antwort teilte sie ihm mit, sie nehme seine Einladung gerne an und werde ihn rechtzeitig wissen lassen, wann sie komme.

Sie erschien an einem schönen, goldenen Herbsttag Ende September, lobte die herrliche Lage der Villa, von deren Garten man im Westen die Paläste und Tempel des weit hingestreckten Rom gerade noch erkennen konnte.

Sie schnupperte. »Hier oben ist die Luft ganz anders; das ist, als komme man aus einem tiefen Kerker in die freie Natur. Warum bleibst du nicht immer hier?«

»Ich kann mein Haus in Rom aus zweierlei Gründen nicht aufgeben. Erstens schätze ich den engen Kontakt mit meinem Verleger Cornelius Celsus; schließlich bin ich auch noch Senator, und da muß man, wie du weißt, seinen Wohnsitz in der Urbs nachweisen können. Übrigens finde ich deinen Vergleich gar nicht schlecht: Rom als tiefer Kerker, aus dem man zu Licht und Luft emporsteigt.«

»So empfinde ich es manchmal, auch wenn es ein goldener Kerker geworden ist, seit mein Bruder auf dem Kaiserthron sitzt. Er treibt mit Drusilla einen abgöttischen Kult, und etwas davon hat er auch auf Agrippina und mich übertragen. Bei der offiziellen Eidesformel müssen unsere Namen genannt werden, und alle amtlichen Berichte beginnen jetzt mit der Formel: Zum Heil und Glück von Gaius Caesar und seinen Schwestern. Mir ist das peinlich, denn es laufen schon die seltsamsten Gerüchte um. Diese Verfügungen gelten freilich nur der Ehre seiner Drusilla, in die er so vernarrt ist, daß er sie am liebsten auffressen würde. Inzwischen kursieren schon Spottverse, daß Caligula mit uns dreien gleichzeitig ins Bett geht.«

Seneca lachte. »Mach dir nichts draus! Du weißt ja, wie unsere Römer sind. Weiß Caligula davon?«

»Natürlich, aber es macht ihm nichts aus. Ganz im Gegenteil: Ich glaube, er ist noch stolz darauf.«

Seneca hatte für seinen Gast ein opulentes Mahl bereiten lassen, das nur aus Meeresfrüchten in vielen Varianten bestand. Er hatte vorher heimlich ihren Koch befragen lassen und so von ihrer Vorliebe für alle Arten von Meeresgetier erfahren.

So wurden gekochte und gebratene Langusten mit vielerlei Tunken aufgetischt, danach gab es Zitterrochen in einer Sauce aus Honig, Pfeffer, Zwiebel und Garum. Besonders stolz war Seneca auf den gefüllten Tintenfisch, dessen komplizierte Zubereitung den ganzen Nachmittag gedauert hatte. Die Füllung bestand aus einer Mischung von Kalbshirn, Eiern, Fleischklößchen und Pfefferschoten und wurde in den Tintenfisch eingenäht. Dazwischen wurden dreierlei Muscheln in verschiedenen Kräutersaucen serviert; den Abschluß machte ein gedämpfter Seeaal, der mit Kümmel, Origanum, Zwiebeln, Eiern, Essig, Dörrobst und Rotwein angerichtet war.

Die zierliche Livilla aß solche Mengen, daß Seneca glaubte, sie müsse bald platzen, doch ihr war keine Übersättigung anzumerken. Danach tranken sie einen leichten raetischen Wein – ungemischt und ungewürzt.

Seneca kostete und nickte zustimmend. »Ich mag es nicht, wenn gute Weine durch Honig, Zimt, Pfeffer oder anderes vergällt werden. Aus dem Wein soll man die Sonne schmecken, die Erde, den Wind . . .«

»Du bist ein Träumer, Annaeus Seneca.«

»Alle Dichter sind Träumer.«

Livilla blickte hinaus in den abendlichen Garten, wo der rote Sonnenball zwischen den schwarzen Silhouetten von Zypressen und Pinien hing. Seneca betrachtete ihr feines, anmutiges Profil und wollte gerade zärtlich ihren Kopf umfassen, als Livilla sagte: »Ich möchte mit dir schlafen, Lucius Annaeus Seneca. Auf diesen Augenblick habe ich gewartet, seit ich dich als Sechzehnjährige im Odeum deine Verse vortragen hörte. Ein Jungmädchentraum, gewiß, aber einer, der niemals verblaßte, der mich immer begleitete, sogar bis in mein kaltes Hochzeitsbett, als Marcus Vinicius seine Gattenpflichten an mir erfüllte. Da stellte ich mir vor, ich läge in deinen Armen, und so habe ich diese Nacht und manche andere überstanden.«

Seneca hatte ihre Hand ergriffen und streichelte sie sanft. »Du bist mir mit deinem Wunsch zuvorgekommen, Livilla. Ich war gerade dabei, dich zu bitten, heute nacht bei mir zu bleiben.«

»Jetzt lächelt uns Fortuna wieder zu, aber als wir beide unser Ehegelöbnis sprachen, muß sie ihr Haupt abgewandt haben.«

»Sie tut es nie für lange; du siehst es an uns. Wir haben uns gefunden, weil es so bestimmt war.«

Der Majordomus räusperte sich laut und betrat den Raum:

»Soll ich die Lampen anzünden lassen, Herr?«

»Nein, Rufus, geh schlafen, wenn du willst und sage es auch den anderen, daß ich heute nichts mehr brauche.«

Seneca küßte Livilla auf Hals, Lippen und Wangen.

»Wir wollen so tun, als seien wir ganz allein im Haus; ein junges Paar, das seiner ersten gemeinsamen Nacht entgegenfiebert.«

»Da brauche ich mich nicht zu verstellen«, sagte Livilla. »Was vorher war, zählt für mich nicht.«

Seneca führte sie an der Hand ins Cubiculum (Schlafzimmer), wobei Livilla leise die Worte des Ehegelöbnisses sprach: »Ubi tu Gaius, ego Gaia.«

XIII

Der Kaiser lag schon den dritten Tag schwerkrank im Bett. Das Volk von Rom schlich wie auf Zehenspitzen um den Mons Palatinus herum. Alle sprachen mit gedämpfter Stimme, und sogar die Marktschreier begnügten sich damit, nur mit Gesten auf ihre Ware hinzuweisen.

Die heißen Fieberschübe ließen von Zeit zu Zeit nach, dann erwachte Caligula und blickte mit trüben Augen um sich. Zwei Ärzte wachten Tag und Nacht an seinem Bett, doch keiner wußte so recht, wie die Krankheit des Kaisers zu benennen sei. Eine Vergiftung wurde ausgeschlossen, denn dafür gab es keinerlei Anzeichen. Da Caligula über ständigen Kopfschmerz klagte, nannten sie es eine fiebrige Gehirnentzündung. Sie behandelten ihn mit kalten Umschlägen und fiebersenkenden Mitteln, zur Linderung der Kopfschmerzen verabreichten sie von Zeit zu Zeit einen Mekonion-Trank (Opium).
Caligula hatte kurze klare Augenblicke, da er jeden erkannte und mit Namen anredete, doch dann sank er wieder in ein Fieberdelirium zurück, wälzte sich unruhig auf dem Lager, schrie irgendwelche sinnlosen Worte, bis darauf eine kurze Phase erschöpften Schlafs folgte.
Der Name Tiberius geisterte wie eine ständige Drohung durch seine Fieberphantasien. Er fühlte, wie die Prätorianer ihn aus dem Bett zum Senat zerrten, obwohl er ständig rief: »Ich bin der Kaiser! Ich bin der Kaiser!«
Doch in der Kurie, zu Häupten der Senatoren saß unbeweglich wie eine Statue sein Onkel Tiberius. Die Prätorianer rissen Caligulas Kopf an den Haaren zurück, daß er vor Schmerz aufschrie.
»Da! Schau hinauf! Das ist der Kaiser! Dort oben sitzt er und wird über dich richten.«
Dann ließen sie ihn los, und Caligula trat näher heran. Das war unverkennbar der alte Tiberius mit seinem häßlichen Ausschlag im Gesicht, doch seine Augen waren halb geschlossen, sein Mund stand offen, und er schien nicht zu atmen.
»Er ist ja tot!« rief Caligula. »Und wenn der Alte tot ist, bin ich der Kaiser!«
Da erhob sich die leblose Gestalt, war plötzlich verwandelt, und Tiberius Caesar, sein Vetter, blickte spöttisch auf ihn herab.
»Ich bin der Enkel des Kaisers, und nur ich habe Anspruch auf den Thron!«
Wer ist nun wirklich Princeps, dachte Caligula verwirrt, der da droben oder ich, oder lebt der Alte tatsächlich noch?

Die Prätorianer schleiften ihn an den Haaren hinaus, und wieder zuckten höllische Schmerzen durch seinen Kopf.
Caligula tauchte aus seinen Delirien empor und heulte: »Mein Kopf, mein Kopf – ich halte es nicht mehr aus. Laßt meine Haare los, ihr tut mir weh!«
Er wandte sich zu dem am Bett wachenden Arzt. »Wer bist du?«
»Dein Medicus (Arzt), Majestät.«
»Nun sage mir ehrlich, wer ist zur Zeit Imperator im Römischen Reich?«
»Du selbst, Gaius Caesar Augustus, schon seit einem halben Jahr.«
Die schmalen Lippen verzerrten sich zu einem triumphierenden Lächeln. »Das habe ich denen doch gesagt, ich hatte also recht! Und was ist mit Tiberius Caesar?«
»Dein Adoptivsohn lebt und ist gesund.«
»Was macht er, wo ist er?«
Der Arzt blickte unsicher. »Ich weiß nicht, Majestät. Soll ich einen Prätorianer rufen, oder willst du einen Freund sehen?«
»Wo ist Drusilla?«
»Sie hat zwanzig Stunden an deinem Bett gewacht und schläft jetzt.«
»Ist gut – ist gut. Werde ich wieder gesund, Medicus?«
Der alte Arzt lächelte beruhigend. »Aber gewiß, Majestät. Doch die Krankheit ist schwer und wird sich noch eine Weile hinziehen.«
»Mein Kopf – mein Kopf«, begann Caligula von neuem zu klagen.
Der Arzt griff nach einem silbernen Becher und goß aus einer Glasphiole ein paar Tropfen hinein, mischte es mit etwas Wein und hielt es dem Kaiser an die Lippen.
Caligula fühlte, wie die Schmerzen langsam schwanden und wie sein Körper leicht wurde. Seine letzten klaren Gedanken waren: Träume sind von den Göttern gesandt, und Jupiter wollte mir, seinem Stellvertreter auf Erden, ein Zeichen geben, einen Hinweis, eine Warnung vor – vor Tiberius Caesar, meinem Sohn, falls ich sterbe, meinem Nachfolger. Aber ich sterbe nicht!

»Ich sterbe nicht!« sagte Caligula deutlich vernehmbar, drehte sich um und schlief ein.

»Sie hat mich getäuscht«, sagte Sabinus bitter und blickte seinen Onkel so vorwurfsvoll an, als trage der die Schuld an Helenas Verhalten.
Die beiden saßen auf einer schattigen Bank in dem großen Garten, der sich an das Gästehaus anschloß und fast bis zum Theater reichte.
»Sie wollte es dir leichter machen, mein Sohn«, versuchte Calvus ihn zu trösten. »Sie ist verlobt, ist ihren Eltern verpflichtet und so hat sie . . .«
»Die Flucht ergriffen!« unterbrach ihn Sabinus empört, »eine feige Flucht, genauso ehrlos wie die Flucht eines Soldaten vor dem Feind.«
Calvus lächelte. »Der Vergleich ist ein wenig schief. Du bist schließlich nicht Helenas Feind.«
»Aber ich war ein Störenfried, der ihre schönen Zukunftspläne in Frage stellte. Seit ihrer Kindheit verlobt, die Eltern befreundet, die Väter Geschäftspartner – da wird die Ehe zu einem schäbigen Handel. Daß Helena sich dafür hergibt, kann ich nicht verstehen, ich kann es einfach nicht! Sie hat geweint, als wir uns verabschiedeten, da kann ich ihr doch nicht gleichgültig gewesen sein.«
»Ganz gewiß nicht«, stimmte Calvus ihm bei. »Aber sie stellte die Pflicht ihrer Familie gegenüber höher, und dieses Verhalten erscheint mir weder feige noch ehrlos. Auch in Rom haben sich die Kinder den Wünschen ihrer Eltern zu fügen; nicht alle haben einen so nachgiebigen Vater wie du.«
Sabinus zuckte die Schultern:
»Nun ist es eben, wie es ist. Sprechen wir von etwas anderem. Deine Kur hast du ja längst beendet, Onkel Calvus, wann also reisen wir zurück?«
»Ich habe mich schon erkundigt, für Ende August sind noch Schiffsplätze frei.«
»Gut, gut«, sagte Sabinus zerstreut und kehrte gleich wieder zu seinem Thema zurück. »Aber das werde ich nicht so einfach hinnehmen nach dem Motto: aus den Augen, aus dem Sinn. Da hat sie mich falsch eingeschätzt, ganz falsch!«

»Was willst du tun?« fragte Calvus geduldig.
»Das weiß ich noch nicht. Wahrscheinlich gehe ich zur Armee, dann komme ich auf andere Gedanken.«
»Du könntest aber auch in das Geschäft deines Vaters eintreten, ich meine, das läge doch näher.«
»Um mit versponnenen Dichtern schöngeistige Gespräche zu führen? Nein und nochmals nein! Dazu wäre ich jetzt nicht fähig. Später vielleicht, bitte verstehe mich doch, Onkel Calvus, ich muß auf meine Art damit fertig werden.«
»Ich verstehe dich, Sabinus. Jetzt aber reden wir wirklich von etwas anderem. Ich möchte dir einmal erzählen, wie ich meine Kopfschmerzen los wurde. Willst du es hören?«
Sabinus zwang sich zur Aufmerksamkeit. »Mich hat schon lange interessiert, was die Priester mit den Kranken anstellen. Niemand erzählt etwas Genaueres.«
»Weil man es nicht tun soll, um den Gott nicht zu verärgern. Zwar untersagen es die Priester nicht ausdrücklich, aber die meisten werden sich wohl daran halten. Und ich erzähle es nur dir. Also höre:
Nachdem man gebadet und geopfert hat, erhält man von den Priestern einen Termin für ein vertrauliches Gespräch. Ich mußte ziemlich lange warten, denn um diese Jahreszeit kommen die meisten Pilger. Am Morgen des dritten Tages empfing mich der Asklepios-Priester in einer Sprechzelle, stellte Fragen, redete aber sonst wenig. Er ließ mich erzählen, hörte aufmerksam zu, machte sich Notizen. Seltsamerweise schien er sich für meine Krankheit kaum zu interessieren, nickte nur, als ich ihm sagte, ich leide an Schlafstörungen und häufigen starken Kopfschmerzen. Er fragte mich nach meiner Kindheit, nach den Eltern, und das Gespräch war beendet, als ich ihm vom Tode meiner Frau und meines Sohnes erzählte. Was danach kam, wollte er offenbar nicht wissen. Die nächsten Tage verbrachte ich mit anderen Kranken. Wir machten leichte gymnastische Übungen, dazwischen gab es Lesungen aus dem Asklepios-Mythos, oder wir lauschten einem Hymnen-Chor, der die alten heiligen Lieder sang. Man muß gar nicht gläubig sein, um langsam in einen traumhaften, unwirklichen Zustand hineinzugleiten. Der Alltag rückt immer ferner, und du gerätst in

einen Zustand, da dir absurde Gedanken logisch und logische absurd erscheinen.«
»Das kann ich mir bei dir aber schwer vorstellen«, warf Sabinus ein.
»Und doch war es so. Jetzt, da ich Abstand dazu gewonnen habe, erscheint es mir nicht weniger seltsam als dir. Die Priester müssen jeden einzelnen genau beobachtet haben, denn von Zeit zu Zeit verschwanden einige von uns, und neue kamen hinzu. So wurde auch ich nach acht oder neun Tagen – ich weiß es nicht mehr genau, man verliert dabei das Zeitmaß – aufgefordert, mich anderntags zum Heilschlaf einzufinden. Ich wurde angehalten, tagsüber zu fasten; erst am Abend erhielten wir im Adyton – das ist die lange Ruhehalle an der Nordseite des Tempels – ein Stück Weißbrot und einen Becher Wein. Wobei anzumerken wäre, daß dieses Getränk nur zum Teil nach Wein schmeckte, es war mit irgendwelchen Arzneien versetzt.
Im Adyton kann man die Nacht auf unterschiedliche Weise verbringen. Unten gibt es eine große Schlafhalle, da ruhen die Kranken in Abständen von vielleicht acht bis zehn Ulnae (Ellen) auf einfachen, harten Liegen. Im oberen Stockwerk soll es auch Einzelräume geben. Ich jedenfalls legte mich in der großen Halle zur Ruhe und bin so schnell eingeschlafen wie noch nie. Mitten in der Nacht – wie lange ich schon schlief, weiß ich nicht – wurde ich sanft geweckt. Die Halle war von einem bläulichen Dämmerlicht erhellt, und im Halbschlaf sah ich, wie zwischen den liegenden Kranken einige Gestalten umhergingen. Ich richtete mich auf, und da stand ein Priester vor mir, im langen, feierlichen Gewand. In der einen Hand trug er einen Korb, die andere hielt einen Hund an kurzer Leine. Er kniete sich neben mir nieder, öffnete den Korb, und ich sah eine Asklepios-Natter, die mit leisem Zischen ihr Haupt aufrichtete. Auch wenn du mich jetzt auslachst, Sabinus, aber ich glaubte in dem Zischen eine Stimme zu vernehmen, die beruhigend und tröstend auf mich einsprach, doch ich könnte dir keines ihrer Worte nennen. Dann wurde der Korb geschlossen, und der Priester sagte mit leiser Stimme ein paar Worte zu dem Hund und lockerte die Leine. Das Tier stellte seine Pfoten auf meinen Körper und leckte mir blitzschnell das Gesicht. Da fühlte ich mich seltsam leer, als hätten die heiligen

Tiere einen Teil von mir fortgenommen. Ich schlief sofort wieder ein, und tags darauf wurde ich aus der Behandlung entlassen. Das andere weißt du ja selbst: Meine Kopfschmerzen sind weg, und ich schlafe von Tag zu Tag besser. Freilich gibt es Rückfälle; so spürte ich zum Beispiel gestern abend das leise, dumpfe Ziehen, das dem Kopfschmerz vorausgeht. Doch der Schmerz blieb aus, und das Pochen verging. Nun, ich bedankte mich bei dem Gott mit einer Weiheinschrift und einer Geldspende. Seitdem warte ich geduldig, wozu mein unglücklich verliebter Neffe sich entschließen wird.«

»Verzeih, Onkel Calvus«, sagte Sabinus beschämt, »aber du wirst wissen, daß Verliebte – ob glücklich oder nicht – wenig Rücksicht auf ihre Umgebung nehmen. Von nun an will ich dich nicht weiter mit meinen Sorgen behelligen, und ich freue mich, daß diese Reise wenigstens für dich ein Erfolg war.«

»Vielleicht siehst du das falsch? Wäre es dir lieber, du hättest Helena nicht getroffen?«

Das war eine Frage, die sich nicht so leicht beantworten ließ. Sabinus setzte mehrmals zu einer Antwort an, brachte aber schließlich nur heraus: »Das – das weiß ich nicht...«

Sutorius Macro wartete ab, welchen Verlauf die Krankheit des Kaisers nehmen würde. Als er aus Hofkreisen hörte, es stünde sehr schlecht um Caligula, handelte er schnell. Er suchte Tiberius Caesar auf, der mit ein paar Dienern das viel zu große Haus seiner verstorbenen Eltern bewohnte. Die Adoption hatte seine Lage kaum verändert. Nun konnte er sich zwar Sohn des Kaisers nennen, aber er hatte kein Amt, keine Funktion, keinen Einfluß; man zollte ihm den protokollarischen Respekt, aber sonst beachtete man ihn kaum.

Tiberius war nun tatsächlich eine etwas farblose Erscheinung. Er hatte wenig Ehrgeiz, redete nicht gerne in der Öffentlichkeit und besaß wenig Freunde. Seine unglückliche Kindheit haftete an ihm wie ein Brandmal, und er schien das zu spüren. Als sein Vater durch die Tücke des Sejanus starb, war er gerade vier Jahre alt, und als seine Mutter auf Befehl des Tiberius wegen Gattenmordes hingerichtet wurde, war er ein Junge von zwölf Jahren, und diesen Schlag hatte er nie verwunden. Tiberius spielte zwar den liebenden Großvater und holte den Enkel nach Capri; dort aber wollte er ihn nicht sehen. So lebte er mit seinem Erzieher in einer der zwölf kaiserlichen Villen, die auf der Insel verstreut lagen, doch man ließ ihn fühlen, daß er lästig und eigentlich überflüssig sei. So war es kein Wunder, daß er ein scheues, geducktes Wesen entwickelt hatte, niemanden in die Augen sah und am liebsten mit seinen Hunden spielte, seinen einzigen Freunden.

Macro wußte natürlich, daß sein Besuch nicht unbeobachtet blieb, doch dieses Risiko mußte er eingehen.
»Als ich dich zum letzten Mal auf Capri sah, Tiberius Caesar, warst du noch ein Junge, und jetzt trägst du schon die Toga virilis.«
Tiberius blickte zu Boden:
»Dabei ist es gar nicht so lange her«, sagte er stockend.
»Kann uns hier jemand hören?«
»Nein, Sutorius Macro, ich lebe hier nur mit meinen Hunden.«
»Und die Diener?«
»Irgendwo im Haus ...«
»Es könnten Spitzel darunter sein«, gab Macro zu bedenken und öffnete die Tür. »Gehen wir lieber in den Garten, da sieht man jeden Lauscher schon von weitem.«
Sie blieben unter einer jungen Pinie stehen, Macro blickte sich mißtrauisch um und begann mit leiser Stimme:
»Tiberius, ich bin Soldat und rede nicht lange herum. Caligula ist krank, sehr krank sogar. Niemand spricht es aus, doch scheint man mit seinem Ableben zu rechnen. Du bist sein Adoptivsohn und außerdem der leibliche Enkel des verstorbenen Kaisers. Es besteht überhaupt kein Zweifel, daß dir die Nachfolge zusteht; der Senat wird dich nolens volens bestätigen müssen. Aber da ist Drusilla. Was du vielleicht nicht weißt – obwohl Caligula kein Hehl daraus macht: Er hat sie zur alleinigen Erbin eingesetzt. Da könnte es schon sein, daß die Prätorianer sich kaufen lassen und ihren Mann, den liederlichen Aemilius Lepidus zum Kaiser ausrufen. Selbst wenn sie jedem Soldaten ein paar hundert und den Offizieren ein

paar tausend Sesterzen ausbezahlt, macht sie das nicht viel ärmer – auch wenn Caligula schon einen Teil des Familienvermögens vergeudet hat. Aber Drusilla ist eine Frau, und so geht dein Anspruch vor. Wie denkst du darüber?«
»Ich dränge mich nicht danach, Kaiser zu werden«, sagte Tiberius leise und blickte an Macro vorbei.
»Ein kaiserlicher Prinz hat Pflichten!« sagte Macro scharf. »Es gibt Dinge, die müssen getan werden, ob man will oder nicht. Deine Nachfolge steht jedenfalls auf festen Füßen, während eine Thronerhebung von Drusillas Gatten einen Bürgerkrieg heraufbeschwören könnte, denn Lepidus hat viele Feinde. Ich biete dir meine Hilfe an, Tiberius Caesar. Der Kaiser hat bis jetzt keinen neuen Prätorianerpräfekten ernannt. Ich bin gerne bereit, mein altes Amt wieder zu übernehmen und mich mit den Prätorianern hinter deine Person zu stellen. Von den Soldaten wird keiner für diese blutschänderische Hure eine Hand erheben.«
»Es sei denn, ein Säckchen Sesterzen beflügelt ihn dazu.«
Macro lächelte düster. »Richtig, Tiberius, und genau das will ich verhindern.«
Der junge Prinz pfiff einen seiner Hunde herbei und kraulte ihm liebevoll den Kopf.
»Den Bürgerkrieg will ich nicht, aber ich werde meine Ansprüche erst anmelden, wenn ich an Caligulas Bahre stehe. Ich muß seine Leiche sehen! Dann ist mir deine Hilfe als Präfekt der Prätorianer willkommen.«
»Gut«, sagte Macro knapp. »Das muß sich ja bald entscheiden.«
Tiberius blickte seinem Besucher nach, der straff und soldatisch durch den Garten davonschritt.
»Wäre ich nur als Sohn eines Bäckers oder Tischlers geboren«, flüsterte Tiberius seinem Hund ins Ohr, und der schaute ihn so liebevoll und wissend an, als habe er jedes Wort verstanden.

Dem Verleger und Buchhändler Cornelius Celsus war die Erleichterung anzumerken, als er seinen Sohn wieder in die Arme schließen konnte.
»Du wirkst ernster und männlicher als vor deiner Abreise«, bemerkte er.

»Ich habe auch einiges erlebt, aber davon möchte ich jetzt nicht sprechen.«
»Ich kann es mir schon denken«, sagte Valeria, »du hast wieder eine Reihe von Mädchen unglücklich gemacht.«
Sabinus blickte seine Mutter liebevoll an. »Warum unglücklich; in der Regel mache ich sie glücklich. Nein, diesmal war es anders, aber ich muß erst damit fertig werden, ehe ich euch davon erzähle.«
Er wandte sich an seinen Vater. »Was machen die Geschäfte? Wie geht es unseren Dichtern? Hast du eine neue Entdeckung gemacht?«
»Dichter wachsen leider nicht wie Äpfel auf den Bäumen, so daß man sie nur herunterzupflücken braucht. Seneca arbeitet zur Zeit nicht sehr viel; man sagt ihm eine Liebschaft mit Livilla nach, der jüngsten Schwester des Kaisers. Aber die Leute reden viel.«
»Gerüchte haben meist einen wahren Kern.«
»Mag sein, aber ich interessiere mich für den Dichter Seneca, nicht für den Liebhaber.«
»Manchmal bedingt eines das andere.«
Celsus lachte. »Sind wir wieder bei deinem Lieblingsthema? Seneca, glaube ich, hat das nicht nötig. Der ist wie ein übervolles Faß, da ist noch vieles an Ideen und Einfällen zu erwarten.«
»Hat Cassius Chaerea nach mir gefragt?«
»Einmal hat er uns besucht. Er ist ein glühender Verehrer unseres jungen Kaisers, den ganz Rom liebt und anbetet wie ein Geschenk der Götter, aber davon wirst du ja gehört haben.«
»In Epidauros kümmert man sich nicht viel um Politik, da hat man andere Sorgen.«
»Nun, dein Freund Chaerea wird dich über alles aufklären, ich nehme an, du triffst ihn bald?«
Sabinus hörte aus der Bemerkung seines Vaters die bange Frage heraus, ob er seine Soldatenpläne nicht endlich ad acta gelegt habe. Doch Sabinus war jetzt nicht in der Lage, darauf einzugehen.
»Das hat noch Zeit, ich muß mich erst wieder eingewöhnen. Hast du Arbeit für mich?«

Celsus atmete auf. »Und ob! Ich wollte demnächst ohnehin einen weiteren Kopisten einstellen. Auch eine Sichtung und Auflistung unserer alten Bestände wäre längst notwendig.«
»Wird alles erledigt!« sagte Sabinus forsch, denn ihm war jede Arbeit recht, die ihn vom Grübeln ablenkte.

Am siebten Tag nach seiner Erkrankung verbrachte der Kaiser eine ruhige Nacht, und am Morgen war er fast fieberfrei. Daß er die Krankheit überwunden hatte, wunderte ihn nicht, denn in seinen Fieberträumen war ihm mehrmals Jupiter erschienen und hatte ihm zu verstehen gegeben, daß Gaius Caesar und Er eine Einheit darstellten, die in zwei Wesen aufgespalten sei – als Jupiter im Olymp und als Kaiser auf Erden.
»Was du auf Erden tust, steht im völligen Einklang mit meinen Plänen und Absichten«, hatte der Blitzeschleuderer ihm erklärt.
Caligula blickte hierauf zur schön geschnitzten Kassettendecke seines Cubiculums. Dort oben war das majestätische Antlitz des Göttervaters erschienen und hatte mit ihm lange Zwiegespräche geführt.
Die Krankheit hatte Caligula zum Gott geläutert; was vorher nur Ahnung war, wurde ihm jetzt zur Gewißheit, und ein Gefühl grenzenloser Möglichkeiten durchrieselte ihn wie ein belebendes Elexier. Er konnte erhöhen und erniedrigen, hielt Leben und Tod in seinen Händen, konnte nach Lust und Laune belohnen oder bestrafen. Ein Mensch, zum Herrscher geboren oder vom Volk erwählt, mußte sich gewissen Gesetzen unterordnen, doch ein von Jupiter auf Erden gesandter Doppelgänger durfte – ja, mußte sich auch als Kaiser verhalten wie ein Gott. Seine Ratschlüsse waren unerforschlich und entzogen sich der menschlichen Wertung. Er durfte so launisch und willkürlich handeln, wie die Olympier es seit jeher taten.
Caligula erschauerte vor diesem Abgrund von Möglichkeiten. Würde er morgen den ganzen Senat hinrichten lassen, so hätte diese Tat nichts mit Recht oder Gerechtigkeit zu tun, sondern müßte als göttlicher Akt betrachtet und gutgeheißen werden.
Er spürte wie ihm von allen Seiten geheimnisvolle Kräfte zuströmten, und seine Menschennatur erschien ihm nur noch als

notwendige Tarnung, denn das Göttliche in seiner reinen Form konnte hier auf Erden niemand erfragen oder erfassen.
Das erste Mal in seinem Leben spürte Caligula so etwas wie Glück. Er hatte zu seiner wahren Natur gefunden, stand im Einklang mit sich selbst.
War er auch ein Gott, so herrschte er doch auf Erden, und da galt es nun einiges zu bereinigen. Tiberius Caesar! Macro! Ennia Naevia! Caligula sagte diese Namen vor sich hin und lachte leise.
Sie wissen es noch nicht, daß sie schon tot sind: Tiberius – Macro – Naevia, die Namen von Toten. Ich als Gott weiß es natürlich, sehe in die Zukunft. Da flammen schon die Scheiterhaufen, da warten schon die Urnen auf ein Häuflein weißer Asche.
Noch viele Namen zogen Caligula durch den Kopf, Namen von Menschen, die noch lebten, aber eigentlich schon tot waren. Caligula fühlte, wie sein genesender Körper aufblühte, wie seine Gedanken davonflogen in die Vergangenheit, in die Zukunft – göttergleich, allwissend, hoch über den Menschen, die an der Erde klebten wie Würmer. Dann muß man sie auch behandeln wie Würmer: Einige zertritt man, einige verkriechen sich im Boden, andere fängt man, sperrt sie ein und quält sie zum Spaß – einfach nur zum Spaß.
Die herrlichen Gedankenflüge hatten Caligula müde gemacht. Er gähnte, drehte sich auf die andere Seite und schlief ein.

Draußen auf den Straßen flammten die Freudenfeuer, und auf tausenden von Altären schwelten die Dankopfer. Das Püppchen, das Stiefelchen, das Hühnchen wurde wieder gesund, Urbi et orbi, Rom und der Erdkreis, waren gerettet. Was die Menschen aber nicht wußten, noch nicht wußten: Ein Kaiser, der sich – gegen seine Natur – bemühte, ein guter und gerechter Fürst zu sein, war gestorben und ein Gott, ein grausamer Gott, hatte seinen Platz eingenommen.

Bleich und mit schmalem ausgezehrtem Gesicht empfing der Kaiser die Tribunen der Prätorianer. Sie standen stramm in Reih und Glied, und Caligula betrachtete sie lange schweigend. Die Treuesten der Treuen! Seine Werkzeuge! Seine kalte, harte Stim-

me hatte ihre alte Kraft noch nicht wiedergefunden, doch sie füllte mit Leichtigkeit den kleinen Empfangssaal.
»Tribunen! Euer Kaiser und das Volk von Rom blicken mit Stolz auf euch! Während eine heilige Krankheit mich euren Augen entzog, habt ihr in unerschütterlicher Treue und mit eiserner Disziplin euren Dienst getan und habt euch nicht beirren lassen von verräterischen Einflüsterungen, von schändlichen Versuchen, euch eurem Kaiser abspenstig zu machen. Da ich nun wie Phoenix aus der Asche von Fieber und Krankheit stark und verjüngt wiedererstanden bin, sollen diese Abtrünnigen ausgemerzt werden wie eine Brut giftiger Schlangen. Ich weiß, daß ihr treu zu mir steht, und ich werde eure Treue belohnen. Ich danke euch!«
Die Männer wußten nicht recht, was sie davon halten sollten, doch sie fühlten sich geehrt und gelobt, und ein langer Jubel folgte den Worten des Kaisers.
Caligula ließ seine Augen über die Männer gleiten, die mit ihren federgeschmückten Helmen, den funkelnden Brustpanzern, den Beinschienen und geschnürten Sandalen wie ein lebendiger Schutzwall den Thron umgaben.
Sein Blick blieb auf Cassius Chaerea haften, der die meisten seiner Kameraden um Haupteslänge überragte. Caligula besaß ein ausgezeichnetes Gedächtnis und hatte sofort den Namen des Riesen parat, dessen hohe, sanfte Stimme ihm noch in Erinnerung war. Mit einem Wink ließ er die Männer abtreten, scheuchte die Diener bis auf seine zwei baumlangen germanischen Leibwächter hinaus, hielt aber Chaerea zurück. Caligula erhob sich und umkreiste den strammstehenden Riesen, als wolle er ihn von allen Seiten genauer betrachten.
»Wie bekommt dir dein neuer Rang, Tribun? Ich habe viel für Männer übrig, die sich nicht aufgrund ihrer Geburt, sondern durch Mut, Beharrlichkeit und Treue eine hohe Stellung erwerben. So habe ich dich vor den anderen auserwählt, einen kaiserlichen Befehl auszuführen, der – nun, etwas heikel ist. Mein Vetter Tiberius – einen Sohn kann ich ihn jetzt nicht mehr nennen – hat während meiner Krankheit Hochverrat begangen. Erspare mir die Einzelheiten, Chaerea, doch die Beweise liegen vor. So

erteile ich dir folgenden Befehl. Du wählst einen Centurio und ein paar Prätorianer aus, gehst zum Haus des Verräters und überbringst ihm meinen persönlichen Befehl, sein schändliches Leben zu beenden. Ist er zu feige, dann hilf ihm dabei. Noch Fragen?«
Chaerea salutierte. »Befehl verstanden, Imperator!«
»Abtreten!«

Chaerea hatte in seinem Soldatenleben viele Menschen getötet – Auge in Auge, Schwert gegen Schwert, und das war gut und richtig und ehrenvoll gewesen. Aber einen solchen Befehl hatte er noch nie ausgeführt. Er zweifelte nicht im geringsten daran, daß Tiberius Caesar des Hochverrats überführt sei, aber der Bursche war ja fast noch ein Kind. Er empfand ein leises Unbehagen, als sei er dabei, etwas nicht ganz Ehrenhaftes zu tun, doch dann besann er sich auf die Worte des Kaisers. Wer von ihm, dem Princeps, Imperator und Augustus einen Befehl erhielt, war gerechtfertigt vor aller Welt.
Chaerea rief einen ihm bekannten Centurio zu sich und befahl: »Wähle sechs Männer aus und melde dich mit ihnen bei mir zurück – marschbereit!«
Der Weg war nicht weit, das Haus stand zwischen Palatinus und Coelius.
In den Augen des alten Majordomus – er hatte schon bei Drusus und Claudia Livia gedient – stand tiefes Erschrecken, als Chaerea verlangte, zu Tiberius Caesar geführt zu werden.
»Was wollt ihr von meinem Herrn?«
»Das werde ich ihm selbst sagen. Führe mich zu ihm!«
Er wandte sich an den Centurio: »Und du bewachst mit deinen Leuten das Haus!«
Tiberius saß im Garten und striegelte seine Hunde, die sofort zu bellen begannen.
»Geh mit den Hunden ins Haus«, befahl er dem Majordomus.
»Salve Tiberius Caesar. Der Tribun Cassius Chaerea mit einer Botschaft des Kaisers.«
Chaerea zögerte, doch Tiberius sagte ruhig:
»Nur weiter, Tribun, ich glaube deine Botschaft bereits zu kennen.«

Chaerea räusperte sich und schaute zu Boden. »Du sollst – du bist – du bist des Hochverrats überführt, und der Kaiser erwartet von dir, daß du daraus die Konsequenzen ziehst.«
Den jungen Mann schien es nicht zu erschrecken.
»Erwartet er das, mein Vetter Caligula? Er hält mich noch immer für gefährlich, wie es scheint, dabei verlasse ich kaum dieses Haus, habe weder Freunde noch Anhänger. Aber das wird dich wenig berühren, Tribun, nicht wahr? Befehl ist Befehl...«
»Ich habe gesagt, was zu sagen ist.«
Tiberius richtete sich auf uns sprach mit der Würde eines kaiserlichen Prinzen: »Dann gehe jetzt hinaus und warte mit deinen Männern vor dem Haus, bis der Majordomus euch Bescheid sagt.«
Chaerea salutierte und entfernte sich.
Tiberius klatschte, und der alte Majordomus erschien mit besorgter Miene.
»Laß die Hunde töten«, befahl Tiberius, »aber so, daß sie nichts davon spüren. Sie sollen mit mir verbrannt werden. Und für mich lasse ein Bad bereiten.«
Da wußte der alte Mann, welche Botschaft der Tribun überbracht hatte. Er begann zu weinen. Tiberius legte ihm tröstend die Hand auf die Schulter.
»Weine nicht, mein Freund. Früher oder später mußte es so kommen. Ich kann euch nicht mehr viel vermachen, denn Caligula hat seine Hand auf mein Erbe gelegt. Die Manumissio-Papiere (Freilassungsurkunden) für dich und die anderen liegen schon seit einigen Monaten bei einem Advokaten. Mehr ist nicht mehr zu tun. Leb wohl, Alter, du hast meiner Familie treu gedient. Doch nun gibt es sie nicht mehr, und du bist frei.«
»Ich will diese Freiheit nicht – nicht so!« rief der Majordomus schluchzend.
Tiberius wandte sich ab und ging ins Haus.
Draußen wartete Chaerea schweigend mit seinen Männern.
Einmal sagte der Centurio: »Und wenn er doch entflieht? Bei alten Häusern gibt es manchmal unterirdische Gänge oder andere geheime Fluchtwege.«
»Wohin sollte ein Tiberius entfliehen? Ganz Rom weiß, daß es ihn gibt.«

Wieder warteten sie schweigend, bis der Majordomus ihnen die Tür öffnete. Chaerea und der Centurio traten ein. Die Diener hatten Tiberius im Cubiculum auf sein Lager gebettet; die Handgelenke waren verbunden. Der junge Prinz lag da, bleich und mit geschlossenen Augen. Am Boden lagen die beiden Hunde mit durchschnittenen Kehlen.

Chaerea hielt ihm seinen polierten Dolch vor Mund und Nase. Kein Hauch trübte das Metall. Dann berührte er die auf dem Bett liegende Hand. Sie war kalt.

»Ihr könnte euren Herrn verbrennen und bestatten. Weitere Verfügungen werden euch zugestellt.«

Am selben Tag erstattete er dem Kaiser Bericht. Caligula war begierig, alle Einzelheiten zu erfahren.

»Hat er sich geweigert, um Gnade gefleht, geweint, geschrien?«

»Nichts dergleichen, Imperator. Mir schien eher, als habe er das Urteil schon erwartet.«

»Also ein schlechtes Gewissen? Dazu hatte er allen Grund! Sonst hat er nichts gesagt?«

»Nein. Es ging alles ganz schnell.«

Das schien dem Kaiser nicht recht zu sein. »Ganz schnell? So, so, ganz schnell. Ich werde dafür sorgen, daß es bei Hochverrätern künftig weniger schnell geht.«

Dann wurde Caligula plötzlich liebenswürdig. »Ich bin mit dir zufrieden, Chaerea. Hast du Lust, als Tribun bei der Palastwache zu dienen? Der Lohn ist höher und der Dienst abwechslungsreicher. Mit deiner Länge wirst du meinen Germanen imponieren.«

»Danke, Imperator! Es ist mir eine große Ehre, dir so nahe sein zu dürfen.«

»Aber auch eine größere Verantwortung, Tribun! Da heißt es wachsam sein, Tag und Nacht, auf jede Kleinigkeit zu achten; denn der Verrat liebt das Unauffällige, Verborgene.«

»Wer wird an dir Verrat üben, dem besten aller Kaiser?«

Caligulas starre, kalte Augen richteten sich mit Wohlwollen auf Chaerea. »Dächten nur alle wie du, mein Freund. Aber leider ist es nicht so, du wirst es noch erleben.«

Cornelius Sabinus wurde mit Epidaurus nicht so leicht fertig, wie er es gehofft hatte. Der Name des berühmten Asklepios-Heiligtums schloß für ihn alles ein, was er mit Helena erlebt, was er für sie empfunden hatte. Tag um Tag quälte ihn dieselbe Vorstellung, und sie geisterte durch seine nächtlichen Träume. Er malte sich aus, wie Helenas Hochzeit mit Petron ablief. Natürlich stellte er sich dabei eine römische Hochzeit vor, wie er sie schon mehrmals miterlebt hatte. Er sah Helena als festlich geschmückte Braut mit dem Flammeum (Schleier) auf dem Kopf, sah, wie die Hochzeitsgäste sich in ihrem Haus versammelten und wie der Priester ein Schaf opferte. Vor dem Opferaltar sprachen die Brautleute ihr Ehegelöbnis; danach begann das Festmahl mit Musik und Tanz bis spät in die Nacht hinein.

Die letzte Phase, die für ihn schmerzlichste, malte er sich besonders deutlich aus. Irgendwann in der Nacht erhob sich der Ehemann, um seine junge Frau heimzuführen. Sie aber spielte die Ängstliche, flüchtete in die Arme ihrer Mutter und entschloß sich erst nach angstvollem Zögern, den Gatten zu begleiten. Ihnen folgte ein lustiger Hochzeitszug mit Musik und derben Liedern, während man Geld und Süßigkeiten unter die Zuschauer warf. Zwei Fackelträger schritten voran, bis das Haus des Bräutigams erreicht war. Alle blieben stehen, und Stille trat ein. Mit rituellem Schwung wurden nun die Fackeln weit weggeschleudert. Wer sie an sich reißen konnte, brachte sie als Glücksbringer nach Hause. Inzwischen hatte die Braut den Türpfosten mit etwas Öl bestrichen und mit einem wollenen Band umwunden. Dann hoben Freunde des Gatten sie hoch und trugen sie über die Schwelle des Hauses, das nun auch das ihre war. Hinterher gingen die Brautjungfern mit Spindel und Rocken in ihren Händen, um an die altehrwürdige Tätigkeit einer römischen Hausfrau zu erinnern. Der Gatte reichte nun seiner Frau ein Gefäß mit glimmender Holzkohle und eines mit Wasser – den wichtigsten Elementen des Haushaltes. Dann zog er sich ins Cubiculum zurück, wo wenig später seine Gattin von den kichernden Brautjungfern abgeliefert wurde. Draußen sangen die Gäste anfeuernde Hochzeitslieder, während drinnen der Gatte seiner Frau den Gürtel löste.

Jeder wußte, was dann kam, und auch Sabinus wußte es, und es war ihm stets als die natürlichste Sache der Welt erschienen. Nur diesmal nicht. Denn im Brautgemach wartete der falsche Gatte. Von Rechts wegen hätte er, Cornelius Sabinus, seine Stelle einnehmen müssen.
Diese Vorstellung war dumm und kindisch, sagte sich Sabinus immer wieder, doch es half nichts. Bei seinen Eltern wollte er sich nicht beklagen, denn es hätte nur ihr nachsichtiges Kopfschütteln erregt; bei seinen Freunden fürchtete er den Spott, und so ging er zu Chaerea. Bei ihm, dem Älteren und Reiferen konnte er auf Verständnis hoffen.

Sie hatten sich lange nicht mehr gesehen, doch Chaerea machte ihm keine Vorwürfe; aus seinem gutmütigen Gesicht strahlte nur Freude über das Wiedersehen, doch ihm entging nicht das ernste und zergrübelte Gesicht seines jungen Freundes.
»Was ist los mit dir? Du schaust aus wie ein Bauer, dem es die Ernte verhagelt hat.«
»Sieht man es mir schon an? Dann brauche ich nicht lange herumzureden; ich muß dich nur um etwas Geduld bitten.«
So erfuhr Chaerea vom Epidauros-Erlebnis seines Freundes und von dessen vergeblichem Bemühen, damit fertig zu werden. Er schüttelte den Kopf.
»Ich weiß gar nicht, was ich dazu sagen soll. Aber mir scheint, dir geht es wie einer Topfpflanze, der man das Wasser entzieht. Du mußt irgend etwas tun, um darüber hinwegzukommen. Als Soldat würde ich raten: nicht feige zurückblicken und jammern wie ein Klageweib, sondern auf zum Angriff! Wenn es irgend möglich ist, reise nach Ephesos und betrachte dir Helenas häusliches Glück. Fordere den Ehemann zum Zweikampf, entführe Helena, tue irgend etwas!«
Dem sanften Chaerea hätte Sabinus solche Vorschläge gar nicht zugetraut.
»Du meinst, ich soll ...«
Chaerea legte ihm seine mächtige Pranke auf den Arm. »Nimm nicht wörtlich, was ich dir geraten habe. Ich meine ja nur, du sollst aktiv werden. Denn das ewige Herumhocken und Nachgrübeln wird dich noch ins Grab bringen.«

»Das weiß ich selbst, aber wie soll ich es anstellen? Mein Vater wird die Geduld mit mir verlieren, wenn ich schon wieder fortgehe.«
Chaerea dachte angestrengt nach. »Ich rate dir folgendes: Führe deinen alten Plan aus und bewirb dich um eine Stelle bei der Armee. In Asia liegen drei Legionen, eine davon ist in Ephesos stationiert. Laß dich dorthin versetzen. Mit deinen Beziehungen dürfte das nicht schwer sein. Du bist aus einer bekannten Patrizierfamilie, viele junge Männer wie du haben ihre Ämterlaufbahn bei der Armee begonnen. Falls es nötig sein sollte, werde ich, der Tribun Cassius Chaerea, gerne bestätigen, daß ich dich an allen Waffen gründlich ausgebildet habe.«
Sabinus fiel seinem Freund um den Hals. »Wenn ich dich nicht hätte! Was du vorgeschlagen hast, scheint mir die beste, ja die einzige Möglichkeit. Für die Quästur bin ich allerdings noch zu jung, denn da ist dreißig das Mindestalter. So werde ich mich als Tribun bewerben.«
»Um das zu werden, habe ich ein halbes Leben gebraucht...«
Es klang ein wenig bitter, doch waren weder Neid noch Vorwurf herauszuhören.
»Ich weiß, Chaerea, daß es nicht gerecht ist, aber wir können die Gesetze nicht ändern. Jedenfalls gibt es etwas zu tun, und ich brauche mir später nicht vorzuwerfen, ich hätte Helena kampflos aufgegeben.«
Cornelius Celsus, dem der Trübsinn seines Sohnes schon große Sorgen bereitet hatte, atmete insgeheim auf, auch wenn er eine Militärlaufbahn nach wie vor nicht guthieß.
»Ich will auch nicht bei der Legion bleiben, Vater, das kann ich dir versprechen. Jedenfalls ist es für einen Cornelier nicht ungewöhlich oder unehrenhaft, daß er Rom als Soldat dient.«
Was sollte Calvus darauf sagen? Er seufzte nur und murmelte: »Dieser Sohn, dieser Sohn!«
Ein Mann begann am kaiserlichen Hof immer mehr in den Vordergrund zu rücken. Das war der freigelassene Callistus, ein außerordentlich kluger Mensch, der, wie sich erwies, jeder Aufgabe gewachsen war. Er wirkte eher unscheinbar, klein, dick, etwas plump, war zu jedermann verbindlich und liebenswürdig. Callistus diente dem Kaiser als Berater in Finanzfragen, verhan-

delte mit den Architekten, als sei er ihresgleichen, arrangierte Theateraufführungen und Festbankette, war Caligulas Vertrauter und Geheimsekretär. Vielseitig verwendbar, verschwiegen und treu, wurde er dem Kaiser bald unentbehrlich, und wer zu ihm vordringen wollte, tat gut daran, sich an Callistus zu wenden. Dabei konnte ihm niemand vorwerfen, daß er bestechlich sei, obwohl er natürlich Geld und Geschenke annahm. Wer zu Callistus ging und ihm eine gewisse Summe für eine Audienz beim Kaiser bot, erhielt eine Abfuhr. Wer ihn kannte, machte es anders: Man trug ihm die Probleme vor, und wenn begründete Aussicht bestand, daß sie auf irgendeine Weise zu lösen seien, sagte Callistus, er könne nichts versprechen, doch er werde sein Möglichstes tun. War der Fall erledigt, übersandte ihm der Bittsteller Geld oder Geschenke, und Callistus bedankte sich und ließ wissen, das sei aber wirklich nicht nötig gewesen. So wurde er in kurzer Zeit immens reich, ohne jemand zu berauben und ohne sich Feindschaften einzuhandeln.

Callistus beherrschte die von Tullius Tiro entwickelten Verborum Notae (Kurzschrift) nicht nur, sondern hatte sie zu einem eigenen System weiterentwickelt. Caligula hatte sich schon öfters einen Spaß daraus gemacht, ihm so schnell zu diktieren, wie er reden konnte, doch Callistus hatte kein Wort versäumt und den Text fehlerfrei vorgelesen. Das kam der Hast und Ungeduld des Kaisers entgegen, der schon Schreiber hatte auspeitschen lassen, weil sie ihm zu langsam waren.

Callistus stand immer zur Verfügung, auch nachts, und gerade da wurde er häufig gebraucht, denn Caligula schlief unruhig und wachte während der Nacht mehrmals auf. Es trieb ihn dann, irgend etwas zu tun, und diesmal fiel es ihm ein, dem Avillius Flaccus einen längst überfälligen Brief zu schreiben. So ließ er Callistus holen.

»Zu Diensten, Majestät.«

Der Kaiser trug einen violetten Seidenmantel, der mit langen goldenen Fransen und mit ägyptischen Hieroglyphen bestickt war. Er konnte den Mantel kaum noch schließen, denn seit seiner Krankheit war Caligula immer dicker geworden.

»Es gibt ja jetzt zwei Präfekten von Ägypten«, bemerkte Callistus, und es klang wie eine neutrale Feststellung.

»Richtig«, sagte Caligula und lächelte boshaft. »Einer ist sozusagen in Reserve, wenn dem anderen etwas zustößt. Flaccus übt jedenfalls das Amt vorläufig noch aus, und so soll er für seinen Kaiser auch etwas tun. Nimm deinen Griffel, Callistus, und schreibe.

›Um Rom zu verschönern und seinen Rang als Zentrum der Welt zu unterstreichen, möchte ich einige Plätze mit ägyptischen Obelisken schmücken. Ich wünsche, daß du zunächst mindestens einen davon auf schnellstem Weg nach Rom sendest. Sollte den herkömmlichen Schiffen die Last zu schwer sein, dann laß ein geeignetes dafür bauen. Des weiteren wünsche ich, daß du dem Grab des großen Alexander einen Besuch abstattest. Der König trägt einen goldenen Brustpanzer, den läßt du vom besten Goldschmied Alexandrias kopieren und sendest mir ...‹«

Der Kaiser hielt inne, und Callistus blickte fragend auf.

»Nun, Callistus, wie geht es weiter? Werde ich das Original verlangen oder begnüge ich mich mit der Kopie?«

Callistus war durch nichts aus der Ruhe zu bringen. »Die Frage ist leicht zu beantworten. Alexander war einst der Herr der Welt, du bist es jetzt. Dem Toten bedeutet es nichts, ob er eine Nachbildung auf dem Leib trägt. Der goldene Panzer gebührt dir, göttlicher Augustus, nur dir.«

Caligula lachte geschmeichelt. Ihm gefiel es, daß Callistus ihm nicht unterwürfig nach dem Mund redete, sondern seine Ansichten logisch begründete.

»Also weiter: ›... und sendest mir das Original. Ich habe den Befehl erteilt, auf dem Campus Martius einen zweiten Isis-Tempel zu errichten. Um dem Bau eine besondere Weihe zu verleihen, benötige ich eine schöne alte Statue der Göttin. Sie soll aus edlem Stein – Porphyr oder grünem Schiefer – gefertigt und mindestens zehn Ellen hoch sein. Bezahle sie angemessen und berufe dich auf mich, falls die Priester sie nicht herausgeben wollen.

Ich bin dir weiterhin gnädig gesinnt, falls du diese Aufträge zu meiner Zufriedenheit erledigst.‹ «

»Das ist alles?«

»Ja. Hast du auf dem Campus Martius die Baufortschritte am Isis-Tempel verfolgt?«

Callistus nickte. »Er wächst schnell in die Höhe. In zwei oder drei Monaten wird er vollendet sein.«
»Leg dich jetzt schlafen, Callistus.« Der Kaiser gähnte.
»Ich wünsche dir eine gute Nacht, Majestät.« Callistus sagte es ganz ernst, obwohl draußen der Tag heraufdämmerte.
Der Kaiser legte sich aufs Bett, doch seine Gedanken arbeiteten unermüdlich weiter. Da fiel ihm noch etwas ein. Wieder ließ er Callistus holen. Ohne ein Spur von Müdigkeit oder Unwillen trat der Sekretär ans Bett.
»Majestät?«
»Es muß noch etwas erledigt werden. Du weißt, daß ich Macro seit einigen Tagen unter Hausarrest habe stellen lassen. Das ist nur ein vorläufiger Zustand, und ich glaube, jetzt tritt ein, was ich vorhin andeutete. Einem der beiden Präfekten von Ägypten wird etwas zustoßen... Ich kann ihm nicht irgendeinen Boten schicken, das bin ich seinem früheren Rang schuldig. Gehe du hin und teile ihm mit, daß in drei Tagen die Anklage wegen Hochverrats erhoben wird.«
»Nichts weiter?«
»Nichts weiter!«
Callistus zog sich zurück, aber da nun schon die Morgensonne sich im Marmor der Häuser, Tempel und Paläste spiegelte, verzichtete der unermüdliche Sekretär auf eine weitere Bettruhe. Er badete, ließ sich den Bart abschaben und nahm ein ausgiebiges Frühstück zu sich. Seine Müdigkeit schwand, und in bester Laune bestieg er die Sänfte um Sutorius Macro aufzusuchen.
Ein Gewissen besaß Callistus nicht – das machte ihn seinem Herrn so ähnlich, und es war seine Stärke.

XIV

Nachdem Cornelius Sabinus sich entschlossen hatte, in die Legion einzutreten, betrieb er seine Bewerbung mit allem Nachdruck und spielte dabei alle seine Beziehungen aus. Cornelius Cassus, ein Verwandter, war unter Tiberius Konsul gewesen und gehörte jetzt zu den ältesten Senatoren der Curia. Er leitete das

Gesuch in die richtigen Wege, und es dauerte nicht lange, dann wurde Sabinus vor eine Militärkommission gerufen. Schon Kaiser Augustus hatte diese Prüfstelle eingerichtet, denn es häuften sich die Gesuche von Patriziersöhnen, die auf diese Weise ohne viel Mühe einen hohen und angesehenen Militärrang erreichen wollten.

Als Sabinus den Raum betrat, hörte er gerade noch einen der Männer sagen:

»Hoffentlich nicht wieder so ein adeliges Bürschchen, das kaum ein Schwert halten kann...«

Er tat, als hätte er nichts gehört, und stand vor den drei Offizieren stramm.

Ein Schreiber begann vorzulesen: »Cornelius Sabinus, sechsundzwanzig Jahre alt, Sohn des Cornelius Celsus und der Valeria, Patrizier, bewirbt sich um das Amt eines Tribunus militaris und wünscht einer der in Asia stationierten Legionen zugeteilt zu werden.«

Einer der Offiziere, ein alter Haudegen mit zernarbtem Gesicht und einer schwarzen Augenbinde feixte.

»Der junge Herr wünscht also nach Asia versetzt zu werden? Vermutlich nach Ephesos, weil es da die schönsten Huren gibt?«

Chaerea hatte Sabinus geraten, den militärischen Vorgesetzten niemals zu widersprechen und im Zweifelsfall immer *»jawohl«* zu sagen. »Jawohl!« sagte Sabinus unbewegten Gesichts.

Die Männer lachten. »Wenigstens ist er ehrlich. Daß du in allen Waffen gründlich ausgebildet bis, bestätigt uns der Tribun Cassius Chaerea. Er ist ein altbewährter Soldat, und wir haben keinen Grund, an seinen Worten zu zweifeln. Wir werden sehen, was wir für dich tun können. Es wird ohnehin höchste Zeit, daß ein Cornelier dem Staat mit der Waffe dient.«

»Jawohl!« sagte Sabinus.

»Abtreten!«

Draußen atmete er auf. Der erste Schritt war getan. Sabinus spürte, wie sich seine Unrast legte und wie seine Fähigkeit zurückkehrte, sich über etwas zu freuen. Er wollte jetzt mit irgend jemandem reden, doch er hatte seit seiner Rückkehr aus Epidauros mit keinem seiner Freunde Verbindung aufgenommen, hatte sich ganz in seinem Kummer vergraben. Chaerea war

im Dienst, da blieb ihm nur die Möglichkeit, in die Thermen oder in ein Lupanar zu gehen. Schon beim Gedanken an ein Mädchen spürte Sabinus, wie sein Phallus sich regte. Wie lange hatte er keine Frau mehr gehabt? Er schüttelte den Kopf. Drei Monate? Vier Monate? Für seine Verhältnisse war das unvorstellbar lange. Sollte er zu Lydia gehen, seiner alten Freundin? Vielleicht hatte sie inzwischen schon zum dritten Mal geheiratet? Nein, sagte er sich, ich werde Helena nicht betrügen, bis ich ihr in Ephesos gegenüberstehe.
Also entschied Sabinus sich für das Lupanar, denn alle Männer dieser Welt sind sich darin einig, daß man mit einer Hure keine ehrsame Frau betrügen kann.

Als die Wache vor Macros Haus Stellung bezog, wußte der frühere Prätorianerpräfekt, daß seine Aussichten, Caligulas Herrschaft zu überleben, sehr gering geworden waren. Gegenüber Naevia behielt er seine Meinung für sich, doch auch sie zog ihre Schlüsse.
»Es sieht so aus, als solltest du nicht nach Alexandria, sondern in den Kerker gehen. Oder was sonst können die Wachen draußen bedeuten?«
Sie fragte es ganz ruhig, aber Macro sah in den Kuhaugen seiner Gemahlin die Angst flackern, und er war nüchtern genug, um zu wissen, daß sie nur um ihr eigenes Leben fürchtete.
Seit er in Rom festsaß, war ihm klar geworden, daß er für Naevia nichts bedeutete, daß ihre Hoffnung, ihr Ehrgeiz in eine andere Richtung zielten. Er mochte sie nicht danach fragen, denn er liebte seine Gemahlin noch immer.
»Die Wachen draußen? Das kann nur eine Vorsichtsmaßnahme sein, denn Caligula ist nicht weniger mißtrauisch als sein Vorgänger. Sollte es eine Gefahr bedeuten, dann nur für mich, du hast damit nichts zu tun.«
Naevia war drauf und dran, ihm ihr früheres Verhältnis mit Caligula einzugestehen, damit er sah, daß nicht nur er vom Kaiser getäuscht und betrogen wurde, doch sie unterdrückte diese Regung, wollte abwarten. Vielleicht hatte sich Caligula doch noch einen Rest von Dankbarkeit bewahrt und hielt sie aus allem heraus.

Am nächsten Morgen erschien Callistus, der enge Vertraute und Geheimsekretär des Kaisers. Macro hatte ihn von Anfang an nicht gemocht, und Callistus erwiderte diese Abneigung, doch er zeigte sie nicht. Er hielt es überhaupt für klug, seine Gefühle zu verbergen.
»Salve Präfekt! Einen wunderschönen Tag haben wir heute, trotz der winterlichen Zeit. Man könnte sich fast in den Garten setzen.«
Sutorius Macro schwieg. Sein Soldatenstolz verbot es ihm, auf ein derartiges Geschwätz einzugehen. Das brachte Callistus nicht aus der Ruhe. Als keine Reaktion erfolgte, redete er weiter:
»Der Kaiser hat geruht, mich mit dieser Aufgabe zu betrauen – ich sehe, du bist ungeduldig, machen wir es also kurz: Du bist des Hochverrats überführt, hast mit Tiberius Caesar konspiriert, während unser guter Princeps krank und hilflos im Bett lag. Dafür gibt es Zeugen! Du mußt dich in dieser Sache vor dem Senat verantworten.«
»Ist es verboten, mit jemand zu sprechen? Der Kaiser macht aus einem kurzen Höflichkeitsbesuch eine Verschwörung. Sollte es Zeugen geben, so haben sie ihm Falsches berichtet!«
Callistus lachte behaglich. »Aber dafür sind die Gerichte doch da. Der Kaiser ist gerecht, es wird sich alles aufklären, es sei denn, du ziehst es vor, den Prozeß nicht abzuwarten. Soldaten sind manchmal ungeduldig, wenn es um ihre Ehre geht.«
Macro verstand den Wink. »Was ist mit Ennia Naevia, meiner Gemahlin? Bleibt sie wenigstens unbehelligt?«
Callistus schüttelte in gespieltem Bedauern den Kopf. »Leider nicht. Sie gilt als Mitwisserin und muß sich zusammen mit dir verantworten.«
»Ist das alles?«
Callistus nickte. »Mehr ist vorläufig nicht zu sagen.«
»Dann verschwinde! Ich verstehe nicht, wie der Kaiser dein fettes und arrogantes Gesicht täglich ertragen kann. Aber auch du wirst bald auf der Gemonischen Treppe liegen – ohne Kopf!«
Callistus ließ nicht erkennen, ob diese Worte ihn getroffen hatten.
»Du hast dabei jedenfalls den Vortritt«, sagte er sarkastisch und ging nach einer leichten Verbeugung hinaus.

Macro rief ihm eine Verwünschung nach, ging ins Atrium und setzte sich auf eine Bank.
Jetzt bist du nicht einmal vierzig geworden, dachte er, und dein Leben ist zu Ende. Weit hast du es gebracht, Sutorius Macro, aber nicht weit genug, um sicher zu sein vor der Rache des jungen Princeps.

Er hatte den einen entscheidenden Fehler begangen, als er sich damals – gegen Tiberius – auf die Seite Caligulas schlug. Als der alte Kaiser ihn aufforderte, seinen Neffen zu überwachen, hätte er ihn anschwärzen und vernichten können. Der schwache und gutmütige Kaiserenkel Tiberius Caesar wäre auf den Thron gelangt, und er, Macro hätte den starken Mann im Hintergrund spielen können.
Er schlug mit der Faust heftig auf die Bank. »Aber nein, ich mußte mich auf Caligulas Seite stellen und ihm noch dabei helfen, den Alten umzubringen.«
Wie sollte er es machen? Mit dem Dolch, mit dem Schwert, mit Gift oder die Adern im Bad öffnen? Und Naevia? Nicht einmal sie blieb ungeschoren. Vernichten, vernichten, bis er keinem mehr dankbar sein muß, bis keiner ihn an die alten Zeiten erinnern kann. Ich hätte den Burschen durchschauen müssen. Aber jetzt ist es zu spät.
Macro ging ans Fenster und blickte hinaus. Da standen die Wachen, lachten, unterhielten sich, ließen aber das Haus nicht aus den Augen. Er könnte mit gezogenem Schwert hinausstürmen, einige der Männer niederhauen, bis er selbst fiel – im Kampf.
Nein, warum sollte er die armen Burschen da draußen angreifen, die nur ihren Befehlen gehorchten? Es mußte auch anders gehen. Wie aber sollte er es Naevia beibringen? Vermutlich lag sie noch im Bett. Er klatschte und befahl dem Diener, die Herrin zu wecken. Doch Naevia war bereits aufgestanden und erschien sofort.
»Hattest du Besuch oder täusche ich mich?«
»Einen sehr unangenehmen, nämlich Callistus, den Sekretär des Kaisers. Ich soll wegen Hochverrats angeklagt werden.«
»Du? Wegen... Naevia versagte vor Entsetzen die Stimme.

»Hieltest du die Wachen vor unserem Haus für einen Spaß? Oder glaubst du, Tiberius Caesar hat sich freiwillig umgebracht? Wir haben unser Stiefelchen unterschätzt, Naevia, jetzt beginnt er aufzuräumen. Sein Onkel war ja der beste Lehrmeister.«

»Und was willst du tun? Du hast doch eine Menge Freunde, auch unter den Senatoren. Laß es darauf ankommen, stelle dich dem Prozeß und mache die Wahrheit bekannt.«

Macro winkte müde ab. »Die Wahrheit? Wen interessieren diese alten Geschichten noch? Dutzende von Zeugen werden das Gegenteil beschwören, um sich beim Kaiser einzuschmeicheln. Wir sind verloren, Naevia, es wäre besser, du siehst den Tatsachen ins Auge.«

»Wir?« fragte Naevia böse, »was heißt wir? Ich habe schließlich mit diesen Dingen nicht das geringste zu tun.«

»Da ist Caligula aber anderer Meinung. Callistus hat ausdrücklich von einem Prozeß gegen uns beide gesprochen. Du wirst als Mitwisserin angeklagt.«

»Aber das ist... das ist doch...«

Naevias Gesicht rötete sich vor Empörung, und Tränen des Zorns quollen aus ihren Kuhaugen.

»Ich wollte, ich könnte es dir ersparen, aber er will dich auch vernichten. In seinen Augen weißt du zu viel.«

»Ja!« schrie Naevia, »ich weiß sogar noch mehr! Diese haarige Kröte hat mich in sein Bett gezerrt, damit ich auf dich einwirke. Und ich dumme Gans hab's getan, für dich, für mich, auch für ihn. Wir wollten ihn doch alle loshaben, den alten, geilen, mörderischen Bock. Und das ist dann der Dank!«

Macro lachte höhnisch. »Bist du tatsächlich so einfältig, von Caligula Dank zu erwarten? Daß du in sein Bett gestiegen bist, macht die Sache eher noch schlimmer, obwohl es jetzt gleichgültig geworden ist. Jetzt verstehe ich, warum er auch dich beseitigen will. Alles, was ihn an diese trübe Zeit erinnert, will er austilgen. Auf der Gemonischen Treppe werden sich bald wieder die Leichen häufen.«

»Du willst also den Prozeß nicht abwarten?« fragte die wieder ruhig gewordene Naevia.

»Nein. Ich werde in dieser Schmierenkomödie doch nicht die Hauptrolle spielen, und dir wünsche ich es auch nicht. Wir würden in jedem Fall unter dem Henkersbeil enden. Das lasse ich nicht zu, diese Freude gönne ich ihm nicht. Wir werden uns töten müssen.«
Naevia starrte entsetzt auf Macro. »Aber – aber doch nicht jetzt... stammelte sie.
»Jetzt oder in einer Stunde oder morgen früh – worin liegt da der Unterschied?«
Ein plötzlicher Zorn erfaßte ihn. »Wenn ich ihm nur gegenübertreten könnte, mit dem Schwert in der Hand, ich würde – ich würde...«
Er sprach nicht weiter. Als nüchterner Soldat wußte er, wie sinnlos eine solche Vorstellung war.
Macro ging zum Tisch, wo sein Schwert lag, ein kostbares Geschenk von Kaiser Tiberius. Doch er nahm es nicht, sondern griff nach dem Dolch, den er immer bei sich trug. Er blickte dabei auf Naevia, die in ihrem Sessel kauerte, mit angezogenen Beinen wie ein kleines Mädchen, das sich vor etwas fürchtet. Ein heftiges Mitleid überkam ihn, und er spürte, daß er sie immer noch liebte – trotz allem.
Sie hat es nicht verdient, auf eine solche Weise zugrunde zu gehen, dachte er, aber ich kann sie nicht zurücklassen und der Rache Caligulas ausliefern.
Er nahm den Dolch, trat von hinten an Naevia heran, packte ihre Haare, riß den Kopf zurück, und dann schnitt er ihr die Kehle durch. Dann ließ er die Waffe fallen, packte sein Schwert und setzte die Spitze in Höhe seines Herzens auf die Brust. Sein letzter Gedanke war die Bitte an die Furiae (Rachegöttinnen), an Caligula Vergeltung zu üben.

Wenige Stunden später erhielt Caligula die Nachricht vom Tod des Sutorius Macro und seiner Frau Ennia Naevia.
»Auf den Burschen war immer Verlaß«, sagte er gutgelaunt zu Callistus, »nun hat er mich von seiner lästigen Gegenwart befreit. Die beiden sollen ein anständiges Begräbnis erhalten.«
»Ich werde es veranlassen, Majestät.«

»Wenden wir uns jetzt wichtigeren Dingen zu. Wie steht es mit den Bauarbeiten am Isis-Tempel?«
»So gut wie abgeschlossen. Die Cella wird gerade mit einer Holzdecke versehen. In spätestens zehn Tagen kann der Tempel eingeweiht werden.«
»Dazu werde ich mir Besonderes einfallen lassen. Die göttliche Isis soll in Rom eine Heimstatt haben, die ihrer würdig ist.«
In Caligulas kalte, starre Augen trat etwas Lauerndes, als er fragte:
»Callistus, glaubst du, daß ich ein Gott bin?«
»Du strahlst etwas Göttliches aus, Majestät, jeder spürt das ...«
»Ich bin ein Gott! Seit einiger Zeit weiß ich es. Es ist nur schwierig, es meiner Umgebung begreiflich zu machen. Äußerlich sehe ich aus wie ein Mensch – esse, trinke, kleide mich, aber in meinem Innern spürte ich das göttliche Feuer. Es läßt mich nicht schlafen, Callistus, weckt mich nachts, immer wieder, treibt mich aus dem Bett ... Ich fühle es in mir brennen und toben, in meiner Brust, in meinem Kopf, in meinen Gliedern. Es ist doch nicht Menschenart, nur drei oder vier Stunden zu schlafen? Die Götter brauchen keinen Schlaf, sagt man. Und nachts, wenn es ganz still ist, höre ich sie flüstern, sie unterhalten sich, manchmal höre ich meinen Namen ... Die Stimmen werden immer deutlicher, Callistus, ich hoffe, bald mit ihnen sprechen zu können, so wie jetzt mit dir, und dann werde ich es aller Welt verkünden, und sie werden mir Tempel errichten müssen ...«
Der trockene und nüchterne Callistus spürte, wie ihn ein eisiger Hauch anrührte. Doch er ließ sich nichts anmerken.
»Das Göttliche ist für uns Menschen nicht sofort und nicht ohne weiteres erkennbar. Da bedarf es der Aufklärung, der Hinweise ... Dürfen wir hoffen, daß du dich uns rechtzeitig offenbarst? Das Volk wird dich dann noch mehr lieben als jetzt.«
»Ja, ja, Callistus, sie werden es schon erfahren, manche werden es auch zu spüren bekommen.«
Der Kaiser ging in seine Privatgemächer, wo er Drusilla beim Ankleiden fand. Er winkte die Sklavinnen hinaus und legte von hinten seine Hände auf ihre kleinen, festen Brüste.

»Der Isis-Tempel wird in einigen Tagen fertig sein. Ich möchte, daß du bei den Einweihungsfeierlichkeiten in Gestalt der Göttin Luna auftrittst. Ich sehe dich schon dahinschreiten im nachtblauen Gewand mit goldenen Sternen bestickt, auf dem Kopf die silberne Mondsichel, nach Ambra duftend ...«
Er küßte ihren Nacken, die beiden Ohren und knetete ihre Brüste so stark, daß sie zusammenzuckte.
»Ich werde dabei als Frau auftreten, als deine göttliche Schwester. Es soll ein Fest für Frauen werden, ich werde sie alle einladen. Agrippina, Livilla, die Vestalinnen, dazu die schönsten Frauen Roms.«
Er redete sich in Begeisterung. »Was sagst du dazu? Der neue Festsaal ist fertig, da können mindestens fünfhundert Menschen gleichzeitig speisen, und ich werde ihn einweihen mit einem Frauenfest!«
»Ein schöner Gedanke, Geliebter, die Frauen von Rom werden dich preisen wie einen Gott.«
Caligula strahlte. »Wie einen Gott – ja! Mit diesem Fest will ich zwei Göttinnen feiern: Isis und dich. Wir sind ein göttliches Paar, Drusilla, wenn du nachts bei mir liegst, wandelst du dich in Luna und tatsächlich gleichst du ihrer Statue im Tempel auf dem Aventinus. Vielleicht sollten wir dort Hochzeit feiern, vor aller Welt, damit es noch der letzte Sklave erfährt, daß du meine Gemahlin bist auf immer und ewig. Meine göttliche Gemahlin muß es heißen, denn eines Tages werde ich eine Menschenfrau heiraten müssen – aus politischen Gründen, verstehst du? Wir müssen klug sein! Vor der Welt gilt Aemilius Lepidus als dein Gatte, und solltest du ein Kind gebären, so wird es seines sein. Aber das hat nichts mit uns beiden zu tun.«
In seine starren Augen trat ein feuchter Glanz. »Du gehörst mir doch, Drusilla, mir allein?«
Sie lächelte ihr bestrickendes Hexenlächeln. »Das weißt du doch. Die Götter haben uns füreinander bestimmt, jeder andere Mann wäre mir ein Greuel.«
Caligula riß sie an sich, hob ihre Tunika hoch und griff nach ihrem Schoß, wie man nach einer Frucht greift. Sie stöhnte leise, legte ihre Arme um seine Hüften und spürte sein hartes Glied.

Plötzlich riß sie sich los, lief quer durch den Raum und versteckte sich hinter einer der Porphyrsäulen.
Caligula rief lachend. »Die Säule ist aber schlanker als du, ich sehe noch genug von dir.«
Er versuchte sie zu fangen, doch sie schlug Haken, sprang aufs Bett, hetzte in so lange herum, bis er schwer atmend stehenblieb.
»Jetzt ist dir die Lust vergangen, was?« fragte sie spöttisch, hob ihren Zeigefinger und knickte ihn plötzlich ab. Caligula war wieder zu Atem gekommen.
»Die Lust auf dich vergeht mir nie, da müßte ich schon tot sein.«
Drusilla streifte ihre Tunika ab, legte sich aufs Bett und streckte die Arme aus.
»Dann komm her und beweise es mir.«
Caligual lächelte sie an, und für einen Augenblick gewann sein starres Gesicht an Leben und wirkte fast liebenswert.

Der Einfluß und das Ansehen der Cornelier bewirkten, daß man Sabinus bevorzugt behandelte und ihm seine Ernennung zum Tribun am Anfang des neuen Jahres mitteilte. Sein Dienst sollte beginnen, wenn in Asia eine Tribunenstelle verfügbar war, womit im Frühjahr gerechnet wurde. So galt Sabinus jetzt als ernannter, doch vorläufig beurlaubter Tribun. Er war berechtigt, an Festtagen Helmbusch, Schwert und Rüstung zu tragen, doch daran lag ihm nicht viel.
Er bat Cassius Chaerea mit ihm die Ernennung zu feiern, wozu er ja – wie Sabinus meinte – mit seinem Gutachten beigetragen habe.
»Es war ja schließlich nicht gelogen, wenn ich dich als perfekt ausgebildeten Soldaten bezeichnete. Immerhin hast du mir mehr als einmal das Schwert aus der Hand geschlagen.«
Sie saßen in einer vornehmen Schenke bei der Pons Agrippae und schauten auf den winterlich angeschwollenen Tiber, dessen graubraune Fluten um die Brückenpfeiler schäumten.
Sabinus schmunzelte. »Bis heute weiß ich nicht, ob das nur mein Verdienst war, oder ob du gelegentlich, um mir eine Freude zu machen, dein Schwert etwas lockerer hieltest.«

Chaerea winkte ab. »Kommt's darauf an? Körperlich taugst du jedenfalls prächtig zum Soldaten, und da du gleich als Tribun beginnst, muß du dich nicht lange mit dummen Befehlen von Vorgesetzten herumärgern. Da ist sogar mir schon manchmal die Lust am Soldatenleben vergangen.«

»Aber ich habe ja auch noch einen Vorgesetzten: zum Beispiel den Prokunsul von Asia, dann den Legaten meiner Legion und die dienstälteren Tribunen.«

»Das ist kein Vergleich mit der Lage eines einfachen Legionärs, der einem Centurio zu gehorchen hat. Das sind manchmal wahre Menschenschinder.«

Sabinus grinste anzüglich. »Du mußt es ja wissen, warst schließlich selber lange genug einer...«

»Aber kein Schinder – außerdem liegt das nun hinter mir.«

Er hob den Becher. »Trinken wir auf das, was wir erreicht haben.«

Sie hatten in der Schenke über zwei Stunden getafelt und leerten nun einen Krug vorzüglichen Falerners.

»Das ist ein Wein für besondere Gelegenheiten!« schwärmte Sabinus, »aber es gilt ja auch dich zu feiern, da du nun Tribun bei der Palastwache bist und fast täglich den Kaiser siehst. Eine beneidenswerte Stellung.«

Doch Chaerea ging nicht auf den fröhlichen Ton ein.

»Beneidenswert? Wie man es nimmt. Findest du es beneidenswert, wenn dich der Kaiser mit einem Centurio zu seinem eigenen Sohn schickt – einem jungen Burschen von neunzehn Jahren – und du mußt ihm verkünden, er habe sich noch am selben Tag umzubringen oder die Prätorianer würden dabei nachhelfen. Es steht mir nicht zu, einen kaiserlichen Befehl zu kritisieren, aber ich hatte den Eindruck, daß dieser junge Kerl, der gerade mit seinen Hunden spielte, völlig harmlos war.«

»Du meinst Tiberius Caesar? Ganz Rom hat davon geredet, aber die meisten sahen es als eine Familienangelegenheit, die niemand etwas angeht.«

»Ja, so kann man es auch sehen. Aber ich finde es so ungewöhnlich nicht, daß einige Leute sich während der schweren Krankheit des Kaisers Gedanken über die Nachfolge machten. Tiberius

war schließlich Caligulas Adoptivsohn. Wenn er dann etwa von Macro gefragt wird, ob er nach Caligulas Tod die Nachfolge übernehmen wolle, so ist das noch lange keine Verschwörung.«
»Zerbrich dir doch darüber nicht den Kopf Chaerea. Es ehrt dich, daß du dir deine eigenen Gedanken machst, aber du bist dem Kaiser gegenüber zum Gehorsam verpflichtet, und nur er hat es zu verantworten.«
»Du hast recht, ein alter Soldat darf nicht rührselig werden. Der Kaiser hat es zu verantworten, und da ist inzwischen einiges zusammengekommen. Macro und seine Frau Ennia, Marcus Silanus, sein einstiger Schwiegervater, dann ein halbes Dutzend Senatoren, die nicht ganz so begeistert waren, als Caligula Nachfolger des Tiberius wurde, dann ...«
»Chaerea, Chaerea«, unterbrach ihn Sabinus, »was hilft diese Aufzählung? Wir wissen beide nicht, was hinter den Kulissen vorgeht. Vielleicht waren diese Männer wirklich Staatsfeinde, und es ist besser, sie gleich zu Anfang loszuwerden, als einen Bürgerkrieg zu riskieren.«
»Das sage ich mir ja auch, aber man macht sich halt seine Gedanken. Ich mußte mich einmal aussprechen, und das kann ich nur mit dir. In Offizierkreisen spricht man über so etwas nicht.«
»Das wäre auch nicht ratsam. Weißt du eigentlich Näheres über den Selbstmord des Marcus Silanus? Das war doch ein völlig harmloser und unpolitischer Mann.«
Chaerea schüttelte den Kopf.
»Ich weiß nicht mehr als du. Bei einem Symposion hörte ich einen angetrunkenen Offizier sagen: Silanus war eben zu reich. Der Kaiser nannte ihn ein goldenes Schaf, das man schlachten muß. Seine Freunde brachten ihn dann zum Schweigen. Was man Silanus vorwarf, klingt aber schon ein wenig lächerlich. Er habe Caligula nicht auf das stürmische Meer hinaus begleitet, als er die Asche der Mutter und des Bruders einholte. Außerdem habe er die Abwesenheit des Kaisers nützen wollen, um die Macht an sich zu reißen.«
Sabinus trank gerade, mußte lachen, verschluckte sich und rang hustend nach Atem. Chaerea schlug ihn derb auf den Rücken.
»Entschuldige, wenn ich lachen mußte, aber das klingt wie ein Schauermärchen. Aber lassen wir das jetzt. Das Volk vergöttert

den Kaiser, und er verdient ja auch diese Zuneigung. Er veranstaltet häufig kostenlose Spiele, hat keine neuen Steuern eingeführt, verschönert Rom mit seinen Bauten – das ist doch auch etwas.«
Chaerea nickte eifrig. »Vor allem, wenn man ihn mit Tiberius vergleicht, diesem Geizkragen. Das Geld muß unter die Leute, das weiß doch jeder. Ich glaube schon auch, daß Caligula sich wieder fängt, wenn er alle seine echten und vermeintlichen Gegner beseitigt hat. Bei Kaiser Augustus war es ja nicht anders: Nachdem er seine Feinde ausgerottet hatte, regierte er milde und gerecht.« »Darauf trinken wir!« Sabinus hob den Becher und sie tranken auf das Wohl des Kaiser Gaius Julius Augustus Germanicus.

Der römische Patrizier Calpurnius Piso hatte das dreißigste Lebensjahr schon überschritten, als er sich auf Drängen seines alten und kranken Vaters zu einer Heirat entschloß. Seine Wahl fiel auf Livia Orestilla, eine entfernte Verwandte. Sie war früh verwaist und brachte als einzige Erbin ihrer Eltern ein beträchtliches Vermögen mit in die Ehe. Das war aber nicht der ausschlaggebende Grund, daß Piso um sie warb. Sie war ein fröhliches, etwas kokettes Mädchen, das seine Schönheit gerne zur Schau stellte und keineswegs die Augen niederschlug, wenn ein Mann sie anblickte.
Piso glaubte es seiner alten, angesehenen Familie schuldig zu sein, wenn er eine prunkvolle Hochzeit ausrichtete, zu der er – neben den ersten Bürgern der Stadt – auch den Kaiser lud. Sein Onkel Piso war mit Kaiser Tiberius eng befreundet gewesen, und dieser hatte ihn auch zum Präfekten von Rom ernannt.
Caligula erhielt täglich Einladungen zu Festen, doch nur ganz wenige zeichnete er mit seiner Gegenwart aus. Es lief immer auf dasselbe hinaus, daß irgendwelche Leute irgend etwas von ihm wollten.
»Soll ich zusagen, Callistus?«
Der dick und behäbig gewordene Geheimsekretär gab, wie stets, keinen eindeutigen Rat.
»Neben vielen Gründen, nicht hinzugehen, gibt es zwei, die Einladung anzunehmen. Calpurnius Piso gehört zu den ganz

wichtigen alten Patrizierfamilien, und seine Braut gilt als sehr schön.«
»Ach, Callistus, schöne Frauen gibt es in Rom zuhauf, und fast alle würden es sich zur Ehre anrechnen, in mein Bett zu steigen. Ich kann sie alle haben, Callistus, alle, und das langweilt mich.«
»Eine zumindest ist dir verwehrt, Majestät, nämlich Livia Orestilla, denn sie heiratet übermorgen den Calpurnius Piso.«
Callistus hatte ganz gleichmütig gesprochen, doch er wußte, wie sehr es den Kaiser reizte, wenn ihm etwas nicht erreichbar war. Sofort regte sich Caligulas Widerstand:
»Dem Kaiser muß alles erlaubt sein! Dieses göttliche Recht stellt den Augustus hoch über alle Menschen. Siehst du das ein?«
»Natürlich, Majestät! Du weißt ja, daß ich alles tue, um irdischen Kleinkram von dir fern zu halten. Für so etwas gibt es Sklaven, Diener, Amtspersonen, Sekretäre und Senatoren. Der Kaiser steht über solchen Dingen!«
Caligula lachte. »Dein Glück, daß du auch die Senatoren erwähnt hast; ich hätte dich sonst daran erinnern müssen. Weißt du, warum ich so hoch über den Menschen stehe, warum selbst Konsuln oder Provinzkönige mit mir verglichen nur elende Sklaven sind? Ich will es dir erklären. Die Hirten von Tierherden sind selber weder Rinder, Ziegen, noch Schafe, sondern Menschen, vom Schicksal mit höherer Bestimmung ausgezeichnet. Ich aber bin der Führer der bedeutendsten Herde, die es gibt, nämlich des Menschengeschlechts; man darf also mein Wesen nicht für menschengleich halten, sondern muß es im Besitz einer höheren, göttlichen Bestimmung sehen. Das ist absolut logisch, und jedes Kind kann es verstehen.«
»Du hast nur in Worte gefaßt, was ich, was alle denken.«
Caligula nickte gnädig. »Also gut, ich nehme an der Hochzeit teil – aber nur ganz kurz.«
So ließ Callistus den Bräutigam wissen, daß er die Ankunft des Kaisers erwarten könne, aber der Princeps werde nur einen kurzen Besuch abstatten.

Die Festlichkeiten waren schon in vollem Gange, als draußen die Fanfaren ertönten und die kaiserliche Sänfte inmitten einer Dekurie (zehn Mann) berittener Prätorianer erschien.

Calpurnius Piso geleitete den hohen Gast zu seinem festlich geschmückten Sitz, während die Gäste den Kaiser mit Hochrufen feierten. Caligula war schlechter Laune, weil Drusilla ihm in den letzten Tagen mehrmals ihr Bett verweigert hatte. Sie befinde sich nicht wohl, er möge Geduld haben, ein andermal... Caligula hielt es für Ausreden und war verärgert. Jetzt kauerte er mit finsterem Gesicht auf dem Liegesofa, nahm nichts von den gebotenen Speisen, stürzte aber in schneller Folge einige Becher Wein hinunter. Die Festgesellschaft war still geworden, denn aller Augen hingen am Kaiser, alle warteten auf eine Äußerung, einen Glückwunsch, ein paar verbindliche Worte.

»Zeige mir deine Braut, Calpurnius Piso!«

Der Angesprochene nahm Orestilla bei der Hand und führte sie zu Caligula. Sie sah keinen Grund, vor dem Kaiser die Augen niederzuschlagen, blitzte ihn keck und mutwillig an und wagte ein kleines, anzügliches Lächeln.

Caligula, an gebeugte Rücken und gesenkte Blicke gewöhnt, erwiderte ihr Lächeln, und das geschah fast gegen seinen Willen. Sein Ärger verflog, und er betrachtete sich die Braut genauer. Sie gefiel ihm – sie gefiel ihm sogar sehr.

Wie immer, wenn er etwas haben wollte, durchströmte ihn das berauschende Bewußtsein einer unbegrenzten Macht, die ihm nichts verwehrte und alles erlaubte. Er faßte Orestillas Hand und zog die kaum Widerstrebende auf sein Sofa.

»Mache dich nicht so nahe an meine Gattin heran«, sagte Caligula mit hämischem Lächeln und fügte hinzu: »Du siehst, aus deiner Hochzeit wird nichts, Calpurnius Piso, aber ich muß dir danken, denn du hast Rom soeben eine Kaiserin geschenkt.«

Jeder hatte diese laut gesprochenen Worte vernommen, und nun hielt die ganze Festgemeinde den Atem an. Das konnte doch nur einer von Caligulas Scherzen sein, die oft derb und geschmacklos waren und immer auf Kosten anderer gingen.

Piso, nicht gesonnen, es sich mit dem Kaiser zu verderben, ging sofort auf dessen Worte ein. Er verbeugte sich tief und sagte:

»So hat ein kaiserliches Wort mich vom Bräutigam zum Brautführer befördert. Ich sage befördert, denn ich schätze die Ehre, dir eine Gattin nach deinem Geschmack zugeführt zu haben, weit höher ein, als sie selbst zu besitzen.«

Caligula nickte zufrieden. »Ich habe von einem römischen Patrizier keine andere Einstellung erwartet. Jetzt aber wollen wir die Ansicht von Orestilla hören.«
Das kecke Lächeln der Braut war wie weggewischt. Auch sie hatte die kaiserlichen Worte für einen Scherz gehalten und wagte kaum zu glauben, daß sie ernst gemeint waren.
»Aber du kennst mich ja kaum, Majestät. Ich fürchte dich zu enttäuschen ...«
Caligula winkte ab. »Ach was! Du gefällst mir, und ich mache dich zur Kaiserin. Die Kosten dieses Festes übernehme jetzt ich, und ich bitte die verehrten Gäste, mich und die Braut zum Palatinus zu geleiten.«
Und wieder jubelten sie. Was blieb ihnen auch anderes übrig? Aus Pisos Braut war Orestilla Augusta geworden, und so stand sie nun als erste Dame des Römischen Reiches weit über ihnen. Das mußte schließlich bejubelt werden.
Der lärmende Hochzeitszug lockte die Menschen aus ihren Häusern, und wie ein Sturmwind jagte die Botschaft durch Rom. Kaiser Gaius Augustus hat dem Calpurnius Piso die Braut weggenommen. Der Pöbel fand das großartig, umwerfend, einmalig. Wer so mit den Patriziern umsprang, hatte Beifall verdient.

Drusilla lächelte hexenhaft, als Caligula ihr die Braut vorstellte.
»Meinen Glückwunsch, Orestilla. Das war eine Überraschung, nicht war? Ja, bei meinem erlauchten Bruder muß alles sehr schnell gehen – alles!«
Sie kannte Caligula wie kein anderer Mensch und wußte, was von dieser Brautwahl zu halten war.
Caligula aber hatte es eilig, zerrte Orestilla in sein Cubiculum und warf sie aufs Lager.
»Wir wollen die Hochzeitsnacht gleich vorwegnehmen. Für die Amtshandlung ist auch später Zeit. In bin ungeduldig, Orestilla – du auch?«
»Ja – ja –«, stammelte das Mädchen und sah im flackernden Licht der Öllampen, wie sich ein haariges Ungetüm aus den Kleidern schälte. Der heimliche Spottname des Kaisers war Ziegenbock, doch sie hatte nicht gedacht, daß diese Bezeichnung so genau auf ihn zutraf. Die schreckensstarre Orestilla erlebte etwas wie

eine Vergewaltigung, die sie vor Schmerz schreien ließ und danach, als das haarige Scheusal schnarchend und eine Weinfahne verbreitend an ihrer Seite schlief, blieb nur der Ekel.

Am nächsten Tag hatte Caligula an seiner »Gemahlin« bereits das Interesse verloren. Nach einem weiteren flüchtigen Beischlaf schickte sie der Kaiser in ihr Haus zurück, mit dem ausdrücklichen Befehl, sie dürfe sich nie mehr im Leben mit einem Mann verbinden.

»Wer des Kaisers Gemahlin war, und sei es nur für einige Tage, ist auf eine Weise geweiht und erhöht, daß die Berührung eines anderen wie ein Sakrileg erscheinen muß. Richte dich danach!«

Das war nun kein Scherz, und die verstörte Orestilla wußte kaum noch, wie ihr Leben weitergehen sollte.

»Du hast nicht schön an dem Mädchen gehandelt«, bemerkte Drusilla, doch es lag kein Vorwurf in ihrer Stimme. Es war nur eine Feststellung.

»Ein Kaiser handelt, wie er will! Sie konnte dir nicht das Wasser reichen, Drusilla. Du hast mich im Bett verwöhnt, und nun messe ich alle anderen Frauen an dir. Du hast mich zur Ehe untauglich gemacht.«

»Warten wir es ab. Du bist jung und hast viel Zeit. Und du hast mich ...« Caligula küßte sie auf den Hals, und sie umfaßte besitzergreifend seinen sich aufrichtenden Phallus.

XV

Die von Caligula ungeduldig erwarteten Schiffe aus Alexandria trafen im Frühjahr ein. Das eine war ein Lastkahn von riesigen Ausmaßen, einzig zu dem Zweck erbaut, den fast siebzig Ellen hohen Obelisken aus Heliopolis zu befördern. Zwar hatten die Priester des alten ägyptischen Sonnenheiligtums gemurrt, als Avillius Flaccus ihnen mitteilte, der Kaiser wünsche den Obelisken in Rom, doch ein Geldgeschenk machte sie gefügig. Flaccus bezahlte es aus eigener Tasche, denn er wußte, wie unsicher sein Präfektenamt war, und wollte sich den Kaiser gewogen machen.

Das zweite Schiff enthielt die gewünschte Isisstatue, außerdem zwei Sphingen aus Alabaster, eine lebensgroße Serapisfigur aus schwarzem Stein und so manches andere, das den Tempel der Göttin zieren konnte.
Der goldene Brustpanzer aber, so schrieb Flaccus, sei in dieser kurzen Zeit nicht herzustellen gewesen und werde mit einem der nächsten Schiffe eintreffen. Caligula, der dabei war, über diese Nachricht aufzubrausen, wurde von Callistus beruhigt.
»Ich verstehe das, Majestät. Wenn wirklich sorgfältig gearbeitet werden soll, braucht das seine Zeit. Aber niemals hätte ich damit gerechnet, daß der große Obelisk so schnell eintrifft. Wo soll der aufgestellt werden?«
»Das hat noch Zeit. Vermutlich werde ich den kleinen Circus bei den Vatikanischen Gärten vergrößern und ihn darin aufrichten lassen. Wichter ist mir jetzt die Einweihung des Isis-Tempels. Wann kann sie stattfinden?«
»Es ist alles für die große Prozession bereit. Die ägyptischen Priester sagen, daß jetzt im Frühjahr die beste Zeit für eine Isisfeier sei, wenn die Natur erwacht, die Schiffahrt wieder einsetzt und die Sonne von Tag zu Tag höher steigt am Firmament.«
»Gut, Callistus, so schnell wie möglich. Ich habe mir dafür etwas Besonderes ausgedacht.«
Wen wird es diesmal treffen, dachte Callistus unbehaglich, denn irgendwer hatte immer den Schaden davon.
Damals spielte der steinreich gewordene Callistus erstmals mit dem Gedanken, auch er könnte eines Tages ein Opfer der kaiserlichen *»Scherze«* werden. Doch er schwor sich im stillen, daß er alles tun würde, um dies zu verhindern.

Die Prozession sammelte sich am Campus Martius. Sänger, Musikanten und Tänzer fanden sich ein, weißgekleidete Priester und Priesterinnen entstiegen ihren Sänften. Drusillas nachtblaues Gewand mit den goldenen Sternen wirkte wie ein Fremdkörper in diesem Meer von Weiß.
Der Zug formierte sich. Voran schritten mit Blüten bekränzte Mädchen, die aus Körben Blumen streuten, aus Krügen Wein und Duftwasser versprühten. Ihnen folgte eine Gruppe Frauen

und Männer mit Fackeln, Lampen und Kerzen, was auf Isis als Herrin der Gestirne hinweisen sollte. Eine Musikgruppe begleitete mit Pfeifen, Flöten und Trommeln den Gesang des aus Knaben und Mädchen gemischten Chores. Es erklangen die alten heiligen Weisen zu Ehren der Göttin.

Sei gegrüßt, Stern, der der Sonne voranleuchtet!
Sei gegrüßt, Brücke, die von der Erde zum Himmel führt!
Sei gegrüßt, die du den Fischern die Netze füllst!
Sei gegrüßt, Blitz, der die Seelen erleuchtet!
Sei gegrüßt, die wie ein Donner die Feinde erschreckt!
Sei gegrüßt, du Schrecken der bösen Geister!
Sei gegrüßt du, die allen Menschen Freude bringt!

Kahlgeschorene, in langen weißen Gewändern feierlich daherschreitende Priester trugen die der Isis heiligen Symbole: eine Lampe in Schiffsform, kleine vergoldete Holzaltäre, einen goldenen Palmenzweig, einen geflügelten Schlangenstab, eine aus Holz gefertigte linke Hand, ein goldenes Gefäß in Form einer weiblichen Brust, eine Getreideschwinge und einen Wasserkrug. Diese Symbole sollten die Erde und Himmel umfassende Macht der Göttin verdeutlichen.
Die Priester wurden von Sistren schwingenden Mädchen und Jünglingen begleitet, die ihre goldenen, silbernen und bronzenen Instrumente unermüdlich klingend bewegten. Zu beiden Seiten gingen Weihrauchschwinger, so daß sich die Prozession in einer duftenden Wolke bewegte.
Darauf folgte in großem Abstand eine Gruppe als Götter verkleideter Priester und Priesterinnen. So sah man den schakalköpfigen Anubis, den widderköpfigen Amun; Serapis mit seinem bärtigen Gesicht trug den Modius (Scheffel) auf dem Haupt. Er hatte in den letzten Jahrhunderten den Platz des Totengottes Osiris eingenommen und war auch den Römern vertraut. Diese Gruppe wurde von Drusilla als Luna angeführt, doch das war gegen jedes Herkommen, denn die ägyptische Religion kannte keine Mondgöttin.

Die zuschauenden Römer auf beiden Seiten der Straße störte das wenig. Für sie war es ein willkommenes Spektakel, das Abwechslung in den Alltag brachte.
Hinter den Gottheiten schritt allein, hoheitsvoll und tief verschleiert die Göttin selbst, auf dem Kopf die vom Kuhgehörn umschlossene Sonnenscheibe, in der einen Hand das goldene Sistrum, in der anderen die silberne Trinkschale. In weitem Abstand begleiteten sie zu beiden Seiten zwei Priester, mit den Hauptinsignien der Göttin, nämlich dem goldenen Korb mit Mondsichel und Uräusschlange und dem Krug mit dem Nilwasser.

Vor dem neuerbauten Tempel löste sich die Prozession auf, nur die Priester betraten sein Inneres. Zu ihrem großen Erstaunen legte die Göttin Isis nun Krone und Schleier ab, und es erschien das Gesicht des Kaisers. Niemand sprach ein Wort, bis Caligula bekanntgab:
»Gottheiten sind wandelbar, und ich habe für das heutige Fest die Gestalt der Isis angenommen und werde sie bis zur Mitternachtsstunde beibehalten.«
Es regte sich schüchterner Beifall, und einige murmelten: »Ein göttlicher Gedanke, eine köstliche Neuerung...«
Aber Caligula hatte sich für diesen Tag noch mehr einfallen lassen. Zu Ehren der Göttin Isis war für den Abend ein Epulum (Festmahl) im neuen Palast angesetzt, zu dem er nur Frauen geladen hatte. Er begeisterte sich an dem Gedanken und sagte zu Drusilla:
»Immer gelten die Symposien und Festbankette nur für Männer. Da ich Isis, der lieblichen Göttin, hier in Rom eine Heimstatt geschaffen habe, möchte ich alljährlich ihr Geschlecht durch ein festliches Mahl ehren. Was hältst du davon?«
»Das ist großartig, mein Freund, und es beweist, wie umsichtig und vielseitig du bist. Du bist ohnehin schon der Abgott der römischen Weiblichkeit, aber damit wirst du dir bei den Frauen ein Denkmal setzen.«
Wie immer hatte Drusilla verstanden und gutgeheißen, was sein rastlos tätiger Kopf hervorbrachte.

Tagelang brütete Caligula mit seinem Sekretär Callistus über der Einladungsliste, damit ja keine wichtige Römerin vergessen wurde. Dann wurde noch Aemilius Lepidus zugezogen, von dem auch noch einige Anregungen kamen.
»Vergiß die Oberpriesterin der Vesta nicht«, erinnerte er den Kaiser.
Der grinste zynisch. »Das alte keusche Mädchen wird wenig Gefallen an einer solchen Festlichkeit finden, aber du hast recht, sie muß dabei sein. Da fällt mir etwas ein! Wenn ich die Oberste der Jungfrauen einlade, dann muß zum Ausgleich auch eine Hure dabei sein. Erinnerst du dich an Pyrallis?«
Lepidus dachte angestrengt nach. »Wer soll das sein?« »Du hast ein schlechtes Gedächtnis! Jener Abend im Lupanar, vor meiner Krankheit; ich hatte sie damals ausgewählt, doch dann traf mich der göttliche Blitz, und ihr brachtet mich zurück.«
»Jetzt erinnere ich mich: Die schöne, hochgewachsene Griechin – ja, lade sie ein!«

So saßen an diesem Abend als Gäste des Kaisers – der noch immer Frauenkleider trug – römische Patrizierinnen Seite an Seite mit Huren, Priesterinnen und kaiserlichen Prinzessinnen. Nur Agrippina war nicht erschienen, denn ihr Mann, der Prasser und Wüstling Domitius Ahenobarbus, lag im Sterben, und seine Gemahlin stand ihm bei, weil das von ihr als Mutter seines Sohnes erwartet wurde. Als Ahenobarbus damals nach der Geburt zwischen zwei Räuschen nach Hause gefunden und seinen Sohn, wie es Brauch war, mit zittrigen Händen hochgehoben hatte, hat er trunken gelacht und gesagt:
»Das wird ein schönes Früchtchen werden! Ein Sohn von uns beiden kann sich nur zum Ungeheuer entwickeln.«
Sie hatten ihm den Namen Claudius Nero gegeben.
Doch Livilla war erschienen und saß mit steinerner Miene neben ihrem verkleideten Bruder, der mit gezierten Bewegungen den Weinbecher anfaßte und in seinem Bemühen, sich weiblich zu benehmen, sehr seltsam wirkte.
Die Virgo Vestalis Maxima (Oberpriesterin der Vesta) saß auf einem Ehrenplatz ganz in der Nähe. Sie trug die mit Bändern

geschmückte Infula (Stirnbinde) und musterte mit kaum verhohlener Abscheu das sonderbare Treiben. Sie war jetzt sechsunddreißig Jahre alt und konnte nach zwei Jahren aus dem Dienst der Vesta ausscheiden, den sie als achtjährige Novizin begonnen hatte. Doch es graute ihr vor der Rückkehr ins weltliche Leben, es graute ihr vor diesem Kaiser und seinen blasphemischen Scherzen. Sich als Isis zu verkleiden! Nur gut, daß es eine landesfremde Gottheit war. Sie sehnte sich nach ihrer stillen Tempelwohnung und beschloß, so bald als möglich das Fest zu verlassen.

Zweiundvierzig Köche waren mit über hundert Gehilfen seit dem frühen Morgen dabei, eine lange komplizierte Speisenfolge vorzubereiten. Caligula hatte sich in eigener Person davon überzeugt, ob seine Anregungen auch richtig verwirklicht worden waren, und so freute er sich jetzt, als die Speisen herangetragen wurden, auf die verblüfften Gesichter seiner Gäste.

Da gab es hochaufgetürmte Platten mit gebratenen Spanferkeln, Lämmern, Gänsen, Kranichen, Tauben und Wachteln; ein Teil dieser Tiere war mit Blattgold überzogen, einigen hatte man ihr ursprüngliches Federkleid wieder aufgesetzt und andere wieder sahen aus, wie ein Braten eben auszusehen hat: braun und knusprig. Wer sich aber davon ein Stück herunterschneiden wollte, wurde enttäuscht. Denn die meisten dieser Tiere waren aus Holz oder Ton geformt und nur mit knuspriger Haut verkleidet. Die wie aus Gold gefertigten waren hingegen echt, und diese harmlose Täuschung erregte noch einige Heiterkeit. Das wurde jedoch anders, als den Gästen Rebhühner, Tauben und Wachteln serviert wurden, die ein Koch als: »Geflügel mit Datteln und Nüssen gefüllt« ankündigte. Die Nüsse erwiesen sich als Hasenböhnchen und die Datteln als mit scharfem Pfeffer gefüllte Schoten. Wer also nicht vor Ekel das Gesicht verzog, der versuchte den Feuerbrand im Rachen mit Fluten von Wein zu löschen. Auch da konnte man wieder Pech haben, denn unter den Krügen mit Falerner, Caecuer, Sorrentiner und Massiker befanden sich auch solche mit Essig oder verdorbenem Wein.

Der Kaiser beobachtete genau die Reaktion der Tafelnden und in seine kalten starren Augen trat vor Schadenfreude ein warmer Glanz. Besonders erfreuten ihn die schmerzverzerrten Gesichter jener Gäste, die aufatmend nach der harmlos aussehenden Süßspeise Honig mit verschiedenen Nüssen gegriffen hatten. Neben den echten Nüssen waren täuschend ähnliche Steine daruntergemischt, und manche der Frauen biß so herzhaft darauf, daß ihre Zähne splitterten.

Die Virgio Vestalis Maxima hatte sich inzwischen zurückgezogen. Hoch erhobenen Hauptes war sie hinausgerauscht und hatte sich nur durch ein flüchtiges Nicken vom Kaiser verabschiedet. Da er dieser sakrosankten Priesterin nichts antun konnte, begnügte er sich mit der Freude, sie geärgert zu haben.

Caligula trank und aß unmäßig. Er stopfte und goß Speisen wie Getränke nur so in sich hinein, als sei er am Verhungern gewesen. Als ihm übel wurde, ließ er sich ein goldenes Becken hinhalten und übergab sich gründlich. Drusilla lachte, doch ihre Schwester Livilla wandte sich angeekelt ab.

Caligula spülte sich den Mund aus, rülpste und wandte sich an Livilla.

»An der Tafel deines Freundes Seneca geht es wohl manierlicher zu? Da wird nicht geschlemmt, sondern gespeist und nicht gesoffen, sondern an verdünntem Wein genippt. So ist es doch? Ich kann mir sogar vorstellen, daß ein hochgebildeter Sklave dabei Verse deines Liebhabers zitiert. Dieser Seneca kotzt mich an, weißt du das? Er soll sich nicht so sicher fühlen! Richte ihm das aus vom Kaiser.«

»Du bist auch nicht unsterblich«, sagte Livilla und erhob sich. »Oder bist du gefeit gegen Gift und Dolch?«

Ein unbändiger Haß funkelte in seinen großen, kalten Augen, und – wie Livilla zufrieden feststellte – dieser Haß war gemischt mit Angst.

»Wenn es sein muß, habe ich für dich nicht nur eine Insel, sondern auch ein Henkersbeil. Hüte deine Zunge!«

Livilla ging wortlos hinaus.

Caligula starrte ihr nach, gähnte und begann sich zu langweilen. Er war doch eine Frau! Gab es denn nichts, um eine Frau zu unterhalten? Wonach sehnt eine Frau sich, wenn Einsamkeit und Ödnis ihr Herz erfüllen? Nach einem Mann!

Caligula kicherte und rief mit hoher, gezierter Stimme nach einem Offizier.

»Ah, Chaerea, hat es dich heute zum Dienst erwischt, mein Süßer? Wie fühlst du dich unter lauter Frauen? Wie der Hahn im Korb, nicht wahr? Mit deiner hohen Stimme könntest du recht schön krähen. Versuch es einmal!«
Chaerea blickte sich verlegen um:
»Aber doch nicht vor allen diesen hochgestellten und würdigen Damen ...«
»Ja, du hast schon recht, ein Mann muß auf seine Würde bedacht sein. Laß Lepidus in den Palast bringen, meinen Herzensfreund Aemilius Lepidus. Er hat seinen Kaiser noch nie in Frauenkleidern gesehen.«
Ich auch noch nicht, dachte Chaerea und begann zum ersten Mal an Caligulas Verstand zu zweifeln. Doch dann sagte er sich: Der Bursche ist noch jung und will eben alles ausprobieren. Das ist eine Laune, ein Streich, um die Frauen auf seine Art zu verspotten.

Lepidus war bald gefunden, denn er wollte verfügbar sein, wenn Caligula ihn von Zeit zu Zeit rufen ließ, was in den letzten Monaten aber ziemlich selten geworden war.
»Salve Patricius! Der Kaiser bittet dich auf sein Frauenfest. Du sollst mich gleich dorthin begleiten.«
Er braucht mich nur noch für irgendwelchen Unsinn, dachte Lepidus, während sein Diener ihm die Toga umlegte. Wie lange soll das noch weitergehen?
Caligula empfing ihn ungeduldig.
»Ach Liebster, kommst du endlich! Führe mich weg von hier, ich habe die Gesellschaft von Frauen satt, möchte die Muskeln eines Mannes fühlen.«
Er kniff Lepidus in den Oberarm und kreischte entzückt: »Wie stark er ist! Hier, Drusilla, Schwesterchen, fühl einmal: ein richtiger Mann, ein Herkules, fähig und geeignet, uns schwache Frauen zu beschützen.«
Caligulas Stimme war schwer vor Trunkenheit, und mit dem Starrsinn eines Betrunkenen wollte er seine Frauenrolle zu Ende spielen. Etwa die Hälfte der Gäste war schon gegangen, die anderen blickten mit Abscheu, Verlegenheit, Belustigung oder auch Gleichmut auf diese Szene.

Pyrallis aber, die schöne und gepflegte Hure, fühlte als einzige Mitleid mit dem Kaiser. Wie unglücklich muß dieser Mensch sein, um sich so zu verhalten, dachte sie und wünschte sich, sie hätte ihn begleiten dürfen.
Drusilla aber lachte. Sie zwickte Lepidus – der ja schließlich ihr Gatte war – so kräftig in den Arm, daß er leise aufschrie.
»Damit du spürst, daß ich noch da bin«, zischte sie ihm ins Ohr und sagte dann laut: »Wie beneide ich dich um diesen Mann, Liebster. Nimm ihn schnell weg von hier, die Frauen verschlingen ihn schon mit den Augen.«
Caligula versuchte ein perlendes Lachen, doch es kam nur ein Scheppern heraus.
»Hast du das gehört, Geliebter? Komm, ziehen wir uns zurück.

Die germanischen Leibwachen folgten dem Paar mit unbewegten Gesichtern. Sie erhielten vom Kaiser den doppelten Lohn und häufig Geschenke. Dafür hätten sie auch einem grunzenden Schwein kaiserliche Ehren erwiesen.
Als sie allein waren, glaubte Lepidus, Caligula werde nun aus seiner Rolle schlüpfen, um mit ihm irgendwo die Nacht durchzuludern. Doch die Bronzekugeln der Wasseruhr hatten die Mitternacht noch nicht angeschlagen, und bis dahin war Caligula eine Frau.
»Sei doch zärtlich mit mir«, gurrte er Lepidus an, »mache mich glücklich, Geliebter.«
Er schlüpfte aus den Frauenkleidern, fiel dabei zu Boden, kroch auf allen Vieren zum Bett und streckte sein bleiches, haariges Hinterteil empor.
»Vergewaltige mich, Lepidus, mache mit mir, was du willst, ich gehöre dir.« Caligula drehte den Kopf und brüllte Lepidus an: »Also komm schon und kriech' mir in den Arsch! Es ist ja nicht zum ersten Mal, aber nun kannst du es wirklich tun.«
Lepidus legte langsam seine Kleider ab, doch der haarige Hintern erregte ihn nicht. Wie die meisten römischen Wüstlinge hatte er es auch schon mit Knaben versucht, doch das waren rundliche glatthäutige Wesen, aber dieses haarige Scheusal...

Caligula richtete sich auf. »Es geht also nicht, was? Meine Gottheit lädt dich zur mystischen Vereinigung, wandelt sich eigens zur Frau, und du stehst da und läßt deinen Penis hängen wie einen toten Wurm. Den könnte man genausogut abschneiden, nicht wahr? So etwas Totes und Unnützes will man doch loswerden.«
Caligula holte seinen Dolch, der immer neben dem Bett lag und ging auf Lepidus zu.
Wenn er mich anrührt, dann schlage ich ihm den Dolch aus der Hand und erwürge ihn. Während er dies dachte, fiel die Bronzekugel der Wasseruhr mit einem sanften Klingen in das Metallbecken.
Caligula horchte auf, legte den Dolch zurück und sagte:
»Jetzt bin ich wieder ein Mann! Fortuna war dir gnädig gesinnt Lepidus. Und da ich nun ein Mann bin, wollen wir das Stück auch zu Ende spielen.«
Er zog den nackten Lepidus zum Bett und befahl: »Leg dich auf den Bauch!«
Der war von der Bedrohung durch den Dolch noch so gelähmt, daß er willenlos folgte. Dann hörte er Caligulas Stimme.
»Als Frau wolltest du mich nicht haben, jetzt mußt du mich als Mann ertragen.«
Und Lepidus spürte, wie er in seinen Leib eindrang und im selben Augenblick blitzte es durch seinen Kopf: Jetzt bist du zu weit gegangen, Caligula, das wird dich dein Leben kosten.

Am Tag nach dem »Frauenfest« sandte Livilla eine Nachricht an Seneca und bat um ein Treffen in der Augustus-Bibliothek. Um die Mittagsstunde fand sie sich dort ein, verschleiert und von einer Dienerin begleitet.
Kaiser Augustus hatte die Bibliothek gestiftet und beim Mons Palatinus an den Apollo-Tempel – in Anspielung auf die Rolle des Gottes als Musagetes (Führer der Musen) – anbauen lassen. Im Hauptsaal war eine Kolossalstatue des Apollo aufgestellt, der die Züge des Augustus trug. In Wandnischen standen lebensgroße Marmorfiguren berühmter römischer und griechischer Dichter, Philosophen und Redner.

Seneca saß schon an einem der Tische und studierte angestrengt eine Schriftrolle. Livilla setzte sich neben ihn und berührte ihn leicht am Arm, legte aber sofort einen Finger auf den Mund.
»Nicht hier«, flüsterte sie.
Seneca nickte, stand auf und drückte einem der Aufseher ein paar Sesterzen in die Hand.
»Ist einer der Vortragssäle frei?«
Der Mann nickte und fragte: »Für eine Stunde?«
»Das genügt.«
In den Räumen lasen die Autoren aus ihren neuesten Werken, hier wurde diskutiert, kritisiert und oft wurden hier auch die Verträge mit den Verlegern abgeschlossen. Der Aufseher schloß die Tür. Seneca küßte Livilla auf Mund und Wangen.
»Was gibt es denn so Wichtiges?«
»Du bist in Gefahr, Liebster. Caligula hat gestern eine Bemerkung gemacht, die man nicht zu leicht nehmen sollte. Er mag dich nicht, das weiß ich längst, aber bisher ist er nie so deutlich geworden. Er bat mich, dir auszurichten, du sollest dich nicht zu sicher fühlen. Wie ich ihn kenne, wird er irgendeine Kleinigkeit zum Anlaß nehmen, um dich anklagen zu lassen. Um ihn wimmelt es von servilen Kreaturen, die das Blaue vom Himmel herunterschwören, um sich bei ihm einzuschmeicheln. Ich bin in Sorge um dich, Seneca.«
Er faßte ihre Hand und streichelte sie zärtlich.
»Ich bin dir dankbar für den Hinweis und nehme ihn ernst. Es hat sich gezeigt, daß man bei deinem Bruder jedes Wort auf die Waagschale legen muß. Ja, er mag mich nicht, das konnte ich im Senat schon feststellen. Bei jedem seiner Auftritte wirft er mir giftige Blicke zu, als wolle er fragen: Was, du lebst immer noch? Aber was kann ich tun?«
»Stelle dich krank und verreise, irgendwohin, möglichst weit. Bleib so lange weg, bis er dich über der Jagd nach neuen Opfern vergessen hat.«
»Ich brauche mich nicht zu verstellen«, sagte Seneca ernst, »ich bin wirklich krank. Zwei Ärzte haben unabhängig voneinander die gleiche Diagnose gestellt. Meine Lungen sind angegriffen, ich huste sogar manchmal Blut. Der eine sprach von einer beginnenden Schwindsucht und riet mir dringend den Aufenthalt im

Süden an. Aber ich will nicht weg von Rom, habe Angst, dich zu verlieren.«
»Seneca, Seneca«, sagte Livilla beschwörend, »es geht um dein Leben! In Rom lauern zwei Gefahren auf dich: Caligula und die schlechte Luft. Reise ab, ehe die Prätorianer dein Haus umstellen.«
»Dabei wäre es ganz leicht«, sagte Seneca. »Mein Freund Serenus hat mir heuer seine Villa in Baia angeboten, denn er will den Sommer auf Rhodos verbringen. Ich könnte unter einem falschen Namen dort leben, und man würde mich in Rom vergeblich suchen.«
»Tu es! Seneca, tu es! Reise gleich in den nächsten Tagen. Wenn du willst, komme ich im Mai oder Juni nach.«
»Aber dein Mann? Was sagt Marcus Vinicius dazu?«
Livilla lachte. »Ja, weißt du es denn nicht – du als Senator?«
Seneca schlug sich an die Stirn. »Natürlich weiß ich es, dein Mann ist zum Prokonsul in Asia ernannt worden. Und du gehst nicht mit?«
»Nein, Caligula will, daß ich vorerst hierbleibe. Wie gerne ich mich da füge, kannst du dir denken.«
Seneca strahlte. Seine ernste, vergrübelte Miene entspannte sich.
»Könnte ich an die Götter glauben, so würde ich jetzt sagen, Apollo hält eine schützende Hand über mich, aber so nehme ich es als Fügung des Schicksals hin.«
»Du glaubst nicht an die Götter?«
»Nein, aber an eine göttliche Macht, die in allem ist, alles durchdringt – Mensch, Tier und Pflanze, die aber für unseren Verstand nicht faßbar ist.«
»Trotzdem werde ich Fortuna ein Opfer bringen. Bringe dich in Sicherheit, Seneca, zögere nicht lange. Sollte sich Caligula nach dir erkundigen, so sage ich, du bist auf Anraten deiner Ärzte in ein Bad gereist – ich wüßte nicht, wohin.«
»Gut, Livilla, so werden wir es halten. Dieser Sommer wird uns gehören, dir und mir – ich liebe dich, Livilla, ich liebe dich!«
Sie lächelte in fröhlich an. »Wir werden das Stiefelchen an der Nase herumführen, die Götter sind stets auf Seiten der Liebenden!«

»Die Götter, Gott, das Schicksal – wer auch immer. Omnia vincit amor (die Liebe überwindet alles) sagt Vergil, und daran glaube ich.«

Cornelius Sabinus hatte das Glück, auf einem der vorzüglich gebauten Schiffe der römischen Flotte nach Asia reisen zu dürfen. Da gab es keinen unnötigen Ballast, keinen vom Schiffseigner diktierten Aufenthalt, um Waren ein- oder auszuladen. Sie fuhren auf einem schnittig gebauten Fünfruderer, der seine beiden großen Segel nur bei besonders gutem Wind setzte, aber sonst durch die Muskelkraft der Rudersklaven bewegt wurde – unabhängig von Wind, Wetter und Meeresströmung.
Zweck dieser Fahrt war es, den neuernannten Prokonsul von Asia nach Ephesos zu bringen, und mit ihm reisten Offiziere, Beamte und natürlich eine Schar von Sklaven.
Unter den Offizieren war Sabinus der Jüngste, und es entging ihm nicht, wie einige dieser alten Haudegen spöttisch ihre narbigen Gesichter verzogen, wenn er sich vorstellte. Zwar sagte es ihm keiner ins Gesicht, aber Sabinus ahnte, was sie über ihn dachten: ein Patriziersöhnchen, das aus Langeweile oder weil der Herr Papa es will, für eine Weile den Tribun spielt.
Doch Sabinus kümmerte sich nicht darum. Seine Gedanken flogen voraus nach Ephesos, wo Helena mit ihrem Gatten lebte und nicht ahnte, daß Sabinus auf ihrer Spur blieb. Ich werde ihr so lange zusetzen, nahm er sich vor, bis sie aus dieser aufgezwungenen Ehe ausbricht und mit mir ein neues Leben beginnt. Doch Sabinus war alt genug, um gleich wieder aus solchen Jünglingsträumen zu erwachen. Dann sagte ihm sein nüchterner Verstand, daß es für einen römischen Tribun praktisch nicht möglich war, die Frau eines griechischen Kaufmanns zu entführen, ohne sich einer sofortigen Strafverfolgung auszusetzen. Helena war schließlich keine Sklavin, die man ihrem Herrn abhandeln konnte, sondern das Mitglied einer reichen Patrizierfamilie ihrer Stadt.
In dem von Rom zwar einst eroberten, aber seitdem zärtlich gehätschelten Hellas, dessen Kultur man bewunderte und sich

angeeignet hatte, trat das Militär mit besonderer Rücksicht auf. Ephesos war genau genommen kein Teil des alten Hellas, aber eben doch eine griechische Stadt, dazu eine der größten und glänzendsten des römischen Imperiums. Ein römischer Tribun, der in eine griechische Familie einbrach, war da höchst unerwünscht, und man würde ihn zur Aburteilung in Ketten nach Rom zurückbefördern. Die Zeit, da man sich Sabinerinnen raubte, war längst vorbei.
Natürlich wußte er das und wenn sein Verstand – wie stets – über die wuchernden Wunschträume gesiegt hatte, entwarf Sabinus in Gedanken eine fein ausgeklügelte Strategie, wie er sich Helena nähern würde. Doch er kannte die Verhältnisse nicht, und so blieb manche Frage offen, während seine Ungeduld wuchs.
An windstillen Tagen hörte er das Ächzen der Rudersklaven, die nach den schnellen harten Hammerschlägen des Taktgebers in Ketten ihre schwere Arbeit verrichteten. Nach einigen Jahren war ihre Kraft verbraucht, und die Ruderbank wurde zum Sterbebett. Einmal war Sabinus zufällig Zeuge gewesen, wie sie einen Toten heraufgeschleift und ins Wasser geworfen hatten. Die Haut seines Rückens war von zahlreichen wulstigen Narben überzogen, dazu kamen die blutigen Striemen von frischen Peitschenhieben.
»Der hat's überstanden«, sagte einer der Seeleute grinsend, »und doch hängen die da drunten genauso am Leben wie wir. Es ist schon seltsam ...«
Ja, dachte Sabinus, seltsam ist es schon. Diese geprügelten Rudersklaven hängen an ihrem hoffnungslosen Dasein, während der reiche Prasser Marcus Gavius Apicius, als ihm von seinem Vermögen nur noch zehn Millionen Sesterzen geblieben waren, zum Giftbecher gegriffen hatte. Seneca hatte ihm die Geschichte erzählt und sein Vater hatte auf dessen Anraten die berühmten Kochrezepte des Apicius als Buch verlegt und viel Geld damit verdient.
Solche Gedanken zogen Sabinus auf der langen eintönigen Reise durch den Kopf, aber als Ephesos in Sicht kam, hatte die Grübelei ein Ende.
Sabinus kannte den weitläufigen Hafen seiner Heimatstadt, doch was er hier sah, stellte Ostia in den Schatten. Der gewaltige

Hafen lag geschützt im Landesinnern und wurde über einen breiten Kanal erreicht. Schiff reihte sich an Schiff. Schwere Lastkähne mit vielfach geflickten Segeln, Galeeren mit zwei, drei, vier und fünf Ruderdecks, schlanke Schnellsegler mit kompliziertem Takelwerk, dazu die kleinen Boote der Händler, Fischer und Küstensegler. Dazwischen drängten sich wie bunte Vögel die Schiffe der Pilger mit ihren farbigen Segeln, die aus allen Teilen des Reiches kamen, um der großen Artemis von Ephesos, der Vielbrüstigen, ihre Verehrung darzubringen.

Während der kurzen Fahrt zum Hafen war von der Stadt noch nicht viel zu sehen, denn Ephesos schmiegte sich in die weite Senke zwischen den Bergen Pion und Koressos. Maultiere, Esel, Sänften und Lastträger standen am Hafen bereit, um den Prokonsul mit seinem Anhang nach Ephesos zu bringen, wo ihn ein prächtiges Haus erwartete.

Sabinus und einige andere Offiziere ritten eine halbe Meile nach Süden, wo zu Füßen des Koressosberges die Kasernen der XI. Legion standen, nahe der jetzt zerstörten Mauer des Lysimachos. Dieser Feldherr des großen Alexander hatte Ephesos an sich gebracht und die Stadt in jahrelanger Arbeit verschönert und befestigt.

Die sechs Tribunen der XI. Legion wohnten in geräumigen Häusern außerhalb der Kaserne.

Sabinus übernahm den Burschen seines Vorgängers, der nach kurzem Dienst an einem Fieber gestorben war. Er hieß Marinos, sprach ein schwer verständliches Gemisch aus Griechisch und Latein und grinste ständig über sein bäuerisches gutmütiges Gesicht. »Wie alt bist du?« fragte ihn Sabinus.

»He?«

»Wie alt – ich meine, wieviel Jahre zählst du?«

»Weiß nicht.«

»Aber du mußt doch wissen, wie alt du bist! Zwanzig – dreißig – vierzig?«

»Vielleicht dreißig?« Sabinus gab es auf. Zwei Sklaven sorgten für Haus und Garten. Für den Legaten und die sechs Tribunen gab es einen eigenen Speisesaal, wo sie gemeinsam die Mahlzeiten einnahmen. Der Legat war ein älterer, zerstreuter Mann, der

schon die Tage zählte, bis sein Dienst abgelaufen war, und er die Führung seiner Legion den Tribunen überließ – vor allem aber seinem Stellvertreter, dem ranghöchsten Tribun.
Mit den Gleichgestellten kommt man leichter aus als mit den Centurionen, denn sie sind das eigentliche Rückgrat der Legion, hatte ihm Chaerea gesagt, und damit wurde Sabinus schon in den ersten Tagen seines Dienstes konfrontiert. Ihm waren zehn Abteilungen unterstellt mit je achtzig Legionären, die von je einem Centurio geführt wurden. Sabinus hatte also zehn dieser Männer unter sich; acht davon waren altgediente Soldaten, die ihren neuen Tribunen mit kaum verhohlener Skepsis betrachteten.
Sabinus hatte sie in sein Haus zu einem Umtrunk geladen, um sie näher kennenzulernen. Er war ihr Vorgesetzter und sie hielten sich zurück, doch einem rutschte es dann doch heraus, als er Sabinus für seine Stellung als »reichlich jung« bezeichnete.
»Wie soll ich das verstehen?« fragte ihn Sabinus. »Ist das eine Kritik oder ein Vorwurf? Alter und Jugend sind kein Verdienst, sondern ein biologischer Ablauf, dem jeder unterworfen ist.«
»Entschuldige, Tribun, das war nur eine Feststellung, weil es eben – weil es ungewöhnlich ist.«
»Ihr werdet euch schon daran gewöhnen.«

Doch dauerte es eine Weile, bis ihn die Männer wirklich akzeptierten, und das geschah erst nach einem Zweikampf. Einer der Centurionen, ein Veteran von achtundvierzig Dienstjahren, mäkelte immer wieder an den Befehlen des neuen Tribunen herum, umging oder veränderte sie nach Belieben. Sabinus holte sich beim Legaten die Erlaubnis zu einem Zweikampf mit stumpfen Schwertern, die er sofort erhielt.
»Eine gute Idee, Tribun, eine gute Idee. Die Männer verrotten hier langsam in ihrer Untätigkeit. Die meisten von ihnen kennen einen echten Kampf nur noch aus den Berichten der Veteranen. Asia ist schon seit Jahrzehnten friedlich, und unsere Legion hat nur noch eine dekorative Aufgabe. Also los! Zeige den Legionären, was ein junger Tribun vermag. Ich hoffe, du bist ein geübter Schwertkämpfer?«

»Keine Sorge, Legat, ich bin durch eine harte Schule gegangen.«
Die Sympathie des Legaten stand natürlich auf Seiten des jungen Offiziers, denn auch er hatte sich während seiner ganzen Dienstzeit mit Centurionen herumärgern müssen.

Sabinus überbrachte dem Centurio seine Forderung, wobei der alte Krieger unverschämt grinste.
»Da wirst du aber noch üben müssen, Tribun. Wie lange brauchst du dazu – drei Tage, fünf Tage, zehn Tage?«
Sabinus lächelte freundlich. »Ich muß mich nicht vorbereiten. Wenn du willst, können wir morgen schon antreten.«
Das schien dem Alten nun auch nicht recht. »Was – morgen schon? Ein wenig Zeit sollten wir uns schon lassen, vielleicht zwei oder drei Tage.«
»Wie du willst. Also in drei Tagen auf dem Übungsgelände.«

Nun wollte er sich aber doch vorbereiten, und so bat er den besten Schwertkämpfer unter den Tribunen, mit ihm zu üben. Das war ein schwarzhaariger, geschmeidiger Syrer aus fürstlicher Familie, der sein Schwert handhabte wie ein Künstler sein Instrument. Nach einer Stunde hatte er Sabinus dreimal die Waffe aus der Hand geschlagen, doch er verlor keineswegs die Geduld.
»Du bist nicht schlecht, Cornelius Sabinus, doch dir fehlen die Feinheiten. Wichtig ist vor allem, daß du die Schwäche deines Gegners schnell herausfindest. Ein alter Veteran hat irgendwo einen schwachen Punkt, den er natürlich sorgfältig verbirgt. Vielleicht ist er nicht mehr so schnell, oder er sieht schlecht oder es hapert mit der Beinarbeit. Finde es heraus, und du hast schon halb gewonnen.«

Natürlich waren alle abkömmlichen Soldaten zur Stelle, da sich keiner den Kampf entgehen lassen wollte. Wenn auch der alte Centurio wegen seiner übertriebenen Strenge nicht besonders beliebt war, so hofften die meisten doch auf seinen Sieg, schon weil es der größere Spaß war, einen Offizier unterliegen zu sehen. Der Legat hatte sich bereiterklärt, den Schiedsrichter zu spielen. Er tat dies schon deshalb, weil ihm das Ansehen seiner

Offiziere am Herzen lag und er den Kampf notfalls vorzeitig abbrechen wollte.
Der Centurio drosch auf Sabinus ein, daß die Funken flogen. Die alten stumpfen Schwerter prallten so heftig aneinander, daß es weithin klirrte, doch Sabinus hielt stand, indem er immer wieder zurückwich, um die Wucht der Schläge zu mildern. Schon bald entdeckte er die Schwäche des Veteranen: Es waren die von Narben übersäten Beine. Sie waren etwas steif und ungelenk geworden und gehorchten dem Willen ihres Besitzers nicht mehr so recht. Der Kampf wogte lange unentschieden hin und her. Sabinus spürte, wie sein Arm zu erlahmen begann, während der andere seine gewaltigen Muskeln spielen ließ und mit unverminderter Wucht zuschlug. Da konzentrierte Sabinus sich auf den schwächsten Punkt seines Gegners, den er immer von neuem zu Drehungen und Wendungen zwang, bis er stolperte und auf die Seite fiel. Er verletzte sich dabei leicht mit dem Schwert, wollte aber sofort den Kampf fortsetzen. Doch der Legat hob die Hand.
»Nein, meine Freunde, das kann ich nicht zulassen. Der Centurio ist verletzt und dadurch benachteiligt. Das wäre kein ehrlicher Kampf mehr. Ihr beiden habt euch prächtig geschlagen, jeder auf seine Art, und so gibt es keinen Sieger und keinen Verlierer. Der Kampf ist ehrenvoll und unentschieden beendet.«
Damit waren nun alle zufrieden, und die Männer jubelten beiden zu – dem jungen Tribun und dem alten Centurio. Von da an hatte Sabinus mit seinen Centurionen keine Schwierigkeiten mehr. Sie respektierten ihn, und er redete ihnen nichts drein, solange sie seine Befehle genau ausführten.
Bald gab es Probleme, die Sabinus weit mehr beschäftigten, als sein Dienst in der Legion.

XVI

Agrippinas Gatte, der Säufer und Wüstling Domitius Ahenobarbus, war auf Anraten seiner Ärzte in das einige Meilen nördlich von Rom gelegene Bad Pyrgi gegangen, um dort in den heißen Quellen seine Gesundheit wiederzufinden. Doch sein Körper

war vom unmäßigen Trinken, den schweren, gewürzten Speisen und häufig gebrauchten Aphrodisiaka so zerstört, daß er nach wenigen Tagen dort starb, von niemandem betrauert und nur von einigen Huren vermißt, die er immer großzügig entlohnt hatte.
Doch er war ein Patrizier, war Senator und Konsul gewesen und so konnte man seinen Körper nicht einfach auf den Schindanger werfen, sondern er mußte in allen Ehren bestattet werden.

Der Trauerzug führte hinaus durch die Porta Appia zu den Gräbern der Vornehmen, die sich zu beiden Seiten der Straße erhoben und manchmal die Ausmaße von Wohnhäusern weit überschritten. Das traf auch für das Mausoleum der Domitier zu, das in Form eines achteckigen Turmes erbaut und mit parischem Marmor verkleidet war. Daneben türmte sich der Scheiterhaufen aus Pinien- und Sandelholz, aber auch aus Opfergaben von Verwandten und Freunden. Krüge mit kostbarem Öl, Lorbeerkränze, Blumen, Früchte, geschlachtete Vögel, Pergamentblätter mit Weihesprüchen.
Den Trauerzug eröffneten Musikanten, die mit Hörnern, Trommeln und Flöten mehr Lärm als Musik machten. Ihnen folgten Fackelträger und berufsmäßige Klageweiber, deren Kreischen und Heulen sich mit der »Musik« zu einer grausigen Kakophonie mischten. Dann kamen Schauspieler, die Wachsmasken mit den Zügen erlauchter Vorfahren des Verstorbenen trugen. Da gab es Feldherren, Prokonsuln, Legaten, deren Namen und Taten zusammen mit Julius Caesar und Kaiser Augustus genannt wurden. Sie alle waren aufgeboten, ihren letzten Sproß, den Wüstling und Nichtstuer Domitius Ahenobarbus im Jenseits zu empfangen.
Agrippina ging unbewegten Gesichts hinter der Bahre her, begleitet von der Amme, die den eineinhalbjährigen Claudius Nero auf dem Arm trug. Sie hatte diesen Tag herbeigesehnt wie keinen anderen, um frei, endlich frei zu sein, und sie wollte nun ihre ganze Kraft aufwenden, damit aus ihrem Sohn kein Abbild dieses Mannes wurde, den die Libitinarii (Leichenbesorger) gerade auf den Holzstoß betteten. Das Zeichen zum Anzünden des Scheiterhaufens mußte nach altem Brauch der Sohn des Ver-

storbenen geben. Agrippina nahm den kleinen Nero, der mit großen Augen auf das ungewohnte Treiben starrte. Dann hob sie den Arm des Kindes, als winke er seinem Vater ein letztes Lebewohl zu. Das harzdurchtränkte Holz flammte an allen vier Seiten auf, die Flammen fraßen sich schnell empor, leckten und züngelten an der Bahre mit dem Toten, kletterten höher, krallten sich in sein Gewand, fraßen sich in den fauligen, aufgetriebenen Körper, sogen Fett und Wasser aus dem aufzischenden Fleisch, ließen das Gehirn kochen und die Augen platzen, und wandelten die häßliche Hülle nach und nach in reine weiße Asche.
Wie es Brauch und Sitte war, suchte Agrippina mit einigen Verwandten die Knochenreste aus der Asche, übergoß sie mit Wein und legte sie in eine silberne Urne.

Im Auftrag des Kaisers hatte Aemilius Lepidus den Trauerzug zu begleiten.
»Als Drusillas Gemahl gehörst du der kaiserlichen Familie an, nicht wahr? Und so beauftrage ich dich mit der Ehre, mich bei der Bestattung des alten Wüstlings zu vertreten. Aber mit Würde, Lepidus, mit Würde, denn du bist – wenn auch nur für kurze Zeit – mein Stellvertreter.«
Der hämische Zug in Caligulas starrem Antlitz und die spöttischen Worte ärgerten Lepidus so maßlos, daß er sein Gesicht für einen Augenblick abwandte, um sich nicht zu verraten. Caligulas Freund war Lepidus nie gewesen, eher ein Spießgeselle, ein Genosse zum Saufen und Huren, doch seit jener Nacht, da der haarige, geile Bock über ihn hergefallen war, seit jener Nacht haßte er ihn. Doch Lepidus war zu klug, um seine Kraft, die in seinem Haß steckte, sinnlos zu vergeuden. Drusilla, seine Scheingemahlin, war ein Geschöpf des Caligula und für ihn wertlos, ebenso wie die gescheite Livilla, die ihren Dichterling anschmachtete. Doch nun war Agrippina frei, die älteste Schwester des Kaisers. Sie war stolz und ehrgeizig und verachtete ihren Bruder.
Man müßte also, überlegte Lepidus, unser beider Ehrgeiz, unser beider Haß vereinen, um dann gemeinsam auf den Untergang dieses Größenwahnsinnigen hinzuarbeiten.

Agrippina hatte die Urne im Grabmal beigesetzt; der Trauerzug löste sich nun auf, und jeder ging seines Weges. Sie wollte gerade mit Kind und Amme eine Doppelsänfte besteigen, als Lepidus sie ansprach.
»Falls du irgendeine Hilfe brauchst, Agrippina, stehe ich dir gerne zur Verfügung, mit Rat und Tat.«
Das stolze, herbschöne Gesicht wandte sich ihm zu.
»Ich danke dir, mein Freund. Ja, es wird einiges zu besprechen geben. Suche mich während der nächsten Tage auf, falls deine Zeit es erlaubt.«
»Sie erlaubt es, sie erlaubt es. Vale Agrippina, und trauere nicht zu sehr.«
Sie lächelte flüchtig. »Ich werde es zu tragen wissen.«
Lepidus blickte der Sänfte nach, und er dachte daran, daß Agrippina nun eine der reichsten Frauen Roms war, denn das gesamte Vermögen der Domitier war an sie und ihren Sohn gefallen.

In den ersten Monaten seiner Herrschaft hatte Caligula noch ein oberflächliches Interesse für Regierungsgeschäfte gezeigt, doch seit er die göttliche Natur in sich fühlte, hielt er es für unangemessen, sich mit dergleichen Kleinkram zu befassen. Dafür gab es den Senat, die beiden Konsuln, in den Provinzen die Statthalter mit ihrem Beamtenstab. Augustus, der Schöpfer des römischen Kaiserreiches, hatte diese feinverzahnte Maschinerie in langen Jahren aufgebaut, und sie war so durchdacht, daß sie auch ohne Zutun eines Princeps funktionierte.
Der junge Kaiser, im steten Kampf mit der Langeweile, strengte seinen Kopf an, um sich – und gelegentlich auch seinem Volk – die Zeit angenehm zu vertreiben.

Der Circus Maximus, dessen Kaiserloge direkt vom Palast aus zu erreichen war, diente seit Jahrhunderten zu Spielen aller Art. An erster Stelle standen die Pferderennen, wobei Caligula ein fanatischer Anhänger der Factio prasina (Grüne Partei) war und seinem Lieblingswagenlenker Eutychus unerhörte Geschenke machte. Tierhetzen und Gladiatorenspiele kamen an zweiter

Stelle, und an besonderen Festtagen folgte eines dem anderen.
Es wäre gegen Caligulas Natur gewesen, hätte er, wie andere Staatsmänner vor ihm, dem Volk als Geschenk kostenlose Spiele bereitet. Das war ihm zu einfach und auch zu wenig aufregend. Er dachte sich für jede seiner Aufführungen einen besonderen »Scherz« aus, und so war es auch diesmal.
Üblicherweise waren die unteren Plätze den Rittern und Senatoren vorbehalten, während die Freiplätze für das einfache Volk in den oberen Rängen lagen. Um den verhaßten römischen Adel zu demütigen, ließ Caligula Freikarten verteilen, die ausdrücklich für die unteren Sitze bestimmt waren. Als die auf ihr angestammtes Recht pochenden Adeligen ihre Plätze besetzt fanden, kam es zu schweren Zusammenstößen, bei denen einige Dutzend Menschen den Tod fanden. Dies sei, meinte Caligula ein prächtiger Auftakt. Sein Gesicht war leicht gerötet, die kalten Augen funkelten.
»Dies sind Spiele anderer Art«, bemerkte er stolz zu Callistus, »denn bei meinen Vorgängern hat es die Toten nur in der Arena gegeben, bei mir aber unter den Zuschauern. Prächtig, nicht wahr? Mir ist inzwischen noch etwas eingefallen. Du erinnerst dich, daß während meiner Krankheit eine Reihe von Gelübden für meine Genesung gemacht wurden. Da war doch einer, der wollte im Circus gegen Gladiatoren kämpfen; ein anderer bot sogar sein Leben an. Nun, ich bin wieder gesund und munter, und die Götter soll man nicht betrügen. Mache die beiden ausfindig, sie dürfen ihr Gelübde im Circus einlösen.«
Als der Kaiser auf seiner Tribüne erschien, empfing ihn tosender Beifall, der aber hauptsächlich von der Plebs kam, denn die Ritter und Senatoren fühlten sich wegen Mißachtung ihres Vorrechts beleidigt.
Die Vorstellung begann mit artistischen Kunststücken. Da gab es eine Truppe, die auf galoppierende Pferde sprang, dort Handstände machte, Saltos schlug, unter dem Bauch der laufenden Tiere durchkroch und dabei immer wieder sicher auf dem Boden landete. Feuerschlucker, Akrobaten und Seiltänzer traten auf, doch das römische Volk war verwöhnt und begann sich bald zu langweilen.

»Wir wollen Blut sehen!« hörte man eine Stimme aus den oberen Rängen rufen, andere nahmen den Ruf auf, und so tönte es von allen Seiten: »Was ist mit den Tierhetzen – Blut, Blut!«
Caligula runzelte die Stirn.
»Warum ist der Pöbel nur so blutgierig? fragte er Drusilla. »Manchmal kommt mich die Lust an, ein paar Dutzend von denen herauszugreifen und sie gegeneinander kämpfen zu lassen. Aber ihr eigenes Blut wollen sie natürlich nicht sehen.«
»Mach's doch!« forderte ihn Drusilla auf und lächelte hexenhaft. »Du bist schließlich der Kaiser.«
Caligula winkte einem Prätorianer. »Geh mit ein paar Männern im Circus herum und nimm die lautesten Schreier fest.«
Die Zuschauer wurden unruhig, denn es sprangen noch immer irgendwelche Akrobaten im Sand herum, während man doch als nächste Vorstellung die »Fütterung der Raubtiere« erwartete. Dabei wurden zum Tode Verurteilte mit hölzernen Schwertern und Keulen ausgerüstet, während man hungrige Löwen, Tiger und Bären auf sie hetzte.
Als die Prätorianer etwa zwanzig Schreier eingefangen hatten, ließ Caligula verkünden, daß heute das Programm geändert sei und Gladiatoren gegen »Freiwillige« aus dem Publikum antreten würden. Die zwanzig wurden mit Netzen, Dreispitz und Schwertern ausgerüstet und von grinsenden Prätorianern in die Arena getrieben. Natürlich hatten die geübten Berufsgladiatoren mit ihnen leichtes Spiel und hackten sie nach einigem Herumgetändel in Stücke.
Caligula sprang auf und rief in die Menge.
»Jetzt fließt Blut! Schaut nur genau zu! Wer sich in Zukunft ungebührlich aufführt, kann sich da unten an seinem eigenen Blut ergötzen.«
Nicht alle verstanden seine Worte in dem riesigen Oval des Circus Maximus, doch es sprach sich herum, und das Volk begann zu murren.
»Du mußt sie wieder beruhigen«, rief Drusilla. »Es wäre unklug, den Bogen zu überspannen.«
Caligula konnte Drusilla keinen Wunsch abschlagen und gab das Zeichen für die Tierhatzen. Die Menge tobte und kreischte,

wenn ein Löwe einem der hilflos mit dem Holzschwert herumfuchtelnden Opfer den Arm abriß oder es am Kopf packte und durch den Sand schleifte.
Caligula gähnte. »Ich weiß nicht, was sie dabei finden. Das ist doch im Grunde geschmacklos. Eine raffinierte Hinrichtung, die sich über Stunden hinzieht – das ist etwas anderes, aber dieses schnelle Zerfleischen ...«

Inzwischen war es Mittag geworden, und es wurden leinene Sonnensegel über die Sitzreihen gespannt. Üblicherweise gab es da eine zweistündige Pause, während der die Zuschauer ihre mitgebrachten Speisen verzehrten, denn niemand wollte vorzeitig seinen Platz aufgeben. Der Kaiser zog sich mit seinem Gefolge zurück, um vor dem Mittagsmahl ein kühles Bad zu nehmen. Es war Ende Mai, und um diese Zeit gab es in Rom manchmal schon sehr heiße Tage, die den Sommer ankündigten.
Während des Essens sagte Caligula zu Drusilla:
»Wenn es so heiß bleibt, sollten wir schon bald in unsere Sommervilla nach Bauli gehen. Der Umbau ist vor kurzem fertig geworden; ich glaube, sie wird dir gefallen.«
Drusilla streckte sich wohlig.
»Mir macht die Hitze nichts aus, und bis zu den Iden des Junius möchte ich noch hierbleiben.«
»Wie du willst, Liebste. Ich sorge schon dafür, daß wir uns auch hier nicht langweilen.«

Um die achte Tagesstunde (14 Uhr) brannte die Sonne so grimmig herab, als wollte sie die Menschen aus den Straßen vertreiben. Auch unter den Sonnensegeln im Circus war es sehr warm geworden. Caligula spielte den besorgten Landesvater und ließ an alle kühle Fruchtsäfte ausschenken, was ihm einige wohlwollende Zurufe eintrug. Dann aber folgte der nächste »Scherz«.
Die Sonnensegel wurden zurückgezogen und die Ausgänge von schwerbewaffneten Prätorianern besetzt. Ein Schrei der Empörung brandete hinauf zur Kaiserloge. Die Menschen zogen ihre Togen über den Kopf, um sich vor den sengenden Strahlen zu schützen, während Caligula das Zeichen zur nächsten Vorstellung gab.

Es war dies eine Horde alter oder verkrüppelter Gladiatoren, die mit Stöcken und zerbrochenen Schwertern kraftlos aufeinander einschlugen. Dazwischen tummelten sich Zwerge, Krüppel und harmlose Tiere wie Schafe, alte Hunde, Affen und dumm glotzende Ochsen. Doch die Zuschauer lachten, anstatt sich zu ärgern, und Caligula sprang empört auf.
»Ich wollte ihnen keinen Spaß bereiten!« rief er zornig.
Drusilla lachte. »Du wolltest sie ärgern? Laß dir das nächste Mal etwas Besseres einfallen.«

Annaeus Seneca hatte Livillas Rat sehr ernst genommen, doch er war römischer Senator und konnte nicht einfach unauffällig verschwinden. So hatte er dem Magistrat in der üblichen Form mitgeteilt, daß ihn sein schlechter Gesundheitszustand zwinge, sein Amt für ein halbes Jahr niederzulegen.
Inmitten seiner Reisevorbereitungen kam ein Bote vom Palatinus; Callistus, der kaiserliche Sekretär, bitte um seinen Besuch.

Seneca war ein Stoiker und hatte es sich angewöhnt, in jeder Lebenslage Gleichmut zu bewahren, aber bei dieser Nachricht erschrak er doch. Caligula hat von meiner Eingabe erfahren und streckt nun die Hand nach mir aus. Er wird es machen wie bei den anderen: Drohung mit einer Anklage wegen Majestätsverbrechens, aber gnädigerweise wird die Möglichkeit eingeräumt, daß ich mich selbst aus der Welt schaffe. Seneca straffte sich. Und wenn schon! Dem Stiefelchen wird es niemals gelingen, einen Annaeus Seneca einzuschüchtern. Er zwang sich, in aller Ruhe eine Mahlzeit einzunehmen, gab seinem Majordomus den Hinweis, bei welchem Advocatus sein Testament hinterlegt sei, und machte sich auf den Weg zum Palatinus.

Callistus empfing ihn in seinen Amtsräumen, höflich, verbindlich und respektvoll.
»Salve Senator! Es ehrt mich, daß du meiner Einladung so schnell gefolgt bist. Nimm Platz!«
Ein Diener brachte Wein, Wasser, Dörrobst, Nüsse und Gebäck. Ein plötzlicher Hustenanfall schüttelte Seneca so stark, daß ihm der Schweiß auf die Stirn trat.

Callistus sah in besorgt an:
»Ich weiß, wie krank du bist und werde dich nicht lange aufhalten. Unser göttlicher Kaiser hat deine Eingabe zur Kenntnis genommen und bat mich, dir auszurichten, sein Schwert reiche bis in die fernsten Provinzen, und er werde dein weiteres Verhalten genau beobachten. Das ist alles.«
»Was meint der Princeps mit den fernsten Provinzen? Ich verbringe den Sommer auf Anraten meines Arztes in der Gegend von Neapolis. Im übrigen weiß ich nicht, was Seine Majestät von mir will und warum er das Wort Schwert gebraucht. Ich bin mir keines Vergehens bewußt.«
»Ich weiß es genausowenig, verehrter Senator«, sagte der dicke Callistus und zuckte so heftig die Schultern, daß sein mächtiger Bauch zitterte. Dann mischte er einen Becher Wein, nahm eine Dattel, kaute, schluckte und legte den Kern behutsam in eine Schale.
»Das wäre sozusagen der amtliche Teil unseres Gespräches.«
Trotz seiner Leibesfülle stand er behend auf, öffnete die Tür und schaute hinaus.
Mit leiser Stimme sagte er: »Und jetzt noch ein paar private Worte zu Seneca, den ich, wie jeder gebildete Römer, als Dichter und Philosophen hoch verehre.«
»Da ist dein Kaiser aber ganz anderer Meinung. Er vergleicht meine Sprache mit Mörtel ohne Kalk.«
»Das ist seine Sache«, meinte Callistus ungerührt. »Ich lasse mir von niemandem vorschreiben, welche Dichter ich zu schätzen habe oder nicht.«
Ist das eine Falle, überlegte Seneca, oder will er mich in eine bestimmte Richtung haben?
Da sprach Callistus weiter. »Damit wir uns richtig verstehen: Ich bin ein treuer Diener meines Herrn und befolge strikt jeden seiner Befehle – so lang er am Leben ist. Ich will damit sagen, daß auch ein junger Kaiser plötzlich sterben kann, wie es ja vor einem halben Jahr beinahe der Fall gewesen wäre. Und weil ich ein vorsichtiger Mann bin, denke ich auch an die Zeit danach. Das heißt, ich will mir – sollte ich Seine Majestät überleben – von niemandem vorwerfen lassen, ich hätte mein Amt mißbraucht, hätte eigenmächtig einen Menschen ins Unglück getrieben. Ich

führe den Willen des Princeps aus, ob mir seine Entscheidungen passen oder nicht, aber niemand soll mir nachsagen können, ich hätte meine Stellung für eine persönliche Rache genützt. Da ich dich nun einmal schätze, so höre meinen wohlerwogenen Rat: Wo du auch bist, ob in Rom oder in diesem Landhaus bei Neapolis, achte darauf, daß kaiserliche Boten dich im Bett finden. Halte dir einen Arzt im Haus, der neben deinem Krankenlager steht, wenn die Prätorianer in dein Cubiculum trampeln. Ich sage nicht, daß es so kommen wird, aber Seine Majestät ist launisch und könnte plötzlich die Lust verspüren, sich an Seneca zu rächen, weil er einen besseren Stil schreibt.«

»Und das sagst du, des Kaisers rechte Hand, sein allzeit bereites Werkzeug.«

Callistus lächelte bitter.

»Ach Seneca, was weißt du, was wissen die anderen von meinen Schwierigkeiten? Glaubst du, es ist so einfach, mit den Launen eines – eines Gottes fertig zu werden? Er spürt genau, wenn man ihm allzu sehr nach dem Wort redet, will gelegentlich einen Rat, eine andere Meinung hören. Aber sage sie ja nicht zu bestimmt, sonst wird er wütend und fühlt sich bevormundet. Das haben Macro und einige andere mit ihrem Leben bezahlt. Ja, er betrachtet mich als seinen Freund, und ich bin stolz darauf. Aber es kann der Tag kommen, da diese Freundschaft gefährlich wird, und ich gehöre nicht zu denen, die für andere ihr Leben opfern.«

»Ehrliche Worte, Callistus, aber sind sie auch ehrlich gemeint?«

»Ich verarge es dir nicht, daß du mir mißtraust; vermutlich täte ich es in deiner Lage auch. Aber ich schätze dich, Seneca, ich schätze dich wirklich. Außerdem muß ich immer daran denken, daß jeder Schuljunge den Namen und die Werke eines Homer kennt, aber niemand, auch nicht die Gelehrten, wüßten einen einzigen Herrscher aus dieser fernen Zeit zu nennen. Es muß doch damals auch Fürsten, Tyrannen oder Könige gegeben haben. Ihre Namen sind vergangen wie Rauch, während Homer noch heute so lebendig ist, als hätte er unter Tiberius gelebt. Verstehst du, was ich meine?«

»Ich glaube schon, und ich werde deinen Rat beherzigen.«

Callistus nickte erfreut. »Klug von dir, Seneca. Vielleicht stehen wir uns einmal unter angenehmeren Umständen gegenüber –

wer weiß? Noch eines: Dieses Gespräch hat niemals stattgefunden. Solltest du aus irgendeinem Grund behaupten, ich habe dir außer des Kaisers Warnung noch etwas anderes mitgeteilt, so werde ich es leugnen und werde auch Zeugen dafür finden.«

»Ich habe verstanden, Callistus; jeder ist sich selbst der Nächste, wie es so schön heißt.«

Callistus erhob sich und tätschelte sein Doppelkinn.

»Du bist in einer goldenen Wiege geboren, Seneca, aber mein Vater war noch ein Sklave. Wenn ein Freigelassener wie ich es zu Ansehen und Vermögen bringt, so möchte er nichts davon aufs Spiel setzen. Das verstehst du doch? Es liegt mir wirklich daran, daß du es verstehst?«

»Ich verstehe dich, ich achte dich, und ich danke dir, Callistus. Ich hoffe wie du, daß wir unser Gespräch einmal unter erfreulicheren Umständen fortsetzen können.«

»Das hoffe ich auch!« sagte der Sekretär und öffnete seinem Besucher die Tür.

Draußen nahm Seneca eine Sänfte und ließ sich zur Scholae medicorum (Versammlungshaus der Ärzte) bringen. Sein eigener Hausarzt war schon alt und hatte in Rom viele Patienten. Außerdem war er umständlich und geschwätzig. Seneca erklärte dem Verwalter genau, was er suchte. Es sollte ein junger tüchtiger Arzt sein, noch ohne eigene Praxis, reiselustig und unabhängig.

»Die Sache ist eilig«, betonte Seneca, »die Bewerber können mich noch heute aufsuchen.«

Zwei erschienen dann tatsächlich noch am selben Tag, doch sie sagten ihm beide nicht zu. Weitere drei kamen am nächsten Morgen, und Seneca entschied sich für Eusebios, der schon drei Jahre einem bekannten römischen Arzt assistiert hatte, der kürzlich verstorben war. Sein kluges offenes Gesicht und seine gepflegte Erscheinung gefielen Seneca sofort.

»Über eines mußt du dir von vorneherein im klaren sein, Eusebios. Die Diagnose meines Hausarztes darfst du niemals anzweifeln. Ich leide an Lungenschwindsucht und bin todkrank. Selbst wenn deine Untersuchung etwas anderes ergeben sollte – falls man dich befragt, mußt du diese Diagnose bestätigen. Ich will deiner ärztlichen Ehre nicht zu nahe treten, doch ich habe gewichtige, ja lebenswichtige Gründe für diese Bedingung.«

»Darf ich dich trotzdem einmal untersuchen?«
Seneca legte sein Obergewand ab. Eusebios klopfte und horchte an Brust und Rücken, bat um schnellen und langsamen Atem, was einen Hustenanfall auslöste. Seneca hielt sich ein Tuch vor den Mund, bis er wieder zu Atem kam. Der Arzt nahm das Tuch und sagte.
»Etwas Blut. Ich kann die Diagnose deines Hausarztes nur bestätigen.«
»Gut, wir verstehen uns. Übermorgen reisen wir mit einem Küstensegler nach Bauli.«

Aemilius Lepidus wartete schickliche drei Tage, bis er für den Nachmittag seinen Besuch bei Agrippina ankündigte. Als Gemahl ihrer Schwester galt er als Verwandter, und so konnte sein Erscheinen keinen Verdacht erregen. Agrippinas Haus wurde überwacht, doch darüber machte Lepidus sich keine Sorgen. Er hatte den geplanten Besuch in Hofkreisen mehrmals erwähnt und bezweifelte nicht, daß Caligula davon erfuhr.
Agrippina empfing Lepidus in Trauerkleidung und spielte, so lange die Dienerschaft zuhören konnte, die gramgebeugte Frau. Als sie allein waren, fiel die Maske von ihr ab.
»Es ist unwürdig, aber das Haus ist voll von Spitzeln. Niemand soll mir nachsagen können, ich hätte meine Pflichten als Gemahlin eines römischen Patriziers nicht peinlich genau erfüllt.«
»Aber erleichtert bist du doch und ich sehe es dir an. Hoffentlich hat Caligula nicht schon neue Ehepläne für dich ausgeheckt.«
»Jedenfalls werde ich auf dem Trauerjahr bestehen: Wer weiß, was dann ist...«
Ja, Agrippina, das wissen nur die Götter. Doch auch wir Menschen haben die Möglichkeit, vorzusorgen und zu planen. Menschen wie du und ich sind weder veranlagt noch fähig dazu, in einer stillen Ecke abzuwarten, was das Schicksal beschließt.«
Agrippinas Aufmerksamkeit war geweckt.
»Ich stimme dir zu, aber wie soll ich es verstehen?«
»Ist dieses Zimmer abhörsicher?«
»Wenn du leise sprichst – ja.«
»Ich bin kein Feigling, Agrippina, aber ich fürchte um unser Leben.«

»Speziell um deines, nicht wahr?«
»Agrippina, ich meine es ernst! Natürlich sorge ich mit zuerst um mein eigenes Wohl; denn ich habe keine Kinder und Drusilla ist nur auf dem Papier meine Gemahlin. Es gibt aber auch Menschen, die mir nahestehen und deren Untergang ich verhindern möchte. Du, Agrippina, gehörst dazu.«
Sie lächelte spöttisch. »Jetzt laß die Katze endlich aus dem Sack und mache nicht immer nur Andeutungen. Wenn ich es recht sehe, dann sind wir beide im Augenblick nicht unmittelbar bedroht.«
»Das kann sich schnell ändern. Agrippina, ich bin öfter mit Caligula zusammen als du, und ich sage dir, er wird von Tag zu Tag unberechenbarer, und seine ›Scherze‹ lassen allmählich jede Rücksicht vermissen. Kein kluger Staatsmann hat es jemals gewagt, das Volk zu vergrämen, doch er reizt und ärgert sie alle: Senatoren, Patrizier, Plebejer, bis hinab zum Straßenpöbel, dem er zuerst Freikarten schenkt und sie dann im Theater einsperren und in der Sonne braten läßt. Noch ist er beliebt, noch jubeln sie ihm zu, aber die Senatoren zittern vor ihm, und viele Patrizier haben sich auf entfernte Landsitze zurückgezogen. Daß er Monat für Monat Millionen von Sesterzen verpraßt, kommt noch hinzu. Ich weiß von Finanzleuten am Hof: Der Staatsschatz wird in etwa einem halben Jahr erschöpft sein. Und was kommt danach? Er wird die Steuern erhöhen müssen, wird reiche Römer beerben, die ein willfähriger Senat zum Tode verurteilt. Daß er auf seine Verwandtschaft keine Rücksicht nimmt, wissen wir. Du bist jetzt reich, Agrippina, und auch mein Vermögen ist beträchtlich. Denk auch an deinen Sohn! Wir werden Vorsorge treffen müssen.«
Was Lepidus nicht aussprach, war der unbändige Haß auf Caligula, der seine Freundschaft mißbraucht und ihn zum Lustknaben erniedrigt hatte. Das stak wie ein schwärender Pfahl in seinem Fleisch, und wenn er an jene mitternächtliche Stunde dachte, überfiel ihn ein solcher Rachedurst, daß seine Hände zitterten.
Agrippina wandte ihm ihr herbes, anmutiges Gesicht zu, das so sehr dem ihrer Mutter glich. Doch sie hatte auch das Wesen der Verstorbenen geerbt, war stolz, hochfahrend, ehrgeizig und – wenn es sein mußte – schlau wie eine Füchsin. Männer waren

für sie nur Mittel zum Zweck, und wenn sie mit einem schlief, empfand sie keine Lust, sondern strebte nur ein Ziel an. Es wurde gemunkelt, Caligula habe sie einmal in sein Bett geholt, aber ihre Kälte habe ihn für alle Zeiten abgeschreckt.

»Vorsorge? Wie denkst du dir das?«

»Beantworte mir zuerst eine Frage, aber bitte ganz ehrlich: Liebst du Caligula wie einen Bruder?«

»Nein!« sagte Agrippina fest, »ich liebe und schätze meine Schwester Livilla, aber ihn verachte ich, und das sage ich nicht nur dir. Er selbst hat es schon mehrmals von mir hören müssen.«

»Aber du fühlst dich nicht von ihm bedroht?«

»Bisher vielleicht nicht, aber seit mein Sohn geboren ist, habe ich meine Zweifel. Caligula sieht in jedem männlichen Verwandten eine Bedrohung, das ist ja hinlänglich bekannt.«

»Es lebt ja auch keiner mehr bis auf Onkel Claudius, den niemand ernst nimmt.«

»Du hast meinen Sohn vergessen, Lepidus. Solange Caligula keine eigenen Kinder hat, sieht er in jedem männlichen Sproß unserer Familie schon den künftigen Thronräuber.«

»Da kann ich dir nur zustimmen. Was mich betrifft, so fürchte ich nichts, solange er mit Drusilla sein Bett teilt. Sollte er ihrer einmal überdrüssig werden oder eine andere Frau ihr vorziehen, dann sehe auch ich eine Gefahr. Vielleicht sollte man es gar nicht so weit kommen lassen...«

Agrippina schüttelte den Kopf. »Drusilla, die Hexe, beherrscht ihn auf eine Art, die nur schwer zu verstehen ist. Ich kenne die beiden und kann dir versichern, solange Drusilla lebt, wird ihn keine andere Frau länger als ein paar Tage halten können. Ich möchte nur an Orestilla erinnern.«

»Ach Agrippina, hätte nur Tiberius mich damals mit dir verheiratet! Manches wäre anders gekommen.«

»Ich hätte dich dem Ahenobarbus bei weitem vorgezogen, das kann ich dir versichern.«

Lepidus verbeugte sich.

»Es freut mich, das zu hören. Aber es ist ja noch nicht zu spät; zum Glück läßt sich manches nachholen.«

Agrippina, die in Lepidus einen möglichen Helfer und Verbündeten sah, versuchte ein warmes Lächeln.

»Noch ist keine unmittelbare Gefahr, und während meiner Trauerzeit möchte ich mir nichts nachsagen lassen. Aber du gefällst mir, Lepidus, und deine offene Rede hat mich beeindruckt und mir Hoffnung gemacht – ich meine, Hoffnung auf eine Änderung der Zustände.«
»Du bist schön, Agrippina, weißt du das? Wäre dies nicht ein Trauerhaus, ich könnte . . .«
Agrippina legte ihm einen Finger auf den Mund »Still! Das genügt für heute.«
Sie hauchte ihm einen schwesterlichen Kuß auf die Lippen und schob seine sofort zupackenden Hände weg.
»Alles zu seiner Zeit, Lepidus, wir müssen Geduld haben – so schwer es uns auch fallen mag.«
Lepidus buchte diesen Besuch als Erfolg. Jetzt hieß es abwarten, bis der Haß auf Caligula weitere Kreise zog. Sie mußten so viele sein, daß das Stiefelchen sie nicht zertreten konnte, sondern erdrückt wurde von der Masse seiner Gegner.

Cornelius Sabinus hatte sich schnell an einen Dienst gewöhnt, der seinen Geist kaum forderte, sondern hauptsächlich in einer Reihe von festgesetzten Abläufen bestand. Da hieß es, die Manipel antreten lassen, Ausrüstungen inspizieren, Eingaben prüfen, über Beförderungen mit dem Legaten sprechen und manches mehr, das in Sabinus' Augen nicht der Rede wert war. Von Zeit zu Zeit kamen hochrangige Römer nach Ephesus, die mußten von einem Tribunen begrüßt und von einer Dekurie Berittener in die Stadt geleitet werden. Kurz gesagt, Sabinus tat seinen Dienst gewissenhaft, doch ohne innere Anteilnahme, aber er war in Ephesos, und nur darauf kam es ihm an.

Seinen ersten freien Tag verbrachte er mit einer gründlichen Besichtigung der Stadt. Ihr Herz, die gewaltige Agora, bestand aus einem oberen und einem unteren Teil und lag genau in der Mitte einer Talsenke. Die Häuser der in den letzten Decennien beträchtlich gewachsenen Stadt kletterten die Hänge der Berge Pion und Koressos hinauf, bis der steile Fels begann und seine Bebauung unmöglich machte.

Für Händler aller Art war Ephesos ein goldener Boden. Hunderte von Läden reihten sich unter den schattigen Arkadenreihen zwischen dem Tempelbezirk und dem großen Amphitheater, dessen gewaltiges Halbrund sich in den Westhang des Pionberges schmiegte. Über zwanzigtausend Menschen fanden hier Platz, und an den Festtagen der Artemis gab es, wie ein Epheser stolz bemerkte, keinen einzigen freien Sitz.
Nach einer ersten flüchtigen Besichtigung zog es Sabinus zur Hafenstraße, die vom Theater fast eine halbe Meile sanft abwärts bis zu den Docks führte. Sie war zu beiden Seiten von Säulengalerien gesäumt, hinter denen die besten und teuersten Geschäfte der Stadt alles feilboten, was ein verwöhntes Großstadtpublikum verlangte und erwartete.
Doch Sabinus hatte kein Auge für die ausgelegten Ballen farbleuchtender Seide, für zierliches Keramikgeschirr, für kunstvolle Arbeiten aus edlen Hölzern, für Schmuck, Duftöle und alles andere, das diese reiche Stadt täglich noch reicher machte.
Ganze Ladenreihen befaßten sich nur mit dem Verkauf von religiösen Andenken und Weihegaben. Die weltberühmte Gestalt der Artemis Polymastros, der »Vielbrüstigen« gab es von der einfachen spannenlangen Ausführung in Holz oder Ton bis zur überlebensgroßen Figur in Marmor oder Bronze. Die Göttin war nach überliefertem Vorbild in starrer, aufrechter Gestalt dargestellt, mit segnend erhobenen Händen und einer dreifachen Reihe strotzender Brüste, die ihren Oberkörper bedeckten. Ihr enganliegendes Kleid reichte bis zu den Füßen und zeigte in sechs Reihen Bilder von Bienen, Löwen, Hirschen, Krebsen, Greifen und Sirenen. Auf ihrem Kopf trug sie eine hochaufragende Krone, die Ephesos und ihren berühmten Tempel darstellte. Sabinus schenkte der seltsamen Göttin nur einen flüchtigen Blick, denn ihn lockte der Hafen.
Alles was er von Helena und ihrer Familie wußte, war die Verbindung zu Schiffen. Ihr Vater sei Reeder, hatte sie erwähnt, und ihr zukünftiger Gemahl – der dreimal verfluchte Petron! – stamme aus einer Familie von Schiffsbauern.
Sabinus war wütend, weil er damals in Epidauros nicht daran gedacht hatte, sie nach dem Namen ihres Vaters zu fragen. Wo also sollte er beginnen? Es gab vermutlich tausende von Helenas

in Ephesos, und schließlich konnte er nicht durch die Hafenanlagen wandern und sich nach einem Reeder erkundigen, dessen Tochter Helena hieß. Blieb also nur jener Petron, mit dem sie jetzt verheiratet war, vorausgesetzt, sie hatte ihm damals die Wahrheit erzählt.

Kurz entschlossen betrat Sabinus eine der Schiffsagenturen und fragte, ob es hier einen Werftbesitzer namens Petron gebe.

»Petron? Nicht daß ich wüßte. Die Werften sind drüben auf der anderen Seite, bei den Trockendocks. Frage dort nach, Herr, aber solltest du eine Schiffspassage benötigen, so kann ich dir . . .«

Sabinus verließ eilig den Laden und drängte sich durch das Menschengewimmel zur Südseite des Hafens. Im Trockendock wurde gerade ein Segelschiff überholt. Halbnackte Arbeiter kratzten mit Schabeisen den Muschel- und Algenbelag vom Kiel des Schiffes, andere sägten und hämmerten auf dem Deck herum. Sabinus wandte sich an den Aufseher.

»Verzeih, wenn ich dich bei der Arbeit störe, aber ich bin neu hier und hätte gerne gewußt, wieviele Werften es hier gibt.«

Ohne seine Augen von den Arbeiten zu lassen, brummte der bärtige Mann: »Hier am Hafen zwei. Weiter unten am Kanal entlang gibt es noch einige.«

»Heißt einer der Besitzer Petron?«

Der Bärtige schüttelte nur den Kopf, lief ein paar Schritte beiseite und brüllte einem der Arbeiter etwas zu.

Jetzt bin ich so klug wie zuvor, dachte Sabinus, ich werde wohl anders anfangen müssen.

An seinem nächsten freien Tag legte er seine beste Kleidung an und ließ sich mit einer teueren Sänfte zur Hafenverwaltung bringen. Er müsse dringend den Praefectus sprechen, sagte er von oben herab zu dem Türsteher, und warf ihm eine Münze zu.

»Wenn darf ich melden, Herr?«

»Titus Cestius aus Rom; ich beabsichtige hier ein Segelschiff zu kaufen.«

Der Hafenpräfekt empfing ihn sogleich und hob bedauernd die Hände.

»Ich fürchte, da bist du bei mir nicht am richtigen Ort. Ich bin für Hafen- und Zollgebühren zuständig, überwache Be- und Entla-

dung der Schiffe, bestimme Ankerplätze. Am besten gehst du selbst zu den Werften und äußerst deine Wünsche.«
»Nun, ich dachte, du könntest mir vielleicht einen Schiffsbauer empfehlen. Irgendwer nannte mir den Namen Petron – oder so ähnlich.«
»Petron? So heißt keiner der Werftenbesitzer in unserer Stadt, das weiß ich sicher. Vielleicht hast du den Namen falsch verstanden?«
Sabinus bedankte sich und zog wieder ab. Draußen kam ihm dann plötzlich der rettende Gedanke.

Er trat in eine der Hafenschenken, wo Seeleute, Taglöhner und Müßiggänger vor ihren Krügen hockten, aßen, redeten oder einfach das bunte Treiben beobachteten. Er wandte sich an den Wirt.
»Ich brauche einen Boten. Kannst du mir von deinen Gästen einen empfehlen?«
Der Wirt blickte in seine Gaststube und rief: »Kleon! Lüpfe deinen Hintern und komm her!«
Ein schlanker junger Mann erhob sich ohne Hast und schlenderte herbei.
»Der Herr hat einen Auftrag für dich.«
»Du kennst dich hier gut aus?« fragte Sabinus.
Kleon grinste. »Ich bin hier geboren und noch nie aus Ephesos herausgekommen.«
»Gut, gehen wir.«
Draußen fragte Sabinus: »Gibt es hier Lohnschreiber?«
Kleon nickte und ging voraus.
Die Schreiber warteten in kleinen Holzumschlägen auf Kunden:
»Was kann ich für dich tun, Herr?«
»Verkaufe mir ein Stück Pergament und einen Stift.«

Sabinus schrieb einen Vers des Catull, der ihm gerade einfiel, faltete das Papier und ließ es vom Schreiber mit Wachs versiegeln. Er drückte es Kleon in die Hand.
»Es gibt am Hafen zwei Werften und am Kanal noch ein paar weitere, doch das wirst du ja wissen. In einer davon – ich weiß nicht in welcher – gibt es einen Petron. Merke dir den Namen

gut: Petron. Du fragst dich solange durch, bis du ihn gefunden hast. Für ihn ist das Schreiben bestimmt. Was ist dein Botenlohn?«
Kleon grinste verschlagen. »Das kann lange dauern, besonders, wenn ich noch am Kanal suchen muß. Fünf Sesterzen mußt du schon springen lassen.«
Sabinus nickte. »Gut – hier sind sie. Ich warte drüben in deiner Schenke, bis du zurück bist, und dann gibt es noch einmal fünf. Ich muß nämlich wissen, wo du diesen Petron gefunden hast.«
»Verstanden, Herr. Ich renne gleich los.«

Sabinus schlenderte zurück in die Schenke, bestellte sich eine Knoblauchwurst und einen Krug Wein. Ein paar Tische standen im Freien, dort nahm er Platz und wartete. Die Wurst war so scharf gewürzt, daß er nur einen Bissen hinunterwürgte und den Rest einem streunenden Hund zuwarf. Der fing sie geschickt auf und schlang sie hinunter. Dann wedelte er mit seinem halbkahlen Schwanz und wartete auf mehr. Sollst auch deine Freude haben, dachte Sabinus und bestellte noch ein Paar. Der Wein war wider Erwarten durchaus trinkbar, und so fütterte er den Hund, leerte den Krug und wartete. Die Zeit verrann quälend langsam. Er ließ einen zweiten Krug bringen und starrte auf die dicht an dicht liegenden Schiffe, deren Masten sich im leichten Wellenschlag wie Tänzer hin und herwiegten. Da erschien Kleon im Laufschritt und ließ sich schwer atmend auf einen Stuhl fallen.
»Auftrag erledigt! Dein Brief ist in den richtigen Händen. Jetzt könnte ich einen Becher vertragen.«
Sabinus schob ihm den Krug hin. »Ist noch fast voll. Wo hast du ihn abgegeben?«
Kleon grinste und rieb Daumen und Zeigefinger gegeneinander. Sabinus schob ihm einen Denar hin, der blitzschnell verschwand.
»Du bist aber großzügig, Herr. Also – wenn du am Kanal entlanggehst, kommen zuerst drei große Lagerhallen, dann ein niedriges Gebäude, wo Fische getrocknet und geräuchert werden, du erkennst es am Geruch. Gleich danach triffst du auf eine kleine Werft; im Dock liegt ein halbfertiger Lastkahn. Der Betrieb

gehört einem gewissen Polybos, und dort scheint auch dieser Petron zu arbeiten; jedenfalls wurde dein Brief sofort angenommen.«

»Du hast deine Sache gut gemacht, Kleon. Es gäbe noch mehr für dich zu verdienen, vorausgesetzt, du stellst dich weiterhin so geschickt an. Ich will einiges über diesen Petron in Erfahrung bringen, aber es muß unauffällig geschehen. Traust du dir das zu?«

Das verschlagene Gesicht des Kleon zerfloß in einem breiten Lächeln.

»Ach Herr, ich wäre schon längst verhungert, hätte ich nicht meine Aufträge diskret und pünktlich erledigt. Du kannst dich auf mich verlassen, aber diese Sache braucht Zeit, drei Tage, fünf Tage, vielleicht länger. Was willst du über diesen Petron erfahren?«

»Alles – nein, es geht eigentlich nur um zwei Dinge: Ich will wissen, wo er wohnt und mit wem er verheiratet ist.«

Kleon setzte den Krug an seinen Mund und nahm einen tiefen Schluck.

»Ah, das tut gut. Ja, das ist zu machen. Kannst du in drei Tagen wieder hier sein?«

Sabinus überlegte. »Ja, aber erst am Abend, etwa eine Stunde vor Sonnenuntergang.«

»Gut, und es wird dich drei weitere Denare kosten.«

»Einverstanden. Ich habe übrigens keine bösen Absichten, ich will nur . . .«

»Ich bin nicht neugierig, Herr. Was du mit meinen Auskünften anfängst, ist deine Sache. Ich liefere, und du bezahlst.«

Sabinus erhob sich. »Gut, also in drei Tagen.«

Wenn Livilla später an diesen Sommer zurückdachte, so erschien er ihr als die glücklichste Phase ihres Lebens. Sie hatte lange überlegt, ob sie die Reise inkognito unternehmen sollte, war aber dann doch zu stolz dazu. Sie informierte Caligula und bat um einen Küstensegler.

»So, du besuchst Freunde in Bauli; ich hoffe nur, die Leute sind in Ordnung. Eine kaiserliche Prinzessin hat auf ihren Ruf zu achten.«

»So wie Drusilla...« sagte sie anzüglich.
Caligula richtete seinen starren Blick auf die Schwester.
»Was meinst du damit?«
»Ich weiß nicht, ob es ihrem Ruf sehr zuträglich ist, wenn sie mit ihrem Bruder das Bett teilt.«
Caligula blieb seltsam geduldig:
»Du verstehst das nicht – ihr alle versteht es nicht. Unsere Verbindung ist von den Göttern gewollt. Sie ist meine Schwestergemahlin, das ist die heiligste Form einer ehelichen Verbindung. Die ägyptischen Könige haben sie über drei Jahrtausende gepflegt.«
»Du bist aber kein ägyptischer König, sondern römischer Kaiser. Aber warum sollen wir streiten. Mich geht das nichts an. Bekomme ich nun das Schiff?«
»Nimm eines – wenn du willst, eine ganze Flotte. Die Schwester des Kaisers soll nicht reisen wie irgendwer.«
»Eines genügt, Caligula, ich danke dir.«

An einem herrlichen Frühsommertag bestieg sie das schnelle, schlanke Schiff. Sie segelten vorbei an Antium, umschifften das windige Kap der Circe und ankerten in Anxur, wo sie die Nacht über blieben. Aus der alten Volskerstadt war eine noble Sommerfrische geworden, zwar nicht so vornehm wie Baia oder Bauli, dafür aber von Rom aus schnell und bequem zu erreichen. Am Nachmittag des nächsten Tages umsegelten sie das Kap Misenum, wo ein Teil der römischen Flotte ankerte, und liefen wenig später in den kleinen geschützten Hafen von Baia ein.
Der Navis Praefactus wollte die Hafenverwaltung informieren, um für Livilla einen gebührenden Empfang vorzubereiten, doch sie lehnte ab.
»Nein Präfekt, ich möchte kein Aufsehen erregen. Ich besuche in Baia Freunde, und dies soll in aller Stille geschehen.«
Von ihren zwei Dienerinnen begleitet, bestieg sie im Hafen eine Sänfte und ließ sich zur Villa des Serenus bringen. Das Haus war schon älter und wirkte eher bescheiden, doch es besaß den Vorzug eines großen, nicht einsehbaren Gartens. Das Grundstück war von zwei Bachläufen eingeschlossen und endete in einer winzigen, von hohen Klippen eingefaßten Bucht.

Seneca strahlte. »Hat Caligula dich aus seiner Obhut entlassen? Wie lange kannst du bleiben.«
»So lange ich will«.
Sie blickte sich um. »Ich hätte niemals gedacht, daß es in dem überfüllten Baia noch einen so stillen Winkel gibt.«
»Die Villa ist schon lange im Besitz der Familie. Serenus hätte sie inzwischen für mehrere Millionen Sesterzen verkaufen können, die Spekulanten rennen ihm die Türe ein. Hier könnte man in Form von Terrassenbauten bequem vier oder sechs Häuser unterbringen. Aber mein Freund ist reich, und er hängt an diesem Ort, wo er einen Teil seiner Kindheit verbrachte.«
»Da kann ich ihn gut verstehen«, sagte Livilla, »und wir sollten ihm dankbar sein, daß er uns sein hübsches Nest für diesen Sommer zur Verfügung stellt.«
»Wir sind hier ganz allein, Liebste. Die wenigen Diener stören nicht. Ich habe aus Vorsicht einen jungen Arzt mitgebracht, der an meinem Krankenbett steht, sollten die Prätorianer mich hier herausholen wollen. Er heißt Eusebios und wird uns nicht stören.«
Er faßte ihren Arm. »Komm, ich zeige dir etwas.«
Sie gingen den von Zypressen und Rhododendren gesäumten Serpentinenweg hinunter zur Bucht. Der Weg endete an Marmortreppen, die hinab in ein kleines Nymphaeum führten. Hier rauschte ein schmaler Bach über die Felsklippen ins Meer. Man hatte die Stelle zu einem natürlichen Becken erweitert und in die Felsen eine Grotte eingefügt. In zwei Nischen standen die lebensgroßen Marmorfiguren einer Quellennymphe und eines Silens.
»Das Wasser kommt von den Bergen und ist eiskalt, aber es eignet sich gut, um nach einem Bad im Meer das Salz abzuspülen. Kannst du schwimmen?«
Livilla lachte. »Und ob! Unser Vater war sehr sportlich veranlagt, und nach seinem Tod achtete unsere Mutter darauf, daß wir regelmäßig unsere gymnastischen Übungen abhielten – auch die Mädchen. Ich konnte schon mit drei Jahren schwimmen wie eine Nereide.«
»Das möchte ich sehen!« rief Seneca, »komm, schwimmen wir um die Wette.«

»Ich dachte, du bist todkrank...«
Seneca lachte. »Der Arzt hat mir regelmäßige Meeresbäder verschrieben.«
Er führte sie zu dem kleinen Strand, den die dunklen Klippen umfaßten, als wollten sie ihn festhalten. Arm in Arm blieben sie stehen. Die von der Nachmittagssonne durchglühte Stille wurde nur durch das leise Atmen des Meeres und ein fernes Grillengezirp unterbrochen.
»Wenn jetzt die Nymphe und der Silen aus ihren Nischen stiegen, würde mich das nicht wundern«, sagte Livilla leise.
Seneca blickte sie erstaunt an. »Daran habe ich auch gerade gedacht. Jedenfalls vergißt man, daß es ein lautes, schmutziges, stinkendes Rom überhaupt gibt.«
»Das habe ich schon vergessen«, sagte Livilla und legte ihre Kleider ab. »Schwimmen wir hinaus?«
»Nein«, sagte Seneca, »ich muß dich erst einmal in Ruhe betrachten. Nun weiß ich auch, warum die Nymphe in ihrer Nische bleibt! Sie fürchtet, sich mit deiner Schönheit messen zu müssen.«
Livilla lachte. »Du weißt ja recht gut, was eine Frau hören will. Aber die Nymphe könnte den Wettstreit gewinnen.«
»Nicht, wenn ich zu entscheiden hätte.« Seneca streifte seine Kleider ab und zog Livilla an sich.
»Ich kann es noch gar nicht glauben, daß ich dich in den Armen halte, daß wir einander gehören, während Caligula, die gefräßige Spinne, vielleicht in Rom schon seine tödlichen Fäden zieht. Er haßt glückliche Menschen...«
Livilla hielt ihm den Mund zu. »Kein Wort von Caligula – ich möchte seinen Namen hier zum letztenmal gehört haben. Er verdient es nicht, an diesem schönen Ort genannt zu werden.«
»Du hast recht«, sagte Seneca und verschloß Livilla mit einem langen Kuß den Mund.
Da regte sich sein Begehren, er bettete die Geliebte in den warmen Sand, und auch sie war bereit, und sie liebten sich in der stillen kleinen Bucht, während das Meer mit langen Wellenarmen nach ihren Füßen griff.
Danach schwammen sie hinaus, und Livilla war tatsächlich geschickter als er. Sie tauchte unter ihm hinweg, als gehöre sie

zum Gefolge des Neptun, der mit seinen Tritonen und Nereiden die Meere durchpflügt. Später gingen sie zur Grotte hinüber und tauchten schreiend in das eisige Quellwasser, bespritzten sich und liefen schnell wieder ins Freie.
Livilla schüttelte ihre langen offenen Haare, die an Brust und Schultern klebten. Seneca nahm ein Tuch und rieb sie trocken, nicht ohne sie dabei lange auf Schultern und Nacken zu küssen. Von hinten umfaßte er sanft ihre Brüste.
»Sie sind genau für meine Hände geschaffen, passen hinein wie angemessen.«
»Wie es sich für Mann und Frau gehört. So lange man sich aufrichtig liebt, ist jeder nur ein halber Körper. Meine Brüste verlangen nach deinen Händen, mein Mund nach deinem Kuß, mein Schoß nach deinem Phallus. Wir verbinden uns und werden ein Leib – so ist es von den seligen Göttern gewollt.«
»Du machst mir ja meinen Rang als Dichter streitig«, sagte Seneca lächelnd.
»Ich möchte deinen Worten nur noch hinzufügen, daß ich mich in der Vereinigung mit dir selbst wie ein Gott fühle. Dieses Geschenk haben die Olympier uns gemacht, um uns eine Ahnung des Göttlichen zu vermitteln. Aber neidisch, wie sie nun einmal sind, haben sie dieses Gefühl auf wenige Augenblicke beschränkt.«
Livilla schlüpfte in ihre Tunika.
»Und das sagst du, der nicht an die Götter glaubt!«
»Ich glaube an das Göttliche, ohne zu fragen, woher es kommt. Jetzt gehen wir ins Haus, setzen uns auf die Terrasse und feiern den Sonnenuntergang mit einem Becher Sorrentiner.«

XVII

Claudius Caesar, der Onkel des Kaisers, wußte, wie schwierig es für ihn sein würde, während der Herrschaft seines Neffen am Leben zu bleiben. Er hielt sich von Rom fern, so oft es nur ging, und arbeitete auf seinem Landsitz in der Campania an umfangreichen historischen Werken. Doch er war ein kaiserlicher Prinz

und mußte gewissen Amtspflichten genügen. So hatten ihn die römischen Ritter schon zweimal zu ihrem Sprecher gewählt, er war außerordentliches Mitglied im Kollegium der Augustuspriester und bekleidete eine Reihe anderer Ehrenämter.
Caligula ernannte ihn gleich nach seinem Regierungsantritt zum Konsul, doch er tat es nicht, um Claudius zu ehren, sondern um die Senatoren zu ärgern. Doch Claudius schätzte seine gefährliche Lage richtig ein und tat alles, um den Eindruck eines stotternden, versponnenen und zerstreuten Gelehrten zu verstärken. Er, der ganze historische Bibliotheken in seinem Gedächtnis aufbewahrte, tat, als könne er sich nichts merken, verwechselte Namen und Ereignisse und spielte an Caligulas Hof den Narren – wie man es von ihm erwartete. Da Caligula ihn hämisch und respektlos behandelte, ahmte ihn sein Hof darin nach.
War Claudius an den kaiserlichen Tisch geladen, so freuten sich alle auf sein Erscheinen, denn dieser stotternde und gesichterschneidende Trottel versprach immer einen besonderen Spaß. Aus Zerstreutheit – oder war es Absicht? – erschien Claudius häufig als letzter, und man machte sich ein großes Vergnügen daraus, auf den Liegen herumzurücken, so daß er lange herumhinken mußte, bis er einen Platz fand. Da Claudius bis lange in die Nacht hinein arbeitete, wurde er gegen Mittag müde und nickte nach den Mahlzeiten häufig ein. Das war für die Hofcamarilla ein Anlaß, ihn als Zielscheibe für Oliven- und Dattelkerne zu benutzen. Wachte er dann auf, taten alle ganz unbeteiligt, und Caligula fragte:
»Nun, teurer Patronus (Onkel), wovon hast du geträumt? Vielleicht von den Abenteuern deiner Gemahlin Plautia? Bist du wirklich der einzige, der nicht weiß, daß sie mit halb Rom schläft? Aber so ist es ja oft, der Ehemann erfährt's immer als letzter.«
Die ganze Tischgesellschaft brüllte vor Lachen, und einer rief:
»Immerhin, jetzt weiß er es!«
Claudius tat, als höre er schlecht, und ging niemals auf diese Anspielungen ein. Wenn sie ihm keine Ruhe ließen, antwortete er so, als sei es ein Scherz gewesen oder als habe er es falsch verstanden. Daß Plautia Urgulanilla ihn häufig betrog, wußte er längst, aber darum kümmerte er sich jetzt nicht mehr.

Hinter seiner Maske der Narrheit blieb er ein kluger und aufmerksamer Beobachter, und es entging ihm nicht, daß Caligula nach und nach – vor allem beim Adel – an Beliebtheit einbüßte. Auch Claudius besaß Freunde, die ihn ernst nahmen und seine Narrenrolle durchschauten. Da und dort entnahm er ihren Andeutungen, daß Caligulas Tage möglicherweise gezählt seien und man dann große Hoffnungen auf ihn, Claudius Caesar, setze. Doch er war so klug, auf diesem Ohr nicht zu hören. Sein Gesicht zuckte dann besonders heftig, und seinem hilflosen Stottern war nicht zu entnehmen, ob er die Anspielung verstanden habe.
So führte Claudius Caesar aus Selbsterhaltungstrieb zwei verschiedene Existenzen: die des Narren und Stotterers, mit schwachem Verstand und schlechtem Gehör geschlagen, und die des Gelehrten, der in seiner abgelegenen Villa mit Hilfe einer riesigen Bibliothek die Geschichte der Völker erforschte – und übrigens niemals stotterte oder Gesichter schnitt, wenn er seinen Haussklaven Befehle erteilte.

Nur noch selten wagte sich Caligula verkleidet auf die Straße, denn er fürchtete, trotz allem erkannt zu werden und dem da und dort aufflammenden Volkszorn zum Opfer zu fallen. Doch diese Furcht war grundlos. Denn der wachsenden Feindschaft in Adelskreisen stand seine unerschütterliche Beliebtheit beim Pöbel gegenüber. Sie verziehen ihm seine »Scherze« schnell, denn er köderte sie immer wieder mit Brot und Spielen.

In diesen Tagen aber kam ihn die Lust an, unerkannt an den Ludi Piscatorii in den Nonen des Juni (8. Juni) teilzunehmen.
Bei diesem fröhlichen Volksfest fand am Tiber ein Wettangeln statt, das dem Gott Vulcanus geweiht war und das mit einem großen Fischessen endete, zu dem der Kaiser der Tradition nach den Wein stiftete.
Caligula wollte schon deshalb teilnehmen, weil seine Weinspende natürlich mit einem »Scherz« verbunden war. Er hatte angeordnet, unter die Krüge und Fässer mit gutem Landwein auch solche mit verdorbenem Essig und fauligem Wasser zu mischen. Er kleidete sich und seine Prätorianer als einfache römi-

sche Bürger, doch unter ihrer Toga trugen seine Begleiter ihre scharfen Kurzschwerter.
Das Fest nahm seinen üblichen Verlauf, der Fischfang war mäßig, aber das Mahl wurde durch Spenden von allen Seiten dann doch recht üppig. Schadenfroh beobachtete Caligula, wie sich beim Weintrinken manche Gesichter verzogen, wie der Essig mit unflätigen Flüchen ausgespien wurde. Da und dort kam Streit auf, weil einer dem anderen vorwarf, er wisse den wirklich guten Wein des Kaisers nicht zu schätzen.
»Wein nennst du das? Da hat entweder der Kaiser uns angeführt, oder er wurde von seinem Kellermeister betrogen. Das ist verdorbener Essig!«
Der andere aber, der guten Wein im Becher hatte, schimpfte weiter:
»Euch kann es keiner recht machen; ich jedenfalls wäre froh, mir einen solchen Wein täglich leisten zu können.«
»Dann koste mal!« sagte der andere und schüttete seinem Gegner den Essig ins Gesicht. Und schon war zum Vergnügen Caligulas die schönste Prügelei im Gange.
Da und dort mischten sich Gaukler und Possenreißer unter die Schmausenden.
Caligula, schon auf dem Rückweg zum Palatinus, blieb stehen, als einige der Straßenkünstler eine Atellana (Posse) aufführten.
Da gab es Maccus, den Dummkopf, Bucco, den Prahler und Schwätzer und Possenus, den Beutelschneider und Betrüger. Bucco, der Prahler und Schwätzer, war als Kaiser verkleidet, denn er trug einen grellroten Mantel und einen goldenen Lorbeerkranz. Caligula hörte ihn sagen:

»Ich bin das Stiefelchen
schrei Hü und Hott!
Reit auf einem Esel
und nenne mich Gott!

Und mein klein Schwesterchen
hüpft in mein Bett.
Bauen uns ein Nesterchen,
ist das nicht nett!

Reit auf dem Schwesterchen
mit Hü und Hott,
mach ihr ein Kindelchen
– einen kleinen Gott.«

Caligula lachte, klatschte und schickte einen Prätorianer mit einer Geldspende zu den Darstellern.
»Erkundige dich, wer die Posse geschrieben hat«, flüsterte der Kaiser ihm zu.
Der Mann kam zurück und meldete: »Er selbst hat sie verfaßt.«
»Festnehmen und einsperren!« befahl Caligula.
Der Kaiser dachte lange nach, wie er die Possen erwidern könne, und fand schließlich eine – wie er meinte – großartige Lösung. Ein Teil der Theaterspiele bestand aus den Sagen und Legenden der Griechen, die man nachspielte. Um das Ganze lebendiger zu gestalten, befahl Caligula, die blutigen Szenen nicht vorzutäuschen, sondern dem Publikum etwas Echtes zu bieten. Wurde also etwa die Sage von Aktaion gespielt, der die Göttin Artemis heimlich beim Bade beobachtete, zur Strafe in einen Hirsch verwandelt und von ihren Hunden zerrissen wurde, so stellte ein echter Schauspieler den Unglücklichen bis zu dem kritischen Punkt dar und brachte sich schnell in Sicherheit. Dann wurde ein zum Tode Verurteilter als Hirsch verkleidet in die Arena getrieben und von halb verhungerten Bluthunden zerfleischt. Da floß dann echtes Blut, und die Schreie des Gemarterten waren nicht vorgetäuscht.
Caligula ließ dem Possendichter im Gefängnis mitteilen, daß er die Ehre habe, den Herkules zu spielen, wenn auch nur im letzten Akt. Der Mann dachte nach und erkannte sein schauriges Todesurteil.

So wurden bei einer der nächsten Theaterveranstaltungen die Taten des Herkules aufgeführt. Man hatte sich etwas einfallen lassen, um die Szene lebendig zu gestalten. Der nemeische Löwe war wirklich einer, wenn auch alt und zahnlos; die Hydra war eine echte Riesenschlange, und der kretische Stier in seiner massigen, wilden Pracht erregte das Staunen und den Beifall des Publikums.

Nachdem Herkules die ihm aufgetragenen zwölf Arbeiten erfolgreich abgeschlossen hat, bereitet er ein großes Dankopfer vor. Deianeira, seine Gemahlin, ist jedoch rasend eifersüchtig auf die schöne Iole und sendet ihrem Gemahl ein Gewand, das mit dem feurigen Blut des Kentauren Nessos getränkt ist. In diesem Kleid will Herkules sein Opfer darbringen, doch als er es überstreift, verbrennt er darin qualvoll.
Diese Schlußrolle mußte nun der unselige Possendichter spielen und dazu wurde ihm mit Gewalt ein harz- und ölgetränktes Hemd übergestreift und in Brand gesetzt. Von Flammen umlodert lief der Unglückliche schreiend durch die Arena, fiel nieder, wälzte sich wie rasend auf dem Boden, sprang wieder auf, taumelte ächzend und qualmend durch den Sand, bis er schließlich zusammenbrach. Ihm war es allerdings nicht vergönnt, danach wie Herkules als Gott in den Himmel aufzufahren. Seine verkohlte Leiche wurde unter Spottrufen aus der Arena geschleift.
Caligula lachte schallend und sagte zu seinen Begleitern:
»Seine letzte Posse hat er am echtesten gespielt. Schade, daß man ihn nicht noch einmal verwenden kann.«
Das Publikum beklatschte jubelnd die geglückte Aufführung, und in den Jubel mischten sich Hochrufe auf Caligula. Der Pöbel war stolz darauf, so einen kunstsinnigen und theaterfreudigen Kaiser zu besitzen.

Cornelius Sabinus war pünktlich zur Stelle, um sich mit seinem Spitzel Kleon zu treffen. Der saß schon vor der Schenke, hob den Becher und sagte mit schwankender Stimme:
»Habe mir erlaubt, auf dein Wohl einen Krug zu bestellen. Laß dir einen Becher bringen, dann kannst du ...«
»Jetzt hör mir zu! unterbrach Sabinus ihn ungeduldig. »Unser Geschäft besteht nicht darin, daß du dich auf meine Kosten besäufst, sondern in der Lieferung von Nachrichten.«
Kleon grinste trunken:
»Die Geschäfte sind abgeschlossen, Herr, da wird man sich doch ein Tröpfchen gönnen dürfen. Nur mit den vereinbarten drei Denaren ist's leider nicht getan, habe selber Schmiergelder zahlen müssen ...«

»Ich ersetze dir deine Auslagen; jetzt aber nimm dich zusammen und komm zur Sache!«
Entschlossen schob Kleon den Krug außer Reichweite und straffte sich:
»Gut, Herr, also zur Sache! Da mich die Leute in der Werft schon gesehen hatten, wollte ich keine Neugierde erregen und packte das Problem von einer anderen Seite. Ich fand durch Herumfragen die Namen der Vorarbeiter heraus; die beiden sind freie Männer, während die Werft sonst nur Sklaven beschäftigt. Der ältere hat eine Familie und verschwindet jeden Abend nach Hause, während der jüngere noch ledig ist, und fast täglich nach der Arbeit hier am Hafen seine Mahlzeit einnimmt. Was ich dir in wenigen Worten so erzähle, hat mich gut zwei Tage an Nachforschungen gekostet.
Gestern setzte ich mich unauffällig an den Tisch des Vorarbeiters – er heißt Boidas – und fing ein Gespräch mit ihm an. Ich tat recht groß, sagte, ich habe beim Würfeln gewonnen, lud ihn zu einem Krug besten Weines. Der war nicht billig, Herr, das kannst du dir wohl denken. Ich zeigte mich an seiner Arbeit interessiert, fragte nach Einzelheiten und wollte schließlich wissen, ob der Werftbesitzer Polybos auch einen Sohn habe, der einmal das Geschäft übernimmt. Freilich, sagte Boidas, das sei Petron, aber der tauge nicht viel, drücke sich von der Arbeit und mache dem Alten ziemliche Sorgen. Dann muß er ihn halt verheiraten, schlug ich vor. Wenn er einmal die Verantwortung für eine Familie habe, werde er sich gewiß bessern. Aber er sei ja verheiratet, rief Boidas und schlug auf den Tisch. Doch mit dem Burschen stimme etwas nicht, denn Helena, seine Frau, sei einmal mit verweintem Gesicht beim Schwiegervater erschienen und habe vermutlich Klage gegen Petron geführt.
Was sagst du nun, Herr? Petron und Helena, das waren die Namen, die du wissen wolltest. Wenn ich nun alles zusammenrechne . . .«
»Halt!« rief Sabinus, »du hast das Wichtigste vergessen. Ich muß auch noch wissen, wo Petron sein Haus hat.«
Kleon wurde etwas verlegen.
»Tja, das wußte Boidas selbst nicht so genau, aber ich konnte ja nicht direkt danach fragen. Immerhin hat er etwas gesagt von ›in

der Nähe der Akropolis‹ – mehr konnte ich nicht herausbringen. Soll ich weiter für dich tätig werden?«
Sabinus überlegte. »Warum nicht. Ich selbst trete besser nicht in Erscheinung – wenigstens vorläufig. Ich schreibe ein paar Zeilen, aber du darfst sie nur Helena überreichen. Solltest du ihr Haus finden, so bestehe darauf, daß sie das Schreiben selbst entgegennimmt.«
»Aber wenn ihr Gatte zu Hause ist? Wie soll ich mich dann herausreden?«
»Mach es einfach so: Frag zuerst nach Petron, und wenn der Türsteher sagt, der Herr sei zu Hause, dann murmle eine Entschuldigung und verschwinde. Das muß doch gehen – oder hast du Bedenken?«
»Ein bißchen riskant ist es schon; vielleicht läuft mir wer nach, nimmt mich fest, und ich stehe dann da wie ein ertappter Straßendieb.«
Sabinus zwinkerte mit den Augen:
»Mein Lieber, ich nehme an, daß du schon schwierigere Situationen gemeistert hast. Was bin ich dir bis jetzt schuldig?«
»Mit fünf Denaren wären meine Auslagen gedeckt, wenn auch...«
»Gut, also fünf.«
Sabinus legte sie auf den Tisch.
»Weitere drei Denare – und keinen mehr! – biete ich dir für den nächsten Auftrag. Petron soll doch im Betrieb seines Vaters arbeiten? Jedenfalls wird er untertags kaum zu Hause sein. Erscheine dort am späten Vormittag, und es wird keine Schwierigkeiten geben.«
»Also gut, da du bisher immer großzügig gewesen bist, Herr, will ich es nun auch sein. Sollte ich draufzahlen, dann ist es meine Sache. Ich erledige den Auftrag für drei Denare.«
Sabinus schlug Kleon auf die Schulter:
»Bist ein alter schlauer Fuchs. Aber ich muß schon sagen, du stellst dich recht geschickt an, und darum traue ich dir zu, daß du mein Schreiben richtig übergibst. Du sollst übrigens auf Antwort warten – mündlich oder schriftlich.«
»Auch das noch!« rief Kleon in gespielter Verzweiflung.

Sabinus holte sein Schreibzeug heraus und goß etwas Wasser in das verschließbare Tintenfaß. Mit dem Calamus (Rohrfeder) rührte er die Tinte an und schrieb auf ein Stück Pergament:
»Gruß und Gesundheit für Helena, die Frau des Petron.
Ein alter Freund ist in Ephesos und möchte dich gerne sehen. Teile mir mit, wann und wo es möglich sein wird. Ich denke oft an die Tage in Epidauros. C.S.«
Sabinus faltete den Zettel mehrmals zusammen, knüpfte eine Schnur darum, tropfte Wachs darauf und drückte seinen Siegelring hinein.
»Hermes begleite und schütze dich!«
Kleon winkte ab. »Auf die Götter ist kein Verlaß. Ich traue nur mir selbst, aber ich danke dir für den guten Wunsch. Wann treffen wir uns wieder?«
»In vier Tagen, um diese Zeit?«
»Gut. Es kann aber auch sein, daß ich länger brauche.«
Er goß sich noch einen Becher ein und machte sich davon.

Sabinus war von den bisherigen Nachrichten recht fröhlich gestimmt. Hatte nicht der Vorarbeiter gesagt, Petron tauge nichts? Aber da konnte ja auch ein anderer Sinn dahinterstecken. Vielleicht waren die beiden so ineinander verliebt, daß Petron sich vor der Arbeit drückte, um länger bei seiner Frau sein zu können? Das verweinte Gesicht Helenas konnte andere Ursachen haben. Nun, es würde sich an Helenas Antwort erweisen, wie es um sie stand. Gab sie keinen oder einen abschlägigen Bescheid, so würde er sie wohl aufgeben müssen. Erklärte sie sich aber mit dem Treffen einverstanden... Sabinus wagte kaum, den Gedanken weiter zu verfolgen. Aber er wußte schon jetzt, daß er sie nicht aufgeben konnte, selbst wenn sie glücklich verheiratet war – niemals, unter keinen Umständen, was immer auch geschehen mochte.
Am besten wäre es, dem Petron fiele ein Schiffsmast auf den Kopf, dann wäre Helena wieder frei und könnte mit ihm einen neuen Anfang machen. Kaum war dieser Gedanke geboren, schämte er sich dessen und nahm ihn zurück. Aber eine gute Lösung wäre es doch, wisperte ihm eine Stimme ins Ohr.
»Nein!« sagte Sabinus fest. »Es muß auch anders gehen.«

Caligula war ein Pferdenarr, jedenfalls tat er so, als sei er einer. Oft kümmerte er sich wochenlang nicht um Pferde oder Wagenrennen, dann aber überfiel es ihn mit Macht, und er wich ganze Tage nicht von der Rennbahn, ja er schlief sogar im Vereinshaus der »Grünen«. Dieser Partei hatte er sich verschrieben, während er die »Blauen«, »Weißen« und »Roten« mit Haß und Eifersucht verfolgte.
Er hielt es mit seiner kaiserlichen Würde für unvereinbar, selbst an einem Wettkampf teilzunehmen, doch manchmal ließ er die Bahn sperren und lenkte einen Vierspänner in rasender Fahrt um die Spina, die den ovalen Circus Maximus wie ein Rückgrat in zwei Hälften teilte.
Seinem kostbaren Rennpferd Incitatus (Heißsporn) erbaute er zwischen Palast und Circus einen Stall aus edlem Marmor mit einer Krippe aus Elfenbein und Ebenholz. Sklaven standen zu seiner Bedienung bereit, nachts wurde es mit Brokatdecken geschützt, sein Zaumzeug war aus Gold und Edelsteinen. Einmal sagte Caligula sogar unter Zeugen zu seinem dicken Sekretär Callistus:
»Ehe ich den blöden Claudius noch einmal zum Konsul ernenne, werde ich Incitatus dieses Amt übertragen. Ja, warum nicht? Der hat mehr Verstand in seinem klugen Kopf als mein Onkel und der ganze Senat.«
Ernenne ihn doch gleich zu deinem Nachfolger, dachte Callistus, dann müßten wenigstens nach deinem Tod nicht mehr so viele um ihr Leben zittern. Er selbst zitterte noch nicht, doch sein Unbehagen verstärkte sich, je öfter der Kaiser auf seinen Reichtum anspielte.
»Ich werde immer ärmer, weil ich dem Volk mein Letztes gebe, um es zu bilden und zu unterhalten. Von dir aber hört man, du hättest kürzlich das Landgut des verschuldeten Tullius ersteigert für über eine Million Sesterzen. Bald wirst du reicher sein als ich, teurer Callistus. Darf ich dann bei dir Geld leihen?«
Solche Reden gefielen dem dicken Sekretär nicht, und er ging schon daran, sein Geld auf den Namen eines entfernten Verwandten anzulegen – vorsichtshalber. Denn bei Caligula konnte man ja nie wissen ...

Der Kaiser selbst aber schien weiter über unerschöpfliche Mittel zu verfügen. Ein paar Tage, ehe er zu dem geplanten Sommeraufenthalt nach Bauli aufbrechen wollte, gab er für den Wagenlenker Eutychus ein Festessen ungeheueren Ausmaßes. Dazu waren alle Anhänger der »Grünen« geladen, und diese durften ihre Freunde und Verwandten mitbringen.
So strömten einige hundert Menschen in den kaiserlichen Bankettsaal, dessen Pracht die sonst oft recht lauten Pferdenarren zum Verstummen brachte. Das waren meist recht einfache und derbe Leute, die viel von edlen Rössern und Wagenrennen verstanden, aber sonst ohne höhere Ansprüche waren. Diese Menschen nährten sich in der Regel von Weizenbrei, Gemüse, Obst und hatten an Festtagen einen einfachen Braten oder einen Fisch auf dem Tisch. Nun wurden sie mit einer Flut ausgefallener Speisen überschwemmt, von denen sie nicht einmal die Namen kannten und die den meisten auch nicht schmeckten.
Mit sichtlichem Vergnügen beobachtete Caligula seine Gäste, die sich mit den ungewohnten Speisen abmühten. Da kaute einer verschreckt und vorsichtig auf einer in Honig eingelegten Haselmaus herum, dort rührte ein anderer bleichen Gesichts in einer Tunke aus Pfeffer, Honig, Essig und Datteln, in der Stier- und Schafshoden schwammen.
Caligula vergaß fast auf das Essen, so sehr belustigten ihn diese Leute. Doch als er bemerkte, daß manche nicht zulangten, sondern einfach nur Brot kauten und Wein tranken, schickte er den Zeremonienmeister in die Runde, mit der strengen Weisung, der Kaiser fühle sich persönlich beleidigt, wenn man seine Speisen zurückweise.
So mußten sie herzhaft zugreifen und ihre widerstrebenden Mäuler weit aufsperren für die mit Ingwer gefüllten Kraniche, das Ragout aus Pfauen- und Fasanenhirn, aus Lerchen- und Nachtigallenzungen, mußten in den großen, noch brodelnden Bronzetopf greifen, in dem die gedünsteten Scheiden von Kälbern und Sauen schwammen. Als dann noch ein leibhaftiges Meermädchen mit lieblichem Gesicht, nackten Brüsten und einem Fischschwanz auf großer silberner Platte hereingetragen wurde, begrüßte ein erstauntes und verschrecktes Raunen dieses Wunderwerk geschickter Köche.

Caligula nickte zufrieden.
»Ein gelungenes Mahl! Da haben diese armen Roßknechte einmal speisen dürfen wie ein Kaiser.«
Eutychus, der Wagenlenker, lachte. Er war des Kaisers Liebling und durfte sich etwas herausnehmen.
»Ich fürchte nur, sie wissen die Gnade deiner Majestät nicht zu schätzen und werden das meiste davon draußen in die Gassen speien.«
Caligula zuckte die Schultern. »Dann haben die Hunde etwas davon. Bleibst du den Sommer über in Rom, Eutychus?«
Der sehnige, braungebrannte Wagenlenker grinste.
»Wo sonst, Majestät? Wie soll ein bescheidener Wagenlenker zu einem Sommerhaus kommen? Außerdem will ich noch einige Pferde für die Herbstrennen abrichten. Du sollst dich der ›Grünen‹ nicht zu schämen haben, Majestät.«
»Du hast immer dein Bestes getan, mein Freund. Aber auch du brauchst Erholung. Ich werde dir eine Villa in den Albaner Bergen schenken. Da kannst du in ein paar Stunden nach Rom reiten und nach deinen Pferden sehen.«
Eutychus kniete nieder und küßte dem Kaiser die Hand.
»Ergebensten Dank, Majestät. Ich werde dein Geschenk mit doppelter Anstrengung lohnen.«
Der Schatzmeister wurde angewiesen, eines der Landgüter aus kaiserlichem Besitz auf den Wagenlenker Eutychus zu übertragen. Mit seinen Äckern, Feldern, Wäldern, mit Sklaven und Vieh stellte dieses Gut einen Wert von rund zwei Millionen Sesterzen dar.

Der kaiserliche Hof war schon seit Tagen dabei, die Reise nach Bauli vorzubereiten, als eines abends Drusilla plötzlich erkrankte. Sie hatte mit Caligula den Tag am Nemisee verbracht, wo sie eines der beiden Prunkschiffe, die der Kaiser dort bauen ließ, mit einem Fest einweihten.
Als sie sich Rom näherten, überfiel Drusilla ein plötzlicher Schüttelfrost. Ihre Zähne klapperten, ihre Glieder flogen, und ihre Hexenaugen glänzten feucht im Ansturm des Fiebers.
Die Ärzte meinten, man müsse zunächst abwarten, welche Krankheit sich zeigen werde, doch da war nur das auf- und

abschwellende Fieber, das Drusilla für Stunden in Eiseskälte erstarren ließ, um ihren Körper dann wieder so in Flammen zu setzen, daß die Kranke ihre Decke abwarf und laut schrie: »Ich verbrenne! Helft mir doch, ich ersticke – ich verbrenne!«
Caligula war verzweifelt. In seinen kalten Augen stand panischer Schrecken, und ein maßloser Zorn über seine Hilflosigkeit ließ ihn keine Ruhe finden. Ruhelos rannte er in seinem Palast umher, stieß Sklaven beiseite, schenkte nicht einmal Callistus einen Blick, ließ immer neue Ärzte kommen, die er abwechselnd mit Folter und Tod bedrohte, um ihnen dann wieder Landgüter und riesige Geldsummen zu versprechen.
Die Ärzte versuchten wirklich alles, um dem Fieber Herr zu werden. Sie hüllten Drusillas glühenden Körper in kühlende Tücher und wickelten ihn, wenn der Schüttelfrost einsetzte, in angewärmte Wolldecken. Sie wälzten ihre Bücher, um alles an Antifebrilia (fiebersenkende Mittel) aufzuspüren, was sie bisher noch nicht kannten. Doch Drusilla erbrach, was man ihr einflößte und konnte auch sonst nichts bei sich behalten, ausgenommen Wasser, das sie in den Fieberpausen gierig trank.
Diese Pausen dauerten etwa eine Stunde, und da schien es fast, als hätte die Krankheit sie verlassen. Ihr Körper lag ruhig und entspannt da, war weder heiß noch kalt, und sie unterhielt sich mit ruhiger, wenn auch zunehmend schwächer werdender Stimme.
Caligula saß an ihrem Bett, hielt ihre kühle, trockene Hand und konnte kaum glauben, daß Drusilla, der einzige Mensch, den er wirklich liebte, todkrank war.
»Muß ich sterben?« fragte sie ihn während einer solchen trügerischen Ruhepause.
Caligula schüttelte heftig den Kopf.
»Nein, Liebste, das lasse ich nicht zu, das können die Götter nicht wollen. Das Fieber wird noch einige Tage anhalten, wird dann schwächer, und die Krankheit endet in einem langen, gesunden Schlaf. So haben die Ärzte es mir erklärt, und ich sehe keinen Grund, daran zu zweifeln.«
Drusilla versuchte ein schwaches Lächeln, aber es wurde nur eine hilflose Grimasse daraus, so schwach war sie schon geworden.

»Auch wenn ich sterbe, bleibe ich bei dir. Ich bin Luna, die Göttin der Nacht, und werde über dich wachen, bis wir uns im Olymp wieder vereinen und zusammen mit den seligen Göttern ewige Feste feiern – ungetrübt von Krankheit, Tod und anderen Gefahren. Du mußt nur Geduld haben, mein Lieber.«
»Nein«, sagte Caligula störrisch, ich will dich nicht im Olymp haben, sondern hier und jetzt. Wir sind noch jung, Drusilla, haben ein ganzes Leben vor uns. Ich verbiete dir, mich zu verlassen – ich verbiete es einfach!«
Drusilla schloß die Augen. Sie hatte den Kampf aufgegeben, wollte nur noch schlafen, schlafen, schlafen. Ihr Körper war zermürbt von den Frost- und Hitzestürmen, so wie ein Stein zerfällt, wenn man ihn mehrmals erhitzt und mit kaltem Wasser übergießt.
»Leg dich zu mir, Caligula, bis ich eingeschlafen bin.«
Er schlüpfte in ihr Bett und legte sanft eine Hand auf den abgemagerten Leib. Wenn ich sie festhalte, dachte er verzweifelt, kann sie mir doch nicht entwischen. Mein göttlicher Wille bindet sie an die Erde, ich muß wachen und darauf achten, daß sie sich nicht davonstiehlt.
Caligula ahnte, daß er in diesem Kampf der Schwächere war, denn dort oben zwischen den Sternen thronte noch der andere, sein Zwillingsbruder, der bärtige Blitzeschleuderer, der sich vielleicht doch als der Stärkere erweisen würde. Um ihn und die anderen Götter günstig zu stimmen, ließ der Kaiser ganze Herden von Stieren, Hammeln und Ziegen auf den Altären verbluten. Tag und Nacht schwelten die Opferfeuer; über das sommerliche Rom legte sich eine Glocke aus fettigem Rauch, und überall stank es nach verbranntem Fleisch. Vor versammelter Priesterschaft legte Caligula das feierliche Gelöbnis ab, nach Drusillas Gesundung den Asklepios-Tempel auf der Tiberinsel abreißen und in dreifacher Größe wieder aufbauen zu lassen.

Doch es half alles nichts, der Zwilling im Olymp erwies sich als stärker. In den Morgenstunden des siebten Tages ihrer Krankheit wachte Drusilla aus ihrem Erschöpfungsschlaf nicht mehr auf. Der Kaiser hatte sich daneben ein Lager herrichten lassen und die ganze Nacht damit verbracht, ihrem schweren Atem zu lau-

schen. Als er ruhiger und leichter wurde, schlief auch Caligula ein, bis ihn einer der Ärzte behutsam weckte.
»Julia Drusilla ist zu den Göttern aufgefahren«, sagte der junge Arzt mit ängstlich zitternder Stimme.
Caligula fuhr hoch, als hätte ihn eine Schlange gebissen. Er stürzte zu ihrem Bett, und da lag sie nun wie im tiefen Schlaf, und eine Spur ihres hexenhaften Lächelns lag noch auf ihren Lippen. Er strich über ihre Wange.
»Aber sie ist noch ganz warm«, sagte er.
»Ja, Majestät, sie muß erst vor wenigen Augenblicken gestorben sein.«
»Laß uns jetzt allein.«
Aufatmend zog sich der Arzt zurück. Caligula betrachtete lange seine tote Schwestergattin. Er schlug die Decke zurück, und da lag ihr Körper in seiner Nacktheit, noch immer schön, noch immer anbetungswürdig. Caligula strich sanft über Brüste, Bauch und Schoß, liebkoste die kühlen glatten Schenkel und sagte:
»So still hast du dich nie gehalten, Liebste, wenn meine Hand über deinen göttlichen Körper wanderte. Da bist du gleich lebendig geworden, deine Brustwarzen härteten sich, dein Bauch drängte sich an meinen Körper, dein warmer Schoß war feucht und bereit.«
Er kniete nieder und bedeckte den nackten Leib mit kleinen, zärtlichen Küssen, ließ keine Stelle aus. Als er sich über ihr Gesicht beugte, das wächsern wurde und einzusinken begann, ergriff ihn die grausame Wahrheit mit solcher Macht, daß er weinend über ihrem Körper zusammenbrach. Er badete den toten Leib in seinen Tränen und schluchzte so laut, daß ein Wachsoldat leise die Türe öffnete. Als er sah, was sich abspielte, zog er sie behutsam wieder zu.
Das waren nun die ersten Tränen, die aus Caligulas kalten Augen flossen, seit er die Toga virilis trug, und es würden bis zu seinem Tod die letzten bleiben.

Am nächsten Morgen gaben Herolde den Tod der »göttlichen Julia Drusilla« bekannt und verkündeten die damit verbundenen kaiserlichen Befehle.

»Alle Geschäfte haben von Stunde an zu ruhen, es ist verboten, zu lachen, zu baden, Hochzeiten oder andere Feierlichkeiten zu veranstalten und Symposien abzuhalten. Die Thermen werden geschlossen, in den Tempeln darf während der nächsten drei Tage nur den Manen der Drusilla geopfert werden.«

Wie von Furien gehetzt, lief Caligula in seinem großen Palast herum, ordnete dies und das an, widerrief es, um es von neuem zu befehlen. Dann berief er plötzlich ein Ärztekonsilium ein.

»Ich möchte Drusilla erhalten wissen; es drückt mir das Herz ab, diesen göttlichen Körper den Flammen zu überantworten. So habe ich mich entschlossen, sie auf ägyptische Art bestatten zu lassen, nach sorgfältiger Einbalsamierung.«

Die Ärzte schauten sich unbehaglich an. Seit Jahrhunderten wurde in Rom ausschließlich die Feuerbestattung angewandt, so daß niemand mehr die Kunst des Einbalsamierens beherrschte.

Der Ärztesprecher räusperte sich und sagte verlegen:

»Majestät – ich glaube, das Wissen um die Einbalsamierung ist verlorengegangen, auch in Ägypten. So viel ich weiß, hätte man auch gleich nach dem – nach der Vergöttlichung der Julia Drusilla damit beginnen müssen. Jetzt ist schon zu viel Zeit verflossen ...«

Caligula antwortete nicht, sondern hockte dumpf brütend auf seinem Sessel ...«

»Es ist ja auch gleichgültig«, sagte er leise. »Soll sie also verbrannt werden. Ich werde nicht daran teilnehmen – kann es nicht – kann es nicht ...«

Die folgenden Tage nahm Caligula keine Speisen zu sich, sondern trank nur Wein, unvermischt, und begann damit schon am Morgen. Er trank so lange, bis er bewußtlos umfiel, schlief dann einige Stunden und begann wieder zu trinken. Während der Nacht sahen die Wachen ihn durch die Säulenhallen und Atrien seines Riesenpalastes irren im Gespräch mit unsichtbaren Wesen, die ihn begleiteten oder die er traf. So mancher der ausgesucht kräftigen und schwerbewaffneten Prätorianer begann zu zittern, wenn der Kaiser nachts in seinen bunten orientalischen Gewändern herumgeisterte und sich – wie es jetzt häufiger

geschah – lange mit den Götterstatuen in ihren Nischen unterhielt.
An Drusillas Einäscherung nahm er nicht teil, und als Callistus ihn fragte, wann die Trauerfeier abgehalten werden sollte, begann Caligula zu zittern, als friere er plötzlich.
»Trauerfeier? Ja, ich will eine Julia Drusilla angemessene Feier mit allen Ehren und allem Pomp, der einer kaiserlichen Prinzessin zukommt. Sie war mehr – sie war mehr... Es darf an nichts gespart werden, hörst du, an nichts! Ich aber werde Rom verlassen, soll Agrippina oder Livilla das Kaiserhaus vertreten.«
»Prinzessin Livilla ist zur Zeit nicht in Rom...«
»Ja, ja, ich weiß, seit ihr Mann nach Asia abgereist ist, treibt sie sich mit ihrem Liebhaber herum – schamlos, ich werde – ich müßte – doch eines nach dem anderen. Agrippina als die Erstgeborene ist dafür auch geeigneter; soll sie der Trauerfeier vorstehen. Aemilius Lepidus wird die Totenrede halten, ich habe es schon mit ihm abgesprochen. Ich werde mich in mein Albanum zurückziehen, vielleicht morgen schon.«
Seit Drusillas Tod war Caligulas starrer Blick flackernd und unstet geworden. Er, der früher einen Menschen mit seinen kalten, toten Augen so fixieren konnte, daß ihm der Angstschweiß ausbrach, schien jetzt durch andere hindurch – oder an ihnen vorbeizusehen.
»Ich werde alles veranlassen«, bestätigte Callistus.
Der Kaiser schwieg und runzelte die Stirn, als denke er angestrengt nach. Dann sagte er:
»Callistus, ich möchte jetzt deine ganz persönliche Meinung hören. Du sollst nicht höflich sein und mir nach dem Mund reden, nicht als kaiserlicher Sekretär anworten, sondern als Privatmann. Warum, so frage ich dich, haben die Götter mir das angetan? Warum haben sie Drusilla, ein halbes Kind noch, fortgenommen von mir? Es geschieht doch nichts ohne Grund. Ich will von den Göttern nicht annehmen, es sei nur eine Laune gewesen. Oh ja, ich habe sie gefragt in langen nächtlichen Gesprächen, aber sie weichen mir aus... Was meinst du, mein Freund?«
Callistus hob mit einer feierlichen Geste die Hände:

»Das fragst du mich, einen kleinen Freigelassenen? Wenn du, der du den Göttern viel näher stehst als jeder Mensch auf Erden, wenn du schon keine klare Antwort bekommst...«
»Du verstehst mich falsch, Callistus«, sagte der Kaiser ungewohnt geduldig. »Ich verlange nicht, daß du in die Kreise der Götter eindringst – das käme dir auch nicht zu –, sondern will nur deine Meinung als Mensch hören.«
»Also, Majestät, ich denke mir das so. Die Götter waren von Drusillas Wesen so bezaubert, daß sie beschlossen, sie in ihren Kreis aufzunehmen. Es heißt ja auch: Wen die Götter lieben, den lassen sie jung sterben. Damit ist vermutlich gemeint, sie ersparen ihm damit alle Beschwernisse des Alters, alles Leid, das einem Menschen im Laufe seines Lebens zuteil wird. Ich schließe das auch aus der Art ihres Todes – ohne Schmerzen ist sie nach kurzer Krankheit eingeschlafen. Sagte ich Krankheit? Die Ärzte konnten nichts an ihr entdecken, das auf eine der üblichen Krankheiten hinwies. Das muß einem Menschen wie mir schon seltsam erscheinen.«
Caligula hatte mit gesenktem Kopf zugehört.
»Du bis ein kluger Mann, Callistus. Ich glaube, du bist der Wahrheit nahegekommen – sehr nahe.«
Zwei Tage später reiste Caligula an den Nemi-See, in dessen Nähe er sich eine prachtvolle Villa erbaut hatte. Doch es hielt ihn dort nicht lange, und er hetzte weiter, von Ort zu Ort – nach Antium, Astura, Misenum und Puteoli. Neun Tage verweilte er in Neapolis und fuhr von dort nach Syracusae. Er hatte die Hauptstadt Siziliens schon mehrmals besucht und zu ihr eine seltsame Zuneigung gefaßt. Auf seinen Befehl hin wurden die halbverfallenen Tempel wieder aufgebaut, das griechische Theater und die Stadtmauern instandgesetzt.
Die jubelnden Menschen erlebten einen äußerlich verwandelten Caligula; denn er hatte seit Drusillas Tod Haar und Bart ungehindert wachsen lassen, zum Zeichen einer Trauer, die er nicht spielen mußte. Der Schmerz um Drusilla war ihm auf dieser Reise ein treuer Begleiter, und es verging kaum eine Stunde, da er nicht an sie dachte. Ein Bild suchte ihn besonders häufig heim und ließ sich durch nichts verdrängen: das war der Augenblick,

da Drusillas schöner Leib auf dem Scheiterhaufen lag und die Flammen ihn zuerst wie kosend beleckten, um ihn dann in eine feurige Lohe zu hüllen und in Asche zu verwandeln.

Als dies geschah, war der Kaiser schon fern von Rom. Agrippina und Claudius Caesar führten den Trauerzug an, der Drusillas Urne zum Augustusmausoleum brachte, wo alle Mitglieder des Kaiserhauses bestattet waren.

In der ersten Reihe schritt auch Drusillas »Ehemann« Aemilius Lepidus, der nun den trauernden Witwer zu spielen hatte und dieser Rolle auf schickliche Art gerecht wurde.

Er war nun schon seit einigen Wochen Agrippinas Geliebter, doch nicht Zuneigung oder Leidenschaft hatte diese beiden Menschen zusammengeführt, sondern Ehrgeiz, Haß und das gemeinsame Ziel. Sie waren sich einig, daß Caligula beseitigt werden mußte und Agrippinas Ziel war es, an seiner Seite Kaiserin zu werden, um ihrem Sohn Nero die Nachfolge zu sichern. Das war ein kühner und ehrgeiziger, doch durchaus Erfolg versprechender Plan. Claudius, der Narr, kam dafür nicht in Frage, Livilla und ihr ungeliebter Mann schieden von vorneherein aus, und so blieb nur Agrippina, die älteste Tochter des Germanicus, von brennendem Ehrgeiz beseelt, stolz und herrschsüchtig wie ihre Mutter. Da sie ihrem Bruder nicht nachfolgen konnte, brauchte sie dazu einen Mann aus bester Familie. Aemilius Lepidus war in ihren Augen der Geeignetste. Er galt als Freund und vertrauter Caligulas und gehörte durch seine Ehe mit Drusilla dem Kaiserhaus bereits an. Ja, sie hatten die besten Aussichten, ihren Plan zu verwirklichen, doch die wichtigste Voraussetzung dazu war, daß ein beträchtlicher Teil der Armee dafür gewonnen werden konnte, denn nur so war es für Lepidus möglich, nach Caligulas Tod an die Macht zu gelangen.

Als er sich wenige Tage nach der Trauerfeier mit Agrippina traf, weihte er sie in seine weiteren Pläne ein. Nach einer flüchtigen Umarmung sagte er:

»Drusillas Tod ist für uns ein Vorteil, birgt aber auch Gefahren. Der Vorteil besteht darin, daß Caligula mit seinem Bettschätzchen keine weiteren Pläne aushecken kann, ganz abgesehen von dem schlechten Einfluß, den sie auf ihn hatte. Der Nachteil aber könnte sein, daß er sich jetzt anderen Frauen zuwendet, eine davon heiratet und mit ihr ein Kind zeugt. Dann müßten wir nicht nur ihn, sondern eine ganze Familie beseitigen, und das wäre ein schlechter Auftakt. Es heißt also, schnell zu handeln oder so schnell es eben unter diesen Umständen geht. Zunächst aber brauchen wir einen Rückhalt bei der Armee, und da, so glaube ich, ist der richtige Mann gefunden. Lentulus Gaeticulus, der Legat von Germania Superior (Obergermanien). Das sind immerhin vier Legionen! Und was noch wichtiger ist: sie sind schneller in Rom als die aus den anderen Provinzen. Ehe man in Syrien, Asia oder Africa überhaupt weiß, was geschehen ist, haben wir hier die Macht in der Hand. Gaeticulus wird von seinen Soldaten vergöttert, und sein Schwager ist Befehlshaber von weiteren vier Legionen in Germania Inferior (Untergermanien). Und er haßt den Kaiser! Ich führe mit ihm schon seit Wochen eine geheime Korrespondenz und weiß nun auch, warum er ihn haßt. Als Sejanus gestürzt wurde, stand Gaeticulus auf der Todesliste von Gaius Caesar, und nur seine Vertrautheit mit Kaiser Tiberius rettete ihm damals das Leben. Caligula betrachtet ihn seither mit großem Argwohn; außerdem neidet er ihm seine Beliebtheit bei den Truppen. Ich werde die Abwesenheit des Kaisers nutzen und in den nächsten Tagen nach Germanien abreisen.«

Agrippina hatte gespannt zugehört. Ihr schönes, etwas herbes Gesicht war leicht gerötet. Sie wußte jetzt, daß sie mit Lepidus auf den richtigen Mann gesetzt hatte, und sie spürte seinen Mut und seine Entschlossenheit.

»Daß aus dir, dem Jugendfreund und Saufkumpan Caligulas, einmal sein erbitterter Gegner wird, ist schon seltsam. Warum haßt du ihn eigentlich so?«

»Ich habe meine Gründe«, sagte Lepidus abweisend. »Im übrigen hat mir die Rolle als Scheingatte Drusillas nie sehr behagt. Da wird man schnell zur lächerlichen Figur. Wie aber hätte ich mich wehren sollen? Caligula erstickt jeden Widerstand in Blut, das weißt du so gut wie ich. Da nun Drusilla tot ist, habe ich meinen Zweck erfüllt und sehe schon, wie der Henker sein Beil für meinen Hals schärft. Ich will nicht abwarten, bis es zu spät ist.«

»Ich mag entschlossene Männer, die bereit sind, sich ihrer Haut zu wehren. Aber unser Senat besteht ja nur noch aus einem Haufen zitternder Schafe, die Caligula eines nach dem anderen abschlachtet. Was ist nur aus den Männern Roms geworden? Manchmal sehnt man sich nach den Zeiten der Republik, auch wenn es da gelegentlich noch blutiger zuging als heute.«

»Den heutigen Zustand hat Kaiser Tiberius verschuldet. Dieser zynische und erzschlaue Fuchs hat es verstanden, den Senat buchstäblich zu entmannen, so daß unser Stiefelchen jetzt ein leichtes Spiel hat.«

Agrippina lachte. »Das kann unseren Plänen nicht schaden. Sie werden dich als Kaiser genauso hinnehmen wie Caligula, falls ein wichtiger Teil der Armee hinter dir steht. Und das Volk ist mit Geschenken leicht zu begeistern.«

»Das ist auch ein wichtiger Punkt. Caligula vergeudet hemmungslos den Staatsschatz, und bald werden die Kassen leer sein. Wo soll den sein Nachfolger die Mittel für Geschenke hernehmen? Uns bleibt nicht mehr viel Zeit, Agrippina.«

»Trotzdem darfst du nichts überstürzen. Soll ich übrigens Livilla einweihen? Sie mag Caligula genauso wenig wie wir.«

»Erst wenn ich aus Germanien zurück bin. Je weitere Kreise eine Verschwörung zieht, um so stärker wird sie, aber auch die Gefahren nehmen zu. Jeder, der sich uns anschließt, kann ein Verräter sein. Dabei schließe ich Livilla aus, aber von den Römern traue ich keinem. Mir genügt es, wenn ich die germanischen Legionen hinter mir habe.«

Er zog Agrippina an sich und küßte sie. »Reden wir jetzt von etwas anderem.«

Sie lächelte spöttisch. »Du meinst, gehen wir ins Bett? Ich habe nichts dagegen ...«

Ihr Schoß verlangte nicht nach diesem Mann – auch nach keinem anderen – doch sie hielt es für klug, ihn auch körperlich an sich zu binden. Er war ein ausgezeichneter Liebhaber, und in seinen Armen fühlte sie sich als Frau und nicht als Stück mißbrauchten Fleisches, wie es bei dem Wüstling Ahenobarbus der Fall gewesen war.

Friede seiner Asche, dachte sie vergnügt und spreizte willig ihre Schenkel unter der harten und fordernden Umarmung des Aemilius Lepidus.

XVIII

Cassius Chaerea hatte Caligula kurz vor dessen Abreise um Urlaub aus persönlichen Gründen gebeten. Der völlig verdüsterte und kaum ansprechbare Kaiser hatte nur genickt.
»Ein Todesfall?« fragte er zerstreut.
»Es sind Familienprobleme, Majestät. Mein älterer Bruder ist vor kurzem gestorben, und seine Witwe hat nun Schwierigkeiten mit dem Grundherrn. Da möchte ich mich selbst darum kümmern.«
Etwas wie Neugier flammte in Caligulas bleichem Gesicht auf.
»Laß dir nichts gefallen, Chaerea! Als Tribun meiner Leibwache kannst du dich auf mich berufen, falls dieser Gutsherr deine Schwägerin ungerecht behandelt. Man hat diese Pfeffersäcke viel zu reich werden lassen. Das sind Schafe, die ich allesamt noch scheren werde.«
»Jawohl, Majestät, und vielen Dank.«
Daß Caligula sich nachdrücklich um das Wohl seiner Leibtruppe kümmerte, war allgemein bekannt und sicherte ihm die Treue von Männern, die täglich um ihn waren. Ohne ihren Schutz hätte er sich nackt gefühlt, und Caligula beging damals noch nicht den Fehler, sich durch Spott und Zynismus ihre Ergebenheit zu verscherzen.

Chaerea hielt es in diesem Fall für besser, als kaiserlicher Tribun mit einigen seiner Prätorianer aufzutreten. Die Männer waren für eine solche Abwechslung dankbar und ritten unter Scherzen und Gelächter auf der Via Praenestina in die Albaner Berge.

Seit dem Tod der Eltern hatte Chaerea kaum noch Kontakt mit seiner Familie gehabt. Nun aber war sein älterer Bruder gestorben und hatte eine Witwe und drei Kinder hinterlassen. Der

Grundherr Cassius Babulus legte andere Maßstäbe an als sein gleichnamiger, vor Jahren verstorbener Vater. Der ältere Babulus hatte patriarchalisch regiert, und wenn einer seiner Pachtbauern zwei oder drei Jahre lang weniger als üblich ablieferte, dann war das für ihn noch keinesweg ein Grund, den Mann und seine Familie davonzujagen. Irgendeine Lösung fand sich immer, und alle waren es zufrieden. Sein Sohn aber führte die Latifundien nach dem reinen Prinzip der Nützlichkeit weiter.

»Wenn eine Henne keine Eier mehr legt, so wird sie geschlachtet«, war seine eiserne Regel, und einige seiner Pachtbauern hatten dies schon bitter am eigenen Leib erfahren müssen.

Nicht ohne Rührung fand Chaerea die Landschaft seiner Kindheit fast unversehrt wieder. Dort stand an der Wegkreuzung der Haselnußstrauch, aus dem er sich seine Hirtenflöten geschnitzt, und nahe am Haus rauschte noch immer der Bach, an dem er stundenlang mit seiner primitiven Angel auf Beute gelauert hatte.

Porcia, seine Schwägerin, war eine abgearbeitete und verhärmte Frau, die jetzt Angst hatte, man würde sie und ihre Brut auf die Straße schicken. Ihr ältester Sohn war mit seinen fünfzehn Jahren zwar schon so kräftig wie ein erwachsener Mann, aber er war noch nicht mündig, und so glaubte Babulus mit ihnen leichtes Spiel zu haben. Porcia empfing ihren Schwager mit Freude und Erleichterung.

»Ich hätte dich nicht um Hilfe gebeten, Chaerea, stünde uns nicht das Wasser bis zum Hals. Es stimmt natürlich schon, wir waren mit den Abgaben im Rückstand, aber ohne unsere Schuld! Dein Bruder war lange krank und konnte nicht mehr arbeiten, und die zwei trockenen Sommer haben auch dazu beigetragen, daß wir einfach nicht mehr liefern konnten, ohne selbst zu verhungern. Babulus will künftig den Hof durch einige Sklaven bewirtschaften lassen und glaubt, damit besser zu fahren. Unser Schicksal kümmert ihn nicht. Er hat mir durch seinen Sekretär sagen lassen, wir könnten ja in Rom betteln gehen, das sei keine Schande. Der Kaiser ernähre Tausende von Menschen durch großzügige Spenden, da käme es auf uns auch nicht mehr an.«

Chaerea schüttelte den Kopf.

»So lange ich da bin, wird dieser Babulus euch nicht zum römischen Straßenpöbel degradieren. Wann sollt ihr weggehen?«
»Er hat sich das recht schön ausgedacht. Die Sommerernte sollen wir noch einbringen, dann will er uns nicht mehr hier sehen.«
Chaerea lachte grimmig:
»Ich fürchte, da hat er die Rechnung ohne den Wirt gemacht. Ist der feine Herr jetzt zu Hause?«
Porcia nickte. »Den Sommer verbringt er immer hier. Du wirst ihn sicher antreffen. Aber vorher solltet ihr euch stärken. Ein Krug Wein ist noch da, frisches Brot, etwas Käse...«
»Das nehmen wir gerne an.«
Chaerea setzte sich mit seinen Männern in den Schatten einer Steineiche. Sie tranken den Wein mit frischem Quellwasser vermischt und aßen das noch ofenwarme, knusprige Brot mit Vergnügen.

Das Gut des Babulus lag auf einer Anhöhe, von der aus Praeneste mit seinem großen Fortuna-Tempel gut zu erkennen war. Die Ausdehnung der Sklavenquartiere verriet den Reichtum des Cassius Babulus, der zu den größten Grundbesitzern des Gebietes zwischen Tusculum und Praeneste gehörte.
Der Ianitor verließ erstaunt seine Hütte, als er die Bewaffneten draußen sah.
»Der Prätorianertribun Chaerea verlangt Cassius Babulus zu sprechen. Sofort!«
»Jawohl, Herr, ich melde dich sofort an.«
Chaerea stieg vom Pferd:
»Spar dir die Mühe, ich komme gleich mit«.
Er wandte sich an seine Männer und befahl barsch:
»Und ihr bewacht inzwischen den Eingang. So lange ich bei Babulus bin, darf niemand hinaus oder herein!«
Cassius Babulus war ein eleganter, gepflegter Mann in mittleren Jahren. Er lag gerade auf seinem Ruhebett im Garten und las in einem Buch.
»Verzeih, Babulus, wenn ich so hereinplatze, aber meine Zeit ist begrenzt und mein Anliegen dringend. Mein Name ist Cassius Chaerea, Prätorianertribun bei der Palastwache des Kaisers.«
»Cassius...?« stotterte der Gutsbesitzer.

»Ja, Cassius, der Name deiner erlauchten Familie. Mein Vater war Pachtbauer unter deinem Vater, und so fügen wir nach Brauch und Herkommen euren Namen dem unseren hinzu. Nun geht es um meine Schwägerin Porcia, deren Mann – mein älterer Bruder – wie du weißt, gestorben ist. Du willst also Porcia mit ihren drei Kindern vom Hof jagen?«
Babulus wand sich verlegen.
»Nun, gar so kraß würde ich es gar nicht ausdrücken. Sie sind mit den Abgaben derart im Rückstand, daß ich sie gebeten habe, ihr Auskommen anderswo zu suchen.«
Chaereas lachte schallend:
»Ihr Auskommen anderswo suchen – wie gewählt du dich ausdrückst. Aber es läuft auf das gleiche hinaus. Du willst eine Witwe mit drei Kindern um Haus, Hof und Brot bringen!«
»Mein Haus...«, wandte Babulus schüchtern ein.
»Ja, vorläufig noch dein Haus. Aber Porcia und ihre Kinder sind nicht deine Sklaven, sondern freie Römer, wenn auch von dir abhängig. Übrigens – ehe der Kaiser in den Süden reiste, hatte ich mit ihm ein längeres Gespräch. Er meinte, die Latifundienbesitzer seien viel zu reich geworden, und man müßte ihnen mehr auf die Finger sehen. Das Reich braucht Geld, Babulus. Der Kaiser ist für das öffentliche Wohl verantwortlich, und der Staatshaushalt verschlingt Unsummen. Doch das nur nebenbei. Ich will dir das Pachtgut meiner Schwägerin abkaufen, und zwar mit so viel Land, daß ihre Familie gut davon leben kann – auch in schlechten Erntejahren. Mache mir also einen Kostenvorschlag.«
Babulus, von Chaereas Auftreten schon ziemlich eingeschüchtert, versuchte zu protestieren.
»Ich will aber nicht verkaufen! Mag Porcia auf dem Hof bleiben, gut, ich werde beide Augen zudrücken, aber verkaufen werde ich nicht.«
Chaerea lächelte sanft und spürte das berauschende Gefühl, als ein vom Kaiser geschätzter und privilegierter Soldat, Macht über andere zu besitzen.
»Ach, Babulus, du machst es mir nicht leicht. Draußen stehen meine Prätorianer, und es kostet mich nur ein Wort, dich wegen Majestätsbeleidigung festnehmen zu lassen.«

»Aber – aber ich habe doch den Kaiser nicht beleidigt...«
»Ihn selber nicht, aber mich, seinen verlängerten Arm. Du verweigerst mir einen berechtigten Wunsch, und das kommt einer Beleidigung gleich. Willst du die römischen Kerker von innen sehen? Es kann Monate dauern, bis der Kaiser zurück ist, und dich haben dann vielleicht schon die Ratten gefressen.«
Babulus gab auf. Er verkaufte den Hof zu einem günstigen Preis, und Chaerea ließ sich und Porcia zu gleichen Teilen als Eigentümer eintragen.
Von seinem Lohn als Tribun hätte sich Chaerea den Kauf freilich nicht leisten können. Doch der Kaiser war großzügig und vergalt heikle Aufträge mit Geld und Geschenken. Zwar dachte Chaerea nicht gerne daran, was er schon alles hatte tun müssen – nein, was ihm befohlen war, zu tun – aber er hatte es sich angewöhnt, über kaiserliche Befehle nicht nachzugrübeln. Aber ein Stachel blieb doch zurück, der manchmal leise schmerzte. Dann tat es gut, sich an Menschen wie Babulus ein wenig rächen zu können.

Cornelius Sabinus und die anderen Tribunen der XI. Legion waren dank der Nachlässigkeit des Legaten an keine festen Dienstzeiten gebunden. Man erwartete, daß sie am Vormittag zur Verfügung standen, aber dann genügte es, daß sie den Centurionen Bescheid sagten, und für den Rest des Tages ging jeder seines Weges.
Von den sechs Tribunen waren nur zwei altgediente Soldaten. Für die anderen bedeutete es nur eine Stufe zu höheren Ämtern – eine Stufe, über die man schnell und leichtfüßig hinwegschritt. Mit anderen Worten: Es war eine Stellung, die man nicht sehr ernst nahm. Den Centurionen konnte dies nur recht sein. Jeder von diesen Berufssoldaten fühlte sich für seinen Trupp von siebzig oder achtzig Mann voll verantwortlich, kannte von jedem einzelnen seiner Männer nicht nur den Namen, sondern das Alter, die Familienverhältnisse und das Strafregister. Von den Offizieren wurde das weder verlangt noch erwartet.
Sabinus tat seinen Dienst gern, aber ebenso gern legte er gegen Nachmittag seine Rüstung ab und schlüpfte in die altgewohnte Zivilkleidung.

Am Tag des Treffens mit Kleon konnte er seine Ungeduld nur schwer zähmen. Lange vor der Zeit lief er im Hafen auf und ab, schaute den Arbeitern beim Entladen der Schiffe zu und behielt dabei die Schenke im Auge, um Kleons Erscheinen ja nicht zu versäumen. Schließlich setzte er sich an einen Tisch, bestellte ein gebratenes Huhn und einen Krug Wein. Gerade als er dabei war, den Vogel zu zerlegen, tauchte Kleon auf, spielte wieder den Atemlosen und Gehetzten, ließ sich neben Sabinus auf einen Hocker fallen und griff nach dem Weinkrug.

»Ich darf doch?«

Er setzte den Krug an, und eine Weile war nur sein Schnaufen und Schlucken zu hören. Kleon setzte den Krug ab, rülpste und lehnte sich zurück.

»Du hast mich ganz schön in Atem gehalten, Herr. Die Schwierigkeit bestand nämlich darin, das Haus erst einmal zu finden. Niemand kannte das Haus eines Petron, denn er bewohnt es mit seiner Gemahlin erst seit kurzem. Du findest es östlich vom Theater am unteren Hang des Pionberges. Gleich daneben führt eine Treppe zu den oberen Häusern. Am besten, du fragst nach dem ›Haus des Priesters‹, denn vorher hat ein Serapispriester darin gewohnt.«

Kleon gähnte und deutete auf das Hühnchen.

»Du ißt ja nichts, hast du keinen Hunger? Darf ich zugreifen?«

Sabinus riß einen Schenkel ab und reichte ihn Kleon.

»Führe deinen Bericht zu Ende, ehe du hineinbeißt. Hast du meinen Brief abgegeben?«

Doch Kleon kaute schon gierig und nickte mit vollem Mund.

»Natürlich. Vielleicht schadet es meinem Ansehen, wenn ich die Sache so einfach schildere, wie sie war, aber ich verabscheue Lüge und Übertreibung.«

Kleon schaute Sabinus befallheischend an.

»Ja, ja, gut, ich glaube es dir. Und weiter?«

»Es trat ein, was wir beide gehofft hatten. Petron war nicht zu Hause, der Diener führte mich in die Vorhalle, und so konnte ich Helena dein Schreiben überreichen.«

Kleon schwieg bedeutungsvoll und nahm sich unaufgefordert ein weiteres Stück, wickelte es in einen Brotfladen und biß herzhaft hinein.

Sabinus schlug mit der Faust auf den Tisch.
»Muß ich dir wieder einmal jedes Wort einzeln herausziehen. Hast du eine Antwort bekommen?«
Kleon wischte sich den Mund.
»Laß mich zuerst schildern, wie Helena deine Zeilen aufnahm: Sie riß die Schnur ab, erbrach das Siegel und las mit gerunzelter Stirn. Dann flog ein solches Erstaunen über ihr Gesicht wie bei einem Kind, das sich ein Honigplätzchen erbettelt und einen ganzen Korb davon bekommt. Auf diese Weise erfuhr ich auch deinen Namen, Herr, den du mir ja bisher nicht genannt hast.«
»Wie das?« fragte Sabinus verblüfft.
»Als Helena zu Ende gelesen hatte, fragte sie mich: »Kennst du Cornelius Sabinus? Wo wohnt er? Wie lange ist er schon hier? Was macht er in Ephesos? Viele Fragen auf einmal, und ich konnte keine davon beantworten. Ich sei nur ein Bote, sagte ich, und solle auf ihre Antwort warten. Sie nahm dein Schreiben und kritzelte etwas auf die Rückseite. Hier ist es.«
Sabinus las: Vormittags bei den Markthallen an der Unteren Agora.
Er ließ den Zettel sinken und schüttelte den Kopf. Sie hatte vergessen zu sagen, wann: morgen, übermorgen, in drei Tagen?
»Hat sie keinen Tag genannt?« fragte er Kleon.
»Ich verstehe nicht ...«
»Sie nannte auf dem Schreiben einen Treffpunkt und die Tageszeit – aber nicht den Tag.«
»Nein, Herr, sie gab mir nur den Zettel und sagte nichts weiter. Wenn es kein Geheimnis ist, so bitte ich dich, mir ihre Nachricht mitzuteilen. Vielleicht weiß ich einen Rat.«
»Vormittags bei den Markthallen an der Unteren Agora«, las Sabinus vor.
»Da gibt es nur zwei Möglichkeiten. Entweder sie hat in der Eile vergessen, dir den Tag zu nennen oder sie macht dort täglich die Einkäufe für ihren Haushalt. An der Unteren Agora ist jeden Vormittag ein Grünmarkt, dort findest du auch Bäcker und Metzger.«
»Ja, das könnte es sein. Kleon, du hast mir sehr geholfen. Hier sind deine drei Dinare, und einer dazu, damit du alles wieder vergißt. Laß dir das Huhn und den Wein schmecken, lebe wohl!«

Kleon grinste: »Ich kenne dich nicht, Herr, habe dich nie gesehen.«
Er hob den Krug und schwenkte ihn zum Abschied.

Gerade der Vormittag war für Sabinus keine günstige Zeit. Entweder er bat den Legaten um dringenden Urlaub, oder er mußte seine freien Tage dafür aufwenden. Da ihn seine Ungeduld nicht länger warten ließ, erfand er eine Geschichte von einem entfernten Verwandten, der alt, allein und verarmt in Ephesos lebe und nun für die Rückreise nach Rom seine Hilfe und Unterstützung brauche.
Der Legat lächelte nur müde, und Sabinus sah ihm an, daß er kein Wort glaubte.
»Wie lange, Tribun?«
»Drei oder vier Tage...«
»Gut, also vier Tage. Doch ich erwarte von dir, daß du notfalls einspringst, wenn andere – nun, nicht verfügbar sind.«
Sabinus versprach es und machte sich am nächsten Morgen bei Tagesanbruch auf den Weg.

Die Untere Agora mit ihrem doppelten Säulengang von dreihundert Ellen Länge genoß eine gewisse Berühmtheit. In ihrer Mitte erhob sich auf einem Podest aus Marmor die große, weithin sichtbare Sonnen- und Wasseruhr. Bis auf eine Viertelstunde genau konnte hier die Tageszeit abgelesen werden. Sie war auch ein beliebter Treffpunkt. Zu beiden Seiten der Arkadenreihe gab es Läden und Markthallen, und die Stadtverwaltung achtete darauf, daß hier nur die feinsten Waren angeboten wurden. Wer etwa kandierte Veilchen oder Rosenblätter suchte, seltenen Fisch, erlesenes Wild – hier fand er es. Obst und Gemüse waren makellos, jeder der Metzger beschäftigte mindestens einen Sklaven, der die Fliegen von der sauber hingebreiteten Ware fernhielt. Freilich war hier alles viel teurer, aber Ephesos quoll über vor reichen Leuten, und so blieb keiner der Händler auf seiner Ware sitzen.
Der Anblick dieser vielen durcheinanderwimmelnden Menschen ließ Sabinus mutlos werden. Wie sollte er hier jemals auf Helena treffen? Auch in den vier Tagen, die ihm zur Verfügung standen,

wäre es reiner Zufall gewesen. Er dachte an Kleons Hinweis, daß sie für ihren Haushalt einkaufen müsse, und so streifte er immer wieder durch die Gemüsehalle, an den Bäckerläden vorbei und ließ auch die Metzger nicht aus den Augen. Zweimal glaubte er, ihre schlanke Gestalt erspäht zu haben, drängte sich ungeduldig durch die zähe Menge, um dann in ein fremdes Gesicht zu blicken. Gegen Mittag schlossen die Händler ihre Läden, und das Gedränge zwischen den Säulen der Agora ließ merklich nach.

Sabinus ging in eine der überfüllten Marktkneipen und aß im Stehen einen Topf Gemüsesuppe mit Fleisch. Es schmeckte vorzüglich, aber er ließ schon bald wieder den Löffel sinken. Ephesos hatte über eine Viertelmillion Einwohner, davon trieben sich einige tausend auf der Unteren Agora und in den Markthallen herum.

Sabinus ließ die Suppe stehen und ging hinaus. Wollte Helena ihn zum Narren halten? Hatte sie diesen Treffpunkt vorgeschlagen, um ein Treffen zu verhindern – um ihn hinzuhalten? Er konnte es nicht glauben. Dann hätte sie ja nur zu schreiben brauchen: Laß mich in Ruhe. Vermutlich hatte sie nur an das Nächstliegende gedacht, ihren täglichen Einkauf auf dem Markt und gemeint, da sei sie leicht zu finden.

Er mußte es anders anfangen; hier auf dem Markt vergeudete er nur seine Zeit. Da kam es wie eine Erleuchtung über ihn: Es war doch so einfach! Er mußte nur in den ersten Tagesstunden ihr Haus im Auge behalten, und wenn sie dann – vermutlich in Begleitung einer Dienerin – zum Markt hinunterging, wollte er ihr »zufällig« über den Weg laufen.

Er ging in die Castra (Kaserne) zurück, zitierte seine Centurionen herbei und befahl einen Sonderappell. Die alten Haudegen waren über den Eifer ihres Tribunen so verdattert, daß sie wortlos und ohne bissige Kommentare gehorchten. Mit gerunzelter Stirn prüfte Sabinus die Ausrüstung der Männer, sah die Krankheitslisten durch und verteilte einige leichte Strafen – und alles nur, damit die Zeit schneller verging.

Livilla und Seneca führten in der Villa des Serenus ihr bukolisches Dasein und kümmerten sich nicht um die Ereignisse außer-

halb des so gut verborgenen Gartens. Doch eines Tages bat der Majordomus um ein Wort.
»Herr, ich weiß, daß du hier deine Ruhe haben willst und hätte dich gewiß nicht behelligt, doch die Nachricht ist ernst. Livia Drusilla, die Schwester des Kaisers, ist gestorben. Der Augustus soll sehr betrübt sein und hat sich auf Reisen begeben; niemand weiß genau, wohin.«
»Ich danke dir für die Nachricht, mein Lieber. Sollte der Kaiser hier in Baia auftauchen, dann sag mir Bescheid.«
Seneca überlegte, ob er Drusillas Tod einfach verschweigen sollte, um Livillas Ferienfreude nicht zu trüben. Aber dann hielt er es doch für besser, sie in Kenntnis zu setzen.
Am späten Vormittag schwammen sie in der Bucht, ließen sich in der Sonne trocknen und gingen hinauf zur Villa, um ein leichtes Mahl einzunehmen.
»Wenn du jetzt sehr lieb bist«, bat Livilla, »liest du mir ein wenig vor.«
»Ich bin sehr lieb«, sagte Seneca, aber zuvor hätte ich eine Frage. Wie stehst du zu Drusilla? Verachtest du sie, haßt du sie wegen ihres Lebens, oder liebst du sie noch?«
»Warum diese Frage? Wir wollten doch Rom aussperren aus unserem Paradies. Sie tut mir leid, wenn ich daran denke, daß sie mit diesem fetten, haarigen, halbkahlen und dünnbeinigen Scheusal ins Bett gehen muß.«
»Vielleicht tat sie es gerne.«
»Warum tat? Ist sie ihm davongelaufen?«
»So kann man es auch bezeichnen. Ja, sie ist auf und davon in eine andere Welt. Sie ist tot, Livilla, plötzlich gestorben.«
»Tot? Drusilla? Aber – aber sie war doch noch so jung...«
»Das pflegt den Tod nicht zu kümmern. Er greift zu, wie es ihm gefällt. Caligula soll aus Rom abgereist und unterwegs nach Süden sein – niemand weiß wohin.«
»Die kleine Drusilla... Schon als Kind war sie eigen, mochte nie bei den Mädchenspielen mitmachen. Ihre Puppen warf sie heimlich in die Kloake. Sie hatte lieber etwas Lebendiges, einen Hund, einen Esel... Sie war auch schwer zu bändigen. Strafen und Ermahnungen fruchteten bei ihr wenig. Agrippina war stolz, aber Vernunftsgründen durchaus zugänglich, ich

war sanft und fügsam, um in Ruhe gelassen zu werden, aber Drusilla ...«

Sie blickte Seneca an, und ihre Augen schwammen in Tränen.

»Er hat sie zerstört, zugrunde gerichtet. Und sie betete seine Macht an, war so gebannt von ihr wie eine Maus von der Schlange. Sie kam nicht los von ihm und er nicht von ihr. Vielleicht träumten sie beide den Traum von der Kindheit, der reinen, unbefleckten, fröhlichen, und konnten ihn nur träumen, wenn sie einander in den Armen lagen. Er wird sich rächen für diesen Schicksalsschlag, an allen rächen, die sich lieben und glücklich sind ...«.

»Wir müssen uns vorsehen«, sagte Seneca, und es klang ziemlich hilflos.

»Vorsehen? Da müßten wir uns schon aus der Welt stehlen. Wenn Caligula einen Menschen zerstören will, findet er ihn ob in Rom, in Africa, Germania, Asia oder in deiner Heimat Hispania. Er findet ihn!«

Seneca schüttelte den Kopf.

»Ich meine mit ›vorsehen‹ nicht die Flucht. Es gibt außer uns noch andere Menschen, die sich von ihm bedroht fühlen, und es werden täglich mehr. Diese Menschen haben Angst, und Angst ist eine Kraft, die man nicht unterschätzen darf. Solange sie sich nach innen richtet, zerstört sie uns selbst, doch wenn sie übermächtig ist, kann sie nach außen wirken und den vernichten, der sie verursacht hat.«

»Ja, daran habe ich auch schon gedacht. Man müßte ihn in Angst versetzen, ihn spüren lassen, daß er nirgends mehr sicher ist.«

»Er fürchtet sich ja jetzt schon. Sein unmittelbarer Schutz sind nur noch baumlange Germanen, die kein Wort Latein sprechen und ihn wie eine Mauer umgeben. Er bezahlt sie wie Fürsten und weiß, daß sie für ihn ins Feuer gingen. Kürzlich hat er sogar einen Germanen zum Tribunen gemacht: den Athleten Dexter, der ihm folgt wie ein gut dressierter Hund.«

Livilla hatte ihm kaum noch zugehört. Sie spürte die Bedrohung, die von ihrem schrecklichen Bruder ausging, spürte sie wie ein Beil, das an einem Faden über ihnen hing – über Seneca, ihren Freunden, über Agrippina und ihr selbst. Diese Gefahr und auch

Drusillas Tod entfachten in ihr einen Lebenshunger, ein Verlangen nach Liebe, nach Umarmung, nach Sonne und Meer – nach einem Mann.
»Seneca, ich möchte mit dir schlafen, jetzt gleich, draußen im Freien.«
Er verstand, was sie bewegte und ließ sich hinreißen von ihrer Lust, Tod und Gefahr mit dem alten Spiel zu begegnen, das in Ekstase versetzt, die Zeit stillstehen läßt, die Angst vertreibt und Leben schafft, immer wieder Leben.
Lachend und weinend fiel sie in seine Arme, ließ sich wegführen, glühend vor Verlangen. Arm in Arm gingen sie zum Meer hinab und warfen sich nackt in den Sand, liebten sich in Sonne und Wind, im Rhythmus des Meeres, fühlten sich stark und unangreifbar, als Sieger über Tod, Gefahr und Bedrohung.

Caligula bot einen schrecklichen Anblick. Da er, um dem Volk seine Trauer zu zeigen, absichtlich seinen Körper verwahrlosen ließ, wirkte er auf manche wie ein dem Tartaros entstiegenes Wesen. Seine dünnen, braunschwarzen Haare hingen ihm lang und fettig über die Schultern, was seine fortschreitende Kahlheit nur unterstrich. Den Bart ließ er sich alle drei oder vier Tage scheren und dann kam ein totenbleiches Gesicht zum Vorschein, aufgedunsen, schlaff, in dem die starren kalten Augen sich nur etwas belebten, wenn er einen seiner zynischen »Scherze« machte. Der Kummer um Drusilla hatte seinen Appetit keineswegs gedämpft. Vielmehr stopfte er sich mehrmals am Tage mit Speisen voll, die so stark gewürzt waren, daß sie ihm Gaumen und Kehle verbrannten. Den Brand löschte er mit ungemischten Wein, doch nur selten betrank er sich hemmungslos. Meistens war er in einem Zustand betrunkener Gereiztheit, so daß seine Sklaven zitterten, wenn er nur in ihre Nähe kam.

Der jubelnde Empfang in Syracusa besserte seine Laune. Seit er einige Millionen Sesterzen zum Wiederaufbau der Tempel, Theater und öffentlichen Anlagen gespendet hatte, galt er als Wohltäter und Ehrenbürger der Stadt. Zur Feier seiner Anwesenheit wurden Spiele veranstaltet, und Caligula erklärte sich sofort bereit, die Kosten zu übernehmen. Außerdem befahl er die

Gründung von neuen Spielen zum Gedenken an die verstorbene, vergöttlichte Drusilla.
Fast täglich fand man den Kaiser in einem der beiden großen Theater, wo abwechselnd Gladiatorenkämpfe, Tierhatzen und klassische Schauspiele aufgeführt wurden, während in den Pausen Gaukler und Akrobaten das Publikum unterhielten.
Caligula trat dabei unterschiedlich gekleidet vors Volk. Einmal durfte es ihn als Feldherrn im goldenen Brustpanzer des Alexander bewundern, doch wirkten die Schienen an seinen dürren Spinnenbeinen etwas lächerlich. Dann wieder erschien er im goldgestickten Purpurmantel, der seinen dicklichen Körper majestätisch umhüllte, während der goldene Lorbeerkranz seine kahle Stirn verbarg. Die Menschen sahen ihn nur aus der Ferne, und so machte er auf sie einen überwältigenden Eindruck. Manchmal waren aus dem Jubel Rufe wie »Divus Augustus!« (Göttlicher Augustus) zu hören, und das versetzte Caligula in gnädige Stimmung.
Da die Menschen seine Göttlichkeit nun allmählich begriffen, wollte er ihnen die Verehrung leichter machen, und so kam er noch in Syracusa auf den Gedanken, seiner eigenen Gottheit Tempel errichten zu lassen. Diese Idee fand er großartig und hielt ihre schnelle Verwirklichung für so wichtig, daß er sofort den Aufbruch befahl.

Durch ungünstige Witterung war die Flotte gezwungen, in Messana anzulegen. Am Morgen des zweiten Tages hatte der Sturm abgeflaut, doch der bis dahin friedliche Ätna stieß plötzlich wie ein schnaubendes Tier dicke Rauchwolken aus, und ein bedrohliches Grollen wies auf den nahen Ausbruch hin. In panischer Angst floh Caligula auf sein Schiff, das in aller Eile die Segel setzen mußte.
»Die Götter mahnen mich ...« murmelte der Kaiser vor sich hin. Bei gutem Wind segelte die Flotte weiter und lief Mitte September in den Hafen von Ostia ein. Sofort setzte sich Caligula mit seinem Sekretär Callistus zusammen und arbeitete verschiedene Beschlüsse aus, die der Senat dann als seine eigenen zu verkünden hatte.

Zuerst ging es um Drusilla; ihr gegenüber fühlte Caligula etwas wie Beschämung, weil er sich nach ihrem Tod davongestohlen hatte. Also schlug er dem Senat vor:

1. Konsekration der Julia Drusilla als Panthea (Allgöttin).
2. Aufstellen ihrer Statue im Tempel der Venus Genetrix und Bestellung einer eigenen Priesterschaft.
3. Drusillas Geburtstag wird zum öffentlichen Feiertag erklärt.
4. Bei feierlichen Schwüren haben alle Frauen künftig die Panthea anzurufen.

Mit der Bekanntgabe seiner eigenen Vergöttlichung wollte Caligula noch ein wenig warten, bis ein anderer Plan verwirklicht war. Er hatte nämlich beschlossen, die schönsten Götterbilder Griechenlands nach Rom bringen zu lassen, denn nur hier, wo der Zwilling des Jupiter herrschte, erhielten sie die angemessene Verehrung. So lautete sein Befehl, in den griechischen Städten vor allem nach kostbaren Zeusstatuen zu fahnden, und hier in Rom wollte er, das lebende Abbild des Blitzeschleuderers, diesem seinen eigenen Kopf aufsetzen lassen. Der Entschluß versetzte Caligula in gute Laune.
»Das ist wohl der beste Weg«, bemerkte er zu Callistus, »um dem Volk begreiflich zu machen, was geschehen ist und in welcher großen Zeit es lebt. Die Jupiterstatuen werden in Tempeln am Forum, auf der Via Sacra und vor öffentlichen Gebäuden aufgestellt. Da sie nun mein Antlitz tragen, werden die Menschen sich daran gewöhnen, daß Er und ich eines sind. Erst dann werde ich den Befehl zum Bau eines Tempels für Gaius-Jupiter geben. Eines nach dem anderen! Ich will diese Schwachköpfe nicht überfordern. Man muß sie behandeln wie unvernünftige Kinder, und kann nicht erwarten, daß sie alles auf einmal verstehen lernen.«
»Der einzig richtige Weg!« stimmte Callistus zu, doch er fühlte ein leises Grauen.
Was war die letzte Konsequenz dieser Vergöttlichung? Er verbot sich den Gedanken zu Ende zu führen und tröstete sich damit, daß es so weit nicht kommen würde. Außerdem gab es näherliegende Sorgen. Die Finanzmittel des Staates würden in wenigen

Monaten erschöpft sein. Andererseits stand nicht zu erwarten, daß der Kaiser sich einschränken würde. Es graute Callistus vor den Aufgaben, die dann auf ihn und andere zukamen. Allein mit Steuererhöhungen dürfte es nicht zu schaffen sein. Es müßten andere Geldquellen erschlossen werden, dachte er unbehaglich, und Caligula wird auf die naheliegende Idee verfallen, sich die Vermögen reicher und ihm unliebsamer Römer anzueignen – mit meiner Hilfe natürlich.
Callistus begann zu schwitzen. Nicht, daß ihn Skrupel quälten, oh nein, aber er dachte an sich selbst, dachte an die Zeit danach. Er nämlich wollte die Herrschaft des Wahnsinnigen überstehen, und das konnte er nur, wenn ihm später nichts vorzuwerfen war. Er setzte schon jetzt auf Claudius Caesar, mit dem er kürzlich ein Gespräch gehabt hatte. Das war nach einer jener peinlichen Mahlzeiten gewesen, da Claudius für Caligula und seine Speichellecker wieder einmal den Narren hatte spielen müssen.

Sie trafen sich zufällig in dem kleinen Atrium, das vom ursprünglichen Palast noch übriggeblieben war, und wo ein marmorner Delphinenbrunnen zwischen Lorbeersträuchern und Zwergzypressen plätscherte.
Callistus verneigte sich tief.
»Salve Claudius Caesar! Ein wenig Luft schöpfen nach der langen Mahlzeit? Unser Kaiser pflegt ja eine besonders ausgiebige Gastlichkeit.«
Claudius Caesar ließ alle Vorsicht fahren und machte seinem Ärger Luft.
»Ga-Gastlichkeit! Ja, so k-kann man es auch nennen. Warum schafft er sich k-keinen Hofnarren an? Immer m-m-muß ich für seine Späße herhalten! Soll er m-mich d-d-doch endlich in Frieden lassen!«
Er setzte sich auf die Bank neben dem Brunnen, und Callistus fragte höflich, ob er daneben Platz nehmen dürfe. Claudius nickte.
»Ich weiß, was bei diesen Mahlzeiten vorgeht, und finde es nicht weniger peinlich, wenn man dich, einen kaiserlichen Prinzen, auf solche Weise behelligt. Da kommt man dann auf seltsame

Gedanken und träumt von anderen Zeiten – anderen Umständen ...«
Claudius blickte auf. Sein zerfurchtes Gesicht zuckte beängstigend.
»W-wie m-meinst du das?«
»Auch ich bin in meiner Stellung nicht so glücklich, wie es scheinen mag, verehrter Caesar. Der Kaiser verlangt viel, und ich muß manches tun, dessen ich mich schäme. Dabei hätte ich gar keinen Grund, da Befehle des Princeps immer notwendig und richtig sind. Da träume ich manchmal davon – verzeih, wenn ich das sage – daß du seinen Platz einnimmst. Freilich nur ein Traum und ein ungehöriger dazu, denn wer könnte ihn, den Göttlichen, ersetzen?«
Doch Claudius hatte ihn schon verstanden und fühlte sich erleichtert, daß auch noch andere – zwar verschleiert und mit aller Vorsicht – ihren Unwillen über Caligula äußerten.
»Wir m-müssen abwarten, Callistus. Fortuna n-n-nimmt und g-gibt. M-manchmal ändern sich die Zustände ganz p-plötzlich, d-d-das lehrt schon die G-Geschichte.«
Dieses Gespräch wollte Callistus von Zeit zu Zeit fortsetzen, um in Claudius – sollte es einmal notwendig sein – einen Fürsprecher zu haben.

Aemilius Lepidus unterrichtete Agrippina laufend über seine Verhandlungen mit dem Prätor Lentulus Gaeticulus, der die römischen Truppen in Obergermanien befehligte. Seine Briefe sandte er an einen seiner Freigelassenen, der in der Subura einen Gemüsehandel betrieb. Der ließ dann das jeweilige Schreiben durch einen Sklaven an Agrippina überbringen. Da diese Leute alle nicht lesen konnten, bestand keine Gefahr eines Verrats oder einer Entdeckung.
In seinem ersten Brief las Agrippina:
»Gesundheit und Grüße zuvor.
Schon während meiner Reise sehnte ich mich zurück nach dir, nach Rom, nach der gewohnten Bequemlichkeit. Was man hier als Sommer bezeichnet, besteht aus einer Reihe von kühlen, regnerischen Tagen, nur kurz unterbrochen von Stunden eines wässrigen Sonnenscheins, der kaum imstande ist, unsere nassen Kleider zu trocknen.

Jetzt sitze ich in Mogantiacum, dem zentralen Armeelager unserer obergermanischen Legionen. Der Ort ist dabei, sich zu einem stadtähnlichen Gebilde zu entwickeln. Lentulus Gaeticulus residiert im Praetorium, dem ansehnlichsten Gebäude am Ort, und er hat mir einige Zimmer zur Verfügung gestellt. Gaeticulus hat sich in diesen Jahren sehr verändert und nicht unbedingt zu seinem Vorteil. Er hat das vierzigste Lebensjahr um einiges überschritten, doch könnte man ihn gut für einen fast Sechzigjährigen halten. Er scheint sich auf seinem Posten zu langweilen, schreibt Gedichte und erotische Epigramme und machte sogar Andeutungen von einem historischen Werk, an dem er arbeite. Doch dafür müsse er dringend nach Rom, um die großen Bibliotheken benutzen zu können. Er ist der Ansicht, Caligula halte ihn absichtlich von Rom fern und sinne nur auf einen günstigen Augenblick, um ihn zu vernichten. Kommt das Gespräch auf die Zeiten des Tiberius, so wird er sentimental und muß die Tränen unterdrücken. Das sei noch ein Kaiser gewesen, der habe sich aufgerieben im Dienst an Staat und Volk, ein wirklicher Princeps im Sinne des Wortes. Nun, er hat die letzten Regierungsjahre von Tiberius nicht miterlebt, so daß der alte Kaiser in seiner Erinnerung makellos dasteht, um so mehr, als ihn Tiberius damals vor Caligulas Nachstellungen bewahrt hat. Diese Einstellung kann uns nur recht sein. So schwärmte auch ich von Tiberius und schilderte ihm einige der ›Scherze‹ unseres Stiefelchens. Der Feldherr war so empört, daß er aufsprang und brüllte: ›Warum tritt nicht einer vor das Scheusal hin und stößt ihm den Dolch in die Brust? Gibt es keine Männer mehr in Rom?‹ Ich sagte ihm, viele würden seinen Vorschlag gerne ausführen, doch Caligula wisse das und umgebe sich mit einer Mauer dumm-treuer baumlanger Germanen.
Feige sei er also auch noch, meinte Gaeticulus verächtlich, da sei es ja weit gekommen mit dem alten, stolzen Rom, das von einem wahnsinnigen Knaben regiert werde. Da mußte ich lachen und sagte, von regieren könne nicht die Rede sein, denn das täten andere für ihn. Caligula lebe ausschließlich seinen Vergnügungen und seinen Lastern, gebe allein für seine Schlemmermähler Millionen von Sesterzen aus.
Ich brachte den Guten ziemlich in Wut und hatte ihn nach wenigen Tagen schon da, wo ich wollte. Behutsam legte ich ihm

unseren Plan vor, sprach von Deinem und Livillas Einverständnis, nannte Namen, die er kannte und schätzte und sagte schließlich, ohne ihn und seine Legionen müsse unser Plan scheitern. Gaeticulus lachte grimmig und meinte: ›So weit seid ihr also schon? Ohne mich und die germanischen Legionen geht nichts?‹

Natürlich bejahte ich seine Fragen und sagte abschließend: Allein auf ihn komme es nun an, doch niemand von uns würde ihm als Soldaten eine Ablehnung übelnehmen. Aber er müsse dann damit rechnen, zu den nächsten Opfern zu zählen. Da faßte der alte Haudegen nach seinem Schwert und rief, da müsse man den Spieß einfach umdrehen und Caligula zur Schlachtbank führen. ›Er soll das nächste Opfer sein! Und er muß es sein, wenn das anständige Rom weiterbestehen soll.‹

Du siehst, Liebste, es war nicht schwer, Gaeticulus zu überzeugen. Über die Ausführung des Planes konnten wir uns noch nicht einigen. Gaeticulus meinte, Caligula müßte nach Germanien gelockt und hier vernichtet werden. Mit seinen treuen Legionen könnten wir dann alle nach Rom marschieren, um dort die Macht zu übernehmen. Daß du und ich dafür vorgesehen seien, schien ihm durchaus recht.

Der Plan hat einiges für sich, obwohl ich nach wie vor dazu neige, Caligula in Rom zu beseitigen. Da hätte der Senat nicht lange Zeit zu irgendwelchen Überlegungen, sondern könnte sofort auf mich als neuen Princeps vereidigt werden. Bis Gaeticulus mit seinen Truppen in Rom erscheint, vergehen einige Wochen, und es könnte sogar sein, daß es während dieser Zeit zu einem Bürgerkrieg kommt. Außerdem gibt es dann immer noch diesen Claudius, und nicht wenige werden ihn als einziges noch lebendes Glied der kaiserlichen Familie zum Nachfolger wollen. Jedenfalls dürfen wir nichts überstürzen, und nichts darf geschehen, um unseren Plan zu gefährden.

Sei auch du vorsichtig, Liebste, traue keinem und vernichte diesen Brief, wenn du ihn gelesen hast.«

Dazu konnte sich Agrippina aber nicht entschließen, denn sie las die ermutigenden Zeilen wieder und wieder. Manchmal malte sie sich die Zukunft aus und sah sich an der Seite des Aemilius Lepidus Augustus als Kaiserin über die Via Sacra schreiten, unter dem Jubel des Volkes, von Weihrauch umwölkt und von den Segenswünschen der Priester begleitet.

An seinem zweiten freien Tag ließ Sabinus sich von seinem Burschen noch vor Sonnenaufgang wecken und ging in die Stadt.

Petrons Haus war leicht im Auge zu behalten, da es offenbar nur einen Zugang zur Straße hatte. Er schlenderte herum, blickte den Sklavinnen nach, die zu ihren Einkäufen gingen, entfernte sich aber nie zu weit von dem Haus.

Da bin ich nun ein römischer Tribun, dachte er halb belustigt, halb beschämt, und schleiche um das Haus meiner Angebeteten herum wie ein grünes Bürschchen. Omnis amans amens (Verliebte sind närrisch) tröstete sich Sabinus und rempelte aus Versehen einen vorbeilaufenden Jungen an. Während er ihm einen Fluch nachschickte, sah er in den Augenwinkeln eine Bewegung an dem Haus. Er drehte sich halb um und sah, wie ein jüngerer, gut gekleideter Mann mit einem Diener auf die Straße trat. Das muß Petron sein, dachte Sabinus und starrte den beiden nach. Etwa eine Stunde später erschien eine ältere, dickliche Frau zusammen mit einem Burschen, der einen Korb trug.

Das ist die Köchin mit dem Küchenjungen, vermutete Sabinus, und seine Hoffnung sank, Helena heute noch zu sehen. Die Sonne stand schon hoch am Himmel, und Sabinus, der im Schatten eines Brunnens stand, war nahe daran, aufzugeben, als ein kleiner, flauschiger Hund kläffend aus dem Haus purzelte, ihn beschnupperte, zurücklief – zurück zu Helena, die gerade vor die Türe trat. Wieder rannte ihm der Hund japsend zwischen die Beine, da packte Sabinus kurzentschlossen das kleine, strampelnde Wesen und brachte es seiner Herrin. Er verneigte sich.

»Ich habe da etwas gefunden, das vermutlich dir gehört, schöne Herrin des Hauses.«

Sie nahm den Hund und wurde vor Verwirrung blaß.

»Sabinus – Sabinus«, sagte sie nur und blickte sich vorsichtig um. Dann flüsterte sie ihm zu:

»Du kannst nicht bleiben, jeder kennt mich in diesem Viertel. Komme übermorgen um diese Zeit zum Artemis-Tempel. Du triffst mich bei den Weihrauchläden rechts vom Tempeleingang.«

Schnell ging sie weiter, als habe sie nur einem Fremden eine kurze Auskunft erteilt.
Sabinus hätte jubeln können, als ihre Bernsteinaugen ihn anblickten, als er die vertraute Stimme hörte, als sie die dünnen, langen Arme vorstreckte, um den Hund entgegenzunehmen.
Wie ein Traumwandler ging er den Weg zurück. Er mochte jetzt nicht an der gemeinsamen Mittagstafel teilnehmen, wollte allein sein und nachdenken. So schickte er seinen Burschen um einen Krug Wein und etwas Dörrobst und gab ihm dann für den Rest des Tages frei. Da fiel ihm plötzlich ein, daß er zwar morgen noch einen freien Tag hatte, aber dann wieder zum Dienst mußte. Er sprang auf und lief hinunter ins Speisehaus, wo der Legat gerade mit zwei Tribunen aus der Tür kam. Er blickte Sabinus unwillig an.
»Ich dachte, du hättest so dringende Verpflichtungen und jetzt läufst du im Lager herum. Auch gestern warst du da, hast deine Männer herumgescheucht – nun, da habe ich nichts dagegen – aber um Urlaub hättest du mich da nicht bitten müssen.«
Sabinus entschuldigte sich wortreich und bat darum morgen Dienst machen zu dürfen, dafür aber übermorgen . . .
»Jetzt schaut euch diesen Burschen an!« rief der Legat unwillig. »Wir sind hier kein Verein von Müßiggängern, sondern eine Legion des römischen Reiches. Da hättest du einen anderen Beruf ergreifen müssen, mein Lieber, wenn dir das hier zuviel ist.«
»Ich verstehe deinen Ärger, Legat«, sagte Sabinus kleinlaut, »aber ich benötige nur noch den übermorgigen Tag, um alles zu erledigen. Dann mache ich Dienst, so lange du willst.«
Da mußte der Legat lachen. Nun, er hatte seine Autorität gezeigt und durfte jetzt wieder nachgeben.
»Also gut, aber dann ist für eine Weile Schluß mit Sonderwünschen.«

Das Artemision lag etwa eineinhalb Meilen südöstlich von Ephesos an einer Stelle, die – wie Kundige versicherten – seit Urzeiten heilig war. Mit seinen einhundertsiebenundzwanzig Säulen galt der Tempel als der größte der Welt. Er war inzwischen siebenmal zerstört worden, und man hatte ihn jedesmal prächtiger wiederaufgebaut. Der Tempel hatte nur eine kleine Cella und wirkte wie ein riesiger Wald von Säulen. Das uralte Bild der Göttin – der

Legende nach war es vom Himmel gefallen – wurde nur an hohen Festtagen von ferne dem Volk gezeigt. Es war nur etwa zwei Ellen groß und in kunstloser Manier aus Zypressenholz geschnitzt. Durch das jahrhundertelange Salben mit heiligen Ölen waren Gesicht, Hände und Füße der Göttin schwarz geworden. Ihr Leib war in kostbare, mit Gold und Juwelen geschmückte Gewänder gehüllt, die ihre Dienerschaft mehrmals im Jahr reinigte und wechselte.

Sabinus war schon am frühen Morgen erschienen und hatte sich einen Führer gemietet, der ihm nun alles genau erklärte. So erfuhr er, daß der Göttin über hundert Priester und Tempeldiener zur Verfügung standen. Die Pilgerscharen nahmen in der guten Jahreszeit manchmal ein solches Ausmaß an, daß noch Hilfskräfte eingestellt werden mußten. Der Tempel war in einem weiten Halbkreis von Läden und Verkaufsständen umgeben. Die spannenlangen Artemisfigürchen – Sabinus hatte sie schon in der Stadt gesehen – gab es hier in Ton, Stein, Bronze, Silber und Gold. Die Kunstschmiede stellten sie an Ort und Stelle her, so daß rund um den Tempel ihr Hämmern und Schleifen zu hören war.
Der Führer redete unentwegt, nannte Zahlen, erzählte von berühmten Besuchern und von den vielen Wundern, die Artemis schon bewirkt hatte. Doch Sabinus mußte ihn jetzt loswerden, denn die Zeit des späten Vormittags war gekommen. So drückte er ihm ein paar Kupfermünzen in die Hand und ging hinüber zu den Ständen der Weihrauchhändler, die das duftende Harz als Pulver, in Körnern und ganzen Blöcken feilboten. Dort herrschte im Augenblick ein solches Gedränge und Geschiebe, daß Sabinus kaum etwas sah. Die heiße Jahreszeit machte sich in vielfältigen Gerüchen bemerkbar. Von irgendwoher stank es nach den Schlachtabfällen der Opfertiere, dazwischen wehte ein leichter Weihrauchduft aus dem Tempelinnern, und von den Schenken hinter den Verkaufsständen mischte sich ein Duft aus Wein, Knoblauch und Gebratenem dazwischen.
Sabinus ließ sich einfach hin- und herschieben, spähte in alle Richtungen nach der vertrauten, schlanken Gestalt, trat dann wieder zurück, um eine bessere Übersicht zu haben. Und plötzlich stand sie da, nur wenige Ellen von ihm entfernt, das Gesicht halb

verschleiert, nach allen Seiten Ausschau haltend. Er berührte sie am Arm.
»Helena!«
Sie zuckte zusammen und wandte ihm ihr Gesicht zu, von dem er nur die Augen sah, die großen, bernsteinfarbenen Augen.
»Sabinus . . .«
Er faßte sie am Ellenbogen und führte sie aus dem Gedränge zu den Stufen des Tempels.
»Ich bin so froh, dich gefunden zu haben. Wie geht es dir, Helena?«
»Was machst du hier in Ephesos? Bist du meinetwegen hergekommen?«
»Ja, deinetwegen. Ich bin Tribun bei der XI. Legion und habe mich nach Ephesos versetzen lassen, um dich wiederzufinden.«
Sie schaute sich unruhig um:
»Hier kommen so viele Menschen vorbei, gehen wir woanders hin.«
»Gut. Wir könnten in einer der Schenken etwas essen und uns dabei unterhalten.«
Helena nickte, und sie gingen an den Verkaufsständen vorbei, bis sie die Straße der Schenken erreichten, wo jetzt ein mittägliches Gedränge herrschte. Auf großen Holztafeln waren die Preise der Speisen und Getränke angeschrieben; dazu gab es noch Ausrufer, die sich gegenseitig mit ihren Angeboten überschrien.
»Eine komplette Mahlzeit für nur fünf Sesterzen! Suppe, Fleisch, Wein und Brot, so viel ihr essen könnt! Nur fünf Sesterzen!«
Die billigen Kneipen lagen vorne an der staubigen Straße, Tisch eng an Tisch, im Lärm und Gestank. Dahinter aber gab es ruhigere Tavernen, wo man unter schattigen Bäumen speiste, aber natürlich auch mehr bezahlte als fünf Sesterzen.
Sabinus wählte einen Tisch, der nur schwer einzusehen war und schob Helena einen Stuhl hin. Er setzte sich ihr gegenüber, nahm ihre Hand und sagte:
»Auf diesen Augenblick habe ich gewartet, seit du mich in Epidaurus verlassen hast.«
Helena blickte sich mißtrauisch um und schlug den Schleier zurück. Schnell zog sie ihre Hand weg.
»Ich hätte dir das nicht zugetraut, Sabinus, du hast mich überrascht. Aber was erwartest du dir davon? Ich bin seit über einem

halben Jahr verheiratet; Petron ist sehr eifersüchtig, und dies wird wohl unser erstes und letztes Treffen sein. Wie hast du mich überhaupt gefunden?«
»Ich habe dich gefunden, weil ich dich finden mußte, und ich glaube auch nicht, daß es unser letztes Treffen war. Helena, ich liebe dich! Ich schwöre es dir hier bei der großen Artemis von Ephesos, ich liebe dich, und ich werde dich lieben, solange ich lebe! Du kannst doch nicht glücklich sein mit diesem Petron – ich glaube es einfach nicht!«
Sie wurden durch den Schankburschen unterbrochen, der sie nach ihren Wünschen fragte und gleich aufzählte, was es gab.
»Tauben am Spieß, gebratene Hammelniere, Spanferkel, Huhn, Keule vom Wildschwein . . .«
Sabinus sah Helena fragend an. Sie zuckte die Schultern.
»Ein paar Tauben vielleicht . . .«
»Also den Taubenspieß und für mich das Spanferkel, dazu Wein und Wasser.«
Der Bursche verschwand.
»Wie soll es nun weitergehen?« fragte Sabinus.
»Das fragst du mich? Es geht nicht weiter! Ich weiß gar nicht, was du willst! Schließlich bin ich verheiratet . . .«
»Ja, das weiß ich. Ein bestehender Zustand läßt sich ändern. Ich habe dich vorhin gefragt, ob du mit Petron glücklich bist. Also – bist du es?«
Ihre Bernsteinaugen blitzten zornig:
»Glücklich, glücklich – was heißt das schon? Man heiratet, bekommt Kinder, löst die Eltern ab – mehr kann man doch nicht erwarten vom Leben, oder?«
Sabinus lachte:
»Mehr nicht? Du bist aber bescheiden! Ihr seid also schon über ein halbes Jahr verheiratet? Gut, und wie steht es mit den Kindern? Dein Leib ist gertenschlank; ich hoffe, du hast Artemis um Fruchtbarkeit angefleht, sie ist ja zuständig dafür.«
»Was geht dich das an?« fragte Helena böse. »Warum mischst du dich in mein Leben? Was schert es dich, ob ich ein Kind erwarte? Wie denkst du dir das überhaupt? Du kommst nach Ephesos, spürst mich auf und tust so, als hätte ich nur auf dich gewartet. Du bist größenwahnsinnig, Sabinus.«

»Mag sein, aber meine Liebe gibt mir das Recht dazu.«
»Deine Liebe! Und was ist mit mir? Zu einem Liebespaar gehören bekanntlich zwei. Du aber bist allein, Sabinus, allein mit deiner Liebe, die ich nicht erwidern kann – nicht erwidern darf. Vergessen wir das ganze! Du gehst in deine Legion zurück und ich in mein Haus. Hier ist nicht Epidauros, mein Lieber, hier herrschen andere Bräuche. Wie man hört, wird in Rom die Ehe nicht besonders ernst genommen. Aber hier ist nicht Rom, hier gelten noch die alten Gesetze. Ich bin verheiratet, Sabinus, und ich werde es bleiben.«
Sabinus seufzte:
»Vermutlich habe ich es falsch angepackt, bin gleich mit der Türe ins Haus gefallen. Wie ich höre, ist dein Schwiegervater mit seinem Sohn nicht sehr zufrieden. Petron soll sich herumtreiben, soll arbeitsscheu sein – jedenfalls spricht man am Hafen davon.«
Helena war verblüfft. »Woher weiß du das? Reden die Leute im Hafen tatsächlich davon?«
»Woher wüßte ich es sonst? Aber dein Mann ist noch jung, er kann sich ändern.«
»Er ändert sich nicht!« entfuhr es Helena.
Die Speisen wurden gebracht, und beide begannen schweigend zu essen. Sabinus trank einen Schluck Wein.
»Liebst du ihn? Oder hast du nur deinen Eltern gehorcht, die eure Familien verbinden wollten?«
Helena wusch sich sorgfältig die Hände in der kleinen irdenen Schüssel. Sie nahm ein Stück Zitrone und reinigte damit jeden einzelnen Finger. Während sie ihre Hände mit dem Leintuch trocknete, sagte sie:
»Ich habe es dir schon damals in Epidauros genau erklärt. Wir waren von Kindheit an verlobt und versprochen. Aber ich will dir gegenüber ehrlich sein: Ich habe mir die Ehe anders vorgestellt. Petron ist kein schlechter Mann, gewiß nicht, hat sogar seine Vorzüge, aber er ist... er ist...«
Sabinus faßte zärtlich ihre Hand:
»Du mußt mir nicht alles sagen, nicht jetzt. wir haben noch viel Zeit.«

»Ach Sabinus, ich wünschte mir, du wärst nicht Cornelius Sabinus, der Römer, sondern Petron, der Grieche. Dann wäre alles gut.«
Sabinus mußte lachen.
»Das ist zwar ein Kompliment für mich, aber solche Wünsche führen zu nichts. Ich bin Sabinus, der Römer, und will es auch bleiben. Ich liebe dich, so wie du bist: Helena, die Griechin, mit den Bernsteinaugen, und hier, an dieser heiligen Stätte schwöre ich es bei der großen Artemis von Ephesos, daß ich nicht ruhen werde, bis du mir gehörst.«
»Und was ist mit mir?« fragte Helena trotzig. »Meine Wünsche zählen wohl nicht? Du weißt ja gar nicht, ob ich dich haben will. Und Petron? Soll ich ihn erwürgen oder vergiften? Und meine Familie, meine Verwandten, meine Freunde? Wie denkst du dir das eigentlich, Cornelius Sabinus? Sind das die römischen Sitten? Kein Wunder, daß viele Griechen euch hinter vorgehaltener Hand als Barbaren bezeichnen.«
»Du hast mir ein Dutzend Fragen auf einmal gestellt und die meisten davon kann ich nicht beantworten. Aber eines spüre ich, Helena: du bist nicht glücklich mit Petron. Er ist nicht der Mann, den du dir erwartet hast, und dir graut, wenn du bedenkst, daß du dein ganzes Leben mit ihm verbringen mußt. Sag jetzt nichts, Helena, aber ich weiß, daß ich recht habe, und ich weiß auch, daß wir eine Lösung finden werden.«
Helena schwieg, nahm den Krug und goß etwas Wein auf die Erde.
»Für Artemis, die große, mächtige!« murmelte sie und stand auf. »Meine Dienerin erwartet mich beim Tempel; es ist besser, du begleitest mich nicht. Ich komme von Zeit zu Zeit hierher, um Artemis zu opfern. Wenn du willst, kannst du mich hier treffen. Ich sende dir vorher eine Nachricht in die Castra.«
Sabinus erhob sich.
»Das wird nicht einfach sein, ich habe nicht viel freie Tage. Darf ich dir schreiben?«
»Ja, aber laß deine Briefe an Klonia aushändigen, das ist meine Amme. Nur ihr vertraue ich ganz. Leb wohl, Sabinus.«
Er sah ihr nach, bis sie hinter den Bäumen verschwunden war.

Notfalls würde er seine Stellung bei der Legion aufgeben. Gewichtige Gründe würden sich finden lassen. Aber wovon sollte er dann leben? Onkel Calvus würde helfen, gewiß, vielleicht auch sein Vater. Aber er wollte seine Familie nicht behelligen. Das war eine Angelegenheit, die er allein durchstehen mußte.

Er bezahlte und wanderte um den Tempel herum nach Norden, ging auf schmalen Wegen durch Weinberge und Olivengärten, bis er den Fluß Kaystros erreichte. Gemüse- und Obstgärten säumten seine Ufer; das ganze fruchtbare Land gehörte dem Tempel der Artemis.

Wie sollte es weitergehen? Er konnte sich mit Helena nicht immer nur in Schenken treffen. Sie brauchten einen Ort, wo sie allein und ungestört waren. In weitem Umkreis um den Tempel lagen die Pilgerherbergen – teure und billige, ja, sogar ganze Häuser waren für die Wohlhabenden zu vermieten. Sabinus wanderte herum und schaute sich einiges an. Fast alles war schon vergeben, aber die Gäste wechselten schnell, und so gab es auch einige freie Wohnungen. Eine davon gefiel ihm besonders. Es war ein großes Zimmer in einem etwas verwahrlosten Gutshaus, das nach Osten auf eine kleine umzäunte Pferdeweide hinausschaute.

Der Besitzer, ein älterer Mann, tat gleichgültig. Er lebe allein hier mit einigen Knechten und Mägden, und da das Haus zu groß sei, vermiete er einige Räume an Pilger.

»Auch nur für einen Tag?« frage Sabinus.

Der andere zuckte die Schultern. »Warum nicht? Aber das kostet dann mehr.«

»Und wenn ich es für dauernd miete?«

»Für dauernd? Wie lange ist dauernd?«

»Ein halbes Jahr vielleicht...«

Der Besitzer begann mit Hilfe seiner Finger zu rechnen, murmelte, schüttelte den Kopf, begann wieder von vorn und sagte schließlich:

»Wenn du gleich bezahlst, kann ich dir einen guten Preis machen. Dreißig Denare für ein halbes Jahr.«

»Du hältst mich wohl für sehr reich?« fragte Sabinus spöttisch. »Sagen wir zwanzig.«

»Fünfundzwanzig!«
»Zweiundzwanzig. Davon gebe ich dir zwei Denare gleich, die anderen zwanzig bei meinem nächsten Besuch. Aber das Zimmer muß sauber sein! Kein Schmutz, kein Ungeziefer!«
Der andere grinste. »Empfängst wohl Damenbesuch . . .«
»Du hast es erraten.«
Sabinus legte die zwei Silbermünzen auf den Tisch und ging hinaus. Wenn Helena sich weigerte, hierherzukommen, hatte er das Zimmer umsonst gemietet. Dann muß eben ein anderer Weg gefunden werden. Er dachte jedenfalls nicht daran aufzugeben.

XIX

Caligula erwachte schweißgebadet und mit schmerzendem Kopf. In seinem Mund nistete ein fauliger Geschmack, als hätte er Aas gegessen. Die Sonne stand schon hoch am Himmel, ihre Strahlen drangen durch einen Spalt der schweren Purpurvorhänge und brachten das vergoldete Bronzekapitell einer der Porphyrsäulen zum Leuchten.
Dieses Funkeln störte Caligula, und ihm schien, als wolle die Sonne ihn damit ärgern. Er griff nach der silbernen Klingel, doch seine zitternde Hand stieß sie dabei um. Der leise Laut genügte, um einen Diener herbeizulocken. Caligula deutete wütend auf den Vorhang, versuchte etwas zu sagen, brachte aber nur ein heiseres Krächzen zustande. Der Diener mißdeutete den Wink und zog die Vorhänge zurück. Im Zorn fand Caligula seine Stimme wieder:
»Mach sie wieder zu, Dummkopf! Ich mag jetzt keine Sonne!«
Er ließ sich ächzend zurücksinken. Der Schmerz in seinem Kopf hämmerte dumpf, auch der Aasgeschmack im Mund wollte nicht weichen.
»Einen Becher Kräuterwein mit Wasser!«
Er spülte seinen Mund und spuckte aus. Dann trank er einige Schlucke und spürte, wie sich sein gequälter Magen mit einem sauren Aufstoßen dagegen wehrte.
So ein Menschenkörper ist untauglich für Genüsse, sobald er zuviel davon bekommt, dachte Caligula erbittert. Warum hatte

ihn sein göttlicher Zwilling nicht mit mehr Kraft ausgestattet? Ein Schlemmermahl, ein Krug Wein, und schon begann dieses widerborstige Stück Fleisch sich zu rächen – mit Kopf- und Magenschmerzen, mit einem Mundgeschmack nach Kloake, mit heiserer Stimme und schmerzenden Gliedern.

Dabei war es gestern ein recht vergnügter Abend gewesen. Caligula war nämlich zu der Ansicht gelangt, daß die Treue zum Kaiser alle anderen menschlichen Empfindungen zu übertreffen habe, und das wollte er gleich erproben.

Da hatte so ein gewesener Senator – wohl ein unverbesserlicher Republikaner – abträgliche Bemerkungen über das Principat im allgemeinen gemacht und Caligula, dem sie hinterbracht wurden, hatte sie auf sich bezogen. Der Mann wurde vom Senat in aller Eile zum Tode verurteilt, und als sein ältester Sohn dagegen protestierte, durfte er noch vor dem Vater seinen Kopf unter das Henkersbeil legen. Die verbliebene Familie – Gemahlin und Mutter der Hingerichteten, einen Bruder und zwei Schwestern, hatte Caligula tags darauf zu einem Gastmahl geladen. Er ließ ihnen die besten Speisen und Weine auftischen, tröstete sie über ihren Verlust und machte allerlei Scherze, um sie zum Lachen zu bringen. Doch seine Gäste saßen mit erstarrten Gesichtern da, aßen und tranken kaum, und es entging dem Kaiser nicht, daß der überlebende Sohn seinen Haß nur mühsam unterdrückte. Auch du bist schon tot, dachte Caligula hämisch, wenn dein lebender Leichnam auch jetzt noch Gast an der kaiserlichen Tafel sein darf.

»Es war das Urteil des Senats!« rief Caligula entschuldigend. »Soll der Princeps sich über einen Entscheid der ehrwürdigen Väter hinwegsetzen? Das wäre gegen jedes Herkommen!«

Da sie schon nicht essen wollten, zum Trinken konnte er sie zwingen. So mußten sie auf die Gesundheit der beiden Konsuln ihre Becher erheben, dann auf die Götter im Olymp, auf die vestalischen Jungfrauen, auf die kaiserlichen Schwestern, auf den närrischen Claudius Caesar und immer wieder auf ihn selbst, den Imperator Gaius Augustus.

Da Claudius zur Zeit in Rom war, ließ Caligula ihn holen, stellte ihn seinen Gästen vor und ließ ihn – wie einen gebildeten Sklaven – griechische Verse zitieren.

Claudius stotterte kläglich, und schließlich begann eine der Schwestern des Hingerichteten zu kichern. Sie verstummte sofort, als ihre Mutter sie gramerfüllt anblickte, doch Caligula klatschte in die Hände.

»Jetzt habe ich doch jemand zum Lachen gebracht!« triumphierte er.

Dann wurde er so betrunken, daß sich seine Erinnerungen verwischten. Er hatte ja eigentlich noch vorgehabt, die hübschere der beiden Schwestern in sein Bett zu holen, doch die zunehmende Trunkenheit hinderte ihn daran.

Das läßt sich nachholen, dachte Caligula, und spürte, wie ihm das Blut in die Lenden schoß. Er war jetzt schon zwei Tage enthaltsam geblieben, weil er sich nicht entscheiden konnte, welchen der vielen Schöße er mit seinem Phallus beglücken sollte. Von der zwölfjährigen Sklavin bis zur adeligen Matrone wartete die römische Weiblichkeit nur auf seinen Wink. Alle konnte er sie haben – alle! Er mußte lachen, als er an die betretenen Gesichter gewisser Herren dachte.

Es war kurz nach seiner Rückkehr aus Sizilien gewesen. Drusilla war nun endgültig zur Panthea geworden, und ihn packte eine gewaltige Lust auf Frauen. Es schien ihm unwürdig, mit der nächsten Sklavin zu schlafen, und so lud er einige römische Adelige zu sich, die für ihre schönen Gemahlinnen bekannt waren. Da konnte er in aller Ruhe auswählen.

Diesmal war Valerius Asiaticus unter den Geladenen, dessen Gattin auf Caligula den größten Reiz ausübte, weil er sah, wie sie sich zu verstecken suchte, um nicht aufzufallen. Andere wieder schauten ihn schmachtend an, drängten sich vor, taten alles, um seine Aufmerksamkeit zu erregen. Doch heute wollte er die Frau seines Freundes Valerius Asiaticus beglücken, der für seinen Reichtum, seine geistreichen Witze und für das Fehlen jeglichen Ehrgeizes bekannt war.

Er stand auf und zog Valeria hinter dem Rücken ihres Mannes hervor.

»Schau, schau, wer versteckt sich denn da und will dem Kaiser ihren Anblick nicht gönnen?«

Valeria wurde feuerrot und senkte den Kopf. Ihr Gatte tat, als sei es die alltäglichste Sache von der Welt, sagte kein Wort und wartete ab.
Das ist sein Glück, dachte Caligula, aber der Gute kennt mich und weiß, wie weit er gehen darf.
Dann führte er die Widerstrebende in ein Nebengemach. Sie war zwar hübsch, die junge Patrizierin, doch sie stellte sich an wie eine vestalische Jungfrau. Starr und kalt lag sie unter ihm; es machte ihm ganz und gar keinen Spaß. Als sie dann noch zu heulen begann, als hätte er sie geschlagen, führte er sie empört ins Triclinium zurück. Er stieß sie an die Seite ihres Gatten.
»Da hast du sie wieder, Valerius! Es wäre Zeit, daß du sie lehrst, einem Mann gefällig zu sein. Was nützt ein hübsches Gesicht, wenn der Schoß so kalt und starr ist wie bei einer Toten?«
Die betretenen Gesichter der anderen erheiterten Caligula so sehr, daß er einen Diener um einen Beutel Sesterzen schickte. Den warf er der Mißbrauchten in den Schoß und meinte.
»Der Kaiser belohnt auch schlechte Dienste! Allerdings nur mit Kupfermünzen, denn Gold oder Silber warst du nicht wert, meine Liebe. Du mußt noch viel lernen!«
Von diesen angenehmen Erinnerungen beflügelt, schlug Caligula die Seidendecke zurück und kroch aus dem Bett.
Es ist schon etwas daran, dachte er, wenn man von den Huren sagte, sie seien die besten Liebhaberinnen. Die erstarren weder vor Angst noch vor Ehrfurcht, die lassen ihren Hintern so munter tanzen, daß es eine Freude ist.
Da fiel im Pyrallis ein, die gepflegte und vornehme Kurtisane. Er, der niemals einen Namen vergaß, erinnerte sich noch gut an ihre schlanke, noble Erscheinung, an die graugrünen Augen und das schimmernde, kastanienbraune Haar. In ihrer Gegenwart hatte ihn die heilige Krankheit ergriffen, sie war Zeugin dieses bedeutsamen Ereignisses gewesen. Dabei hatte er sie niemals berührt.
Er gähnte ausgiebig und griff nach der Klingel.
»Vorhänge zurück! Ist das Bad geheizt? Callistus soll kommen!«
Der Diener spürte die gute Laune des Kaisers und lächelte zaghaft.

»Alles bereit, Majestät, Callistus hat schon auf dein Erwachen gewartet.«
Im selben Augenblick trat der Sekretär ein, verneigte sich und streckte entschuldigend einige Pergamentrollen hin.
»Ave Augustus! Einige wichtige Entscheidungen...«
»Nein, Callistus, nicht jetzt! Begleite mich in die Thermen, du hast gewiß ein Bad nötig.«
Callistus unterdrückte einen Seufzer. Er hatte längst gebadet, doch nun blieb ihm nichts anderes übrig, als es ein zweites Mal zu tun.

Im Riesenpalast des Caligula gab es zwei Badeanlagen. Die eine lag im Freien und wurde nur im Sommer genutzt; für die kältere Jahreszeit gab es eine kleinere, die schneller zu heizen war und zu der vom Cubiculum eine Wendeltreppe hinabführte. Der Kaiser ging voraus.
»Wir werden dick«, bemerkte Caligula, als sie ihre Kleider ablegten und langsam in das heiße Wasser stiegen.
»Ich mag dürre Menschen nicht«, sagte Callistus. »Da drängt sich mir immer der Verdacht auf, so einer müsse entweder krank oder geizig sein.«
Der Kaiser lachte. »Oder beides!«
Er ließ seinen haarigen, aufgeschwemmten Körper ins Wasser gleiten und grunzte behaglich.
»Der Sommer ist vorbei, das Volk erwartet Spiele von mir. Steht genügend Material zur Verfügung?«
Callistus tätschelte seinen feisten Körper.
»Bären, Wölfe, Löwen, Elefanten, Tiger – es ist alles im Überfluß vorhanden.«
»Und Futter für die Bestien? Menschenfleisch?«
»Die Gefängnisse bersten. Allerdings werden die zum Tode Verurteilten nicht ausreichen – oder doch nur für eine Vorstellung. Das andere sind kleine Diebe, Wucherer, Raufbolde...«
Caligula lachte behaglich.
»Denen werden wir etwas Gutes tun. Drück ihnen ein Schwert in die Hand und lasse sie kämpfen. Wer überlebt, soll frei sein, um die anderen ist es nicht schade. Rom ist wie ein ungeheurer Schoß, der Tag um Tag Hunderte von neuen Spitzbuben gebiert.

Wir brauchen nicht zu sparen, Callistus, nicht an Tieren, nicht an Menschen – an nichts ...«

Aemilius Lepidus kehrte in Hochstimmung nach Rom zurück. Zwar hatte er sich mit Gaeticulus nicht darauf einigen können, wo der Anschlag auf Caligula stattfinden sollte, doch die unbedingte Bereitschaft des haßerfüllten Legaten, an einem Umsturz mitzuwirken, wertete er als entscheidenden Erfolg. Auch auf einen bestimmten Zeitpunkt hatten sie sich beide nicht festlegen wollen. Der Legat nicht, weil er zuvor noch versuchen wollte, seinen Schwiegervater Apronius, den Befehlshaber der untergermanischen Legionen, für die Verschwörung zu gewinnen. Auch Lepidus hatte gewichtige Gründe, den Zeitpunkt vorerst offen zu lassen. Es stand mit Sicherheit zu erwarten, daß Caligulas wachsende Mordlust ihm neue erbitterte Feindschaften eintragen würde. Schon jetzt gab es eine Reihe von Männern, deren Söhne oder Väter als nackte, kopflose Leichen auf den Gemonien gelegen hatten und die nur ein Wunsch beseelte: sich an Caligula zu rächen. Aus diesen Männern mußte ein Kreis von Verschwörern gebildet werden, aber den galt es behutsam auszuwählen, denn ein einziger Feigling oder Ehrgeizling konnte zum Verräter werden und alles zunichte machen.
Für sich hatte Lepidus eine besondere Strategie entworfen. Er wollte versuchen, dem Kaiser als Freund und Vertrauter wieder nahe zu kommen – so nahe als möglich – um aus seinen Äußerungen oder Andeutungen die entsprechenden Schlüsse ziehen zu können.

Caligula zeigte sich zugänglich, nahm Lepidus wieder in seinen engsten Kreis mit auf und setzte sein altes Lotterleben fort. Wieder gab es endlose Saufgelage und Streifzüge durch die Lupanarien Roms. Am nächsten Tag erholten sie sich gemeinsam in den Thermen, besuchten Pferderennen und Theateraufführungen, aber niemals – niemals sprach der Kaiser über jene Dinge, die Lepidus brennend interessiert hätten. Das machte ihn vorsichtig und mißtrauisch. Es konnte geschehen, daß ein Mitglied dieses Freundeskreises nach einer gemeinsam durchzechten Nacht ahnungslos nach Hause ging und dort von einem

Prätorianertrupp empfangen und festgenommen wurde. Drei Tage später trug man seine Leiche zum Scheiterhaufen. Caligula hatte bis zuletzt so getan, als sei ihm dieser Mensch ein lieber Freund und hatte ihm noch nachgerufen: »Auf morgen!«, als der Ahnungslose seinen Häschern in die Hände fiel.
Das kann auch mir geschehen, dachte Lepidus, morgen schon oder in der nächsten Stunde. So gut es ging, hatte er dagegen Vorsorge getroffen. Eine abseits gelegene Wohnung hatte er unter falschem Namen gemietet, und dahin wollte er beim geringsten Anzeichen einer Gefahr flüchten.
Caligula hielt seine Umgebung ständig in Atem und war ein Meister der Täuschung. Es lebten noch Männer, denen er schon vor Monaten mit zynischen Worten ihren baldigen Untergang prophezeit hatte, und nicht wenige waren zu Asche geworden, die bis zuletzt ahnungslos mit ihm gefeiert und geschlemmt hatten.
Caligula begründete dies auch. Das sei die Art der Götter! Sie künden ihre Entschlüsse nicht an, sondern handeln nach Lust und Laune oder nach höheren, den Menschen nicht zugänglichen Einsichten.
»So wenig Fortuna oder Jupiter ihre Entscheidungen vorher bekanntgeben, so wenig tue ich es.«
Lepidus berichtete Agrippina von diesem Ausspruch. Ihr schönes, stolzes Gesicht flammte auf vor Zorn:
»Er ist wahnsinnig! Eine Zeitlang habe ich geglaubt, er spiele nur die Rolle eines Gottes, aber nun glaube ich, er hält sich tatsächlich dafür. Fast könnte er einem leid tun.«
Lepidus brauste auf:
»Mitleid mit einem Massenmörder? Dieser Mensch entwickelt sich zum Henker des ganzen römischen Patriziats. Und er mordet nicht nach System, sondern nach Lust und Laune – wie eben die Götter. Hast du übrigens mit Livilla gesprochen?«
Agrippina nickte:
»Ich habe behutsam bei ihr angeklopft. Seit sie mit Seneca befreundet ist, fürchtet sie um sein Leben. Caligula haßt ihn und sucht einen Vorwand, ihn zu vernichten. Sie sagte mir, wenn ein Mensch gemeingefährlich wird, und sei es der eigene Bruder, dann haben wir die Pflicht, ihn unschädlich zu machen.«

»Recht deutliche Worte«, sagte Lepidus zufrieden, »jetzt hat Caligula keinen Rückhalt mehr in seiner Familie. Wie steht Claudius dazu? Kennst du ihn näher?«
Agrippina verzog spöttisch die Lippen.
»Der gute Onkel Claudius. Weißt du, was seine eigene Mutter von ihm sagte? Die Natur habe ihn nur begonnen, aber leider nicht vollendet. Wenn sie jemand für besonders beschränkt hielt, pflegte sie zu sagen: der ist noch dümmer als mein Sohn Claudius. Von ihm droht weder Gefahr, noch können wir Hilfe erwarten. Wenn du einmal Kaiser bist, verbannst du ihn einfach auf sein Landgut und tust ihm noch den größten Gefallen damit. Im Zweifelsfall ist er natürlich auf unserer Seite, denn Caligula reizt und demütigt ihn auf eine Weise, die einen anderen schon zum Selbstmord getrieben hätte.«
»Es steht also nicht schlecht mit unseren Plänen. Ein Unsicherheitsfaktor aber bleibt: Es kann sein, daß jemand sich voll Haß und Zorn uns anschließt, später Angst bekommt und alles verrät. Da weiß ich nicht, was besser ist: den Verschwörerkreis möglichst klein zu halten, um eine solche Gefährdung auszuschließen, oder ihn so weit wie möglich auszudehnen, um allen ein Gefühl der Sicherheit zu geben. Mancher schwankt noch und wird sich dann sagen: wenn hundert gegen ihn sind, will ich mich nicht ausschließen.«
»Beides hat etwas für sich. Trotzdem würde ich raten, die Mitwisser auf höchstens ein Dutzend zu beschränken und nur solche einzuweihen, denen man unbedingt vertrauen kann. Wir müssen uns nur vor denen hüten, die sagen: ich mache mit, wenn ich Geld oder ein Amt bekomme oder in die Ritterliste aufgenommen werde. Die verkaufen sich für ein paar Denare an die Gegenseite. Ich möchte nicht, daß dir etwas zustößt, mein Lieber.«
Weil dann auch deine Pläne vernichtet werden, dachte Lepidus, aber er sagte:
»Was wir jetzt brauchen, ist Geduld. Die Hauptarbeit wird unser Stiefelchen selbst leisten. Mit jedem seiner Schandurteile, mit jedem seiner oft tödlichen ›Scherze‹ vermehrt er Gegner wie die Köpfe der Hydra. Je gottähnlicher er sich dünkt, desto unvorsichtiger wird er werden. Vielleicht läuft er eines Tages auf die

Straße, weil die anderen Götter ihm eingeflüstert haben, er sei unsterblich geworden. Dann haben wir leichtes Spiel.«
Agrippina schüttelte skeptisch den Kopf.
»Damit dürfen wir nicht rechnen. Du bist jetzt wieder in seiner Nähe – sieh ihn dir genau an! Du wirst bemerken, daß sein gutes Gedächtnis und sein scharfer Verstand unter seinem Wahnwitz keineswegs gelitten haben. Er ist ein guter Menschenkenner, und sein ständig wacher Argwohn, sein krankhaftes Mißtrauen haben ihn übervorsichtig werden lassen. Es wäre unser größter Fehler, ihn zu unterschätzen.«
Lepidus ergriff Agrippinas Hand und betrachtete den Gemmenring mit dem Bildnis des Germanicus.
»Wäre dein Vater Kaiser geworden, wie Augustus es geplant und gehofft hatte, so müßten wir jetzt nicht unser Leben aufs Spiel setzen, um seinen kranken Sproß zu beseitigen.«
»Denke nicht daran, was hätte sein können, sondern richte dein Auge auf das, was werden wird – werden muß! Fortuna ist keine Freundin der Schwankenden und Zögernden oder gar derer, die Vergangenem nachjammern. Nicht einmal die Götter wären imstande, Gewesenes zu ändern, aber die Zukunft, Lepidus, die Zukunft liegt in unserer Hand.«

Für Cornelius Sabinus war es schwierig, seine freien Tage mit Helena abzustimmen. Am einfachsten wäre es gewesen, sich mit ihr nach Dienstschluß zu treffen, doch für sie war es unmöglich, abends das Haus zu verlassen, ohne Mißtrauen zu erregen. So gingen einige Briefe hin und her, bis ein geeigneter Tag gefunden war. Sie wollten sich am Artemis-Tempel treffen wie beim ersten Mal, und Sabinus sehnte diesen Tag herbei wie ein Schuljunge den Beginn der Ferienzeit. Doch dann drängte sich etwas anderes dazwischen, und Sabinus spürte am eigenen Leibe, daß es in Rom einen Kaiser gab, dessen Wahn und Wille bis in die fernsten Provinzen reichte.
Der Legat berief alle Tribunen der XI. Legion zu sich:
»Meine Herren, mich hat soeben eine Verfügung aus Rom erreicht. Auf Anordnung unseres verehrten Imperators Gaius Julius Caesar Augustus Germanicus, sollen in Ephesos die Sta-

tuen des Gottes Jupiter aus folgenden Tempeln und öffentlichen Anlagen entfernt und nach Rom verschifft werden.«
Dann folgte eine Aufzählung der Örtlichkeiten, doch niemand hörte genau hin.
Der rangälteste Tribun meldete sich zu Wort.
»Verzeih, Legat, wenn ich dazu einige Fragen stelle. Hältst du es für klug, eine mit Rom aufs freundschaftlichste verbundene Stadt ihrer Heiligtümer zu berauben? Gibt es in Rom nicht genügend Jupiterstatuen oder Bildhauer, die solche anfertigen können?«
Der alte Legat räusperte sich verlegen:
»Was ich für klug halte oder nicht, steht leider nicht zur Debatte. Der Kaiser wird für seinen Befehl einen Grund haben, und weder euch noch mir steht es zu, darüber nachzugrübeln. Wir erhalten einen Befehl und führen ihn aus. Mein Befehl an die XI. Legion lautet folgendermaßen: Die aus Rom gesandte Kommission muß bei ihrer Aufgabe unterstützt, geschützt und bewacht werden. Unsere beiden jüngsten Tribunen übernehmen das mit je zwei Centurionen und einer Manipel. Wir anderen halten uns in Bereitschaft. Das bedeutet Urlaubssperre für die gesamte Legion während der nächsten zehn Tage. Das ist alles, meine Herren!«

Für Sabinus war es ein harter Schlag. Er schickte seinen Burschen Marinos um einen Krug Wein, schloß die Tür und verfluchte zuerst einmal ausgiebig den Kaiser und seine verrückten Befehle. Dann trank er Becher um Becher und hatte den Krug fast leer, als ihm einfiel, er müsse Helena von der neuen Lage unterrichten. In wackeliger Schrift teilte er ihr mit, daß ein unvorhersehbares Ereignis ihn daran hindere, das Treffen einzuhalten.
»Ein Befehl von ganz oben, Liebste, da kann man nichts machen. Ich bin traurig, unglücklich, verzweifelt, wütend ...«
Er legte den Federkiel hin. Auch wenn sie eine Frau war, mußte sie einsehen, daß ein militärischer Befehl – verflucht, er sah es ja selbst nicht ein! Was gingen ihn die Jupiterstatuen an? Warum sollte er mit dem Schwert in der Hand diesen Raubzug unterstützen? Weil du Tribun in der XI. Legion bist, Cornelius Sabinus, gab er sich selbst die Antwort.

Er mußte sich jetzt zusammennehmen! Auch widerspenstige Tribunen wurden bestraft, und damit schadete er sich nur selbst.

Die Aufgabe war nun wirklich nicht sehr erfreulich. In Ephesos hatte es sich schnell herumgesprochen, was der Kaiser im Sinn hatte, und es begann sich Widerstand zu regen. Kein direkter freilich, der auch sinnlos und gefährlich gewesen wäre, aber ein heimlicher, schwer durchschaubarer, der sich manchmal als recht wirksam erwies.

An erster Stelle stand der altehrwürdige Zeus-Tempel im Zentrum der Stadt, dessen hochverehrte sitzende Statue des Göttervaters die Kommission vor eine unlösbare Aufgabe stellte. Man hätte nicht nur die Cella, sondern einen Teil des Tempels abbrechen müssen, um die überlebensgroße Figur zu entfernen. Die Herren berieten sich, doch sie kamen zu keinem Ergebnis, und schließlich fragten sie Sabinus um seinen Rat.
»Wenn der kaiserliche Auftrag nichts von einem Tempelabbruch erwähnt, so muß die Sache aufgeschoben und genauere Befehle aus Rom angefordert werden.«
Das sahen alle ein, und so zog man weiter zum Prytaneion (Rathaus), dessen Eingang von besonders schönen Statuen des Zeus und der Hera bewacht waren.
Als sie erschienen, bildete sich sofort ein Menschenauflauf. Freche und hämische Zurufe kamen aus der Menge.
»Daß Rom seine Provinzen bestiehlt, weiß jeder, aber müßt ihr uns auch noch die Götter rauben?«
»Haut ab, ihr Scheißrömer!«
»Zuerst raubt ihr die Länder, dann die Götter!«
Sabinus achtete nicht darauf, doch im stillen gab er den Leuten recht. Mit seinen Männern drängte er die Menschen vom Rathausplatz ab, befahl aber ausdrücklich, die Schwerter in den Scheiden zu lassen. Inzwischen war der schwere, von zwölf Ochsen gezogene Wagen vorgefahren, und die Arbeiter begannen Stricke um die Zeusstatue zu legen. Sabinus bildete mit seinen Legionären einen Schutzwall und betete zu den Göttern, Helena möge nicht zufällig Zeuge seines Einsatzes sein.

Es dauerte einige Stunden bis der marmorne Göttervater sorgsam auf Stroh gebettet lag und der Ochsenwagen unter Peitschenknall zum Hafen hinabpolterte.
Beim nächsten Tempel – es war ein kleines Poseidon-Heiligtum – traten wieder seltsame Schwierigkeiten auf. In der Cella stand das Kultbild des bärtigen Meeresgottes, flankiert von seinen Brüdern Zeus und Hades – die Beherrscher von Himmel und Erde, Meer und Unterwelt.
Der Tempel war nur an Festtagen geöffnet, und niemand wußte, wo sich der Schlüssel zur Cella befand. Der Oberpriester war verreist, sein Stellvertreter lag krank im Bett und wußte von nichts. Inzwischen war es Abend geworden, und die Kommission zog sich zurück.
Am nächsten Morgen ließ Sabinus mit Billigung des Legaten die schwere Bronzetür zur Cella aufbrechen. Sie betraten den dämmrigen Raum, ließen Fackeln entzünden und mußten feststellen, daß der Sockel des Zeus leer war, während seine Brüder Poseidon und Hades auf ihren Plätzen standen. Der Leiter der Kommission, ein hoher, noch junger Beamter mit herrischem Auftreten, fluchte lästerlich. Er stürmte in das Haus des kranken Priesters und drohte ihm mit Anklage wegen Majestätsverbrechens. Doch sein Arzt und seine Diener beschworen, daß er schon seit Tagen das Bett nicht verlassen habe.
Die heikelste Aufgabe aber stand noch bevor. Im größten Heiligtum der Stadt, im weltberühmten Tempel der Artemis, befanden sich neben vielen anderen Götterstatuen auch einige des Zeus, der ja das Zwillingspaar Artemis und Apollon mit der Titanentochter Leto gezeugt hatte.
In Windeseile sprach es sich herum, daß der beliebte Tempel mit Hilfe von römischen Legionären geplündert oder, wie die Epheser es ausdrückten, geschändet werden sollte. Das traf die Einwohner der großen und reichen Stadt ins Innerste, und zwar nicht nur jene, die vom Tempel lebten. Artemis wurde als Schutzherrin von Ephesos von jedermann verehrt und in Ehren gehalten, und viele fürchteten ihren Zorn, wenn man es zuließ, daß ihr Tempel von Fremden beraubt wurde.
Den etwa einhundertfünfzig Legionären stellten sich einige tausend Menschen entgegen, die ihren Tempel wie ein lebender

Schutzwall umgaben und ganz offensichtlich auch keiner Waffengewalt zu weichen gedachten.
Sabinus beriet sich mit dem anderen Tribun und dem Leiter der Kommission. Doch er mußte nicht lange überlegen. Er jedenfalls wollte nicht die Verantwortung für ein Blutbad übernehmen. Der andere Tribun meinte, schließlich führten sie ja keinen Krieg gegen Ephesos, und ohne den ausdrücklichen Befehl, notfalls über Leichen an die Statuen zu gelangen, werde er nichts unternehmen.
Sie zogen also wieder ab und fanden beim Legaten volle Unterstützung für ihren Entscheid.
So mußte sich die römische Kommission mit einer sehr dürftigen Ausbeute auf den Heimweg machen. Der hohe Beamte sprach einige unbestimmte Drohungen aus, was aber wenig Eindruck machte.
Der Legat meinte:
»Der Kaiser wird kaum so unvernünftig sein, wegen einiger Statuen in Ephesos ein Blutbad gutzuheißen. Ich bin davon überzeugt, daß wir im Sinne des Imperators gehandelt haben.«
Dieser Ausspruch bewies allerdings nur, wie schlecht der Legat seinen Kaiser kannte, den er übrigens hoch und aufrichtig verehrte.
Sabinus konnte endlich aufatmen und erhielt ohne sein Zutun einen Sonderurlaub von einer Woche für mutiges und besonnenes Verhalten. Er sandte Helena sofort eine Nachricht und erhielt noch am selben Tag eine zustimmende Antwort.
So hat jede Münze ihre zwei Seiten, dachte er zufrieden, und machte sich gleich auf den Weg zu seiner gemieteten Wohnung. Der Besitzer hatte das Zimmer gesäubert und hergerichtet, doch Sabinus stellte einiges um. Er schob das Bett in eine dunkle Ecke, damit es nicht so ins Auge fiel, rückte den Tisch näher ans Fenster und legte eine Kupfermünze unter, weil er ziemlich wakkelte. Der Hausbesitzer schaute ihm dabei mit mürrischem Gesicht zu.
»Für zweiundzwanzig Denare im halben Jahr kannst du keine Luxusvilla erwarten«, meinte er.
»Das verlange ich auch nicht.« Sabinus deutete auf einen der beiden Hocker.

»Aber ich kann erwarten, daß ein Stuhl nicht gleich auseinanderfällt, wenn man ihn nur anrührt, versuche es, setz dich da drauf!«
Der andere griff wortlos nach dem Stuhl und trug ihn davon. Sabinus grinste und holte das Säckchen mit den zwanzig Denaren hervor. Er schüttete es auf den Tisch und setzte sich nieder. Es waren alles noch Prägungen des Tiberius, dessen strenges, scharfgeschnittenes Profil die Silbermünzen zierte. Sabinus ging zum Fenster und wieder – wie schon beim erstenmal – entzückte ihn der Blick über die grüne, von Büschen begrenzte Wiese nach Osten auf den kleinen, kegelförmigen Hügel, dessen terrassierte Hänge mit Wein bebaut waren.
»Hier ist der Stuhl! Ich hoffe, du bist nun zufrieden. Das Geld ist für mich, nehme ich an?«
Sabinus nickte. »Kannst du auch Wein und Mahlzeiten liefern?«
Der Mann zuckte die Schultern.
»Es kommt darauf an, was du möchtest. Wein ist genügend da, Brot, Käse, Obst und Nüsse kannst du auch haben. Wenn du Fleisch willst, mußt du vorher Bescheid sagen. Ein Hähnchen ist schnell gebraten, Kaninchen sind auch da ...«
»Ich erwarte morgen einen Gast. Sorge also für Brot, Wein, Obst und kalten Braten.«
»Das kostet natürlich extra.«
»Ich habe nicht erwartet, daß du mir etwas schenkst. Und noch eines, ich möchte Blumen im Zimmer! Irgend etwas wird in deinem Garten schon blühen.«
»Ich werde nachsehen.«
Den Rest des Tages verbrachte Sabinus auf dem Tempelgelände, wo ihm die Zeit beim Zuschauen schnell verging. Am Abend versuchte er den Wein seines Hauswirts und fand ihn gar nicht so schlecht. So war alles bereit für Helenas Besuch.

Aus allen Provinzen des Reichs kamen die Schiffe mit den geraubten Götterstatuen. Die meisten wurden auf Lastkähne verladen und auf dem Tiber nach Rom verschifft. Für eine Jupiterstatue aus Athen fand sich kein geeignetes Schiff, und so wurde eigens ein langer sechzehnrädriger Ochsenkarren gebaut, der die zehn Ellen hohe Figur im Schneckentempo nach Rom brachte. Auch Bildnisse anderer Götter oder Heroen waren darunter, doch immer handelte es sich um ausgesucht schöne Arbeiten. Mit ihnen allen ging im Laufe ihrer Reise eine seltsame Wandlung vor sich. In der griechischen Heimat waren sie als Zeus, Poseidon, Kronos oder Herakles verehrt worden und erreichten Rom als Jupiter, Neptun, Saturn und Herkules, um dann – ihrer Köpfe beraubt – allesamt als der göttliche Kaiser Gaius Augustus wiederaufzuerstehen.

Caligula kümmerte sich persönlich um die Aufstellung der Statuen, von denen die allerschönsten für einen Tempel gedacht waren, den er »seinen Römern« schenken wollte. Im Norden des palatinischen Hügels mußten dafür einige ältere Gebäude niedergerissen und ein Zugang vom Forum aus geschaffen werden.

»Ich denke mir das so«, erklärte Caligula dem respektvoll lauschenden Callistus.

»Der Tempel erhält ein eigenes Priesterkollegium, das von freiwilligen Spenden unterhalten wird. In der Cella soll eine lebensgroße Statue aus reinem Gold aufgestellt werden, die meine Gesichtszüge trägt, nur müssen wir einen geeigneten Namen dafür finden. Was hältst du von Jupiter Geminus?«

Callistus räusperte sich.

»Zwilling des Jupiter? Das klingt zwar recht gut und entspricht auch den Tatsachen, aber ich fürchte, das Volk versteht die inneren Zusammenhänge nicht. Ich würde die Bezeichnung allgemeiner und damit einleuchtender gestalten. Jupiter existiert ja in zahlreichen Erscheinungen, etwa als Jupiter Optimus Maximus, als Jupiter Tonanus (Donnerer), als Jupiter Fulgur (Blitzeschleuderer). Wenn ich mir einen Vorschlag gestatten darf, so nimm doch den Namen des Jupiter Latiaris an. Das ist der ›lateinische Jupiter‹, der altvertraute Gott des römischen Volkes. Jeder weiß, was damit gemeint ist, da bedarf es keiner langen Erklärungen.

»Jupiter Latiaris«, wiederholte Caligula nachdenklich. »Deine Einsicht und dein Scharfsinn haben wieder einmal das Richtige getroffen. Ja, als Jupiter Latiaris soll mich das Volk verehren, mich anbeten, mir opfern.«

Für die römischen Bildhauer brachen goldene Tage an. In den Werkstätten wurde Tag und Nacht gemeißelt, geklopft, gehäm-

mert, geschliffen und gegossen, um Hunderte von Marmor- und Bronzestatuen mit dem Haupt des Kaisers zu versehen. Sie alle arbeiteten nach einem Modell, das von Caligula persönlich gutgeheißen war. Dieses Antlitz hatte allerdings nur noch wenig Ähnlichkeit mit dem lebenden Caligula. Da war nichts von der fortschreitenden Kahlheit zu sehen, die großen, starren Augen blickten mit majestätischer Ruhe in göttliche Fernen, und der dünne, verkniffene Mund war voller und edler geworden.
Dieser vergöttlichte Caligula schaute nun in Tempeln und öffentlichen Anlagen auf das römische Volk, bewachte in Überlebensgröße die Curia, so daß jeder eintretende Senator zuerst den Kaiser sah, und säumte die Via Sacra vom Tempel der Roma bis zum Bogen des Augustus. Die minder schönen, in Serie hergestellten Figuren wurden auf die ärmeren Stadtviertel verteilt, bewachten das Hippodrom und die Arenen und schmückten die öffentlichen Thermen. Die Standbilder seiner Vorgänger verschwanden so nach und nach aus dem Stadtbild. Die des Tiberius hatte Caligula gleich nach seinem Regierungsantritt entfernen lassen, die des vergöttlichten Augustus beließ er nur an den mit seinem Namen verbundenen Orten, also vor dem Augustus-Forum, vor dem Augustus-Mausoleum und vor seinem früheren Wohnhaus.
Caligula pflegte zu bemerken: »Wer Augustus nicht im Herzen trägt, dem kann ein Bildnis aus Bronze oder Stein auch nicht helfen.«

Aemilius Lepidus betrachtete die Entwicklung mit Genugtuung.
»Damit richtet er sich selbst zugrunde«, bemerkte er zu Agrippina, als er sie eines Nachmittags besuchte.
»Er verblüfft das Volk mit seiner angemaßten Göttlichkeit, doch die Römer stehen mit beiden Beinen auf der Erde und werden diese maßlose Selbstbespiegelung bald satt haben. Am schlimmsten führt sich wie immer der Senat auf. Fast täglich werden neue Eingaben zur Debatte gestellt, welche Titel und Ehren man ihm noch verleihen könnte. Inzwischen – ich weiß es aus sicherer Quelle – sind seine Geldmittel erschöpft, und er muß für seine maßlose Verschwendung neue auftun. Einen Kaiser, der die Steuern erhöht, wird das Volk weniger lieben, selbst wenn er

seine Standbilder vor jeder Latrina aufstellt. Im nächsten Jahr, also in zwei Monaten, werden die neuen Verfügungen in Kraft treten, und sie werden uns unserem Ziel ein gutes Stück näherbringen.«

»Du bist sehr zuversichtlich«, meinte Agrippina, »aber bis diese Maßnahmen durchschlagen, wird einige Zeit vergehen. Ich finde, wir sollten nicht mehr so lange warten.«

Lepidus tätschelte ihren Arm.

»Ein halbes Jahr, Liebste, in einem halben Jahr kann sich viel ändern. Wir dürfen durch unsere Ungeduld nicht den Erfolg aufs Spiel setzen.«

Der Majordomus trat ein.

»Verzeih, Herrin, aber ein Bote des Kaisers will Aemilius Lepidus sprechen.«

»Er soll eintreten!«

Der Bote verneigte sich und sagte, nach Atem ringend:

»Der Kaiser will dich sofort sehen, Patricius. Draußen wartet schon die Sänfte.«

Lepidus verbarg sein Erschrecken. Seit er sich auf die Verschwörung eingelassen hatte, trat er Caligula nicht mehr so unbefangen gegenüber, sondern kämpfte mit der unsinnigen Furcht, die starren kalten Augen könnten in sein Inneres schauen und dort den Verrat entdecken. Er wußte, daß dies nicht möglich war, wußte, daß sich hinter Caligulas angemaßter Göttlichkeit ein heimtückischer, grausamer, von Argwohn und Mißtrauen geplagter Mensch verbarg, der nachts kaum schlafen konnte, sich panisch vor Gewittern fürchtete und den Langeweile und Überdruß zu seltsamen Handlungen trieben – das alles wußte er, doch der magische Glanz des Kaisertums verlieh auch dem jämmerlichsten Menschen einen überirdischen Glanz, etwas, das ihn weit über alle anderen hinaushob und ihm Fähigkeiten und Eigenschaften zuschrieb, die er nicht besaß.

»Salve Lepidus!« empfing Caligula ihn gutgelaunt. »Ich habe heute den ganzen Nachmittag geschlafen und fühle mich dazu aufgelegt, die Nacht zum Tage zu machen. Wie in alten Zeiten, Lepidus, was haben wir da nicht alles angestellt!«

Lepidus mied Caligulas Blick und zwang sich zur Begeisterung.

»Eine glänzende Idee, mein Kaiser. Wir könnten alte Erinnerungen auffrischen und wieder da beginnen, wo wir vor einem Jahr aufhörten – im Lupanar beim Circus Maximus.«
»Du hast damals den guten Wein empfohlen, den man dort ausschenkt.«
»Und die auserlesenen Meretrices (Freudenmädchen)...«
Caligula schüttelte verwundert den Kopf.
»Als ob ich das nötig hätte – ein Gott im Lupanar!«
Ein Gott, dachte Lepidus haßerfüllt, du wirst bald sehen, wie sterblich du bist, mein göttliches Stiefelchen. Er lächelte devot.
»Ein Gott steigt herab zu den Menschen, unerkannt, auch wenn die Irdischen einen Schauer fühlen, wenn er sich ihnen nähert. Wieviel sterbliche Frauen hat Jupiter in verschiedenen Gestalten beglückt als Stier, als Schwan, als Satyr, als goldener Regen, auch in Menschengestalt...«
Caligula runzelte die Stirn und richtete seine großen starren Augen auf den Freund.
»Du brauchst mich nicht über die griechische Mythologie zu belehren, die ist mir genauso geläufig wie dir.«
Lepidus entschuldigte sich wortreich, und dann brachen sie auf.

Sie fanden das Lupanar unverändert, die Weine waren köstlich, die Mädchen auserlesene Schönheiten, doch die eine fehlte.
»Wo ist Pyrallis?« fragte Caligula ungeduldig.
»Sie ist frei und erscheint ganz nach ihrem Belieben. Soll ich sie holen lassen?«
»Nein«, sagte Caligula grinsend, »aber richte ihr aus, der Kaiser erwartet sie auf dem Palatinus.«
Der geschmückte Hurenwirt wurde unsicher und lächelte zaghaft:
»Der Kaiser? Die Herren machen sich wohl einen Scherz.«
Lepidus zwinkerte Caligula zu.
»Keineswegs, du Herr der lieblichen Noctilucae (Nachtschwärmerinnen = Huren). Wir sind Freunde des Kaisers und richten dir aus, was er uns befohlen hat.«
Caligula feixte: »Sehr gute Freunde sogar...«
Doch mischte sich in seine Heiterkeit ein leiser Unwille. Warum erkennt mich dieser Esel nicht? Tausende meiner Bildnisse in

Marmor und Bronze zieren Tempel und Straßen, und er tut, als sei ich irgendwer.
Caligula vergaß, daß sein jetziges Aussehen in nichts den idealisierten Statuen glich.
Sie nahmen sich dann andere Mädchen, soffen und fraßen und hurten, bis der Morgen graute. Es ist wie in alten Zeiten, dachte Lepidus, er scheint mir noch genauso zu vertrauen wie damals. Doch darin täuschte er sich, denn Caligulas allgegenwärtigen Spitzeln waren weder die Reise an den Rhein und das Treffen mit dem Feldherrn Caeticulus entgangen, noch die häufigen Besuche bei Agrippina.
Caligula, der Meister der Verstellung, ließ sich nichts anmerken und nannte im Laufe dieser Nacht Lepidus sogar seinen besten Freund, dem er ganz und gar vertraue.

XX

Anfang Oktober erschien Annaeus Seneca wieder im Senat. Sein Arzt Eusebios begleitete ihn bis vor das Tor der Curia, und das Gerücht lief um, Seneca habe nicht mehr lange zu leben.
Das Senatsgebäude wurde allgemein die »Curia Julia« genannt, weil Julius Caesar den alten republikanischen Bau von Grund auf erneuert und erweitert hatte. Der schmale, hohe Saal war völlig schmucklos, die Senatoren saßen auf einfachen Holzstühlen. An der Stirnseite erhob sich ein Podium für die beiden Konsuln, deren einer jeweils dem Senat vorstand, für den Magistrat und andere mit hohen Ämtern betrauten Senatoren. Der höchste Mamorsitz auf dem Podium war dem Kaiser vorbehalten. Dieser Platz war während der Herrschaft des Tiberius meist leer gewesen, doch seit der redefreudige Caligula als Princeps fungierte, hörte man häufig seine scharfe, laute Stimme, deren Wortkaskaden auf die Senatoren niederfuhren wie ein Hagelschauer, unter dem sich alle duckten.

Auch für heute war eine kaiserliche Rede angekündigt, und so hatte es keiner der Senatoren gewagt, der Curia fernzubleiben.

Selbst Alte und Kranke wurden von ihren Sklaven herbeigeschleppt, denn bittere Erfahrung hatte den Senat gelehrt, daß der Kaiser jeden der leeren Sitze im Kopf behielt, und so mancher, der den leichten Weg zur Curia gescheut hatte, mußte bald darauf den schweren zum Kerker und zur Hinrichtung antreten.

Der Kaiser liebte es, den Senat warten zu lassen, doch diesmal erschien er, noch ehe die letzten ihre Plätze eingenommen hatten.
»Patres conscripti – ehrwürdige Senatoren!« begann Caligula mit sanfter, respektvoller Stimme seine Rede. »Heute habe ich der ehrenwerten Versammlung etwas Wichtiges vorzutragen, etwas, das – ohne Übertreibung gesagt – den Fortbestand des Römischen Reiches betrifft. In meiner nie erlahmenden Sorge für das öffentliche Wohl habe ich mich in den letzten Monaten zu sehr von der mir eigenen Großzügigkeit hinreißen lassen, habe mich nicht gescheut, der Wohlfahrt des Volkes und dem Gedeihen unserer Stadt mein Letztes zu opfern. Kurz gesagt: die Kassen des Staates sind leer, und eure Aufgabe ist es, sie neu zu füllen. Meine Berater haben mich kürzlich darüber informiert, daß sehr viele Dinge hierzulande noch unbesteuert sind. Jeder – ich wiederhole – jeder ist dazu verpflichtet, zum Gedeihen des Staates beizutragen, der ihn schützt, ihm Frieden, Wohlstand und ungestörte Geschäfte sichert. Ein weiteres noch: Seit den Zeiten des göttlichen Augustus war es ein guter Brauch wohlhabender Männer, den Princeps in ihren Testamenten zu bedenken. Diese Sitte scheint langsam in Vergessenheit zu geraten, und ich möchte sie zum Nutzen des Staates wiederbeleben.«
Er machte eine Kunstpause und musterte mit seinen starren Augen die lautlos dasitzenden Männer in ihren purpurgesäumten Togen und den traditionellen roten Schuhen mit silbernen Schnallen. Dann fuhr seine Stimme wie ein Peitschenhieb auf sie nieder.
»Im übrigen gefällt es mir nicht, daß der römische Adel fast nur mehr im Circus oder im Theater anzutreffen ist, anstatt sich auf seine Pflichten zu besinnen. Dabei sollte er der Plebs zum Vorbild dienen mit einem mäßigen und tätigen Leben – aber nein!

Sein Vorbild ist Huren, Saufen, Schlemmen, Feste feiern und den Platz im Theater oder im Hippodrom nicht kalt werden zu lassen. Und ihr, Senatoren, seht dabei zu! Euch kann es nur recht sein, wenn Rom liederlich wird, weil man euch dann nicht so auf die Finger sieht. Der Princeps aber kennt euer Wesen, läßt euch nicht aus den Augen – keinen von euch, keinen einzigen. Innerhalb von zehn Tagen erwarte ich brauchbare Vorschläge für eine neue Besteuerung. Rom muß aus seiner Trägheit aufgerüttelt werden, muß sich wieder auf seine hohe Bedeutung besinnen. Greift häufiger zu eurem Vergil, der von Rom sagt:

›Verum haec tantum alias inter caput extulit urbes,
Quanta lenta solent inter viburna cupressi.‹«
(Sie, die unter den Städten so hoch ihr Haupt hat erhoben,
wie unter schwachem Gesträuch die hohen Zypressen).

Mit diesen Worten erhob sich der Kaiser, neigte leicht sein Haupt und verschwand.

Seneca kochte vor Zorn. Dieser liederliche Säufer und Hurenbock predigte anderen eine hohe Moral, von der er selbst nicht das Geringste hielt. Er blickte sich um. Da standen sie beieinander, die ehrenwerten Väter in ihren Purpurstiefeln und redeten gedämpft und mit vor Angst und Ehrfurcht leisen Stimmen über die Forderungen des Princeps.

Neben Seneca stand schweigend der frühere Consul Valerius Asiaticus. Ihre Blicke trafen sich, Seneca zog die Augenbrauen hoch und lächelte leise. Der andere nahm ihn am Arm.

»Gehen wir hinaus, Seneca, ich brauche jetzt frische Luft. Die Lügen dieser jämmerlichen Gestalt, die sich Kaiser nennen läßt, haben hier die Atmosphäre vergiftet.«

Die beiden kannten sich gut, und Valerius machte vertrauten Freunden gegenüber kein Hehl aus seiner Abneigung gegen Caligula, außerdem wußte er, daß sie Seneca teilte. Sie schlenderten hinüber zum Vicus Lugarius, wo es ein paar sehr gute Tavernen gab. Valerius bestellte einen Krug Caecuber und stürzte sofort einen Becher hinunter.

»Um den schlechten Geschmack zu vertreiben, den diese Rede bei mir hinterlassen hat. Bei allen Musen – da zitiert dieser schleimige Parasit auch noch unseren Vergil!«

Seneca blickte sich um:
»Sprich leiser, Valerius, wir sind nicht allein hier.«
Der andere grinste nur:
»Es weiß ja niemand, wovon ich rede. Oder siehst du einen der ehrwürdigen Väter in der Nähe?«
»Nein, aber die Spitzel sind überall.«
»Gut, dann reden wir eben leise, wie Verschwörer. So wie es nun aussieht, ist unser Stiefelchen knapp bei Kasse. Seine unsinnigen Schwelgereien kosten ihn mehr Geld, als der geizige Onkel hinterlassen hat, und nun erwartet er, daß die römischen Bürger sein Lotterleben weiter finanzieren. Ich bin neugierig, welche Steuern sich unsere Experten ausdenken werden. Außerdem will er noch erben. Wir kennen das ja aus den Zeiten des Tiberius mit seinen Majestätsprozessen. Wer sich brav umbrachte und die Hälfte seines Vermögens dem Kaiser hinterließ, rettete damit seine Familie vor dem Ruin. Bei den Verurteilten und Hingerichteten fiel ja das ganze Vermögen an den Staat. Nach diesem Rezept will nun auch das Stiefelchen verfahren, und ich rate schon jetzt jedem reichen Römer, sein Vermögen auf irgendeine Weise in Sicherheit zu bringen. Wenn wir diesen Menschen noch drei Jahre auf dem Thron lassen, findet sich der gesamte Senat auf den Gemonien wieder, während diese fette Mißgeburt unser Vermögen verpraßt.«
Seneca nickte:
»Du sprichst aus, was viele denken, aber im stillen hofft doch jeder, daß es ihn nicht treffen wird.«
»Diese Hoffnung kann trügerisch sein. Wir beide, so glaube ich, stehen ganz oben auf seiner Liste.«
Seneca zuckte die Schultern:
»Was mich betrifft, so stimme ich dir zu. Doch wir sind nicht übermäßig reich, das wird uns vielleicht das Leben retten.«
»Wie lange?« fragte Valerius skeptisch.
»Vielleicht lange genug, um ihn zu überleben.«
»Dein Wort in Jupiters Ohr«, sagte Valerius und deutete grinsend nach oben.
»Er selbst hält sich ja neuerdings für Jupiter Latiaris. Hoffentlich hat dein respektvoller Wunsch sein göttliches Ohr nicht erreicht.«

»Wenn dieses Scheusal Jupiter ist, dann bin ich die Venus«, sagte Valerius lachend und schenkte sich von neuem ein.

Sabinus wachte von einem Sonnenstrahl auf, der sein Gesicht traf. Die Tage waren auch Ende September noch so warm, daß er vergessen hatte, die Läden zu schließen. Jetzt füllte die Morgensonne sein nach Osten gelegenes Zimmer, und er drehte sich behaglich auf seinem Lager hin und her, um alle Körperseiten Sols warmer, schmeichelnder Umarmung darzubieten. Nach einer Weile stand er auf und ging zum Fenster. Auf der kleinen Weide grasten ein Maulesel und ein Pferd, drüben bei den Weinbergen begann die Lese, und er sah, wie die Arbeiter sich mit ihren Körben über den Hügel verteilten. Er genoß das friedliche Bild, bis auf der Weide eine Magd erschien, um den Maulesel wegzuführen. Sie entdeckte den in Sonne gebadeten nackten Mann am Fenster und winkte ihm fröhlich zu. Sabinus lachte und trat ins Zimmer zurück. Er warf eine Tunica über und ging hinaus. Wo er sich hier waschen könne, fragte er einen Knecht. In einem kaum verständlichen Dialekt antwortete der Mann, hier wasche man sich nur einmal in der Woche und heute sei nicht der Tag dafür.
»Aber ihr werdet doch einen Brunnen haben?«
Der Knecht grinste verständnislos und wies in eine bestimmte Richtung. Ja, auf dem großen etwas verwahrlosten Innenhof gab es einen Ziehbrunnen und daneben einen Steintrog. Dort stand gerade die Magd und tränkte den Maulesel. Sie starrte ihn mit offenem Mund an.
»Ich heiße Sabinus und bin der neue Mieter«, stellte er sich vor.
Die Magd kicherte und zog den Maulesel mit sich fort. Sabinus streifte die Tunica ab und stieg in den Bottich. Er wusch sich gründlich von Kopf bis Fuß; das Gesinde blieb stehen und staunte den Fremden schaudernd an. Es war schon seltsam, daß einer am frühen Morgen freiwillig ins kalte Wasser stieg! Ein Knecht meinte, der Fremde habe vielleicht ein Gelübde getan, das er nun hier erfülle, um Artemis für seinen Wunsch gnädig zu stimmen.
Sabinus kümmerte sich nicht um die Leute, ging in sein Zimmer zurück, goß etwas Duftwasser in seine Achselhöhlen, kämmte

sich sorgfältig und warf eine leichte Toga über. Beim Verlassen des Hauses begegnete ihm der Gutsbesitzer und Sabinus erinnerte ihn an den Blumenschmuck und die bestellten Nahrungsmittel.
»Bis Mittag muß alles bereit sein!«
»Wenn du es bezahlst«, entgegnete der andere mürrisch, »besorge ich dir auch einen Elefanten.«
Am Tempel ging es schon lebhaft zu, und der vertraute Geruch nach Aas, Weihrauch, Schweiß und gebratenem Fleisch empfing ihn. Diesmal brauchte er nicht lange zu suchen. Helena wartete am Brunnen, wie es abgesprochen war. Ihre große, schlanke Gestalt lehnte sich leicht an den Marmorrand, hinter ihr stand eine Dienerin und blickte neugierig um sich. Helena war verschleiert und nickte Sabinus leicht zu. Die Dienerin war in mittleren Jahren und beäugte ihn mißtrauisch.
»Das ist meine Amme Klonia, sie wird mich am frühen Abend wieder abholen. Und wir werden jetzt Artemis ein Opfer bringen.«
Sie gingen zu einem der Verkaufsstände und erwarben ein Säckchen mit Weihrauch, von dem es acht Sorten gab. Vor der Cella stand eine Reihe von Opferschalen, deren glimmende Holzkohle von Tempeldienern mit kleinen Fächern in Brand gehalten wurde. Helena verteilte die Weihrauchkörner auf drei Opferschalen, aus denen sofort duftender blaugrauer Rauch emporwölkte. Sie murmelte dazu einige rituelle Worte, hob beide Hände, betete eine Weile stumm und wandte sich dann zu Sabinus.
»Ich bitte Artemis um ein Kind«, sagte sie leise, »und das ist auch der Grund, warum ich alle vier Tage zum Tempel kommen kann.«
Sie gingen hinaus, und Sabinus war ergriffen von ihrer dünnen, zerbrechlich wirkenden Gestalt. Wie sollte in diesem schlanken Leib ein Kind Platz finden? Irgendwie freute es ihn, daß es diesem dreimal verfluchten Petron nicht gelungen war, eines zu zeugen.
»Wo gehen wir diesmal hin?« fragte Helena.
»Nach Hause!« sagte Sabinus geheimnisvoll.
»Nach Hause?« Helena blieb stehen. »Wie meinst du das?«

»Ich habe in der Nähe des Tempels eine kleine Wohnung gemietet. Von dort blickst du auf eine Pferdeweide, auf Weinberge ...«
»Ich gehe nicht mit! Schließlich kann ich nicht gut einen fremden Mann in seine Wohnung begleiten.«
»Aber Helena, ich bin doch kein Fremder für dich. Willst du mich beleidigen?«
Sie hob ihren Schleier, und die leuchtenden Bernsteinaugen blickten ihn an. Sabinus fühlte, wie ihn ein zärtlicher Schauer ergriff, und er mußte alle Beherrschung aufwenden, um Helena nicht an sich zu reißen.
»Nein, beleidigen will ich dich nicht, Sabinus, wirklich nicht. Ich – ich bin froh, daß du da bist.«
Er war gerührt und entzückt:
»Du weißt, daß ich nur wegen dir in Ephesos bin.«
Ihr Gesicht flammte in plötzlichem Zorn auf:
»Ja, aber als römischer Soldat! Weißt du, daß euer Kaiser kürzlich unsere Tempel beraubt hat? Und wie man hört, nicht nur unsere. In Achaia, Thessalia und Asia ließ er die Götterbilder aus den Tempeln reißen, als seien sie sein Eigentum. Weißt du, was man sich erzählt? Er wollte sich sogar am Olympischen Zeus vergreifen, aber das Götterbild war nicht von der Stelle zu bewegen. Was sagst du, ein Römer, zu diesem Frevel?«
Sabinus hob die Hände.
»Ich teile deine Empörung und nenne es einen Frevel wie du. Aber mir, als römischem Tribun, steht es nicht zu, dagegen aufzubegehren. Das muß der Kaiser selber verantworten.«
»Man sagt, daß er in Rom den Statuen die Köpfe abschlagen läßt, um ihnen seinen eigenen aufzusetzen.«
»Ich habe davon gehört, doch das halte ich für ein Gerücht. Caligula schätzt ganz einfach die griechische Kunst wie die meisten Römer. Reden wir von etwas anderem. Wie macht sich Petron? Hat ihn sein Vater schon hinausgeworfen?«
»Darüber möchte ich jetzt nicht sprechen. Ist es noch weit zu deiner Wohnung?«
»Nur ein paar Schritte, wir sind gleich da.«

Als der große Gutshof inmitten seiner Felder und Obstgärten in Sicht kam, ließ Helena ihren Schleier wieder fallen. Es war recht

warm geworden, das Haus lag in mittäglicher Stille versunken. Ein kleines Mädchen hetzte den alten hinkenden Hofhund um den Brunnen, und es schien, das kluge Tier mache nur aus Höflichkeit das harmlose Spiel eine Weile mit.
Der Hausherr hatte sein Versprechen gehalten. Ein irdener Topf mit blühenden Geranien stand am Fenster, und in einem alten Weinkrug mit abgebrochenem Henkel steckten einige blühende Zweige. Der Tisch war mit einfachem Geschirr gedeckt, die Schalen und Schüsseln waren gefüllt mit Obst, eingelegtem Gemüse, saurer Milch zu zerlegtem kaltem Geflügel. Am Boden standen ein Korb mit frischem Brot und ein schlanker Weinkrug.
Sabinus rieb sich die Hände:
»Was sagst du zu dieser Pracht? Hast du Hunger?«
Helena blickte sich um:
»Das war eine gute Idee, Sabinus. Hier können wir uns in Ruhe unterhalten, und ich brauche mich nicht immer mißtrauisch umzusehen, ob mich ein Bekannter entdeckt hat.«
Sie trat zum Tisch und begann die Speisen zu richten. Sabinus füllte die Becher mit Wasser und Wein.
»Daran hast du in Epidauros wohl nicht gedacht?« fragte er schmunzelnd.
»Woran?«
»Daß du eines Tages mit mir in Ephesos speisen wirst – als mein Gast.«
»Ich muß dir etwas gestehen, Sabinus. Damals habe ich deine Werbung nicht so ernst genommen, wie sie es verdient hätte. Ich dachte mir, dieser Bursche läßt seine blauen Augen auf die Mädchen wirken und nimmt, was ihm in den Weg kommt. Jetzt, da du meinetwegen hier bist, muß ich Abbitte leisten.«
Sabinus nahm ihr das Brot aus der Hand und zog sie an sich. Doch sie stemmte ihre Hände gegen seine Brust.
»Das ändert nichts daran, daß ich verheiratet und somit für dich unerreichbar bin.«
Sabinus gab sie frei:
»Essen wir zuerst einmal.«
Doch Helena schien es nicht zu schmecken. Sie zerbröselte das Brot zwischen den Fingern, knabberte lustlos an einem Flügel, nahm schließlich eine Fenchelknolle und biß hinein, legte sie

aber bald wieder weg. Sabinus kaute mit vollen Backen und merkte schließlich, wie wenig Helena aß.
»Schmeckt es dir nicht?«
»Doch, doch, es sind ja lauter gute Sachen. Ich habe einfach keinen Hunger.«
Er schob ihr einen Becher hin.
»Dann trink wenigstens etwas.«
Gehorsam setzte sie den Becher an ihre Lippen und nahm einen winzigen Schluck.
»Ich muß dir etwas sagen...« begann sie zögernd.
Sabinus wischte sich den Mund.
»Schütte mir dein Herz aus!« versuchte er sie zu ermuntern.
»Du warst Zeuge meines Opfers an Artemis, und ich nannte dir auch den Grund.«
»Du wünschst dir ein Kind...«
»Ja, aber mein Opfer ist sinnlos.«
Sabinus runzelte die Stirn.
»Sinnlos? Wie soll ich das verstehen? Bist du unfruchtbar?«
»Das hoffe ich nicht. Es ist sinnlos, weil... weil...«
Sie senkte ihren Kopf und begann leise zu weinen. Sabinus streichelte ihr Haar.
»Jetzt hast du schon angefangen, nun rede auch zu Ende. Es wird dich erleichtern.»
Sie gab sich einen Ruck:
»Warum sollst du es nicht wissen? Schließlich bin nicht ich es, die sich schämen muß. Also – es ist sinnlos, die Göttin um Fruchtbarkeit zu bitten, wenn der Ehemann nicht fähig ist, ein Kind zu zeugen.«
»Nicht fähig?« wiederholte Sabinus verblüfft. »Woran fehlt es ihm denn? Haben sie ihn zum Eunuchen gemacht?«
Helena lächelte bitter.
»Nein, es ist alles da, aber Frauen stoßen ihn ab. Fast jeden Abend säuft er sich in seiner Männerrunde voll, und dabei werden sie von Hetären und Lustknaben bedient. Petron scheint sich eher an letztere zu halten.«
Sabinus schüttelte den Kopf.
»Ich kenne einige Römer, die auch Knaben bevorzugen und trotzdem Kinder gezeugt haben.«

Helena seufzte:
»Er hat es versucht, wenigstens anfangs, aber viel ist nicht dabei herausgekommen. Ich habe lange überlegt, ob ich es seinem Vater sagen soll, konnte mich aber nicht entschließen. Natürlich suchen sie alle die Schuld bei mir, und ich kann die Blicke meiner und seiner Eltern schon nicht mehr ertragen. Wann immer ich sie sehe, schauen sie zuerst auf meinen Bauch und dann erst in mein Gesicht. Petron ist kein schlechter Mensch, läßt mir viel Freiheiten, aber er hätte nicht heiraten dürfen.«
Sabinus lachte schallend, verschluckte sich, hustete und trank seinen Becher leer.
»Entschuldige, Helena, ich lache nicht über dich, sondern über diese ganze verfahrene Situation. Da habe ich im stillen Petron beneidet, ihn auch schon öfters verflucht, und nun höre ich, daß du als Jungfrau an seiner Seite lebst.«
»Mehr oder minder...«
»Ein Zustand, der sich ändern läßt...«
Helena schwieg, trank hastig aus ihrem Becher, schaute Sabinus lange an und sagte leise:
»Du hast recht gehabt, damals in Epidauros, als du sagtest, man soll seinen Jugendfreund nicht heiraten. Das sei, als nähme man einen Bruder zum Gemahl. Aber was hätte ich tun sollen? Ein junger Mann kann notfalls alles hinschmeißen, wenn seine Eltern ihn zu etwas zwingen wollen, kann hinausgehen in die Welt und sich allein durchschlagen. Was aber soll ein Mädchen tun? Da gibt es nur zwei Möglichkeiten – gehorchen oder eine Hure werden.«
»Du hast recht, Helena, aber Fortuna hat es gut mir dir gemeint, denn du hast jetzt mich.«
Er zog die leicht Widerstrebende auf seinen Schoß und küßte sie. Ihre weichen Lippen öffneten sich, sie erwiderte den Kuß mit Leidenschaft. Sabinus spürte, wie ihr zuerst starrer Körper sich entkrampfte, wie sie weich und nachgiebig wurde. Er löste sich von ihr, ging zur Tür und schob den Riegel vor.
»Das Fenster...« erinnerte Helena.
Sabinus zog die Läden zu, und das Zimmer versank in ein warmes, nachmittägliches Dunkel. Helena legte selbst ihre Kleider ab und murmelte dabei:

»Ja, ich will es – jetzt will ich es.«
Als er sich an das Dämmerlicht gewöhnt hatte, sah er ihren hellen, schlanken Körper, sah den Glanz der weitgeöffneten Augen, die ihm ruhig entgegenblickten. Sein ganzer Körper stand in Flammen, er bebte vor Erwartung und Ungeduld, doch er zwang sich zur Ruhe und Bedacht. Er kniete nieder und bedeckte ihren nackten Leib mit kleinen, zärtlichen Küssen, streichelte sanft ihre Brust. Als er ihren Schoß berührte, fühlte er ihr leises Erschauern, eine kaum spürbare instinktive Abwehr. Doch er ließ sich Zeit, zwang sie zu nichts, wartete geduldig, bis ihr Körper erwachte, bis sie ihm selbst entgegenkam. Plötzlich legte sie ihre Arme um seine Schultern, ihr feuchter, warmer Schoß drängte sich an ihn, ihre Wangen glühten, und sie flüsterte.
»Ich will dich Sabinus, Liebster, jetzt – jetzt...«
Auf diesen Augenblick hin hatte Sabinus gelebt, ihn herbeigehofft, sich dafür aufgespart. Seit er hier war, hatte er keine Frau berührt und deshalb von den anderen Offizieren schon manchen Spott geerntet. Sein Samen verströmte sich so reichlich in Helenas warmen Schoß, daß ein Teil davon über Bauch und Schenkel perlte.
Sabinus lachte leise:
»Alles für dich aufgespart Liebste. Und ich hoffe, das ist nicht alles. Wir werden unser Liebesopfer heute noch mehrmals feiern. Du kannst es der Göttin Artemis weihen.«
Helena lag entspannt und lächelnd da.
»So ist das also...« sagte sie träge und zufrieden.
»Ja, so kann es sein, du Heißgeliebte. Hast lange genug darauf warten müssen.«
»Petron ist ein Schlappschwanz, ein Knabenschänder, ein liederliches Mannsbild,« stellte sie fest, und es klang fast fröhlich.
»Er hätte dich nicht heiraten dürfen. Jetzt weißt du ja, was er dir vorenthält.«
Helena berührte zaghaft sein schlaffes Glied.
»So ist es bei ihm, und da wird sich nichts ändern.«
Sabinus lachte:
»Zum Glück, Liebste, zum Glück. Ich möchte dich mit keinem Mann teilen.

Helena, die an diesem Nachmittag zur Frau wurde, fühlte sich im Einklang mit der Natur, wunschlos zufrieden, unfähig, an die Zukunft zu denken, dem Augenblick hingegeben.
Was dieser Sabinus an ihrem Körper vollbracht hatte, war ihr neu, und doch schien es ihr nun so selbstverständlich wie Essen und Trinken, Schlafen und Wachen. Der strenge Geruch seines verströmten Samens, sein sehniger, schweißfeuchter Körper, seine geduldige Zärtlichkeit, der Blick seiner fröhlichen blauen Augen – all dies war ihr mit einem Mal so vertraut, als gehöre es schon lange zu ihrem Leben.
Schwer atmend lösten sie sich voneinander; Sabinus ließ eine Hand auf ihrem feuchtglänzenden Bauch liegen, nicht besitzergreifend, aber froh des Besitzes, entspannt, zufrieden und köstlich müde.
Plötzlich überflutete blendendes Licht das ganze Zimmer. Sabinus richtete sich empört auf, schaute zum Fenster – und brach in fröhliches Gelächter aus. Dem Pferd auf der Weide war es langweilig geworden und es hatte mit dem Kopf die nur angelehnten Fensterläden aufgestoßen. Es schnupperte ins Zimmer, schüttelte den Kopf und zog sich zurück.
Auch Helena lachte:
»Das Pferd war empört über diesen Anblick am hellen Nachmittag. Darum hat es den Kopf geschüttelt.«
Sabinus schloß die Läden und sicherte sie mit einem Riegel.
»Aber vorher hat es geschnuppert und wahrscheinlich gedacht: Hier riecht es nach Menschenliebe – ein grausiger Geruch. Da ist mir der Duft eines Hengstes schon lieber.«
»Jeder nach seinem Geschmack.«
Sabinus küßte sie auf die Schulter. »Du bist nach meinem Geschmack. Ich liebe dich, Helena.«
»Wie soll das enden, Sabinus?«
»Es hat ja gerade erst angefangen. Du wirst weiterhin der Göttin Artemis deine Opfer bringen, und ich werde da sein. Auf deine Amme ist doch Verlaß?«
»Klonia hält zu mir. Sie ist meine einzige Vertraute im Haus. Zwar mißbilligt sie, was ich tue, aber sie ist eine Frau, hat Männer geliebt, Kinder geboren – sie wird mich verstehen.«
»Liebst du mich, Helena?«

Sie schloß ihre Augen, als wolle sie nachdenken.
»Laß mir Zeit, Sabinus, das muß ich erst herausfinden. Jedenfalls mag ich dich sehr. Wenn ich es mir genau überlege, so bist du im Augenblick der einzige Mann, den ich wirklich mag. Meinem Vater nehme ich jetzt übel, daß er mich an Petron verschachert hat, und Petron ist kein Mann, den eine Frau lieben kann. Zwar ist er vor dem Gesetz mein Gemahl, aber nach dem Willen der Götter bist du es. Vielleicht ist es die Antwort der Artemis auf meine Opfergaben. Sie weiß natürlich, daß ich mit Petron niemals schwanger werden kann, auch wenn ich ihr täglich einen Stier opfere. So hat sie uns zusammengeführt, wie es ihrer Eigenschaft als Göttin der Liebe und der Fruchtbarkeit entspricht.«
Sabinus schüttelte den Kopf:
»Dabei hast du eines vergessen: Wir kannten uns, noch ehe du verheiratet warst, noch ehe du der Göttin geopfert hast.«
»Was weißt du von Artemis! Sie ist groß und mächtig und kennt die Herzen der Menschen. Glaubst du überhaupt an die Götter, Sabinus?«
»Liebste, wir haben Besseres zu tun, als uns über die Olympier zu unterhalten. Auch dieser schöne Nachmittag geht einmal zu Ende, und wir sollten die Zeit nützen, Carpe diem!«
Helena richtete sich auf.
»Wie spät mag es sein?«
»Vielleicht zwei Stunden vor Sonnenuntergang.«
»Dann muß ich gehen; ich möchte Klonia nicht warten lassen. Wo kann ich mich hier waschen?«
Sabinus grinste. »Draußen am Brunnen. Du wirst unter den Knechten dankbare Zuschauer finden.«
Er schlüpfte in seine Tunica, öffnete die Tür und brüllte hinaus:
»Wir brauchen Wasser! Einen großen Krug!«
Es dauerte eine Weile, dann klopfte es an der Tür. Er öffnete einen Spalt und holte den Krug herein. Sorgsam und zart rieb er Helena von Kopf bis Fuß mit einem feuchten Tuch ab, während sie mit einem halbblinden Handspiegel versuchte, ihr Haar zu richten.
»Wann kommst du wieder, Helena? Ich habe noch fünf freie Tage.«

»Übermorgen kann ich kommen. Da beginnen die Vorbereitungen zum Herbstfest der Artemis. Die Frauen und Mädchen von Ephesos schmücken ihren Tempel mit Blumen und Feldfrüchten, ihr Kultbild wird neu bekleidet . . «
»Und wir werden ihr wieder ein Liebesopfer darbringen«, sagte Sabinus lachend und küßte Helena auf beide Wangen.
»Wir werden sehen . . .« meinte Helena unbestimmt, da sie ihm nicht zeigen wollte, wie sehr sie sich auf diesen Tag freute.

Cassius Chaerea nutzte sein jetzt ziemlich hohes Einkommen zum Ankauf eines noch unbebauten Nachbargrundstücks. Das von Kaiser Augustus zu einem neuen Stadtviertel erhobene Transtiberim war bis vor kurzem noch reines Ackerland gewesen, da und dort unterbrochen von kleinen Landhäusern oder Bauernhöfen. Zum einen siedelten dort jetzt die ärmeren Leute, das Land wurde in kleine Parzellen aufgeteilt, und ehemalige Viehweiden und Kornfelder wandelten sich in Wohngebiete. Zum anderen gab es dort auch herrschaftliche Villen mit prachtvollen Gärten, vor allem an den Hängen des Janiculus. Hier stand noch die Villa des Julius Caesar, die Königin Kleopatra während ihres Romaufenthaltes bewohnt hatte. Die Grundpreise stiegen fast von Monat zu Monat, und so hatte Chaerea schnell zugegriffen. Er ließ sein Haus um einen Flügel erweitern und erbaute dem Gärtner eine eigene Hütte neben dem Geräteschuppen.
»Ein Tribun in der kaiserlichen Palastwache kann nicht wohnen wie ein kleiner Handwerker«, sagte Chaerea zu seiner Frau Marcia. »Wir werden auch häufiger Gäste haben, wenn wir die Einladungen der anderen Offiziere erwidern. Übrigens habe ich vor, uns auf dem Grund bei Praeneste, den ich von Babulus erwarb, ein Landhaus zu erbauen. Das wird einmal dein Witwensitz . . .«
Chaerea hatte nur einen Scherz machen wollen, doch die sonst so sanfte Marcia reagierte unerwartet heftig.
»Davon spricht man nicht! Mit solchen Worten erzürnst du die Götter! Im übrigen will ich keine Witwe sein.«
»Aber Marcia«, versuchte er sie zu beruhigen, »ich bin fast fünfzehn Jahre älter als du, und da ist es doch ganz natürlich . . .«
»Nein! Ich möchte nicht mehr davon reden.«

Das ist ihre Art, mir zu sagen, daß sie mich liebt, dachte Chaerea gerührt und küßte sie schnell auf beide Wangen.
Sie aber schob ihn zurück.
»Übrigens hat der Bote vom Cursus publicus (Postwesen) einen Brief für dich abgegeben.«
Chaerea nahm das versiegelte Päckchen entgegen und schnürte es auf.
»Von Cornelius Sabinus aus Ephesos! War höchste Zeit, daß der Bursche einmal etwas hören läßt. Ich arbeite mich zuerst einmal in aller Ruhe durch und dann werde ich ihn dir vorlesen.«
Marcia lächelte.
»Du willst nur prüfen, ob auch alles für mich geeignet ist, oder? Also verschwinde, ich habe ohnehin wichtigeres zu tun, als mich mit dir zu unterhalten.«
Der hünenhafte Chaerea blickte auf seine Frau hinunter, wie sonst nur ein Hund zu seinem Herrn aufblickt. Er liebte sie sehr und hätte alles für sie getan. Jetzt aber spielte er den Beleidigten und zog sich brummend zurück.
Das Lesen ging bei Chaerea allemal besser als das Schreiben, und so vertiefte er sich genußvoll in den Brief, der aus einem Dutzend eng beschriebener Blätter bestand.
»Gesundheit und Grüße zuvor, lieber Freund.
Gleich zu Anfang möchte ich dir danken, für Deinen guten Rat, zur Truppe und nach Ephesos zu gehen. Ich habe Helena gefunden, und sie ist meine Frau geworden – was natürlich nur für sie und mich gilt. Nur ihre Amme weiß über uns Bescheid, und es ist für uns sehr schwer, Zeit füreinander zu finden. Helena ist mit einem dreimal verfluchten Arschficker verheiratet, der im Geschäft nichts taugt und die Nächte mit Lustknaben verlumpt. Du weißt, daß ich nicht das geringste gegen Schwule habe – auch bei den Corneliern gibt es welche – aber sie dürften eben nicht heiraten. Die ganze Sippe weiß halbwegs Bescheid, und doch blickt alles vorwurfsvoll auf Helena, weil ihr Bauch nicht anschwillt. Nun, das könnte sich jetzt bald ändern. Sie war noch eine Virgo, Chaerea, stell Dir das vor, nach einem halben Jahr Ehe!
Der Dienst hier ist nicht allzu schwer. Es geht zum Glück ziemlich locker zu, weil unser Legat bald abtritt und sich über nichts

mehr besonders aufregt. Mit den Centurionen komme ich zurecht, seit ich mich mit einem von ihnen geschlagen habe – mehr recht als schlecht, doch ohne die Ausbildung bei Dir wäre es eine Katastrophe geworden. Die anderen Tribunen sehe ich nur im Dienst, es sind einige darunter, die Du völlig ablehnen würdest – parfümierte Muttersöhnchen, für die es nur ein notwendiger Schritt bei ihrer Ämterlaufbahn ist.
Einiges Aufsehen hat natürlich die Sonderkommission aus Rom erregt, die Caligula ausschickte, um die Tempel von einigen überflüssigen Statuen zu befreien. Natürlich hängen die Menschen hier an ihren vertrauten Götterbildern, und es gab ziemlichen Stunk. Ich weiß, Du läßt über unseren Kaiser nichts kommen, und er mag ja durchaus seine Vorzüge haben, aber das war doch ein Bubenstreich, unklug und ungeschickt dazu. Weder Augustus noch Tiberius wären auf einen solchen Gedanken verfallen, denn die hielten sich immer an die alte römische Maxime: Parcere subjectis et debellare superbus (Unterworfene schonen, Aufsässige beugen). Wer aber in Ephesos ist aufsässig? Man geht seinen Geschäften nach, ist den Göttern dankbar für die Pax Romana (römischer Frieden) und zahlt klaglos die hohen Abgaben, damit die römische Plebs ihre Bäuche füllen kann. Aber lassen wir dieses Thema, vielleicht ist Caligula nur den Einflüsterungen falscher Ratgeber erlegen. Ich jedenfalls würde mich hüten, gerade Ephesos zu verärgern. Das ist eine echte Weltstadt, Chaerea, und man sagt, es leben hier – ohne die Sklaven zu zählen – etwa zweihundertfünzigtausend Menschen. Die Göttin Artemis wird hier seit vielen Jahrhunderten verehrt, und man hat ihren Tempel von Mal zu Mal prächtiger errichtet. Der jetzige ist so groß wie eine kleine Stadt und hunderte von Priestern, Priesterinnen, Tänzern, Musikanten und Hilfskräften stehen in ihrem Dienst. Tausende von Pilgern ziehen hier durch, und selbst die ärmsten lassen etwas zurück, so daß die mit der Anfertigung von Votivgaben beschäftigten Handwerker so reich sind wie anderswo Fabrikbesitzer oder Gutsherren.
Mit der im übrigen Griechenland verehrten Artemis oder unserer römischen Diana hat die große Göttin von Ephesos wenig gemein. Ich weiß noch, wie die ganze Klasse kicherte, wenn der

Lehrer sie salbungsvoll als ›keusche Jägerin‹ oder als ›Herrin der Tiere‹ bezeichnete. Die hiesige Artemis wird als Polymastros (Vielbrüstige) dargestellt, in strenger statuarischer Form und erinnert an alles andere als eine keusche Jägerin. Sie soll mit der asiatischen ›Großen Mutter‹ Kybele identisch sein und ist hier vor allem für Ehe, Fruchtbarkeit und Geburt zuständig. Daraus folgt natürlich, daß zwei Drittel der Pilger weiblichen Geschlechts und jüngeren Alters sind. Ich habe in der Nähe des Tempels eine verschwiegene Wohnung gemietet, wo ich mich mit Helena treffe. Nun gut, ich bin versorgt und schaue nicht nach anderen Frauen, aber ich sage dir eines: Selbst der schüchternste Jüngling würde bei diesem geballten Angebot an holder, nach Fruchtbarkeit verlangender Weiblichkeit schnell seine Unschuld verlieren. Männer sind hier nur Randfiguren, allenfalls notwendig, die Opfergaben ihrer unfruchtbaren Frauen zu bezahlen. Da geht hier einiges über die Bühne! Jeden Morgen gibt es einen Auftrieb von Rindern, Schafen, Ziegen und Lämmern; das gackernde und schnatternde Geflügel wird körbeweise herbeigeschleppt, ganz zu schweigen von den weniger auffälligen Opfern an Votivgaben, wie Weihrauch und Geld. Der Tempel ist zugleich ein riesiges Bankunternehmen. Du kannst hier Kredite aufnehmen, deinen Besitz verpfänden, aber auch Geld zu einem guten Zins anlegen.

Zwar wird Ephesos überwiegend von ionischen Griechen bewohnt, aber in der heutigen Form ist die Stadt römisch. Augustus hat sie bekanntlich geliebt und vieles errichten lassen, was jetzt ihren Glanz ausmacht. Die beiden Foren wurden damals prunkvoll erneuert, das Theater vergrößert, einige der Tempel erweitert. Trotzdem ist es eine durch und durch griechische Stadt. Hier herrscht nicht der laute und rücksichtslose Ton, mit dem der römische Pöbel die Straßen beherrscht; die Epheser erscheinen mir kultivierter, zurückhaltender und doch herzlicher im Umgang miteinander. Freilich spricht auch hier keiner mehr das Griechisch eines Homer oder Euripides und ich habe lange gebraucht, um mich in die Umgangssprache einzuhören. Kein Mensch kann hier Latein, und sogar unsere von römischem Stolz durchdrungenen Offiziere klauben ihre paar Brocken Griechisch zusammen, um nicht unkultiviert zu erscheinen.

Du bist viel herumgekommen, Chaerea, und weißt, wie schnell wir Römer geneigt sind, andere Völker als Barbaren zu bezeichnen und manchmal sogar mit einigem Recht. Hier aber ist es umgekehrt. Die Epheser sind zwar von erlesener Höflichkeit, und keiner würde auch nur eine Andeutung machen – aber du wirst das Gefühl nicht los, hier als Römer die Rolle der Barbaren zu spielen und irgendwie mußt du den Leuten sogar recht geben. Rom war noch ein Bauerndorf, da gab es hier schon städtisches Leben, und daß wir unsere sämtlichen Götter von den Griechen entlehnt haben, weiß inzwischen jedes Kind – auch wenn wir sie mit anderen Namen schmücken.
Wie es mit mir und Helena weitergehen soll, weiß ich nicht. Oft wünschte ich, Du wärst an meiner Seite und könntest mir mit deinen verständigen Ratschlägen weiterhelfen. Im Grunde lebe ich nur bis zum nächsten Treffen mit ihr und verdränge jeden Gedanken an eine fernere Zukunft. Mein Vorschlag an Helena, sich von ihrem Mann zu trennen, findet vorerst keine Gegenliebe. Sie ist zu sehr mit Ephesos und ihrer Sippe verwachsen und stellt sich Rom als eine unzivilisierte Räuberhöhle vor, womit sie ja zum Teil recht hat. Vielleicht will sie, daß ich in Ephesos bleibe, um geduldig darauf zu warten, daß ihr schwuler Gemahl sich totsäuft oder von einem seiner Lustknaben abgemurkst wird. Gewiß eine verlockende Vorstellung, aber ich habe mir zu viel Nüchternheit bewahrt, um mich solchem Wunschdenken hinzugeben.
Bitte für mich bei Fortuna, der Göttin deiner Heimatstadt, um ein gnädiges Schicksal und schreibe mir bald.
Ich hoffe, Marcia und den Kindern geht es gut – grüße Deine liebliche Gemahlin von mir und sage ihr, sie soll nicht ganz vergessen
Euren Sabinus.«

Chaerea schob die Blätter zusammen und versank in Nachdenken. Zwar klang der Brief munter und zuversichtlich, doch ein Satz ließ Chaerea aufhorchen: »Wie es weitergehen soll, weiß ich nicht!« Freilich, irgendeinen Ausweg gab es immer, doch der Freund befand sich in einer fatalen Lage. Sein, Chaereas, Rat war erwünscht, aber Liebenden zu raten, ist eine heikle Aufgabe.

Würde sich das alles in Rom abspielen, hätte Chaerea wieder den »soldatischen Weg» empfohlen: Ran an den Feind! Den Gemahl bloßstellen, Scheidung beantragen. Aber ein römischer Tribun in Ephesos hatte nicht weniger Rücksicht zu nehmen als die Griechin Helena, die auf den Ruf ihrer Familie bedacht war.
Chaerea wollte den Brief so schnell wie möglich beantworten, doch das Schreiben war für ihn eine harte Arbeit und dazu brauchte er einen ganzen freien Tag. Er ging hinüber zu Marcia und las ihr den Brief vor – vom ersten bis zum letzten Satz. Danach fragte er sie:
»Was würdest du an Stelle von Sabinus tun?«
»Ich bin kein Mann, diese Frage solltest besser du beantworten. Aber ich kann mich in Helenas Lage versetzen und würde alles vermeiden, was meiner Familie schadet. Im übrigen geht aus dem Brief nicht hervor, ob sie ihn genauso liebt wie er sie. Daß sie als Frau eines Knabenliebhabers gerne einen richtigen Mann im Bett hätte, kann ich gut verstehen, aber daß sie für Sabinus nun alles aufgibt – Familie, Freunde, Heimat – das glaube ich nicht.«
»Ich möchte nicht in seiner Haut stecken«, meinte Chaerea nachdenklich und begann nachzugrübeln, welchen Rat er dem Freund geben könnte.

XXI

Am 15. Oktober fand in Rom alljährlich auf dem Campus Martius ein Volksfest statt, das schon so alt war, daß niemand mehr wußte, welcher Sinn dahintersteckte. Das Fest wurde von den verschiedenen Stadtvierteln ausgerichtet, und es begann mit einem Pferderennen im Hippodrom des Marsfeldes. Zuvor war eine Abordnung auf dem Palatinus erschienen und hatte den Kaiser in aller Form zur Teilnahme eingeladen. Da sonst nichts vorlag und der Tag nur lähmende Langeweile versprach, sagte Caligula zu. In aller Eile wurde im Hippodrom eine Tribüne errichtet und mit Eichenlaub und Lorbeerzweigen festlich geschmückt.

»Ich habe an dem Fest noch nie teilgenommen, was spielt sich da ab?« fragte Caligula seinen Sekretär.
»Nicht viel, Majestät«, sagte Callistus. »Aus jedem der römischen Stadtviertel tritt ein Pferd zum Wettlauf an. Der Sieger wird geschlachtet. Seinem Blut wird vom Volk eine magische Wirkung zugeschrieben. Dann werden zwei Stadtviertel ausgelost, die mit allerlei Wettspielen um den Besitz des Pferdeschädels kämpfen. Wer ihn gewinnt, nagelt ihn an einem öffentlichen Gebäude seines Viertels an. Das ist eigentlich alles.«
Caligula gähnte:
»Da werde ich mich zu Tode langweilen. Hast du nichts Besseres für mich?«
»Soll ich also deine Zusage zurückziehen, Majestät?«
»Ja, schick statt dessen Claudius hin, dann haben die Leute etwas zum Lachen. Was gibt es sonst noch?«
Callistus blätterte in einigen Gesuchen und deutete auf einen Namen.
»Memmius Regulus ist in Rom, der Statthalter von Moesia, Macedonia und Achaia. Ein sehr tüchtiger Mann, du selbst hast ihn mehrmals in seinem Amt bestätigt. Seine Frau ist vor kurzem gestorben, er hat sich wieder verheiratet und wird in den nächsten Tagen nach Achaia abreisen. Er bittet dich um eine Abschiedsaudienz. Übrigens hat er eine berühmte Schönheit zur Frau genommen: Lollia Paulina. Sie ist um einiges jünger als er und stammt aus guter, konsularischer Familie.«
»Lollia Paulina ...«, wiederholte Caligula nachdenklich.
»Ja, ihr Vater Marcus Lollius ist vor einigen Jahren gestorben, und sie hat sehr reich geerbt. Regulus ist ein Glückspilz; er selbst stammt ja aus kleinen Verhältnissen.«
»Trotzdem ein tüchtiger Mann, der sich damals beim Prozeß gegen Sejanus große Verdienste erworben hat. Er gehört zu den wenigen Statthaltern, aus deren Provinzen keine Klagen kommen. Er verdient es, empfangen zu werden – und seine Frau soll er mitbringen.«
Aha, dachte Callistus, also daher weht der Wind. Kaum hört er, daß Regulus eine stadtbekannte Schönheit zur Frau genommen hat, schon neidet er sie ihm und will sie sehen. Callistus kannte seinen Herrn und wünschte Regulus nichts Böses. Nun, viel-

leicht gefiel sie dem Kaiser nicht, oder er begnügte sich damit, sie im Nebenzimmer zu »erproben«. Regulus würde kaum Schwierigkeiten machen, denn schließlich wollte er seine einträglichen Ämter behalten.
Callistus seufzte leise und sandte sofort ein Schreiben an den Statthalter, das ihn und seine Gemahlin am selben Abend zu einem Gastmahl lud.

Das Mahl wurde im kleinen Triclinium gerichtet, denn Caligula hatte nur einige Freunde dazu gebeten.
Memmius Regulus wurde sehr huldvoll begrüßt, aber beim Anblick der Lollia Paulina verschlug es dem Kaiser die Sprache. Sie war eine Schönheit, gewiß, mit ihrem ovalen Gesicht und den etwas schrägen, dunklen Augen, doch schöne Frauen gab es in Rom zuhauf. Caligula aber war tief betroffen von ihrer großen Ähnlichkeit mit Drusilla. Ihre Augen funkelten keck und hexenhaft, ihr leises, melodisches Lachen hatte – wie bei Drusilla – etwas Geheimnisvolles, nicht Deutbares.
Freilich hatten auch die früh hereinbrechende Nacht und das Flackerlicht der Öllampen einen Anteil an dieser Täuschung, doch Caligula war bezaubert und hingerissen. Ganz gegen seine Gewohnheit vermied er geschmacklose Scherze oder anzügliche Bemerkungen. Er schien zu schnurren wie ein verliebter Kater, bat Paulina an seine Seite und legte ihr eigenhändig die besten Bissen vor.
Der ebenfalls anwesende Aemilius Lepidus sah es mit Vergnügen. Wenn Caligula dem Regulus die Frau wegnahm, war vielleicht ein weiterer Verschwörer gewonnen.
Zunächst jedoch geschah nichts. Caligula schien bemüht, auf Paulina den besten Eindruck zu machen und unterhielt sich den ganzen Abend fast nur mit ihr. Dabei glänzte er mit dem, was er am besten beherrschte: mit seiner funkelnden, geschliffenen Rede. Paulina hing gebannt an seinen Lippen und erfreute Caligula mit klugen und verständigen Fragen. Einen so genußreichen und harmonischen Abend hatten auch die Freunde des Kaisers selten erlebt. Die Tafel wurde gegen Mitternacht aufgehoben; Caligula verabschiedete sich höflich und sehr gnädig gestimmt von dem Statthalter und seiner Frau.

Lepidus, der schon glaubte zu träumen, wurde vom Kaiser zurückgehalten.
»Ich brauche deinen Rat, Lepidus. Ich muß Paulina haben, um jeden Preis, doch ohne Gewalt und ohne Aufsehen zu erregen. Sie ist etwas – etwas Besonderes und ich möchte sie nicht verärgern. Wie soll ich es anstellen?«
»Nun, Majestät, ich habe gesehen, daß Regulus nach wie vor deine Gunst genießt. Du willst ihm seine Ämter lassen – es liegt keine Anklage vor?«
»Nein, Lepidus«, sagte Caligula unwillig, »nicht so! Regulus ist ein tüchtiger Mann und kaum zu ersetzen. Er soll in nichts geschmälert werden, ich will nur seine Frau.«
»Du könntest die beiden zur Scheidung zwingen.«
»Nein«, beharrte Caligula eigensinnig, »kein Zwang, keine Gewalt.«
»Gut, dann müßte etwas gefunden werden, was die Ehe ungültig macht. Ich fürchte, das geht aber nur auf Kosten von Regulus. Irgendwer müßte bezeugen, daß er schon heimlich verheiratet ist oder er müßte beschwören, daß er die Ehe nicht vollziehen kann.«
»Nein, das macht ihn lächerlich oder ehrlos. Was gäbe es noch für Gründe?«
»Wir haben ja heute abend erfahren, daß Paulinas Mutter noch lebt, irgendwo auf dem Land. Regulus müßte bestätigen, daß er ihr Vater ist. Er ist fast zwanzig Jahre älter, das wäre recht gut möglich.«
Caligula strahlte:
»Das ist es, Lepidus! Und es soll auch ganz unter uns bleiben. Regulus bestätigt vor dem Richter, daß er damals der Geliebte ihrer Mutter war und jetzt erst ihre Ähnlichkeit mit ihm entdeckte. Die Ehe ist damit ungültig! Kannst du das in die Wege leiten – in meinem Namen?«
»Mit Vergnügen, Gaius – Verzeihung, Majestät!«
»Unter vier Augen darfst du mich ruhig wieder Gaius nennen. Wir kennen uns lange genug und haben viel miteinander erlebt.«
Ja, mein Stiefelchen, dachte Lepidus haßerfüllt, das haben wir allerdings. Was ich aber demnächst aushecke, wird ohne dein Wissen geschehen, auch wenn du die Hauptrolle dabei spielst.

Er verbeugte sich lächelnd:
»Das tue ich mit Vergnügen, Gaius, und möchte dir auch gleich alles Glück für deine künftige Ehe wünschen. Mögen sie die Götter segnen!«
Caligula reichte Lepidus die Hand zum Kuß.
»Lollia Paulina Augusta – das klingt doch recht gut.«

Aemilius Lepidus rieb sich die Hände. Wenn dieser Regulus nur einen Funken Stolz besaß, so mußte er den Zerstörer seiner Ehe hassen. Und er würde alles dazu tun, diesen Haß zu schüren.
Mit diesem Vorsatz erschien er am nächsten Morgen bei Regulus. Er tat geheimnisvoll und spielte den Verlegenen.
»Ich komme im Auftrag des Kaisers. Es geht um eine heikle Angelegenheit – ich weiß gar nicht, wie ich beginnen soll...«
Regulus war ein beherrschter Mann, der ein halbes Leben gebraucht hatte, um sich zu seiner jetzigen Stellung emporzuarbeiten. Er hatte viel schlucken und hinnehmen müssen, und der trotzige Stolz eines Patriziers war ihm fremd. Er hatte immer Zugeständnisse machen müssen und war bereit, dies auch weiterhin zu tun. Ruhig und beherrscht blickte er Lepidus an.
»Was immer mein Kaiser von mir will – er findet mich bereit. Ich habe schon mehrmals bewiesen, daß dies keine leeren Worte sind, auch in der Zeit des Tiberius. Es dürfte ja bekannt sein, daß ich bei Sejanus ganz oben auf der Todesliste stand.«
Lepidus hob die Hände:
»Du verteidigst dich, ohne angegriffen zu sein. Der Kaiser schätzt deine Verdienste und hat mir erst gestern zu verstehen gegeben, hätte er mehr Beamte von deinem Schlag, so stünde es besser im römischen Reich. Unser Princeps hat an deiner Frau Gefallen gefunden – so sehr, daß er sie zur Kaiserin machen will. Seine Leidenschaft ist stärker als alle Vernunft, und so hat er mich beauftragt, dir geeignete Vorschläge zu unterbreiten, vorausgesetzt, du bist überhaupt bereit, Paulina freizugeben.«
Mit allem hatte Regulus gerechnet, doch damit nicht.
»Aber – aber wie stellt er sich das vor? Soll ich sie verstoßen, mich scheiden lassen? Welchen Grund gäbe es dafür? Natürlich verstehe ich, daß man sich in Paulina verlieben kann, aber schließlich gibt es einen Heiratskontrakt, es gibt Zeugen...«

»Aber Regulus, schwierig wäre es doch nur, wenn irgendwer dir Paulina wegnehmen wollte, aber beim Kaiser ist das etwas anderes. Er ist ein Gott, steht hoch über den Menschen – über den Gesetzen. Seine Majestät hat beschlossen, daß Lollia Paulina deine Tochter ist. Man kann schließlich nicht die eigene Tochter heiraten.«
Regulus schluckte:
»Paulina meine Tochter? Aber das geht doch nicht...«
»Natürlich geht es. Du hast vor achtzehn Jahren ein Verhältnis mit ihrer Mutter gehabt. Die Heiratspapiere werden in aller Stille aus der Welt geschafft, und jetzt bist du ihr Vater. Und als solcher gibst du sie dem Kaiser zur Frau. So einfach ist das.«
»Und was bekomme ich dafür?«
»Jetzt verstehen wir uns. Der Kaiser bestätigt dich auf weitere fünf Jahre in deiner Stellung als Statthalter von Moesia, Macedonia und Achaia. Er setzt für deine Provinzen ein sehr niedriges Steueraufkommen an, du wirst also in kurzer Zeit noch viel reicher sein. Ich habe die Dokumente bei mir, unterschrieben und gesiegelt. Du brauchst nur zuzugreifen.»
»Das werde ich tun!» sagte Regulus entschlossen.
Lepidus war enttäuscht.
»Ich frage nur, weil es mich persönlich interessiert. Wo bleibt dein Stolz als freier Römer?«
»Dem Kaiser in allen Stücken zu dienen – das ist mein Stolz.«
Danebengegangen, dachte Lepidus. Dieser Speichellecker eignet sich kaum zum Verschwörer. Wir werden andere finden.
Lollia Paulina aber wurde nicht um ihre Meinung gefragt. Neun Tage später wurde der Heiratskontrakt auf dem Kapitol im Tempel des Jupiter Optimus Maximus niedergelegt.

Das zweite Regierungsjahr des Kaisers Gaius Julius Caesar Augustus neigte sich seinem Ende zu. Beim einfachen Volk stand Caligula in unverändert hohem Ansehen, der römische Adel jedoch betrachtete ihn mit zunehmendem Mißtrauen und in ständiger Furcht. Der Senat war sein fügsames Werkzeug, der alle im Befehlston vorgebrachten »Anregungen« des Kaisers schleunigst in die Tat umsetzte.

Seit alters her setzte sich der von Caesar auf neunhundert Mitglieder erweiterte Senat aus Patriziern und Plebejern zusammen. Neue Mitglieder wurden ursprünglich von den Zensoren gewählt, doch allmählich war aus dem Senatssitz ein Erbamt geworden, in dem der Sohn dem Vater oder einem kinderlosen männlichen Verwandten nachfolgte. So gab es »senatorische« Familien, die seit den Zeiten der Republik einen Senatssitz innehatten, und es machte fast keinen Unterschied mehr, ob eine solche Familie adeligen oder plebejischen Ursprungs war. Sie waren alle reich und angesehen, denn seit Augustus mußte ein Senator ein Mindestvermögen von einer Million Sesterzen nachweisen. Innerhalb des Senats gab es verschiedene Gruppen, deren einflußreichste die altadeligen konsularischen Familien waren.
Caligula betrachtete den gesamten Senat als seinen geschworenen Feind und sah in jedem einzelnen Senator – ob plebejischer oder patrizischer Herkunft – einen möglichen Verräter und Verschwörer. Die untereinander häufig zerstrittenen Senatoren bildeten jedoch eine geschlossene Front, wenn der Kaiser – wozu er berechtigt war – einen Mann seines Vertrauens zum Senator bestimmte. Diesen »Homines novi« wurde mit größtem Mißtrauen begegnet, und man hielt sie ganz allgemein für kaiserliche Spitzel, vor allem, wenn sie aus unbekannten, nichtsenatorischen Familien kamen. Kaiser Augustus hatte die Macht und Bedeutung des Senats immer betont und respektiert, doch seine überragende Persönlichkeit gewann ohne weiteres Zutun das Übergewicht, und als er starb, konnte sein Nachfolger Tiberius den römischen Senat als gefügiges Instrument übernehmen. Caligula machte sich das zunutze, denn ein Prätorianerheer von zehntausend Mann stand in bedingungsloser Treue hinter ihm, und die Dezimierung des Senats gehörte seit Tiberius zum Alltag der Prätorianer.

Im neuen Jahr übernahm Caligula eines der Konsulate und führte den Vorsitz der von ihm einberufenen Steuerkommission. Ihr gehörten seine Sekretäre Callistus und Helikon an, einige Freigelassene, die sich als Steuerpächter bewährt hatten, und ein

paar vom Kaiser ernannte Senatoren, die ihm blind ergeben waren.
Caligula musterte seine Kreaturen mit starren Augen, und manchem von ihnen war anzumerken, daß es sie unter diesem Blick fröstelte. Dann fuhr seine helle scharfe Stimme auf sie nieder.
»Ich mache, wie die Götter, niemals halbe Sachen. So soll auch diese Steuerreform eine derart umfassende sein, wie sie weder in den Zeiten der Republik, noch unter meinen Vorgängern jemals in Angriff genommen wurde. Ich gehe dabei von dem Gedanken aus, daß jeder Mensch, jeder Sklave, jede Tat, jeder Vorgang, jeder Gegenstand im Römischen Reich den Umständen entsprechend besteuert wird. Jedermann genießt ein friedliches, geschütztes Leben, und wenn der römische Bürger frei handeln und wandeln kann, so ist das ein Vorzug, den ihm ein starker Staat garantiert. Das betrifft auch seinen Besitz an Mensch, Tier und Sache. Ein starker Staat aber braucht Geld für seine Truppen, seine Beamten, für den Glanz, den er zu verbreiten hat, um Beispiel, Ansporn und zugleich Warnung für andere zu sein. Das war sozusagen die theoretische Untermauerung unserer Reform und nun zum Praktischen. Natürlich hat es auch bisher Steuern gegeben, doch scheint mir eine gewisse Willkür darin zu liegen, daß der eine betroffen war und der andere nicht. Jetzt aber sind alle erfaßt. Ich nenne einige Beispiele: künftig werden nicht nur Huren und der Kuppler ihren Obolus zu entrichten haben, sondern es wird der Beischlaf schlechthin besteuert, also fallen auch Ehepaare darunter. Wer das Glück hat, in Rom leben und arbeiten zu dürfen, wird künftig dafür bezahlen müssen. Davon ist alles betroffen, was hier geschieht – ob es um den einfachen Vorgang des Wohnens geht oder um Vieh und Lebensmittel, die von den Bauern hier verkauft werden. Die Taglöhner werden künftig ein Achtel ihres Einkommens abführen müssen und die Bettler auch. Aber ich bin ein Freund der Gerechtigkeit, und wenn es bisher so aussehen mag, als seien nur die kleinen Leute betroffen, dann ist das ein Irrtum. Die adeligen, senatorischen und konsularischen Familien werden genauso davon erfaßt. Jeder Sklave, den sie erwerben, wird mit einer Luxussteuer belegt, das gilt auch für Villen, private Thermen, neu angelegte Gärten und den Kauf von eingeführten

Kunstwerken wie Bildern, Statuen, Mosaiken, Gold- und Silberarbeiten, attische Vasen und so weiter. Wer seinen adeligen Namen behalten will, wird künftig Jahr für Jahr eine hohe Gebühr entrichen müssen, um nicht aus den Ritterlisten gestrichen zu werden. Einen besonderen Akt der Ungerechtigkeit sehe ich darin, daß jeder hierzulande nach Lust und Laune prozessieren durfte, dabei den Staat in Anspruch nahm, aber nur seinen Anwalt bezahlte. Wenn künftig bei jedem Prozeß ein Vierzigstel des Streitwertes an den Fiskus abgeführt wird, so ist das nur gerecht. Das gilt auch für Fälle, in denen man sich gütlich einigt oder die man einstellt. Niemand – ich sage es nochmals, niemand wird durch das sehr eng geknüpfte Netz unserer Steuerreform schlüpfen können.«
Caligula schwieg und blickte in die Runde. In lautloser Erstarrung saßen die Männer auf ihren Stühlen und lauschten mit gesenkten Köpfen den kaiserlichen Worten. Dann sprach er weiter:
»Jeder von euch erhält eine Kopie meiner Steuerreform, und ich erwarte von euch Vorschläge, wie sie im einzelnen durchzuführen ist. Abschließend noch ein Wort zu den Strafen: Bei der Plebs wird es mit ein paar Peitschenhieben getan sein, da der Schaden auch entsprechend gering ist. Doch wer von den Reichen gegen die neuen Gesetze verstößt, wird als Mindeststrafe Verbannung und Einzug seines halben Vermögens erwarten müssen. Bei schwereren Vergehen wird der gesamte Besitz beschlagnahmt, der Schuldige hingerichtet und seine Familie in die Sklaverei geführt. Das wäre vorerst alles, meine Herren.«

Als im Laufe des neuen Jahres die Reform verkündet und angewandt wurde, begann Caligulas Beliebtheit beim Volk zu sinken oder genauer gesagt, bei den Betroffenen – den Handwerkern, Händlern, Tagelöhnern, dem lichtscheuen Gesindel der Kuppler, Hehler und Bettler, die es zuerst nicht glauben wollten, als sie von ihrer Steuerpflicht erfuhren. Doch die Verfügungen waren in allen Teilen der Stadt angeschlagen, und wer nicht lesen konnte, den informierten andere.
Die ganze Steuerreform hatte übrigens, wie alles von Caligula Ersonnene, einen Hintergedanken. Natürlich wußte er, daß von

den kleinen Händlern, den Kupplern und Huren nicht viel zu holen war, aber er hatte nun freie Hand, gegen die reichen Steuersünder legal vorzugehen. Wer es also nicht schlau genug anfing, einen Teil seines Vermögens dem Fiskus zu entziehen, der zahlte dafür mit seinem Besitz und manchmal mit dem Leben.

Ein blutiger Schatten legte sich über Rom. Die reichen und angesehenen Familien begannen Gegenmaßnahmen zu treffen. Wer nur reich war, aber kein öffentliches Amt innehatte, tat sich dabei noch leicht. In aller Stille wurden gewaltige Vermögen in die entferntesten Provinzen geschafft. Etwa nach dem weit im Westen gelegenen Lusitania, aber auch die östlichen Länder, wie Armenien und Mesopotamien, waren beliebt. Dort entstanden prächtige Landsitze, die der jeweils Betroffene unter einem falschen Namen bewohnte und hoffte, hier Caligulas Schreckensherrschaft zu überstehen. Manchen dieser Flüchtlinge spürten die Steuerpächter sogar dort auf, doch das war selten, und die meisten der Pächter ließen sich bestechen. Wer aber ein Amt hatte oder aus einer so berühmten Familie stammte, daß jedes Kind seinen Namen kannte, war schlimm dran. Einige versuchten sich dem tödlichen Zugriff zu entziehen, indem sie ihr Testament machten und dabei öffentlich vom Advocatus verkünden ließen, daß der Kaiser zu einem Drittel oder zur Hälfte am Nachlaß beteiligt war.

Daß man sich dabei aber auch verrechnen konnte, bewies der Fall des Sextus Pompeius. Dieser ungeheuer reiche Mann war schon über sechzig Jahre alt und hatte seine Frau und seine beiden Kinder überlebt. Er stand also alleine da, war gesund, schätzte eine gute Tafel, Tanz und Musik und hatte sich eine bedeutende Bibliothek aufgebaut. Alles, was er sich wünschte, war, diese Dinge in Ruhe zu genießen und, wenn seine Zeit gekommen war, friedlich im Bett zu sterben. Er wollte auch nicht weg aus Rom, haßte Reisen und Unbequemlichkeiten.

So tat er das in seinem Fall Vernünftigste: Er wandte sich an Callistus. Der einflußreiche Sekretär empfing ihn unverzüglich, denn einen so reichen Mann ließ man nicht warten. Pompeius legte ihm seine Lage offen dar.

»Aber das ist doch ganz einfach!« rief Callistus lebhaft. »Du brauchst auf keine Familie Rücksicht zu nehmen; der Kaiser weiß das natürlich und erwartet im Stillen, wozu ich dir jetzt raten möchte. Ich verschaffe dir eine Audienz bei seiner Majestät, und du sagst ihm, daß du dir für dein Vermögen keinen besseren Verwendungszweck denken kannst, als es ihm zu vermachen. Kleide deinen Wunsch in verbindliche Worte; erwähne die Pflichten eines anständigen Römers dem Princeps gegenüber, betone, daß es dein freier und ehrlicher Wille ist. Du kannst ja auch so nebenher bemerken, daß es mit deiner Gesundheit nicht zum Besten steht und daß dich die Ärzte mehr als alles andere kosten.«

Callistus zwinkerte.

»So ist es doch? Im übrigen würde sich ein kleines Geschenk schon jetzt gut machen, ein paar Millionen Sesterzen vielleicht ...«

»Darauf käme es mir nicht an«, sagte Pompeius. »Und du glaubst, der Kaiser wird mich dann in Frieden lassen? Ich meine, wird er warten – bis – bis ... bis meine Zeit gekommen ist?«

Callistus lächelte:

»Aber wofür hältst du unseren Princeps? Für einen Erpresser, gar für einen Mörder?«

Pompeius wurde bleich.

»Nein, bei allen Göttern, natürlich nicht! Das war nur so dahingesagt, sehr unbedacht von mir ...«

»Ich habe es nicht gehört, mein Freund.«

Einige Wochen später wurde Pompeius von Caligula sehr gnädig empfangen und eingeladen, am Prandium (Mittagsmahl) teilzunehmen. Der Kaiser zeigte sich sehr leutselig, lachte, scherzte und erkundigte sich bei Pompeius einige Male nach seiner Gesundheit.

»Für einen Sechzigjährigen bist du aber noch sehr rüstig. Hast du die Absicht, noch einmal zu heiraten?«

»Nein, Majestät, ich lebe nur noch der Erinnerung und möchte meine letzten Jahre mit historischen Studien in Zurückgezogenheit verbringen. Außerdem läßt meine Gesundheit zu wünschen

übrig, und ich weiß nicht, welche Lebenszeit mir die Götter noch zugemessen haben.«
Caligula hatte sich von Callistus über das Vermögen seines Gastes unterrichten lassen. Es belief sich auf etwa dreihundert Millionen Sesterzen, und so erschien ihm Pompeius nur als ein riesiger, praller Geldsack, der sich, so lange er lebte, seinem Zugriff entzog. Niemand würde Pompeius vermissen; das Testament war gemacht und hinterlegt – warum also warten?
Plötzlich lachte Caligula laut auf. Pompeius sah ihn erschreckt an.
»Was erheitert dich so, Majestät?«
»Der Gedanke, daß ich dir jederzeit den Kopf abschneiden lassen kann. Ich brauche nur meine Prätorianer zu rufen, und – schwupps!«
Caligula fuhr mit dem Zeigefinger über seinen dünnen Hals. Dann lachte er seinen Gast fröhlich an.
»Natürlich tue ich es nicht. Warum auch? Ein Mann, der sein gesamtes Vermögen dem Kaiser hinterlassen will, verdient allen Respekt. Außerdem hast du ja selbst gesagt, daß es mit deiner Gesundheit nicht zum Besten steht. Kranke verdienen eher Mitgefühl, nicht wahr? Jetzt trinken wir noch einen Becher, und dann mußt du mich entschuldigen.«
Er wandte sich an den Mundschenk:
»Noch einen Krug Falerner, den besonderen Jahrgang.«
Pompeius atmete erleichtert auf. In Rom wurde viel geredet, aber Caligula war so umgänglich und gewiß kein Unmensch. Man mußte halt einen kräftigen Scherz vertragen können, das war alles.
Caligula schenkte ihm eigenhändig ein.
»Der Falerner ist über zehn Jahre alt! Ein Abschiedstrunk für besondere Gäste. Trinken wir auf Rom, seine erhabenen Götter und auf deine Gesundheit!«
So besonders fand Pompeius den Wein nicht, da war ein seltsamer metallischer Geschmack. Er jedenfalls hatte schon Besseres getrunken. Ihm war, als hätte er plötzlich einen Schlag auf den Magen erhalten. Ein heißes, würgendes Brennen ließ ihn aufstöhnen, der Becher fiel aus seiner Hand, und wie von ferne hörte er die undeutliche Stimme des Kaisers.

»Was ist los, Pompeius? Bekommt dir der Wein nicht?«
Die letzten Worte hörte Pompeius nicht mehr. Er sank auf dem Speisesofa zusammen, fiel zu Boden, sein Körper krümmte sich wie unter der Folter, sein röchelnder Atem erstarb.
Caligula rief die Wache:
»Schafft ihn weg! Mir scheint, er hat das Essen nicht vertragen. Vielleicht ist er an einem Knochen erstickt. Die Ärzte sollen sich um ihn kümmern.«
Am nächsten Morgen wurde bekanntgegeben, daß der Ritter Sextus Pompeius während eines Gastmahls im kaiserlichen Palast an einer Gräte erstickt sei.

Aemilius Lepidus registrierte diese Vorgänge genau. Er unterhielt eine geheime Korrespondenz mit dem Feldherrn Lentulus Gaeticulus, den er über alles unterrichtete. Der Legat sollte spüren, daß mit jedem Tag die Gefahr stieg, in den tödlichen Strudel von Caligulas Mißtrauen zu geraten. Es hätte dieser Hinweise nicht bedurft, denn Gaeticulus mußte eine Reihe vom Kaiser persönlich ernannter Tribunen in seine Legionen aufnehmen, und die ihm treu ergebenen Offiziere bestätigten, was er längst ahnte: Das waren Spitzel, die ihn ständig belauern mußten, um alles, was er tat und sprach, nach Rom zu berichten. Er ließ sich nichts anmerken, doch formte sich in ihm ein bestimmter Plan. Er mußte den Kaiser an den Rhein locken, vielleicht unter dem Vorwand eines möglichen Germanenaufstands, dem es zuvorzukommen gelte. Es durfte nicht zu gefährlich klingen, um Caligula nicht abzuschrecken, aber es sollte die Möglichkeit angedeutet werden, daß der Kaiser – Sohn des beliebten Germanicus – sich dabei als Feldherr Ruhm erwerben könne.
Die gefährliche Korrespondenz zwischen den beiden Verschwörern lief über einen unverdächtigen Klienten des Lepidus, der jedes dieser Schreiben Agrippina vorlas, ehe er es vernichtete.

Sie beschäftigte sich mit ihrem kleinen Sohn Nero, als Lepidus eintrat. Das reizende, pausbäckige Kind machte gerade seine ersten Gehversuche. Immer wieder richtete sich der Kleine auf, stand schwankend auf dicken, krummen Beinchen, versuchte mit den kurzen Armen das Gleichgewicht zu halten und fiel nach einigen unsicheren Schritten wieder hin.

Lepidus lächelte:

»Salve Agrippina! So beharrlich wie dieser kleine Mann müssen auch wir sein. Er läßt sich nicht entmutigen und wird seine Versuche fortsetzen, bis er fest auf beiden Beinen steht. Gaeticulus hat mir wieder geschrieben.«

Agrippina legte einen Finger auf den Mund und blickte zum Kindermädchen. Sie verabschiedete den Kleinen mit einem herzhaften Kuß und wartete, bis sich die Sklavin entfernt hatte.

»Natürlich ist sie harmlos und hört nicht auf unsere Worte, doch wir müssen jedes Risiko vermeiden. Vielleicht wird man sie fragen, ob der Name Gaeticulus in meinem Hause häufig genannt wurde – wer weiß?«

»Du hast recht, Liebste, wir müssen an alles denken. Ich lese dir jetzt das Wichtigste aus dem Brief vor. Übrigens nennt er Caligula nie beim Namen, es heißt nur er oder ihn. Also höre:

> »... bin ich doch zu der Ansicht gelangt, daß es besser wäre, die Tat fern von Rom auszuführen, zumal wenn es uns gelingt, ihn – unter welchem Vorwand auch immer – hierherzulocken. Zwar werden ihn seine Prätorianer begleiten, doch mehr als achthundert oder tausend wird er nicht mit auf die Reise nehmen. Bleibt er aber in Rom, so muß es dort geschehen. Am günstigsten wäre der Frühsommer, da käme ich mit meinen Truppen am schnellsten über die Alpen. Ihr könnt also mit meinen fünf Legionen rechnen, und – falls eine verbürgte Todesnachricht hier eintrifft – auch mit den fünf meines Schwiegervaters Apronius. Der ist zwar übervorsichtig und läßt sich nicht darauf ein, seine Legionen für den Sturz des Wüstlings herzugeben. Doch er hat mir bei Mars in die Hand geschworen, daß er dich unterstützt, wenn es um die Nachfolge geht. So ist der Weg also frei, und wir könnten in diesem Jahr schon unser Ziel erreichen. Ich erwarte dein Signal und stehe bereit.«

Lepidus ließ die Rolle sinken und schaute Agrippina fragend an. »Nun? Was sagst du dazu?«

Agrippinas strenges, schönes Gesicht verriet nichts von ihren Empfindungen, doch ihre Augen glänzten wie im Fieber.
»Ich wage mich erst zu freuen, wenn das Scheusal auf dem Scheiterhaufen liegt und die Prätorianer auf Aemilius Lepidus Augustus eingeschworen werden. Aber vergiß dabei unsere Abmachung nicht! Nach unserer Heirat wirst du Nero adoptieren und ihn zu deinem Nachfolger bestimmten. Das ist meine Bedingung!«
»Aber das ist doch längst abgesprochen. Manus manum lavat! (Eine Hand wäscht die andere.) Im übrigen will ich dich zur Frau, nicht nur, weil es für unsere Pläne am tunlichsten ist, sondern weil ich dich liebe. Bitte vergiß das niemals!«
Agrippina schaute ihrem Liebhaber in das nicht unschöne, aber von vielen Ausschweifungen gezeichnete Gesicht. Sie hatte ihn früher für einen weichlichen Höfling und Speichellecker gehalten, ein willenloses Werkzeug ihres Bruders, zu nichts weiter fähig, als mit Caligula Geld zu verprassen. Sie hatte sich getäuscht, denn Lepidus zeigte Mut und Umsicht bei den Plänen zum Sturz des Kaisers. Daß es um seinen Kopf ging, wußte er, und so hatte er mit seinem Verhalten zwar nicht ihr Herz gewonnen, aber sie achtete ihn und war bereit, ihn durch eine Heirat als Nachfolger Caligulas zu legitimieren. Ihr Herz aber gehörte allein dem Sohn, und was sie tat, geschah für ihn, für seine Zukunft.

Die Kurtisane Pyrallis hatte mit einem reichen Kunden den Sommer in Neapolis verbracht und fand bei ihrer Rückkehr nach Rom die Einladung des Kaisers. Sie war ausgeruht und unternehmungslustig, denn der Kunde war ein lieber alter Mann gewesen, einsam und verwitwet, der nichts weiter wollte, als in der Sommerfrische eine schöne, gepflegte Frau an seiner Seite zu haben. Er behandelte sie mit Respekt und Hochachtung, so daß niemand auf den Gedanken kam, er habe eine Kurtisane gemietet.
Vom Kaiser hörte man in letzter Zeit nicht viel Gutes, wenn auch die Sommergäste in Neapolis seine Launen und Scherze eher als harmlos und originell hinstellten.

Was sollte sie von dieser Einladung halten? Sie hatten sich nur einmal persönlich getroffen, eine eher belanglose Angelegenheit, doch sie erinnerte sich an jede Einzelheit. Seine seltsam starren Augen hatten sie kurz gemustert und dann hatte er gesagt: »Du gefällst mir, Pyrallis.« Und sie hatte spontan geantwortet: »Du gefällst mir auch.«

Doch nicht sein Äußeres hatte sie damals angesprochen; sie hatte geglaubt, hinter seiner starren Maske einen unglücklichen verletzbaren Menschen zu sehen. Und wie herzlich er gelacht hatte, als sie ihn für einen Senator gehalten hatte. Dabei war es nur ihre übliche Formel für vornehme Kunden gewesen, denn es schmeichelte jedem, wenn man ihn für einen Senator hielt. »So etwas Ähnliches bin ich schon«, hatte er dann gesagt und sie hatte die Rangliste noch etwas angehoben und gefragt: »Ein Feldherr – ein Tribun?« Er hatte sie gelobt, weil sie ihn zum Lachen gebracht hatte. Auf seinen Wunsch hatte sie ihre Laute hervorgeholt und Catulls Lied »Vivamus, mea Lesbia« gesungen.

Und dann hatte er nach ihrer Hand gegriffen und gesagt, sie sollten ausführen, was Catull vorgeschlagen habe. Aber es war nicht dazugekommen, er war zusammengebrochen und sie hatten ihn eilig fortgeschafft. Sie hatte der von Bewaffneten umringten Sänfte nachgesehen und den Aureus betrachtet, den sein Begleiter ihr noch schnell in die Hand gedrückt hatte. Und dann war ihr klar geworden, daß der Kaiser bei ihr zu Gast gewesen war.

Er hatte sie später zu dem Frauenfest geladen, doch da hatte sie ihn nur von ferne gesehen. Und jetzt die Aufforderung zum Palatinus zu kommen. Vielleicht wieder ein Fest? Sie fragte den Besitzer des Lupanars, doch der konnte nur wiederholen, was er ihr schon einmal gesagt hatte.

»Sobald ich dich sehe, soll ich dir ausrichten, du möchtest beim Kaiserpalast vorsprechen. Mehr weiß ich nicht.«

Pyrallis tat es am nächsten Morgen. Der wachhabende Offizier blickte skeptisch.

»Was soll denn das? Wer hat dir diese Botschaft gebracht und wann?«

»Ich war verreist und habe es jetzt erst erfahren. Wer es war, weiß ich nicht. Du kannst ja auf alle Fälle dem Kaiser melden, daß ich hier war.«
Der Offizier lachte schallend.
»Ah – gleich dem Kaiser! Warum nicht den Göttern? Aber im Ernst: Da hat sich jemand einen Scherz erlaubt, um dich hereinzulegen. Vergiß es und geh deiner Wege.«
Doch Pyrallis blieb beharrlich:
»Einen Scherz? Das glaube ich nicht. Immerhin kenne ich den Kaiser persönlich. Ich war auch damals zu dem Fest geladen, bei der Einweihung des Isis-Tempels . . .«
»Du kennst Seine Majestät persönlich?«
»Ja, wir hatten im Lupanar ein kurzes Gespräch.«
Der junge Offizier wußte nicht mehr, was er denken sollte.
»Ich notiere mir jetzt deinen Namen und gebe ihn an das Sekretariat weiter. Dann sollen die entscheiden. Wo bist du zu erreichen?«
Pyrallis sagte es ihm, und dann durfte sie gehen. Ihr Name gelangte auf eine Liste mit Gesuchen und Eingaben an Callistus. Dessen Auge blieb an der Notiz hängen: »Behauptet, sie kenne Seine Majestät und solle sich im Palast melden.«
Callistus stöhnte leise. Diese ewigen Versuche, in den Palast vorzudringen. Und meistens waren es Frauen, die auf diese Weise die unsinnige Hoffnung hegten, in das kaiserliche Bett zu gelangen. Manche von ihnen kannten den Kaiser tatsächlich von einer flüchtigen Begegnung, aber Caligula wollte mit solchen Belanglosigkeiten nicht behelligt werden. Callistus schob die Papiere beiseite. Makulatur! Warum mußte nur immer alles bei ihm landen? Es gab schließlich noch ein weiteres Dutzend Schreiber und Sekretäre, aber von denen wagte ja keiner eine Entscheidung zu treffen.
Doch im Grunde wollte er es gar nicht anders. Sein Arbeitstag dauerte zwölf, manchmal sogar fünfzehn Stunden, aber gerade darin bestand seine Macht: über alles Bescheid zu wissen, zu bestimmen, was an den Kaiser weitergegeben wurde – oder nicht.
Er war dann ziemlich überrascht, als einige Tage später der Kaiser von sich aus darauf zu sprechen kam:

»Hat in letzter Zeit eine Pyrallis um eine Audienz nachgesucht? Sie hätte sich längst melden sollen.«
Callistus stutzte.
»Pyrallis? Verzeih, Majestät, aber es sind so viele Namen. Ich werde gleich nachsehen.«
Nach einigem Suchen fand er den Namen. Caligulas bleiches Gesicht rötete sich, und seine kalten Augen sprühten mörderische Funken.
»Warum erfahre ich davon nichts? Tag für Tag schlägst du mir Dutzende von Namen um die Ohren, aber gerade auf diese Frau habe ich gewartet. Du wirst nachlässig, Callistus!«
Der dicke Sekretär schrumpfte zusammen, als wolle er sich unsichtbar machen. Caligula liebte solche Demutsgesten und Callistus beherrschte sie perfekt.
»Ich bin nur ein schwaches Geschöpf, Göttlicher, verzeih! Dein übermenschliches Gedächtnis hat einen Namen bewahrt, der mir belanglos erschien. Ich werde der Dame sofort eine Nachricht senden.«
Der Sturm verzog sich.
»Ich vergesse immer wieder, daß ich es mit Menschen zu tun habe. Du tust dein Bestes, Callistus, ich weiß. Sorge dafür, daß diese Pyrallis heute zum Nachtmahl geladen wird.«

Caligula war in einer gefährlichen Stimmung. Seine Gemahlin Lollia Paulina hatte ihn schwer enttäuscht, und er wußte nicht recht, was er mit ihr anstellen sollte. Zuerst hatte er gehofft, eine zweite Drusilla in ihr zu finden, hatte sie maßlos verwöhnt und mit Geschenken überhäuft, doch ihr Wesen, ihr Auftreten entsprachen ganz und gar nicht seinem Geschmack. Jetzt, da sie Kaiserin war, wollte sie auch das Leben einer Kaiserin führen mit prachtvollen Empfängen, großartigen Auftritten im Theater, feierlichen Tempelbesuchen, weihevollen Nachmittagen bei den heiligen Jungfrauen, den Vestalinnen. Das spontane, verrückte, launische, hexenhafte und rätselhafte Wesen einer Drusilla fehlte ihr nicht nur, sondern sie neigte eher dem Gegenteil zu – gab sich hoheitsvoll, vernünftig und beherrscht. Wenn sie heute sagte, sie wolle in zehn Tagen mit der Frau des Stadtpräfekten zu Mittag speisen, dann stand das so fest wie der tarpeische Felsen.

Caligula aber hatte an Drusilla das Unwägbare und Schillernde geschätzt, ihre schnell wechselnden Stimmungen, die funkelnde Laune, mit der sie einen faden Nachmittag in ein paar kurzweilige Stunden verwandeln konnte. Das Schlimmste aber war Paulinas Verhalten im Bett. Sie war nicht gerade prüde, doch sie zierte sich, und vieles paßte ihr nicht.

»Nein, das ist viehisch, da mache ich nicht mit! Hör auf damit, ich will nicht morgen mit blauen Flecken herumlaufen!«

Und so weiter und so fort. Seit Wochen schon hatte Caligula nicht mehr mit ihr geschlafen, und gerade das schien ihr gut zu bekommen. Sie blühte auf wie eine Rose, begann ihren Tag im Morgengrauen, und ihr junger, tüchtiger Sekretär mußte ständig mit dem Terminkalender hinter ihr herlaufen.

Pyrallis erschien pünktlich eine Stunde nach Sonnenuntergang im Palast. Diesmal fand sie überall offene Türen. Der Kaiser empfing sie in dem kleinen Speisezimmer, das nur seine engsten Vertrauten kannten. Sie wollte niederknien, um seine Hand zu küssen, doch Caligula befahl:

»Laß das! Dies ist kein Staatsempfang, sondern ein kleines Nachtmahl unter Freunden. Außer dir sind noch Aemilius Lepidus, Valerius Asiaticus, der Tänzer Mnester und der Wagenlenker Eutychus geladen.«

»Sonst keine Frauen, Majestät?«

»Nein, nur du. Ich möchte dich bei dieser Gelegenheit meinen Freunden vorstellen, Lepidus kennst du schon von unserer ersten Begegnung. Ob man allerdings den guten Mnester als Mann bezeichnen soll? Er tritt in Frauenrollen so überzeugend auf, daß man nicht recht weiß, woran man mit ihm ist. Er gilt als mein Geliebter, ganz Rom redet davon, aber daran ist kein Wort wahr.«

Pyrallis lächelte fein.

»Und wenn es so wäre? Sicher ist Mnester ein liebenswerter Mensch.«

Da hatte sie Öl ins Feuer gegossen.

»Ja, Pyrallis, das ist er. Und ein sehr großer Künstler! Ich habe kürzlich einen Ritter eigenhändig verprügelt, weil er während einer Pantomime Lärm machte. Mnester ist großartig!«
»Ja, das ist er«, sagte Pyrallis und schaute sich neugierig um. Caligula spürte, daß diese Frau ein ausgeglichener und zufriedener Mensch war, und es lockte ihn seit je, einer solchen, ihm fremden Einstellung auf den Grund zu gehen. Daß es Menschen gab, die sich nicht langweilten, nicht aufbrausten, nicht grausam und schadenfroh waren, die nicht immer mehr und stets etwas Neues wollten, schien ihm unbegreiflich.
Auch in seiner Gegenwart strahlte Pyrallis eine Ruhe und Sicherheit aus, als habe nicht der Kaiser sie, sondern sie den Kaiser zu Tisch geladen.
Als alle Gäste versammelt waren, betrachtete Pyrallis sie genau. Sie kannte das Wesen Mann in- und auswendig, und es genügte ihr meist schon, einen Mann das Zimmer betreten zu sehen, um ihn richtig einzuschätzen.
Als erster war Lepidus erschienen. Ihn hatte sie damals schon kennengelernt, doch jetzt beschlich sie bei seinem Auftreten ein seltsames Gefühl. Er hatte den scharfen, aufmerksamen Blick eines Fuchses und betrat den Raum wie ein witterndes Tier. Hinter seinen verlebten Zügen erkannte sie Kraft und Entschlossenheit.
Der Senator Valerius Asiaticus erschien – wohl zufällig – zusammen mit Eutychus. Selbstbewußt und aufrecht betrat er vor dem Wagenlenker das Triclinium. Er war vielleicht zehn Jahre älter als der Kaiser; seine Verneigung fiel nicht allzu tief aus, sein schönes männliches Gesicht wirkte beherrscht und gab nichts preis.
Eutychus grinste albern, als Pyrallis ihm vorgestellt wurde. Er murmelte etwas Belangloses, und sie sah ihm an, daß er sich außerhalb der Rennbahn nicht sehr wohlfühlte.
Mnester erschien um ein weniges zu spät, aber das gehörte zu den Privilegien des hochgeschätzten Künstlers. Er tänzelte herein, als betrete er eine Bühne, lächelte süß, küßte dem Kaiser mit einer unendlich innigen Geste die Hand, begrüßte die anderen mit gezierten Handbewegungen und verzog sein Gesicht wie in leisem Ekel, als Pyrallis ihm vorgestellt wurde. So gut er es auf der Bühne verstand, seine Züge zu beherrschen, im Privatleben

konnte er es nicht, und jede Gefühlsregung war deutlich abzulesen.

Obwohl Asiaticus wie auch Lepidus den Kaiser mit Respekt und Hochachtung behandelten, spürte Pyrallis bei beiden eine leise Verachtung. Der lockere, freundschaftliche Ton konnte sie nicht darüber hinwegtäuschen, daß diese beiden Männer nicht so ergebene Freunde waren, wie es bei flüchtiger Betrachtung scheinen mochte.

Caligula gab sich liebenswürdig, ohne seine Neigung zu zynischen Scherzen zu unterdrücken. Eutychus, der offenbar eines der letzten Rennen verloren hatte, bekam zu hören:

»Ich überlege mir schon, ob ich dich nicht zum Gladiator ausbilden lasse. Ein Wagenlenker, der dem Ansehen der ›Grünen‹ schadet, ist auf die Dauer nicht tragbar. Oder du trittst gleich gegen einen hungrigen Löwen an? Das geht dann schneller, denn zum Gladiator taugst du doch nicht. Was hältst du davon?«

Eutychus war bleich geworden wie frisch gewaschenes Leinen. Er schluckte mehrmals, um dann herauszustottern:

»D-das ist d-doch ein Scherz, Majestät? Auch ein Eutychus g-gewinnt nicht jedes Rennen.«

»Sollte er aber, mein Lieber. Nun, lassen wir den Löwen noch etwas darben und warten die nächsten Rennen ab.«

Valerius Asiaticus, der offenbar sehr reich war, bekam das vom Kaiser vorgehalten.

»Ich bin überhaupt der Ansicht, niemand im römischen Reich sollte mehr besitzen als der Kaiser. Das gehört sich einfach nicht!«

»Wer sollte mehr besitzen als du, Majestät? Du kannst ohnehin über alles verfügen.«

»So, meinst du? Aber leider stimmt es nicht. Meine Kassen sind leer, ich bin ärmer als so mancher Freigelassene. Ich überlege mir schon, ob man nicht eine neue Steuer einführen sollte, die jedes Vermögen über eine Million Sesterzen halbiert. Wieviel besitzt du, Asiaticus?«

»An Barvermögen einige hunderttausend. Das andere steckt in Häusern, Gestüten, Feldern . . .«

»Du hast immerhin noch eine große Familie, aber es gibt ein paar alte Geldsäcke ohne Frau, ohne Kinder, die auf ihrem Gold hok-

ken wie das Huhn auf seinen Eiern. Um die werden wir uns zuerst kümmern. Aber jetzt greift doch zu, Freunde, wir wollen die schöne Pyrallis nicht mit so trockenen Gesprächen langweilen.«
Er klatschte.
»Herein mit der Musik und den Sängern!«
Da trat unter anderem auch ein Sängerpaar aus Numidien auf, Mann und Frau, mit edlen, dunklen Gesichtern. Sie sangen ein Liebeslied in ihrer Heimatsprache, die niemand verstand, und doch war allen klar, wovon es handelte. Die Körper der beiden sangen dieses Lied mit, aus den Bewegungen von Beinen, Händen und Kopf, aus ihrem Mienenspiel war zu ersehen, wie das Paar, von dem sie sangen, sich verliebte und was Fortuna für die Liebenden dann alles bereithielt: Trennung, Eifersucht, seliges Wiederfinden, Leidenschaft, Zorn, Vergebung. Sogar Mnester beklatschte gnädig seine Kollegen, vielleicht auch nur deshalb, weil er selbst Tänzer, Schauspieler und Pantomime, aber kein Sänger war. Später traten noch Gaukler auf, aber die waren so schlecht, daß Caligula gähnte und sich an Mnester wandte.
»Verehrter, hättest du nicht Lust, hier im kleinen Kreis uns etwas vorzuführen, um diesen Abend würdig zu beschließen?«
Mnester zierte sich, schaute Eutychus an und meinte spitz:
»Ich bin mir nicht so sicher, ob alle hier meine Kunst so schätzen wie du, Majestät.«
Caligula wußte sofort, wer gemeint war. Er lachte schallend und gab dem Tänzer recht.
»Kann schon sein, Mnester, daß Eutychus das Getrappel und Gewieher seiner Pferde köstlicher findet als alle Bühnenkunst. De gustibus non est disputandum! (Über Geschmack läßt sich nicht streiten.) Aber in uns anderen wirst du dankbare Bewunderer finden. Also tu uns den Gefallen!«
Seinem Kaiser konnte Mnester nicht gut etwas abschlagen, und so erhob er sich geziert, strich die Falten seiner Toga glatt, zauberte einen winzigen Handspiegel hervor, prüfte sorgfältig sein Gesicht und trat vor sein kleines Publikum.
»Ich werde eine verkürzte Form der tragischen Pantomime Kinyras und Myrrha vorführen.«

Mnester wußte, daß dies zu den bevorzugten Stücken des Kaisers zählte, und so verwandelte er sich in Kinyras, den Sohn des Apollon, der in Paphos den Aphroditekult begründet hatte und dort das Priesteramt versah. Durch ein tragisches Versehen zeugte er mit seiner eigenen Tochter ein Kind und tötete sich, als er den Frevel erkannte.
Mnester verkörperte beide Rollen und wurde dabei nur von einer leisen Musik begleitet, während sonst noch Sänger das Geschehen lebendiger machten. Doch Mnester hatte diese Unterstützung nicht nötig. Duch die Bewegungen seines Körpers und sein Mienenspiel drückte er aus, was geschah, und jeder verstand es – ausgenommen vielleicht Eutychus, der verstohlen gähnte und mit runden, verständnislosen Augen Mnesters Spiel verfolgte. Dem Applaus schloß er sich natürlich an, denn Mnester sollte nur sehen, daß auch er, der Wagenlenker, Sinn für Schauspielkunst besaß.

Plötzlich hob Caligula die Tafel auf. Er nahm Pyrallis am Arm und ging mit ihr durch die weiten Hallen des Palastes zum Cubiculum. Hinter ihnen war der Marschtritt der germanischen Leibwache zu hören. Der diensthabende Tribun Cassius Chaerea stand stramm und bat um das Losungswort für diese Nacht.
Caligula sah ihn schmachtend an und machte eine gezierte weibische Bewegung.
»Nun, mein Süßer mit der Eunuchenstimme, was wählen wir denn heute?« Der Kaiser schlug die Augen nieder wie ein verschämtes Mädchen und flötete: »Priapus«.
Chaerea zuckte mit keiner Wimper, sondern wiederholte militärisch: »Priapus, Imperator!«
Caligula verschwand mit Pyrallis im Cubiculum. Chaerea überlegte, ob das nun ein harmloser Scherz oder eine Beleidigung war. Denn der Fruchtbarkeitsgott Priapus mit seinem übergroßen Phallus war als Losungswort zumindest ungewöhnlich. Nun, die Germanen hatten nichts verstanden, und vom Kaiser war es vielleicht als Anspielung auf das Mädchen gedacht, das heute Nacht sein Bett teilte. Chaerea beschloß also, nicht beleidigt zu sein, und nahm seinen nächtlichen Rundgang durch den Palast auf.

»Ich glaube, du hast den Tribun gekränkt, Majestät«, bemerkte Pyrallis.
Caligula tat erstaunt.
»Gekränkt? Ein Gott kann niemand kränken. Was von den Göttern kommt, ob Wohl oder Wehe, hat der Mensch hinzunehmen – demütig, geduldig, klaglos.«
Pyrallis sah ein gefährliches Lauern in den kalten starren Augen, die sie scharf beobachteten. Er will mich auf die Probe stellen, dachte sie, will herausfinden, was ich von seiner Göttlichkeit halte.
»Da magst du recht haben, Majestät.«
»Zieh dich aus! Und nenne mich Gaius. Eigentlich Gaius Jovis, denn ich bin der Zwilling des Jupiter. Wir haben uns das Universum geteilt – er beherrscht den Himmel und ich die Erde. Darum tragen alle Jupiterstatuen in Rom mein Antlitz. Das Volk hat ein Recht darauf, das Gesicht seines Gottes zu kennen. Und nicht nur Rom! Ich habe den Befehl erteilt, in allen Provinzen dem lebenden Jupiter, dem Gaius Jovis, Tempel zu errichten und seine Statuen aufzustellen. Die Leute tun das gerne, Pyrallis, wirklich! Weißt du, wie sie mich auf Griechisch nennen? Zeus Epiphanes Neos Gaios. Zeus in seiner neuen Erscheinung als Gaius – klingt gut, nicht wahr?«
Pyrallis hatte sich ausgekleidet und stand nackt neben dem Bett. Doch der Kaiser achtete nicht auf sie. Er lief mit langen Schritten zwischen den Porphyrsäulen des Cubiculums auf und ab. Dabei redete er unausgesetzt.
»Nur mit den Juden gibt es Schwierigkeiten. Das ist ein eigenwilliges, aufsässiges Volk. Die Religion geht ihnen über alles. Da lassen sie sich kreuzigen, aufspießen, köpfen, ehe sie nur um ein Jota nachgeben. Aber ich werde auch mit denen fertig. Bei Callistus ist kürzlich eine Beschwerde eingelaufen, daß dort in irgendeiner Stadt ein Kaiseraltar zertrümmert wurde. Ein mir geweihter Altar! Zuerst wollte ich die ganze Stadt vom Erdboden tilgen lassen – für so einen Frevel! Aber Callistus hielt das nicht für gut. Er meinte, Jupiter solle nur die Verursacher strafen, denn der größte Teil der Stadt habe ja regelmäßig vor diesem Altar geopfert. Da man einige der Täter festnehmen konnte, gab

ich nach. Die Frevler wurden gepfählt und dann bei langsamem Feuer verbrannt.«
Caligula lächelte zufrieden, als er sich diese Szene vorstellte. »Eine angemessene Strafe, nicht wahr? Aber dabei soll es nicht bleiben. Das ganze jüdische Volk muß wissen, wer sein Herr ist, wem es zu gehorchen hat. So habe ich Publius Petronius, dem Legaten von Syrien, den Befehl erteilt, die Statue des Zeus Epiphanes Neos Gaios – mein Standbild! – im Tempel von Jerusalem aufstellen zu lassen. In diesem sinnlosen Tempel, das kein Götterbildnis enthält, kannst du dir das vorstellen, Pyrallis – ein leerer Tempel?« Er kicherte hämisch. »Nun, bald wird er nicht mehr leer sein, und die Juden haben etwas zum Anbeten.«
»Gaius, mir ist kalt«, unterbrach ihn Pyrallis.
»Kalt? Ich friere niemals! Das göttliche Feuer erwärmt mich, brennt in mir Tag und Nacht, läßt mich oft nicht schlafen. Menschen brauchen sieben bis acht Stunden Schlaf, ich komme mit drei oder vier aus. Die Nächte sind lang, Pyrallis, sehr lang – auch für einen Gott. Ja, lege dich inzwischen hin.«
Er redete, während er seine Kleider ablegte, redete, während er zu ihr ins Bett schlüpfte. Pyrallis umarmte seinen schwammigen, aufgetriebenen Körper, spürte den starken Haarbewuchs, doch es ekelte sie nicht. Es ekelte sie vor keinem Mann, mit dem sie freiwillig ins Bett ging, und Pyrallis gab sich nur aus freien Stükken hin.
In ihrer lebhaften Phantasie malte sie sich aus, ein Pan habe sie in seine Höhle gelockt und verführe sie nun – fett, haarig und mit weingeschwängertem Atem. Der Gedanke erregte sie. Er hielt sich ja für einen Gott, und das kam ihrer Vorstellung entgegen, denn Pan war der Gott des Waldes.
Caligula fühlte sich leidenschaftlich umarmt und lebhaft ermuntert, sich anzustrengen. Sie war eine wundervolle Geliebte, diese Pyrallis, das hatte er schon bei der ersten Begegnung erkannt. Schamlos, bereitwillig und mit Hingabe ging sie auf seine Wünsche ein, aber nicht sklavisch und unterwürfig, sondern freudig und phantasievoll, anregend und ausdauernd.
Später sagte er zu ihr:
»Ich werde mich von Paulina scheiden lassen, das hatte ich ohnehin vor, und dann werde ich dich heiraten. Wenn ein Gott

das römische Reich regiert, soll es ungewöhnlich und kurzweilig zugehen. War ich schon der erste Princeps, der seine Schwester heiratete, so werde ich auch der erste sein, der eine Hure – nein, finden wir eine angemessenere Bezeichnung – der eine Noctiluca, eine Meretrix heiratet. Und wehe dem, der darüber spottet! Die Käfige unter dem Circus Maximus sind voll hungriger Raubtiere! Die Spötter werden sich schnell in der Arena wiederfinden und mit einem Schwert in der Hand fauchenden Löwen gegenüberstehen.«

Caligula ereiferte sich bei dieser Vorstellung.

»Und zwar ohne Prozeß, das wird ganz schnell gehen. Da werden wir jeden zweiten Tag Spiele veranstalten können. Und erst die Miene meiner Schwestern! Ich sehe die beiden jetzt schon vor mir, wenn sie an unserer Hochzeitstafel teilnehmen. Das Naserümpfen der hochmütigen Agrippina und das empörte Kopfschütteln der kleinen Livilla. Die hat es übrigens nötig, geht mit einem schlechten Dichter ins Bett! Da ist mir eine Hure schon lieber – ach, Pyrallis, Pyrallis, ich freue mich jetzt schon auf die Reaktion der anderen. Und erst der Senat! Die ehrwürdigen Väter werden wie schweifwedelnde Hündchen vor dir im Staub kriechen und um einen Handkuß betteln.«

Caligula richtete sich auf und sagte:

»Ich werde gleich Callistus holen lassen, er soll den Heiratskontrakt aufsetzen.«

»Laß den Sekretär doch schlafen, Gaius. So etwas kann nur ein Gott bewirken: Eine Hetäre schlüpft in sein Bett, und eine Kaiserin steigt heraus. Ein großartiger Gedanke, gewiß, aber zuerst solltest du dich scheiden lassen. Für das Volk wäre es ein schlechtes Vorbild, wenn der Princeps als Bigamist herumliefe. Du weißt doch, der Pöbel ahmt alles nach.«

»Ja, du hast recht. Eines nach dem anderen. Aber unsere Hochzeitsnacht nehmen wir gleich vorweg, komm, Pyrallis, ich bin richtig hungrig nach dir.«

Er zog sie an sich, und Pyrallis dachte: Im Grunde ist er noch ein Kind, ein großes, grausames, unberechenbares Kind.

XXII

Cornelius Sabinus fühlte sich so wohl wie die seligen Götter im Olymp. Mitunter dachte er ganz beschämt, besser könne es ihm gar nicht mehr gehen, und er flehte Fortuna an, diesen Zustand möglichst lange aufrechtzuerhalten.
Er hatte einen Weg gefunden, Helena regelmäßig zu treffen, ohne mit seinem Dienst in Konflikt zu geraten. Der dienstälteste Centurio – mit dem er den Zweikampf ausgefochten hatte – war inzwischen sein Freund und Vertrauter geworden, und so ließ es sich einrichten, daß Sabinus zu jeder Zeit verschwinden konnte, weil der alte Krieger ihn deckte, nicht ohne von Sabinus mit allerlei Gegenleistungen entschädigt zu werden. Diese bestanden vor allem darin, daß er ihm möglichst wenig dreinredete und von Zeit zu Zeit ein Fäßchen Wein spendierte.
Inzwischen hatten die Wintermonate begonnen, doch die in Rom manchmal recht kalte Jahreszeit – gelegentlich schneite es dort sogar – erwies sich hier als angenehm mild.
Für den Artemistempel hatten jedoch stille Tage begonnen, denn das im November und Dezember recht stürmische Meer legte die Schiffahrt großenteils lahm und verhinderte so den Zustrom auswärtiger Pilger. In dieser Zeit verzeichnete der Festkalender für die Artemis von Ephesos keine besonderen Feiern, so daß es fast nur Einheimische waren, die mit ihren kleinen oder großen Anliegen zum Tempel kamen. Die meisten Händler waren verschwunden, die Schenken hatten bis auf zwei geschlossen.
Eine stille und friedliche Zeit, die sich jedoch für Helena als nachteilig erwies.
»Ich muß jetzt doppelt vorsichtig sein. Da jetzt fast nur noch Epheser zum Tempel kommen, wächst die Gefahr, daß irgendwelche Bekannten darunter sind. Außerdem hat sich meine Lage verändert.«
In ihre honigfarbenen Augen trat ein seltsam abwägender Blick, so daß Sabinus unsicher fragte:
»Liebste, was hast du? Warum hat deine Lage sich verändert? Ist Petron mißtrauisch geworden? Hat dich hier jemand gesehen?«
Helena stand auf und trat zum Fenster. Die tiefstehende Nachmittagssonne warf ihren goldenen Schein über die vom Sommer

ausgetrockneten Felder, von irgendwoher kam das beharrliche Gurren der Haustauben.
Sie ließ sich mit der Antwort Zeit, kehrte Sabinus den Rücken zu, und sagte schließlich, ohne sich umzuwenden:
»Ich werde bald nicht mehr kommen können, auch wenn ich es wollte.«
Sabinus erhob sich langsam und ging wie betäubt auf das Fenster zu. Sanft faßte er Helena an den Schultern und drehte sie herum.
»Was ist geschehen, Helena – bitte sage es mir.«
Ihre großen, schönen, honigfarbenen Augen schwammen in Tränen.
»Ach Liebster, es ist die einfachste Sache von der Welt, aber es macht für uns alles so kompliziert. Ich bin schwanger. Die Tage meiner Reinigung sind schon zum zweitenmal ausgeblieben.«
In seinem Kopf ging alles wüst durcheinander.
Helena sprach in ruhigem Ton weiter.
»Es wird sich bald nicht länger verheimlichen lassen, und ich habe dann keinen Grund mehr, hierherzukommen.«
»Du mußt mit mir fliehen«, drängte Sabinus. »Ich sehe keinen anderen Ausweg. Petron wird sich fragen, wer das Kind gezeugt hat ...«
Helena schüttelte den Kopf.
»Das wird er nicht. Gelegentlich kommt er in mein Bett – meist betrunken – und versucht so etwas wie ein Beilager. Natürlich wird nie etwas daraus, aber es dürfte nicht schwer sein, ihm einzureden, das Kind stamme von ihm.«
»Aha – dann bin ich also überflüssig geworden? Die glückliche Familie schart sich um die Wiege des langersehnten Erben, und der schwule Petron läßt sich als Vater feiern! Aber so geht es doch nicht, Helena! Wir lieben uns! Du bist doch nicht die ganze Zeit hierhergekommen, um dir ein Kind machen zu lassen, sondern weil du mich liebst – oder?«
Helena setzte sich.
»Ich habe nur gesagt, daß ich dich sehr gerne mag, aber von Liebe hast nur du geredet.«
Sabinus fühlte ein Würgen in der Kehle, sein Atem stockte. Mehrmals versuchte er etwas zu sagen, brachte aber keinen Ton heraus. Er griff nach dem Weinbecher und schüttete den Inhalt

hinunter, bekam einen Teil in die Luftröhre und mußte so jämmerlich husten, daß er zu ersticken glaubte.
Helena klopfte seinen Rücken, bis er atemlos und mit rotem Kopf wieder genügend Luft in die Lungen bekam.
Er räusperte sich mehrmals und sagte dann mit heiserer, stokkender Stimme:
»Also gut – du sagst, nur ich hätte von Liebe geredet. Vielleicht hast du nie gesagt, daß du mich liebst, aber du hast es mir gezeigt! Ein gutes dutzendmal! War das nur Geilheit und Heuchelei oder dachtest du von vorneherein an Familienplanung? Diese schönen Pläne könnte ich leicht zunichte machen, wenn ich Petron über unser Verhältnis aufkläre. Was wirst du dann tun?«
Helena hatte sich still auf einen Stuhl gesetzt; sie schluchzte nicht, doch lautlos perlten die Tränen über ihre Wangen.
»Was soll ich tun?« fragte sie leise. »Soll ich schwanger mit dir nach Rom fliehen, in die Arme deiner Eltern, die mich nicht kennen und vermutlich nichts von meiner Existenz wissen? Wie stellst du dir das vor? Es gibt Gesetze, die im ganzen römischen Reich gelten und das Ehegelöbis gehört dazu. Willst du uns als notorische Ehebrecher vor Gericht bringen? Du weißt doch, welche Strafen dafür verhängt werden? Sie werden mich dein Kind gebären lassen und mir dann den Kopf abschlagen. Du wirst unehrenhaft aus der Legion gestoßen und kannst für den Rest deines Lebens Steine klopfen oder ein Galeerenruder bedienen. Petrons Vater ist ein hochangesehener Mann; die Richter werden keine Gnade walten lassen. Kannst du das geschehen lassen, wenn du mich wirklich liebst?«
Sabinus wußte, daß sie recht hatte und daß es für ihn keinen anderen Weg gab, als den Verzicht. Doch alles sträubte sich in ihm, kampflos auf Helena zu verzichten.
»Du könntest dich scheiden lassen, streng nach dem Gesetz wegen Verweigerung der Ehepflichten. Alle Welt weiß, daß Petron schwul ist, und nicht einmal deine Eltern – falls sie dich lieben – können auf die Dauer das Unglück ihrer Tochter wollen. Niemand kann die Verbindung mit einem Schwulen als Ehe bezeichnen.«

»Das weiß ich alles, Sabinus, und habe es bis jetzt bitter ausgekostet. Petron aber wird gerade meine Schwangerschaft zu seinen Gunsten verwenden, und ich könnte vor Gericht nicht einmal leugnen, daß er mir beigelegen hat, auch wenn nicht viel dabei herauskam. Gebe ich aber zu, daß es dein Kind ist, so stehen wir beide als Ehebrecher da. Laß mich zuerst mein Kind auf die Welt bringen, dann sehen wir weiter.«
»Dein Kind? Unser Kind! Vergiß das nicht!«
Sie schaute ihn liebevoll an.
»Wie könnte ich das je vergessen? Mit Lust und Liebe gezeugt ...«
»Jetzt redest du auch von Liebe.«
»Ich hasse dich nicht, sondern mag dich sehr.«
»Jedenfalls nicht genug, um etwas zu riskieren. Lieber verbirgst du dich im Schoß deiner Familie; der dumme Sabinus ist dann schnell vergessen. Er hat zwar eurer Sippe den Erben beschert, aber in einigen Jahren wirst du selbst glauben, Petron sei der Vater. Vielleicht wird es ein Mädchen, dann wartet die Sippe weiter, bis ein Sohn kommt, und du mußt dir einen neuen Erzeuger suchen. Vielleicht besinnst du dich dann wieder auf den dummen Cornelius Sabinus!«
»Jetzt redest du Unsinn!« sagte Helena zornig. »Glaubst du, für mich ist alles so einfach? Ein Kind austragen und zur Welt bringen ist schließlich kein Spaß. Außerdem ist es schon höchste Zeit, daß ich gehe.«
»Dann sehen wir uns heute zum letzten Mal?« fragte Sabinus gefährlich ruhig.
»Wenn du willst, noch öfter. Ich sage Petron heute abend, daß ich schwanger bin und deshalb der Artemis noch einige Dankopfer schulde. Bis dahin hat sich dein Zorn gelegt, und wir können in Ruhe über unsere Zukunft nachdenken.«
Sabinus sah in der Ferne einen schwachen Hoffnungsschimmer.
»Du willst also – du möchtest – du wirst es dir nochmals überlegen?«
»Natürlich werde ich das. Du darfst mir schon glauben, daß es mir bei der Vorstellung graut, noch zehn oder zwanzig Jahre mit Petron verheiratet zu sein. Aber wir dürfen uns nicht gegenseitig beschimpfen, mein Lieber, das führt zu nichts.«

Eine Last fiel Sabinus von der Seele. Mit diesen Worten gibt sie mir auf ihre Weise zu verstehen, daß sie mich liebt, dachte er, und seine Verzweiflung schwand. Doch leise Zweifel waren geblieben.
»Dann treffen wir uns also in drei Tagen zur gewohnten Zeit?«
»Wenn ich nichts hören lasse – ja.«
Sabinus geleitete Helena zum Tempel zurück.
»Du mußt meine Erregung verstehen, Liebste. Ich habe mein ganzes Leben auf dich eingestellt, bin gegen den Willen meiner Eltern zur Legion gegangen und habe nach langen Mühen erreicht, daß ich nach Ephesos versetzt werde, und das nur deinetwegen! Wenn ein Mann dann erfährt, daß alles umsonst war, daß man ihn nur gebraucht hat, um ...«
Helena blieb stehen und hielt Sabinus den Mund zu.
»Du redest schon wieder Unsinn«, sagte sie mit liebevoller Nachsicht.
Sabinus küßte sie heftig, bis Helena sich freimachte und allein zum Tempelportal ging, wo, wie gewohnt, ihre Amme wartete.
Während Sabinus zur Kaserne zurückritt, überdachte er nochmals seine Lage, und er wurde den leisen Verdacht nicht los, daß Helena – vielleicht ohne es bewußt zu wollen – dabei war, ihn zu hintergehen.

Rom bereitete sich auf die Saturnalien vor. Dieses uralte, dem Gott Saturnus geweihte Fest der Aussaat hatte im städtischen Bereich eine Form angenommen, die nichts mehr mit seiner ursprünglichen Bestimmung zu tun hatte.
Das Fest dauerte sieben Tage und begann mit einem feierlichen, vom Kaiser und seiner Familie vollzogenen Opfer vor dem Saturn-Tempel. Von da an ruhten alle Geschäfte, ob privat oder öffentlich. Den Gefangenen wurden die Ketten abgenommen, und die Sklaven durften sich einer siebentägigen Scheinfreiheit erfreuen, während der sie gleichberechtigt mit ihren Herren verkehrten, mit ihnen bei Tisch saßen und sogar von ihnen bedient wurden. Man beschenkte sich gegenseitig mit Cerei (Kerzen) und Sigillaria (kleine Tonfiguren) und vertrieb sich die Zeit mit Spielen. In Rom hatte es sich eingebürgert, daß die Plebs unter sich einen König auswürfelte, den Saturnalicius princeps, der

den Pöbel während dieser verrückten Tage anführte, wobei es nicht selten zu schlimmen Ausschreitungen kam.
Kein Römer, sei er auch noch so reich oder aus altem Adel, konnte sich diesem Brauch entziehen – ja gerade von den alten Familien erwartete man, daß sie die Saturnalienbräuche strikt einhielten.
Caligula hatte wenig für dieses Fest übrig; denn daß Sklaven auf Kosten ihrer Herrn Schabernack trieben, war ihm zuwider, auch wenn er als Princeps davon kaum betroffen war. Doch wollte er, der ständig auf Veränderung sann, auch den Saturnalien sein Siegel aufdrücken, und so tat er etwas, das ihm den Beifall des ganzen Volkes eintrug: Er verlängerte das Fest um einen Tag.
Die Saturnalien begannen am Morgen des siebzehnten Dezember mit dem feierlichen Opfer vor dem Saturntempel. Die ganze kaiserliche Familie schritt in einer Prozession zusammen mit Priestern, Konsuln und Senatoren zu dem erhöht stehenden Tempel am Westende der Via Sacra. Vom Palatinus waren das nur wenige Schritte, und der Zug bewegte sich ganz langsam, damit das Volk hinter dem dichten Schutzwall der Prätorianer etwas von dem erhabenen Anblick erhaschen konnte.
Die Spitze bildete das Priesterkollegium, gefolgt von den Vestalinnen, den beiden Konsuln und einem Dutzend der angesehensten Senatoren. Dann gab es einen leeren Raum, den der göttliche Gaius Julius Caesar Augustus für sich allein beanspruchte. Er trug einen mit Goldborten und Goldfransen geschmückten Purpurmantel; sein Haupt zierte der goldene Lorbeerkranz, der so geschickt plaziert war, daß er Caligulas fortschreitende Kahlheit fast gänzlich verbarg. Der Kaiser blickte finster, sein bleiches Gesicht bot einen furchterregenden Anblick mit den eingefallenen Schläfen, den kalten, starren Augen und dem zusammengepreßten Mund, dessen schmale, farblose Lippen kaum sichtbar waren. Er langweilte sich tödlich und barst vor Wut, daß man ihm dieses lächerliche Schauspiel – bei dem nichts von Belang geschah, das er durch seine »Scherze« würzen konnte – überhaupt zumutete. Hinter ihm hinkte der alte Onkel Claudius, dessen zergrübeltes Gesicht von Zeit zu Zeit bedenklich zuckte, gefolgt von Agrippina und Livilla, die in ihren Händen prächtige Blumengebinde als Opfergaben für Saturn trugen.

Saturn war ein alter etruskischer Bauerngott, den die Römer übernommen und dem griechischen Kronos, dem Vater des Zeus, gleichgesetzt hatten.
Das Tor zur Cella stand an diesem Festtag weit offen, und Caligula konnte, als er zum Opferalter hinaufstieg, die von Fackeln erhellte Kultstatue im Hintergrund des fensterlosen Raumes erkennen. Der Gott trug in seiner erhobenen Hand eine Sichel – eine Anspielung auf die Kornernte –, seine Füße waren mit roten Wollbinden umwickelt, die von den Priestern jetzt feierlich abgenommen wurden.
Caligula dachte grimmig: Mögest du doch lebendig werden, Vetter Saturn, und deine Sichel über dem Senat schwingen, daß die Köpfe fallen wie Kornhalme. Doch Saturn war keiner der großen Götter wie Jupiter, Neptun oder Mars. Ihm als dem Schutzherrn des Ackerbaues sowie der Obst- und Weinpflanzungen opferte man Korn, Früchte und frisch gekelterten Wein.
Unwillig übte Caligula seine Pflichten aus, leierte die vorgeschriebenen Gebete so schnell herunter, daß niemand sie verstand, und eilte nach kurzer Zeit mit seiner germanischen Leibwache in Richtung Palatinus davon. Den amtierenden Priestern rief er zu:
»Prinz Claudius Caesar wird mich bei den weiteren Zeremonien vertreten – mich rufen dringende Geschäfte.«
Einer der alten Senatoren flüsterte einem anderen zu: »Caligula hat wohl daran gedacht, daß unter dem Saturntempel das Aerarium (Staatsschatz) aufbewahrt wird, und dabei wird ihm eingefallen sein, daß die Gewölbe fast leer sind.«
»Er ist gerade dabei, sie aufzufüllen«, meinte der andere.
Tatsächlich bestand Caligulas »Regierungsarbeit« in diesen Tagen darin, zusammen mit Callistus neue Geldquellen aufzutun. Der dicke Sekretär mußte eine Liste zusammenstellen, die alle reichen, doch kinder- und frauenlosen Römer aufführte. Da fast jeder Familie hatte, wurde die Aufstellung nicht allzu lang, doch sie enthielt unter anderem den Namen des Cornelius Calvus. Der Onkel des Cornelius Sabinus gehörte zu jenen, auf die es Caligula abgesehen hatte: Er war reich und besaß weder Frau noch Kinder.

Aemilius Lepidus wollte die sorglos-fröhliche Zeit der Saturnalien nützen, um mit einigen Freunden die weiteren Schritte zu besprechen. Er lud sie nach Ostia in die Räume einer Schiffsagentur, die ihm gehörte und die einer seiner Freigelassenen führte.

Agrippina und Livilla trafen als erste ein; sie waren gemeinsam auf einer Tiberbarke nach Ostia gefahren. Beide wußten, daß Lepidus schon vor einiger Zeit Valerius Asiaticus, einen wohlhabenden Senator und gewesenen Konsul, für die Umsturzpläne gewonnen hatte. Er deckte seine Motive nicht völlig auf, sondern sprach immer nur davon, daß Caligula als Repräsentant Roms nach einem Augustus und selbst nach einem Tiberius eine Schande für das ganze Reich sei.

»Wie will Rom in seinen Provinzen oder gar bei seinen Feinden noch ernst genommen werden, wenn ein verrückter und lasterhafter Mordbube den Kaiserthron befleckt? Wir müssen Rom seine Würde wiedergeben.«

Doch alle wußten, daß Valerius sich für jene Stunde rächen wollte, da Caligula vor den Augen einer Tischgesellschaft seine Frau wie Schlachtvieh in einen Nebenraum gezerrt und vergewaltigt hatte. Valerius, der noch immer als Günstling des Kaisers galt, hatte damals geschworen, nicht zu ruhen und zu rasten, bis er den Wüstling zur Strecke gebracht hatte. Das gab seinem leeren Leben Sinn und Inhalt. Er hatte unter Kaiser Tiberius – der ihn als persönlichen Freund schätzte – das Konsulat und andere wichtige Ämter innegehabt, die geeignet gewesen waren, sein Leben auszufüllen. Caligula aber hatte ihn kaltgestellt, und Valerius wußte durch Zuträger, daß er auf dessen Liste möglicher und bald zu beseitigender »Staatsfeinde« stand. Agrippina und Livilla kannten den schlanken, gepflegten Mann, der wenig aus sich herausging, von dem sie aber wußten, daß er Caligula haßte und gewiß kein Verräter war.

In den Straßen Ostias herrschte ein lautes buntes Treiben. Auch hier hatte man einen »Sklavenkönig« gewählt, den seine »Untertanen« nun unter Geschrei und Gelächter in einer offenen Sänfte durch die Straßen trugen, nicht ohne sein Auftreten musikalisch zu untermalen. Das »Orchester« bestand aus Gassenbuben, die durcheinander auf Hirtenflöten bliesen, mit Stöcken auf zerbeulte Kupferkessel schlugen und den Lärm noch durch »Gesang« steigerten. Die meisten der von ihrer Arbeit befreiten Sklaven trugen Weinkrüge mit sich, schwankten grölend durch die Straßen und brüllten sich den Zorn über ihr jämmerliches Dasein von der Seele. Sieben Tage im Jahr waren sie freie Menschen, und da mußte einiges heraus, das sich im Laufe des Jahres angestaut hatte.

Aemilius Lepidus führte seine Gäste ins Innere des Hauses.
»Wir müssen uns heute selbst bedienen, weil die Sklaven sich draußen austoben, und eben deshalb habe ich unser Treffen in diese Zeit verlegt.«
Valerius Asiaticus ließ sich auf ein Liegesofa fallen, gähnte und fragte neugierig:
»Du hast uns für heute eine Überraschung versprochen – spanne uns also nicht auf die Folter.«
Lepidus verschwand im Nebenzimmer und kam mit einem Mann zurück, den er vorstellte:
»Cornelius Lentulus Gaeticulus, Legat von Germania Superior, Historiker, Dichter – und, was für uns in dieser Zeit am wichtigsten ist, erbitterter Feind Caligulas.«
Valerius stand auf und umarmte den Legaten.
»Bei Castor und Pollux! Mit allem habe ich gerechnet, aber nicht damit, dich heute wiederzusehen!«
Er wandte sich an die anderen:
»Wir kennen uns nämlich schon lange, aber seit Gaeticulus in den Feldherrnmantel geschlüpft ist, fehlt ihm die Zeit für seine Freunde.«
Der Legat war ein stämmiger, mittelgroßer Mann Mitte der Vierzig und hatte nichts von einem Soldaten an sich. Sein feingeschnittenes, empfindsames Gesicht mit den etwas melancholischen Augen verriet den Denker und Grübler, der jetzt den Worten des Freundes noch hinzufügte:
»Ich hatte in der letzten Zeit einige Zweifel, ob es der Dienst an Rom und seinem Kaiser tatsächlich wert sind, meine Freunde zu vernachlässigen.«
»Für Rom wollen wir alle das Beste, aber dieses Stiefelchen hat sich inzwischen als höchst schädlich erwiesen«, sagte Lepidus.

»So müssen wir Rom einen anderen Stiefel anpassen«, setzte Agrippina hinzu.

»Damit führst du uns mitten ins Thema, verehrte Julia Agrippina«, sagte Gaeticulus.

»Aber der Stiefel sitzt fest«, führte Valerius Asiaticus den Gedanken fort, »und ehe wir Rom einen neuen anpassen, muß der alte weg. Aber wie?«

»Indem wir ihn zwingen abzudanken«, meldete Livilla sich zu Wort.

»Abdanken?« Agrippinas Augen blitzten. »Wie stellst du dir das vor? Er verkriecht sich hinter einer Mauer treuer, weil hochbezahlter Prätorianer, und seine germanische Leibwache würde sich für ihn in Stücke hauen lassen. Ein Mensch wie er dankt nicht ab, denn das einzige, was diese Jammerfigur noch zusammenhält, ist der Purpur. Und er weiß das! Eine Ratte beseitigt man nicht dadurch, daß man sie in einen Käfig sperrt und weiterfüttert, sondern indem man sie totschlägt. Und jeder Tag, da dies eher geschieht, wird ehrenwerten Frauen und Männern das Leben retten.«

Valerius klatschte leise in die Hände.

»Bravo, Prinzessin! Das war ein klares Wort, dem ich nur beipflichten kann. Sein Tod befreit Rom von einem schlimmen Übel. Die Frage ist nur das Wie und Wann.«

Livilla schüttelte störrisch den Kopf.

»Ich kann nicht gutheißen, daß man meinen eigenen Bruder erschlägt. Ist es nicht gefährlich, sich seiner Methoden zu bedienen?«

Von Agrippina kam ein schrilles Lachen.

»Haben die Götter dir den klaren Verstand geraubt, Schwester? Oder ist es der Einfluß deines Dichters, mit dem du Ausflüge auf dem Pegasus unternimmst – in Höhen, die uns einfachen Sterblichen verschlossen sind? So gestatte ich mir als deine ältere Schwester, dich an den Beinen zu packen und auf den Boden der Realität zurückzuziehen. Vielleicht ließe sich in einem Bühnenstück der Fall anders und weniger schmerzlich lösen, aber wir stehen auf dem Boden Roms und nicht auf den Brettern eines Schmierentheaters. Du sagst, wir wollten uns seiner Methoden bedienen – richtig! Aber wir tun es nicht, um uns mit der Ermordung schuldloser Menschen die Taschen zu füllen, wir tun es, damit solches in Zukunft verhindert wird, und wir tun es nicht zuletzt – warum soll ich es verschweigen? – um uns selbst zu retten. Ich zweifle nämlich nicht daran, daß alle unsere Namen bereits auf seiner Todesliste stehen.«

Livilla senkte den Kopf und schwieg.

Lentulus Gaeticulus räusperte sich und sagte:

»Zurück zu der Frage nach dem Wie und Wann.«

Doch Livilla unterbrach ihn.

»Weiß der Kaiser von deiner Anwesenheit in Rom?«

Gaeticulus spielte den Beleidigten.

»Hältst du mich für so einfältig, Prinzessin, daß ich heimlich hierherkäme? Du scheinst die Stellung eines Legaten falsch einzuschätzen. Jeder meiner Schritte wird vom Heer beobachtet und kommentiert, ganz abgesehen von Caligulas zahlreichen Spitzeln. Nein, ich bin ganz offiziell hier, um dem Kaiser Bericht zu erstatten. Und eben an diesen Bericht knüpfe ich meine Hoffnung. Eines gleich vorweg: Ganz Germania ist ruhig und friedlich wie eine Nähstube, aber ich werde es dem Kaiser anders darstellen. Ich werde ihm sagen, daß einige der germanischen Stämme nach Selbständigkeit streben und daß deutliche Anzeichen einer Erhebung zu erkennen seien. Des weiteren werde ich ihm als Soldat ins Gewissen reden und ihn daran erinnern, daß sein Vater hohes Ansehen bei der Truppe genoß und daß es nicht vergessen sei, wodurch er sich seinen Namen Germanicus verdient habe. Die Legionäre, werde ich sagen, wollen endlich ihren Kaiser sehen, und zudem ergibt sich für dich, Imperator, eine Möglichkeit, Kriegsruhm zu erwerben. Vielleicht gelingt es mir sogar, ihm die Eroberung Britannias schmackhaft zu machen.«

Gaeticulus blickte die anderen der Reihe nach an.

»Nun, was haltet ihr von meinem Plan?«

»Nicht schlecht«, meinte Aemilius Lepidus, »wirklich nicht schlecht. Wenn Caligula zu ködern ist, dann auf diese Weise. Aber dein Plan hat einen schweren Fehler – du hast ihn nicht zu Ende gedacht. Gut, nehmen wir an, es gelingt dir, den Kaiser nach Germania zu locken – aus welchen Gründen auch immer – aber wie geht es weiter, wenn wir ihn dort haben? Willst du die

friedlichen Germanen zu einem Krieg aufstacheln – in der Hoffnung, daß unser Stiefelchen im Kampf fällt?«
Da mußten alle lachen.
»Caligula wird beim Anblick des ersten Germanenkriegers vor Schreck sein Lendentuch nässen«, sagte Valerius Asiaticus schmunzelnd, »obwohl er ja den Anblick durch seine Leibwache gewöhnt sein müßte.«
Gaeticulus hob die Hand:
»Ihr habt recht, das ist nur die Hälfte des Planes. Sobald Caligula in Germania ist, spielen wir ein bißchen Soldatenleben. Da gibt es nur Zelte und keine Paläste, da werden Kastelle und Legionärslager besichtigt, und ich werde dafür sorgen, seine germanische Leibwache – wenigstens bei gewissen Gelegenheiten – durch eigene Leute zu ersetzen. Und dann – schrumm!«
Gaeticulus fuhr mit dem Zeigefinger über seinen muskulösen Hals.
»Ein schöner Plan!« rief Agrippina mit lauter erregter Stimme, »aber warum so kompliziert? Warum muß Caligula erst nach Germania gelockt werden? Ist keiner von euch Manns genug, um vor ihn hinzutreten und ihm das Schwert in die Brust zu stoßen? Ihr seid doch alle Soldaten oder wart es zumindest einmal. Zu Caesars Zeiten wurde so etwas noch im Senat erledigt – vor aller Augen!«
Livilla schaute ihre zornige Schwester von der Seite an, und es war ihr anzusehen, daß dieser Ausbruch ihren Unwillen erregte.
»Du mußt es ja nicht tun«, meinte sie. »Außerdem weißt du so gut wie wir alle, daß sich Caligula – im Gegensatz zu Caesar – nur aus dem Palast wagt, wenn seine Germanen ihn wie eine Mauer umgeben. Vielleicht weißt du nicht, daß er kürzlich jede Annäherung an seine geheiligte Person untersagt hat. Am liebsten ist es ihm, wenn sich jeder vor ihm zu Boden wirft, wie es bei den Pharaonen der Brauch gewesen ist. Nur noch seine Lieblingsschauspieler umarmt er, alle anderen hält er sich vom Leib und nicht nur seiner angemaßten Göttlichkeit wegen. Er fürchtet den Dolch, den seine Leibwächter bei der Audienz übersehen haben könnten. Du sagst, einer müßte mit dem Schwert vor ihn hintreten. Weißt du nicht, daß allen die Waffen abgenommen werden, die mit ihm in einem Raum sind? Allen! Auch den

vertrautesten Freunden, auch Feldherren, die ihm – wie jetzt Gaeticulus – Bericht erstatten. So erlaube mir, dich darauf hinzuweisen, daß du Unsinn redest, Agrippina.«
Die lächelte nur nachsichtig und schien keineswegs beleidigt.
»Sieh da, mein stilles Schwesterchen hat fast so etwas wie eine Rede gehalten ...«
»Und sie hat recht mit dem, was sie sagte!« warf Gaeticulus ein.
Da kam in Agrippinas Gesicht ein gehässiger Zug.
»Wenn Caligula, wie du sagst, nur noch Schauspieler umarmt, vielleicht gilt diese Bevorzugung auch für Dichter? Die sind ja auch etwas Ähnliches ... Wäre das nicht eine Aufgabe für deinen Beischläfer Seneca? Wie man hört, ist er dem Kaiser ja auch nicht gerade freundlich gesinnt.«
Livilla sagte ganz ruhig, ohne die Stimme zu erheben:
»So lange ich Aemilius Lepidus als deinen Freund bezeichne, verlange ich, daß du Lucius Annaeus Seneca den meinen nennst und ihn nicht mit Gossenausdrücken belegst. Im übrigen steht Seneca auf Caligulas schwarzer Liste, und es ist nur noch eine Frage der Zeit, bis er ihm die Prätorianer ins Haus schickt. Empfangen würde er ihn längst nicht mehr. Du hast also wieder einmal Unsinn geredet, Agrippina.«
Mit zornrotem Gesicht sprang Agrippina auf:
»Ich lasse mir von dir nicht ...«
Gaeticulus schlug auf den Tisch, daß ein Weinbecher umfiel, davonrollte und klirrend auf den Boden fiel.
»Schluß damit! Hebt euch euren Weiberzank für später auf! Es geht jetzt um mehr. Livilla hat ausgesprochen, was wir alle – auch du, Agrippina – längst wissen: An Caligula ist in Rom nicht heranzukommen, es sei denn, wir bringen seinen Leibarzt dazu, ihm Gift zu verabreichen, und das halte ich für wenig aussichtsreich und sehr gefährlich. Es muß uns einfach gelingen, die Spinne aus ihrem Netz zu locken, und je weiter Caligula sich von Rom entfernt, um so verwundbarer wird er. Übermorgen bin ich ins Palatium befohlen, und ich werde euch danach von meiner Unterredung berichten. Du, Aemilius Lepidus, bist am häufigsten um ihn und hast auch einen gewissen Einfluß. Ich bitte dich also, bei Gelegenheit mit ihm über Germania zu reden, auch über die Notwendigkeit, Britannia endgültig dem Römischen

Reich anzugliedern, um zu vollenden, was Caesar begonnen hatte. Schmeichle ihm damit, daß er dann Julius Caesar an Feldherrenruhm noch übertreffen würde.«
Lepidus schüttelte skeptisch den Kopf.
»Er ist zu feige, einen solchen Feldzug zu unternehmen, dazu kenne ich ihn zu gut. Sich in Germania von den Truppen bejubeln lassen – ja, das wäre nach seinem Geschmack, aber alles, was nach Gefahr und Anstrengung schmeckt, verabscheut er.«
»Es gibt einen Weg, an Caligula heranzukommen – wir müssen nur die Geduld aufbringen, ihn zu finden.«
Dem konnten alle nur zustimmen, und so gab es an diesem Tag nichts mehr zu bereden.

Cassius Chaerea war in einen schweren Konflikt geraten. Seine unbedingte Ergebenheit, Dankbarkeit, sogar Liebe dem Kaiser gegenüber wurde immer von neuem und immer heftiger in Frage gestellt. Was er war und besaß, hatte er Gaius Julius Caesar zu verdanken, der nun allerdings in letzter Zeit alles tat, um sich die Zuneigung seines ältesten Prätorianertribunen zu verscherzen. Wenn Chaerea damals geglaubt hatte, das obszöne Losungswort sei einer augenblicklichen Laune entsprungen, so mußte er jetzt bitter erfahren, daß er zur ständigen Zielscheibe des kaiserlichen Spottes geworden war.
Das fraß an seiner Seele wie ein Wurm. Daran mußte er denken, wenn er einschlief, und am Morgen, wenn er aufwachte. Es war eine Qual, und er konnte sich niemand anvertrauen. Seiner Frau Marcia nicht, weil er sich schämte und mit ihr nie über Dienstprobleme gesprochen hatte, seinen Kameraden, weil sie es ohnehin wußten und – jedenfalls die meisten – schweigend mißbilligten. Doch das war kein Thema für Gespräche mit ihnen, denn der Kaiser stand über aller Kritik. In Cassius Chaereas Atlethenkörper wohnte eine empfindsame Seele, und so gingen ihm diese dauernden Sticheleien sehr nahe. Andererseits schien ihm der Kaiser nach wie vor sein volles Vertrauen zu schenken und hielt seine demütigenden »Scherze« wohl für harmlose Neckereien, die ein Soldat schon aushalten müsse.

Vorgestern hatte Chaerea im Turnus wieder die Palastwache befehligt und – wie so oft in letzter Zeit – mit Bangen um das Losungswort gebeten. Der Kaiser hänselte ihn nicht immer, und der Tribun hoffte von Herzen, er würde es eines Tages ganz einstellen.

Caligula war jedoch in grimmiger Laune und konnte sich nur etwas erleichtern, wenn er andere verletzte oder demütigte. Außerdem war er betrunken. Schwankend, von einem Diener gestützt, erschien er an der Tür seines privaten Wohnraumes.

»Sieh da, sieh da, mein tapferer Chaerea! Der Herkules mit dem Nymphenstimmchen ... Bist du nicht doch schwul, Chaerea, sag deinem Kaiser die Wahrheit.«

Caligula kam ganze nahe, und Chaerea roch den sauren Weinatem, sah das aufgeschwemmte, zu einer zynischen Fratze verzerrte Gesicht in brutaler Deutlichkeit.

»Nein, Imperator!« brachte Chaerea heraus und versuchte mühsam, die Fassung zu bewahren.

Caligula beugte sich noch weiter vor.

»Oder bist du ein Eunuch? Haben sie dich irgendwann deiner Eier beraubt? Da wird die Stimme dann ganz hoch. Aber das kann nicht sein, ich sehe es an deinen Bartstoppeln – du bist tatsächlich ein Mann.«

Caligula lachte, trat zurück und flötete mit unnatürlich hoher Stimme, so daß alle es hörten:

»Und nun will mein Schätzchen das Losungswort, nicht wahr? Ich habe lange darüber nachgedacht und – huch! – da ist mir ein passendes eingefallen.«

Er zupfte seine Toga wie ein zimperliches Mädchen und hauchte: »Amor!«

Chaerea wiederholte: »Heutiges Losungswort des Imperators: Amor!«

Caligula maß ihn mit einem schmachtenden Blick und tänzelte kichernd davon. Chaerea stand wie erstarrt. Wenn er etwas empfand, dann waren es Zorn und Enttäuschung. Zorn über die Ungerechtigkeit, gerade ihn, den treuen, altgedienten Legionär mit so weibischen unsoldatischen Hänseleien zu verspotten. Gegen einen rauhen, deftigen Spott, wie er in der Armee üblich

war, hätte er nun wirklich nichts gehabt. Aber das? Dazu kam noch die Enttäuschung über den jungen Imperator, dem Chaerea seine Rangerhöhung verdankte und auf den nicht nur er die höchsten Erwartungen, die kühnsten Hoffnungen gesetzt hatte. Chaerea beklagte sich bei seinem Vorgesetzten, dem Prätorianerpräfekten Arrecinus Clemens. Doch er hätte es sich denken können, daß er bei diesem schwachen und servilen Nachfolger Macros – einem Protektionskind des Kaisers – kein Gehör fand. Clemens gähnte und schien wenig Interesse für die Klagen seines Tribunen aufzubringen.
»Jetzt hab dich nicht so, Cassius Chaerea! Der Kaiser liebt es nun einmal, seine Umwelt zu hänseln, was ist denn da schon dabei? Anderen geht es genauso, im übrigen weiß ich, wie hoch er dich schätzt. Hat er dich nicht schon mit vielen schwierigen und geheimen Aufgaben betraut?«
»Jawohl, Präfekt«, sagte Chaerea nur und trat ab.
Natürlich hatte Clemens den Fall heruntergespielt, denn er war Caligula sklavisch ergeben und führte jeden seiner Befehle aus – in letzter Zeit leider auch solche, die gar nicht in das Aufgabengebiet der Prätorianer fielen. Und gerade das bereitete Chaerea zusätzlichen Kummer. Warum sollte er, der sein Leben lang Soldat gewesen war, nun plötzlich die Arbeit eines Steuereintreibers tun? Aber gerade darauf lief es hinaus. Immer häufiger kamen Aufträge vom Kaiser oder von dessen allmächtigem Sekretär Callistus, da oder dort mit Waffengewalt säumige oder unwillige Steuerschuldner zum Zahlen zu bewegen. Meistens hatte die Methode Erfolg und der damit beauftragte Tribun konnte zehn Prozent für sich und seine Männer einstecken.
Damit hatte Caligula ein perfides System entwickelt, das die Eintreibung der Steuern bei den Prätorianern zwar unbeliebt, andererseits wegen der zu erwartenden Sonderzahlungen aber höchst willkommem machte.
Was hätte Chaerea darum gegeben, seine fatale Lage mit Sabinus, seinem einzigen wirklichen Freund, zu erörtern? Alles war anders gekommen, als er es sich erhofft hatte. Wie stolz war er, der Plebejer, auf seinen neuen Rang als Tribun gewesen, wie stolz auch, all dies aus eigener Kraft und mit der Mühe des Schreibenlernens erreicht zu haben. Aber er war und blieb der

Plebejer, der Mann, der von ganz unten kam. So wenig die adeligen Offiziere es ihn bei den Kameradentreffen merken ließen, so sehr spürte er es außerhalb der Dienstzeit, da keiner von ihnen daran dachte, Chaerea zu einem Symposium zu laden. Freilich, er vermißte sie nicht, diese abendlichen Saufgelage, er zog es ohnehin vor, seine Freizeit mit Marcia und den Kindern zu verbringen. Das war es auch nicht, was ihm den Dienst so verleidete; es waren die dauernden Kränkungen durch den Imperator und der Mißbrauch, den Caligula mit dieser Elitetruppe trieb.
»Sabinus, Sabinus«, flüsterte Chaerea vor sich hin, »wenn du wüßtest, wie sehr ich dich jetzt brauchen könnte.«

XXIII

Das neue Jahr hatte schon begonnen, doch Caligula ließ sich Zeit, den Legaten Lentulus Gaeticulus zu empfangen. Immer wieder wurden neue Termine angesetzt, als scheine es der Kaiser darauf anzulegen, Gaeticulus möglichst lange in Rom zu halten.
»Will er mich unsicher machen?« fragte der Legat seine Freunde. »Oder läßt er mich überwachen, weil er schon Verdacht geschöpft hat? Ich habe allmählich schon Bedenken, Verwandte und Freunde zu besuchen, um keinen Verdacht auf sie zu lenken.«
Doch Lepidus beruhigte ihn:
»Weder ist von dir am Hof die Rede, noch habe ich sonst etwas Verdächtiges gemerkt. Caligula ist ungeheuer launisch und sprunghaft. Der Begriff Pflicht ist ihm ein Fremdwort, und so wie du haben schon wichtige Gesandtschaften monatelang warten müssen, weil unser Stiefelchen keine Lust zu Staatsgeschäften hatte. Du brauchst dir also keine Sorgen zu machen, Gaeticulus. Falls ich nur die geringste Gefahr für unsere Sache wittere, lasse ich es dich sofort wissen.«

Wenige Tage nach diesem Gespräch wurde Gaeticulus vom Kaiser empfangen, allerdings zu sehr später Stunde. Er hatte sich schon schlafen gelegt, als ihn waffenklirrende Prätorianer aus dem Bett holten. Sein erster Gedanke war: Unser Plan ist aufgedeckt, sie holen mich zum Verhör! Doch der freundliche Centurio klärte ihn sogleich auf. Der Kaiser habe endlich Zeit gefunden, den Legaten zu empfangen, und bitte ihn zu einem späten Mahl.

Die Februarnacht war recht kühl, und der Atem der durch die stillen Straßen marschierenden Männer wölkte in der frostigen Luft. Die ganze Palastanlage war hell erleuchtet. Überall hingen und standen die schön gearbeiteten bronzenen Öllampen und verbreiteten mit ihrem goldenen Schein eine behagliche Wärme.

Der Kaiser empfing ihn sehr freundlich, zeigte sich lebhaft interessiert, fragte dies, fragte das, und für Gaeticulus war es nicht schwer, seine Vorschläge einzuflechten. Beim Thema Britannia horchte Caligula auf.

»Ich habe dazu schon meinen Onkel Claudius gehört, der – mag er auch sonst ein Tölpel sein – recht gute Geschichtskenntnisse besitzt. Er meint, die von Julius Caesar in Britannia geschaffenen Verhältnisse hätten sich inzwischen grundlegend geändert. Caesar konnte damals einen Teil dieser Barbarenkönige tributpflichtig machen, wofür er ihnen Waffenhilfe gegen ihre Feinde gewährte. Aber inzwischen gibt es dort keinen einzigen Römer mehr, die Tribute sind längst versiegt, und alles ist in seinen früheren barbarischen Zustand zurückgefallen. Aber ist denn dort wirklich etwas zu holen, Legat? Die Tribute aus so primitiven Ländern dürften ja nicht allzu hoch gewesen sein.«

Nein, dachte Gaeticulus, vermutlich waren sie so bescheiden, daß du nicht einmal eines deiner Schlemmermähler davon hättest bezahlen können. Damit kann ich ihn nicht ködern. So sagte er:

»Damit hast du freilich recht, göttlicher Imperator, doch ich habe mir von Kennern sagen lassen, daß Britannia außerordentlich viele Bodenschätze besitzt. Im Südwesten gibt es sehr reiche Zinnvorkommen, dazu silberführende Bleiminen. Der Zinnbedarf des römischen Reiches ist ja, wie du weißt, außerordentlich hoch, und ein geschickter, halbwegs ehrlicher Pächter könnte dir allein daraus einen Jahresgewinn von mehreren hundert Millionen Sesterzen ziehen, ganz abgesehen vom Blei- und Silberertrag. Im übrigen hat Britannia einen fruchtbaren Boden und regelmäßige ergiebige Ernten. In den Schriften des göttlichen Caesar läßt sich das alles nachlesen, und er kannte Britannia schließlich vom Augenschein.«

Caligula war nachdenklich geworden:

»Allein aus dem Zinn einige hundert Millionen Sesterzen, sagst du? Alles übrige nicht gerechnet? Da geht es um ernstzunehmende Einnahmen, mein lieber Gaeticulus, und ich verspreche dir, mir die Entscheidung nicht leicht zu machen.«

Der Legat verbeugte sich.

»Ich danke dir für deine Zusage, dich mit meinen Vorschlägen zu befassen. Hinzu kommt noch eine gewisse Unruhe in Germania und Gallia. Vorerst ist es nichts von Belang, da und dort ein kleiner Aufstand, ein harmloses Scharmützel, ein schnell niedergeschlagener Aufruhr. Aber ich fürchte, es könnte mehr daraus werden, wenn wir dem nicht rechtzeitig Einhalt gebieten. Und da habe ich mir eben gedacht, wenn du, göttlicher Caesar, in eigener Person bei unseren germanischen Legionen bist, so würde das dem Unternehmen – ich wage noch nicht, von einem Feldzug zu sprechen – einen gewissen Nachdruck verleihen. Die germanischen Legionen sehnen sich nach deinem Anblick. Die meisten Legionäre kannten noch deinen Vater und haben ihre unbedingte Treue auf dich, seinen Sohn, übertragen. Ich wage sogar zu sagen, diese Männer haben ein Recht, ja, einen Anspruch darauf, dir ihre Ergebenheit darzubringen. Enttäusche sie nicht, Imperator, und verzeihe mir meine Eigenmächtigkeit, wenn ich ihnen vor meiner Abreise eine gewisse Hoffnung gemacht habe.«

Der kluge Gaeticulus hatte genau den richtigen Ton getroffen. Die Erinnerung an seinen Vater war Caligula heilig, und daß die Legionäre des einstmals so beliebten Feldherrn nun dessen zum Kaiser emporgestiegenen Sohn kennenlernen wollten, leuchtete ihm ein.

Caligula ließ die Rolle mit den schriftlich fixierten Vorschlägen des Legaten sofort Callistus überbringen. Dem Diener rief er zu: »Und sage ihm, er soll sie aufmerksam durchlesen; ich möchte die Pläne dann mit ihm in den nächsten Tagen besprechen.«

Daraufhin wandte er sich wieder an Gaeticulus:
»Du hast meinen Auftrag gehört, und ich verspreche dir, daß ich deine Vorschläge im Auge behalte. Doch es sind umfassende Pläne, und sie bedürfen einer gründlichen Erörterung. Ich werde sie auch Jupiter, meinem Zwillingsbruder anvertrauen, und nicht zuletzt von ihm hängt es ab, wie ich, sein auf Erden herrschendes Ebenbild, mich entscheiden werde.«
Man hatte Gaeticulus zwar auf Caligulas Wahn vorbereitet, aber auf dieses Maß an Selbstüberschätzung war er nicht gefaßt, und seinem Gesicht war die maßlose Verblüffung anzusehen.
Caligula grinste schlau:
»Du hast lange in der Provinz gelebt, und so sei dir deine Unwissenheit verziehen. Die Götter haben es mir geoffenbart: Ich bin Jupiters irdischer Zwillingsbruder, so daß ich euch Menschen einen Abglanz der olympischen Gefilde auf die Erde bringe.«
In seine starren kalten Augen kam ein fiebriger Glanz.
»Ach, Gaeticulus, es ist so schwer, euch Menschen einen Begriff des Göttlichen zu vermitteln. Komm mit, ich möchte dir etwas zeigen.«
Caligula stand schwankend auf, und sofort erhoben sich die wenigen anderen Gäste, da sie glaubten, der Kaiser hebe die Tafel auf. Doch der winkte ihnen nur flüchtig zu und rief:
»Eßt und trinkt weiter, so lange es euch gefällt – der Legat und ich haben etwas zu besprechen.«
Vor der Tür wachten die baumlangen Germanen in ihrer funkelnden Prätorianermontur. Caligula befahl ihnen, weiterhin vor der Tür Wache zu halten und keinen der Gäste herauszulassen, bis er zurück sei. Zwei der Germanen mußten ihn und den Legaten als Fackelträger begleiten. Sie schritten über kostbare Marmorböden, durch Säulengänge, Atrien und Gärten, bis sie vor einem kleinen Tempel standen, der vor kurzem am Rande der Palastanlage errichtet worden war. Caligula tätschelte die schlanken Säulen aus rotem ägyptischen Marmor mit ihren vergoldeten Bronzekapitellen.
»Nur das Beste ist verwendet worden – nur das Beste!«
Verschlafene Diener eilten herbei – oder waren es die Priester des von Caligula gegründeten Kults für seine göttliche Person? Der Kaiser scheuchte sie fort, hastete die Treppen hinauf und rief

den Fackelträgern zu, sie sollten die Statue beleuchten. Gaeticulus riß die Augen auf, denn nun sah er es leibhaftig, das lebensgroße goldene Standbild des Kaisers als Jupiter Latiaris. Dies von den besten Bildhauern geschaffene Kultbild trug Caligulas Antlitz, das, ins Göttliche verklärt, eine majestätische Milde ausstrahlte. Die großen aus Opal und Onyx gefertigten Augen blickten in strahlender Göttlichkeit über sie hinweg, der schlanke Körper, der üppige Haarwuchs und der schöngeschwungene Mund entsprachen in nichts dem lebenden Original. Das Bildnis war ein Ausdruck dessen, was Caligula gerne dargestellt hätte. So sollten ihn die Menschen sehen und verehren.

Da Gaeticulus schwieg, drängte ihn Caligula:

»Nun, mein Freund, da verschlägt es dir die Sprache! Doch das ist nur ein Abglanz dessen, was ich empfinde. Die seligen Götter – ja, ich bin ihresgleichen! Und ich spreche mit ihnen – täglich, stündlich, so oft und wann ich will. Komm mit!«

Wieder eilte Caligula mit fliegender Toga voraus, von seinen Fackelträgern flankiert; Gaeticulus hatte Mühe, ihnen zu folgen. Wieder durchquerten sie Atrien, Säulenhallen und Gärten, doch diesmal ging es stetig aufwärts, bis sie auf eine Dachterrasse traten.

»Schau her, Legat, was ich mir hier habe anlegen lassen.«

Caligula packte Gaeticulus an der Toga und zog ihn zu einem Holzaufbau.

»Du kannst es nachts nicht sehen, Legat, aber ich werde dir seinen Zweck erklären. Das ist der Beginn eines hölzernen Viadukts, der über den Augustus-Tempel hinweg meinen Palast mit dem Capitolium verbindet. So kann ich jederzeit, geschützt vor profanen Blicken, meinen Zwillingsbruder, den Kapitolinischen Jupiter, besuchen. Wir führen dann lange Gespräche. Ich habe eine Treppe hinauf zu seinem Ohr bauen lassen, denn niemand soll hören, was wir bereden!«

Caligula beugte sich vor.

»Ich kann dann, so wie ich es jetzt bei dir tue, dem Gott meine Worte ins Ohr flüstern. Seine Antwort höre nur ich, denn seine Stimme ist lautlos, doch ich vernehme ihr Echo in meinem Kopf.«

Gaeticulus sah, wie aus Caligulas großen, starren Augen der Wahnsinn funkelte, und spürte, daß der Kaiser die Wahrheit sprach. Er hörte tatsächlich die Stimme Jupiters.

»Darf ich dich in aller Ehrerbietung fragen, Erhabener, worin euer Gespräch besteht, oder ist das ein Geheimnis zwischen dir und deinem göttlichen Zwillingsbruder?«

»Warum willst du das wissen«, fragte Caligula mißtrauisch.

»Weil ich ein Mensch bin«, sagte Gaeticulus bescheiden, »und mich einfach die Neugierde plagt, was Götter untereinander besprechen.«

Hoffentlich habe ich mich nicht zu weit vorgewagt, dachte Gaeticulus, aber Caligula ging ohne zu zögern auf die Frage ein.

»Das verstehe ich, und ich kann dir nur so viel sagen, daß es persönliche Angelegenheiten genauso wie Staatsgeschäfte betrifft. Jupiter sagt mir von Zeit zu Zeit, wer meine Feinde und wer meine Freunde sind, und so kann ich meine Vorsorgen treffen.«

Gaeticulus mühte sich, ganz ruhig zu sprechen.

»Feinde, Erhabener? Ich wüßte nicht, wer dein Feind sein sollte. Das Volk verehrt dich wie einen Gott – der du ja auch bist – das Heer steht wie ein Mann hinter dir, und die Patrizier ...«

Caligula schnitt ihm die Rede mit einer scharfen Handbewegung ab.

»Die Patrizier fürchten um ihre Geldsäcke und würden mich am liebsten in den Orcus wünschen. Sie weigern sich einfach, die Staatsausgaben mitzutragen und versuchen mich an allen Ecken und Enden zu betrügen. Da mußte ich mit aller Härte einschreiten, Legat, und ich werde es weiterhin tun. Über etlichen Senatorenköpfen schwebt schon das Henkersschwert – manche wissen es, manche nicht. Übrigens gibt mir Jupiter auch Hinweise auf drohende Verschwörungen. Ich brauche nur abzuwarten, und ich schlage zu, wenn es soweit ist.«

Caligula schwieg und blickte Gaeticulus lange an. Sein aufgedunsenes Gesicht mit den krankhaft eingefallenen Schläfen, den dünnen Lippen und den trotz seiner Jugend schon schlaffen Wangen wirkte im Flackerlicht der Pechfackeln wie ein Dämonenantlitz.

Fast wäre der kluge und beherrschte Gaeticulus schwach geworden, hätte sich dem Kaiser zu Füßen geworfen und ein Geständnis gestammelt: Ja, Göttlicher, es gibt eine Verschwörung, und ich stecke mittendrin ...

Doch Lentulus Gaeticulus war Stoiker und glaubte weder an Dämonen noch an sprechende Jupiterstatuen. Er zwang sich zu einem Lächeln und sagte fröhlich:

»Das ist beneidenswert! Da hast du anderen Fürsten einiges voraus, denn die können sich nur mit unzureichenden Mitteln gegen Verschwörungen schützen. Glückliches Rom! Dein göttlicher Kaiser wird dir zu unser aller Wohl lange erhalten bleiben.«

»Für nicht wenige mag es auch Unglück bedeuten!« zischte der Kaiser und verschwand mit einem der Fackelträger, ohne sich zu verabschieden.

Cornelius Sabinus versah weiter seinen Dienst, doch er tat es wie eine Maschine. Alles funktionierte, alles ging seinen üblichen Gang, und keinem schien etwas aufzufallen. Nur sein Bursche Marinos, der seinen Herrn inzwischen gut kannte, bemerkte eine Veränderung. Eines Morgens, als er Sabinus mit dem Rasiermesser und reichlich Duftöl den Bart abschabte, kam er darauf zu sprechen.

»Herr, darf ich dich etwas fragen?«

»Wenn du mir dabei nicht die Nase abschneidest ...«

Marinos wischte das Messer sorgfältig an einem Tuch ab.

»Du bist nicht mehr wie früher, Herr. Es muß etwas geschehen sein, das dir die Lebensfreude nimmt. Du lachst nicht mehr, trinkst nicht mehr und schlingst dein Essen ohne Widerworte hinunter. Wie herrlich hast du früher über unseren Saufraß schimpfen können – und jetzt? Verzeih, daß ich es sage, aber du erscheinst mir manchmal wie ein lebender Toter, wie ein aus dem Hades zurückgekehrter Schatten.«

»Du findest ja fast gelehrte Worte für meinen Zustand, Marinos. Was du gesagt hast, ist gar nicht dumm – ja, man kann mich tatsächlich mit einem lebenden Toten vergleichen. Warum sollst du es nicht wissen, mein Freund, es geht um eine Frau.«

Marinos atmete auf und feixte.

»Da bin ich aber froh, daß es nichts Ernstes ist. Nur ein Weib? Herr, das geht schnell vorbei, und du wirst eine andere finden.«
Sabinus lachte bitter.
»Das klingt ja, als hättest du darin schon einige Erfahrung.«
»Aber das weiß doch alle Welt.«
»Ich bin nicht alle Welt!« sagte Sabinus zornig und stand auf.
»Halt, Herr! Ich bin mit dem Hals noch nicht fertig ...«
Sabinus winkte ab.
»Das hat Zeit bis morgen. Ich reite jetzt zum Hafen, um einen hohen Gast in die Stadt zu geleiten.«

Aber das stimmte nicht. Damit war bereits ein anderer Tribun beauftragt, doch wen kümmerte das schon? Sabinus sagte dem diensthabenden Centurio Bescheid und lenkte sein Pferd nach Norden. Um von niemand gesehen zu werden, nahm er den Weg entlang der Westmauer über Wiesen und Felder, bis er auf die Pilgerstraße traf und von hier den Weg nach Osten einschlug. Er hatte seinen Helm und den Brustpanzer hinter einem Busch abgelegt und trug nun einen braunen wollenen Kapuzenmantel, der ihn unkenntlich machte. Er war diesen schnellen Kleiderwechsel längst gewohnt, und es hatte noch niemals Schwierigkeiten gegeben.
Heute wollte Helena ihr Dankopfer an Artemis darbringen und es sollte auch das letzte Treffen mit ihr sein. Sabinus hatte lange überlegt, ob es noch sinnvoll sei, sich dieser furchtbaren Qual auszusetzen, aber welcher Liebende fragt schon nach Sinn und Verstand?
Sabinus erinnerte sich an ein Buch mit Lebensregeln, das von dem Dichter Publilus stammte und das er für seinen Vater kopieren mußte. Da hieß es: Amoris vulnus idem sanat, qui facit (Der Liebe Wunden kann nur heilen, der sie schlägt). In ihm lebte die verzweifelte Hoffnung, irgend etwas könnte geschehen sein, um Helenas Sinn zu ändern. Vielleicht hatte Petron Verdacht geschöpft und Helena aus dem Haus gejagt? Da mußte er doch zur Stelle sein als ihre einzige Zuflucht ...
Da nun der Winter vorbei war, begann der Pilgerstrom anzuschwellen, und längst hatten wieder alle Buden und Schenken geöffnet.

Helena mußte schon vor ihm dagewesen sein, denn Sabinus sah sie gerade aus dem Tempel kommen, wo sie geopfert hatte. Sie blickte sich suchend um, ihre Amme Klonia trat hinzu, und beide Frauen gingen langsam zu den Ständen der Weihrauchhändler hinüber. Es war wie immer, doch Sabinus fiel es schwer zu glauben, daß es das letzte Mal war. Wäre er nur ein Stoiker, wie sein Onkel Calvus, aber dazu mußte man wohl älter sein.
Sabinus gesellte sich unauffällig zu den Frauen, Helena erkannte ihn, nickte Klonia zu und beide entfernten sich langsam vom Tempel. Den Weg zum Haus legten sie schweigend zurück. Als Sabinus die Tür geschlossen und verriegelt hatte, stürzte sich Helena in seine Arme. Eine unsinnige Hoffnung überkam ihn.
»Helena? Hast du – bist du – gehst du weg von zu Hause?«
Sie schüttelte stumm den Kopf, während Tränen über ihre schmalen Wangen liefen.
»Petron ist wie verwandelt«, sagte sie schluchzend. »Seit er von meiner Schwangerschaft weiß, ist er so lieb und besorgt, geht kaum noch aus, kümmert sich rührend um mein Wohlergehen.«
»Er glaubt also, es sei sein Kind«, sagte Sabinus gefährlich leise, »glaubt also jetzt den besorgten Gatten spielen zu müssen.« Seine Stimme schwoll an. »Ja, merkst du denn nicht, daß das alles nur eine Komödie ist, die er dir vorspielt? Ein Schwuler ändert sich nicht – niemals!«
Jetzt brüllte Sabinus seinen Zorn und seine Enttäuschung hinaus.
»Aber er tut es doch gerade«, sagte Helena mit kleiner verschreckter Stimme, »wenigstens bemüht er sich darum.«
»Verstellung! Der Schlappschwanz wittert jetzt Morgenluft! Wenn er ein Kind gezeugt hat, wird ihm die Familie sein bisheriges Verhalten verzeihen. Er hat sich die Hörner abgetoßen, wird man sagen, und sich auf die Pflichten eines Ehemanns besonnen. Laß dein – unser – Kind erst einmal zur Welt kommen, dann wird Petron sein altes Leben wieder aufnehmen. Und wo bleibe ich? Was wird aus mir?«
»Schrei nicht so, sonst läuft noch das ganze Haus zusammen. Jetzt, da Petron sich zum ersten Mal in unserer Ehe anständig benimmt, soll ich ihm davonlaufen? Das kann ich nicht – das kann ich einfach nicht!«

Sabinus atmete schwer und schüttelte den Kopf. Er wußte nicht mehr, was er sagen, nicht mehr was er tun sollte.
»Dann ist es also vorbei?« fragte er tonlos.
Helena schwieg.
»Oder ist dir ein Ausweg eingefallen?«
Sabinus blickte auf ihre schlanke, gebeugte Gestalt, die noch keine Spur der Schwangerschaft zeigte. Eine unsinnige Lust kam ihn an, diese dünnen Glieder mit seinen Fäusten zu zerbrechen, damit sie keinem anderen gehören konnten. Aber sie gehörten ja keinem anderen, denn Petron wußte mit seiner Frau nichts anzufangen. Er hatte Helena als Frau besessen, ihr Körper war das Gefäß für sein Kind – von Cornelius Sabinus, dem Römer, gezeugt und nicht von Petron, dem schwulen Griechen.
»Wie soll es weitergehen?« fragte Sabinus.
Helena richtete sich auf und wandte ihm ihr tränenfeuchtes Gesicht zu.
»Wir beide leben – es wird also weitergehen. Ich kann mich an den Gedanken nicht gewöhnen, dich nie mehr wiederzusehen, ich kann es einfach nicht. Doch ist weder dir noch mir damit gedient, wenn wir uns irgendwo flüchtig begegnen, und mehr wird in nächster Zeit nicht möglich sein. Wenn mein Kind geboren ist, sehen wir weiter.«
»Unser Kind.«
Sie wischte sich die Tränen vom Gesicht und lächelte zaghaft.
»Ja – unser Kind.«

Caligula begann jetzt genau darauf zu achten, wie ernst man seine Göttlichkeit einschätzte. Es war noch gar nicht so lange her, als ein gallischer Schuster festgenommen wurde, weil er hellauf lachte, als er den Kaiser im Kostüm des Jupiter auftreten sah. Mit dem Selbstbewußtsein des freien Handwerkers antwortete er auf die Frage, warum er gelacht habe: »Weil ich das für dummes Zeug halte.«
Caligula lachte selbst bei diesen Worten und sagte zu seiner Begleitung: »Bis zu den Schustern ist meine Göttlichkeit noch nicht hinabgedrungen. Laßt den Mann laufen, auch er wird die Wahrheit noch lernen müssen.«

Mit dieser Nachsicht war es jetzt vorbei. Caligula liebte es, seine Umgebung auf die Probe zu stellen, und wehe dem, der sie nicht bestand! Da kam es darauf an, wie schnell und schlagfertig man antwortete, denn Caligula war ein Meister der Rhetorik und besaß ein feines Gespür für sprachliche Zwischentöne.

Den Senator Lucius Vitellius fragte der Kaiser bei einem Nachtmahl, ob er nicht gesehen habe, daß er soeben einige Worte mit der Mondgöttin Luna gewechselt hatte. Vitellius, ein geschmeidiger Höfling und von scharfem Verstand, verneigte sich tief und sagte ehrfürchtig:
»Nur euch, ihr Götter, ist es gegeben, einander zu sehen und zu hören.«
Diese Antwort verschaffte dem klugen Senator hohes Ansehen, und er durfte sich von nun an zum engeren Freundeskreis des Kaisers zählen.
Weniger schnell reagierte der Schauspieler Apelles, als Caligula ihn vor dem Jupiterstandbild fragte, wen er für den größeren halte: ihn selbst oder Jupiter. Apelles, der gewöhnt war, einstudierte Texte wiederzugeben, aber nicht freie Reden zu halten, zögerte. Dem Kaiser dauerte dieses Zögern zu lange, und er ließ Apelles grausam auspeitschen. Mit lächelnder Befriedigung lauschte Caligula den Schreien des Betroffenen und sagte:
»Apelles, ich muß sagen, deine Stimme klingt sogar beim Brüllen noch schön.«
Nicht nur einzelne Menschen, sondern ein ganzes Volk bekam zu spüren, wie ernst es Caligula mit seiner Göttlichkeit war.
Auf seinen Befehl wurde nun auch in den Provinzen der Kaiserkult eingeführt, und bald gab es von Hispania bis Asia und von Noricum bis Aegyptus keine größere Stadt mehr, wo nicht eine oder mehrere Statuen des göttlichen Gaius Caesar im Tempel oder auf dem Forum zu finden waren.
Das ging reibungslos vonstatten, denn niemand hatte etwas dagegen, einen Gott mehr zu verehren oder vor seinem Standbild an den Staatsfeiertagen eine Handvoll Weihrauch zu opfern. Niemand – außer den Juden. Die Kaiser Augustus und Tiberius waren so klug gewesen, die religiöse Eigenart dieses Volkes zu achten, aber Caligula bestand darauf, daß auch in den Synago-

gen seine Kultbilder aufgestellt wurden. Überall, wo dies versucht wurde, kam es zu Zusammenstößen; am schlimmsten war es in Alexandria, der Millionenstadt, wo neben Tausenden von Juden auch Griechen und Ägypter lebten, die nun darauf bestanden, daß es bei den Juden keine Ausnahmen geben dürfe. Was aber bei jenen nur ein Gott mehr unter vielen war, empfanden die streng monotheistischen Juden als die schlimmste Lästerung.
In ihrer Verzweiflung schickten sie eine Gesandtschaft nach Rom, die lange vergeblich versuchte, vom Kaiser empfangen zu werden. Das verhinderte der von Caligula hochgeschätzte Sekretär Helikon, der aus Alexandria stammte und die Juden haßte. Sekretär war er nur dem Namen nach, denn da erledigte Callistus die Hauptarbeit. Eher konnte man ihn als kaiserlichen Gesellschafter bezeichnen, der immer zur Stelle war, wenn Caligula Lust hatte, etwas zu unternehmen, ganz gleich, ob es sich um einen Thermenbesuch, um Schachspiel, Reiten oder um eine Kleiderprobe handelte.

Die jüdische Gesandtschaft wurde von dem berühmten Philosophen Philon angeführt, dessen Scharfsinn es schließlich gelang, nach langer Zeit eine Audienz zu erwirken. Dies geschah auf dem Esquilinus, wo Caligula gerade die Ausstattung einer neuerbauten kaiserlichen Villa begutachtete.
Philon näherte sich mit einer tiefen Verbeugung und wurde vom Kaiser mit den Worten begrüßt:
»Ihr seid also die Gottverhaßten, die an meiner Göttlichkeit zweifeln? Mut habt ihr ja schon, das läßt sich nicht leugnen, denn nur Selbstmörder würden es wagen, mit solchen unverschämten Forderungen unter meine Augen zu treten.«
Philon aber ließ sich nicht beirren.
»Wir haben den Mut und die Zuversicht von gesetzestreuen Untertanen, Majestät. Haben nicht die alexandrinischen Juden bei deiner Erhebung zum Kaiser, bei deiner Krankheit und bei anderen Gelegenheiten die größten Opfer gebracht – weit über ihre gesetzlichen Abgaben hinaus?«
»Das ist mir wohlbekannt, doch eines habt ihr unterlassen: Ihr habt meiner Göttlichkeit keine Verehrung erwiesen.«

Ohne eine Antwort abzuwarten, setzte Caligula seinen Rundgang durch die Villa fort, gab da und dort Anweisungen und kümmerte sich nicht weiter um die hinterher eilende Gesandtschaft. Plötzlich wandte er sich um:
»Warum eßt ihr kein Schweinefleisch, Philon, erkläre mir das.«
Philon sprach von den religiösen Gesetzen, doch Caligula hörte ihm nicht zu, sondern ging weiter. Wieder zog die unglückliche Judenschar hinter ihm her, während Caligula genau die Marmorarten der Säulen im Atrium prüfte und das Einsetzen von dünn geschliffenen Kristallplatten in den Fenstern befahl.
Nur einmal noch wandte er sich an die beharrlichen Bittsteller.
»Ich kann euch nicht helfen; ihr müßt euch wie alle anderen unseren Gesetzen unterwerfen. Ich weiß, daß ihr es nicht böse meint und daß eher Unvernunft euch leitet, denn sonst würdet ihr in mir erkennen, was ich bin: ein Gott!«
So zogen die Juden unverrichteter Dinge wieder ab, doch zum Glück handhabten die römischen Behörden in Alexandria aus Vernunft und um des Friedens willen die Gesetze so lasch, daß sich am Ende niemand mehr darum kümmerte, ob in den Synagogen Kaiserbilder standen oder nicht.
Vielleicht wäre Caligula auch nicht auf den Fall zurückgekommen, hätten nicht aufgebrachte Juden in Jamnia, der alten Philisterstadt, einen Kaiseraltar zerstört. Der Procurator Herennius Capito meldete den Frevel sofort nach Rom, und Caligula schäumte vor Wut. Sein Freund Helikon, der Judenhasser, heizte diesen Zorn noch an, so daß der Kaiser beschloß, für diese außerordentliche Tat müsse auch die Vergeltung außerordentlich sein. Da ihm Callistus und sogar Helikon von einer Zerstörung der Stadt abrieten, heckte der Kaiser – zusammen mit Helikon – eine andere Strafmaßnahme aus.
»Wir müssen uns überlegen, was sie am härtesten trifft, worunter sie am stärksten leiden. Du kennst doch die Eigenart dieses Volkes, Helikon, also laß dir etwas einfallen.«
Helikon, ein eher kleiner wieselflinker Mann mit unstetem Blick und wohlklingender Stimme, sagte sofort:
»Wir müssen zuerst prüfen, was den Juden am heiligsten ist und da komme ich sofort auf Jerusalem. Das ist die Stadt ihrer alten Könige und Propheten und auch ihres größten Heiligtums, des

von Herodes erbauten Tempels. Kein Fremder darf ihn betreten, und sein Innerstes ist nur für die Hohenpriester zugänglich. Eine Entweihung dieses Tempels würde die Juden in aller Welt zutiefst treffen.«
Caligula dachte nach und schließlich flog ein schlaues Lächeln über seine farblosen schmalen Lippen.
»Ich hab's! Da gibt es nur eines: Ich werde befehlen, im Innersten dieses Tempels eine kolossale Jupiterstatue mit meinen Zügen aufzustellen. So werden die Juden gezwungen, mich und Jupiter gleichzeitig zu verehren.«
»Ein göttlicher Einfall!« rief Helikon begeistert. »Das wird dieses Volk lehren, Rom und deine geheiligte Person zu respektieren.«
Der Kaiser nickte zufrieden.
»Dich, Helikon, beauftrage ich hiermit, meinem Befehl unverzüglich Geltung zu verschaffen.«

Helikon sandte an Publius Petronius, den Legaten von Syrien, einen Brief, worin dieser aufgefordert wurde, eine mindestens fünfzehn Ellen hohe Statue des Kaisers in Gestalt des Jupiter anfertigen zu lassen, um sie dann, wenn nötig mit Gewalt, im Großen Tempel von Jerusalem aufzustellen. Caligula fügte dem noch einige Zeilen hinzu, in denen er die Verdienste des Legaten unter Tiberius hervorhob und – halb lobend, halb drohend – eine strikte Einhaltung seines Befehls erwarte.

Gaius Julius Callistus hatte als Freigelassener des Caligula, wie es seit alters her der Brauch war, die Namen seines Herrn dem seinen hinzugefügt. Freiheit, Einfluß und Vermögen hatte er sich durch Fleiß, Klugheit, eiserne Verschwiegenheit und schlaues Taktieren erworben. Um mehr zu wissen als die anderen, hatte Callistus ein raffiniertes Spitzelnetz geschaffen, das nur ihm verpflichtet war und das er aus seiner Tasche bezahlte.
So war ihm auch nicht entgangen, daß im Freundeskreis der kaiserlichen Schwestern unter Beteiligung von Aemilius Lepidus und Valerius Asiaticus etwas ausgeheckt wurde – etwas, das nicht gegen ihn, den allmächtigen Sekretär, sondern mit aller

Wahrscheinlichkeit gegen den Kaiser gerichtet war. Da und dort wurde ihm etwas zugetragen, was diese Vermutung verstärkte, doch Callistus dachte nicht daran, diese Verschwörerkreise zu stören oder gar zu denunzieren, solange sie ihn nicht zur Beteiligung aufforderten. Doch Callistus hatte diesbezüglich keine Befürchtungen, weil ihn alle für einen loyalen und unbestechlichen Diener des Kaisers hielten. Das war Callistus auch. Dennoch hätte er eine Verschwörung mit dem Ziel, Caligula zu beseitigen, niemals verhindert. Denn seine Klugheit sagte ihm, daß die eingebildete Göttlichkeit, die Willkür und rücksichtslose Grausamkeit seines kaiserlichen Herrn irgendwann einmal ihr Maß überschreiten und Caligula den Kopf kosten würde. Das war nur eine Frage der Zeit, und er hielt es durchaus für möglich, daß Dolch oder Gift sehr bald schon den Weg zu Caligula finden würden, trotz Leibwache, Vorkoster und Prätorianergarde.
Callistus aber dachte nicht daran, mit dem Kaiser zugrundezugehen. Er wollte und mußte das Erworbene über Caligulas Herrschaft hinaus retten und legte Wert darauf, auch danach noch als Ehrenmann bezeichnet zu werden. Callistus war weder grausam noch rachedurstig, haßerfüllt oder nachtragend. Seine ganze Kraft, seine Klugheit und Wendigkeit waren einzig darauf gerichtet, sich in Rom keinen Feind zu machen und trotzdem Caligulas Wünschen gerecht zu werden. Das war ungeheuer schwierig, doch bisher hatte er es fertiggebracht, zwischen diesen beiden eigentlich unvereinbaren Polen die Waage zu halten. Zwei Hauptstützen waren es, die Callistus unter allerlei Gefahren für die »Zeit danach« errichtet hatte. Zum einen die Freundschaft mit Claudius Caesar, dem er jeden nur möglichen Gefallen tat und den er – zu Caligulas mit Mißtrauen gepaarter Verwunderung – nach Kräften vor Verunglimpfung und Beleidigungen bewahrte. Auf Caligulas argwöhnische Frage, warum ihm der tölpelhafte Claudius so am Herzen liege, sagte Callistus:
»Dein Onkel, Majestät, ist dem Leben gegenüber so hilflos und ungeschickt, daß er mein Mitleid erregt und ich ihm beistehen möchte. Ich weiß, daß er zu nichts taugt als zum Gelehrten, doch da hat er immerhin etwas geleistet.«

Die Worte »zu nichts taugt als zum Gelehrten« hatten Caligulas Mißtrauen wieder eingeschläfert. Mochte also Callistus an dem alten Trottel einen Narren gefressen haben, ihn störte das nicht weiter.
Claudius Caesar zeigte dann und wann auf ungeschickte Art seine Dankbarkeit und Callistus wußte, daß er »für die Zeit danach« einen nicht zu unterschätzenden Fürsprecher hatte.
Die zweite Stütze des Callistus bestand in seiner heimlichen Hilfe für Caligulas Opfer oder deren Familien. Wenn er es gefahrlos tun konnte, warnte er die Gefährdeten, und falls ihr Untergang nicht zu verhindern war, versuchte er für die Familie auf allerlei Umwegen einen Teil des Vermögens zu retten. Seit Caligula in immer schamloserer Weise wohlhabende Patrizier vor Gericht brachte oder sie zum Selbstmord zwang, hatte auch Callistus seine Bemühungen verstärkt. Er sandte an eine Reihe von Bedrohten anonyme Warnbriefe, deren Kopien er auf einem abgelegenen Landgut sorgsam versteckt hielt. Damit häufte er »für die Zeit danach« einen Schatz an, der ihm Leben und Vermögen retten sollte.
In letzter Zeit hatte sich überraschend die Möglichkeit einer dritten Stütze ergeben, doch Callistus vermochte nicht abzuschätzen, wie fest sie stehen würde. Es ging um Nymphidia, seine Tochter. Vor einigen Monaten war ihr vierzehnter Geburtstag festlich begangen worden, und Caligula, dem nichts entging, hatte darauf gedrängt, das Mädchen bei Hof einzuführen und sie ihm vorzustellen. Nymphidia war keine Schönheit, doch ein an Körper und Geist wohlgebildetes, munteres und etwas kokettes Mädchen. Nun, sie war dem Kaiser vorgestellt worden, und er hatte sich sehr lobend geäußert. Callistus war sich noch nicht klar geworden, ob für ihn und seine Familie die Aera Caligula besser zu überstehen war, wenn Nymphidia des Kaisers Geliebte wurde. Callistus liebte sein Kind, doch er war nüchtern genug zu wissen, daß er es nicht verhindern konnte – und durfte, wenn Caligula an ihr Gefallen fand und sie in sein Bett zog. Doch wenn er wollte, konnte er den Vorgang beschleunigen, wußte aber nicht, ob dies klug war für die »Zeit danach«.
Der dicke kaiserliche Sekretär gab sich einen Ruck und schob die sorgenvollen Gedanken beiseite. Draußen prasselte ein heftiger

Frühjahrsregen auf die Ziegeldächer des palatinischen Baukomplexes, und sogar der durch das Nordfenster sonst immer sichtbare Tempel des Kapitolinischen Jupiters mit den sechs schlanken Säulenreihen verbarg sich hinter dichten Regenschleiern.
Seufzend holte Callistus die fatale Liste hervor, auf der die Namen der reichen frauen- und kinderlosen römischen Patrizier vermerkt waren. Zu dieser Tageszeit – etwa um die siebte Stunde – wurde er selten gestört, und sollte plötzlich der Kaiser erscheinen, so warnte ihn ein zuverlässiger Diener.
Callistus griff nach einer leeren Papyrusrolle, öffnete sie, beschwerte ein Ende und tauchte den Calamus (Schreibrohr) in das bronzene Tintenfäßchen.

XXIV

Cornelius Calvus lebte zurückgezogen am Rande der Stadt in der Nähe der Porta Salaria. In diesen Tagen war er dabei, mit Hilfe seines griechischen Freigelassenen Diotimos seine in den letzten Jahren stark angewachsene Bibliothek neu zu ordnen. Ursprünglich hatte er vorgehabt, seine Bücherschätze dem Neffen Sabinus zu hinterlassen, doch seit dieser als Tribun nach Ephesos entschwunden war, wollte Calvus seinen Entschluß noch einmal überdenken.
»Ich weiß nicht, was in den Burschen gefahren ist«, setzte er seine Überlegungen laut fort. »Da wächst einer als Sohn eines Verlegers auf, von Büchern umgeben, lernt schon als Kind die wichtigsten lebenden Autoren kennen, und dann wirft er sich Mars in die Arme, als sei das alles nichts.«
Der kluge und gelehrte Diotimos, wie sein Herr schon in reiferen Jahren, strich nachdenklich seinen völlig unzeitgemäßen Philosophenbart.
»Ich würde sagen, gerade weil Sabinus mit Büchern und Dichtern großgeworden ist, treibt es ihn jetzt in eine ganz andere Richtung. Junge Leute wollen das Leben auskosten, wollen sehen, was es sonst noch gibt. Glaube mir, Herr, eines Tages wird er zu den Büchern zurückkehren.«

Calvus wiegte seinen fast kahlen Schädel.
»Aus dem Burschen wird man nicht klug. Ich habe ja schon einige Briefe von ihm erhalten, und aus keinem ist zu entnehmen, daß ihn das Militärleben begeistert. Er schweigt sich einfach darüber aus und berichtet stattdessen auf vielen Seiten von der Eigenart der Stadt Ephesos, vom Artemistempel und von den vielen Pilgern. Er tut das sehr geschickt, manchmal glaube ich fast, er habe bei Herodot abgeschrieben, doch das erwies sich als falsch.«
Calvus seufzte und schlug eine verstaubte Schriftrolle auf. Was er Diotimos nicht erzählt hatte, war ein kurzer Hinweis seines Neffen, daß Amor mit ihm umspringe, als sei er ein ungehorsamer Sklave, den man wieder und wieder züchtigen müsse. So stand es im letzten Brief, doch diese Anspielung konnte auch spaßhaft gemeint sein.
»Machen wir für heute Schluß, ich kann den Bücherstaub schon nicht mehr riechen«, sagte Calvus und ließ sich Waschwasser für seine Hände bringen.
Mit dem jungen Sklaven, der den Wasserkrug und eine Bronzeschüssel brachte, trat der Majordomus ein.
»Eben ist für dich ein Schreiben eingetroffen, Herr.«
Calvus trocknete sich sorgfältig die Hände.
»Woher kam der Bote?«
»Das war ein Taglöhner, er wußte nichts, sagte nur, ein Unbekannter habe den Auftrag erteilt.«
Calvus nickte, nahm die Rolle entgegen und zog sich in seine Wohnräume zurück. Dort brach er das unbezeichnete Siegel auf und las:
»Ehrenwerter Cornelius Calvus, ein wohlmeinender Freund gibt dir den dringenden Rat, Rom für längere Zeit zu verlassen. Es droht dir eine Gefahr, die von ganz oben kommt, und es könnte um dein Leben gehen. Du bist ein gelehrter Mann, und so darf ich dich an einen Ausspruch unseres Ovidius erinnern, der diesen Zustand als »pendere filo« bezeichnet hat. Ja, dein Leben hängt tatsächlich an einem seidenen Faden, also sorge dafür, daß die Prätorianer ein leeres Haus vorfinden. Vernichte dieses Schreiben unverzüglich!«
Calvus drehte die Schriftrolle um. Es war billiger Papyrus, wie man ihn überall kaufen konnte, und das unbezeichnete Siegel

gab auch keinen Hinweis. Die Sätze waren fehlerfrei und in flüssiger, geübter Schrift hingesetzt.
Calvus schüttelte seinen Kopf. Eine Gefahr, die von »ganz oben« kam? Dazu der Hinweis auf die Prätorianer. Das konnte nur auf den Senat oder den Kaiser hinweisen. Aber er hatte sich nichts vorzuwerfen, nicht das geringste.
Calvus nahm am politischen Leben kaum noch teil, doch auch ihm war es nicht entgangen, daß sich in letzter Zeit die Majestätsprozesse häuften und manchmal Männer trafen, die er gekannt hatte und denen er kein Unrecht zutraute. Calvus hatte sein siebzigstes Lebensjahr schon um einiges überschritten, und er war ein überzeugter Stoiker. So empfand er keinerlei Besorgnis, wollte aber doch wissen, was hier im Gange war. Sein Vetter Balbus saß im Senat und konnte ihn vielleicht aufklären.
Zwei Tage später empfing er seinen Verwandten, der einen gehetzten Eindruck machte und seine Sänftenträger dreimal fragte, ob ihnen auch wirklich niemand gefolgt sei. Balbus war ein kleiner, quirliger Mann von schnellem Verstand und schneller Sprache. Eine unbedachte Äußerung hätte ihn unter Tiberius beinahe das Leben gekostet, seitdem war er übervorsichtig geworden.
Als Calvus ihm das Schreiben in die Hand gab, überflog es Balbus schnell und ließ es dann fallen, als verbrenne es ihm die Finger. Er blickte sich um und fragte flüsternd:
»Kannst du deinen Sklaven trauen? Hört uns hier jemand?«
Calvus schüttelte den Kopf.
»Wenn du leise sprichst, hört uns keiner. Also, was ist damit?«
»Ich habe schon mehrere dieser Warnschreiben gesehen. Niemand weiß, woher sie kommen, aber ihr Verfasser muß wohlinformiert sein, da sich die angekündigte Gefahr fast immer einstellte. Ich weiß von zweien, die dem Rat nicht gefolgt sind – sie endeten auf der Gemonischen Treppe.«
»Aber bei mir muß es ein Irrtum sein! Ich verkehre mit keinem aktiven Politiker, halte mich aus allem heraus. Meine Senatorenzeit liegt weit zurück, als Kaiser Augustus starb, trat ich freiwillig zurück. Wer kann mir etwas vorwerfen?«
»Du bist sehr reich, Calvus«, sagte der Senator bedächtig.
Calvus lachte:

»Und das ist ein Verbrechen?«
»Unter Caligula schon ...« Balbus erschrak über seine eigenen Worte und fügte sofort hinzu: „Vergiß, was ich gesagt habe, und folge dem Rat. Reise unter falschem Namen in ein Bad, möglichst weit entfernt von Rom, und bleibe dort, bis die römische Luft wieder besser wird. Ich und viele andere hoffen, daß dies nicht mehr allzu lange dauern wird.«
»Ich werde es mir überlegen«, sagte Calvus und wirkte ganz unbekümmert.
»Überlege es dir nicht zu lange, Fortuna ist sehr launisch in diesen Tagen.«
Cornelius Calvus konnte nach reiflicher Überlegung den Fall nicht ernst nehmen, und so blieb er in Rom, lebte weiter wie bisher, und tröstete sich mit dem Wort des Vergilius aus der Aeneis: Stat sua cuique dies (Einmal muß jeder sterben).

Wieder einmal hatte Caligula mit seinem schlimmsten Feind zu kämpfen – der Langeweile. Er sehnte den Sommer herbei, da konnte er mit seinem Prunkschiff die Küste entlangfahren, seine neuerbauten Villen zwischen Antium und Puteoli besuchen, gefeiert vom zusammenströmenden Volk ...
»Es geschieht aber auch gar nichts!« hatte er sich vor kurzem bei seinem Busenfreund Helikon beklagt. »Den Leuten geht es einfach zu gut, weil keine Gefahr, keine Katastrophe droht. Unter Augustus war es die Niederlage des Varus, unter Tiberius der Tribüneneinsturz bei Fidenae gewesen – was aber geschieht jetzt? Kein Krieg, keine Hungersnot, keine Seuchen, kein Erdbeben, keine Feuersbrunst! Es ist zum Verzweifeln!«
Helikon, der zuerst nicht wußte, ob diese Klagen ernst gemeint seien, spürte dann doch, daß Caligula sich aus Langeweile nach aufregenden Ereignissen sehnte.
»Fortuna hält ihre Hand über dich und Rom, wir sollten ihr dankbar sein, Majestät. Aber ich bin sicher, daß dein göttliches Wesen bald einen Ausweg findet und die Welt mit faszinierenden Einfällen überrascht.«
Caligula, der viel von Helikon hielt, fühlte sich dadurch angespornt, selbst etwas zu ersinnen, etwas nie Dagewesenes, Gigan-

tisches, Erstaunliches, Dramatisches und auch mit Schadenfreude Verbundenes.
Da ihm nicht gleich etwas einfiel, wurde er ärgerlich und ließ zur Ablenkung zwei Badesklaven auspeitschen, die sich im Umkleideraum seiner Palastthermen so intensiv miteinander vergnügten, daß sie bei Caligulas Erscheinen nicht rechtzeitig mit ihren schwulen Liebesspielen aufhörten.
»Nachdem ihr es so gut miteinander könnt, dürft ihr auf andere Weise weitermachen.«
So wurden die beiden gezwungen, sich gegenseitig bis aufs Blut auszupeitschen. Das wiederum erregte Caligulas Sinne, und er ließ noch vor der Cena (Hauptmahlzeit am Abend) Pyrallis kommen, die neuerdings im Palast ein paar Zimmer bewohnte, um schnell bei der Hand zu sein, wenn der Kaiser es wünschte. Daß sie trotzdem durchaus nicht immer verfügbar war und nach Lust und Laune – ohne ihn zu fragen – ausging, gefiel Caligula. Er konnte servile und langweilige Frauen nicht ausstehen, und bei ihnen liebte er – was er bei Männern keineswegs schätzte – eine gewisse Widerborstigkeit.

Nun aber war Pyrallis da, und sie gingen gemeinsam ins Dormitorium (Schlafzimmer), wo des Kaisers goldüberladenes und mit den Fellen junger Wölfe bezogenes Prunkbett stand.
»Mein Phallus schreit nach dir, Pyrallis! Du bist zur Zeit die einzige wirkliche Frau im ganzen Palatium – vielleicht sogar in ganz Rom.«
Die Kurtisane ließ ein leises, klingendes Lachen hören.
»Und du, Gaius, verstehst es, die schmeichelhaftesten Komplimente zu machen. Selbst wenn du nur ein Schmied oder ein Bäcker wärst, könntest du mit deiner Rede die schönsten Frauen in dein Bett zaubern.«
Ein warmer Glanz trat in die starren Augen.
»Jetzt hast du mir ein Kompliment gemacht, allerdings ein seltsames. Schmied – Bäcker ... Ich kann mir das nicht vorstellen.«
»Oder Senator ...« neckte ihn Pyrallis.
Caligula lachte scheppernd:
»Dann lieber Bäcker oder Schmied!«

Er umfaßte von hinten ihre Brüste und drückte sie. Pyrallis spürte seinen dichtbehaarten Körper, und wie immer erregte sie seine Berührung. Sie drehte sich um, küßte seine Brustwarzen und spürte seinen harten Penis, der sich gegen ihren Schoß drängte. Sie ließ sich aufs Prunkbett fallen, spürte das Schmeicheln der Wolfsfelle und gurrte:
»Komm Gaius, mach schnell, nimm mich, komm, nimm mich doch!«
Caligula nahm sie so heftig, als vergewaltige ein Legionär eine Gefangene, grub sich in ihren Schoß, als wolle er ins Innerste ihres Körpers vordringen.
Auch beim Liebesakt war Caligula grausam, weil er nur Befriedigung fand, wenn er andere quälen konnte. Doch Pyrallis hatte im Laufe ihres Lebens jede Wehleidigkeit abgelegt und fand Gefallen an seinen brutalen Liebkosungen.
Ihr wundgescheuerter Schoß glänzte rot, als sie sich losmachte und sie betrachtete ihn besorgt wie eine frischgeschlagene Wunde.
»Schau, was du mir angetan hast, du grausamer Kerl!«
Caligula lächelte geschmeichelt. Nichts, was diese Frau sagte, konnte ihn beleidigen, und wieder schätzte er sich glücklich, Pyrallis gefunden zu haben.
»Ich werde dich doch noch heiraten – ganz Rom zum Trotz!«
»Und Lollia Paulina?«
»Von der hätte ich mich längst scheiden lassen sollen, aber sie ist mir so gleichgültig geworden, daß ich kaum noch einen Gedanken an sie verschwende.«
Ihre graugrünen Augen blitzten ihn mutwillig an.
»Pyrallis Augusta – warum nicht? Aber eine Kaiserin hat auch Pflichten, und ich glaube, daß ich dafür nicht geeignet wäre. Ich bin nur eine Noctiluca, ein Nachtschmetterling.«
Caligula hatte nicht mehr zugehört, sein sprunghafter Geist war schon auf ein anderes Thema gekommen.
»Ich brauche deinen Rat, Pyrallis. Was würdest du tun, wenn man von dir etwas ganz Besonderes, nie Dagewesenes erwartete, etwas Erstaunliches und Beeindruckendes ... Überlege nicht lange, sag einfach, was dir in den Sinn kommt.«

Pyrallis legte sich zurück und verschränkte die Arme hinter dem Kopf.
»Ein Mann, der mich einige Monate aushielt, reiste mit mir auf sein Landgut nach Sizilien. Als wir mit dem Boot von Rhegium nach Messana übersetzten, meinte mein Freund: Wenn ich sehr viel Geld hätte, würde ich die beiden Ufer mit einer riesigen Brücke verbinden. Und das wäre nun wirklich etwas Erstaunliches und nie Dagewesenes.«
»Eine gewaltige Brücke ...« wiederholte Caligula nachdenklich.
»Du trägst doch auch den Titel Pontifex maximus – der große Brückenbauer ...«
Caligula verbohrte sich in den Gedanken:
»Eine große Brücke ... etwas nie Dagewesenes ...« Plötzlich richtete er sich auf und sprang aus dem Bett. »Ich werde meine Villen in Bauli und Puteoli durch eine Brücke verbinden, über drei Meilen lang, übers Meer ... Ja, das werde ich tun! Aber nicht aus Stein oder Holz, das dauert zu lange, es wird eine Brücke aus Schiffen sein.«

Cornelius Sabinus gab das Zimmer beim Artemis-Tempel nicht auf, das wäre ihm wie ein schlechtes Omen erschienen, wie ein endgültiger Verzicht auf Helena.
Er tat weiterhin seinen Dienst, lustlos, ohne innere Anteilnahme, jedoch korrekt, und verließ nur noch selten das Kasernengelände. In seiner Freizeit spielte er mit den anderen Offizieren irgendwelche geistlosen Brettspiele oder zog sich – und das immer häufiger – mit einem Krug Wein in sein Zimmer zurück.

Die XI. Legion hatte einen neuen Legaten bekommen, einen noch jungen Mann aus bester römischer Familie, der sich aufführte wie der Kaiser persönlich. Bei seiner ersten Rede bekamen die Tribunen zu hören:
»Unter meinem Vorgänger – der gewiß seine Verdienste haben mag – ist allerhand Schlendrian eingerissen, den ich nicht dulden kann. Krankheiten, Sonderurlaube, Vertretungen oder was auch immer den Dienstplan betrifft, sind ohne Ausnahme, soweit es Tribunen und Centurionen betrifft, mir zur Genehmigung vorzulegen. Sollte unser göttlicher Kaiser einmal in Erwägung ziehen,

die Provinz Asia zu bereisen, so soll er in Ephesos keinen Sauhaufen vorfinden, sondern eine Legion, auf die er stolz sein kann – so wie wir stolz sind auf unseren göttlichen Imperator Gaius Julius Caesar Augustus Germanicus!«
Sabinus, der schon wieder – oder immer noch – halb betrunken war, vernahm die markige Rede wie aus der Ferne, und ihm schien, als ginge sie ihn nichts an. Auch er liebte den jungen Kaiser, von dem man bei der Truppe so viel Gutes hörte, wenngleich den Legionären manches seltsam erscheinen mußte. Daß ein lebender Kaiser sich göttliche Ehren erweisen ließ, war neu, doch das wurde im allgemeinen akzeptiert, denn die meisten glaubten, das diene nur zur Einschüchterung der Fremdvölker in den Provinzen. Nicht ohne Häme hatte man bei der XI. Legion die Tatsache zur Kenntnis genommen, daß in den Epheser Tempeln – sogar bei der großen Artemis – jetzt Caligula in seiner Eigenschaft als Jupiter mitverehrt werden mußte.
Sabinus jedoch berührten solche Probleme nicht. Er hatte seine eigenen, und die empfand er nach Art der meisten hoffnungslos Verliebten als riesengroß und weltbewegend. Seine Mitoffiziere legten ihm nahe, mit dem Trinken aufzuhören, bis sich der Eifer des neuen Legaten gelegt hatte, und Sabinus folgte dem freundschaftlichen Rat – wenigstens für einige Tage. Seine Nüchternheit aber brachte ihm doppelt so schmerzhaft zum Bewußtsein, daß er Helena für immer verloren hatte. Für immer! Für immer! Er konnte diese Worte nicht aussprechen, ohne daß ihm Tränen in die Augen stiegen. Er tat sich selbst leid, bedauerte Helena und war zugleich wütend über Petrons Familienidyll, das man ihm, Cornelius Sabinus, zu verdanken hatte.

Sechs Tage hielt Sabinus es aus, am Morgen des siebten begann er wieder zu trinken. Es war sein freier Tag, und er redete sich ein, damit niemand zu schaden. Der eifrigste Legat konnte schließlich einen Offizier nicht daran hindern, sich in seiner Freizeit zu betrinken.
Mit kummervollem Gesicht stellte Marinos den Krug auf den Tisch und blickte seinen Herrn bittend an, als wolle er sagen: Trink nicht so viel!

»Schau mich nicht so vorwurfsvoll an, Marinos! Schließlich habe ich frei und kann tun, was ich will. Andere gehen ins Bordell oder vertun ihr Geld beim Würfelspiel. Ich trinke eben!«

Als der Krug leer war, hatte sich in seinem benebelten Kopf eine unsinnige Hoffnung eingenistet. Warum den Mut verlieren? fragte er sich. Schließlich war er Soldat! Hatte ihm sein Freund Chaerea nicht immer geraten, ein Problem frisch anzupacken? Das Schwert gezogen und drauf! Vielleicht war Helena längst anderen Sinnes geworden, hatte aber keine Möglichkeit, mit ihm in Verbindung zu treten.

»Marinos, lege meine Toga heraus, ich gehe in die Stadt.«

Marinos sah seinen durchs Zimmer schwankenden Herrn und flehte:

»Nimm zuerst ein kaltes Bad, Herr, das wird dich erfrischen und ernüchtern. Oder soll ich dich in die Stadt begleiten?«

Sabinus schüttelte störrisch den Kopf. Er lallte:

»Will nicht nüchtern werden, ist gerade recht so ... Bin jetzt in Stimmung, etwas zu unternehmen ... Hau ab, Marinos! Brauche keine Begleitung bei dem, was ich vorhabe.«

Sabinus ritt zum Markt, übergab sein Pferd einem der Wächter und sagte, er sei bald zurück.

Ziellos wanderte er schwankend und Menschen anrempelnd durch das Marktgewühl, hielt Ausschau nach der schlanken, vertrauten Gestalt, suchte die verlassene Geliebte. Er war so sicher, sie heute hier zu finden, daß es ihn keineswegs erstaunte, als er – nur wenige Schritte entfernt – Helena mit ihrer Amme und einer jungen Sklavin vor den Säcken eines Nuß- und Dörrobsthändlers stehen sah. Sie deutete dahin und dorthin, während der flinke Händler einen Meßbecher in Helenas Korb entleerte.

Sabinus war stehengeblieben, starrte hingerissen auf die kleine Marktszene, und seine Trunkenheit gaukelte ihm für Augenblicke vor, es sei seine eigene Familie, für die Helena einkaufe. In Gedanken hörte er ihre Stimme:

»Heute abend gibt es Pullum numidicum mit einer Tunke aus Pinienkernen, Datteln, Pfeffer, Kümmel und Honig. Es wird dir schmecken!«

Als sie sich von dem Laden abwandte, sah Sabinus, daß ihr Leib sich unter dem losen Mantel schon weit vorwölbte. Seine Gedanken kehrten in die Wirklichkeit zurück. Er wußte, daß Helena für ihre Familie einkaufte, daß er ausgeschlossen war und daß Petron sich in einem Glück sonnte, das er ihm, dem römischen Tribun Cornelius Sabinus zu verdanken hatte.
Mit wenigen Schritten hatte er sie eingeholt und verstellte ihr den Weg.
»Salve, schöne Helena. Einkäufe erledigen, für deinen wackeren Gemahl Petron, der nicht ahnt, daß ein Kuckucksei in deinem Schoß heranreift.« Sabinus lachte trunken. »Ein Kuckucksei von mir ins Nest gelegt. Ins schöne warme Nest ... Bildet sich dein kleiner Schwuli noch immer ein, er habe dich schwanger gemacht? Ha? Wie stehts damit? Oder soll ich ihn aufklären?«
Seine lauten Worte hatten Aufmerksamkeit erregt, einige der Marktbesucher blieben stehen, um zu verfolgen, wie es weiterging. Helena schwieg und versuchte, sich an Sabinus vorbeizudrängen, doch der packte ihren Arm und hielt sie fest. Er spürte ihre dünnen zarten Knochen und preßte seine Finger in ihr Fleisch, bis sie leise aufschrie.
»Sie hätte einen römischen Tribun haben können«, sagte er laut, »und nun ist sie mit einer griechischen Tunte verheiratet. Einer Tunte, die sich nach den glatten Ärschen ihrer Bubis sehnt, aber nun den Familienvater spielen muß, weil die Gattin ein Kind trägt. Wie hat die Tunte das gemacht?«
Sabinus legte seine Hand auf ihren Bauch und spürte eine leise Bewegung.
»Laß mich los und verschwinde!« rief Helena zornig, während Klonia mit bitterbösem Gesicht an seiner Toga zerrte.
»Das wäre dir das liebste, was? Einfach aus deinem Leben verschwinden, damit du mit deinem Kuckucksei in Frieden leben kannst. Ich laß dir aber keinen Frieden – niemals!«
»Dann werde ich zu Artemis beten, daß sie mich von dir befreit – sie hat mir auch den Wunsch nach einem Kind erfüllt.«
Die erzürnte Helena sagte das mit einem so spöttischen Lächeln, daß Sabinus ihr eine schallende Ohrfeige versetzte, um dieses Lächeln auszutilgen. Klonia rief laut um Hilfe, und Helena rieb

sich die Wange, ihre honigfarbenen Augen funkelten vor Hohn und Verachtung.

»Eine schwangere Frau schlagen – ja, das kannst du, und das paßt auch zu euch Römern!«

Der laute Wortwechsel hatte zwei Männer der Marktpolizei herbeigelockt.

»Hier werden keine Damen belästigt«, mahnte der eine, während der andere Helena fragte:

»Ist das dein Gemahl oder ein Verwandter?«

Sie schüttelte heftig den Kopf.

Da machten die beiden kurzen Prozeß. Der eine hieb Sabinus einen langen Holzknüppel über den Kopf, dann packten sie den halb Betäubten, faßten ihn an den Achseln und schleiften ihn fort.

Im Haus des Marktaufsehers kam Sabinus wieder zu sich und befühlte die dicke Beule auf seinem Kopf.

»Ihr habt einen römischen Tribun niedergeschlagen, das wird euch teuer zu stehen kommen. Mein Name ist Cornelius Sabinus!«

Der dicke Marktaufseher nickte gemütlich.

»Danach wollte ich dich gerade fragen. Tribun bei der XI. Legion, nehme ich an? Gut, aber das verleiht dir keine Befugnis, eine Dame zu belästigen und sie zu schlagen. Ich werde deinem Legaten Meldung machen.«

Noch halb betäubt, wankte Sabinus hinaus. Ihm war nun alles gleich, selbst wenn sie ihn aus der Legion warfen. Um so besser! Dann mußte er nicht selbst um seine Entlassung bitten. Sein Entschluß, die Armee zu verlassen, war ganz plötzlich gekommen. Aber was hielt ihn hier noch? Ephesos war ihm verleidet, er mußte nach Rom zurückkehren und alles versuchen, um Helena zu vergessen. Es gab ja auch noch andere schöne Frauen! Die Welt war voll davon! Was war denn schon so Besonderes an dieser Helena? Der dünne Körper, die honigfarbenen Augen, das schmale Gesicht mit dem schnippischen Mund ... In Rom konnte er Hunderte solcher Mädchen finden – Tausende ...

Während er dies dachte, wußte er zugleich, daß es nicht stimmte, daß es diese Helena – seine Helena – nur einmal gab.

Die selbstbewußten griechischen Stadtbehörden arbeiteten schnell und ließen sich keineswegs von Sabinus' hohem militärischen Rang beeindrucken.
Schon zwei Tage später wurde er zum Legaten befohlen.
»Tribun Cornelius Sabinus? Nun, du weißt vermutlich, was vorliegt – also: eine hochschwangere Frau auf offenem Markt beleidigt, geschlagen und am Weitergehen behindert, und das alles im Zustand der Trunkenheit. Ist dieser Bericht des Marktaufsehers falsch, oder hast du noch etwas hinzuzufügen?«
»Der Bericht stimmt, Legat, nur möchte ich richtigstellen, daß ich sie nicht hinderte, weiterzugehen, und daß dieses Schlagen in einer leichten Ohrfeige bestand.«
»Warum? Kanntest du die Frau?«
Sabinus, der längst beschlossen hatte, Helena keine Schwierigkeiten zu bereiten, sagte:
»Nein, sie war mir völlig fremd. Ich muß sehr betrunken gewesen sein – vielleicht hat sie mich an eine Hure erinnert, mit der ich einmal Streit hatte – ich weiß es nicht.«
Der Legat lachte unfroh.
»Hure ist gut! Es handelt sich um Helena, Frau des Petron, deren Eltern und Schwiegereltern zu den ersten Familien von Ephesos gehören. Pünktliche und gewissenhafte Steuerzahler, ohne deren Abgaben wir unser großes Reich nicht zusammenhalten könnten. Ich wollte, sie wäre eine Hure gewesen, das hätte uns viel Ärger erspart. Aus mir nicht verständlichen Gründen haben weder Helena noch ihr Mann einen Strafantrag gestellt – vermutlich um ihr gutes Einvernehmen mit Rom zu betonen – ich nehme aber an, daß sie deine Bestrafung erwarten, und das können sie auch.«
Der junge Legat musterte Sabinus mit einem arroganten Blick, als wolle er sagen: Mich kriegst du nicht herum, gib dir keine Mühe!
»Ich möchte bei dieser Gelegenheit um meine Entlassung aus der Legion bitten.«
Damit hatte der Legat nicht gerechnet, und man sah ihm seine Verwirrung an.
»Entlassung? Wie soll ich das verstehen? Aus Reue – aus Sühne?«

»Aus persönlichen Gründen.«
»Aha, aus persönlichen Gründen und vermutlich auch, um einer Strafe zu entgehen?«
»Nein, Legat, du kannst mich ja bestrafen und dann meine Entlassung verfügen.«
»Leben deine Eltern noch?«
»Jawohl. Mein Vater ist der Verleger Cornelius Celsus.«
»Billigt er dein Entlassungsgesuch, oder weiß er davon?«
»Nein, ich habe diesen Wunsch nach reiflicher Überlegung gefaßt, und er hat nichts mit He ... mit dieser Dame zu tun.«
Der Legat dachte nach, und sein mißmutiges Gesicht ließ darauf schließen, daß ihm die Lösung Schwierigkeiten bereitete.
»Cornelius Sabinus, ich sage es dir ganz offen, mir ist dieser Fall zu heikel. Ich möchte mir nicht meine Karriere verderben, denn die Cornelier sind in Rom einflußreich, und wer weiß, wie dein Vater darüber denkt. Ich kann dich nicht aus der Legion entlassen und über dein Strafmaß soll der Kaiser entscheiden als unser oberster Feldherr. Du gibst mir dein Ehrenwort, daß du keinen Fluchtversuch unternimmst, und ich lasse dich ohne Bewachung nach Rom reisen. Dort sollen sie dann über dich entscheiden. Einverstanden?«
»Einverstanden, Legat!«

XXV

Ende Mai faßte Caligula den Entschluß, auf seinem Lustschiff nach Süden zu reisen, um die Idee einer gewaltigen Brücke zwischen Bauli und Puteoli zu verwirklichen. Er war voller Eifer und beschäftigte ein Dutzend Schreibsekretäre mit Befehlen und Erlassen. Ohne Rücksicht auf die Folgen ließ er sämtliche verfügbaren Lastschiffe beschlagnahmen, darunter auch eine große Zahl der für Rom so wichtigen Getreidefrachter. Niemand wagte Einwände oder gar einen Widerspruch. Nur Callistus sprach dagegen, doch kleidete er seine Bedenken in eine ironische Form:

»Ich fürchte nur, Majestät, daß die Plebs kein Verständnis für deine göttliche Idee aufbringt. Wenn die Getreidespenden aufhören, kann der Pöbel recht bösartig werden.«
Caligula winkte ab:
»Es wird diesen Parasiten nicht schaden, ein wenig zu fasten. Man müßte ohnehin einmal über eine Lösung dieses leidigen Problems nachdenken. Warum soll der Staat eigentlich diese elenden Nichtstuer ernähren? Ich frage mich nur, wer diesen Brauch eingeführt hat.«
»Zum Gesetz wurde es unter dem Triumvirat des Pompejus mit Caesar und Crassus, aber es hat schon vorher private und staatliche Getreidespenden gegeben.«
Caligulas Augen funkelten gehässig.
»Und ich weiß auch warum! In den Zeiten der Republik wollten sich die Herren dafür Wahlstimmen kaufen. Ein Gott hat das nicht nötig. Ich bin unabhängig vom Pöbel, mich hat der Olymp erwählt.«
»So ist es, Majestät, trotzdem lassen sich diese Dinge nicht von heute auf morgen ändern.«
»Und weil das so ist, mein teurer Callistus, werden wir die römischen Nichtstuer einige Tage darben lassen, damit sie sich gleich an schlechte Zeiten gewöhnen können.«

Des weiteren wünschte Caligula die Begleitung seiner gesamten Familie und aller seiner Freunde. Auch Lentulus Gaeticulus, der Legat von Germanien, wurde dazu geladen, ebenso Valerius Asiaticus, und sogar Seneca, den verhaßten Dichter, wollte der Kaiser an dem großen Schauspiel teilhaben lassen. Lollia Paulina, Caligulas schon fast vergessene Gemahlin, durfte für kurze Zeit wieder Kaiserin spielen, mußte aber ihre Rolle mit der Kurtisane Pyrallis teilen. Auch Onkel Claudius sollte dabei sein und natürlich die kaiserlichen Schwestern.
Seneca, im Herzen ein Republikaner, bemerkte zu Livilla:
»Das sind nun die Segnungen des Principats! Der Kaiser darf sich alles erlauben, es gibt kein Gesetz, das ihn zur Verantwortung zieht oder dazu zwingt, einen Rat einzuholen. Zu Zeiten der Republik hätte es kein Konsul, kein Triumvir gewagt, dem

Volk so zu begegnen. Ich halte die staatlichen Getreidespenden auch für bedenklich, aber sie sind nun einmal seit hundert Jahren Gesetz.«

»Gerade das reizt meinen Bruder, sich darüber hinwegzusetzen. Er wird es auf die eine oder andere Art immer wieder tun.«

»Veilleicht wird er einmal zu weit gehen ...«

»Das hoffen wir«, sagte Livilla so leise, daß Seneca es nicht verstand.

Die ganze Staatsflotte war aufgeboten, um das schon legendäre kaiserliche Prunkschiff in den Süden zu begleiten. Die verschieden großen Kriegsschiffe reichten vom einfachen Transportboot bis zum Fünfruderer, einer mit hunderten von Rudersklaven besetzten Galeere. Alle Schiffe waren festlich beflaggt, über der goldstrotzenden kaiserlichen Galeere flatterte die Purpurfahne mit dem römischen Adler. Ihr hochaufragendes Achtersteuer war vergoldet und mit Edelsteinen geschmückt; Segel in allen Farben wölbten sich sanft im Frühlingswind. Das Schiff war so ungeheuer groß, daß es sich nur schwerfällig bewegen konnte, doch wurde es lediglich zur Küstenschiffahrt verwendet und konnte in kurzer Zeit überall anlegen.

Stolz wie ein Junge, der sein Spielzeug herzeigt, führte der Kaiser seine Geliebte Pyrallis durch die Decks des Schiffes. Auf dem Hauptdeck gliederten sich um eine rundherum laufende Arkadenreihe kleine und große Bankettsäle, unterbrochen durch geschickt eingefügte Gartenanlagen mit blühenden Büschen und Blumen, dazwischen zierliche Brunnen aus Bronze und Marmor. Die Möbel waren aus kostbaren Hölzern mit Elfenbeineinlagen und Bronzebeschlägen gefertigt, aber sogar der erstaunten Pyrallis fiel es auf, wie wenig sorgsam alles übrige gearbeitet war. Der ungeduldige Kaiser hatte die Handwerker stets zu höchster Schnelligkeit angetrieben, sie mit Prämien und Geschenken ermuntert. So waren zwar die kostbarsten Materialien verwendet worden, doch manches wirkte wie eine schnell hingebaute Theaterkulisse, die nach Aufführung des Stückes wieder abgebrochen

wird. Die Fresken aus der griechischen Mythologie im großen Speisesaal hatten die besten Maler ausgeführt, doch aus Zeitmangel waren sie so schnell hingepinselt worden, daß manchmal die Perspektive nicht stimmte oder man auf zeitraubende Details verzichtet hatte. Die Vergoldung der hölzernen Säulen, Decken und Wände löste sich bereits da und dort von ihrem Untergrund, doch Caligula schien davon nichts zu bemerken. Er führte Pyrallis ins Zwischendeck, wo es kleine Thermen mit den klassischen drei Becken für kaltes, laues und heißes Wasser gab. Auch hier hatte die hastige Arbeit dazu geführt, daß die farbigen Mosaiken schon herauszubröckeln begannen.
»Ist das nicht ein Abglanz des Olymp?« fragte Caligula stolz.
»Diese Frage kann ich leider nicht beantworten, denn ich bin nie dort gewesen«, sagte Pyrallis frech. Doch er liebte ihre lose, respektlose Zunge und überhörte den Spott.
»Aber es gefällt dir doch?«
Gerührt spürte sie den bettelnden, werbenden Ton des kleinen Jungen, der doch so stolz auf sein Spielzeug war. Sie drückte seinen Arm und sagte:
»Ich bin sprachlos vor Staunen und auch vor Begeisterung. Ein Schiff dieser Art wird es auf der ganzen Welt nicht mehr geben. Ich glaube, du hast Kleopatras berühmte Nilschiffe weit in den Schatten gestellt.«
In Caligulas kalte starre Augen trat ein warmer Glanz. Er blickte sie freundlich an.
»Du verstehst dich auf Komplimente, Pyrallis, aber auch ich glaube, Kleopatra übertroffen zu haben. Im Unterdeck sind die Heizöfen für die Thermen und die Küche untergebracht. Aber das muß uns nicht mehr interessieren. Sehen wir uns jetzt das Oberdeck an.«
Dort gab es unter weißen Sonnensegeln bequeme Liegen, auf zierlichen Tischen türmten sich Schalen mit Obst und Nüssen, auf Eisengestellen ruhten kleine spitzbäuchige Amphoren mit den erlesensten Weinen.
Die Gäste wichen zurück, als der Kaiser mit Pyrallis erschien, und alles neigte sich ehrfurchtsvoll vor der göttlichen Majestät. Lollia Paulina aber wandte sich ab, als sie Pyrallis erblickte. Dem Kaiser entging das nicht und er sagte voll Spott:

»Paulina, Geliebte, wende dich nicht ab, denn ich möchte dir einen Ehrengast vorstellen: meine Freundin Pyrallis, die ich längst zur Gemahlin genommen hätte, wenn sie es nur wollte.«
Caligula nahm auf einer Liege Platz und befahl Lollia Paulina an seine rechte Seite.
»Und du, Pyrallis, setz dich zu meiner Linken.«
Dann wandte er sich an Aemilius Lepidus, der in der Nähe stand.
»Nun, mein Freund, wie gefällt dir das? Die langweiligste und biederste Frau von Rom Seite an Seite mit meiner klugen und feurigen Geliebten. Dazwischen der Kaiser, der mit seiner göttlichen Person die Gegensätze vereint.«
Lepidus trat näher.
»Schön gesagt, Majestät. Die Welt wäre ja zutiefst langweilig, gäbe es diese Gegensätze nicht.«
Caligula gähnte und erhob sich.
»Sie ist auch so langweilig genug. Morgen legen wir in Antium an, meiner Geburtsstadt. Laß dir was einfallen, Lepidus, ich will dem Volk dort irgendeine Überraschung bereiten.«
»Eine gute oder eine böse?«
Caligula lachte.
»Eine gute natürlich, weil ich dort geboren bin.«
Er faßte Lepidus am Arm und entfernte sich.
Pyrallis saß noch immer mit Paulina auf der Liege und fragte nun respektvoll:
»Darf ich mich entfernen, Augusta?«
»Das sollst du sogar, aber vorher möchte ich dich etwas fragen.«
Sie sagte das in einem bitteren, gehässigen Ton, ohne Pyrallis dabei anzusehen. Die senkte schweigend ihr Haupt und wartete.
»Wie machst du es, den Kaiser so fröhlich zu stimmen, ihn für dich einzunehmen? Mischst du ihm einen Liebeszauber in den Wein, oder sind es einfach nur Hurenkünste, von denen ich nichts verstehe?«
»Weder – noch, Augusta«, sagte Pyrallis ruhig. »Aber ich mag den Kaiser, vielleicht liebe ich ihn sogar, und das scheint er zu spüren.«
Heftig drehte sich Paulina herum und starrte Pyrallis verblüfft an.

»Du liebst diesen Menschen?« fragte sie fassungslos.
»Vielleicht. Jedenfalls schätze ich ihn. Ich gehe auf seine Eigenarten ein und bin immer da, wenn er mich braucht.«
Paulina schüttelte unentwegt den Kopf.
»Ich verstehe es nicht ... Macht er dir Geschenke?«
»Keine großen. Er bezahlt mich, wie man eben Huren bezahlt.«
»Findest du es richtig, daß er dich seiner Gemahlin vorzieht?«
»Auf mich kommt es nicht an. Er hat mir schon zweimal die Ehe angetragen, aber ich hielt es für besser, ihm diesen Gedanken auszureden. Ich will dich nicht verdrängen, Augusta, aber ich kann mich dem Kaiser auch nicht entziehen. Welchen Grund hätte ich dafür?«
Paulina hatte den Kopf wieder abgewandt und schwieg. Nach einer Weile sagte sie in versöhnlichem Ton:
»Du kannst jetzt gehen.«
Pyrallis erhob und verneigte sich.
»Du darfst ihn nicht hassen, Augusta, er ist ein furchtsamer und einsamer Mensch. Du solltest ihn nicht hassen ...«
Ohne eine Antwort abzuwarten, verließ Pyrallis das Oberdeck.

Irgendwann während dieser Seereise befahl der Kaiser den Legaten Lentulus Gaeticulus zu sich. Dieser verbarg sein plötzliches Erschrecken. Caligula konnte nichts bemerkt haben. Der Kreis der Verschwörer war absichtlich so klein gehalten, um etwaige Gefahren auszuschalten.
Der Kaiser schien bester Laune:
»Ich hatte ein Zwiegespräch mit meinem Zwillingsbruder, dem Olympischen Jupiter, der auch Mars hinzuzog. Nach diesem Gespräch unter Göttern steht mein Entschluß nun fest: Ich werde einen Feldzug nach Germania unternehmen und bei dieser Gelegenheit Britannia erobern.«
Und ich werde dafür sorgen, daß du dabei deinen Kopf verlierst, dachte Gaeticulus, während er in bewegten Worten den Entschluß des Kaisers pries.

Bei prachtvollem Frühsommerwetter legten sie in Puteoli an, wo es im Hafen schon von Schiffen aller Art wimmelte. Für die nächsten Tage war das große Schauspiel geplant, denn Caligula fehlte es an Geduld, auch nur eine Stunde länger als unbedingt nötig zu warten.

Publius Petronius, der Legat von Syrien, war über den kaiserlichen Befehl entsetzt. Als ehemaliger Präfekt von Ägypten und Proconsul von Asia kannte er das Volk der Juden gut genug, um zu wissen, welchen Konfliktstoff dieser unsinnige Befehl barg. Er war ein altgedienter Soldat und Politiker und hatte seine hohen Ämter niemals mißbraucht. Kaiser Tiberius hatte ihn als zuverlässigen und unbestechlichen Beamten hochgeschätzt und ihn stets einen »Römer vom alten Schlag« genannt. Auch äußerlich glich Petronius diesem Bild. Sein hageres, zerfurchtes Gesicht erinnerte an eine der republikanischen Porträtbüsten, wie sie in den Häusern der alten Familien noch häufig zu finden waren. Über der Treue zum Kaiser stand bei ihm die Treue zum römischen Weltreich, als dessen Repräsentant ihm der sprunghafte und unberechenbare Caligula nicht unbedingt geeignet schien. So wartete er nach dem Eintreffen des sinnlosen und gefährlichen Befehls einige Wochen, bis er die Häupter der Jerusalemer Juden zu sich nach Antiochia befahl.

Es verging wieder eine geraume Zeit, bis die Abordnung von jüdischen Priestern, Stadtverordneten und Gelehrten bei ihm eintraf. Er bat die drei wichtigsten Männer zu sich; es waren dies ein Hoherpriester, ein Stadtältester und ein hochgelehrter Richter. Alle drei gehörten dem Synedrion an, dem Hohen Rat der Juden, der in Jerusalem tagte und den auch die Römer weiterhin duldeten.

Petronius bot den bärtigen Männern in ihren langen, wallenden Mänteln Platz an und verkündete:

»Der Imperator Gaius Julius Caesar Augustus hat mir einen Befehl übermitteln lassen, den ich euch, ehrwürdige Väter, nicht im Wortlaut wiedergeben will, der aber beinhaltet, daß ein überlebensgroßes Standbild des Kaisers in seiner Erscheinung als Zeus Epiphanes Neos Gaios im Tempel von Jerusalem aufgestellt wird, wie dies übrigens im ganzen Römischen Reich und in allen wichtigen Tempeln inzwischen der Fall ist. Der Kaiser hat bisher – wie seine Vorgänger – die Eigenart eurer Religion respektiert. Nachdem aber Juden in der Stadt Jamnia den Kaiseraltar zerstört haben, sieht sich der Princeps veranlaßt, die euch gnädig gewährte Ausnahmeregelung aufzuheben. Das heißt, ihr werdet in eurem Tempel zu Jerusalem eine Kaiserstatue aufstellen und sie künftig durch Gaben von Weihrauch und Opfertieren verehren. Die Kolossalstatue des Kaisers wird in einer Bildhauerwerkstätte der Stadt Sidon zur Zeit hergestellt, und ich selbst werde dafür sorgen, daß sie nach ihrer Vollendung im Tempel von Jerusalem aufgestellt wird. Es wird allerdings noch einige Zeit vergehen, bis es so weit ist.«

Die bärtigen Männer blickten zu Boden und schwiegen. Sie schwiegen lange, bis Reb Jehuda, der Hohepriester, leise sagte:

»Das wird Gott nicht zulassen, Herr, das geht nicht. Was will der Kaiser damit erreichen? Wie jedes Rom unterworfene Volk beten auch die Juden in ihren Tempeln für das Wohl seiner Majestät, der unser oberster weltlicher Herr ist. Wir zahlen unsere Abgaben und haben uns in allem buchstabengetreu an die Vorschriften, Gesetze und Verträge gehalten. Die Vorgänger des erhabenen Gaius Julius Caesar Augustus haben dies ihrerseits getan. Warum aber verlangt dieser Kaiser etwas, das ihm die Juden nicht gewähren können?«

»Ich erwähnte es vorhin, Reb Jehuda, es ist die Strafe für den Frevel in Jamnia.«

»Warum straft man dafür die Juden in Jerusalem?«

»Ich weiß es nicht, und es ist nicht meine Aufgabe, kaiserliche Befehle zu interpretieren, sondern sie auszuführen.«

»Könnten wir uns von der Strafe freikaufen?« fragte Ari ben Schimon, der Richter.

Petronius sah einen Hoffnungsstrahl aufblitzen. Der maßlos verschwenderische Caligula könnte diesem Argument zugänglich sein. Warum nicht, dachte er, die meisten Probleme sind mit Gold aus der Welt zu schaffen.

»Ich werde eure Bitte an den Kaiser weiterleiten. Vielleicht wäre dies ein Weg. Macht euch aber keine zu großen Hoffnungen – nicht alles auf der Welt ist käuflich.«

Auch das mußte gesagt sein, dachte Petronius, doch war ihm selbst sehr viel daran gelegen, den unseligen und gewiß auch verhängnisvollen Befehl nicht ausführen zu müssen. Er kannte

die Juden als zuverlässige Vertragspartner und schätzte sie als fleißiges Volk, das Rom ein hohes Steueraufkommen bescherte. Es wäre unklug, sie zu vergrämen, aber mit politischer Klugheit schien dieser launenhafte und unberechenbare Kaiser nicht gerade gesegnet zu sein.
Petronius wollte sich von seinen Gästen mit einem versöhnlichen Scherz verabschieden, doch der geriet ihm gründlich daneben. Er sagte:
»Wenn es dazu kommt, daß die Kaiserstatue eines Tages in eurem Tempel steht, so habt ihr dabei auch einen Vorteil: Ihr müßt nicht mehr zu eurem Gott für das Wohl des Kaisers beten, sondern könnt eure Gebete gleich an ihn selber richten, dem gottgleichen Gaius in seiner Erscheinung als Jupiter.«
Reb Jehuda entgegnete:
»Gott selbst hat zu Moses gesagt: Ich bin der Herr, dein Gott, du sollst keine anderen Götter neben mir haben. Du sollst dir kein Bildnis noch irgendein Gleichnis machen, weder von dem, das oben im Himmel, noch davon, was unten auf der Erde oder im Wasser ist. Damit wollte uns Jehova zu verstehen geben, daß er keine Götter neben sich duldet, daß er der eine und einzige ist. So ist es uns nur erlaubt, den Kaiser als Menschen, als staatliche Obrigkeit zu verehren, nicht jedoch als Gott.«
Petronius hob entschuldigend die Hände.
»Es hätte ein Scherz sein sollen, ihr Herren, aber ich sehe schon, eure Religion verträgt das nicht. Geht in Frieden und verliert nicht den Mut.«

Tag und Nacht waren Tausende von Seeleuten, Soldaten und Sklaven damit beschäftigt, unzählige Lastschiffe, Küstensegler und Galeeren vor Anker zu legen und sie mit Stricken und Ketten aneinanderzubinden. Mit hölzernen Stegen schaffte man Übergänge von Schiff zu Schiff und bestreute sie mit Erde, um den Eindruck einer Landstraße vorzutäuschen.
Tag um Tag prüfte Caligula den Fortgang der Arbeiten, versprach Geldprämien und Geschenke, so daß allein dafür Millionen von Sesterzen aufgewendet werden mußten.

Am elften Tag war es dann soweit, und Caligula opferte an der Mole von Bauli dem Meeresgott Neptun. Dann legte er den goldenen Panzer Alexanders des Großen an, ließ sich mit dem kaiserlichen Purpur bekleiden und setzte den Eichenkranz auf. Begleitet von seiner gesamten Prätorianergarde, seinen Verwandten und dem kaiserlichen Hof zog er auf dieser aus Schiffen gebildeten, über drei Meilen langen Straße nach Puteoli.
Lucius Annaeus Seneca schritt im Kreise der Senatoren, und ihm verschaffte dieses hybride Schauspiel eine seltsame Genugtuung. Als überzeugter Stoiker zeigte er nach außen keinerlei Gefühle, doch der geschulte Denker überlegte: Wäre Caligula ein grausamer, launenhafter, jedoch sparsamer Tyrann, der das Vermögen des Reiches zusammenhält und umsichtig vermehrt, so wäre ein Ende seiner Herrschaft nicht abzusehen. Je mehr er aber verschwendet, desto eher wird die Staatskasse erschöpft sein und den Kaiser zwingen, mit immer rücksichtsloseren und unpopuläreren Maßnahmen seinen Beutel aufzufüllen. Damit aber schafft er sich mehr und mehr Feinde und wird um so eher beseitigt werden.
Senecas Verhältnis zu Livilla hatte sich in der letzten Zeit – abgekühlt? Nein, das war wohl nicht das richtige Wort. Ihre Zusammenkünfte waren seltener geworden und hatten nicht immer im Bett geendet. Aus Livillas seltsamen Andeutungen, es werde sich in der nächsten Zeit einiges ändern, hatte Seneca geschlossen, daß sie auf Geheiß Caligulas ihren Verkehr mit ihm einschränken oder abbrechen sollte. Freilich war es ihm nicht entgangen, daß sie ihm gerne mehr erzählt hätte, wäre er nur neugieriger gewesen und hätte weiter nachgeforscht. Doch das tat er nicht, aber weder Stolz noch mangelndes Interesse hinderten ihn daran, sondern eine Arbeit, die seine ganze Kraft und Hingabe erheischte. Er schrieb an einer Neugestaltung des Oedipus-Dramas und so standen Laios und Jokaste, Polybos und Periboea, die Gestalten dieses Dramas zwischen ihm und seiner Umwelt.
Auch jetzt ließ sich Seneca von diesem gigantischen und geschmacklosen Spektakel nicht von dem Drama ablenken, das in seinem Kopf Szene um Szene Gestalt gewann, und an deren Niederschrift er täglich arbeitete.

Cassius Chaerea, der in Paradeuniform mit drei anderen Tribunen im Trupp der germanischen Leibwache hinter dem Kaiser marschierte, erfreute sich ganz arglos an dem in seinen Augen prächtigen Schauspiel und war außerdem glücklich, für einige Wochen dem Palastdienst entronnen zu sein. Hier fehlte es dem Kaiser an Zeit und Gelegenheit für seine schlimmen Hänseleien, und mit heiklen Aufträgen wurde er während dieser Zeit auch verschont.

Lentulus Gaeticulus, der Befehlshaber der obergermanischen Legionen, zog im Hofstaat hinter dem Kaiser her, doch er war mit seinen Gedanken weit weg von Puteoli und Caligulas gigantischer Selbstdarstellung. Jetzt, da der Princeps sich entschlossen hatte, den Feldzug durchzuführen, mußte Gaeticulus konkretere Pläne entwickeln, auf welche Weise das Ziel der Verschwörung am schnellsten und sichersten zu erreichen war. Zwar hatte er keinen persönlichen Grund, um den Kaiser zu hassen, doch er spürte, wie sehr ihn Caligula beargwöhnte und ihm seine Beliebtheit bei den rheinischen Legionen neidete. Wo immer er sich aufhielt, war er von Caligulas Spitzeln umgeben, so daß er allmählich schon seinen älteren Offizieren mißtraute, weil er annehmen mußte, daß auch einige von ihnen als gekaufte Spitzel jedes seiner Worte nach Rom meldeten. Ein unhaltbarer Zustand und auf die Dauer schädlich für sein Ansehen bei der Truppe. Im übrigen war Caligula als Sohn des beliebten Germanicus eine Enttäuschung – ja, eine Schande für jeden altgedienten Legionär. Nichts konnte den festen Entschluß des Lentulus Gaeticulus wankend machen, dieses traurige Zerrbild eines Imperators abzulösen.

Dem prächtig aufgezäumten Pferd des Kaisers folgten seine engsten Freunde und die wenigen noch lebenden Verwandten. Mühsam humpelte Claudius Caesar hinter Livilla und Agrippina her. Mit seinen fünfzig Jahren wirkte er schon wie ein Greis, dem das Dasein zur Last geworden war und der dem Leben ständig Grimassen schnitt.

Wenige Schritte hinter Agrippina ging ihr Geliebter Aemilius Lepidus, der unablässig daran dachte, daß er es sein müßte, der in kaiserlichem Purpur gehüllt, hoch zu Roß über die Schiffs-

straße zog und nicht dieses aufgeschwemmte, halbkahle, spinnenbeinige Untier, das ein unerforschliches Schicksal auf den Thron erhoben hatte.
Für Lepidus war es leicht, seinen Haß am Kochen zu halten, denn niemals – niemals konnte er jenen schändlichen Augenblick vergessen, da er wie ein Weib von Caligula vergewaltigt worden war. Auch er hatte gelegentlich mit Knaben oder Männern geschlechtlich verkehrt, aber das war sein freier Wille gewesen, und es hatte ihm Lust bereitet. Im übrigen war Lepidus der festen Überzeugung, daß Caligula als Princeps völlig unfähig und eine Schande war für das römische Weltreich, eine Schande für den Senat, eine Schande auch für die eigene Familie.
Lepidus wußte von Callistus, was dieses hybride und eines römischen Kaisers unwürdige Schauspiel gekostet hatte und wie sehr Handel und Wirtschaft unter der Beschlagnahme so vieler Schiffe litten. Je länger man diesen Parasiten auf dem Thron duldete, je schwieriger würde es sein, den Staatshaushalt zu sanieren.
Es hatte sich sofort herumgesprochen, daß der Kaiser einen Feldzug vorbereitete, und damit war für die Verschwörer ein wichtiger Schritt getan. Er wollte alles unternehmen, um nicht daran teilnehmen zu müssen, denn der Plan sah vor, daß er in Rom den Thronwechsel vorbereitete, während Gaeticulus nach Caligulas Tod sofort seine Truppen nach Italien in Bewegung setzen würde. Zusammen mit Agrippina würde es nicht allzu schwer sein, den Senat auf seine Seite zu bringen. Das Hauptproblem waren die Prätorianer, doch Agrippina erklärte sich bereit, beträchtliche Geldmittel einzusetzen als Donativum für die Prätorianer und ihre Offiziere. Geld war seit jeher das stärkste Argument, und nicht einmal die sturen Germanen würden sich dem verschließen.

Der festliche Zug wurde am Hafen von Puteoli von einer jubelnden Menge empfangen. Ihr Gebrüll übertönte fast den Klang der Fanfaren, mit dem die Stadtväter den hohen Gast willkommen hießen. Caligula ließ sich feiern wie ein Gott. Das Schauspiel, dessen erster Darsteller er war, hatte sein blasses Gesicht gerötet, die starren Augen belebten sich, und in ihnen funkelte der Triumph einer Gottheit, die dem Volk ein Geschenk gemacht hatte. Für eine halbe Stunde gönnte er der Menge seinen erhabenen Anblick, dann zog er sich in seine vor kurzem fertiggestellte Prachtvilla über dem Golf von Puteoli zurück.

Für den nächsten Tag war die Rückfahrt nach Bauli vorgesehen auf einem zweispännigen Streitwagen, begleitet von dem jungen Prinzen Darius, der schon seit Tiberius' Zeiten als parthische Geisel in Rom lebte. Diesmal gab es keine ausdrücklichen Anweisungen, wer daran teilnehmen mußte oder durfte, und Caligulas Gegner hatten vereinbart, sich so zu verhalten, daß er keinen Verdacht schöpfen konnte. Also blieben Agrippina und Livia fern, während der Feldherr Gaeticulus und Caligulas Freund Lepidus den Kaiser auch bei der Rückfahrt begleiteten.
Caligula stand als Wagenlenker nur mit einer kurzen Tunika bekleidet auf dem Zweispänner, der aber so gebaut war, daß niemand seine lächerlich dürren Beine sehen konnte. Vor ihm schritt in prachtvoller fremdländischer Kleidung Prinz Darius aus Parthien, das zwar keine Provinz, aber ein von Rom abhängiger Staat war. So hatte es sich seit Augustus eingebürgert, daß der jeweilige parthische Kronprinz als Geisel nach Rom kam, dort erzogen und geprägt wurde, was den Vorteil hatte, daß sein Vater – der regierende König – sich niemals gegen Rom erhob. Außerdem hatten sich diese Prinzen jedesmal fast in Römer verwandelt, so daß sie als Herrscher zuverlässige Verbündete ihrer zweiten Heimat blieben. So empfand es Prinz Darius keineswegs als Schande, dem römischen Kaiser auf diesem Festzug quasi als orientalische Dekoration zu dienen.
Caligulas Wagen folgte die Prätorianergarde, teils zu Fuß, teils auf leichten, zweirädrigen Streitwagen, dahinter die Freunde und der Hofstaat.
Etwa in der Mitte der Brücke war auf einem Schiffsdeck eine mit purpurnen Tüchern verkleidete Tribüne errichtet worden. Hier machte Caligula halt und improvisierte eine kurze Rede:
»Ihr werdet euch fragen, was hat den Caesar bewogen, eine drei Meilen lange Brücke über das Meer zu spannen? Um sich hier in seinem göttlichen Glanz zu zeigen? Nein, meine Freunde, ich wollte die Fragwürdigkeit von gewissen Wahrsagern entkräften. Wie ihr wißt, hat mein verehrter Vorgänger und Großvater, Kai-

ser Tiberius, viel von Astrologie gehalten. Wenige Jahre vor seinem Tod befragte er seinen Astrologen Thrasyllus, wen die Sterne zu seinem Nachfolger bestimmen würden, und der alte Scharlatan meinte, er wisse es nicht so genau, aber Gaius werde ebensowenig Kaiser werden, wie er die Meerenge von Baiae mit dem Pferd überqueren könne. Mit diesem Schauspiel habe ich bewiesen, was von Astrologie zu halten ist und daß nicht die Sterne, sondern die Götter das Schicksal der Menschen bestimmen. Ihr, meine Freunde, habt das Glück, in einer Epoche zu leben, da ein leibhaftiger Gott unter euch lebt, als Kaiser des Römischen Reichs – als Gaius Jupiter!«

Die Geschichte von der Prophezeiung des Thrasyllus war natürlich erfunden, denn Caligula konnte ja schließlich nicht verkünden, daß eine Hure ihn auf diese Idee gebracht hatte.

Tosender Beifall setzte ein, der hauptsächlich von den Prätorianern kam, die am Morgen eine saftige Geldspende erhalten hatten.

Caligula setzte seine Rede noch eine Weile fort, sprach von großen Zeiten, vom Glanz Roms, den er, der Kaiser, Tag für Tag zu mehren sich bemühe, und erwähnte auch den im kommenden Herbst geplanten Feldzug, »um das Barbarenland Britannia dem Reich anzugliedern und um die Germanen zu züchtigen.«

Aemilius Lepidus und Lentulus Gaeticulus hörten es mit Genugtuung. Nun war es beschlossen und verkündet – der Wolf würde in die Falle tappen. Am Ende seiner Rede lud Caligula alle Anwesenden zu einem Festmahl, das soeben auf fünf der größeren Schiffe vorbereitet wurde.

Gegen Abend wurde die gesamte Schiffsbrücke festlich illuminiert, und eines der prasserischen Bankette, die Caligula so überaus schätzte, nahm seinen Anfang.

Das kaiserliche Machtwort hatte alles herbeigeschafft, was gut und teuer oder auch nur ausgefallen war. Die besten Köche arbeiteten seit dem frühen Morgen, ganze Heere von Sklaven schleppten verstaubte Amphoren mit alten, erlesenen Weinen herbei und füllten sie in Silberkrüge, denn Caligula duldete auf der kaiserlichen Tafel nur Gold oder Silber. Jedem Geschmack wurde dabei Rechnung getragen, und selbst der anspruchsvollste

Kenner – ob er nun Falerner, Faustiner, Massiker, Calener, Setiner oder rätische Weine bevorzugte, kam dabei auf seine Kosten. Das Gastmahl auf dem Schiff hatte etwas von einer Landpartie, etwas Improvisiertes, und deshalb wurden die Speisen nicht vergoldet oder in raffinierter Verkleidung dargeboten, sondern nach ländlicher Art eher derb, dafür aber in ungeheurer Vielfalt.
Es wurden etwa zwanzig Gänge aufgetragen, wobei die Köche darauf geachtet hatten, für Braten, Ragouts und Pasteten nur Wildtiere zu verwenden. Die gebratenen Feigendrosseln, Wachteln, Wildtauben, Wildenten, Flamingos und Kraniche wurden in der Reihenfolge ihrer Körpergröße aufgetragen, ebenso vierbeiniges Wild, das mit Haselmäusen in einer Tunke aus gestampftem Pfeffer, Pinienkernen, Laserwurzel, Fenchel und Honig begann und sich mit Kaninchen, Hase, Wildschwein, Reh und Hirsch fortsetzte. Da man mitten auf dem Meer speiste, gab es die seltensten Fische und anderes Meeresgetier. Neben gebratenen und gekochten Goldbrassen, Aalen, Muränen, Meeräschen, Seebarben und Zitterrochen gab es Quallen in einem Ragout aus siebenerlei Fischsorten, angemacht in einer Tunke aus Wein, Öl, Honig, Lauch, Koriander, Pfeffer und Origanum.
Aus Platzmangel wurden keine Speiseliegen verwendet, sondern Faltstühle. Nur Caligula lagerte auf einem vergoldeten Sofa, flankiert von Lollia Paulina und Pyrallis, die ihm nicht den Gefallen taten, miteinander zu streiten, sondern sich wie alte Freundinnen über seinen Kopf hinweg unterhielten. Das fand der Kaiser auf die Dauer ärgerlich, und so setzte er sich an den Tisch seiner Freunde Aemilius Lepidus und Valerius Asiaticus.
Man machte ihm respektvoll Platz, und Caligula sagte:
»Schaut sie euch an, die beiden! Dieses Weibervolk schlägt sich und verträgt sich, und kein Mann weiß, woran er ist.«
Die Freunde lachten. Asiaticus fragte:
»Göttlicher Caesar, Ort und Art des Mahles sind auf eine Weise gelungen, daß man sich nur beglückwünschen kann, daran teilhaben zu dürfen. Doch es fehlt etwas ...«
Caligula runzelte die Stirn und richtete seinen starren Blick auf Asiaticus.
»Woran soll es fehlen?« fragte er gefährlich ruhig.
Asiaticus ließ sich jedoch nicht aus der Ruhe bringen.

»Es fehlt eine Prise Pfeffer – damit will ich sagen, wir vermissen deine uns so liebgewordenen Scherze, mit denen du sonst solche Gastmähler zu würzen pflegst.«
Caligula lachte, sein Gesicht entspannte sich:
»Wenn das so ist, kann ich dich beruhigen, denn auch dafür ist gesorgt. Aber ich werde nichts davon verraten, es soll eine Überraschung werden.«
Die kleine Tischrunde blickte sich unbehaglich an, da niemand wußte, auf wessen Kosten diese »Überraschung« diesmal gehen würde.

Caligula hatte den Befehl erteilt, gegen Mitternacht die Festbeleuchtung zu löschen und die Meeresbrücke durch Entfernung des jeweils letzten Schiffes in eine Insel zu verwandeln. Von den Geladenen kamen viele aus den Orten und Landgütern der Umgebung, und die meisten von ihnen wollten, überfressen und betrunken wie sie waren, in den Stunden nach Mitternacht in ihre heimischen Betten zurück. Sie erbrachen sich ins Meer und wanderten dann über die dunkel gewordene Schiffsbrücke in Richtung Bauli oder Puteoli, doch der Weg zum Land war versperrt, weil das letzte Schiff – die Verbindung zum Hafen – fehlte. Ein Teil von ihnen war unterwegs ins Wasser gefallen, und wer nicht schwimmen konnte, ertrank trotz gellender Hilferufe. Caligula hatte den Seeleuten streng verboten, den Ertrinkenden beizustehen.
Bei Sonnenaufgang wurde die Landverbindung wieder hergestellt, doch bis dahin waren schon siebenundvierzig der Gäste ertrunken.
»Man sollte eben schwimmen lernen«, meinte Caligula spöttisch und freute sich noch tagelang über den geglückten »Scherz«.

XXVI

Wenn Cornelius Sabinus glaubte, mit einem der nächsten Schiffe nach Hause geschickt zu werden, so hatte er sich getäuscht. Der Legat schien seine Ankündigung vergessen zu haben, und Sabi-

nus tat seinen Dienst wie bisher, doch seine Sehnsucht nach Rom wurde immer stärker. Er hatte sich eine strenge Disziplin auferlegt, trank nur noch in seiner Freizeit und verbot sich jeden Gedanken an Helena. Das war nun leichter gesagt als getan, doch Sabinus fand ein System von Ablenkungen, die ihm sein Vorhaben erleichterten. Er schloß sich einer Gruppe von jungen Offizieren an; ritt, focht, soff, spielte und hurte mit ihnen und wurde von seinen Kameraden bald als geselliger und unermüdlicher Kumpan bei allen Vergnügungen hoch geschätzt. Er hatte es sich angewöhnt, aus Trotz und Verbitterung alle Huren mit dem Namen Helena anzureden, und als man ihn nach dem Grund fragte, sagte er:
»Die Erklärung ist einfach: Es gab eine Frau, die ich über alles liebte, und sie hieß Helena. Als sich herausstellte, daß sie mir einen Schwulen vorzog, ernannte ich sie zur größten Hure von Ephesos, und das ist nun der Grund, warum ich alle Nutten nach ihr benenne.«

Als der Sommer zur Neige ging und der Marschbefehl nach Rom weiterhin ausblieb, bat er den Legaten um eine Unterredung.
»Ich habe dich nicht vergessen, Cornelius Sabinus, aber ich sehe darin einen Teil deiner verdienten Strafe. Eben weil du zurück nach Rom und weg von der Truppe willst, lasse ich dich noch einige Monate Dienst tun. Aber sei beruhigt – Mitte September wird eine unserer Kriegsgaleeren nach Ostia fahren, und auf ihr ist für dich ein Platz vorgesehen.«
Sabinus grüßte militärisch und trat ab. Er nahm sich fest vor, in Rom ein neues Leben zu beginnen und den Beruf seines Vaters zu ergreifen. Er hatte genug von der Legion, genug auch von einer Griechin namens Helena, die ihn so bitter enttäuscht und hintergangen hatte.

Das von Caligula in Puteoli genossene Hochgefühl hatte sich in Rom schnell wieder verflüchtigt, als ihn Callistus mit den Worten empfing:
»Majestät, es tut mir leid, dich damit behelligen zu müssen, aber unsere Kassen sind leer. Das gesamte Steueraufkommen dieses Jahres ist aufgebraucht, noch zu erwartende Gelder sind verpfän-

det. Ich weiß nicht, wie wir die drei Monate bis Jahresende finanzieren sollen, es sei denn ... es sei denn ... ich wage es kaum zu sagen: es sei denn, du schränkst dich ein.«
Caligula holte aus und verabreichte seinem dicken Sekretär Callistus eine schallende Ohrfeige.«
»Das ist meine Antwort!« rief er zornentbrannt. »Und merke dir eines: Man muß entweder sparsam oder ein Kaiser sein! Da ich nun einmal der Princeps bin und ein Gott dazu, kann ich nicht sparsam sein. Siehst du das ein?«
Callistus verneigte sich demütig:
»Natürlich, Majestät, deine Argumente waren schlagend.«
Da lachte der Kaiser und meinte:
»Was täte ich nur ohne dich, mein Teurer. Da dir offenbar zu diesem Thema nichts einfällt, werde eben ich mich um neue Geldquellen bemühen müssen, und du kannst dich darauf verlassen – mir fällt etwas ein!«
Callistus hatte sich auch bei ihm beklagt, daß nicht einmal genügend Geld vorhanden sei, um Fleisch zur Fütterung der für die Spiele bestimmten Raubtiere herbeizuschaffen. Darauf reagierte der Kaiser sofort. Er ließ sich von seinen Prätorianern zum größten Gefängnis der Stadt begleiten, wo, wie er grimmig bemerkte, genügend Fleisch vorhanden sei, um die Bestien wochenlang zu füttern.
Als ihm der tief erschrockene Gefängnisleiter die Liste der zum Tode Verurteilten vorlegen wollte, winkte Caligula ab.
»Dafür ist jetzt keine Zeit, die Tiere sind hungrig – laß vorerst hundert dieser Kahlköpfe abführen, Rom wird sie kaum vermissen.«
So kamen Raubmörder, Betrüger, Diebe und ein Dutzend unschuldig Festgenommener zu dem zweifelhaften Vergnügen, ihr Leben in der Arena beim aussichtslosen Kampf mit Löwen, Tigern, Bären und Wölfen aushauchen zu dürfen. Manche lobten den Kaiser sogar für seinen Einfall und meinten, das wäre die einfachste und billigste Methode, die Gefängnisse zu leeren und dabei immer genügend »Material« für die beliebten Raubtierhetzen zur Verfügung zu haben.
Zwei Tage später erschien der Kaiser plötzlich unangemeldet im Senat und hielt eine Rede.

»Ehrwürdige Väter, ich spreche heute zu euch, um einige Mißverständnisse auszuräumen. Es hat sich in Rom eingebürgert, das Andenken meines verehrten Vaters und Vorgängers, des Tiberius Augustus, zu verunglimpfen. Viele bezogen sich dabei auf meine eigene Kritik an Kaiser Tiberius, aber was ein Princeps kritisieren darf, ist deshalb seinen Untertanen noch lange nicht erlaubt! Im übrigen steht heute fest, daß die meisten der ihm angelasteten Untaten von hohen Beamten und Senatoren begangen wurden, um sie später Tiberius unterzuschieben. Damit muß es jetzt ein Ende haben. Wer weiterhin die vorzügliche und gewissenhafte Amtsführung meines verehrten Vorgängers mit Schmutz bewirft, wird des Majestätsverbrechens angeklagt! Ich selbst werde mich darum kümmern und ich lasse mir dabei von keinem Juristen etwas dreinreden! Im übrigen habe ich Anweisung gegeben, sämtliche nach Tiberius' Tod niedergeschlagenen Prozesse – um der Gerechtigkeit willen – wieder aufzunehmen.«

Das war der Auftakt zu einer langen und grausamen Folge von Prozessen und Hinrichtungen. Es begann mit der Verurteilung eines jüngeren Senators, der sich die Frage erlaubt hatte, wie denn eine Wiederaufnahme der Tiberius-Prozesse möglich sei, da doch der Kaiser die betreffenden Akten nach seinem Regierungsantritt vernichtet habe. Das kostete ihn den Kopf, ebenso wie dem mutigen Titius Rufus, der dem Senat vorwarf, er denke anders als er rede. Nicht nur Senatoren, auch Beamte verschiedenen Grades und reiche Privatleute reihten sich ein in den von Caligula veranstalteten Totentanz. Nach der Hinrichtung des Prätors Junius Priscus stellte sich freilich heraus, daß dieser keinerlei Vermögen hinterließ.
Als Callistus dies seinem Herrn mitteilte, winkte Caligula nur verächtlich ab.
»Manchmal ist eben eine taube Nuß darunter. Priscus täuschte mich und starb umsonst. Um so nachdrücklicher werden wir uns um die anderen kümmern.«
Darunter war nun auch Cornelius Calvus, der Onkel des Tribunen Sabinus. Nicht alle, die auf der schwarzen Liste standen, wurden förmlich angeklagt, verurteilt und hingerichtet. Einer Reihe von ihnen sandte Caligula die Prätorianer ins Haus, um sie

durch Drohungen zum Selbstmord zu bewegen. Dafür konnten sie einen Teil ihres Vermögens für die Familie retten und mußten noch dankbar sein für die gewährte »Gnade«.

In diesen Tagen befahl der Prätorianerpräfekt Arrecinus Clemens seinen Untergebenen, den Tribunen Cassius Chaerea zu sich.
»Ich habe einen Auftrag für dich, Tribun, einen auch für dich möglicherweise sehr einträglichen. Du sollst morgen den früheren Senator Cornelius Calvus aufsuchen, der ein großes Haus nahe der Via Salaria bewohnt. Es wurde entdeckt, daß Calvus unter Kaiser Tiberius bereits angeklagt war, aber ein geschickter Advokat konnte den Fall niederschlagen. Er ist steinreich, hat weder Frau noch Kind – also tue dein Bestes, ihm den Schierlingsbecher schmackhaft zu machen.«
Es kostete Chaerea große Mühe, sich seine Bestürzung nicht anmerken zu lassen. Er sollte Cornelius Calvus, den Onkel seines besten Freundes, in den Tod treiben! Er hatte den Mann nie gesehen, kannte ihn aber aus den Erzählungen seines Freundes und wußte auch, daß Sabinus sein Erbe war. Bisher hatte Chaerea blind gehorcht und jeden dieser Aufträge in dem Bewußtsein ausgeführt, daß der Kaiser wissen müsse, was er tat, und nur er es zu verantworten habe. Die reichlichen Prämien taten ihr übriges, etwaige Bedenken im Keim zu ersticken. Aber nun war es etwas anderes: Chaerea hatte Sabinus so viel zu verdanken, und er wußte schon jetzt, daß er seinem Freund nicht mehr in die Augen würde sehen können, wenn er diesen Auftrag ausführte. Was aber tun? Jedenfalls mußte er jetzt Begeisterung heucheln.
»Danke, Präfekt, verbindlichen Dank! Es ehrt und freut mich, daß der Kaiser mir diesen lukrativen Auftrag zugedacht hat. Ich werde ihn strikt ausführen und dir danach Bericht erstatten.«
Clemens nickte zufrieden:
»Nun siehst du einmal wieder, wie sehr der Princeps dich schätzt – und wie wenig seine harmlosen Hänseleien bedeuten.«
Chaerea trat ab und suchte seine Gedanken zu sammeln. Eine Weigerung kam nicht in Frage, das würde alles noch viel schlimmer machen und auch Marcia und die Kinder treffen. Vielleicht konnte er einen anderen Tribunen dazu überreden und seine Bitte mit Geld unterstützen? Das wäre möglich, aber der Mann

würde ihn nach dem Grund fragen oder den Fall später gegen ihn ausspielen. Auch das war zu riskant. Da blieb nur Krankheit. Aber er konnte sich nicht gut ins Bett legen und behaupten, er sei krank. Sie würden ihm den Truppenarzt ins Haus schicken und dann flog der Betrug auf. Es mußte etwas Echtes, Unwiderlegbares sein. Eine Behinderung, die ihn zwang, zu Hause und im Bett zu bleiben.
Chaerea, gerade auf dem Weg zur Praetorianerkaserne, blieb stehen. Plötzlich war ihm die Lösung eingefallen. Ja, so ging es – nur so!
In der Kaserne befahl er einen Centurio zu sich.
»Salve Tribun!«
»Salve Centurio! Wir werden morgen einen gewissen Herrn besuchen und ihm nahelegen, daß ein schönes warmes Bad mit geöffneten Adern der angenehmere Weg ist, sich davonzumachen, als im Kerker erdrosselt oder geköpft zu werden. Der reiche Geldsack hat weder Frau noch Kinder, wir werden also fette Prämien kassieren.«
Die Augen des Centurio glitzerten.
»Danke, Tribun, es wird mir eine Freude sein, deine Befehle auszuführen. Darf ich meine Männer dazu auswählen oder willst du . . .«
Chaerea winkte ab.
»Mach du das! Wähle zuverlässige Burschen, die nicht zimperlich sind.«

Am Nachmittag ritt Chaerea nach Hause, begrüßte Marcia, überprüfte die Schularbeiten seines Sohnes und aß mit staunender Begeisterung den von seiner sechsjährigen Tochter gebackenen Kuchen, der sandig schmeckte und zu stark gepfeffert war.
Dann sagte er zu Marcia:
»Ich werde die nächsten Tage wenig zu Hause sein, und so möchte ich mir jetzt den Schaden am Dach anschauen. Du hast doch gesagt, es regnet im Dormitorium durch?«
Marcia schüttelte den Kopf.
»Das hat Aulus längst erledigt, wußtest du das nicht?«
Chaerea tat erstaunt.

»Nein – vielleicht habe ich es auch vergessen. Doch ich habe noch anderes mit ihm zu bereden.«
Er stand auf, küßte Marcia auf beide Wangen und ging hinaus.
Der mit Büschen und Obstbäumen bestandene Garten war durch eine Zypressenhecke unterteilt. Im hinteren Bereich stand inmitten von Gemüsebeeten ein Gartenhaus, das Aulus bewohnte, ein Invalide, den Chaerea aus der Dienstzeit in Germanien kannte. Aulus war ein tüchtiger Soldat gewesen, aber nicht befördert worden, weil er einfach zu dumm für einen höheren Rang war. Als er bei einem Scharmützel seine rechte Hand verloren hatte, war er mit einer winzigen Abfindung aus der Legion entlassen worden. Chaerea hatte ihn aufgenommen, und nun war er so etwas wie der Wächter des Hauses, beaufsichtigte die wenigen Sklaven und kümmerte sich um den Garten. Trotz seiner Einfalt besaß er einen Vorzug: Seine Treue zur Familie Chaereas war unerschütterlich, und er hätte sich für sie in Stücke hauen lassen.
»Aulus, alter Bursche, wie geht's dir?«
»Salve Tribun! Keine besonderen Vorkommnisse!« meldete er militärisch und stand stramm.
Chaerea lächelte:
»Also Aulus, nun laß doch den militärischen Ton. Sei froh, daß du es hinter dir hast. Wir sind alte Kameraden, also steck dir den Tribun sonstwo hin.«
»Jawoll, Tribun!« sagte Aulus unerschütterlich.
Chaerea seufzte.
»Ich habe ein Problem, Aulus, das ich dir aber nicht näher erläutern kann. Du mußt mir ein Bein brechen, und zwar sofort!«
Aulus blinzelte mit seinen kleinen einfältigen Augen.
»Den Scherz verstehe ich nicht, Tribun.«
»Das ist leider kein Scherz! Jetzt höre einmal genau zu. Du gehst hinaus, nimmst die lange Leiter und lehnst sie hinterm Haus ans Dach. Dann kommst du mit deinem schweren Hammer zurück. Verstanden?«
»Jawoll, Tribun.«
Chaerea trat vors Haus und blickte sich um. Die Zypressenhecke verbarg ihn hier vor Marcias Blicken, er durfte nur keine Zeit verlieren. Er nahm zwei der Holzlatten, die Aulus zum Einfassen der Beete benützte und ging ins Haus zurück.

Kurz darauf erschien Aulus mit dem Hammer.
»Hat Marcia dich gesehen?«
Aulus schüttelte stumm den Kopf und blickte seinen alten Kameraden ängstlich an. Für ihn war ein Tribun so etwas wie ein höheres Wesen, auch wenn ein vertrauter Freund in der Offiziersuniform steckte.
Chaerea setzte sich auf den Boden und schob sein linkes Bein über die beiden am Boden liegenden Latten.
»Jetzt wickle ein Tuch um den Hammer, damit du die Haut nicht verletzt.«
Aulus tat es und schaute dabei Chaerea entgeistert an.
»Und nun haust du mir das Bein entzwei, und zwar genau an der Stelle zwischen den beiden Latten.«
Aulus rührte sich nicht.
»Was ist?« fragte Chaerea ungeduldig.
»Ich – ich kann nicht . . .«
»Du kannst nicht!« brüllte Chaerea. »Dann gebe ich dir als Tribun den dienstlichen Befehl zuzuschlagen – aber nicht zu hart, hörst du?«
»Jawoll, Tribun.«
Der Befehl bewirkte, was Aulus sonst nicht fertig gebracht hätte. Er hob den Hammer und schmetterte ihn auf die bezeichnete Stelle. Durch den Schlag war ein dumpfes Knacken zu hören, während sich Chaerea die Lippen blutig biß, um nicht laut zu schreien. Ein dumpfes Röcheln entfuhr ihm doch, aber er war entschlossen, die Sache durchzustehen.
»Jetzt trag mich hinaus zur Leiter. Wenn uns Marcia begegnet, dann halte den Mund und laß mich reden.«
Nicht ohne Mühe hob Aulus seinen großen und schweren Herrn hoch und schleppte ihn hinters Haus. Chaerea brauchte seine ganze Kraft, um ein Stöhnen zu unterdrücken, denn das gebrochene Bein pendelte in der Luft und schmerzte ihn höllisch. Aulus legte ihn behutsam neben die Leiter.
»Jetzt lauf zu Marcia hinein und schrei, so laut du kannst: Chaerea ist von der Leiter gefallen! Und sage nie etwas anderes, wer dich auch fragt: Ich bin von der Leiter gefallen, verstanden?«
Aulus grinste. Ein klarer Befehl leuchtete ihm ein, da brauchte er nicht nachzudenken.

Marcia eilte sofort heraus. Sie trug noch ihre Küchenschürze, an ihren Händen klebte Mehl. Hinter ihr liefen die beiden Kinder.
»Chaerea, Lieber, was ist geschehen?«
»Ich bin – bin von der Leiter gestürzt. Ah – ah, mein Bein tut so weh, vielleicht habe ich es mir gebrochen. Schick einen Sklaven zum Truppenarzt, er soll sofort kommen.«
Behutsam trugen sie Chaerea ins Haus und betteten ihn auf eine Liege. Zwei Stunden später kam der Medicus militaris und betastete das Bein. Chaerea biß die Zähne zusammen.
»Eine Fractura simplex, Tribun, da hast du noch Glück gehabt. Bei einem offenen oder einem Splitterbruch hätte ich dich ins Valetudinarium (Lazarett) bringen müssen. Aber das kann ich auch hier erledigen.«
Er winkte seinem Gehilfen und gab ihm Anweisungen. Zwei Sklaven und Aulus hielten Chaerea fest, während der Arzt das Bein einrichtete. Wider Willen entfuhr dem Gequälten ein lauter Schrei. Der Arzt nickte:
»Ja, das tut schon sehr weh, aber jetzt ist es vorbei.«
Der Medicus umwickelte das Bein fest mit wattierter Baumwolle und legte die Schienen an.
»Keine Bewegung während der nächsten drei Tage! Wenn die Schmerzen morgen nicht vorbei sind oder zumindest stark nachgelassen haben, läßt du mich sofort holen.«
Chaerea bat den Arzt, seinen Unfall sofort beim Präfekten zu melden, da er morgen für einen wichtigen Auftrag eingeteilt sei. Der Arzt nickte:
»Wird erledigt, Tribun. Für die nächsten acht Wochen bist du in jedem Fall außer Gefecht gesetzt, auch wenn es keine Komplikationen gibt.«
»Wie konnte das nur geschehen?« fragte Marcia, als der Arzt gegangen war und schaute Aulus vorwurfsvoll an. Der senkte den Kopf und blickte schuldbewußt drein.
»Das kam so, Herrin – ich – ich nahm den Hammer, und ...«
Chaerea fuhr auf und unterbrach den Veteranen mit gepreßter Stimme:
»Du erzählst es falsch, Aulus. Ich rief nach einem Hammer, und du wolltest ihn mir zur Leiter hinaufreichen. Als ich mich hinun-

terbeugte, verlor ich den Halt und stürzte ab. Genauso war es doch?«
Aulus straffte sich und schmetterte erleichtert:
»Jawoll, Tribun!«
Trotz seiner Schmerzen durchdrang Chaerea ein ungeheueres Glücksgefühl. Dieser Preis war es ihm wert, vor Sabinus mit reinem Gewissen dazustehen. Ein Befehl mußte ausgeführt werden, das war klar, aber in diesem Fall sollten es andere tun; seine Dankbarkeit dem Freund gegenüber hatte den Vorrang.

Jeder Senator konnte bei Gerichtsverhandlungen auch als Advocatus auftreten, obwohl dies in manchen Fällen – wenn die Aklage vom Kaiser selbst kam – nicht ungefährlich war.
Ein entfernter Verwandter hatte Seneca um diesen Dienst gebeten. Er war der Steuerunterschlagung angeklagt, behauptete aber, einer seiner Freigelassenen habe hinter seinem Rücken selbständig Verhandlungen geführt, auch Papiere gefälscht, um sich zu bereichern. Seneca sammelte Beweise für die Unschuld des Angeklagten, und es gelang ihm, in einer langen geschliffenen Prozeßrede seinen Mandanten reinzuwaschen. Caligula hörte sich zwei Drittel der Rede an, um dann fluchend und Drohungen ausstoßend hinauszustürzen.
Seneca tat das einzig Richtige: Er ließ sich noch am selben Tag bei Callistus melden. Der dicke Sekretär empfing ihn mit betrübter Miene.
»Ich habe schon davon gehört, der Kaiser war über deine Prozeßrede sehr erzürnt. Gehe nach Hause, Seneca, und lege dich sofort nach einem Blutsturz ins Bett. Läßt dich der Kaiser die nächsten Tage ungeschoren, dann begib dich in ein Heilbad – weit weg von Rom.«
Seneca folgte dem Rat. Er ließ den jungen Arzt Eusebios kommen, weihte ihn ein, und der verabreichte ihm schweißtreibende Mittel. Sie köpften ein Huhn, befleckten einige Tücher mit Blut und warfen sie neben das Krankenlager.

Zwei Tage später kamen die Prätorianer. Eusebios stellte sich vor das Bett.

»Wollt ihr einen Sterbenden behelligen oder habt ihr Lust, euch anzustecken? Seneca befindet sich im letzten Stadium der Schwindsucht und kann froh sein, wenn er den Herbst noch erlebt.«

Der Prätorianertribun machte dem Kaiser Meldung:
Caligula runzelte die Stirn:
»Ich habe das schon so oft gehört: dieser Seneca stirbt dauernd. Habt ihr euch hinters Licht führen lassen?«
»Nein, Imperator«, beteuerte der Tribun, »Seneca lag schweißbedeckt und mit hochrotem Kopf auf seinem Lager, außerdem bemerkte ich zwei blutbefleckte Tücher.«
»Gut, dann soll er bald in den Orcus fahren. Er glaubt, ein großer Redner zu sein, wenn ein paar törichte Senatoren ihm Beifall spenden. Dabei drischt er nur leeres Stroh.«

Seneca wartete eine weitere Woche, um dann mit Eusebios die Wahl des Heilbades zu besprechen.
»Die Ärzte sind sich bei der Behandlung der Schwindsucht nicht ganz einig. Einige empfehlen Seeluft, andere wieder schwören auf das Gebirgsklima, und du selbst warst ja schon in Ägypten wegen deiner Krankheit.«
»Eusebios, nun tu nicht so, als sei ich ernstlich krank. Ich habe simuliert, um mein Leben zu retten.«
»Trotzdem bist du längst nicht gesund. Du hustest zu oft, hast gelegentlich leichtes Fieber, ermüdest schnell und klagst über Appetitlosigkeit. Alles deutliche Anzeichen der Krankheit, mag sie auch noch nicht voll ausgebrochen sein. Vor allem fürchte ich, daß dir der kommende Winter schadet. Kälte und feuchte Luft sind Gift für dein Leiden.«
Seneca lächelte.
»Nicht der feuchte Winter bedroht mein Leben ... Was hältst du von Tauromenium auf Sicilia? Dort sind die Winter besonders mild, und der Ort liegt hoch, in reiner gesunder Luft. In wenigen Tagen könnte ich dort sein.«
Eusebios nickte:
»Gut. Soll ich dich begleiten?«
»Das kann nicht schaden, falls sie mich dort aufspüren.«

Zwei Tage vor seiner Abreise besuchte Seneca Livilla. Sie lächelte ihn wehmütig an.
»Es ist ein wahres Wunder, daß du noch lebst – daß wir alle noch leben.«
»Ja, aber das kann sich täglich ändern.«
»Warum unternimmst du dann nichts!« fuhr ihn Livilla an. »Oder willst du dich wie ein Schaf zur Schlachtbank führen lassen? Du treibst deinen Stoizismus mitunter ein bißchen zu weit.«
Jetzt ähnelt sie ihrer Schwester Agrippina, dachte Seneca; die beiden sind weniger verschieden, als es scheint.
»Wir haben uns geliebt«, sagte Seneca, »und was ist daraus geworden? Wenn wir uns sehen, beginnst du zu streiten, wenn ich dich küssen will, wehrst du ab mit der Begründung, es gebe jetzt Wichtigeres zu tun.«
Livillas Gesicht wurde weich:
»Aber versteh mich doch, Seneca, wir kämpfen um unser Leben! Nicht nur du und ich; es gibt eine ganze Reihe von Menschen, die nicht gesonnen sind, sich von einem wahnsinnigen Tyrannen abschlachten zu lassen. Schließ dich uns an, Seneca, wir müssen etwas tun, und zwar bald!«
Seneca erwiderte wie schon bei anderen Gesprächen zuvor:
»Ich tauge nicht zum Verschwörer. Ich bin Dichter und Philosoph, mit mir hättet ihr nur eine Last.«
»Vielleicht bist du nur feige?«
»Ich bin krank und möchte nicht mit dir streiten. Übermorgen gehe ich auf Anraten meines Arztes in die Berge. Ich wollte dir nur Lebewohl sagen.«
Ja, vielleicht bin ich tatsächlich feige, überlegte Seneca, aber mit einer Todesdrohung im Nacken kann ich nicht arbeiten. Und meine Arbeit geht vor allem anderen.

Cornelius Calvus hatte einen ruhigen, beschaulichen Tag verbracht. Sein Reichtum gestattete es ihm, trotz der hohen Grundstückspreise in der Gegend um den Quirinalis einen großen Park zu halten, der sich westlich der Via Salaria an die Horti Sallustiani anschloß. Die berühmten Gärten des Dichters und Staatsmannes Crispus Sallustius hatte ein Großneffe geerbt, der aber kinderlos gestorben war und Tiberius den ganzen Besitz vermacht hatte. Von ihm war er an Caligula gekommen, und Calvus wohnte jetzt Mauer an Mauer mit dem Kaiser, der sich aber selten hier aufhielt.

Er hatte diesen Tag im Freien verbracht, am Rande seiner großen Piscina, in der er täglich um seiner Gesundheit willen viele Runden schwamm. Die Spätsommertage waren noch so warm, daß Calvus nach Einbruch der Nacht im Atrium unter freiem Himmel sein bescheidenes Mahl einnahm. Danach wollte er sich in die kürzlich erschienene »Geschichte der Karthager« vertiefen, die Claudius Caesar verfaßt hatte.

Er war noch mitten in seiner Mahlzeit, als sie kamen. Der Majordomus führte den Prätorianertribun ins Atrium, während seine Leute im Vestibulum warteten.

»Spreche ich mit dem ehrwürdigen Cornelius Calvus, dem früheren Senator?«

Calvus blickte erstaunt auf:

»So ist es. Was ist geschehen? Betrifft es meinen Neffen Sabinus?«

»Nein, Herr, es betrifft allein dich. Das kaiserliche Gericht hat eine Anklageschrift verfaßt, die ich dir hiermit überreiche.«

Calvus nahm die Schriftrolle und betrachtete sie kopfschüttelnd.

»Was soll das, Tribun? Ich habe mich schon unter Tiberius von meinen Ämtern zurückgezogen und bin nie mehr in die Öffentlichkeit getreten.«

»Das geht mich nichts an, du findest alles in diesem Schriftstück. Man hat mir befohlen, dir mündlich mitzuteilen, daß Seine göttliche Majestät kein Aufsehen will und dir zwei Tage Gelegenheit gibt, einen anderen Weg zu wählen als den einer öffentlichen Gerichtsverhandlung. Du kannst dann auch ein Drittel deines Nachlasses beliebig weitervererben, mußt aber zwei Drittel dem Kaiser vermachen, während nach einer Verurteilung dein gesamtes Vermögen dem Staat verfällt.«

Calvus zwang sich zu einem Lächeln.

»Dann bin ich also verurteilt, noch ehe der Prozeß eröffnet ist? Zu meiner Zeit war das anders ... Nun, ich danke dir, Tribun, und lasse dem Gericht meine Entscheidung rechtzeitig mitteilen. Mit einem Advocatus darf ich mich wohl noch beraten?«

Der Tribun zuckte die Schultern:
»Wenn du es für nötig hältst ... Aber nur hier im Haus, das ich von nun an bewachen lasse.«
»Ich bin also schon ein Gefangener?«
»Du stehst unter Hausarrest, Cornelius Calvus.«
Als der Tribun gegangen war, näherte sich der alte Majordomus.
»Herr –«.
»Nicht jetzt, mein Freund. Ich lasse dich später rufen.«
Calvus brach das Siegel und rollte die Schrift auf. Was er da las, schien einen anderen zu betreffen. Da war die Rede von Steuervergehen, von einer schwebenden Anklage aus der Zeit des Tiberius, von Verunglimpfung der kaiserlichen Familie und anderem mehr.
Wie so viele Beschuldigte in jenen Tagen sagte sich Calvus, da müsse wohl ein Irrtum vorliegen. Er glaubte sich dunkel erinnern zu können, daß einige Jahre vor dem Ableben des Kaisers Tiberius ein gleichnamiger weit entfernter Verwandter in eine Anklage verwickelt war. Vielleicht hatte man jenen Cornelius Calvus mit ihm verwechselt? Die Cornelier waren eine fruchtbare, weitverzweigte Sippe, da konnte es schon zu Verwechslungen kommen. Natürlich war es auch ihm nicht entgangen, daß sich in den letzten Monaten die Prozesse und Hinrichtungen häuften, doch er hatte sich gesagt, irgend etwas wird schon dran sein. Schließlich gab es ja noch Recht und Gesetz im Römischen Reich.
Calvus sandte einen Boten zu einem Advocatus, der schon seit langem für die Cornelier tätig war und bat um dringendes Erscheinen am nächsten Morgen. Dann ging er zu Bett, ließ aber die »Geschichte der Karthager« unberührt und beschäftigte sich statt dessen mit seiner zerlesenen Schriftrolle mit den Briefen des Epikuros. Unbewußt suchte er die Stelle, da der griechische Philosoph sich Gedanken über den Tod macht.
»Gewöhne dich ferner an die Überzeugung, daß der Tod uns nichts anhaben kann. Denn alles Gute und Schlimme liegt in der Empfindung; im Tod aber ist die Empfindung aufgehoben. Darum gibt uns die wahre Erkenntnis, daß der Tod uns nichts anhaben kann, erst den Genuß der Vergänglichkeit des Lebens, nicht weil sie ihm eine unendliche Zeit hinzufügt, sondern weil sie die Sehnsucht nach der Unsterblichkeit aufhebt. Denn nichts

Furchtbareres gibt es im Leben für den, der zutiefst verstanden hat, daß im Nichtleben nichts Furchtbares liegt. Mithin ist es sinnlos, wenn jemand sagt, er fürchte den Tod nicht, weil er bei seinem Erscheinen Leid bringen werde, sondern weil er schon im Vorgefühl Leid bringe. Denn was uns bei seinem Erscheinen nicht erschüttert, bereitet auch in der Erwartung nur richtige Aufregung. So kann uns also der Tod, der Übel entsetzlichstes, nichts anhaben: denn solange wir leben, ist der Tod nicht da, und wenn der Tod kommt, dann sind wir nicht mehr.«
Calvus ließ das Buch sinken und wiederholte:
»Solange wir leben, ist der Tod nicht da, und wenn der Tod kommt, sind wir nicht mehr.«
Das klingt recht überzeugend, und doch sind es im Grunde nur Sophistereien, dachte Calvus, und er spürte tief im Innern eine Gier nach Leben, nach Weiterleben. Es gab noch so viele Bücher zu lesen, noch so viele Runden in der Piscina zu schwimmen, noch so viel mit seinem Neffen Sabinus zu besprechen. Trotzdem war Calvus ein so geübter Stoiker, daß er bald einschlief und erst bei Tagesanbruch erwachte.

Und da kam auch schon der Advocatus, ein großer, beleibter Mann, der mit ruhiger, leiser Stimme sprach und – wie sich oft erwiesen hatte – stets einen Ausweg wußte. Bei ihm hatte Calvus schon seit Jahren sein Testament hinterlegt.
»Nun, Cornelius Calvus, willst du dein Testament ändern – vielleicht zugunsten einer Frau?«
Calvus lächelte:
»Nein, mein Freund, es gibt keine Frau, und mein Testament will ein anderer ändern.«
Er reichte dem Advocatus das Anklageschreiben. Der las es mit gerunzelter Stirn durch, blickte auf, und las es ein zweites Mal.
»Ist da etwas Wahres dran?«
»Nichts!« sagte Calvus fest. »Nicht einer dieser Punkte trifft zu. Es hat unter Tiberius einen anderen Cornelius Calvus gegeben, einen entfernten Verwandten, der war in irgendeiner Sache angeklagt, doch ich weiß nicht, ob dieser andere Calvus noch lebt oder was aus dem Fall geworden ist.«
Der Advocatus seufzte:

»Das ließe sich zwar herausfinden, aber ich fürchte, vor dem kaiserlichen Gericht wird es dir nichts helfen.«
Dann zählte er eine Reihe von Prozessen und Verurteilungen auf.
»Alle diese Männer waren, so weit es mir und auch anderen bekannt ist, genauso unschuldig wie du. Vielleicht hast du in deiner stillen Klause noch nichts davon gehört, Calvus, aber wir leben in einer schrecklichen Zeit. Die Willkür des kaiserlichen Gerichts lastet schwer auf Rom, doch sie hat Methode.«
»Sprich ganz offen«, bat Calvus. »Du kennst mich gut genug, um zu wissen, daß nichts davon hinausdringt.«
»Ich meine damit, daß diese sich häufenden Anklagen vor allem reiche Männer ohne Anhang treffen – solche wie dich, Calvus. Denn der Kaiser braucht Geld, und er beschafft es sich auf so unglaubliche Weise.«
»Dann gibt es für mich also keine Möglichkeit, aus der Sache herauszukommen? Und wenn ich einen Prozeß riskiere?«
Der andere lächelte bitter:
»Darauf warten die ja nur. Gekaufte Zeugen werden alles bestätigen, was in diesem Wisch da steht; du wirst verurteilt, und dein Vermögen fällt an den Kaiser. Ein Drittel davon könntest du retten, wenn du ...«
»Wenn ich mich umbringe?«
Der Advocatus nickte.
»Was ist, wenn ich mein Testament so lasse und nichts dem Kaiser vermache?«
»Dann wird er es sich holen. Findige Beamte werden deine Steuerschuld errechnen und dein gesamtes Vermögen beschlagnahmen. Aber dieser Amtsweg braucht Zeit, und Caligula ist ungeduldig. Daher sein mündlich übermitteltes Angebot, ihm zwei Drittel zu vermachen, um ein Drittel zu retten.«
»Und er pflegt sich daran zu halten?«
»Bis jetzt schon ...«
»Gut, also ändere mein Testament in diesem Sinn, während ich inzwischen einen Brief an meinen Neffen schreibe, den ich dich aufzubewahren bitte, bis Sabinus zurück ist. Aber ich knüpfe eine Bedingung daran: Das Haus hier und der Garten muß an

meinen Neffen fallen. Die Sklaven lasse ich frei und zahle ihnen eine Treueprämie. Da mag dann jeder selbst entscheiden.«
Der Advocatus neigte stumm sein Haupt und kramte verschiedene Pergamentbogen aus einer ledernen Kassette.
Calvus zog sich in sein Schreibzimmer zurück und schrieb ohne besondere Eile einen kurzen Brief an seinen Neffen Cornelius Sabinus.

Trotz seiner Sprunghaftigkeit und seiner täglich wechselnden Launen besaß Caligula ein ausgezeichnetes Gedächtnis. Niemals vergaß er Namen und Ereignisse, so daß er bei seinen Reden in der Curia auch ohne Manuskript immer alles parat hatte.
Auch die junge Nymphidia hatte der Kaiser nicht vergessen. So fragte er Callistus eines Tages:
»Du hast mir vor einigen Monaten deine Tochter vorgestellt, seitdem höre und sehe ich nichts mehr von ihr. Sie ist doch noch in Rom?«
»Natürlich, Majestät, Töchter soll man bekanntlich nicht aus den Augen lassen. Ich habe einen Hauslehrer angestellt, der sie in allem Nötigen unterrichtet:
Der Kaiser grinste anzüglich:
»Wirklich in allem Nötigen? Sie ist doch schon über fünfzehn, da wird es Zeit, daß sie die Freuden und Künste Amors kennenlernt.«
Callistus kannte seinen Herrn, und er hatte diese Stunde kommen sehen.
»Sie ist noch ein Kind«, meinte er bescheiden.
»Das sagen die Väter immer, doch sei's drum, sie ist ein hübsches Kind, so weit ich mich erinnern kann. Bringe sie in den nächsten Tagen ins Palatium, dann speisen wir gemeinsam.«
»Wie du es wünschst, Majestät.«

Callistus hatte ein gutes Verhältnis zu seiner begabten Tochter und unterhielt sich mit ihr wie mit einer Erwachsenen. Ihre Mutter, eine Freigelassene, war schon vor Jahren gestorben, doch Callistus konnte sich nicht erinnern, mit ihr jemals so kluge

Gespräche geführt zu haben. So zögerte er nicht, Nymphidia auf das vorzubereiten, was sie erwartete.
»Wir sind alle in seiner Hand, mein Liebes, und können wenig gegen seine Launen tun. Er will dich demnächst sehen, und es hat keinen Sinn, ihm das auszureden oder gar darauf zu hoffen, daß er es vergißt. Er läßt sich nichts ausreden, und er vergißt nichts. Vielleicht läßt er dich in Ruhe, aber wir müssen damit rechnen, daß er dich in sein Bett befiehlt. Ich habe dir schon alles darüber gesagt, was zwischen Mann und Frau geschieht, also füge dich, wenn er es verlangt, und stelle dich möglichst dumm dabei an. Verbirg deinen Ekel, aber nicht zu sehr. Dann wird er deiner schnell überdrüssig, aber er zürnt uns nicht – weder dir noch mir. Wir müssen diese Zeit überstehen, Nymphidia – gemeinsam, und dürfen nichts tun, um seine Gunst zu verlieren. Es wird eine Zeit nach ihm kommen, und ich werde dafür sorgen, daß ganz Rom erfährt, wie sehr es gegen deinen Willen geschah, ihm deine Jungfernschaft zu opfern. Dann kannst du dir einen Mann nach deinem Geschmack aussuchen, und wir werden so reich sein, daß wir keinen Herrn mehr brauchen. Also Kopf hoch, Töchterchen! Verbis parvam rem magnam facere, heißt es im Volksmund, und genau das wollen wir nicht, nämlich aus einer Mücke einen Elefanten machen. Es ist nicht viel dabei, einem Mann beizuliegen, glaube mir. Du wirst es überstehen und sollst wissen, daß ich immer da bin, immer aufpasse, daß uns nichts Böses geschieht. Wir werden diese Zeit überstehen, glaube mir.«
Nymphidia hatte ihrem Vater aufmerksam zugehört, ihr keckes, frisches Jungmädchengesicht verriet dabei nicht, was sie dachte.
»Du sprichst vom Kaiser, als würde er bald abtreten, doch Gaius Caesar ist noch jung, und so steht zu erwarten ...«
»Freilich, er ist jung, doch er hat viele Feinde – wir müssen mit allem rechnen, auch mit dem schlimmsten.«
»Und das wäre?« fragte sie neugierig.
Callistus beugte sich zum Ohr seiner Tochter.
»Daß er noch lange regiert ...«
Nymphidia küßte den Vater auf beide Wangen.
»Wir werden es überstehen«, meinte sie zuversichtlich.

XXVII

Der Legat hielt sein Versprechen: Cornelius Sabinus bestieg Anfang September im Hafen von Ephesos eine Trireme und landete knapp zwei Wochen später im Hafen von Ostia. Er hatte sein Pferd mit eingeschifft und ritt vom Hafen über die Via Ostiensis nach Rom.

Seine Eltern empfingen ihn sehr herzlich, doch Sabinus spürte, daß sie etwas vor ihm verbargen. Eine tiefe Trauer lag auf ihren Gesichtern, und Sabinus fragte:
»Was habt ihr denn? Ist etwas passiert?«
Sein Vater nickte. Sie gingen ins Habitatio (private Wohnräume), und Cornelius Celsus ließ einen Krug Wein bringen. Als der Diener verschwunden war, sagte er:
»Sabinus, es ist etwas sehr Betrübliches geschehen: Dein Onkel Calvus lebt nicht mehr.«
Sabinus schluckte:
»Aber ich habe – ich habe doch erst noch einen Brief ... Wann ist er gestorben?«
Celsus blickte Valeria an. Sie sagte:
»Vor etwa drei Wochen – aber er war nicht krank, er hat den Freitod gewählt.«
»Er hat sich selbst ... Aber das paßt doch nicht zu ihm! Er war ein echter Stoiker, hat das Leben hingenommen, wie es ist – ich verstehe das alles nicht.«
»Sein Advocatus kann dich am besten über die Zusammenhänge aufklären, du mußt ihn auch wegen des Testaments aufsuchen.«

Eigentlich hatte Sabinus geplant, seinen ersten Besuch bei Chaerea zu machen, doch der Tod des Onkels, den er wie einen zweiten Vater geliebt und geschätzt hatte, ließ ihn alles andere vergessen.
Der große beleibte Advocatus empfing ihn mit betrübter Miene. In einer hilflosen Geste hob er die Hände und sagte mit seiner leisen ruhigen Stimme:
»Es ist ein Jammer, Sabinus, daß dieser Mann von uns gegangen ist. Er besaß noch die altrömischen Tugenden und führte trotz

seines Reichtums ein bescheidenes Leben. Sein einziger Luxus waren die Dichter.«

Der Advocatus hielt inne und schaute wie in Gedanken versunken zum Fenster hinaus.

»Warum ging er in den Tod?«

Der große Mann wandte sich mit einem plötzlichen Ruck zu seinem Gast.

»Du fragst nach dem Warum? Sie ließen ihm keine andere Wahl! Das kaiserliche Gericht sandte ihm die Prätorianer mit einer Anklageschrift ins Haus; du kannst sie lesen, ich habe sie von meinem Schreiber kopieren lassen. Es steht mir nicht zu, am kaiserlichen Gericht Kritik zu üben, mach dir selbst ein Bild davon. Nun, dann ging es den üblichen Weg: entweder Prozeß und schimpfliche Hinrichtung mit Einzug des gesamten Vermögens oder Freitod und ein Testament, wie wir es hier vorliegen haben. Das heißt, dein Onkel hinterläßt zwei Drittel seines Besitzes dem Kaiser und ein Drittel dir, mit der Klausel, daß die Villa an der Via Salaria mit allem, was dazugehört, also Garten, Bibliothek, Möbeln, Statuen, Bildern, an dich fallen muß.«

Sabinus war entsetzt:

»Aber das kann doch nicht sein! So etwas darf es doch nicht geben! Wo bleibt das Recht! Warum wandte sich mein Onkel nicht direkt an den Kaiser?«

Der Advocatus seufzte:

»Man sieht schon, daß du über ein Jahr nicht in Rom warst. Da ich von dir nicht annehme, daß du mich denunzierst, möchte ich dich kurz über die derzeitige Lage aufklären. Der Kaiser hat inzwischen die von Tiberius hinterlassene wohlgefüllte Staatskasse verpraßt. Auch die Einführung zahlreicher neuer Steuern und ein beträchtliches Anheben der alten konnte das Problem nicht lösen. Nun hält er sich an die reichen Römer, konstruiert Verbrechen, kramt in alten Gerichtsakten aus der Zeit des Tiberius oder schickt einfach seine Prätorianer ins Haus und läßt das Vermögen unter einem Vorwand beschlagnahmen. Dein Onkel hatte weder Frau noch Kind, war zudem sehr reich und somit das ideale Opfer für die – sagen wir es einmal sehr vorsichtig: kaiserliche Geldpolitik. Ein Ende ist leider nicht abzusehen, und wer immer die Gelegenheit zur Flucht hat, ist längst aus Rom verschwunden.«

Sabinus saß da wie betäubt und suchte vergeblich seine Gedanken zu ordnen.

»Aber – aber – der Kaiser ist doch bei allen so beliebt ... Bei der Truppe vergöttert man ihn! Ich kann es einfach nicht glauben!«

»Du wirst es glauben müssen, wenn du länger hier lebst. Ich rate dir vorerst, erkenne das Testament an und beziehe das Haus deines Onkels. Vielleicht kommt bald eine Zeit, in der wieder Recht und Gesetz herrschen und nicht ein – ein ...«

Der Advocatus wandte sich ab, stand auf und ging zum Fenster. Sabinus hörte ihn leise sagen:

»Wer unter Augustus prophezeit hätte, daß schon dreißig Jahre nach seinem Tod alles auf den Kopf gestellt ist, was dieser große Kaiser bewirkt und geschaffen hat, der wäre aus der Stadt gejagt worden. Selbst unter Tiberius herrschte das Recht, bis Sejanus sich in Rom breit machte, und auch dann wurde nur beseitigt, wer seinen Machtgelüsten im Wege stand. Jetzt aber trifft es alle und jeden. Römische Patrizier werden nur aus Lust und Laune als Gladiatoren in die Arena geschickt, Esius Proculus mußte sterben, weil er ein schöner, stattlicher Mann mit üppigem Haarwuchs war – Caligula ist nämlich schon fast kahl – andere wurden den wilden Tieren vorgeworfen, weil sie eine freche Bemerkung oder ein spöttisches Gedicht über seine göttliche Majestät zu machen wagten. Die Liste ist schon sehr lang, Sabinus, und sie wird täglich länger. Morgen kann es mich treffen, übermorgen deinen Vater oder vielleicht dich, weil dir der Kaiser sogar dein vermindertes Erbe neidet. Gehe nach Ephesos zurück und warte dort auf bessere Zeiten – einen anderen Rat kann ich dir nicht geben.«

»Wenn ich nicht wüßte, daß du schon vor meiner Geburt der Advocatus meiner Familie warst und uns immer mit bestem Wissen beraten und beigestanden hast, müßte ich meinen, dein Geist sei hoffnungslos verwirrt. Aber so ...«

»... mußt du mir glauben«, ergänzte der Advocatus. »Ich habe dir die Lage geschildert, wie sie leider ist, und muß es nun dir überlassen, welche Entscheidung du triffst. Für dich und deine

Familie bin ich immer da. Außerdem habe ich dir noch etwas zu übergeben.«
Er reichte Sabinus den Abschiedsbrief des Cornelius Calvus.
»Ein Brief deines Onkels.«
»Darf ich ihn gleich hier lesen?«
»Natürlich, mein Junge.«
Der Advocatus zog sich zurück. Sabinus brach das Siegel und entfaltete die Papyrusrolle:
»Glück und Gruß meinem lieben Neffen Cornelius Sabinus.
Es tut mir meid, wenn ich aus dem Schattenreich zu dir sprechen muß, aber mir bleibt keine andere Wahl. Ich gehe nicht so ganz freiwillig in den Tod; die Gründe hierfür will ich dir nicht nennen, denn du wirst sie leicht selbst herausfinden und wirst dann zugleich eine Erklärung für die Art meines Testaments haben. Nun, mein Sohn, ich habe lange genug gelebt und scheide nur mit dem Bedauern, dich nicht mehr gesehen und einige Bücher nicht mehr gelesen zu haben.
Wohin ich gehe, weiß ich nicht, und kein Mensch wird es vor seinem Ende wissen. Wie Lucretius schon dichtete: »Denn man weiß ja doch nichts von dem Wesen der Seele; man weiß nicht, ob sie mit der Geburt in uns eingeht oder ob dann erst sie entsteht und im Tod mit dem Leibe zusammen sich auflöst, ob sie im Orcus verschwindet . . .«
Wie dem auch sei, mein lieber Sabinus, ich wünsche dir alles Glück auf Erden und Rom bald die Befreiung von Willkür, Rechtsbruch, Mord und Unterdrückung. So lange du die Erinnerung an mich im Herzen trägst, werde ich lebendig sein.«

Wie ein Gehetzter lief Sabinus ziellos durch die Straßen Roms, fand sich plötzlich an der Pons Aemilius, überquerte sie, eingekeilt zwischen Karren, Lastträgern, Brotverkäufern und verschleierten Damen, denen mit Körben bepackte Sklavinnen folgten.
Jenseits der Brücke begann das Stadtviertel Transtiberim, und nun hatte Sabinus auch ein Ziel. Natürlich würde Chaerea um diese Zeit nicht zu Hause sein, aber er konnte Marcia begrüßen, nach Neuigkeiten fragen und vielleicht auf Chaerea warten. Der mußte ihm dann die Wahrheit erzählen. Er sah den Kaiser fast

täglich, und vielleicht ergab sich dann ein anderes Bild – vielleicht hatte Onkel Calvus wirklich etwas zu verbergen gehabt.

Den Eingang fand er nicht gleich, denn der führte jetzt am Gartenhaus des Aulus vorbei, der damit auch das Amt eines Custos (Torwächter) ausübte. Er war gerade dabei, eine riesige Melone zu ernten, als Sabinus ihn anrief.
»Ist dein Herr zu Hause?«
»Was willst du?« fragte Aulus barsch.
»Sklaven stellen keine Fragen, sondern beantworten sie!«
Aulus feixte:
»Mag sein, aber ich bin kein Sklave, sondern Veteran der germanischen Legionen. Das da ...« er streckte seinen Armstumpf vor, »... ist am Rhein geblieben. Und wer bist du?«
»Der Tribun Cornelius Sabinus. Ist Chaerea zu Hause?«
Aulus nickte:
»Ich werde dich melden.«
Marcia empfing ihn an der Haustür und umarmte ihn spontan.
»Ach Sabinus, wie oft haben wir von dir gesprochen, gerade in den letzten Tagen, seit Chaerea krank ist.«
»Krank?«
»Ja, er ist von der Leiter gefallen und hat sich das Bein gebrochen. Der wird Augen machen!«
Chaerea saß, von Kissen gestützt, im Atrium. Das dick umwickelte Bein lag ausgestreckt auf einem Hocker. Sein breites, gutmütiges Gesicht zerfloß in einem gewaltigen Grinsen.
»Wird ja auch Zeit, daß du wieder einmal vorbeischaust, alter Haudegen!«
Sie schüttelten sich so kräftig die Hand, daß Chaerea fast aus dem Sessel fiel.
»Ich lasse euch jetzt allein«, sagte Marcia, doch das nahmen die beiden nicht wahr.
»Aus dir ist ja ein richtiger Mann geworden«, hänselte ihn Chaerea, und Sabinus konterte:
»Und aus dir ein Invalide, der bald in den Ruhestand geschickt wird. Einfach von der Leiter fallen wie ein kleiner, dummer Junge ...«
Da wurde Chaereas Gesicht ernst.

»Du wirst gleich erfahren, daß es anders war. Hast du deinen Onkel schon besucht?«
»Calvus ist tot. Wußtest du das nicht?«
»Nein, aber ich hätte es mir denken können. Warum sollen wir uns etwas vormachen, Sabinus? Unter Freunden sagt man sich die Wahrheit – die ganze Wahrheit.«
So berichtete Chaerea von seinem Auftrag und wie es ihm gelungen war, sich davor zu drücken.
»Bei Castor und Pollux! Du hast dir von Aulus das Bein zerschmettern lassen, nur um – Chaerea, Chaerea, du wirst doch nicht geglaubt haben, daß ich dir zürne, wenn du einen Befehl ausführst? Dafür ist der verantwortlich, der ihn gibt und nicht der ihn ausführt.«
»Da bin ich mir nicht mehr so sicher«, sagte Chaerea, »wenn ich daran denke, was der Kaiser uns Prätorianern in letzter Zeit zugemutet hat.«
»Dann stimmt es also, was mir – was ich kürzlich erfahren habe? Die erfundenen Anklagen, die zahlreichen Hinrichtungen, die Morde und Selbstmorde?«
Chaerea blickte unbehaglich drein.
»Wie soll ich unterscheiden können, ob jemand schuldig ist oder nicht? Der Kaiser stöbert in seinen Akten und fördert immer neue Anklagen zutage. Ich bin weder Senator noch Advocatus – was soll ich dazu sagen? Du stellst deine Fragen am falschen Ort. Du bist doch ein Patrizier! Höre dich in deiner Familie um, vielleicht weiß man dort mehr.«
»Wenn diese Menschen wirklich alle schuldig sind, dann frage ich nur, warum die Römer sich binnen weniger Jahrzehnte so sehr verändert haben. Während der vierzigjährigen Herrschaft des Kaisers Augustus gab es weder ›Majestätsprozesse‹ noch wurde jemand wegen Steuervergehen hingerichtet, und niemand wurde gezwungen, dem Kaiser fast sein ganzes Vermögen zu vermachen – für die ›Gnade‹ des Selbstmords. Da stimmt doch etwas nicht, oder?«
Chaereas breites Gesicht bot ein Bild des Jammers.
»Ich weiß ja selbst nicht mehr aus und ein. Der Kaiser braucht die Prätorianer nur noch, um Steuern einzutreiben, oder irgend

jemand unter Drohungen in den Selbstmord zu treiben. Und zum Dank dafür werde ich noch verhöhnt.«
Nun war es ausgesprochen, was Chaerea nicht einmal seiner Marcia zu erzählen wagte.
»Verhöhnt? Wie soll ich das verstehen?«
Chaerea winkte den Freund nahe heran und flüsterte:
»Er hänselt mich ständig wegen meiner hellen Stimme, nennt mich eine Mischung aus Herkules und Venus, wählt Losungswörter, die anstößig sind und mich vor den anderen herabsetzen. Am liebsten ginge ich auf und davon.«
»Sei nicht unbesonnen, Chaerea. Du kannst dich versetzen lassen; vielleicht ist Caligula jetzt nur schlechter Laune und hört morgen schon damit auf.«
Chaerea schüttelte den Kopf.
»Das hört nicht auf. Du kennst diesen Menschen nicht. Jeder, der ihm glücklich und zufrieden erscheint, ist für ihn eine Herausforderung, und er setzt ihm so lange zu, bis sich das geändert hat. Er ließ einen hübschen Burschen nur deshalb von seiner germanischen Leibwache erschlagen, weil andere ihn wegen seiner schönen Haare lobten. Er tanzt nachts durch seinen Palast, verkleidet als Jupiter, als Venus, als Isis, als Luna und fragt alle, ob sie spüren, daß ein Gott vor ihnen stehe. Und wehe dir, du findest nicht die richtige Antwort! Du kannst dann noch von Glück sagen, wenn du dich nur auf einer Galeere oder in einem Bergwerk wiederfindest. Die meisten seiner Opfer landen in der Arena und dürfen sich mit hölzernen Schwertern gegen hungrige Löwen und Tiger verteidigen oder werden von Gladiatoren abgeschlachtet wie Vieh. Und der Plebs jubelt ihm noch immer zu, obwohl er auch da keinerlei Rücksicht mehr nimmt. Vor drei Tagen ließ er während eines Gastmahls zwischen den Tischen zwölf Verbrecher enthaupten und bezeichnete das als appetitanregend. Ich habe es lange nicht glauben können, aber jetzt weiß ich, daß Caligula wahnsinnig ist. Wir alle dienen einem grausamen und verrückten Tyrannen, der bei jeder Gelegenheit sagt: Mögen sie mich hassen, wenn sie mich nur fürchten. Wo soll das noch hinführen, Sabinus, was sollen wir nur tun?«
»Ich weiß es nicht«, entgegnete Sabinus tonlos. »Vielleicht stehe ich bald selbst vor dem Kaiser; mein Legat hat ihm die Entschei-

dung überlassen.« Und Sabinus erzählte die Geschichte von Helena.
Chaerea legte ihm mitfühlend eine Hand auf den Arm.
»Da hast du ja einiges durchgemacht, armer Kerl. Und jetzt willst du die Truppe verlassen?«
»Ja, wahrscheinlich schon. Ich warte erst einmal ab, was aus meinem Fall wird. Dir jedenfalls danke ich nochmals für deinen Mut und deine Freundschaft, auch wenn es dem armen Calvus nichts geholfen hat. Was immer auch kommt – du kannst auf mich zählen.«

Sabinus meldete sich, wie der Legat es befohlen hatte, innerhalb einer Woche in der Prätorianerkaserne. Der diensthabende Offizier blätterte die Schriftstücke durch.
»Eine schwangere Frau auf offenem Markt belästigt und geschlagen – na, na, was hast du dir denn dabei gedacht? Und noch dazu eine Patrizierin. Ich werde deinen Fall einer kaiserlichen Kommission vorlegen, du hörst dann von uns.«

Über militärische Strafakten, wenn sie einen Patrizier betrafen, pflegte der Kaiser selbst zu entscheiden, oder er gab den Fall an den Senat weiter. Caligula, der sich sonst sehr wenig um Regierungsgeschäfte kümmerte, hatte eine Vorliebe für alles, was mit Bestrafungen zusammenhing, und so ging er die Listen regelmäßig durch.
»Was haben wir denn da?« Sein Zeigefinger blieb auf einem Namen haften.
»Cornelius Sabinus, der in Ephesos die hochschwangere Patrizierin Helena beleidigt und tätlich angegriffen hat. Will freiwillig aus der Legion ausscheiden. Bestrafung steht noch aus.«
Caligula wandte sich an Callistus.
»Hat dieser Cornelius Sabinus etwas mit unserem Calvus zu tun? Du weißt schon, den Geldsack, den ich kürzlich geschröpft habe.«
»So würde ich es nicht ausdrücken, Majestät. Calvus stand unter Anklage und ist freiwillig aus dem Leben geschieden. Aus Dankbarkeit dafür, daß er nicht sogleich festgenommen wurde, hat er dir zwei Drittel seines Vermögens vermacht.«

»Und ein Drittel irgend einem entfernten Verwandten. Laß die Akte holen.«
Callistus entfaltete das Testament und las:
»Ein Drittel soll mein Großneffe Cornelius Sabinus erhalten, dem ich auch mein Haus an der Via Salaria vermache.«
»Er ist es!« rief der Kaiser. »Den Burschen will ich sehen. Lade ihn für die nächsten Tage zum Prandium (Mittagsmahl), ganz formlos. Inzwischen werde ich über seine Bestrafung nachdenken.«

Sabinus, der damit rechnete, vor einem Militärtribunal erscheinen zu müssen, wunderte sich nicht schlecht, als er die Einladung zur kaiserlichen Mittagstafel erhielt. Um darzutun, daß er sich schon außerhalb der Armee betrachtete, legte er Zivilkleidung an.
Einer Laune gehorchend, hatte der Kaiser sonst nur Frauen geladen, darunter Pyrallis, Livilla und eine Isispriesterin. Caligula erschien sehr spät und sah aus, als käme er gerade aus dem Bett. Er gähnte unverhohlen, sagte aber sogleich:
»Nicht ihr, liebe Gäste, bringt mich zum Gähnen, sondern eine fast schlaflose, zum Wohl des Reiches durchgearbeitete Nacht. Auch Götter werden zuweilen müde. Es ist doch nicht menschlich, mit drei bis vier Stunden Schlaf auszukommen? Wie lange schläfst du, Cornelius Sabinus?«
»Acht bis neun Stunden, Majestät.«
Caligula blickte triumphierend in die Runde.
»Da hört ihr es! Allein daran schon müßt ihr meine göttliche Natur erkennen. Sabinus ist Tribun bei der XI. Legion in Asia und wurde von seinem Legaten zur Bestrafung nach Rom gesandt. Aber das geht euch Frauen nichts an und wird euch kaum interessieren.«
Er wandte sich an Livilla.
»Dich habe ich lange nicht mehr gesehen, Schwesterchen. Was macht dein Dichterling? Ist er schon in den Orcus gefahren?«
Livilla verzog keine Miene.
»Seneca ist auf Anraten seines Arztes in die Alpes Poeninae gereist, weil ihn die Gebirgsluft vielleicht retten kann. Doch es besteht wenig Hoffnung . . .«

»Schade, er hätte der Welt noch so viele Bücher schenken können ... Nun, Dichterlinge seiner Art gibt es ja mehr als genug. Wirst dir einen neuen angeln müssen.«
»Das überlasse nur mir, ich brauche deinen Rat nicht.«
Caligula feixte:
»Verzeih, Teuerste, ich will mich nicht aufdrängen. Pyrallis, hast du Lust, uns ein Stückchen auf deiner Laute zu spielen?«
»Nein, Gaius«, sagte die Kurtisane frech, »mit leerem Magen spiele ich nicht gern.«
Caligula lachte, als hätte sie den schönsten Witz erzählt. Er klatschte in die Hände, und sofort wurden die Speisen aufgetragen.
Livilla betrachtete unterdessen den verlegen dasitzenden Sabinus, dessen volles, kastanienfarbenes Haar und die leuchtenden blauen Augen ihr nicht schlecht gefielen. Er hat etwas so unschuldig-jungenhaftes, dachte sie, und trotzdem sieht man ihm seine Erfahrung mit Frauen an. Sie schätzte ihn nicht viel älter, als sie selbst war, doch das konnte nicht gut sein, denn niemand wurde mit zweiundzwanzig Jahren schon Tribun. Ihre Blicke trafen sich, und weder er noch Livilla senkten die Augen. Caligula, dem nichts entging, bemerkte den langen Blickwechsel. Er wandte sich zu Sabinus.
»Hüte dich vor Livilla, Tribun. Sie ist zwar verheiratet; ihren Mann habe ich ins Ausland geschickt, aber sie ist lieber in Rom geblieben, denn sie pflegt literarische Interessen, weniger allerdings mit den Werken, sondern mit den Verfassern.«
Er lachte scheppernd und drohte seiner Schwester spaßhaft mit dem Finger.
»Ich bin auf deinen Wunsch hiergeblieben, Gaius, das scheinst du vergessen zu haben.«
»Ein Gott vergißt nie etwas!« brauste Caligula auf, während er ein Wachtelbrüstchen verschlang.
Nach dem Mahl nahm Pyrallis ihre Laute und sang ein paar freche Liebeslieder, wie man sie in den Lupanarien hörte. Sabinus freute sich, weil es so locker zuging, und vergaß fast, daß er mit dem Mann am Tisch saß, der seinen Onkel in den Tod getrieben hatte.
Caligula klatschte Beifall und erklärte:

»Das Mahl ist beendet! Ich muß mit Sabinus etwas unter vier Augen besprechen.«
Während Livilla sich erhob, schaute sie Sabinus an, und er glaubte so etwas wie eine Aufforderung aus ihrem Blick zu lesen. Das mit den vier Augen stimmte freilich nicht, denn zwei baumlange germanische Leibwächter blieben unbeweglich hinter dem Sofa des Kaisers stehen.
»Also, Tribun, du hast auf dem Markt zu Ephesos eine Schwangere angefallen. Stimmt das?«
»Angefallen ist wohl nicht das richtige Wort, Majestät. Ich wollte ihr etwas sagen, und dann ...«
Der Kaiser winkte ab:
»Du brauchst dir keine Entschuldigung auszudenken, ich mag freche und schamlose Menschen – natürlich nur, wenn die Frechheit sich nicht gegen mich richtet. Nichts schätze ich an mir mehr als meine Adiatrepsia (griechisch: Schamlosigkeit). Ich hege und pflege dieses geile Sumpfgewächs und achte es als meine größte Tugend. Die Strafe ist dir jedenfalls erlassen; der Griechin scheint ja sonst nichts geschehen zu sein. Hast du das Erbe deines Onkels schon angetreten? Auf seine Art war er ein Ehrenmann und sühnte seine Vergehen durch einen freiwilligen Tod – nach altrömischer Art. Dabei hat er seinen Kaiser nicht vergessen und ihn im Testament bedacht. Ich hoffe nur, daß sein Beispiel viele Nachahmer findet.«
In diesem Augenblick erkannte Cornelius Sabinus, daß dieser Mensch dabei war, Rom zugrundezurichten. Er würde vor nichts zurückschrecken, um immer neue Geldquellen zu erschließen und dieses makabre Mörderspiel würde erst ein Ende finden, wenn das Scheusal beseitigt war. Er wußte jetzt, daß Chaerea die Wahrheit berichtet und auch der Advocatus nicht gelogen hatte. Die starren, kalten Augen musterten ihn wie einen seltsamen Gegenstand.
»Ich habe dich etwas gefragt, Sabinus?«
»Oh, verzeih, Imperator, deine göttliche Gegenwart verwirrt meinen Sinn. Könntest du die Frage wiederholen?«
»Willst du noch immer die Truppe verlassen?«
»Ja, Majestät, denn ich möchte von nun an dir dienen, als Prätorianer, um in deiner göttlichen Nähe zu sein, auch als Ausdruck

der Dankbarkeit, da du mir einen Teil meines Erbes erhalten hast.«
Caligula schaute erstaunt drein, denn mit dieser Antwort hatte er nicht gerechnet.
»Warum nicht? Unter meinen Offizieren ist lange kein Cornelier mehr gewesen; außerdem gehen in Kürze zwei Tribunen aus Altersgründen ab.«
Sabinus fiel dem Kaiser zu Füßen und küßte seine schwammige, mit Ringen überladene Hand.
»Steh auf, das ziemt sich nicht für einen Tribun.«
»Es ist nur, weil ich so glücklich bin ...« stammelte Sabinus und fühlte sich wie ein Schauspieler auf der Bühne.
»Deinen Dienst trittst du an, wenn ich aus Germania zurück bin. Ich werde Ende September einen Feldzug unternehmen, Britannia erobern und damit beenden, was Julius Caesar begonnen hat. Laß dich inzwischen bei den Prätorianern in die Offiziersliste eintragen.«

Der Aufbruch erfolgte ganz plötzlich, denn alle hatten damit gerechnet, daß der Kaiser das Frühjahr abwarten würde. Schon seit dem Sommer wurden Rekruten ausgehoben, Auxiliartruppen herangezogen und gewaltige Vorräte angelegt. In dem ungeheueren Troß zogen Tänzer, Sänger, Huren und Gladiatoren mit. Der dem Kaiser vorbehaltene Teil war allein eine halbe Meile lang und umfaßte neben seinem persönlichen Hausrat mehrere Wagenladungen von Akten, betreut von einigen Dutzend Sekretären, Schreibern und ihren Gehilfen. Da seine Abwesenheit von Rom vermutlich über ein Jahr dauern würde, mußten sämtliche Regierungsunterlagen mit auf die Reise gehen. Caligula dachte nicht daran, seine Macht nur für einen Tag aus der Hand zu lassen. Offiziell vertraten ihn die beiden Konsuln, aber jeder wußte, daß ihr Amt seit den Zeiten des Augustus so gut wie bedeutungslos geworden war.
Mit dem Kaiser reisten seine beiden Schwestern, sein Vertrauter Aemilius Lepidus und natürlich Lentulus Gaeticulus, der Befehlshaber der oberrheinischen Legionen. Lepidus, der gehofft hatte, in Rom bleiben zu können, bedauerte dies, aber er war

nicht beunruhigt, denn es zeigte, daß der Kaiser ihn nicht entbehren wollte.

Lollia Paulina, die ›Kaiserin‹, hatte Caligula in Rom zurückgelassen, dafür aber Caesonia, seine neue Geliebte, mitgenommen. Sie war keine ganz junge Frau mehr, sondern etwa so alt wie der Kaiser, der sie ihrem Mann einfach weggenommen hatte.

Milonius war ein Fabrikant von Lederartikeln wie Schuhen, Taschen, Sätteln und Zaumzeug, und er wollte auch einmal einen Großauftrag von der Legion erhalten. So bestach er mit hohen Summen kaiserliche Beamte, bis er und Caesonia endlich zu einem der Bankette des Kaisers geladen wurden. Milonius erhielt seinen Auftrag, doch seine Frau wurde er los.

Caligula spürte, daß sie ein Mensch seiner Art war: genußsüchtig, maßlos, launisch, grausam und rücksichtslos. Er machte sie in der selben Nacht zu seiner Geliebten, wobei er sie schwängerte. Es entzückte Caligula so sehr, daß er einen Nachkommen gezeugt hatte, daß er die hochschwangere Frau mit auf die Reise nahm und auch schon mehrmals verlauten ließ, er werde sie noch vor ihrer Niederkunft heiraten.

Die Verschwörer hatten nur ganz selten Gelegenheit zu einem ungestörten Gespräch, wobei sich der zunehmend mißtrauischer werdende Gaeticulus besorgt über die Entwicklung zeigte.

»Mir gefällt das alles nicht! Ich habe inzwischen erfahren, daß Caligula sehr viele Truppen aus entfernten Provinzen an den Rhein befohlen und ihre Offiziere mit hohen Prämien geködert hat. Keiner dieser Männer ist mir bekannt. Da gibt es diese afrikanische Legion, die er dem Proconsul weggenommen und mit hohen Prämien auf sich eingeschworen hat. Wenn wir am Rhein ankommen, kann sich die Lage völlig verändert haben; vielleicht finde ich meine treuen Legionen dann nicht mehr vor.«

»Wir sollten uns nicht zu viele Sorgen machen«, versuchte Lepidus ihn zu beruhigen. »Schließlich will der Kaiser Britannia erobern, und da braucht er jeden Mann.«

Gaeticulus schüttelte den Kopf:

»Das glaube ich nicht, dazu ist er viel zu feige. Ich spüre, daß irgend etwas im Gange ist. Es muß euch doch aufgefallen sein, daß er sich nicht die geringste Blöße gibt. Er reist in einer geschlossenen Sänfte und ist von seiner Leibwache wie von einer

Mauer umgeben. Nach unserer Ankunft müssen wir sehr schnell handeln, ehe wir die Übersicht verlieren.«
»Ich glaube, Gaeticulus hat recht«, sagte Agrippina. »Caligula läßt mich und Livilla nicht aus den Augen und macht ständig Andeutungen, die mir nicht gefallen. Das kann alles nur Zufall sein, doch wenn es um sein Leben geht, entwickelt unser Bruder einen Scharfsinn, den wir nicht unterschätzen dürfen.«
Vor dem Zelt entstand eine Unruhe, und Stimmen wurden laut. Ein Tribun trat ein und grüßte militärisch.
»Die Prinzessinnen Agrippina und Livilla werden gebeten, mit Seiner Majestät das Nachtmahl einzunehmen.«
»Ist gut, Tribun, du kannst abtreten!« sagte Gaeticulus mit scharfer Stimme. Der Offizier verschwand, und Livilla sagte leise.
»Ich habe Angst! Caligula ist wie eine Spinne, die uns ständig beobachtet, bis wir uns in ihren Netzen verfangen.«
»Wir müssen das Netz zerreißen!« sagte Lepidus fest. »Und ich glaube noch immer, daß es uns gelingt. Caligula ist kein Gott, und jeder Mensch, ob Kaiser oder Sklave, ist sterblich.«

Anfang Oktober erreichten sie Moguntiacum, den Hauptort der Provinz Germania Superior, das sich in den vergangenen Jahrzehnten aus einem römischen Feldlager in eine kleine Stadt verwandelt hatte. Was Gaeticulus befürchtet hatte, trat ein: Er fand fremde Truppen vor, seine eigenen Legionen waren rheinaufwärts nach Borbetomagus verlegt worden; keiner seiner vertrauten Offiziere begrüßte ihn – es war, als betrete er fremden Boden.
Der Kaiser bezog das einzige größere Steingebäude von Moguntiacum, den Legatenpalast, Gaeticulus' Residenz in den vergangenen neun Jahren. Zu ihm sagte der Kaiser:
»Es ist ja nicht für lange, mein Freund. In einigen Wochen will ich den Rhein überqueren, und dann kannst du deine Residenz wieder beziehen.«
»Wo sind meine Truppen, Majestät, warum sind meine Legionen verlegt worden?«
Caligula richtete seinen starren Blick auf Gaeticulus, den es bei diesem Blick immer leicht fröstelte. Noch niemals hatte er bei

einem Menschen derart kalte und gefühllose Augen gesehen. Vielleicht war der Kaiser tatsächlich ein Gott.
»Wir können Britannia nicht mit zwei Legionen erobern. Es mußte Platz für die auswärtigen Truppen geschaffen werden. Wenn wir hier wegziehen, kannst du deine geliebten Legionen zurückholen.«
»Wenn du gestattest, Majestät, würde ich schon gerne vorher in Borbetomagus nach dem Rechten sehen. Meine Offiziere werden sich Sorgen machen . . .«
Caligula setzte ein dünnes, falsches Lächeln auf.
»Sorgen? Warum Sorgen? Jeder weiß doch, daß du beim Kaiser in guter Hut bist. Warte noch einige Tage, bis wir uns hier eingerichtet haben, dann lasse ich dich ziehen. Morgen mittag werde ich hier mit den Offizieren eine Lagebesprechung abhalten, sei also pünktlich.«
Gaeticulus schwankte zwischen zwei Entscheidungen: Entweder er warf sich jetzt sofort auf sein Pferd und ritt rheinaufwärts bis zum Castrum Borbetomagus, um seine ihm ergebenen Truppen gegen Caligula in Marsch zu setzen, oder er wartete ab, bis der Kaiser ihn gehen ließ. Verschwand er gleich jetzt, war man gewarnt und würde versuchen, ihn abzufangen, während er in einigen Tagen quasi amtlich zu seinen Truppen zurückkehrte.
Gaeticulus entschloß sich für letzteres, auch weil sich vielleicht bei der morgigen Lagebesprechung neue Perspektiven ergaben. Es machte ihn jedoch mißtrauisch, daß er nicht zu Lepidus oder den kaiserlichen Schwestern vordringen konnte. Immer hieß es, sie seien unabkömmlich, er möge sich gedulden. Ob Caligula sie absichtlich von ihm fernhielt? Vielleicht hatte er sie schon gefangengesetzt?
Er ging ans Rheinufer zurück, wo eine riesige Zeltstadt entstanden war, mit Händlern, Huren, Gauklern, Akrobaten und Weinschenken, die dicht umlagert waren. Gaeticulus pirschte sich vorsichtig an sein Zelt heran, doch fiel ihm nichts Verdächtiges auf. Die beiden Wachen standen vor dem Eingang und unterhielten sich, daneben war die Feldherrnstandarte aufgepflanzt. Er ging darauf zu und die beiden Männer standen stramm.
»Hat wer nach mir gefragt?«

»Nein, Legat!«
»Oder ist euch sonst etwas aufgefallen?«
»Nein, Legat!«
Halbwegs beruhigt trank Gaeticulus zwei Becher Wein und legte sich zur Ruhe. Er war kein besonders frommer Mann, doch er glaubte an eine übergeordnete Macht und tröstete sich mit dem Gedanken: Das Schicksal kann es einfach nicht wollen, daß dieser Wüstling und Verderber Roms noch länger den Kaiserthron schändet.

Aemilius Lepidus war tatsächlich unabkömmlich, denn der Kaiser ließ ihn nicht von seiner Seite, nachdem sie in Moguntiacum angekommen waren. In den unwichtigsten Dingen wurde er um seinen Rat gebeten und dauernd mit Aufträgen betraut, die jeder Sklave hätte erledigen können. Sein Mißtrauen erwachte, und er nahm sich vor, bei nächster Gelegenheit mit Gaeticulus darüber zu reden. Doch weder gelang es ihm, mit dem Legaten zu sprechen noch mit Agrippina oder Livilla Verbindung aufzunehmen. Als ahne der Kaiser seine Nöte, sagte er:
»Die Damen mußt du entschuldigen, sie brauchen eine Weile, um sich nach der langen Reise frisch zu machen. Da haben es wir einfacher, nicht wahr? Auch schwere Strapazen machen einen Mann nicht häßlicher, steigern vielleicht sogar seine Anziehung.«
»Ich bin keine Frau, Gaius, und so weiß ich auch nicht, wie strapazierte Männer auf Frauen wirken.«
Caligula sah ihn kurz an, seine starren Augen glitzerten seltsam, und Lepidus dachte: Spinnenaugen, die in unendlich geduldiger Mordlust auf den rechten Moment lauern.
»Ich weiß es! Als Gott empfinde ich androgyn, denn jede Gottheit ist ein Zwitterwesen. Deshalb auch die ständige Wandlung; ihr habt mich ja bereits als Luna, Jupiter, Isis und Neptun auftreten sehen. Kannst du dich noch an das Frauenfest erinnern? Damals war ich ein Weib unter Weibern, nur einer wollte das nicht wahrhaben.«
Caligula ließ ihn nicht aus den Augen, und Lepidus beschlich ein banges Gefühl. Warum redete Caligula jetzt gerade davon?

»Du hast dich ja dann schnell wieder zurückverwandelt«, sagte er leichthin, und tat, als berühre ihn dieses Thema nicht besonders.

»Ja, wir haben die Rollen getauscht. Ich wurde wieder zum Mann, und du hast mir deinen Steiß hingehalten wie eine brünstige Hündin.« Caligula lachte scheppernd und fügte hinzu: »Jugendsünden! Auch wenn's nicht lange her ist, doch jetzt haben wir Besseres zu tun.«

Lepidus fühlte, wie siedender Zorn in ihm aufstieg. Hätte er jetzt einen Dolch zur Hand gehabt ... Den Verhaßten mit bloßen Händen zu erwürgen, war nicht möglich, denn die germanische Leibwache stand im Hintergrund. Um nichts Falsches zu sagen, schwieg Lepidus und wartete ab. Caligula schlug ihm leicht auf die Schulter.

»Trotzdem – oder vielleicht gerade deshalb? – sind wir Freunde geblieben. Ich brauche dich heute nicht mehr; leg dich zur Ruhe, Lepidus.«

Er verließ den Legatenpalast und ging hinüber zum Zeltlager. War das eben nur ein Katz- und Mausspiel, wie Caligula es schätzte, oder lag eine versteckte Drohung darin?

Vor dem Feldherrenzelt kreuzten die Wachen ihre Lanzen.

»Der Legat schläft und will nicht mehr gestört werden.«

»Von mir läßt er sich gewiß stören«, sagte Lepidus bestimmt, doch die Wachen rührten und regten sich nicht. Lepidus war selbst so müde, daß er nachgab.

»Nun gut, es hat auch bis morgen Zeit.«

Eine Stunde vor Mitternacht mußten die Weinschenken und Händler schließen, die Huren und Gaukler wurden davongejagt, und bald lag nächtliche Ruhe über der Zeltstadt. Da und dort war ein Schnarchen oder Flüstern zu hören, gelegentlich ertönte ein lauter Furz, von Flüchen oder Gelächter begleitet.

Milonia Caesonia, die hochschwangere Geliebte des Kaisers, lag schon im Bett, als Caligula ihr Dormitorium betrat. Ihre dunklen Haare breiteten sich über das Kissen, die großen schwarzen Augen verbargen – im Gegensatz zu denen Caligulas – nichts

von ihren Empfindungen. Ihr von Laster und Wohlleben gezeichnetes Gesicht wirkte in diesem Augenblick ruhig und entspannt. Mit einem Ruck warf sie die Decke zurück und strich über ihren nackten, zur Halbkugel gewölbten Bauch.
»Hier schlummert die Zukunft Roms«, sagte sie, »und ich hoffe, die Götter schenken dir einen Jungen.«
»Da du deinem früheren Mann drei Mädchen geboren hast, könnte es schon sein, daß die julisch-claudische Familie einen männlichen Erben erhält. Aber gleichviel, ich hoffe, wir werden noch mehr Kinder miteinander zeugen.«
Caesonias schwarze Augen funkelten angriffslustig:
»Wir tun's aber nicht nur deswegen – oder?«
Caligula betrachtete ihren aufgetriebenen Körper mit perverser Lust. Ob es nicht möglich wäre, den Bauch aufzuschneiden, um nach dem Geschlecht des Kindes zu forschen? Man könnte ihn wieder zunähen, und nichts würde bleiben als eine Narbe. Er aber würde morgen hinaustreten und seiner Truppe verkünden: Ich habe mich entschlossen, Rom und dem Erdkreis einen Sohn und Erben zu schenken, und alle würden seine göttliche Voraussicht bewundern, wenn später ein Knabe zur Welt kam.
»Sieh mich nicht an, als wolltest du mich auffressen!«
Caligula legte seine Kleider ab.
»Dreh dich um; zur Zeit gefällst du mir von hinten besser.«
Mit einem lauten, rauhen Lachen folgte Caesonia seinem Wunsch. Caligula drang mit ungewohnter Sanftheit in sie ein, umfaßte ihre schon milchschweren Brüste und knetete sie heftig. Er fühlte die Lust in sich aufsteigen wie eine schwere süße Wolke.
»Ich liebe dich, Caesonia«, stöhnte er, »und weiß nicht warum. Du bist nicht jung, bist nicht schön, und trotzdem bist du die erste Frau, die ich nach Drusilla wirklich liebe. Darum werde ich dich auch heiraten, noch ehe das Kind geboren ist.«
Er gab sie frei, und Caesonia ließ sich entspannt und mit weitgespreizten Schenkeln zurücksinken.
Nach einer Pause sagte Caligula träge:
»Ich freue mich schon auf die Gesichter, die meine Offiziere morgen machen werden – viele werden erfreut sein, andere ver-

wundert, einige entsetzt. Die Herren vergessen immer, daß ich ein Gott bin!« Er lachte laut und fügte scherzend hinzu: »Manchmal vergesse ich es sogar selbst.«

XXVIII

Callistus war als treuer und verläßlicher Sachwalter des Kaisers in Rom geblieben. Zusammen mit dem Prätorianerpräfekt Arrecinus Clemens führte er die Regierungsgeschäfte, doch das taten die beiden auch, wenn der Kaiser anwesend war. Caligula nämlich verstand sein Amt einzig und allein als Quelle für sein Vergnügen, seine Launen, seine zynischen Grausamkeiten.
Daß er nun für längere Zeit von Rom abwesend war, nutzte Callistus, um sein feingesponnenes Gewebe aus Gerüchten, Bespitzelungen und Gefälligkeiten nach dem Prinzip »manus manum lavat« weiter auszubauen.
Eine zentrale Rolle spielte dabei der hinkende und Gesichter schneidende Claudius Caesar, der tief aufgeatmet hatte, als sein anstrengender kaiserlicher Neffe endlich aus Rom verschwunden war. Er zog sich auf sein in den Albanerbergen gelegenes Landgut zurück und konnte sich endlich in Ruhe und ohne Störung seinen historischen Arbeiten widmen. Von Zeit zu Zeit mußte er freilich nach Rom, um sich dort in den Bibliotheken und Archiven das notwendige Rüstzeug zu holen. Als kaiserlicher Prinz hatte er Zutritt zum Hausarchiv seiner Familie in den weitläufigen Kellern des Palatiums, und Callistus war natürlich jedesmal über seine Besuche unterrichtet.
An einem regnerischen Wintertag Ende November nutzte Callistus eine solche Gelegenheit und bat Claudius Caesar zu sich. Die beiden etwa gleichaltrigen Männer verstanden sich recht gut, um so mehr als es der dicke Sekretär niemals an Respekt und ungeheuchelter Hochachtung für den Historiker fehlen ließ. Callistus erkannte hinter den nervösen Grimassen den hochgebildeten, etwas weltfremden Gelehrten, der den Spott seines kaiserlichen Neffen ungewollt immer wieder herausforderte.

»Ach, es tut gut, mit dir zu sprechen, ohne gewärtig sein zu müssen, daß Caligula hereinplatzt und einen seiner dummen ›Scherze‹ macht.«
Callistus seufzte.
»Da hast du wohl recht, Claudius Caesar, auch ich konnte viel nacharbeiten, seit der Imperator abwesend ist. Aber darum geht es jetzt nicht. Ich bin dir seit Jahren so freundschaftlich verbunden, daß ich zu dir offener reden kann als zu manchen anderen. In diesem Fall geht es auch um dich, Prinz Claudius, wobei ich voraussetze, daß nichts – aber auch nichts über diese Räume hinausdringt.«
»Aber – aber – das ist – das ist doch selbstverständlich.«
Callistus ging zur Tür und riß sie mit einem Ruck auf.
»Ich bin übervorsichtig, doch es darf um keinen Preis Zeugen geben. Ich habe lange gezögert, mich dir anzuvertrauen, aber ich muß es wohl, ehe der Kaiser zurückkehrt.«
Claudius Caesars faltiges, unbeherrscht zuckendes Gesicht war zunehmend ängstlicher geworden. Callistus sah, wie er sich zusammenriß.
»Nun rück schon heraus damit, Callistus«, forderte er mit für ihn ungewohnter Grobheit.
Callistus wand sich:
»Wenn das so einfach wäre ... Also – man hat mir zu verstehen gegeben, daß es für mich lohnend oder vorteilhaft sein könnte, wenn du – also, wenn ich dich ...«
Callistus versank in hilfloses Schweigen.
»Wenn ich abträte, das ist es doch? Ich soll, schlicht gesagt, umgebracht werden, damit sich mein sauberer Neffe nicht mehr gestört fühlt. Habe ich recht?«
»Ja, Claudius Caesar, so ungefähr ist es ...«
»Und wer soll das in die Wege leiten?«
»Ich fürchte, man hat mich damit gemeint.«
»Wer ist, ›man‹?«
»Muß ich es wirklich aussprechen?«
»Nein, das kannst du dir sparen. Und was gedenkst du zu tun?«
Callistus hob die Hände.
»Nichts. Nichts werde ich tun. Und ich werde überzeugende Argumente für meine Untätigkeit finden – glaube mir!«

Claudius lachte und schnitt dabei gräßliche Gesichter.

»Ich kenne dich als vernünftigen Mann und glaube dir. Aber kann das nicht gefährlich für dich werden?«

»Es wäre gefährlicher, dem Wink zu gehorchen, abgesehen von meiner hohen Wertschätzung für dich. Deinem Neffen könnte bald ... etwas ... etwas zustoßen, du verstehst – es gibt ja Unfälle mancherlei Art, und dann bist nur noch du, Claudius Caesar, aus der kaiserlichen Familie am Leben, und auf dir ruhen nicht nur meine Hoffnungen ...«

»Mir fehlt der Ehrgeiz, Princeps zu werden, und auch die Lust. Alles, was ich mir wünsche, ist, in Ruhe gelassen zu werden, damit ich mich ganz meiner Arbeit widmen kann. Auf diesem Gebiet liegt mein Ehrgeiz!«

»Ich verstehe das recht gut, Prinz Claudius, ich habe das ja auch nur als Möglichkeit angedeutet. Von mir brauchst du jedenfalls keine Gefahr zu befürchten, und sollte sie woandersher kommen, so werde ich dich warnen.«

Claudius verabschiedete sich ganz gerührt über die Fürsorge und die warme Sympathie des Callistus. Der aber dachte zufrieden: So macht man sich die Menschen gewogen; denn Claudius Caesar war sein wertvollstes Pfand für »die Zeit danach«, wenn Caligulas Nachfolger – wer immer es auch sein mochte – mit den willfährigen Handlangern des Tyrannen abrechnete.

Cornelius Celsus konnte nur den Kopf schütteln, als er von den neuen Plänen seines Sohnes erfuhr. Wie hatten er und Valeria sich gefreut, als Sabinus aus Ephesos zurückkam und gleich lauthals verkündete, nun sei es endgültig vorbei mit dem Militär, denn er habe die Nase voll und gedenke für den Rest seines Lebens Zivilist zu bleiben. Das sah dann wieder ganz anders aus, als Sabinus von der kaiserlichen Einladung zurückkehrte.

»Der Kaiser bedauert es von Herzen, daß Onkel Calvus in seiner Verzweiflung den Tod gewählt hat, und mir wurde versichert, daß die Anklageschriften von einer unabhängigen Kommission verfaßt werden. Caligula war so nett und mitfühlend, und als er mir anbot, als Tribun der Prätorianer in seiner Nähe zu bleiben, konnte ich doch nicht nein sagen.«

Der sonst so sanfte Celsus schlug mit der Faust auf den Tisch.

»Verflucht noch einmal, du bist ein Dummkopf! Du warst zu lange weg von Rom, um zu wissen, was hier vorgeht! Im Carcer Tullianum mußten sie zwei neue Henker einstellen, weil die beiden bisherigen mit dem Foltern und Köpfen nicht mehr nachkamen. An der Gemonischen Treppe liegen die Leichen zuhauf, und du wagst es, von einem netten und mitfühlenden Kaiser zu reden!«

Sabinus mußte sich beherrschen, um seinen Vater nicht zu umarmen, weil er ja so recht hatte. Aber er durfte sich nichts anmerken lassen, wenn er den nun einmal gewählten Weg weitergehen wollte.

»Unzufriedene und Verräter gibt es immer. Vielleicht springt Caligula mit ihnen zu hart um, aber das wird sich legen, wenn er einmal fester im Sattel sitzt.«

Celsus wandte sich verzweifelt an seine Frau.

»Hör dir das an! Vielleicht gelingt es dir, deinem Sohn begreiflich zu machen, daß man einem Tyrannen nicht dienen kann, ohne sich selbst moralisch zu verunglimpfen. Sind die Lehren unserer Dichter und Philosophen an dir abgeprallt? Oder schlage doch einfach das Ius romanum (römisches Recht) auf; da heißt es: Nemo praesumitur malus nisi probetur (Nicht der Verdacht zählt, sondern der Beweis). Caligula hat das auf den Kopf gestellt, denn bei ihm zählen nur Verdacht und Denunziation. Glaubst du ernsthaft an eine Schuld unseres Calvus? Der Kaiser wollte so sich sein Vermögen aneignen, und nur um etwas für dich zu retten, ist Calvus in den Tod gegangen. Du bist dabei, in die Dienste eines notorischen Raubmörders zu treten.«

»Celsus! So spricht man nicht vom Kaiser!« wies Valeria ihn zurecht. Doch der ließ sich nicht beirren.

»Ich muß unserem Sohn die Augen öffnen, ehe er die größte Dummheit seines Lebens begeht.«

Um seine Eltern zu beruhigen, wollte Sabinus einen Teil der Wahrheit preisgeben.

»Was du mir von Caligula erzählst, ist mir nicht neu. Chaerea hat es mir bestätigt, und ich kann euch nur sagen, daß ihr noch längst nicht alles wißt. Vielleicht werde ich nur Tribun bei den Prätorianern, um Gefahren rechtzeitig zu erkennen. Der Kaiser hat mir gegenüber mit einigem Unwillen angedeutet, daß schon lange kein Cornelier mehr bei der Palastgarde Dienst tat. Das schien mir wie ein Vorwurf, als wolle unsere Familie sich vor gewissen Pflichten drücken. Und noch etwas anderes klang durch: daß ich mir mein Erbteil von Onkel Calvus quasi durch Wohlverhalten erst verdienen müsse. Caligula könnte sich übrigens durchaus denken, daß bei den Corneliern noch etwas zu holen ist, etwa nach der Regel: Wo viel ist, kann noch mehr sein. Glaubst du, Vater, ich könnte es ruhig mit ansehen, daß dich die Prätorianer aus deinem Haus zerren? Der Kaiser hat schon ärmere als dich dem Henker überliefert, denn er nimmt hunderttausend Sesterzen nicht weniger gern als eine Million. Wenn ich aber bei der Palastgarde Dienst tue, weiß ich meist schon im voraus, wenn es trifft und werde vielleicht manches verhindern können. Deshalb schmeichle ich mich beim Tyrannen ein, deshalb mein Eifer.«

Seine Eltern blickten sich an und blieben eine Weile stumm. Dann räusperte sich Celsus und begann mit leiser stockender Stimme:

»Also, Sabinus, also – nun, das wußten wir nicht – ich meine, wenn du das gleich gesagt hättest ...«

Sabinus schlug zornig die Fäuste zusammen.

»Ich wollte es für mich behalten, um euch nicht zu gefährden! Versteht ihr das nicht!?«

»Doch, doch, Sabinus. Was du vorhast, ist durchaus ehrenwert, aber auch sehr sehr gefährlich. Da wäre mir fast lieber gewesen, du hättest weiterhin in Ephesos Dienst getan.«

»Ich kann die Augen vor diesen Greueln nicht verschließen und so tun, als gingen sie mich nichts an. Wir sind eine patrizische Familie, und uns betreffen sie am meisten, denn Caligula wird ewig in Geldnöten sein, und er wird nicht ruhen, bis er alle reichen Patrizier – an der Spitze die ihm so verhaßten Senatoren – abgeschlachtet hat.«

»Das ist ja grauenvoll ...« flüsterte Valeria und schlug die Hände vors Gesicht.

»Ja, Mutter, es ist grauenvoll, aber auch gegen Tyrannen gibt es geeignete Mittel.«

Celsus fuhr auf und fragte erregt:

»Was willst du damit sagen?«

»Nichts Bestimmtes, ich deute nur eine Möglichkeit an.«
Mehr war aus Sabinus nicht herauszulocken, und so war dieses Gespräch kaum geeignet, seine Eltern zu beruhigen.

Sabinus hatte sich in die Offiziersliste eintragen lassen und nützte jetzt die freie Zeit, um sein Erbe anzutreten. Neben dem Haus an der Via Salaria waren dies Beteiligungen an einer Töpferei, einem Fuhrunternehmen, einer Tuchweberei und vor allem ein großes Landgut zwischen Cortona und dem Lacus Trasimenus, wo hauptsächlich Wein und Korn produziert wurden.

Mit dem Majordomus seines verstorbenen Onkels hatte Sabinus ein langes Gespräch. Er war der Sohn eines griechischen Freigelassenen und hieß Lucillus. Der alte Mann führte ihn durchs Haus.
»Die Sklaven hat unser Herr, wie es bei guten Menschen der Brauch ist, nach seinem Tod freigelassen. Es liegt nun an dir, ob du sie gegen Lohn weiterbeschäftigen willst, und an ihnen, ob sie bleiben möchten. Es hängt auch davon ab, ob du eine Familie gründen willst, ob du häufig Gäste empfängst ...«
Sabinus legte dem Alten eine Hand auf den Arm.
»Wir werden sehen. Falls du Lust hat, weiterhin in deinem Amt zu bleiben, wäre mir das recht; solltest du dich aber aus Altersgründen ...«
»Nein, nein!« unterbrach ihn Lucillus lebhaft. »Ich habe so lange in diesem Haus gelebt, es wäre mir schon recht, wenn ich hier auch sterben dürfte.«
»Wer vom Tod redet, lockt ihn herbei.«
Der Alte lächelte:
»Das Schicksal läßt sich nicht beirren. Die einen reden dauernd vom Tod und werden achtzig Jahre alt, andere ignorieren ihn oder leugnen – wie Epikuros – sogar seine Existenz, und sterben jung.«
»Da wir nun schon beim Thema sind. Kannst du mir über meines Onkels Tod näheres berichten?«
Das Gesicht des Majordomus verdüsterte sich.
»Du warst ihm lieb wie ein Sohn, und so sollst du wissen, was ich weiß. Nachdem unser Herr den Advocatus empfangen hatte,

ließ er mich rufen. Er klärte mich über die Lage auf und bat mich, ihm beizustehen. Damals, als seine Frau und sein Kind starben, muß er sich ein starkes Gift besorgt haben, das er nun hervorholte und in einen Becher Wein mischte. Zu mir sagte er: ›Ich werde diesen Todestrank innerhalb der nächsten Stunden zu mir nehmen. Ehe ich den Becher leere, werde ich klingeln, warte dann etwa zehn Minuten und gehe ins Zimmer. Sollte ich nicht tot sein, erstickst du mich mit einem Kissen oder öffnest mir die Adern.‹

Du kannst dir denken, Sabinus, wie mir zumute war. Lächelnd, als bespreche er mit mir die nächste Mahlzeit oder das Beschneiden der Hecken im Garten, und mit ruhiger, beherrschter Stimme erteilte dein Onkel seine Anweisungen. Ich kannte ihn gut genug, um zu wissen, daß er keine Widerrede dulden würde, und nickte nur stumm und mit Tränen in den Augen. Er drückte mir die Hand, sagte, für mich und die anderen sei gesorgt und verschwand in seinem Arbeitszimmer. Ich hockte mich auf den Boden vor die Tür und wartete mit klopfendem Herzen auf das Klingelzeichen. Wie lange es gedauert hat, kann ich dir nicht sagen. Mir jedenfalls schien es zu früh – viel zu früh. Ich drehte die Sanduhr um und betrat nach zehn Minuten den Raum. Dein Onkel saß an seinem Arbeitstisch, sein Kopf war auf die Schreibplatte gesunken. Ich berührte ihn an der Schulter, doch er war schon tot. Das Gift muß sehr schnell gewirkt haben. Wir haben seinen Leichnam im Park verbrannt und die Urne ins Familiengrab gestellt.«

»Ich danke dir für deinen Bericht, Lucillus. Das mit den Freigelassenen sollst du nach deinem Ermessen regeln. So lange ich allein hier lebe, genügen einige Gärtner, ein Koch und ein Laufbursche. Wer nicht benötigt wird, soll eine gute Abfindung bekommen. Ich werde in den nächsten Wochen hier einziehen.«

»Dann kommt wieder Leben ins Haus«, meinte Lucillus erfreut.

»Vielleicht hast du recht ...« sagte Sabinus unbestimmt.

Er hatte tatsächlich vorgehabt, nach seiner Rückkehr eine Familie zu gründen, aus Trotz gegen Helenas Weigerung und um sie endgültig zu vergessen. Doch seit sein Onkel Calvus ein Opfer der kaiserlichen Geldgier geworden war, hatte ein Gedanke von

ihm Besitz ergriffen, den er zuerst unterdrückte, der sich aber hartnäckig wie ein chronischer Schmerz immer wieder bemerkbar machte. Dieser Gedanke drängte alles andere beiseite, schob sich mehr und mehr in den Vordergrund und nahm immer deutlichere Gestalt an: Es war der Wunsch, Caligula zu töten und Sabinus malte sich aus, wie leicht dies sein würde, wenn man ihm so nahe war wie etwa ein Tribun der Palastgarde. Das war freilich noch kein konkreter Plan oder gar ein fester Vorsatz, eher ein verlockendes Gedankenspiel, das übrigens auch über Caligulas Tod hinausging. Wie würde Rom den oder die Tyrannenmörder feiern! Man würde ihnen Statuen errichten, in den Tempeln für ihr Wohlergehen opfern, sie reich beschenken und ihnen Ehrennamen verleihen.
Wann aber hatte dieses Gedankenspiel begonnen? Vielleicht war es bei dem Gastmahl gewesen, als Caligula seine kalten, zynischen Augen auf ihn gerichtet und verkündet hatte, seine größte Tugend sei die Schamlosigkeit, die er über alles schätze. In diesem Augenblick hatte Sabinus gewußt, daß er einem Mörder gegenübersaß. Wenn ein Fürst Krieg führte, um sein Reich zu bewahren, um Unruhen und Hungersnöte zu verhindern, dann sah Sabinus ein, daß dabei Opfer gebracht werden mußten – an Geld wie an Menschenleben. Aber Caligula regierte ein seit Augustus friedliches und befriedetes Reich, und sein ungeheuerer Geldbedarf war allein seiner maßlosen Verschwendungssucht zuzuschreiben. Deshalb zog er nicht nur die Steuerschraube an und preßte aus den unsinnigsten Tätigkeiten Abgaben, sondern hatte sich aufs Morden verlegt wie ein Wegelagerer, der nach dem Dolch greift, wenn ein reicher Kaufmann vorbeizieht. Auch hatte Sabinus nicht vergessen, wie der Kaiser zum Selbstmord von Cornelius Calvus zynisch anmerkte: »Ich hoffe nur, daß sein Beispiel viele Nachahmer findet.«
Caligula war jetzt siebenundzwanzig Jahre alt. Selbst wenn er nur halb so alt wurde wie sein Vorgänger Tiberius, müßte man ihn noch dreizehn Jahre ertragen.
Diese Rechnung hatte Sabinus mit Chaerea kürzlich erörtert, und ihm dabei mitgeteilt, daß er auf persönlichen Wunsch des Kaisers in die Prätorianergarde eintreten werde.
Maßlos verblüfft hatte Chaerea sich aufgerichtet:

»Hast du dir das genau überlegt? Was bezweckst du damit? Ich dachte, du hättest nach Ephesos jetzt endgültig genug von der Legion, in die du ja nur Helena zuliebe eingetreten bist.«
»Das stimmt, ich habe genug, und auch mein Vater ist entsetzt, daß ich nun doch weitermache. Aber ich habe ihm erklärt, warum und sage es nun auch dir: Es geschieht aus einer Art Notwehr heraus. Wenn ich dem Kaiser nahe bin, kann ich manches rechtzeitig erfahren, und vielleicht läßt sich doch einiges verhindern oder abschwächen. Du mußt dir einmal vor Augen halten, was in den letzten zwei Jahren geschehen ist! Während dieser Zeit hat Caligula Hunderte von Menschen umbringen lassen, darunter viele Namenlose, die man kaum kennt und schnell vergißt. Monat für Monat füttert er die Arenen mit menschlichem Schlachtvieh, das er einfach irgendwo zusammentreiben läßt. Dazu kommen die Begüterten aus patrizischen und plebejischen Familien, die er mit Scheinprozessen in den Tod treibt, oder ihnen, wie meinem Onkel, nach einer vorherigen Testamentsänderung gnädig den Freitod gestattet. Wie soll das weitergehen? Wenn Caligula zurückkommt, wird er mehr Geld brauchen als je zuvor. Sein überflüssiger Feldzug muß finanziert werden, und sein Verschwenderleben wird er kaum aufgeben. Weißt du, daß er seinem Lieblingspferd Incitatus einen Stall aus teuerstem Marmor erbauen ließ? Es frißt aus einer kostbaren Krippe, die mit Elfenbein verziert ist, sein Zaumzeug ist mit Edelsteinen überladen, zu seiner Bedienung steht ein Dutzend Sklaven bereit. Er soll dem Senat sogar gedroht haben, Incitatus im nächsten Jahr zum Konsul zu ernennen.«
Chaerea verzog sein breites, gutmütiges Gesicht zu einem schmerzlichen Lächeln, als er seinen geschienten Fuß verlagerte.
»Das sind doch Kindereien ...«
Sabinus fuhr auf:
»Kindereien nennst du das? Gerade für diesen kostbaren Stall hat vielleicht mein Onkel sterben müssen! Für nächtelange Bankette, die Millionen von Sesterzen kosten, für den einfältigen Wagenlenker Eutychos, dem Caligula zwei Millionen schenkte, für die Schiffsbrücke von Puteoli, die vermutlich bis heute nicht abbezahlt ist, für lauter Unfug! Und dafür werden Tag für Tag Menschen umgebracht, deren kleiner Zeh tausendmal mehr wert

ist als dieses fette und kahle Scheusal, das sich noch dazu als Gott bezeichnet.«
Chaerea schnaufte unbehaglich.
»Du hast ja recht, es läßt sich schwer etwas anderes zur Rechtfertigung des Kaisers sagen, als daß er unser Princeps ist, daß wir einen Eid auf ihn geschworen haben und daß er bei der Armee nach wie vor beliebt ist.«
»Weil sie ihn nicht kennen, und weil er die Offiziere dauernd mit Donativen besticht. Du verdienst bei ihm auch gutes Geld, das ist mir klar, aber halte dir nur vor Augen, wie er dich behandelt. Er setzt dich ständig vor den Augen deiner Kameraden herab und mißbraucht euch Prätorianer als Henker und Steuereintreiber. Verzeih, wenn ich das so deutlich sage, aber euer Ruf bei der römischen Bevölkerung ist nicht mehr der beste.«
»Beim geschwänzten Faun, das weiß ich doch alles! Glaubst du, mir gefällt das? Aber was soll ich denn tun? Den Kaiser mit gezücktem Schwert zwingen, ein besseres Leben zu führen, oder ihn umbringen?«
»Ja«, sagte Sabinus leise, »das wäre die beste Lösung.«
Chaerea tippte auf seine Stirn.
»Du bist ja verrückt! Laß dir lieber etwas Besseres einfallen.«
Sabinus ließ das Thema fallen, doch der Samen war gelegt, und er hoffte, daß er eines Tages aufgehen würde.

Die Lagebesprechung fand im Legatenpalast von Moguntiacum statt, den der Kaiser seit dem frühen Morgen mit einer dreifachen Reihe seiner Leibtruppen hatte umstellen lassen.
Gaeticulus und Lepidus wurden unter Bewachung aus ihren Zelten abgeholt und in den Beratungsraum gebracht. Die meisten der geladenen Tribunen und Primipilen (rangälteste Centurionen) saßen schon dicht gedrängt auf Feldstühlen, denn der Raum war nicht sehr groß. An der Stirnwand hatte man eine Art Bühne errichtet, auf der ein geschnitzter Sessel und zwei einfache Stühle standen. Gaeticulus und Lepidus wurden von ihrer Bewachung in die erste Reihe geführt, wo sie Platz nahmen. Sie saßen weit auseinander und konnten sich weder durch Worte noch durch Blicke verständigen. Doch beide spürten die Bedrohung und ihre hilflose Lage.

In Aemilius Lepidus glomm allerdings noch ein Rest Hoffnung. Denn er rechnete mit Vorwürfen und Anschuldigungen, aber es gab keine Beweise – es durfte keine geben!

Der Kaiser ließ lange auf sich warten. Ehe er kam, wurden noch die beiden Stühle neben dem Thronsitz eingenommen; zur Rechten saß Domitius Corbulo, der Konsul dieses Jahres, ein Halbbruder der Caesonia, zur Linken nahm Sulpicius Galba Platz, ein früherer Konsul und Statthalter, der als stets loyaler und unbestechlicher Beamter galt.

Dann erschien Caligula, als Feldherr gekleidet, mit Brustpanzer und roten Stiefeln, den fetten, schwammigen Körper in einen Purpurmantel gehüllt, die Stirnglatze von einem goldenen Lorbeerkranz verdeckt. Alle erhoben sich und grüßten militärisch. Der Kaiser winkte lässig ab und ließ sich auf dem Thronsitz nieder. Hinter ihm stand wie eine eherne Mauer die germanische Leibwache, und jeder der Männer hatte die Rechte am Schwertgriff.

Auf Caligulas Wink erhob sich der Konsul Domitius Corbulo und rief in den Saal:

»Ehe wir die Lage erörtern, gilt es zwei Verräter zu überführen, die mitten unter euch sitzen. Sollten sie den Mut besitzen, freiwillig vorzutreten, dann fordere ich sie hiermit dazu auf.«

Im Saal war es totenstill geworden, nichts regte sich, alle blickten starr geradeaus auf den Kaiser. Der lächelte nur spöttisch und sagte:

»Spare dir die Mühe, Konsul, die beiden sind zu feige dazu.«

Er deutete mit ausgestrecktem Arm auf die vorderste Stuhlreihe.

»Da sitzen sie und zittern um ihr Leben! Aemilius Lepidus und Lentulus Gaeticulus, erhebt euch! Tretet zwei Schritte vor, damit jeder euch Erzverräter genau betrachten kann.«

Er winkte seinen Prätorianern.

»Legt sie in Ketten!« Der Kaiser erhob sich und sagte: »Euch, ihr ehrenwerten Offiziere meines Heeres, bin ich eine Erklärung schuldig, denn der Verräter Gaeticulus war bis heute Legat der beiden obergermanischen Legionen, die ich nicht ohne Grund von hier fernhalte. Denn leider sind sie mit Ehrlosen durchsetzt, die mit Gaeticulus hoffen, mich beseitigen und den anderen Erzverräter, Aemilius Lepidus, an meiner Statt zum Imperator erheben zu können. Stimmt das, was ich sage, Lepidus? Oder spreche ich nur einen Verdacht aus, der sich nicht beweisen läßt?«

Lepidus schwieg und senkte den Kopf. Der Kaiser lachte scheppernd.

»Keine Antwort ist auch eine Antwort! Wer von euch nun glaubt, die Verschwörung dieser Hochverräter sei erst jetzt aufgedeckt worden, den kann ich beruhigen. Ich habe die beiden schon in Rom überwachen lassen und habe hier« – er wies auf den kleinen Tisch – »eine Reihe von Briefen liegen, die klar und überzeugend die Schuld der beiden belegen. Es sind Briefe von Gaeticulus an Lepidus und solche von Lepidus an Agrippina, meine Schwester, die – ebenso wie Livilla – an dieser schändlichen Verschwörung beteiligt ist. Agrippina war die Geliebte des Lepidus und hoffte an seiner Seite Kaiserin zu werden. Aber wir wollen diese beiden Männer nicht verurteilen, ehe nicht die Schwere ihres Verrates jedem von euch bekannt geworden ist. So werde ich nun selbst einige Stellen aus der Verschwörerkorrespondenz vorlesen.«

Caligula griff nach einer der kleinen Pergamentrollen und hob die Hand.

»Also hört! Der Verräter schrieb den Brief etwa vor einem Jahr an Agrippina, als er sich hier bei Gaeticulus aufhielt:

›So schwärmte auch ich von Tiberius und schilderte ihm einige der Scherze unsere Stiefelchens. Der Feldherr war so empört, daß er aufsprang und brüllte: Warum tritt nicht einer vor das Scheusal hin und stößt ihm den Dolch in in die Brust?‹«

Caligula hielt inne und hörte mit Zufriedenheit das leise empörte Raunen der Männer. Der Kaiser gebot mit einer Handbewegung Ruhe.

»Hört nur weiter, es kommt noch schöner. Hier: ›Behutsam legte ich ihm unseren Plan vor, sprach von deinem und Livillas Einverständnis, nannte Namen, die er kannte und schätzte, und erklärte schließlich, ohne ihn und seine Legionen müsse unser Plan scheitern.‹ Lepidus scheint ihm dann noch eingeredet zu haben, daß in Rom gegen ihn eine Anklage vorbereitet werde, worauf – so steht es hier im Brief, dieser entgegnete: ›... da müsse man den Spieß einfach umdrehen und Caligula zur Schlachtbank führen.‹

Ich will euch nicht weiter mit dem verräterischen Geschwätz langweilen, denn ich werde die gesamte Korrespondenz, so weit sie mir in die Hände fiel, zu jedermanns Einsicht veröffentlichen lassen. Hinzufügen möchte ich noch, daß Gaeticulus auf die Unterstützung seines Schwiegervaters Lucius Apronius hoffte, doch der erwies sich als treu und dachte nicht daran, seine untergermanischen Legionen für verräterische Zwecke mißbrauchen zu lassen. Was die beiden Legionen des Verräters Gaeticulus betrifft, so verspreche ich euch, daß ich sie in Kürze mit dem eisernen Besen säubern werde. Ich werde sein wie Herkules und diesen Augiasstall ausräumen! Danach übergebe ich die beiden Legionen in die Hände ihres neuen Legaten Sulpicius Galba.«
Galba, der zur Linken des Kaisers saß, erhob sich und sagte militärisch knapp:
»Ich werde dir diese Beförderung mit Hingabe und Treue danken, erhabener Imperator!«
Beifall brandete auf, dazwischen waren Rufe wie: »Tod allen Verrätern!« zu hören.
Caligula gebot Ruhe.
»Aemilius Lepidus und Lentulus Gaeticulus, leugnet ihr, zusammen mit meinen Schwestern und anderen eine Verschwörung angezettelt zu haben, die mich beseitigen und Lepidus zum Princeps erheben wollte? Entsprechen die von mir verlesenen Briefstellen der Wahrheit oder seid ihr durch eine Fälschung verleumdet worden?«
Lentulus Gaeticulus, der Richter und Feldherr, nahm seinen ganzen Stolz zusammen und rief laut:
»Ich leugne es nicht und hoffe, es werden sich andere finden, unser Werk zu vollenden!«
Lepidus war in dumpfe Gleichgültigkeit versunken. Seine Pläne waren gescheitert; er empfand nicht einmal mehr Haß gegen Caligula. Er hob seinen Kopf und zischte, als spucke er die Worte einzeln aus:
»Fahrt alle zum Orcus – alle miteinander!«
Der Fall lag so klar, daß es eines besonderen Schuldspruchs nicht bedurfte. Zum Abschluß verkündete der Konsul Domitius Corbula den strengen Befehl des Kaisers, künftig jede Ehrung seiner

sämtlichen Verwandten, besonders der Prinzessinnen Agrippina und Livilla bei Androhung hoher Strafen zu unterlassen.

Mit seinen ihm verhaßten Schwestern rechnete Caligula ohne Zeugen ab.
»Nun, Agrippina Augusta, künftige Kaiserin, Geliebte des Hochverräters Lepidus, die Zeiten der schönen Träume sind vorbei. Das gilt auch für dich, Livilla, obwohl ich mir nicht vorstellen kann, daß dir mein Tod Vorteile gebracht hätte. Wolltest du deinen kranken Dichterling heiraten? Da wärst du ohnehin bald Witwe geworden – nein, ich kann mir schon denken, wer dich verführt hat.«
Er deutete auf Agrippina und blickte sie haßerfüllt an.
»Diese Megäre ist es, deren Wesen aus Habgier, Ehrgeiz und Machtlust besteht. Lepidus kann von Glück sagen, daß er nicht dein Mann geworden ist. Ich selbst würde lieber den Kopf verlieren, als mit einer solchen Furie verheiratet zu sein. Glück im Unglück nenne ich das. Eigentlich sollte ich euch zusammen mit den beiden Verrätern dem Henker übergeben, aber um des Andenkens an unseren Vater Germanicus willen schenke ich euch das Leben. Doch freut euch nicht zu früh: Es wird kein schönes Leben sein! Der Senat wird euch des Hochverrates und des Ehebruchs anklagen, und nur meiner Milde habt ihr es zu verdanken, daß ich von der Todesstrafe absehe. Du, Agrippina, hast die Ehe mit Lepidus gebrochen, weil dein Mann noch lebte, als du das erstemal mit ihm ins Bett stiegst, und dich, Livilla, erwartet Strafe wegen deines Verhältnisses zu Seneca, dem Dichterling. Ich werde Inseln für euch finden, die so einsam sind, daß der Orcus dagegen ein angenehmer Aufenthalt sein würde. Da könnt ihr dann bis zu eurem Lebensende darüber nachdenken, was Verrat am Ende einbringt. Und vergeßt eines nicht: Ich habe nicht nur Inseln für euch, sondern auch Schwerter!«

Am Rande des Zeltlagers wurde eine hölzerne Tribüne errichtet, die so hoch war, daß jeder von jedem Platz aus sehen konnte, was dort vorging. Caligula hatte in seiner üblichen Hast und Ungeduld die Hinrichtung der beiden Verräter noch für den

selben Tag befohlen. Agrippina und Livilla wurden gezwungen, stehend und mit gebundenen Händen dabei zuzusehen.
Gaeticulus bestieg ruhig und aufrecht die hölzerne Plattform, kniete, ohne zu zögern, nieder und neigte sein Haupt. Ein als Henker geübter athletischer Kriegstribun trennte sein Haupt mit einem mächtigen Streich vom Rumpf. Livilla wandte sich ab, doch Agrippina betrachtete die Hinrichtungen ohne erkennbare Regung.
Ihr Geliebter Lepidus, Caligulas ehemaliger Saufkumpan, zeitlebens ein Prasser und Lüstling, machte nicht den geringsten Versuch, seine letzte Stunde würdig zu gestalten. Laut rief er zu Caligula hinüber:
»Auch dich wird es bald treffen, du alter Hurenbock und Knabenschänder. Wir werden uns bald ...«
Einer der Wachsoldaten schlug ihm den Schwertknauf kräftig auf den Mund. Lepidus spuckte Blut und Zahnsplitter auf den Boden, streckte seinen Hintern in Caligulas Richtung und wakkelte damit wie eine billige Hure. Der Henker packte seine Haare und zwang ihn niederzuknien. Da Lepidus aber nicht stillhielt, traf der erste Schwerthieb seine Schulter, und der Henker mußte noch zweimal zuschlagen, ehe der Kopf des Verräters fiel.
Agrippina rief in Richtung des Kaisers:
»Das war der Abschiedsgruß, den du verdient hast! Ich hoffe nur, die Prophezeiung des Lepidus trifft bald ein!«
Sie wurde schnell abgeführt, und die Menge begann sich aufzulösen. Keiner von den Männern zweifelte daran, daß diese Verräter ihren gerechten Lohn erhalten hatten. Ein Kaiser und Feldherr mußte streng und gerecht sein, und genau das war Caligula in ihren Augen gewesen. Von seinem wüsten Treiben kannten die Männer nur Gerüchte, denen sie keine Bedeutung beimaßen. Caligula bedachte sie mit reichen Donativen und ließ sich als ihr geliebter Feldherr, als der würdige Sproß des unvergessenen Germanicus feiern.

Der Kaiser sandte einen genauen Bericht über diese Ereignisse nach Rom. Der Senat ließ den Göttern sofort Dankopfer für seine Errettung darbringen und schickte eine Huldigungsgesandtschaft

an den Rhein, und ausgerechnet der unglückliche Claudius Caesar wurde damit betraut, sie zu führen.
Er beklagte sich darüber bei Callistus:
»Warum schickt man nicht einen Jüngeren? Mir ist das Reisen beschwerlich, im übrigen bin ich mir nicht so sicher, ob Caligula mich gerne sieht. Du weißt ja, wie er mich immer behandelt, und jetzt, wo ich weiß, daß er mich – mich loswerden will ... Vielleicht behauptet er, ich sei auch in die Verschwörung verwickelt und läßt mich dort von einer seiner willfährigen Kreaturen in aller Stille beseitigen. Nur weil sämtliche Senatoren Roms zu feige sind, einen der Ihren auszuwählen, soll ich ... soll ich ...«
»Jetzt beruhige dich doch, Claudius Caesar! Ich sehe den Fall ganz anders und glaube, daß diese Reise für dich nur von Vorteil sein kann. Vielleicht hat der Kaiser auch andere hier in Rom damit beauftragt, dich bei günstiger Gelegenheit zu beseitigen – verzeih den häßlichen Ausdruck, aber seine Majestät gebraucht ihn häufig selbst. Bist du jedoch in offizieller Mission unterwegs, kann dir nichts geschehen. Und laß dir Zeit bei der Rückreise! Je später du wieder nach Rom kommst, desto besser. Dann spielst du den kranken, alten Mann, den die Reise überanstrengt hat und der auf einem entfernten Landgut Genesung sucht. So gewinnen wir Zeit, Claudius Caesar, und eines hoffentlich nicht mehr allzu fernen Tages können wir aufatmen – du, ich, die verbannten Prinzessinnen, die reichen Patrizier, der von Furcht erfüllte Senat, ja – ganz Rom!«
Callistus hatte die Gabe des Überzeugens, und Claudius machte sich nach diesem Gespräch halbwegs beruhigt auf die weite Reise.

Chaereas Bein war nach acht Wochen noch immer so schwach und empfindlich, daß er kaum auftreten konnte. Der Medicus schüttelte bedenklich den Kopf.
»Ich verstehe das nicht! Der Knochen ist glatt verheilt, nur der übliche Wulst ist noch zu ertasten, wo sich die Bruchstelle befand. Vielleicht ist die Umgebung noch entzündet und das kann oft lange dauern, bis es abklingt. Außerdem ist die kühle Jahreszeit dem Heilungsprozeß nicht günstig. Das beste wäre, du

gingest nach Puteoli, um dort die Schwefelquellen anzuwenden. Das vertreibt hartnäckige Entzündungen und beschleunigt die Heilung, besonders nach Knochenbrüchen. Du solltest dort fünf- bis achtmal täglich baden, und dein krankes Bein müßte dabei jedesmal eine halbe Stunde unter Wasser bleiben. In über achtzig Prozent der Fälle wird eine spürbare Besserung oder eine völlige Heilung erzielt.«

»Aber zahlen muß ich es selbst?«

Der Militärarzt nickte.

»Leider, Tribun. Wäre dir der Unfall beim Dienst zugestoßen ... Aber ich kann eines für dich tun: Ich werde um einen Zuschuß aus der Invalidenkasse eingeben. Im übrigen glaube ich nicht, daß dich der Aufenthalt dort so viel kostet. Ich schreibe dir eine Anweisung aus, dann kannst du in Puteoli im Militärhospital wohnen. Dort wirst du auch verköstigt. Du brauchst also nur die Sänfte zu den Quellen und die Bäder zu bezahlen.«

»So arm bin ich nun auch wieder nicht«, sagte Chaerea verlegen.

»Das hat damit nichts zu tun. Ihr Prätorianer habt ja nicht gerade das leichteste Leben, und so ist es nur recht und billig, daß man euch in Krankheitsfällen unterstützt. Also, Tribun, befolge meinen Rat, und du wirst in einigen Monaten vergessen haben, daß dein Bein jemals gebrochen war.«

Chaerea erzählte Sabinus davon, und der war gleich Feuer und Flamme.

»Da komme ich mit!« rief er. »Was kann man in den Wintermonaten besseres tun, als sich an heißen Quellen zu laben?«

Chaereas Gesicht strahlte.

»Das freut mich, Sabinus. Nur, wie komme ich nach Puteoli? Einen so langen Ritt wird mein Bein nicht durchhalten.«

Sabinus winkte ab:

»Mach dir darüber keine Sorgen! An deinem Unfall ist ohnehin meine Familie schuld, und so kann ich dir deine Freundschaft ein wenig vergelten. Wir nehmen die Tiberbarke nach Ostia und fahren mit einem Küstenschiff nach Puteoli. Dort mieten wir uns eine schöne Villa in nächster Nähe der Schwefelquellen, so daß du mit Krücken vielleicht sogar zu Fuß hingehen kannst. Mir wird es auch gut tun, Rom für eine Weile den Rücken zu kehren.

Wenn Caligula zurück ist, werde ich ohnehin keine Zeit mehr für Bäder haben.«
»Dann tun wir gemeinsam im Palatium Dienst, und du kannst Zeuge der Scherze sein, die der Kaiser auf meine Kosten macht«, sagte Chaerea bitter.
»Denk jetzt nicht daran! Befassen wir uns lieber mit dem Nächstliegenden, da man immer einen Schritt nach dem anderen tun soll. Wann brechen wir auf?«
»Nach dem Agonium (eine Art Neujahrsfest am 9. Januar). Zum Marsfest (27. Februar) könnten wir dann spätestens zurück sein. Marcia wird sich ja nicht gerade freuen ...«
»Wir werden es ihr gemeinsam sagen. Außerdem kann es ihr nur recht sein, wenn sie bald wieder einen gesunden Mann hat.«
Chaerea lachte wissend:
»Ach, Sabinus, du warst eben noch nie verheiratet. Die Gedanken der Frauen gehen ganz eigene Wege, da bleibt uns Männern nur ein hilfloses Kopfschütteln.«

Caligula hatte lange nachgedacht, was er der verhaßten Agrippina über das Geschehene hinaus noch antun könnte. Da war ihm ein blendender Gedanke gekommen. Die Leichen der beiden hingerichteten Hochverräter waren gleich danach verbrannt und ihre Asche in Bronzeurnen gefüllt worden. Caligula gestattete der Familie des Gaeticulus, sie in ihrem Mausoleum beizusetzen, doch mit den Überresten des Lepidus hatte er etwas Besonderes vor.
»Nun, da dein sauberer Liebhaber im Orcus ist, wird seine Sippe Anspruch auf die Urne erheben. Du darfst sie seinen Leuten nach Rom bringen, und zwar eigenhändig. Das heißt, du wirst sie während der ganzen Reise auf dem Schoß halten, bis ihr in Rom angekommen seid. Dann darfst du mit Livilla im Staatsgefängnis auf eure Verurteilung warten. Ihr habt mich alle unterschätzt, nicht wahr? Es kann tödlich sein, einen Gott zu unterschätzen. Ich höre alles, sehe alles, weiß alles. Die Götter haben mich hierher begleitet und mir beigestanden, sie werden es weiterhin tun.«
Agrippina hatte ihrem Bruder den Rücken gekehrt und so getan, als höre sie ihm nicht zu. Zwar hatte sie seine Worte vernom-

men, aber nicht ihren Sinn erfaßt, weil ein einziges Gefühl sie für alles andere taub machte, ihren Geist erfüllte, ihren Leib fast sprengte, nämlich der Haß auf diesen Menschen, in dem sie nur noch ein verdammenswertes Scheusal sah, etwas unendlich Widerwärtiges, das ausgetilgt werden mußte.
Auch nach dieser Niederlage und dem Tod des Lepidus hatte sie keineswegs die Hoffnung aufgegeben. Sie baute darauf, daß sich eine neue Verschwörung bilden würde und schalt Caligula einen Dummkopf, weil er sie am Leben gelassen hatte. Sie selbst hätte reinen Tisch gemacht, denn kein bedrohter Tyrann konnte es sich leisten, einen wichtigen Gegner am Leben zu lassen. Vielleicht gelang ihr schon in Rom die Flucht aus dem Staatsgefängnis? Sie müßte nur an ihr Vermögen kommen, denn mit Gold war fast jeder zu kaufen. Aber sie kannte ihren Bruder zu gut, um nicht zu wissen, daß er sich ihre Besitztümer so schnell wie möglich aneignen würde.

Caligula wollte aus der Abreise seiner Schwestern ein Schauspiel machen und zugleich den Legionären zeigen, daß er es nicht übers Herz gebracht hatte, die beiden Prinzessinnen mit den anderen Verrätern in den Tod zu schicken. Die Carruca dormitoria war schon vorbereitet, der große vierrädrige Reisewagen, in dem man auch schlafen konnte. Er war mit kräftigen Mauleseln bespannt und harrte jetzt seiner Gäste.
Caligula hatte ein Manipel (ca. einhundertfünfzig Mann) seiner zuverlässigsten Legionäre zur Bewachung der Schwestern während der Rückreise abgeordnet. Diese Männer bildeten nun eine Gasse, durch die Agrippina und Livilla gehen mußten, um die Carruca zu besteigen. Agrippina schritt stolz erhobenen Hauptes, ihre Hände umfaßten die schlanke, doch gewichtige Bronzeurne mit der Asche des Aemilius Lepidus. Hinter ihr ging Livilla, die sich seit jenem Gerichtstag in unerschütterliches Schweigen zurückgezogen hatte, das sie gegen jedermann wahrte.
Nachdem die Schwestern im Wagen Platz genommen hatten, wandte Caligula sich wortlos ab, der Centurio gab ein Zeichen, und der Zug setzte sich in Bewegung.

Zwei Tage später kam die Glückwunschgesandtschaft des Senats in Moguntiacum an und bat vom Kaiser empfangen zu werden. Caligula hatte gerade ein Gespräch mit Sulpicius Galba, dem neuen Legaten der obergermanischen Legionen.
»Du bist also ganz sicher, Galba, daß Gaeticulus mich wegen der Germanen belogen hat?«
Galba, dem nachgesagt wurde, er sei sparsam, unbestechlich und führe auch persönlich ein spartanisches Leben, verzog sein hartes Soldatengesicht zu einem dünnen Lächeln.
»Gaeticulus hat dich belogen, Imperator, um dich – in deiner väterlichen Sorge um das Reich – nach Germanien zu locken. Die Vangionen jenseits des Rheines verhalten sich völlig ruhig, das haben mir die Offiziere deiner germanischen Legionen bestätigt. Es gibt nicht den geringsten Grund, etwas gegen sie zu unternehmen.«
»Aber Galba«, sagte Caligula fast schmeichelnd, »ich kann doch nicht nach Rom zurückkehren, ohne dem Volk einen Sieg zu vermelden. Du darfst nicht glauben, daß ich mich nach kriegerischem Ruhm dränge, aber das Volk identifiziert sich nun einmal mit dem Princeps, und wenn er eine siegreiche Schlacht schlägt, dann verkündet es: Wir haben gesiegt! Es besteht also gewissermaßen eine politische Notwendigkeit ... Du verstehst?«
»Ich verstehe dich gut, Imperator, und sehe diese politische Notwendigkeit auch ein. Was aber tun?«
»Laß dir etwas einfallen! Schließlich bist du Statthalter und Konsul gewesen, also gebrauche deinen Kopf!«
Galba hielt nicht viel von diesem Kaiser und hätte nichts lieber gesehen, als einen schnellen Abzug des schwierigen und launischen Princeps. Er soll seine Schlacht haben, dachte er, und hatte schon einen ungefähren Plan gefaßt.
»Jawohl, Imperator!« sagte er stramm.
»Gut, und nun zu etwas anderem ... Was ist? Was willst du?«
Unwillig wandte sich der Kaiser seinem Sekretär zu, der ihm etwas ins Ohr flüsterte.
Caligula lächelte wohlgefällig.
»Du brauchst nicht zu flüstern, sage es ruhig laut.«
Der Sekretär neigte den Kopf und verkündete:

»Eine Gesandtschaft des römischen Senats ist soeben eingetroffen, um dem Imperator zur Aufdeckung der Verschwörung zu gratulieren.«
»Siehst du, Galba, die wissen was sich gehört. Wer führt die Gesandtschaft an?«
»Claudius Caesar, dein erhabener Onkel, Majestät.«
Da ging mit Caligulas Gesicht etwas Erschreckendes vor. Seine starre Miene hatte sich beim Gespräch mit Galba entspannt, in die kalten Augen war etwas Leben gekommen. Nun aber nahm sein von Natur aus bleiches Antlitz eine wächserne Farbe an, sein schlaffes, verlebtes Gesicht verzerrte sich zur dämonischen Fratze. Die maßlose Wut ließ seinen Atem stocken, und er mußte einige Male zur Rede ansetzen.
»Was ...? Sie haben es ... sie haben es gewagt, mir diesen senilen Trottel zu schicken, der längst in den Orcus gehört! Habe ich nicht ausdrücklich befohlen, künftig keinen meiner Verwandten zu ehren oder auszuzeichnen? Bin ich ein Knabe, der von seinem Onkel beaufsichtigt werden muß? Warum lebt er eigentlich noch, dieser hinkende Tölpel? Befreit mich endlich von ihm! Man soll ihn sogleich in den Rhein werfen!«
Verdattert stürzte der Sekretär hinaus. Galba grüßte militärisch und lief ihm nach.
Draußen wartete der von der anstrengenden Reise erschöpfte Claudius Caesar, der sich auf eine Mahlzeit, ein Bett – auf Ruhe und Entspannung freute. Da rissen ihn plötzlich die Wachsoldaten aus den Polstern und schleppten den nur schwach Widerstrebenden zum Rheinufer.
Galba betrachtete die Szene aus der Ferne und flüsterte seinem Adjutanten zu:
»Suche schnell einige Mann, die schwimmen können! Sie sollen Claudius dann schleunigst herausfischen!«
Sie warfen den vor Entsetzen wie Gelähmten samt seinen Kleidern ins Wasser. Sofort trat Galba hinzu und überwachte die Rettungsmaßnahmen. Als Claudius zitternd und triefend vor ihm stand, sagte er:
»Salve Claudius Caesar! Der Kaiser ist heute schlecht gelaunt, und da kommt es leicht zu schmerzlichen Maßnahmen. Darf ich dir mein Zelt und ein heißes Bad anbieten?«

Als Caligula später von Galbas Rettungsbemühungen hörte, fuhr er diesen an:
»Wie konntest du es wagen, gegen meinen Befehl zu handeln?«
Galba tat verwundert.
»Aber dein Befehl wurde doch ausgeführt – man warf Claudius in den Fluß. Du hast nicht gesagt, daß er getötet werden soll – oder irre ich mich?«
Caligula mußte wider Willen lachen.
»Nein, das habe ich nicht gesagt. Du bist ein schlauer Fuchs, Galba, und wirst es weit bringen. Doch sei niemals zu schlau!«
Auch mit der übrigen Gesandtschaft ging Caligula recht ungnädig um. Er empfing nur einzelne Mitglieder, um ihnen dann vorzuwerfen, daß es eine Schande sei, dem Kaiser eine Abordnung von zwölf Männern zu schicken, von denen die meisten ohnehin Spione seien.
So kehrte der klägliche Haufen wieder nach Rom zurück und stürzte den Senat in tiefe Bedrängnis, denn alle hatten geglaubt, der Kaiser werde sich freuen. Hastig stellten die ehrwürdigen Väter eine neue, dreimal so große Gesandtschaft zusammen, um den Kaiser wieder friedlich zu stimmen.

Auf Valerius Asiaticus, einen der Hauptverschwörer, war anscheinend nicht der geringste Verdacht gefallen. Weder die beiden Hingerichteten noch Agrippina oder Livilla hatten seinen Namen genannt. Durch Caligulas jähen Rachedurst war es zu keinem geregelten Verhör gekommen, und so erfuhr Asiaticus in Rom vom Scheitern der Verschwörung und wartete tagelang in stoischer Ruhe auf die Büttel des Senats. Doch man ließ ihn in Ruhe, und so setzte Asiaticus sein gewohntes Leben fort. Eigentlich war er von der Entwicklung enttäuscht und nicht nur wegen des Scheiterns der Umsturzpläne, sondern auch deshalb, weil man ihn offenbar nicht einmal als Verschwörer ernst nahm. Er konnte es sich kaum vorstellen, daß sein Name nicht in irgendeinem Zusammenhang genannt worden war. Oder hielten ihn die anderen für so unwichtig? Die Idee, einfach vor den Senat zu treten, um sich dort selbst anzuklagen, verwarf er als kindisch. Es wäre freilich auch möglich, daß Caligula um seine Rolle wußte, sich aber das Strafgericht für seine Rückkehr aufsparte.

Asiaticus schüttelte über sich selbst den Kopf. Warum hatte er, ein Mensch ohne jeden politischen Ehrgeiz, sich überhaupt in die Verschwörung hineinziehen lassen? War es wirklich nur deshalb, weil der Kaiser quasi vor aller Augen mit seiner Frau geschlafen hatte? Wenn er damals geglaubt hatte, diese Schandtat müsse gerächt werden, so war es ihm heute gar nicht mehr so wichtig. Der Kaiser hatte so viele Frauen mißbraucht, so viele unschuldige Menschen in die Arena geschickt oder hinrichten lassen, daß ihm ein persönliches Rachegefühl fast lächerlich erschien.
Asiaticus seufzte und blickte hinaus in seinen kleinen, höchst kunstvoll angelegten Garten, wo die Abendsonne gerade in den Ästen der alten Steineiche hing wie eine riesige, rote Frucht.
Ich hätte mich an die Devise des Epikuros halten sollen: Lathe biosas! (Lebe im Verborgenen), und das hieß auch Abkehr vom politischen Leben, Hinwendung zu einem gleichgesinnten Freundeskreis, um in den von Epikur gepriesenen Zustand der Ruhe und des Seelenfriedens zu gelangen.
So wie Asiaticus dachten damals nicht wenige Römer, denen es aussichtslos erschien, dem von Tausenden von hochbezahlten Prätorianern geschützten Princeps etwas anzutun. Sie versteckten sich auf ihren Landgütern, lasen die griechischen Philosophen und warteten ab.

Sulpicius Galba hatte da eine völlig andere Einstellung. Ihn beseelte ein brennender Ehrgeiz, alle hohen Ämter zu erlangen, die das Römische Reich für strebsame Männer aus Patrizierfamilien bereit hielt. Die Sulpicier gehörten zu den ältesten und angesehensten Geschlechtern Roms und waren besonders auf Quintus Catulus Capitolinus stolz, der zu Julius Caesars Gegnern gehört hatte und Galbas Urgroßvater war. Nun war er bereits Senator, Statthalter und Konsul gewesen und wollte jetzt auch als Legat beweisen, daß er diesem Amt gewachsen war. Ihm war es einerlei, ob er einem fähigen oder unfähigen, einem grausamen oder milden Princeps diente – für ihn zählte nur das Amt. Da ihn der Kaiser nun zum Befehlshaber der obergermanischen Truppen ernannt hatte, tat er alles, um Caligula zufriedenzustellen. Auf dessen Befehl säuberte er die beiden Legionen von allen unzuverlässigen Elementen. Tribunen, Primipilen, Centurionen und einfache Legionäre erhielten schimpflichen Abschied, soweit ihr Einverständnis mit den verräterischen Plänen des Gaeticulus festzustellen war. Ganze Mannschaftsteile wurden als verdächtig entlassen und nur mit der halben Veteranenabfindung davongejagt. Nur mit Mühe konnte Galba den Princeps davon abhalten, die Mannschaft strafweise zu dezimieren, also jeden zehnten Legionär hinzurichten. Schließlich waren es seine Leute, und das wäre ein schlechter Auftakt für sein neues Amt gewesen.

Doch Galba konnte den Kaiser ablenken, indem er einen »germanischen Aufstand« inszenierte. Er suchte ein paar Dutzend stämmiger und strohblonder Germanen aus, kleidete sie in Felle und ließ sie über den Rhein setzen. Dort hatten sie sich in den Wäldern zu verbergen, um dann auf ein bestimmtes Zeichen als »aufständische Krieger« hervorzubrechen. Als alles bereit war, ließ sich Galba nach dem Mittagsmahl beim Kaiser melden.

»Salve Imperator! Es tut mir leid, deine Mittagsruhe stören zu müssen, aber von jenseits des Rheines werden verdächtige Bewegungen gemeldet. Falls du selber den Spähtrupp der Legionäre führen willst ...«

Caligula erfaßte sofort, worauf Galba hinauswollte. Eilig erhob er sich.

»Es ist meine Pflicht als Imperator, nach dem Rechten zu sehen.«

»Es kann vielleicht zu Zusammenstößen kommen ...«

»Glaubst du, mich schreckt das?« fragte Caligula empört. »Vergiß nicht, wer mein Vater war und daß ich von Kindheit an im Feldlager aufwuchs.«

»Wer könnte das vergessen!« rief Galba begeistert. »Nur aus Sorge um dein kostbares Leben habe ich diese Möglichkeit angedeutet.«

»Verlieren wir keine Zeit, Legat, auf zum Kampf!«

Mit einer Reiterkohorte setzte der Kaiser über den Rhein, und schon bald stießen sie auf den »Feind«. Die als Eingeborene verkleideten germanischen Legionäre stürzten heulend und schwerterschwingend aus den Wäldern hervor und boten in ihren Fellen und Hörnerhelmen einen furchterregenden Anblick.

Mit viel Getöse wurden sie in ihre dunklen, nebelverhangenen Wälder zurückgejagt, wo sie dann frierend auf ihre Rückverwandlung in römische Legionäre warteten.

Der Kaiser aber feierte seinen großen Sieg. Fanfaren ertönten, Siegeszeichen wurden errichtet, und in einem triumphalen Fakkelzug kehrte das »siegreiche Heer« in sein Lager zurück. Caligula verteilte großzügige Geschenke an seine tapferen Legionäre und zeichnete eine Reihe von ihnen aus.
Dem Senat in Rom wurde ein bedeutsamer Sieg über aufständische Germanen gemeldet, so daß die eingeschüchterten ehrwürdigen Väter sogleich eine neue Glückwunschgesandtschaft auf den Weg brachten, den Sieg im ganzen Reich feierten und darüber hinaus außerordentliche Spiele veranstalteten.

Ende November zog der Kaiser mit seinen Truppen nach Gallien, wo er in Lugdunum den Winter verbringen wollte. Diese von Augustus besonders geförderte Stadt lag an dem schiffbaren Fluß Rhodonus und war das Zentrum des römischen Westens, mit Kaiserresidenz und Münzstätte, dazu ein Knotenpunkt wichtiger Straßen.
Der Kaiserpalast, das Theater und ein kleines Odeon lagen auf einem steilen Hügel hoch über der Stadt, und Caligula zeigte sich sehr befriedigt.
»Es ist freilich nicht dasselbe wie in Rom, doch hätte ich nicht erwartet, in der Provinz so anständig wohnen zu können.«

Caesonia, deren Niederkunft in den nächsten Wochen bevorstand, nützte seine gute Laune und erinnerte ihn an sein Heiratsversprechen.
»Du hast recht, es ist an der Zeit. Unser Kind soll schließlich als kaiserlicher Sproß geboren werden.«
Wie es seine Art war, mußte alles sehr schnell gehen. Das Scheidungsdekret für Lollia Paulina wurde gleichzeitig mit der Heiratsurkunde für Milonia Caesonia ausgestellt.
Um der Welt zu zeigen, daß sich das Zentrum des Römischen Reiches nun für einige Zeit in Lugdunum befand, lud Caligula seine Vasallen, die Könige von Palästina, Kommagene und Mau-

retanien – Agrippa, Antiochos und Ptolemaios – nach Lugdunum.
Schon wenige Tage nach seiner Ankunft veranstaltete Caligula Spiele, Wettkämpfe, Tierhetzen und Gladiatorenkämpfe, um sich den aus allen Landesteilen herbeiströmenden Galliern von seiner besten Seite zu zeigen.

XXIX

Da die Gegend um Puteoli eher als Sommerfrische galt, fand Sabinus um diese Zeit schnell ein geeignetes Haus in der Nähe der Schwefelquellen. Diese befanden sich in einem erloschenen Krater, der an verschiedenen Stellen kochenden Schlamm auswarf, den man abgekühlt oder mit Wasser vermischt zu Heilzwecken verwendete. Dazu gab es in die Kraterwände geschlagene Höhlen, die – verschieden temperiert – als Schwitzbäder dienten.
Über dem ganzen Gebiet lag ein fauliger Schwefelgeruch, an den man sich aber schnell gewöhnte und den man nach einigen Tagen nicht mehr wahrnahm. Das war kein Modebad für reiche Leute, die nur ihre Zeit in schöner Umgebung müßig verbringen wollten, sondern ein Ort der Schmerzen und Krankheiten. Hauptsächlich waren es Menschen mit schlecht verheilten Knochenbrüchen, aber auch Gicht- und Rheumakranke, die hier Heilung oder Linderung suchten.

Chaerea hielt sich genau an die ärztlichen Vorschriften und behandelte sein Bein fünfmal täglich mit Schlammpackungen und Schwefelbädern und spürte tatsächlich schon nach wenigen Tagen eine wesentliche Besserung. Sabinus begleitete ihn mindestens einmal am Tag, doch er zog die Schwitzbäder in den nach Schwefel stinkenden Höhlen vor und schwamm danach ausgiebig in dem kleinen Kaltwasserbecken.
Während dieses gemeinsamen Aufenthalts kam es zwischen den beiden Männern zu Gesprächen, die ihre Freundschaft auf eine harte Probe stellten. Chaerea war der Auffassung, je weniger er

über seinen problematisch gewordenen Dienst in der Palastgarde rede, desto schneller könne er sich erholen, doch Sabinus kam immer wieder auf den Gedanken zurück, daß es unmoralisch, ja sogar unrömisch sei, diesem Zerrbild eines Kaisers weiter zu dienen – ja, daß man darüber hinaus – gerade als Soldat – die Pflicht habe, diesen Zustand zu ändern.
Chaerea hörte sich diese Reden eine Weile an, gab ausweichende und ablenkende Antworten, bis es ihm zu bunt wurde.
»Jetzt hör schon endlich auf mit dem Geschwätz! Ich bin als Bauernbub aufgewachsen, war danach mein Leben lang Soldat und habe immer nur eines lernen und tun müssen: gehorchen. Du bist in ganz anderen Umständen groß geworden, hast viele Jahre die Schulbank gedrückt, kennst dich aus in Geschichte und Literatur, kannst deine Meinung zu den verschiedenen Fragen begründen und belegen, während mir die Kenntnisse dazu fehlen. Was mir einleuchtet und was du mir inzwischen auch schon etliche Male erklärt hast, das sind die Vorteile der republikanischen Staatsform. Ich finde, es wäre an der Zeit, sie wieder einzuführen.«
Sabinus boxte den Freund in die Seite.
»Jetzt sei nicht gleich eingeschnappt, wenn ich immer wieder auf dieses Thema komme. Seltsam ist eben nur, daß mit Augustus die Republik abgeschafft, aber die Monarchie de jure nicht wieder eingeführt wurde, obwohl sie de facto besteht. Eine echte Monarchie bräuchte weder die jährlich wechselnden Konsuln noch den Senat – ein paar vom Kaiser ernannte Ratgeber erfüllen den gleichen Zweck. Die alten Republikaner haben sich – um die gehaßte Monarchie zu vermeiden – da etwas Gutes einfallen lassen: In Zeiten der Gefahr ernannten sie einen Diktator mit absoluter, aber auf maximal sechs Monate beschränkter Gewalt. Da gab es keinen Mißbrauch, und weil diese Diktatoren sich nachher für ihre Amtsführung verantworten mußten, hatten Menschen wie unser Stiefelchen gar keine Möglichkeit, sich auszuleben. Der Princeps – auch wenn er es auf Lebenszeit ist – sollte ja nur ein Primus inter pares sein (der Erste unter Gleichen) und nicht ein hemmungsloser Verschwender, der von seinen Untertanen als Gott verehrt werden will. Diese Entwicklung haben wir Augustus zu verdanken, aber er, der seine Stellung

niemals mißbraucht hat, vergaß dabei, daß seine Nachfolger diesen hohen moralischen Anforderungen vielleicht nicht gewachsen sein könnten. Augustus, dieser schlaue Fuchs, war klug genug, den ihm angebotenen Königstitel abzulehnen, ja, er ließ sogar sämtliche der alten republikanischen Ämter weiterbestehen. Das ist im Grunde ein unhaltbarer Zustand, den Caligula weidlich ausnützt, nämlich in einer Republik wie ein Diktator auf Lebenszeit aufzutreten. Was unterscheidet ihn dann noch von einem König? Ein machtloser Senat? Zwei bedeutungslose Strohmänner, die sich Konsuln nennen? Es wäre vielleicht das beste, dem Stiefelchen einzureden, die Königskrone anzunehmen. Die Empörung wäre dann so groß, daß sich Rom vielleicht wieder auf die alten Zeiten besinnt und sich des fetten, kahlen, launischen und grausamen Gottes entledigt. Ich glaube, daß sich nur ganz wenige einer Wiedereinführung der republikanischen Staatsform widersetzen würden, um so mehr als ja noch alles vorhanden ist: Senat, Konsuln, Ädilen und Zensoren. Man müßte sie nur wieder in ihre alten Rechte einsetzen. Ich jedenfalls fände den Gedanken recht sympathisch, weil eine Republik allein schon durch ihre Form eine größere Garantie für Recht und Gerechtigkeit bietet. So wie es jetzt ist, finde ich es untragbar.«
Chaerea schenkte die beiden Weinbecher voll.
»Das mag durchaus sein, aber wir können es nicht ändern«, sagte er störrisch.
Da wurde Sabinus zornig.
»Ja geht es denn nicht in deinen militärischen Hohlkopf, daß nur wir diesen Zustand ändern können? Ich meine nicht uns beide, sondern die Prätorianer. Der Senat duckt sich immer tiefer, auch wenn einer nach dem anderen auf der Gemonischen Treppe endet. Die beiden Konsuln sind machtlose Tattergreise und werden von Caligula willkürlich ein- und abgesetzt. Auf wen stützt sich Caligula? Einzig und allein auf seine Prätorianer! Ohne sie wäre er längst tot, das mußt du doch zugeben.«
»Schrei nicht so, ich bin nicht taub. Du bist mit dem Kaiser unzufrieden, ich bin es, und vielleicht noch ein paar von den anderen Prätorianern, auch wenn keiner darüber redet. Aber weißt du, wie viele es davon gibt? Zehn Kohorten mit je tausend Mann! Wenn du von denen nicht mindestens die Hälfte der

Offiziere auf deine Seite bringst, dann begrabe deine Pläne lieber gleich. Der Kaiser bezahlt sie wie Senatoren, außerdem haben sie eine Reihe von Vorrechten. Ja, mein Lieber, der gute Augustus hat dafür gesorgt, daß auch der dümmste und unfähigste seiner Nachfolger so sicher ist wie die Götter im Olymp. Ich möchte dich nur daran erinnern, daß die Verschwörung des Gaeticulus gescheitert ist, obwohl Caligulas Schwestern daran teilhatten. Ich jedenfalls würde es nicht noch einmal versuchen.«

»Weil es dir an Phantasie fehlt«, sagte Sabinus angriffslustig und fuhr fort: »Ich halte gar nichts von einer großen, komplizierten Verschwörung, die sich bis in einige Legionen hinein erstreckt. Das muß eine formlose Absprache zwischen wenigen sein, ohne konkreten Plan, nur auf die günstigste Möglichkeit gerichtet. Irgendwo im Palatinum, wenn er schlaflos herumgeistert und einer oder mehrere von seinen Gegnern Dienst haben, muß er unversehens ein Schwert in seinen Wanst kriegen.«

Chaerea lachte.

»Und der nächste Schwertstoß trifft dann den Mörder! Nein, mein Freund, damit lockst du keinen. Du wirst mir übrigens recht geben, wenn du einmal selbst Dienst im Palatinum tust. Und jetzt Schluß damit, ich bin das Thema leid!«

»Und ich komme nicht los davon«, sagte Sabinus hartnäckig. »Wenn ich an meinen Onkel und sein trauriges Ende denke und mir vorstelle, das könnte auch meine Eltern oder dich oder mich treffen ...«

Chaerea brummte nur etwas Unverständliches und goß den Becher wieder voll, aber diesmal nur den seinen.

Sabinus sah ihm den Ärger an und lenkte ein:

»Ja, Schluß damit! Soll ich ein paar Nutten kommen lassen? Vielleicht etwas Ausgefallenes, um uns abzulenken – Germaninnen oder Numidierinnen? Die Lupanarien hier sollen sehr reichhaltig sein ...«

»Nein«, raunzte Chaerea, »mir ist heute nicht nach Huren zumute; im übrigen habe ich während meiner Legionszeit so viele davon gehabt, daß es mir reicht. Außerdem tut mir mein Bein wieder weh, vermutlich aus Ärger über dein Gerede.«

»Ich bin ja schon still«, sagte Sabinus versöhnlich. »Aber mit wem soll ich sonst über solche Dinge sprechen, wenn nicht mit meinem besten Freund?«
Da traf er freilich den schwachen Punkt bei Chaerea, dessen grimmige Miene sofort weich und nachgiebig wurde.
»Ist ja gut, Sabinus, aber es muß ja nicht unser einziges Thema sein. Vergessen wir es für eine Weile – einverstanden?«
Sabinus nickte und starrte nachdenklich in seinen leeren Becher.

Mit ungeheuerem Pomp nahm der Kaiser sein gewohntes Leben in der gallischen Hauptstadt Lugdunum auf. Tag für Tag gab es Empfänge, Bankette, Theateraufführungen, Tierhetzen und Spiele aller Art. Die immensen Geldmittel dafür brachte Caligula durch Verkauf und Versteigerung von Agrippinas gesamtem Besitz auf. Er hatte Callistus den Auftrag erteilt, Hausrat, Schmuck, Sklaven, Pferde und sonstige Besitztümer Agrippinas nach Gallia schaffen zu lassen. Callistus kannte die Ungeduld seines Herrn und ließ in und um Rom sämtliche Zugtiere beschlagnahmen, deren er habhaft werden konnte. Schon bald bewegte sich ein unendlich langer Wagenzug nach Westen.
In Lugdunum waren reiche Gallier aus allen Landesteilen zusammengeströmt, die darauf brannten, ein Stück aus dem Besitz der kaiserlichen Familie zu ergattern. Caligula nahm selbst an den Auktionen teil und wachte mit Argusaugen darüber, daß möglichst hohe Preise erzielt wurden. Da vieles davon aus dem Besitz seiner verstorbenen Eltern und seiner ermordeten Brüder stammte, spielte er den Bietern ein rührendes Theater vor. Da kamen etwa sechs kunstvoll geschnitzte Speisesofas mit einem langen Tisch zum Aufruf.
Caligula sprang auf, streichelte die Möbelstücke und sagte vernehmlich:
»Aus dem Besitz meiner lieben Mutter! Von dieser mit Elfenbein und Edelsteinen eingelegten Tafel speisten Germanicus, der Kaiser Tiberius und viele andere Mitglieder unserer Familie. Nein, diese Stücke kann ich nicht hergeben, da hängen zu viele Erinnerungen daran ...«

Im Auktionssaal begann ein leises Raunen, und so mancher malte sich aus, wie er seinen erstaunten Gästen den Tisch vorführte, von dem Prinzen, Prinzessinnen und sogar ein Kaiser gegessen hatten.
»Hunderttausend Sesterzen!« rief eine Stimme aus dem Saal, doch der Preis wurde sogleich überboten:
»Einhundertfünfzigtausend!«
»Zweihunderttausend!«
»Dreihunderttausend!«
Die sechs Liegen und der kostbare Tisch wurden schließlich einem reichen Grubenbesitzer für achthundertfünfzigtausend Sesterzen zugeschlagen.
Seinem neben ihm sitzenden Freund Helikon flüsterte der Kaiser zu:
»Der Krempel stand irgendwo in einer vergessenen Landvilla und ist höchstens vierzigtausend wert.«
Helikon lachte leise.
»Wenn Agrippinas Besitz verkauft ist, könntest du für Nachschub sorgen. In unbenützten kaiserlichen Villen stapelt sich der Hausrat aus den Zeiten der Kaiser Augustus und Tiberius. In Rom läßt sich das kaum verkaufen, aber hier ...«
Caligulas starre, kalte Augen glitzerten. Helikon hatte recht: Die einfältigen Gallier ließen sich alles andrehen, wenn es nur kaiserlich war.
So ließ der Kaiser Fuhre um Fuhre aus Rom heranschaffen, und am Ende kam es soweit, daß sich fast jeder wohlhabende Gallier eines Stückes aus kaiserlichem Besitz rühmen konnte.

Während dieser Zeit gebar Caesonia eine Tochter, die auf Caligulas Wunsch den Namen seiner verstorbenen Schwestergemahlin Drusilla erhielt. Die erfolgreichen Auktionen hatten seine Habgier so angefacht, daß er nun auch aus dieser Geburt Geld schlagen wollte und sich nicht scheute, öffentlich bekanntzugeben, daß zu seinen Lasten als Kaiser nun auch die eines Vaters kämen und daß ihm Spenden für den Unterhalt und die künftige Mitgift Drusillas durchaus willkommen seien. Im Vestibulum des Kaiserpalastes wurden zwei riesige leere Amphoren aufgestellt, und jeder konnte hier sein Scherflein hinterlassen. Schreiber

notierten die Höhe der jeweiligen Spende, und wer innerhalb einer Woche den höchsten Beitrag geleistet hatte, wurde zur kaiserlichen Tafel geladen. Eine solche Einladung konnte aber auch zu festgesetzten Summen beim Majordomus erkauft werden und einige eitle Gallier ließen es sich sogar Millionen kosten, um mehrmals mit Caligula an der Tafel zu sitzen.
In Lugdunum hielt sich der Kaiser mit seinen berüchtigten Scherzen zurück, denn er wollte eine so reichlich und stetig fließende Geldquelle nicht verstopfen, und so hütete er sich davor, jemanden zu verärgern. Zwar hätte er mit großem Vergnügen einige dieser unziemlich reichen Geldsäcke abgeschlachtet, aber er mußte aus Klugheit seine Mordlust zügeln, die er dann freilich bald auf andere Weise befriedigte.

Innerhalb weniger Wochen erschienen in Lugdunum die vom Kaiser geladenen Vasallenkönige. Für die Einladung von Herodes Agrippa und Antiochos gab es keinen politischen Hintergrund. Diese beiden Könige hatte Caligula »gemacht«, es waren seine Kreaturen, die ihm von Zeit zu Zeit huldigen mußten. Agrippa war als Geisel in Rom aufgewachsen und zählte zu Caligulas engerem Freundeskreis. Später »schenkte« ihm der Kaiser das von römischen Prokuratoren verwaltete Reich seines Großvaters, des Königs Herodes. Agrippa erwies sich als maßvoller und kluger Herrscher, der es weder mit Rom noch mit seinen schwierigen jüdischen Untertanen verderben wollte.
Antiochos von Kommagene hatte schon Kaiser Tiberius in sein kleines, nordöstlich von Syrien gelegenes Land wieder eingesetzt, und Caligula hatte ihm den Besitz bestätigt.
König Ptolemaios von Mauretanien war ein Enkel von Marcus Antonius und Königin Cleopatra und somit auch mit Caligula verwandt. Der wollte nun diesen »lieben Vetter« einmal kennenlernen, und so lud er ihn höflich in allen Ehren nach Lugdunum. Der wahre Grund jedoch war ein anderer. Helikon, des Kaisers Intimus, immer auf der Suche nach einer Möglichkeit seinen Judenhaß auszuleben, hatte herausgefunden, daß sich in Mauretanien – seit Augustus das Land König Juba verliehen hatte – eine Reihe reicher Hafenstädte gebildet hatten, in denen zahlreiche Juden lebhaften Handel und Wandel trieben.

»Der Tribut aus Mauretanien entspricht in keiner Weise dem Reichtum des Landes«, sagte Helikon und wußte, daß er damit Caligulas Habgier erweckt hatte. Dann fuhr er fort: »Ich habe mich erkundigt; es gibt dort eine Reihe von Hafenstädten, die einen blühenden Handel und Schiffsverkehr nach Numidien, Cyrene und Ägypten, wie auch nach Hispania unterhalten. Dieser Ptolemaios regiert nun schon volle siebzehn Jahre, hat sich nie in Rom sehen lassen und tut, als sei er ein völlig unabhängiger Herrscher. Ich glaube, den solltest du dir einmal näher ansehen, Majestät.«
Caligula hatte sofort angebissen, und so war es zu der Einladung gekommen.

Ptolemaios hatte den kürzesten Weg und erschien als erster in Lugdunum, begleitet von einem prächtig-bunt gekleideten Hofstaat. Der König war ein stattlicher, gut aussehender Mann um die vierzig, der seinen mit goldenen Löwen bestickten Purpurmantel so herrscherlich trug, als sei er mit ihm geboren worden. Diese stolze, königliche Erscheinung verärgerte Caligula von Anfang an, auch wenn Ptolemaios vor ihm niederkniete, ihm seine goldene Strahlenkrone zu Füßen legte und sie demütig wieder entgegennahm.
»Jetzt spielt er den Unterwürfigen«, zischelte Helikon dem Kaiser später ins Ohr. »Dabei gehört er zu den reichsten nordafrikanischen Fürsten und müßte das zehnfache seines jetzigen Tributs entrichten.«
»Ein tüchtiger Mann«, sagte Caligula in spöttischer Bewunderung und verzog das Gesicht, »dem wir ein wenig auf den Zahn fühlen sollten.«
»Nicht er ist so tüchtig. Er überläßt das Regieren seinen Freigelassenen – es sollen auch Juden darunter sein – und lebt ganz seinen wissenschaftlichen Forschungen, wie das schon sein Vater, König Juba, getan hat. Da könnte man geradesogut den goldenen Strom in unsere Kassen lenken ...«
»Du meinst, wenn ich aus Mauretanien eine römische Provinz mache und dort einen Statthalter einsetze – hat Ptolemaios einen Sohn?«
»Meines Wissens nicht.«

Caligula rieb sich die Hände, seine starren Augen funkelten begehrlich.
»Ich werde mir das noch überlegen. Morgen jedenfalls werde ich für meinen königlichen Vetter eine Reihe von Spielen veranstalten. Dann sehen wir weiter.«
Helikon war es zufrieden. Er wußte, daß der Reichtum des mauretanischen Königs Caligula nicht mehr würde ruhen lassen – abgesehen davon, daß dieser Vetter mit seiner hohen, schlanken Gestalt und dem königlichen Auftreten Caligulas fette, spinnenbeinige und halbkahle Erscheinung noch widerlicher erscheinen ließ, als sie ohnehin schon war.

Am nächsten Morgen eröffnete der Kaiser die Spiele im Amphitheater mit einer kurzen Ansprache und dem Hinweis, daß sie seinem lieben Vetter, dem König Ptolemaios, gewidmet seien.
Der König erhob sich, seine hohe schlanke Gestalt war von jedem Platz aus deutlich zu sehen und sein bestickter Purpurmantel leuchtete festlich in der Morgensonne. Die Gallier jubelten ihm zu, weil er ein König war und einen so stattlichen Anblick bot, obwohl die wenigsten hier wußten, wo Mauretanien lag.
Dieser harmlose Beifall drang wie Gift in Caligulas Brust. Was hatte der Pöbel diesem Fremden zuzujubeln? Saß nicht er, der göttliche Kaiser, vor aller Augen in seiner Loge? Wußten sie nicht, daß es nur eines Winks von ihm bedurfte, um diese königliche Strohpuppe von Roms Gnaden zu beseitigen?

Giftgeschwollen wie eine von Mordlust geblähte Natter verließ Caligula vorzeitig das Theater. Er ließ den Tribunen Dexter rufen, einen brutalen, muskelbepackten Germanen, der sich als begeisterter Henker hervorgetan hatte und dem vor allem das Köpfen große Freude bereitete.
»Beseitige diesen Ptolemaios!« befahl Caligula scharf. »Je eher du mir seinen Kopf bringst, desto höher fällt die Prämie aus.«
Dexter grinste über sein zernarbtes, brutales Gesicht.
»Und der Grund, Imperator? Leider wollen die Leute ja immer wissen, weshalb sie ihren Kopf verlieren – als ob ein kaiserlicher Befehl nicht schon ein hinreichender Grund wäre.«

»Sag ihm einfach, wenn die Rolle eines Schauspielers zu Ende ist, dann muß er abtreten. Mauretanien wird künftig römische Provinz, und abgesetzte Könige läßt man aus Sicherheitsgründen nicht weiterleben, das bringt nur Unruhe. Oder sag ihm irgend etwas, aber bringe mir seinen Kopf.«

Dexter marschierte mit einem Dutzend seiner Krieger los und fand Ptolemaios im Gästeflügel des Palastes, wo er gerade ein Bad nahm. Sie stießen die Diener grob beiseite und Dexter trat vor den König hin, der sich eilig ein Handtuch um die Hüften band.

»Sicher eine ganz dringende Nachricht?«

»Ja, Herr, die ich vom Kaiser mündlich überbringen soll. Der Imperator wird Mauretanien zur römischen Provinz machen, und da braucht man keinen König mehr. Darum hole ich mir jetzt deinen Kopf.«

Ptolemaios versuchte ein Lächeln.

»Aber das muß doch ein Irrtum sein! Gestern habe ich mich mit Gaius noch freundschaftlich unterhalten ...«

Dexter nickte einem seiner Leute zu, und der packte den König sofort bei den Haaren, zwang ihn auf die Knie und bog seinen Kopf zurück.

»Gestern ist nicht heute«, sagte der Tribun und schnitt Ptolemaios die Kehle durch.

Der riß weit die Augen auf, begann zu röcheln, ein Blutstrahl schoß aus seinem Hals und traf Dexters Hand. Der wartete ruhig, bis der Körper ausgezuckt hatte und trennte mit einem Streich den Kopf vom Rumpf. Dexter reinigte sich im Badebecken und befahl:

»Nehmt seinen schönen Purpurmantel und wickelt den Kopf hinein. Es ist ja immerhin ein königlicher Kopf ...«

Die Männer lachten. Einer sagte:

»Der ist ja beschnitten wie ein Jude! Das wäre ein schönes Andenken.«

Er zog sein Messer hervor, doch Dexter rief:

»Laß das! Wir sind keine Leichenschänder, sondern Soldaten.«

Caligula betrachtete das auch im Tode noch schöne Haupt.

»Nun, Herr Vetter, Mauretanien wird dich kaum vermissen. Wir senden statt deiner einen Prokurator hin und werden deine Schätze ein wenig plündern. Verbrennt die Leiche mitsamt dem Kopf und schickt seinen Hofstaat mit der Urne heim. Wir wissen, was sich gehört und wollen seinen Angehörigen nicht den letzten Trost rauben.«

Zwei Wochen später erschien Agrippa, der König von Palästina. Der Jugendfreund Caligulas hatte nichts zu befürchten, denn die Sonne der kaiserlichen Gnade leuchtete unverändert über ihm. Er lachte laut, als er vom Schicksal des Ptolemaios erfuhr.
»Da hat sich sein Besuch aber gar nicht gelohnt. Vielleicht fürchtete er mit höheren Tributen belegt zu werden – und du nahmst gleich seinen Kopf. Wie unbescheiden! Behandelt man so einen lieben Vetter?«
Caligula grinste gleichmütig.
»Es war der schnellste und beste Weg.«
Agrippa legte einen Arm um die Schulter des Freundes.
»Solltest du Palästina wieder zur Provinz machen wollen, Gaius, dann laß mir meinen Kopf – ich geb's gerne her und bleibe dann gleich in Rom, wo es mir ohnehin besser gefällt als in Caesarea oder Jerusalem.«
»Von mir hast du nichts zu befürchten«, beruhigte ihn Caligula, »weil ich weiß, daß ich mich auf dich verlassen kann und dich niemals in der Reihe meiner Gegner fände.«
»Wenn ich daran denke, wie sehr mein Kopf unter Tiberius schon wackelte ...«
»Der starb dann gerade rechtzeitig ...«
»Beim hinkenden Vulcanus, wir haben die Götter immer auf unserer Seite gehabt, mein alter Gaius. Als ich erfuhr, wie schnell du kürzlich die Verschwörer entlarvt und den Aufruhr erstickt hast, konnte ich es kaum glauben. In Rom sollen sie dir einen Tempel erbaut haben, dich als Gott verehren ...«
Caligula lächelte geschmeichelt.
»Das soll unsere alte Freundschaft nicht trüben. Was hältst du davon, wenn ich heute abend die Mädchen des besten Lupanars der Stadt in den Palast lade?«

Agrippa klatschte begeistert in die Hände. »Da halte ich sehr viel davon!«

Der Senat war natürlich von der Ankunft der beiden kaiserlichen Schwestern unterrichtet worden, doch er nahm keine Notiz davon. Jeder der ehrwürdigen Väter fürchtete Caligulas Zorn oder gar seinen Verdacht, er könne etwas mit der Verschwörung des Lepidus zu tun gehabt haben. So wurden Agrippina und Livilla gleich zum Staatsgefängnis gebracht, das mitten in Rom am Beginn des Clivus Argentarius lag und aus zwei Stockwerken bestand. Das untere, der Carcer Tullianum war Schwerverbrechern und politischen Gefangenen vorbehalten und wegen seiner feuchten Mauern, seiner Rattenplage und fast völligen Lichtlosigkeit bekannt und gefürchtet. Doch die Gefangenen mußten in der Regel nicht lange dort ausharren, denn selten verließ einer lebend diesen Ort des Grauens, wo auch die nichtöffentlichen Hinrichtungen stattfanden. Das obere Stockwerk, der Carcer Mamertinum, war den vornehmen Staatsgefangenen vorbehalten. Da gab es einzelne, auch größere Räume, mit Fenstern und Türen; der Gefangene konnte einen Leibsklaven mitbringen und sich seine Mahlzeiten von draußen kommen lassen.
Um seine Schwestern – vor allem die stolze Agrippina – zu demütigen, hatte Caligula ausdrücklich angeordnet, daß sie nicht in das eher familiäre Gefängnis unter dem Palatinum gebracht werden sollten, sondern hierher, bis der Senat sein Urteil gesprochen hatte – ein Urteil, das schon längst feststand. Und die Senatoren handelten sehr schnell. Schon am nächsten Tag wurde die Anklageschrift verlesen mit den Hauptpunkten Verschwörung gegen das Leben des Kaisers und Ehebruch. Zeugen wurden keine gehört, statt dessen verlas man Auszüge aus der Korrespondenz des Aemilius Lepidus mit Lentulus Gaeticulus und Agrippina. Von Livilla war dabei weniger die Rede, doch auch ihr Name wurde in Verbindung mit den Verschwörern genannt.
Auf kaiserlichen Befehl waren die Schwestern im Gefängnis getrennt untergebracht; denn – wie Caligula spöttisch anmerkte – er traue es Agrippina durchaus zu, daß sie dort mit Livilla neue Ränke spinne.

Agrippina, die sich bei all dem ungewöhnlich ruhig und fügsam verhielt, hatte nur einen Wunsch geäußert: Sie wollte ihren Sohn Nero sehen, doch auch das hatte der Kaiser untersagt. Der Zweijährige lebte bei Verwandten seines Vaters und hatte – seinem Alter entsprechend – die ferne Mutter längst vergessen, und die Domitier hüteten sich seit Bekanntwerden der gescheiterten Verschwörung, sie jemals wieder zu erwähnten. Agrippina wurde auch damit fertig. Ihr unbeugsamer Stolz gestattete keine Weichheit, kein Nachgeben, kein Zeichen der Schwäche. Sie wußte, daß sie Nero wiedersehen würde und wenn nicht jetzt, dann eben in zwei oder fünf Jahren.
»Du hättest mich nicht am Leben lassen sollen, Brüderchen«, flüsterte sie haßerfüllt, denn das war ihr Trost und ihre Hoffnung: Sie lebte, ihr Sohn Nero lebte, und sie war gewiß, daß Rom eines nicht allzu fernen Tages mit ihr und mit ihm rechnen mußte.
Schon vier Tage nach ihrer Ankunft sprach der Senat in seltener Einmütigkeit das von Caligula diktierte Urteil: Lebenslängliche Verbannung von Agrippina und Julia Livilla auf die Pontinischen Inseln, Einzug des gesamten Vermögens und Aberkennung aller kaiserlichen Ehren und Vorrechte. Um die Strafe zu verschärfen, wurden die Schwestern getrennt. Agrippina kam auf das kleine Pandateria, wo ihre Mutter sieben Jahre zuvor einsam und verzweifelt gestorben war, Livilla nach Pontia, das größte Eiland der Inselgruppe. Als man ihr achselzuckend gestattete, einen Korb voll Bücher mitzunehmen, sah sie ihrer Verbannung recht gelassen entgegen. Wie Agrippina war auch sie der festen Hoffnung, daß Caligula sich nicht mehr allzu lange auf dem Thron würde halten können. Das Urteil wurde auf dem Forum angeschlagen und in allen Stadtvierteln verkündet. Sabinus, der gerade seine Eltern besuchen wollte, sah, wie sich eine Menschenmenge um den Praeco (Ausrufer) sammelte, der das Urteil mit geübter, weithin vernehmbarer Stimme verkündete. Sabinus hörte sich eine Weile die Kommentare der Leute an.
»Geschieht den Huren ganz recht! Dem Kaiser ans Leben wollen und dabei noch durch fremde Betten kriechen – pfui! Man hätte sie totpeitschen und auf die Gemonien werfen sollen.«

Sabinus hörte nur abfällige, höhnische und schadenfrohe Bemerkungen, doch viele der Umstehenden schwiegen, vermutlich weil sie anderer Meinung waren, diese aber nicht öffentlich äußern wollten.
Er ging weiter, setzte sich in die nächste Schenke und bestellte einen Krug Wein. Livillas Gesicht stand ihm so deutlich vor Augen, als hätte er sie gestern gesehen. Er hörte noch den Klang ihrer leisen, angenehmen Stimme, als sie damals beim Gastmahl auf Caligulas hämische, auf Seneca gemünzte Bemerkung sagte: »Das überlasse nur mir, ich brauche deinen Rat nicht.«
Der Kaiser hatte auch bemerkt, daß Livilla ihn nicht aus den Augen ließ und ihn gewarnt: »Hüte dich vor Livilla, Tribun!« Er hatte noch in zweideutiger Weise auf ihr Interesse für Dichtung und Dichter angespielt, doch Sabinus konnte sich nicht mehr genau erinnern. Es war nichts Besonderes an dieser kaiserlichen Prinzessin, und ihre stolze Schwester Agrippina war wohl in jeder Beziehung beeindruckender, und doch – Sabinus nahm einen langen Schluck – und doch war etwas an ihr, das ihn anzog und neugierig machte. Aber jetzt war sie so gut wie tot, denn nur ganz selten kehrte jemand von den berüchtigten Verbannungsinseln zurück. Sabinus bewunderte sie, denn ihr Ziel war es gewesen, das kaiserliche Scheusal zu beseitigen, und Livilla hatte – anders als Agrippina, die an der Seite des Lepidus Kaiserin werden wollte – keine erkennbaren eigensüchtigen Motive.
»Wenn ich ihr nur helfen könnte«, flüsterte Sabinus grimmig, »ihr beistehen auf irgendeine Weise ...«

Bis zum Frühjahr hatte Caligula für etwa achtzig Millionen Sesterzen die Besitztümer Agrippinas und Livillas sowie hunderte von Wagenladungen mit Hausrat aus ehemaligen Kaiservillen in Lugdunum verkauft und versteigert. Zu Helikon bemerkte er:
»Ich hätte Händler werden sollen. Nenne mir einen Kaufmann im Römischen Reich, der in fünf Monaten achtzig Millionen verdient!«

»Du bist eben in jeder Hinsicht ein Genie. Deine göttliche Natur macht sich auch bei ganz profanen Handlungen bemerkbar, deshalb bist du in allem so erfolgreich.«
»Ja, nun aber muß Schluß damit sein! Schließlich bin ich Imperator und habe mir vorgenommen, Britannia zu erobern. Wir werden Anfang April nach Norden zum Fretum Gallicum (Ärmelkanal) ziehen, und von dort aus auf die Insel übersetzen. Man hat mir berichtet, die Barbarenkönige auf Britannia seien heillos zerstritten, und so wird es uns ein leichtes sein, sie gegeneinander auszuspielen und zu besiegen.«
Da bin ich mir nicht so sicher, dachte der nüchterne Helikon, doch er sagte schmeichelnd:
»Sie hatten es noch nie mit einem Gott zu tun und werden dir in Demut die Füße küssen.«
Doch Caligulas Gedanken hatten bereits eine andere Richtung eingenommen.
»Der Senat wird staunen! Ich habe den Herren nämlich verboten, mir weitere Ehren zu erweisen. Das wird allmählich langweilig und hält die Senatoren nur von ihren Pflichten ab. Sie werden nach meinem Sieg über Britannia ganz schön in die Klemme geraten; denn einesteils habe ich dann Anspruch auf einen Triumph, andererseits ist es ihnen verboten, mich weiterhin mit Ehrenanträgen zu belästigen.« Caligula lachte scheppernd, denn der Gedanke belustigte ihn. »Wie immer sie sich verhalten – sie werden das Falsche tun, und ich sehe schon die Köpfe rollen. Senatorenköpfe, Helikon, Patrizierköpfe! Die Henker in Rom sind sicher schon wegen Untätigkeit verfettet, aber ich werde sie aus ihrer Ruhe aufstören!«
Helikon, der fast täglich mit dem Kaiser zusammen war, schauderte es. Doch er hatte ihn zu seinem Liebling erkoren und wenn er vor Caligulas Gedanken und Plänen gelegentlich ein Schaudern empfand, dann nur, weil er sehr wohl wußte, daß auch er eines Tages in Ungnade fallen und kopflos auf der Gemonischen Treppe verfaulen konnte. Wie Callistus hatte auch Helikon ein schönes Vermögen zusammengerafft und auch er dachte an »die Zeit danach«, und oft fragte er sich, ob es ihm wohl vergönnt sein würde, seine Besitztümer zu genießen. So suchte sich Heli-

kon dem Kaiser unentbehrlich zu machen, denn ein Spielzeug, das man schätzt, wirft man nicht so leicht weg.

Aus Gesoriacum traf die Nachricht von der dort versammelten römischen Kriegsflotte ein, worauf der Kaiser sich mit seinen Legionen nach Norden in Bewegung setzte. Sie durchzogen Belgica, den nördlichen Teil Galliens, berührten die Hauptstadt Durocortorum. Von da an wurde das Land sehr flach, und bei dem zu dieser Jahreszeit üblichen Wetter, das in schneller Folge Regen, Wind und Sonnenschein brachte, durchquerten sie riesige Kornfelder, deren Halme schon ein frisches Grün zeigten, während Bäume und Büsche in voller Frühlingsblüte standen.
Die Soldaten waren in guter Stimmung, denn es gab keinerlei Entbehrungen, wenn auch der Kaiser in seiner Ungeduld von den Offizieren immer wieder eine schnellere Gangart verlangte.
Schließlich setzte sich Caligula mit den Reiterkohorten an die Spitze und traf einige Tage vor den anderen in der kleinen Hafenfestung Gesoriacum ein. Die Flotte lag schon bereit, und der Kaiser gab sogleich den Befehl zu einer Erkundigungsfahrt.
»Fahrt nahe an das Land heran, sucht herauszufinden, ob und wo es Truppenbewegungen gibt, und ich werde dann meine Entscheidung treffen.«
Einige Tage später kamen die Schiffe zuürck. Die Späher hatten nichts Verdächtiges bemerkt, doch ein kleines Barbarenschiff hatte sie um Geleitschutz gebeten. Es war dies Adminius, der Sohn des Britannenkönigs Cynobellinus, der, von seinem Vater vertrieben, Schutz bei den Römern suchte.
Caligula empfing ihn sogleich. Der junge Mann sprach ein dürftiges, doch durchaus verständliches Latein und erzählte eine erstaunliche Geschichte.
Sein Vater beherrschte weite Teile von Britannia Superior, habe die von Julius Caesar hinterlassene Ordnung zerstört und den unter Roms Schutz stehenden Stamm der Trinovanten gewaltsam seinem Reich einverleibt. Wo es nur gehe, habe Cynobellinus gegen Rom Stimmung gemacht, so daß außer einigen mit einheimischen Frauen verheirateten Händlern sich kaum noch ein Römer in Britannia aufhalte. Nun habe sich eine Gegenbewegung gebildet, denn die Fürsten aus dem Westen und Norden

des Landes fürchteten, daß Cynobellinus plane, nach und nach ganz Britannia zu unterwerfen. Er, der Kronprinz, habe sich von Anfang an dagegengestellt, denn er sei der Ansicht, nur ein festes Bündnis mit Rom könne auf Dauer die Zukunft des Landes sichern.
Caligula folgte gespannt den Ausführungen des Prinzen, stellte auch gelegentlich kurze Zwischenfragen.
»Angenommen, du säßest auf dem Thron deines Vaters – wie würdest du dich verhalten?«
Adminius straffte sich und blickte den Kaiser fest an.
»Ich hege nicht die geringsten Zweifel, daß sich dieser Thron ohne römische Hilfe auf die Dauer nicht halten ließe. Ich würde als Vasallenkönig dir, Imperator, mein Land zu Füßen legen und dich um Unterstützung bitten, alle anderen britischen Stämme meinem Szepter und deiner Oberherrschaft zu unterwerfen.«
Caligula blickte in den Kreis seiner Offiziere.
»Was sagt ihr dazu? Das ist ein klares Angebot und sollte bedacht werden.«
Ein Legatus praetore meldete sich zu Wort:
»Aber können wir seinem Angebot trauen, Majestät? Wir wissen nicht, was dort wirklich geschehen ist; vielleicht hat der Prinz sich nur mit seinem Vater überworfen und will mit unserer Hilfe auf den Thron gelangen.«
Caligula zuckte die Schultern.
»Und wenn es so wäre? Er jedenfalls ist bereit, sich Rom zu unterwerfen, sein Vater jedoch arbeitet gegen uns. Je mehr die Macht des Cynobellinus in Britannia wächst, desto gefährlicher wird er als Gegner.«
Er wandte sich an den Prinzen:
»Du hast die Einwände des Legaten gehört, aber ich habe mich entschlossen, dir vorläufig zu glauben und nehme deine Unterwerfung gnädig an.«
Adminius fiel auf die Knie und küßte dem Kaiser die Hand.
»Dafür danke ich dir, Imperator! Unter dem Schirm Roms sehe ich neue und goldene Zeiten für mein Land anbrechen. Die mörderischen Bruderkriege werden beendet und das Land unter einem Szepter vereinigt.«
Caligula sprang auf und rief:

»Nun sollst du sehen, Prinz von Britannia, unter welch mächtigen Schutz du dich begibst.«
Die Legaten und Tribunen wurden mit dem Befehl davongescheucht, ihre Männer am Strand aufmarschieren und die Kriegsmaschinen aufbauen zu lassen.
Unterdessen lud der Kaiser seinen Gast zu Tisch und fragte ihn gründlich über Brauch, Sitte und Religion seines Heimatlandes aus.
Am späten Nachmittag konnte die Vorführung beginnen. Die Bedienungsmannschaften der Kriegsmaschinen waren angewiesen, mit ihren Schleudern und Katapulten Steinkugeln, Felstrümmer und riesige Brandpfeile aufs Meer hinauszuschießen.
Caligula ritt mit dem Prinzen Adminius am Strand auf und ab.
»Siehst du das?« rief er. »Schau es dir genau an! Das ist Rom! Roms Macht und Stärke! Dein Vater sollte meine Legionen, meine Kriegsmaschinen sehen! Dieser Anblick würde ihn mutlos und demütig machen, meinst du nicht?«
Adminius wußte kaum, was er sagen sollte. Er war beeindruckt, gewiß, wußte, daß sich niemand auf der Insel gegen solche gewaltigen Streitmächte behaupten konnte.
»Wann willst du den Feldzug beginnen, Imperator?«
»Beginnen? Nicht heute, nicht morgen! Du hast dich ja mir unterworfen, du bist jung, bist die Zukunft. Wir werden sehen ...«
Der Kaiser wandte sich an die Tribunen.
»Eure Männer sollen am Strand ausschwärmen und Muscheln einsammeln! Füllt die Helme und Kleider mit Muscheln! Das ist die Kriegsbeute aus dem Meer, die wir dem Kapitol und dem Palatin schulden. Wir dürfen nicht mit leeren Händen nach Rom kommen!«
Die Offiziere sahen sich an und wußten nicht, ob dies Spaß oder Ernst sei.
»Los! Worauf wartet ihr noch?« rief Caligula wütend, gab seinem Pferd die Sporen und preschte mitten unter die auseinanderstiebenden Soldaten.
»Los – los! Muscheln sammeln! Soviel wie möglich!«
Die Männer taten wie geheißen und füllten ihre Helme mit allem, was am Strand lag. Für den nächsten Tag befahl der

Kaiser die Errichtung eines Leuchtturms zur Erinnerung an den »Sieg« über Britannia. Jeder der Legionäre erhielt ein Geschenk von hundert Denaren, und der Jubel war groß. Die Offiziere bekamen das Zehnfache, und flüsternd ging es durch die Runde: »Unser Kaiser ist ein bißchen verrückt, aber er hat eine offene Hand.«
»Das kann er sich jetzt leisten«, meinte ein alter Tribun; »hätte er Britannia angegriffen, würde es das Hundertfache kosten, und ein paar tausend von uns würden die fremde Erde mit unseren Körpern düngen. So bleiben wir alle am Leben und werden noch reich beschenkt. Was will man mehr! Es lebe unser Kaiser Gaius Julius Caesar Germanicus – er lebe hoch!«

Am Abend gab der Kaiser seinem britannischen Gast ein Festmahl. Caligula trank unmäßig, stürzte Becher um Becher hinab, wurde redselig und betrunken.
»Wie alt bist du, Adminius?«
»Gerade zwanzig, Imperator.«
»Mit zwanzig ging es mir wie jetzt dir: ich wartete auf den Thron, auf den Tod des Alten, der einfach nicht sterben wollte. Fünf Jahre, ein halbes Decennium, mußte ich noch ausharren, bis es soweit war. Da braucht man Geduld, mein junger Freund, viel Geduld!«
Er beugte sich näher zu seinem Gast, und Adminius spürte, wie ihm der weinsauere Atem ins Gesicht schlug.
»Aber wenn du endlich droben bist, Prinz, wenn du auf dem langersehnten Thron hockst, dann tut sich die Welt auf und alle liegen dir zu Füßen – alle! Du bewegst dich plötzlich in dünner Luft, hast Hunderte von Freunden und doch keinen mehr. Sie schielen auf deinen Purpur, und ihre Weiber reden ihnen ein, wie gut dieser auch anderen stünde, und dann braut es sich zusammen, an allen Ecken und Enden. Wem kannst du noch trauen und wem nicht? Den Adeligen traue niemals, denn jeder hält sich für durchaus geeignet, deinen Platz einzunehmen. Du mußt dir Kreaturen schaffen, Freigelassene, deren Sinn nach Geld und Besitz, aber nicht nach dem für sie unerreichbaren Thron steht. Sie sind mit dir verbunden, auf Gedeih und Verderb, ihnen kannst du trauen. Aber die anderen, die Patrizier,

die Söhnchen aus uralten Familien, die hassen und verachten dich und zetteln Verschwörungen an. Unter denen mußt du aufräumen, Adminius, mit eiserner Faust! Laß sie über die Klinge springen und wenn es sein muß, gleich im Dutzend! Sollten Unschuldige darunter sein, kümmere dich nicht darum! Je weniger sie werden, desto sicherer steht dein Thron. Am Ende bist du ganz allein, hast keinen wirklichen Freund, du stützt dich nur noch auf deine Kreaturen, doch dein Thron steht fest, und wer von ihnen übrigbleibt, wird dich hassen, aber auch fürchten. Die Furcht, Adminius, ist das zuverlässigste Instrument der Herrschenden, vergiß das niemals! Den Pöbel kannst du mit Brot und Spielen im Zaum halten, den Adel aber nur mit Furcht. Du mußt diese Lehren nicht beherzigen, mein Freund, aber glaube mir, ich spreche aus bitterer Erfahrung. So trinke ich dir zu, Adminius, künftiger König von Britannia, der jedoch niemals vergessen darf, daß noch zwei Verwalter über ihm stehen; die Götter und der römische Kaiser – und du kannst beide ruhig in einem Atemzug nennen.«
Nach diesem Zwiegespräch, das eigentlich ein Monolog des Kaisers war, kamen Adminius Zweifel, ob er den richtigen Weg gewählt hatte oder ob es nicht besser sei, sich mit seinem Vater zu einigen.

Von seiner Leibwache gestützt, wankte Caligula zum kaiserlichen Zelt, erbrach sich vor dem Eingang und schob unwillig die helfenden Arme zurück.
»Ich kann alleine gehen, laßt mich jetzt in Ruhe!«
Schwankend ging er auf das benachbarte Zelt Caesonias zu, taumelte an den strammstehenden Wachen vorbei und ließ sich schwer und trunken auf Caesonias Bett fallen. Die Kaiserin erwachte.
»Heute habe ich Britannia erobert, Geliebte, für dich! Prinz Adminius ist mein Verbündeter, er ist – er ist die Zukunft, ja, Caesonia, deinem Gemahl ist es ohne einen Schwertstreich gelungen, die Barbareninsel einzunehmen. Ein Geniestreich, nicht wahr? Sie werden mir in Rom einen Triumph zubilligen müssen – soll ich ihn annehmen?«

Die schlaftrunkene Caesonia verstand nur die Hälfte, doch sie wußte eines: Sie sollte so schnell wie möglich zurück nach Rom, denn nur dort konnte sie ihren neuen Rang wirklich genießen.
»Das ist ja großartig, Gaius! Und ohne einen Schwertstreich? Da haben wir viel Geld gespart, das sich vergnüglicher anwenden läßt. Ich bin stolz auf dich! Wann brechen wir auf?«
Doch Caligula war auf das Bett gesunken und sofort eingeschlafen. Sein trunkenes Schnarchen erfüllte das Zelt, und so legte Caesonia sich zurück und vergrub ihren Kopf zwischen den Polstern. In Rom würde das anders werden, da hatte sie einen Teil des Palatinums für sich und würde sein Schnarchen nur noch gelegentlich aushalten müssen.
Caesonia Augusta! Caesonia Augusta! Caligula hatte versprochen, Münzen mit ihrem Antlitz prägen zu lassen. Sie war die Gemahlin des Herrn der Welt und hatte ihm ein Kind geboren – da war sein Schnarchen ein geringer Preis, und es tönte ihr süß in den Ohren.

Am nächsten Tag war Adminius mit seinem Gefolge verschwunden. Caligula nahm es auf die leichte Schulter.
»Vielleicht hat er vor seinem eigenen Mut Angst bekommen und ist wieder zu seinem Vater ins Nest gekrochen. Darum brauchen wir uns jetzt nicht zu kümmern – Britannia wird an seinen inneren Zwisten zugrunde gehen und für uns eine leichte Beute sein. Der Senat wird mir wohl schon jetzt den Zunamen Britannicus verleihen müssen.«
Caligula sandte Eilboten mit der »Siegesmeldung« nach Rom, wo sie ihre Botschaft unter Anwesenheit der beiden Konsuln dem Senat überbrachten.

XXX

Wer immer im großen Römischen Reich dem Kaiser etwas Böses wünschte, hatte in der Regel ein handfestes Motiv. Aemilius Lepidus war von ihm gedemütigt worden, außerdem leitete ihn der brennende Ehrgeiz, sein Nachfolger zu werden. Agrippina wollte an seiner Seite Kaiserin werden, um ihren Sohn zum

Thronfolger erheben zu können. Livilla haßte in ihrem Bruder das unbeherrschte Scheusal und konnte es ihm nicht verzeihen, daß er sie seinerzeit in sein Bett zwingen wollte; außerdem fürchtete sie um Senecas Leben. Für den Legaten Gaeticulus galt es, das unsoldatische Zerrbild eines Feldherrn zu beseitigen. Asiaticus schloß sich – wie er sagte – aus Langeweile der Verschwörung an, doch er konnte die Schändung seiner Frau nicht vergessen. So gab es noch Hunderte von Menschen, die von Caligula beleidigt, gedemütigt oder durch Hinrichtung eines Freundes oder nahen Verwandten in Trauer versetzt wurden, und die ihm ein schlimmes Ende wünschten. Dazu kamen noch die vielen kleinen und großen Gewerbetreibenden, die unter den unsinnigen Steuergesetzen litten und sich einen in jeder Beziehung maßvolleren Herrscher wünschten. Sie alle hatten einen Grund, Caligula bald im Orcus oder doch wenigstens entmachtet zu sehen. Die wenigsten unternahmen etwas, und die es getan hatten, waren tot oder verbannt.

Doch gab es in Rom auch noch ein Häuflein von Idealisten, die sich für Rom schämten und die kein persönliches Motiv zu einer Verschwörung drängte. Es waren dies Menschen, die mit Wehmut an die goldene Zeit unter Augustus dachten, der sich ohne Leibgarde furchtlos auf dem Forum gezeigt hatte und nur davor geschützt werden mußte, daß ihn die Menschen nicht vor Begeisterung erdrückten. Er pflegte zu sagen:

»Es kümmert mich nicht, wenn einige Leute schlecht von mir reden. Ich habe nur dafür zu sorgen, daß sie nichts Schlechtes tun.« Er verbot die Anrede »Dominus« (Herr) und bestand darauf, daß die Senatoren sitzen blieben, wenn er die Curia betrat. Niemals wurde jemand für eine freimütige Rede oder Äußerung zur Verantwortung gezogen, sogar ausgesprochene Frechheiten ließ Augustus in der Regel unbeachtet.

Wenn der junge Sextus Papinius, dessen Stiefvater Anicius Cerealis und der Quästor (kaiserlicher Beamter) Betilienus Bassus von diesen gar nicht so fernen goldenen Zeiten sprachen, fanden sie kein Ende mehr. Keiner von ihnen hegte einen besonderen Haß gegen Caligula, keiner erwartete sich einen persönlichen Vorteil nach dessen Tod, doch sie alle schämten sich für Rom

und fanden jeden aufrechten und integren Mann für das Amt des Princeps geeigneter als diesen grausamen und verrückten Verschwender. Die Nachricht vom Scheitern der Verschwörung löste bei ihnen große Trauer aus.
»Aber so viele wußten doch auch nicht davon«, meinte Bassus, der kaiserliche Beamte.
»Nicht viele nennst du das«, rief der junge Papinius, »wenn gleich einige Legionen daran beteiligt waren!«
Sein Stiefvater suchte ihn zu beruhigen:
»Die Legionäre wußten nicht genau, worum es ging. Sie gehorchten ihrem Legaten Gaeticulus, der höchstens einige Offiziere in seine Pläne eingeweiht hatte.«
»Trotzdem!« Papinius fuchtelte erregt mit den Händen. »Man kann einen Imperator nicht im Kreise seiner eigenen Truppen umbringen, die er dauernd durch hohe Geldgeschenke bei Laune hält. Es muß – wie bei Julius Caesar – im Senat geschehen. In die Curia begleiten ihn höchstens vier Mann seiner Leibgarde, manchmal sogar nur zwei. Ein gut gezielter Pfeil, ein schneller Schwertstreich ...«
»Das hört sich leichter an als es ist«, meinte der Senator Cerealis, und er wußte, wovon er sprach, da er den Kaiser häufig im Senat sah.
»Was soll so schwer daran sein?« fragte der junge Papinius erregt.
Sein Vater erklärte es ihm geduldig.
»Der Kaiser ist nie allein, wenn er sich in der Öffentlichkeit zeigt. Immer umgeben ihn seine baumlangen Germanen, hautnah, mit der Hand am Schwert. Sie beobachten jede Bewegung, außerdem darf man dem Kaiser nur waffenlos gegenübertreten. Nur seine Wächter sind bewaffnet, und an diese treuen, weil hochbezahlten Germanen kommen wir nicht heran. Wir müßten zuerst einmal den schwächsten Punkt herausfinden, ehe wir an die Ausführung denken.«
»Im Theater!« rief Papinius. »Da sitzt er vor aller Augen in seiner Loge ...«
Der Senator lachte.
»... die von Dutzenden von Prätorianern umstellt ist. Nein, nein, so geht es nicht. Da würde ich die Curia schon vorziehen.

Wir müßten einige Senatoren in unsere Verschwörung miteinbeziehen, aber das hört sich leichter an, als es ist, auch wenn die meisten ihn so hassen, daß er sofort tot umfiele, wenn Haß töten könnte. Sie hassen zwar, aber sie sind feige – fast alle. Es gälte nur die wenigen Ausnahmen zu finden, solche die hassen, aber mutig sind.«
Papinius schüttelte den Kopf.
»Ich halte nichts von großen, lange vorbereiteten Verschwörungen. Je weniger davon wissen, um so sicherer sind wir. Der Anschlag muß spontan geschehen, bei irgend einer günstigen Gelegenheit. Wir müßten vielleicht einen seiner Ärzte gewinnen; ein schnelles Gift, ein zu starker Schlaftrunk ... Er soll ja fast nicht schlafen können und halbe Nächte durch den Palast geistern. Das wäre doch ein schwacher Punkt!«
Sein Vater nickte:
»Freilich, aber nur, wenn du nachts im Palast bist. Nein, wir müssen anders vorgehen. Ich kenne einige Senatoren, die ihn glühend hassen, und werde dort einmal behutsam anklopfen.«
»Bis wann wird der Kaiser zurückerwartet?« fragte der Quästor.
»Irgendwann im Sommer, spätestens im August, heißt es.«
Cerealis sagte nachdenklich:
»Der arme Lepidus hat seine Popularität bei den Truppen unterschätzt. Was wissen die Legionen in Asia und Africa schon von seinem wahren Wesen? Bei jeder Gelegenheit beschenkt er sie reich, und sie werden es sich dreimal überlegen, in den Fehler ihrer obergermanischen Kameraden zu verfallen. Die Legionen am Rhein sind nun gesäubert und werden von Sulpicius Galba befehligt, einem treuen und zuverlässigen Beamten. Caligula mag zwar verrückt sein und sich für einen Gott halten, aber sein Wahnsinn hat Methode. Es können nicht nur seine Spitzel sein, die ihn so unangreifbar machen, sondern sein immer waches Mißtrauen, vielleicht auch seine große Feigheit, denn Furcht macht hellsichtig und erfinderisch.«
»Einmal wird es ihn treffen«, rief Papinius, »und hoffentlich stirbt er dann langsam und schmerzvoll, damit er sieht, was seine Opfer erleiden mußten.«
Cerealis hob die Hände.
»Es ist mir gleich, wie er stirbt – nur bald soll es sein.«

Auf dem Rückweg nach Rom stattete der Kaiser den germanischen Legionen nochmals einen kurzen Besuch ab. Er hatte es den beiden, früher von Gaeticulus befehligten Legionen noch immer nicht verziehen, daß sie aus Treue zu ihrem Feldherrn bereit gewesen waren, sich gegen ihn, den Kaiser zu stellen. Sulpicius Galba hatte zwar inzwischen fast alle Tribunen und Centurionen und einen Teil der Mannschaft ausgewechselt, doch Caligulas grausame und rachsüchtige Natur wollte sich damit nicht zufriedengeben. So ließ er Galba kommen und verlangte von ihm, alle noch verbliebenen Legionäre aus der Zeit des Gaeticulus auszusondern und sie unverzüglich hinzurichten. Galba, der alte Soldat, war entsetzt, doch er bewahrte Haltung und ließ sich nichts anmerken.
»Wenn du meine unmaßgebliche Ansicht dazu hören willst, Imperator, so würde ich dir von einer solchen Maßnahme abraten. Die Männer werden nicht einsehen, daß sie nun für etwas mit dem Tod bestraft werden, das bei ihren als schuldig erkannten Kameraden nur zur schimpflichen Ausstoßung aus der Legion geführt hat.«
Caligula maß den Offizier, der es gewagt hatte, eine andere Meinung zu haben als er, der Kaiser und Gott, mit einem eisigen Blick.
»Du widersprichst mir also«, sagte Caligula gefährlich leise.
»Nein, Imperator, ich habe nicht widersprochen, sondern dir meine Ansicht mitgeteilt. Sollte das künftig bei deinen Offizieren verboten sein, mußt du dazu Order erteilen.«
Caligula hatte zu lange Jahre seiner Kindheit und Jugend in der Armee verbracht, um nicht zu wissen, daß er mit Berufsoffizieren nicht so umgehen konnte wie mit den römischen Senatoren oder Patriziern.
»Du hast recht, Galba, auch ein Kaiser soll sich fundierte Ratschläge anhören. Gut, so will ich meinen Spruch mildern, und sie gnadenhalber nur dezimieren lassen. Sorge dafür, daß alle Legionäre, die unter Gaeticulus gedient haben, sich auf dem Exerzierplatz versammeln – jedoch ohne Waffen!«
Galba salutierte und trat ab. Auch damit war er nicht einverstanden, und er wußte, daß er später jedes Ansehen verlieren würde, wenn er dies so ohne weiteres geschehen ließ. Er ließ

also seine Tribunen und Primipilen rufen und teilte ihnen ganz offen die Absicht des Kaisers mit.
»Sorgt also dafür, daß die Männer sich am Rande des Zeltlagers aufstellen, so daß sie nicht von allen Seiten umstellt werden können, und deutet an, was der Kaiser mit ihnen vorhat. Wenn seine Prätorianer aufmarschieren, können sie sich leicht zwischen den Zelten verdrücken, sich verstecken oder – wenn es sein muß – bewaffnen. Ich denke jedenfalls nicht daran, mir wegen eines Rachegelüsts die besten Leute abschlachten zu lassen.«
Da er somit nicht direkt den kaiserlichen Befehl verweigerte, fand er bei seinen Offizieren allgemeine Zustimmung, denn auch sie hielten diese Maßnahme für übertrieben und falsch.
Die Legionäre wußten also, daß ihnen Gefahr drohte, und sie nahmen entlang des Zeltlagers Aufstellung. Caligula beobachtete sie aus der Ferne und befahl einer Reiterkohorte, sie zu umzingeln und jeden zehnten Mann zu töten. Als die Legionäre – es waren immerhin fast fünftausend Mann – die Reiter heranpreschen sahen, verschwanden sie zwischen den Zelten.
Galba trat vor Caligula:
»Ich fürchte, sie haben etwas bemerkt und werden sich ihre Waffen holen, denn sie fühlen sich unschuldig. Das wird ein Blutbad ohnegleichen! Ich hoffe nur, daß es mir gelingt, dich gebührend zu schützen.«
Jetzt bekam es Caligula mit der Angst.
»Laß die Reiter zurückrufen, Galba, aber sage deinen Leuten, daß die Strafe nur aufgeschoben ist. Wenn sie sich die nächsten zwölf Monate gut führen, werde ich erwägen, sie ihnen ganz zu erlassen.«
»Das ist ein Wort, mein Kaiser! Ich werde den Männern deine Entscheidung übermitteln und kann dir schon jetzt versichern, daß sie dir ebenso treu dienen werden wie alle anderen.«

Noch ehe der Kaiser weiterzog, traf eine Gesandtschaft aus Rom ein, die ihm zu seinem »Britanniafeldzug« gratulierte und ihn bat, so schnell als möglich wieder nach Rom zu kommen.
»Ja, ich werde kommen!« rief der Kaiser grimmig, klopfte auf sein Schwert und fügte hinzu: »Und dies da mit mir!«

Die Gesandten duckten sich und sahen sich ängstlich an. Überall standen die Soldaten der Leibwache mit der Hand am Schwert, und jeder wußte, es würde den Kaiser nur einen Wink kosten, und ihre Köpfe rollten in den Sand.
Doch Caligula redete weiter:
»Und sagt den ehrwürdigen Vätern, daß meine Rückkehr nur denen gilt, die sie auch wünschen, nämlich dem Volk und der Ritterschaft, nicht aber dem Senat! Weder will ich, daß mich ein Senator vor den Toren Roms begrüßt, noch daß man mir den Triumph anträgt. Ich selbst werde dem Volk auf dem Forum meine Siege verkünden, das ersetzt mir jede Ehrung des heuchlerischen und haßerfüllten Senats.«
Aufatmend kehrte die Gesandtschaft nach Rom zurück, doch die kaiserliche Botschaft verbreitete unter den Senatoren Furcht und Mißtrauen. Einige der ehrwürdigen Väter zogen es vor, sich in aller Stille davonzumachen, doch die meisten blieben und warteten wie eine Herde Schafe in der Hoffnung, nur geschoren und nicht geschlachtet zu werden.

Die Schwefelbäder hatten Chaereas Bein so weit gebessert, daß er wieder Dienst verrichten konnte, doch in Abwesenheit des Kaisers gab es nicht viel zu tun. Über die Hälfte der Prätorianer waren mit ihm gezogen und mit ihm auch ein Teil der Furcht, die wie ein giftiger Hauch über Rom lastete.
Die Prätorianer hatten unter Caligula viel von ihrem Ansehen verloren, und Chaerea spürte das auf Schritt und Tritt. Wenn er in Begleitung seiner Männer durch die Stadt ging oder ritt, schlossen sich Fenster und Türen, Müßiggänger verschwanden in irgendwelchen Schlupflöchern, Mütter riefen nach ihren Kindern und holten sie ins Haus. Als ob er, Cassius Chaerea, jemals einem Kind etwas zuleide getan hätte!
Auch Marcia bekam das zu spüren, wenn sie mit ihrer Sklavin auf den Markt ging. Sie wurde angerempelt, schlecht bedient und von ihren Nachbarinnen gemieden. Das schmerzte Chaerea am meisten, denn er verstand und wußte, warum es so war, aber was konnte seine Marcia dafür?
Beim Präfekten Arrecinus Clemens waren deshalb schon Beschwerden eingegangen, die bis zu der Behauptung gingen,

man behandle die Prätorianer wie Büttel oder Steuerpächter und er möge sich beim Kaiser dafür verwenden, diesen unhaltbaren Zustand abzustellen.
Abstellen? Aber wie? Clemens wußte recht gut, daß den Kaiser diese Probleme wenig berührten, denn er war der Ansicht, wer so gut bezahlt sei wie die Prätorianer, müsse auch etwas aushalten können. Doch die unbeirrbare Treue des Prätorianerpräfekten war mit der Zeit etwas ins Wanken geraten. Seit ein Senator ihn bei einem Wortwechsel als »Obersten der Henker« bezeichnet hatte, war Clemens nachdenklich geworden. Zwar hatte sich der Mann sofort danach entschuldigt und ihn angefleht, nichts davon dem Kaiser zu berichten, aber diese Bemerkung hatte etwas in Clemens hinterlassen – etwas wie den bitteren Geschmack der Wahrheit.

Da er dienstlich häufig mit Callistus verkehrte, erwähnte er den Fall, ohne den Namen des Senators zu nennen, und sprach auch ganz offen von den sich häufenden Klagen seiner Männer.
Callistus schickte seinen Schreiber hinaus und zog Clemens neben sich auf eine Bank. Der dicke Sekretär senkte seine Stimme, als er sagte:
»Glaubst du, ich weiß das nicht? Wenn man mir schöntut und mich täglich ein dutzendmal zu irgendwelchen Festen und Banketten lädt, dann doch nicht, weil ich ein so lieber Mensch bin, sondern weil jedes Kind weiß, wie sehr der Kaiser mich schätzt und daß er kürzlich geruht hat, meine Tochter Nymphidia zu entjungfern. Sie ist noch dazu schwanger geworden, und würde das Kind am liebsten abtreiben, aber das könnte der Imperator falsch auffassen. Wir sind in keiner schönen Lage, Clemens, denn auch von mir verlangt der Kaiser Dinge, die ich besser nicht nenne. Nun bin ich kein Soldat und kann manches abmildern, manchmal sogar ungeschehen machen, während du einem Befehl ohne Wenn und Aber gehorchen mußt. Der Anschlag des Lepidus ist fehlgegangen, Clemens, aber es werden weitere folgen, und ich bin mir nicht sicher, ob die Götter den nächsten oder übernächsten verhindern werden. Was dann? Man wird uns an unseren

Taten messen, Clemens, und das können wir niemandem verübeln. Hast du jemals daran gedacht?«
Clemens sah sich um.
»Kann uns hier wirklich niemand hören?«
»Nicht, wenn wir leise reden.«
»Ich bin kein dummer Schlagetot mit einem Vogelhirn, der sich keine Gedanken macht und die Befehle von oben für göttliche Eingebungen und jeden Fall für rechtens hält. Auch ich habe nachgedacht und kann dir meine Sorgen nicht verhehlen. Wenn der Kaiser zurück ist, geht der Tanz nach der alten Melodie weiter, und wir Prätorianer dürfen uns wieder als Henker und Steuereintreiber betätigen.«
Callistus nickte bestätigend.
»Ich sehe schon, daß auch dir nicht mehr ganz wohl in deiner Haut ist. Wenn du einen Rat von mir willst: Denke ein wenig an später und tue nur das, was dir aufgetragen ist, kein Jota mehr! Sorge dafür, daß die kaiserlichen Befehle immer unter Zeugen erteilt werden und wenn das nicht geht, komme zu mir und beklage dich ein wenig. So kann ich später bestätigen, wie ungern du so manches ausgeführt hast, und du wirst versichern, daß du bei mir Hilfe und ein offenes Ohr gefunden hast. Wenn wir zusammenhalten, Clemens, werden wir diese Zeit überstehen und auch danach eine Reihe von Fürsprechern haben.«
Clemens drückte Callistus stumm die Hand und erhob sich.
»Ich bedauere nur, daß es so weit hat kommen müssen, aber wem willst du die Schuld daran geben?«
»Keinem, denn er hat uns alle getäuscht, von Anfang an, und hat sein wahres Gesicht erst später gezeigt.«
»Da war es dann zu spät. Manchmal beneide ich Macro darum, daß er diese Zeit nicht mehr erleben muß. Aber so darf es nicht weitergehen, Callistus, das können die Götter doch nicht zulassen? Er lästert sie doch täglich mit seinen Auftritten. Warum lassen sie sich das gefallen? Fühlt Jupiter sich nicht verhöhnt von seinem angeblichen Zwillingsbruder?«
Callistus hob die Schultern.
»Vor einem Jahr war ich zu einem Symposium geladen, wo auch Seneca erschien und einiges aus seinen Werken vorlas. Ein Satz

hat sich mir eingebrannt: Nemo tam divos habuit faventes crastinum ut possit sibi polliceri; (Niemand steht so in der Götter Gunst, daß er den nächsten Tag erwarten darf). Wenn das gilt, Clemens, so gilt es für uns alle.« Callistus deutete auf die Kaiserbüste neben dem Fenster und wiederholte: »Für alle!«

Der anfänglich kleine Verschwörerkreis um Cerealis, Papinius und den Quästor Bassus hatte sich überraschend schnell vergrößert. Cerealis war es gelungen, drei Senatoren aus angesehenen Familien zu gewinnen. Sie alle lebten in der Furcht, die nächsten auf des Kaisers Todesliste zu sein, denn sie waren sehr wohlhabend und hatten bereits anonyme Warnbriefe bekommen. Ihre Sippen waren weitverzweigt, so daß sie nicht fliehen konnten, ohne befürchten zu müssen, Caligula werde sich an ihren Familien schadlos halten.

Cerealis hatte mit den dreien fast gleichlautende Gespräche gehabt.

»Wenn der Kaiser zurückkehrt, wird er wahrmachen, was er schon mehrmals angekündigt hat, nämlich in dem ihm verhaßten Senat auf seine Weise aufräumen. Das heißt, daß er ein Blutbad anrichten wird. Vielleicht will er den Senat sogar abschaffen.«

»Das käme dann einer Monarchie gleich, die kein aufrechter Römer will. Gibt es schon Einzelheiten?«

»Nein, aber wir sollten uns an die bei Caesar erprobte Methode halten: Im Senat muß es geschehen. Wir werden das noch genauer durchsprechen müssen.«

Der Senator nickte.

»Ihr könnt auf mich zählen.«

Verschwörungen dieser Art, an denen Menschen aus den unterschiedlichsten Volksgruppen teilnehmen, werden in der Regel vorzeitig aufgedeckt, weil sich irgendein Verräter einschleicht oder weil einer der Beteiligten zum Verräter wird. Hier war das nicht der Fall, denn jeder hatte ein hinreichendes Motiv, Caligula in den Orcus zu wünschen. Nein, diesmal kam es anders.

Der jüngste Teilnehmer, Sextus Papinius, schäumte über vor Tatendrang und Begeisterung, vor allem seit er sah, daß bedeutende Männer sich der Verschwörung anschlossen. Sein jugend-

liches Ungestüm gaukelte ihm schließlich vor, halb Rom sei auf ihrer Seite, und so wurde er immer unvorsichtiger. Ein alter römischer Rechtsspruch lautete: Cogitationis poenam nemo patitur (Niemand wird wegen seiner Gedanken bestraft), und Papinius glaubte sich daran zu halten, machte aber den Fehler, diese Gedanken gelegentlich laut zu äußern. Im Kreise guter Freunde dürfe er das schon tun, dachte er sich in seiner jugendlichen Sorglosigkeit, und außerdem, so meinte er, seien ohnehin alle offen oder insgeheim seiner Meinung. Wer nur einen Funken Moral im Leib habe, könne gar nicht anders denken.
Und das sprach er auf einem Symposium auch aus. Es war am Tag des Tubilustriums (Marsfest am 23. Mai), und Papinius hatte schon zuviel getrunken. Er erinnerte die fröhliche Runde daran, daß der Kaiser die angeblich für seinen Mord bestimmten Schwerter dem Mars Ultor (rächenden Mars) geweiht hatte und fügte hinzu:
»Was würde Caligula erst tun, wenn er wüßte, wieviele andere Dolche und Schwerter in Rom auf ihn warten. Allein für sie müßte er einen neuen Marstempel bauen.«
Papinius lachte, weil ihn der Gedanke so erheiterte. Einige andere lachten auch, aber eher zaghaft. Papinius verfolgte den Gedanken weiter:
»Stellt euch einmal vor, man müßte alle diese Waffen in Rom einsammeln, das wäre eine ganze Wagenladung.«
Die meisten der Anwesenden hielten das für einen gewagten Scherz und gingen schmunzelnd darüber hinweg, nur dem Sohn eines Freigelassenen, einem jungen, tüchtigen Mann, der mit Tieren für die Arena handelte, erschien dies ein recht seltsamer Spaß. Für ihn war Caligula ein Kaiser, wie er ihn sich besser nicht wünschen konnte. Wie oft hatte er schon Aufträge vom kaiserlichen Hof bekommen, um Bären, Löwen und Wölfe zu liefern. Immer wurde prompt bezahlt, und beim Risiko des Tierhandels war seine Gewinnspanne beträchtlich. So erkundigte er sich, wie denn dieser Spaßvogel heiße. Das sei Sextus Papinius, der Adoptivsohn des reichen Anicius Cerealis.
»Daß einer aus guter Familie solche Scherze macht«, murmelte der Tierhändler und merkte sich diesen Namen genau. Vielleicht konnte er ihn einmal brauchen, um sich beim Kaiser einzu-

schmeicheln. Die Konkurrenz war groß, da mußte man schon gelegentlich etwas Besonderes bieten, wenn man mithalten wollte.

In den letzten Tagen des Mai erreichte der Kaiser mit seinen berittenen Prätorianern die Stadtgrenze von Rom, während die Fußtruppen um einige Tage zurücklagen. Die Legionen und Auxiliartruppen waren an ihre Standorte zurückgekehrt, denn der »Feldzug« war ja nun glücklich beendet.
Caligula betrat Rom während der nächsten Wochen absichtlich nicht, um Angst und Spannung im Senat zu schüren. Außerdem wollte er dem Volk einen frommen Kaiser vorspielen, der an einer der ältesten Kulthandlungen Roms teilnahm, an dem dreitägigen Hauptfest der Fratres arvales (Arvalbrüder). Das Heiligtum lag am rechten Tiberufer am fünften Meilenstein der Via Campana und war der uralten Erdgöttin Dea Dia geweiht, deren Kult der Legende nach schon Romulus eingeführt hatte.
Der Kaiser war dort längst angekündigt, und die weißgekleideten Priester empfingen den Princeps ehrerbietig, doch ohne Überschwang. Die Fratres arvales stammten aus den besten römischen Familien und übten ihr hochangesehenes Amt auf Lebenszeit aus. Jährlich wählten sie aus ihren Reihen einen Magister, der jetzt Caligula würdevoll entgegentrat, ihn umarmte und in das niedrige langgestreckte Gebäude führte, das die Priester während der Kulthandlungen bewohnten.
Die dreitägigen Ambarvalia bestanden aus einer Reihe von Riten, Gesängen und Gebeten, die in komplizierter Abfolge nach den überlieferten Vorschriften buchstabengetreu eingehalten wurden. Die Priester trugen während der Zeremonien eine weiße Kopfbinde mit einem Ährenkranz, denn die Weihehandlung sollte den alten Feld- und Flurgott Mars um Fruchtbarkeit bitten und die Saatgeister wecken. Zwar hatte Mars seit etwa zweihundert Jahren auch die Eigenschaft eines Kriegs- und Schlachtengottes angenommen, aber seine Verehrung als Feld- und Flurgott war um vieles älter. Das klang auch in dem von den Priestern gesungenen Bittlied durch:
»Mars, Mars, laß nicht Seuche und Verderben eindringen: rufe alle Saatgeister der Reihe nach herbei! Hilf uns, oh Mars, hilf uns!«

Der letzte Tag des dreitägigen Festes endete mit einem feierlichen Umzug auf den umliegenden Feldern und Fluren. Der Kaiser schritt als Ehrenpriester dabei mit, war wie alle anderen in eine blütenweiße Toga gekleidet und trug auf dem Kopf die weiße Binde mit dem Ährenkranz.
Doch sein Herz hatte an dieser Kulthandlung nicht teil, seine Gedanken schweiften nach Rom, wo der vor Angst zitternde Senat ihm jetzt doch den Triumph angetragen hatte. So sehr es Caligula danach verlangte, wie sein Vater als Triumphator auf der geschmückten Quadriga zu stehen, voran die Senatoren in ihren weißen, mit dem Purpurstreif geschmückten Togen, dazu Priester, Staatsbeamte, hohes Militär, dann die Tempeldiener mit den Opfertieren – so sehr es den Kaiser danach verlangte, dem Volk dieses Schauspiel zu bieten, so wenig gönnte er dem Senat die Erfüllung seines Wunsches. Er war hin- und hergerissen und wußte nicht, welchem Verlangen er nachgeben sollte. Sein Hang zu öffentlichen Auftritten war sehr ausgeprägt, und er hätte es schon genossen, mit dem Adlerszepter in der Hand, gekleidet in die Tunika palmata und die Toga picta in feierlicher Prozession durch die Porta triumphalis in den Circus Flaminius einzufahren und von dort durch die Porta carmentalis zum Circus Maximus zu ziehen, um dann über die Via sacra auf das Kapitol zu gelangen, den Göttern opfernd, vom Volk umjubelt. Doch das hieße den Senatoren nachgeben, die sich ohnehin im Triumphzug unverdienterweise herausstellen würden – nein! Caligula entschloß sich spontan, den Antrag abzulehnen und nur eine Ovatio zu gestalten, vom Volk auch als »kleiner Triumph« bezeichnet.
Er wies seine Beamten an, alles dafür vorzubereiten, denn am 31. August, seinem Geburtstag, sollte die Ovatio stattfinden. Natürlich scheute man keine Kosten, diese – um den Kaiser milde zu stimmen – mit größerer Pracht auszustatten, als die früheren Triumphe. Irgendwelche typischen Germanen mußten als »Gefangene« auftreten, sogar einige gallische Stammesfürsten hatte er mitgebracht, damit er auch »Barbarenkönige« vorführen konnte. Sie mußten schon seit Monaten ihre Haare wachsen lassen, um wilder auszusehen, und wurden mit germanischen Phantasienamen bedacht. In Rom würde ohnehin niemand den

Betrug merken. Eine Trireme (Dreiruderer), mit der er auf dem Atlantik einen kurzen Ausflug unternommen hatte, wurde zerlegt, über die Alpen geschafft und sollte bei der Ovatio als »Kriegsschiff des Kaisers« präsentiert werden.

Die Senatoren atmeten auf, denn immerhin hatte der Kaiser sie nicht vollends ignoriert. So unterschied sich die Ovatio am letzten Augusttag nicht wesentlich von einem Triumphzug, nur daß der Kaiser die Toga praetexta und die Corona ovalis (Myrtenkranz) trug.

Als der Zug bei der Basilica Julia halt machte, ließ Caligula aus der Höhe herab frischgeprägte Denare und Sesterzen mit seinem Bildnis unter das Volk werfen. Der Pöbel balgte sich so heftig um die Münzen, daß ein Dutzend alter und schwacher Menschen dabei totgetrampelt wurde.

Auf einigen Ochsenkarren wurden die Körbe mit Muscheln mitgeführt, als Beweis für den »Sieg über Neptun« und des Kaisers Anwesenheit am Fretum Gallicum (Ärmelkanal).

Die Plebs jubelte sich heiser, vor allem jene, die ein Geldstück erhascht hatten. Zudem ließ der Kaiser durch Herolde verkünden, daß er in den nächsten Tagen zur Feier seiner Ovatio kostenlose Spiele veranstalten würde. Neuer Jubel – doch bald zeigte Caligula sein wahres Gesicht.

Bei den Spielen im Circus Maximus saßen auch jene, die sehr unter den neuen Steuergesetzen litten, nämlich die Schankwirte, die Lastträger, die Huren, die kleinen Handwerker, die Straßenreiniger und Fuhrunternehmer. Für sie war es eine der ganz seltenen Möglichkeiten, den Kaiser – wenn auch von ferne – zu sehen, und so machten sie ihrem Unwillen mit Geschrei Luft.

»Kein Mensch kapiert die neuen Verordnungen!«

»Deine Steuern erdrücken uns!«

»Hol dir das Geld von den Reichen und nicht von uns!«

»Für jeden Scheißhaufen müssen wir Abgaben zahlen, das hat es unter Tiberius nicht gegeben!«

Caligula hörte sich die Zurufe mit finsterer Miene eine Zeitlang an. Dann schickte er seine Prätorianer, um die Ruhe wieder herzustellen. Doch die Plebs hatte sich in Wut gebrüllt und war nicht mehr zu beruhigen. Der Kaiser gab einen kurzen Befehl und zog sich zurück. Die Prätorianer drangen mit gezückten Schwertern auf die Schreier ein und richteten unter ihnen ein Blutbad an, das etwa vierzig Menschenleben kostete. Weitere hundert wurden festgenommen und sahen sich von Handwerkern, Kneipenwirten und Taglöhnern in Gladiatoren verwandelt. Nur wenige von ihnen überlebten die folgenden Tage, doch von nun an wagte keiner mehr im Circus einen frechen Zuruf.

Eine weitere neue Verfügung begann in Rom das Leben der Wohlhabenden zu vergiften. Sklaven, denen es sonst kaum gestattet war, vor Gericht als Zeugen aufzutreten, durften nun ihre Herren wegen falscher oder angeblich falscher Censurangaben (Steuererklärung) denunzieren. Dafür erhielten sie die Freiheit und ein Achtel des eingezogenen Vermögens. Da war die Verlockung freilich groß, und so mancher geprügelte Sklave nutzte diese Möglichkeit, um sich an seinem Herrn zu rächen.

Unmittelbar nach der Ankunft des Kaisers in Rom nahm Cornelius Sabinus seinen Dienst bei den Prätorianern auf. Wenige Tage später befahl der Präfekt Arrecinus Clemens die Tribunen zu einer Besprechung in die Castra Praetoria bei der Porta Nomentana.

Seit Tiberius bestand die Prätorianergarde aus zehn Kohorten zu je tausend Mann Fußtruppen, dazu kamen noch zehn Turmae Reiter von insgesamt dreihundert Mann, die wie jede der Kohorten von einem Tribun befehligt wurden. Die gesamte Garde unterstand zwei Präfekten, von denen aber nur Clemens in Erscheinung trat, während der andere – ein schon älterer Herr – den hohen Titel quasi nur ehrenhalber trug.

Von den Tribunen waren immer einige unabkömmlich, so daß jetzt im Empfangssaal des Präfekten nur neun von ihnen in strammer Haltung vor Arrecinus Clemens standen. Der Präfekt war keine besonders martialische Erscheinung, doch er war ehrgeizig und von vorausschauender Klugheit.

»Meine Herren, es ist leider kein erfreulicher Anlaß, der uns hier auf ausdrücklichen Befehl des Imperators zusammenführt. Es geht um die Schwester des Kaisers und ihre Bewachung auf den

Pontinischen Inseln. Der vom Kaiser selbst zum Befehlshaber der Wachmannschaft auf Pontia bestimmte Centurio Aulus Priscus hat sich von Julia Livilla bestechen lassen, hat Briefe und Nachrichten übermittelt, hat also – und ich sage das mit großem Bedauern – der Prätorianergarde Schande gemacht. Er wurde überführt, ist auch geständig, und der Kaiser wünscht, daß wir, seine Commilitonis (Kameraden) über ihn ein Urteil fällen. Ihr wißt, wie sehr der Kaiser uns vertraut und unsere Treue immer wieder mit Sonderrechten und Donativen belohnt. Priscus hat sich also nicht nur des Hochverrats, sondern auch der Treuelosigkeit schuldig gemacht und damit die Ehre der ganzen Garde befleckt. Dafür gibt es nur eine Strafe: einen schimpflichen Tod! Ich schlage vor, der Hochverräter Priscus soll an einen Pfahl gebunden und gegeißelt werden, bis der Tod eintritt. Wer dafür stimmt, hebe die Hand.«

»Gestatte mir eine Frage, Präfekt«, meldete sich Sabinus zu Wort. »Wurde der Fall genau untersucht? Ist das Geständnis freiwillig erfolgt?«

Clemens runzelte die Stirn.

»Aha, unser Neuling hegt noch Zweifel an der Rechtmäßigkeit des Verfahrens. Aber laß dir gesagt sein, daß kein Prätorianer, auch der einfachste Legionär, ohne peinlich genaue Überprüfung der Sachlage vor das Militärgericht kommt. Zufrieden?«

Sabinus nickte, und Clemens wiederholte seine Aufforderung. Alle neun Hände gingen hoch.

»Ich habe es nicht anders erwartet und werde den Kaiser sofort von unserem Urteil unterrichten. Nun zu etwas anderem: Seine Majestät hat mich beauftragt, einen geeigneten Nachfolger für Priscus vorzuschlagen. Ihr kennt ja die Situation. Der Dienst auf Pontia kommt einer Strafversetzung gleich und bringt keine Ehren. Ich bitte also, einen Centurio vorzuschlagen, der einen Denkzettel braucht, aber sonst durchaus treu und zuverlässig ist. Nach einem Jahr wird er ohnehin abgelöst.«

Sabinus hob die Hand. Der Präfekt lächelte gequält.

»Du willst wohl meine Geduld auf die Probe stellen, Tribun? Also – ich höre.«

»Ich selbst brauche einen Denkzettel, Präfekt, denn meine vorige Frage war ungehörig, und ich entschuldige mich dafür. So möchte ich mich für den Dienst auf Pontia freiwillig melden.«

Das ging über den Verstand des Präfekten, und auch Chaerea schaute seinen Freund verblüfft an.

»Du – ein Tribun? Das geht nicht, Cornelius Sabinus, die Verbannten auf Pontia wurden immer nur von einem Manipulus unter einem Centurio bewacht. Du schätzst deinen Rang zu gering ein, Sabinus, jedenfalls kann ich keinen Tribun nach Pontia zur Bewachung einer Frau schicken. Der Kaiser würde toben und mich zur Verantwortung ziehen. Nein, schlage dir das aus dem Kopf.«

Sabinus aber blieb beharrlich.

»Ich bitte dich doch nur darum, daß du mich für diesen Dienst vorschlägst. Sage dem Kaiser, ich möchte damit meine besondere Ergebenheit für die mir erwiesene Gnade ausdrükken. Seine Majestät weiß dann schon, wovon die Rede ist.«

Clemens seufzte.

»Nun gut, warum nicht? Aber ich kann dir jetzt schon sagen, daß du eine Abfuhr bekommst.«

Als sie später zu ihren Amtsräumen gingen, flüsterte Chaerea ihm zu:

»Du tust das doch nicht ohne Grund, Sabinus. Was steckt dahinter? Sag es mir!«

Doch Sabinus schwieg und schüttelte den Kopf.

»Vertraust du mir nicht mehr? Was ist los mit dir? Du stolperst da in eine Sache hinein ...«

Sabinus blieb stehen.

»Ich stolpere nicht. Ich gehe mit offenen Augen und weiß genau, was ich tue. Im übrigen besteht ja wenig Aussicht, daß es mir gelingt. Habe etwas Geduld, mein Freund, wir werden uns schon bald über alles aussprechen.«

Schon am übernächsten Tag befahl Caligula den Tribun Cornelius Sabinus zu sich. Er wurde vom Befehlshaber der Palastgarde gründlich auf Waffen untersucht, dann führte ihn

ein Hofmeister auf verschlungenen Wegen in die Privatgemächer des Kaisers.
»Da kannst du gleich den Paris spielen und dein Urteil abgeben, welche der Damen dir besser gefällt«, rief ihm Caligula entgegen. Sabinus blickte sich um, doch da stand nur der Kaiser in einer lächerlich kurzen Tunika, die seine dürren, behaarten Schenkel freigab, und zwei junge Sklaven, die Kleidungsstücke aus einer geöffneten Truhe nahmen.
»Habe Geduld, Sabinus, ich werde dir die Schönen eine nach der anderen vorführen.«
Dann verschwand er mit einem Sklaven hinter einem bemalten Wandschirm. Verwirrt blieb Sabinus in der Nähe der Tür stehen. Hinter dem Wandschirm raschelte es vernehmlich, und plötzlich trat eine Gestalt hervor, in nachtblaue Gewänder gehüllt, die mit goldenen Sternen bestickt waren. Die Gestalt war verschleiert, auf ihrem Kopf schimmerte eine silberne Mondsichel. Mit gezierten feierlichen Schritten ging die Erscheinung durch den Raum, drehte sich wie im Tanz, blieb stehen und schlug den Schleier zurück. Doch es erschien kein Menschengesicht, sondern die silberne Maske eines Frauenantlitzes.
Die Gestalt verschwand, und wenig später trat Venus hinter dem Wandschirm hervor. Sie trug weiße, wallende Gewänder, goldene Sandalen und einen Schleier, der ihr Gesicht verbarg. In der einen Hand trug sie einen Spiegel, mit der anderen raffte sie zierlich die Röcke. Sie tänzelte mit kleinen Schritten umher, hob dann und wann den Spiegel und seufzte dabei, als sei sie von der eigenen Schönheit entzückt. Dann entschwand auch sie.
Zuletzt erschien Minerva, in voller Rüstung mit Helm, Schild und Lanze, eine goldene Maske vor dem Gesicht, die Aegis mit dem Medusenhaupt über Schultern und Brust gebreitet. Ihr Gang war aufrecht, stolz und kriegerisch, ihre stampfenden Schritte hallten durch den Raum.
Sabinus wußte sogleich, daß der Kaiser hinter allen diesen Verkleidungen steckte, doch welche Wahl sollte er – falls man ihn fragte – in diesem Fall treffen? In der Mythologie gab Paris den Apfel der Schönheit an Aphrodite weiter, aber ein unbestimmtes Gefühl sagte ihm, daß Caligula nicht für sie den Preis forderte. Er überlegte blitzschnell, denn nun war auch Minerva verschwun-

den. Luna! Natürlich, Luna war es, denn sie trug das Antlitz der Drusilla. Jeder in Rom hatte ihr Bild vor Augen, das in Tempeln, auf Foren und vor öffentlichen Gebäuden in der Gestalt der »Panthea« weit verbreitet war. Darum war ihm die Silbermaske gleich so vertraut erschienen! Sabinus atmete auf und sah dem Erscheinen des Kaisers ruhig entgegen.
Der kam in einem seiner bunten, exotischen Hausgewänder, das mit goldenen Stickereien und Fransen besetzt war. Die starren Augen blickten ihn aufmerksam an.
»Nun, Paris-Sabinus, wem würdest du den Apfel reichen?«
»Wer würde da zögern!« sagte Sabinus fest und bestimmt. »Der goldene Apfel gebührt der lieblichen geheimnisvollen Göttin Luna.«
Die breite, finstere Stirn des Kaisers glättete sich, in seine Augen trat ein leises Erstaunen.
»Bist du dir da so sicher?«
»Ich schon, Majestät«, antwortete er keck. »Vielleicht hättest du eine andere Wahl getroffen, aber da du mich zum Paris ernannt hast ...«
»Ja, ja, schon gut. Vielleicht hätte ich gewählt wie du, aber das geht dich nichts an. Du hast dich freiwillig für den Dienst nach Pontia gemeldet, du, ein Tribun, ein Cornelier ... Übrigens habe ich Priscus begnadigt, er ist heute früh enthauptet worden. Die Männer sollen auch in solchen Fällen spüren, daß es sich lohnt, ein Prätorianer zu sein, sogar wenn es um die eigene Hinrichtung geht. Was bezweckst du damit, Sabinus? Willst du Livilla nahe sein oder ist es ihr vielleicht gelungen, dir eine Nachricht zuzuspielen?«
Die starren Augen belauerten ihn, und Sabinus wußte, daß ihnen keine Regung seines Gesichts oder seines Körpers entging.
»Nein, Majestät, ich habe es ja schon angedeutet. Damit möchte ich dir Dank sagen für dein gnädiges Entgegenkommen bei dem Nachlaß meines Onkels. Mir ist es einerlei, ob ich Livilla oder Agrippina bewachen soll oder ob du mich zu einer anderen, ebenso unbeliebten Aufgabe heranziehst. Ich will dir auch nicht verhehlen, daß ich lieber in Rom bliebe, wo ich das schöne Haus meines Onkels bezogen habe, wo meine Eltern leben, meine Freunde und Freundinnen ...«

Caligula lachte scheppernd.
»Nun mach keinen Rückzieher, Tribun! Mir gefiel dein Angebot von Anfang an, ich wollte dich nur ein wenig auf die Probe stellen. Nun sollst du auch wissen, warum. Vielleicht hat du es damals nicht bemerkt oder schon vergessen, wie Livilla dich bei meinem Gastmahl beobachtete. Sie ist ein stilles Wasser, aber immer hinter den Männern her, und damit meine ich nicht nur den Dichterling Seneca. Du bist mir treu ergeben, Sabinus, das habe ich inzwischen gesehen. Du gehörst nicht zu jenen Corneliern, die ihre Habe auf ihre Clienten verteilen, um dem Census zu entgehen, du stehst auf meiner Seite, das weiß ich seit unserer ersten Begegnung.«
»Du kannst in den Herzen lesen, Majestät«, sagte Sabinus bescheiden.
»Könnte ich es nur besser!« rief Caligula. »Es wäre mir einiges erspart geblieben. Zurück zu Livilla. In ihren Briefen und Botschaften, die der Schurke Priscus weitergab, bat sie Verwandte ihres Mannes, Freunde und ehemalige Clienten um Beistand, damit ich ihre Verbannung zeitlich begrenze. Ich weiß natürlich, was geschieht, würde ich sie begnadigen. Sie würde versuchen, alle kaiserfeindlichen Kräfte gegen mich zu mobilisieren, würde alles tun, um mich zu vernichten. Du kennst meine Schwestern nicht, Sabinus; auch wenn Agrippina von Natur aus die Schlimmere ist, so ist Livilla doch nicht weniger entschlossen. Nun, ich denke nicht daran, eine dieser Megären vorzeitig zu begnadigen. Wahrscheinlich werden mich die Umstände eines Tages sogar zwingen, die beiden ...« Caligula machte mit der rechten Hand eine hackende Bewegung und grinste dabei wie ein Schlächter. »Von dir, Sabinus, erwarte ich nicht, daß du Livilla meidest – ganz im Gegenteil. Aber denk immer daran, sie ist argwöhnisch und hat einen sehr scharfen Verstand. Laß dich von ihr nicht übertölpeln! Du sollst dich ihr nicht aufdrängen, denn das würde sie sofort mißtrauisch machen. Tu einfach so, als hätte ich dich strafweise oder aus einer Laune heraus zu dem Wachdienst auf Pontia verurteilt. Du mußt ihr Vertrauen gewinnen, Sabinus, das ist das wichtigste. Du bist doch der Sohn des Verlegers Cornelius Celsus? Eine bessere Einführung kann ich mir kaum denken. Livilla vergöttert Dichterlinge und alle, die sich mit Büchern

auskennen oder damit zu tun haben. Damit habt ihr ein Gesprächsthema für viele Tage, aber vergiß dabei nie, ihr auf den Zahn zu fühlen. Ich will nicht wissen, was sie plant, denn auf Pontia wird sie kaum eine Verschwörung anzetteln können. Mich interessieren die Namen der damals an der Verschwörung des Lepidus Beteiligten, die ich noch nicht kenne. Eine ganze Reihe von ihnen ist mir entwischt, da bin ich ziemlich sicher. Diese Leute sind noch immer frei, und hier steckt der Keim zu einer neuen Verschwörung. Wenn ich sie einmal alle ausgerottet und der Hydra sämtliche Köpfe abgeschlagen habe, dann wird Rom ein Elysium sein, Sabinus, das verspreche ich dir. Aber bis es soweit ist, kenne ich keine Gnade, und wer sich schuldig macht, wird büßen, wird zahlen müssen mit Leben und Besitz – wer immer es sei!«

Während seiner Rede war Caligula aufgesprungen und wie ein Raubtier in dem kleinen Raum hin- und hergelaufen. Sein buntes Seidengewand hatte sich dabei geöffnet, die dürren behaarten Beine wurden sichtbar. Der schwere, aufgetriebene Körper, der lange, dünne Hals und das bleiche Gesicht mit der hohen, finsteren Stirn, den starren Augen und dem schmalen, verkniffenen Mund wirkten auf Sabinus so abstoßend, daß ihm vom Magen her eine Übelkeit aufstieg. Doch er triumphierte und dachte: Jetzt hat er vor mir die Maske fallen lassen, und ich weiß, was ihn bewegt, was er will, was er fürchtet und plant.

»Ich werde alles tun, was in meinen Kräften steht, aber ...«

»Es soll auch nicht für lange sein«, sagte Caligula, »denn ich möchte nicht, daß du dich ausgenutzt fühlst. Schließlich hast du dich freiwillig angeboten, und glaube mir, ich weiß das zu schätzen. Zwei Monate sollst du bleiben, höchstens drei. Genug Zeit, um herauszufinden, ob sie dir vertraut oder dich zurückweist. Du bist ein hübscher Bursche, Sabinus, hast gewiß eine Menge Freundinnen ...«

»Keine feste Bindung, Majestät. Ich hatte noch nicht das Glück, eine Frau wie Caesonia Augusta zu finden.«

Der Kaiser lachte geschmeichelt.

»Dieses Glück wirst du auch niemals haben, das ist nur den Göttern bestimmt, denn Caesonia ist einmalig – ja, sie ist einmalig. Deshalb kommen andere nicht zu kurz, gewiß nicht. Ich kann fünf Frauen täglich beschlafen, wenn es sein muß sogar ein Dutzend – die Kraft der Götter, weißt du.« Caligula schwieg und schaute Sabinus seltsam an. »Ich rede mit dir, als seist du meinesgleichen. Machen wir ein Ende! Du weißt, was du zu tun hast. Halte dich morgen früh bereit. Du wirst abgeholt und nach Ostia gebracht, wo eine schnelle Trireme wartet.«

Sabinus grüßte militärisch und war froh, dem Kaiser nicht die Füße küssen zu müssen, wie das jetzt allgemein der Brauch wurde.

Dies alles erschien Sabinus wie ein seltsamer Traum. Der Kaiser hatte offensichtlich Gefallen an ihm gefunden, vertraute ihm, hatte für einige Augenblicke die Maske fallen lassen. Oder war das auch nur einer seiner Auftritte wie die Verkleidungsszene? Sollte auch er nur in eine Falle gelockt werden wie so viele andere, die er lobte und auszeichnete, während seine Gerichtsbeamten schon die Anklageschrift aufsetzten? Doch er mußte das Risiko eingehen wie ein Jäger, der das Wild nur erlegen kann, wenn er ihm ganze nahe kommt.

Der vom kaiserlichen Hof immer so pünktlich bezahlte Tierhändler nahm wörtlich, was er damals auf dem Symposium gehört hatte. Er meldete dem wachhabenden Prätorianeroffizier im Palatinum seine Beobachtung und wiederholte, was Papinius damals gesagt hatte: »Was würde Caligula erst tun, wenn er wüßte, wieviele andere Dolche und Schwerter in Rom auf ihn warten.«

Der Offizier blickte zwar skeptisch, als er die Meldung aufnahm, aber er gab sie pflichtgemäß weiter, und sie landete schließlich bei Arrecinus Clemens, dem Prätorianerpräfekten. Der mußte, um nicht selbst in Gefahr zu geraten, den Fall prüfen, und so wurde Sextus Papinius verhaftet. Der junge Mann verwickelte sich in Widersprüche, die ihn dringend verdächtig machten, und der Kaiser wurde über den Fall informiert.

»Foltern lassen, bis er Namen nennt, aber darauf achten, daß er nicht stirbt!« lautete die kaiserliche Anweisung. Das peinliche Verhör wurde im Kerker des Palatinum angestellt, denn der Kaiser wollte sofort informiert werden.

Sachkundige, unter Caligula vielerfahrene Büttel spannten Papinius in die Fidulae (Streckfolter) und renkten ihm langsam die Glieder aus. Der Kopf des Gepeinigten pendelte vor Qualen hin und her, die Gelenke sprangen knirschend aus ihren Pfannen, er schrie, stöhnte, lallte, doch auf die Fragen antwortete er nicht. Da griff ein zweiter Büttel nach der schweren Riemenpeitsche mit den eingeflochtenen Dornen und Bleikugeln. Die gestraffte Haut des peinvoll gestreckten Körpers platzte schon bei den ersten Hieben auf und entlockte dem Gefolterten ein schauerliches Gebrüll. Nach zwanzig Hieben wandelten sich Gesäß und Rücken in eine blutige Masse.
»Aufhören!« befahl der die Vernehmung leitende Prätorianer. »Der Kaiser will, daß er am Leben bleibt.«
»Nun, Papinius, jetzt rück schon heraus mit den Namen! Einige von denen, die Schwerter und Dolche für den Kaiser bereithalten, wirst du doch kennen. Du brauchst nur zwei oder drei Namen zu nennen, und wir binden dich los und holen einen Medicus.«
Papinius hatte sich vor Schmerzen Zunge und Lippen zerbissen, und aus seinem blutig verschwollenen Mund kamen nur undeutliche Laute. Sie banden ihn los, setzten ihm einen Becher Wein an die zerfetzten Lippen. Mühsam trank er einige Schlucke, atmete schwer und schloß die Augen.
»Du sollst nicht schlafen, sondern reden!« rief der Prätorianer und gab den Bütteln einen Wink. Sie hängten Papinius sofort wieder an die Stricke und begannen ihr Werk von neuem. Der Gefolterte brachte nur noch ein leises Wimmern zustande, das bald verstummte.
»Wenn ihr ihn umbringt, macht euch der Kaiser um einen Kopf kürzer«, drohte der Prätorianer. Aber was sollten sie tun? Der Gefolterte redete einfach nicht. Auch bei weiteren Versuchen mit Streckgalgen und Peitsche war außer Stöhnen, Wimmern und Schreien nichs weiter aus ihm herauszubekommen. So ließ man ihn vorerst in Ruhe und machte dem Kaiser Meldung.

»Dann müssen wir es auf andere Weise versuchen. Verhaftet seinen Vater und bringt ihn hierher. Wie heißt er doch gleich?«

»Es ist sein Stiefvater Anicius Cerealis, Majestät.«
Der wurde sogleich in die Folterkammer geführt, wo er seinen Sohn als halb bewußtloses und zerfetztes Stück Fleisch vorfand. Cerealis wandte schaudernd seinen Kopf ab.
»Ich möchte mit dem Kaiser sprechen.«
Caligula empfing ihn sofort.
»Nun, Senator, es scheint, daß dein Sohn hochverräterische Pläne hegt. Leider konnte ihm die Folter bis jetzt nicht seine Zunge lösen, aber du hast ja gesehen, was von ihm übrig ist. Nicht mehr viel, fürchte ich. Du bist doch an der Verschwörung beteiligt, Cerealis? Oder sollte dein Sohn dich nicht eingeweiht haben?«
Der Senator Anicius Cerealis wußte, daß man ihn ebenso foltern würde wie seinen Sohn, und er wußte auch, daß er nicht die Kraft besaß, einer so grausamen Tortur zu widerstehen. Sein Stiefsohn war verloren und würde – falls er die Folter überlebte – unter dem Henkersschwert sterben. Und all die anderen – der Quästor Bassus, die drei Senatoren, die Ritter und Offiziere, die sich der Verschwörung angeschlossen hatten?
Cerealis war weder ein Held noch ein Stoiker. Er hatte sich – zumindest redete er sich das jetzt ein – ohnehin nur auf Drängen seines Stiefsohnes dieser unsinnigen Verschwörung angeschlossen und sah nicht ein, warum er mit den anderen untergehen sollte.
»Hast du die Sprache verloren?« herrschte ihn der Kaiser an.
Cerealis blickte auf, schaute in Caligulas von Lastern und Völlerei entstelltes Antlitz, schauderte vor dem gefühllosen Blick und wußte, daß es nur eine – eine einzige Möglichkeit gab, lebend aus dieser unseligen Geschichte herauszukommen. Er mußte die Verschwörung aufdecken, alle Namen nennen, sich auf Gedeih und Verderb dem Kaiser unterwerfen.
»Kann ich allein mit dir sprechen, Majestät?«
Caligula sah, daß der Senator reden wollte und scheuchte seine Hofbeamten hinaus. Nur zwei der germanischen Leibwachen blieben wie Säulen hinter ihm stehen.
Caligula winkte ab.
»Die zählen nicht, verstehen kaum Latein – also?«
Cerealis setzte alles auf eine Karte.

»Ich rede, Majestät, aber ich rede nur, wenn du mir vor Zeugen völlige Straflosigkeit garantierst. Und nicht nur das: Da ich von der Verschwörung gegen dein Leben nur weiß, aber nicht an ihr beteiligt bin, besteht mein Vergehen allein darin, daß ich geschwiegen habe. Du als Vater wirst verstehen, daß ich es nicht übers Herz brachte, meinen Sohn – und damit auch die anderen – zu denunzieren. Ich habe ihn beschworen, von seinen Plänen zu lassen, immer und immer wieder! Aber die Jugend ist unbesonnen und heißblütig, leider hatte ich damit keinen Erfolg – auch nicht, als ich ihm das Beispiel des Lepidus warnend vor Augen führte. Ich habe ein schwaches Herz, Majestät, und würde auch eine leichte Folter nicht überleben. Dann aber stündest du wieder am Anfang und müßtest täglich um dein Leben fürchten. Wenn ich also rede, so verlange ich nicht nur Straffreiheit, sondern auch eine hohe Belohnung, die es mir gestattet, mich sorgenfrei auf mein Landgut zurückzuziehen.«
Cerealis hatte genau den richtigen Ton getroffen; denn für Menschen, die sich kaufen ließen, hatte der Kaiser durchaus Verständnis. Sein Gesicht entspannte sich, wurde geradezu wohlwollend.
»Wenn du mir hilfst, die Verschwörung restlos aufzudecken, so verspreche ich dir vor Zeugen sowohl Straffreiheit als auch eine Belohnung. Genügen hunderttausend Sesterzen?«
Cerealis brachte ein Lächeln zustande, so elend er sich auch fühlte.
»Du setzt dein Leben sehr niedrig an, Majestät. Ich schätze es weit höher ein, um nicht zu sagen, es ist unbezahlbar. So ist es sehr niedrig gegriffen, wenn ich vorschlage, den Betrag zu verzehnfachen. Für eine Million Sesterzen erfährst du von mir alles, um die Verschwörung restlos aufzudecken.«
Caligula war schon ungeduldig geworden, doch im Stillen mußte er dem Senator rechtgeben. Was war schon eine Million für sein kostbares Leben?
»Gut, Cerealis, ich bin einverstanden.«
Callistus wurde gerufen, der zusammen mit einem Schreiber einen Vertrag anfertigte, der die von Cerealis gewünschten Bedingungen festhielt und auch sein umfassendes Geständnis aufnahm. So kamen sämtliche Namen ans Licht, und unmittelbar

darauf schwärmten die Prätorianer nach allen Richtungen aus, um die Verschwörer zu verhaften. Cerealis erhielt seinen Verräterlohn ausbezahlt, und Caligula hielt sich strikt an die Abmachungen.

Der Quästor Betilinus Bassus wurde verhaftet, dazu ein Dutzend Senatoren und Ritter. Die meisten waren geständig, nur bei einigen mußte mit der Folter nachgeholfen werden.
Caligula triumphierte. Sieg – Sieg auf der ganzen Linie! Er wollte aus der Hinrichtung der Verräter ein großes Spektakel machen und beriet sich darüber lange mit seinen Ratgebern. Als Ort der Hinrichtung wurden die vatikanischen Gärten bestimmt, und sehr viele Zuschauer waren dazu geladen.

XXXI

Die kleine schnelle Bireme der kaiserlichen Flotte war mit einem großen Segel ausgestattet, das bei gutem Wind gesetzt wurde. Hauptsächlich aber wurde das Schiff mit Muskelkraft bewegt. Allerdings saßen keine Sträflinge auf den Ruderbänken, sondern gut bezahlte und verpflegte Seeleute, die sich regelmäßig abwechselten.
Sabinus erschien es wie ein Rätsel, daß dieses kleine Schiff die weit draußen im Meer liegenden, winzigen Inseln überhaupt fand.
Der Navis praefectus lachte nur, als Sabinus ihn fragte:
»Da gibt es schon einige Hilfsmittel, wenn auch die Erfahrung die größere Rolle spielt. Auf diesem Weg habe ich mich am Promunturium Circei (Kap der Circe) orientiert und habe mich von dort mit Hilfe des Sonnenstandes genau nach Süden gehalten. So erreichen wir mit Sicherheit die Hauptinsel Pontia, wo ich dich absetzen werde. Etwa dreißig Meilen östlich davon liegt Pandateria, das ich danach ansteuern werde.«
Er wird wissen, daß dort Agrippina lebt, aber er hütet sich, ihren Namen auszusprechen.
»Was wirst du dort tun?«

Der Schiffsführer wandte ihm sein wettergegerbtes Gesicht zu, grinste und zuckte die Schultern.
»Nichts, was dich angeht, Tribun.«
Sabinus schlug dem Seemann derb auf die Schulter und nahm wieder auf seinem Stuhl am Bug Platz. Als die Insel in Sicht kam, fragte er:
»Wo legen wir an?«
»Der kleine Hafen ist an der Ostküste. Es leben dort nur ein paar Fischer.«
»Wie groß ist die Insel?«
»Etwa fünf Meilen lang, und ihre breiteste Stelle durchquerst du zu Fuß in einer knappen halben Stunde. Trotzdem kann sich jeder glücklich preisen, der dorthin verbannt ist, und nicht nach Pandateria oder Sinonia, denn die sind nicht größer als ein paar Äcker, und in einer Stunde hast du alles gesehen.«
»Danke für die Aufklärung. Ich komme zum Glück freiwillig hierher und muß nicht lange bleiben.«
»Aber ein ganzes Leben ...« Der Kapitän schüttelte sich. »Ja, ja, das ist nicht schön, aber solange man lebt ...«
»... ist Hoffnung!« ergänzte Sabinus.

Am Hafen wartete schon ein Trupp Legionäre, die zwar nicht wußten, daß sie einen leibhaftigen Tribun zum Vorgesetzten bekommen würden, aber damit rechneten, daß man einen Ersatz für Priscus schickte.
Sabinus ließ sich von seinem Burschen Panzer, Helm und Sandalen anlegen und prüfte mit einem raschen Blick sein kurzes Schwert.
»Die werden staunen, Herr«, meinte der Junge, »wenn sie sehen, daß auf den Centurio ein Tribun folgt.«
»Ein Legionär staunt nicht, Rufus, sondern gehorcht, ob es sich bei seinem Vorgesetzten nun um einen Gregarius, einen Centurio oder einen Tribun handelt.«
»Jawohl, Tribun!«
Nun, es staunte trotzdem, das etwas heruntergekommene Häuflein Legionäre. Keiner von ihnen war freiwillig hier, denn sie alle hatten etwas auf dem Kerbholz und durften sich – bei Andro-

hung einer schimpflichen Entlassung – hier in der Einsamkeit für kurze oder längere Zeit bewähren.
Ein Mann trat vor und meldete zackig:
»Salve Tribunius! Der Decurio Quintus Cucullus mit zwölf Mann zu deinem Empfang angetreten!«
Sabinus verkniff sich gerade noch ein Lächeln, denn der Name Cucullus hatte auch die Nebenbedeutung von Tölpel oder Faulpelz.
Man hatte ihm ein paar flüchtige Unterlagen über die Wachmannschaft mitgegeben, und da stand bei Cucullus die Bemerkung: »Etwa fünfzig Jahre alt, mutig, rauflustig, jähzornig, mehrmals degradiert, zuletzt als Decurio bei einer syrischen Legion. Muß hart, aber gerecht angefaßt werden.«
Nun, dachte Sabinus, deine Strafliste sieht man dir an, mein lieber Freund. Zwei tiefe Narben liefen über das breitflächige Gesicht des Cucullus, die eine von der Stirn über die Nasenwurzel zur rechten Wange, die andere von der linken Wange über die Lippen zum Kinn. Diese Wunde hatte seinen Mund so verformt, daß es schien, als trage Cucullus ständig ein freches Grinsen auf dem Gesicht. Sein linkes Auge war trüb und offenbar blind, sein rechtes starrte grimmig auf Sabinus, während er mit schnarrender Stimme Meldung machte.
Zwei Pferde standen am Hafen bereit – eines für den Tribun und eines für den Decurio.
»Äh – ist es erlaubt zu fragen, Tribun, was mit Priscus, äh – mit dem Centurio Aulus Priscus geschehen ist?«
»Natürlich, Cucullus, das ist ja kein Geheimnis. Er wurde vom Militärgericht zum Tode durch die Peitsche verurteilt, doch der Kaiser hat ihn zum Schwert begnadigt.«
»Ich dachte es mir – ich dachte es mir ...«, murmelte der Decurio.
Sabinus achtete nicht darauf. Der Weg begann leicht anzusteigen, bis sie eine kleine, mit Felsen übersäte Ebene erreichten, auf der in größerem Abstand zwei Häuser standen. Der Decurio deutete darauf.
»Das kleinere bewohnt die Verbannte Livilla, das größere ist unsere Kaserne, Dahinter – man sieht es von hier nicht – steht

noch ein kleines Haus, das hat der Centurio bewohnt. Da ich annahm, daß du dort einziehen wirst, habe ich es säubern und herrichten lassen.«
»In Ordnung, Decurio.«
Zwei weitere Dutzend Legionäre standen vor der Kaserne stramm und begrüßten den neuen Vorgesetzten.
Rund vierzig Mann zur Bewachung einer Frau, dachte Sabinus und wunderte sich, wie gefährlich der Kaiser seine Schwester einschätzte.
Er sprang vom Pferd und ging die Reihen der Männer ab. Er fand nur wenige Junge darunter, die meisten waren altgediente Legionäre, deren Gesichter ganze Geschichten erzählten. Da war zum Beispiel der schlaue Fuchs mit den flinken, unsteten Augen, der aber immer etwas weniger klug war als seine Vorgesetzten und dafür ständig büßen mußte. Der da war der Drückeberger mit seinem abweisenden, mißtrauischen Gesicht, aber eben einer, der immer wieder dabei ertappt wurde. Weiter gab es da die kleinen Diebe, die Aufsässigen, die ewig Beleidigten, weil jeder sie verfolgte und ihnen unrecht tat, die Raufbolde, die Säufer, die Weiberhelden.
Sabinus wurde zu seinem Häuschen geführt, das etwas verwittert aussah und in drei Räume aufgeteilt war. Im Innern roch es muffig nach Staub, Schweiß und Abtritt.
»Reiß die Fensterläden auf, Rufus, bis der Gestank draußen ist, und dann bereite mir ein Bad.«
Der Decurio grinste, und Sabinus wollte ihn gleich anfahren, doch er hielt sich gerade noch zurück. Vielleicht grinste der Mann nur wegen seiner Narben.
»Kannst abtreten, Decurio, ich werde dich später wieder rufen lassen.«

Es dauerte fast eine Stunde, dann hatte Rufus genügend Wasser erwärmt, um eine verbeulte Kupferwanne damit zu füllen. Seufzend stieg Sabinus in das fast schon wieder kalte Wasser und seifte sich ein. Es stank entsetzlich, und er roch angewidert an dem grauen, fettigen Stück Seife. Besonders zivilisiert hatte der gute Priscus hier ja nicht gelebt. Kein Wunder, daß er von einem besseren Leben träumte, zu dem Livilla ihm verhelfen sollte.

Während Rufus ihn abtrocknete, überlegte Sabinus laut:
»Die Burschen werden natürlich von mir erwarten, daß ich sie antreten lasse, eine kurze Rede halte, drohe, Strafen verteile, um dann im alten Schlendrian fortzufahren.«
»Ja, Tribun, so ist es nun einmal bei der Truppe.«
Sabinus lachte:
»Ein grüner Junge wie du sollte da nicht mitreden. Ich habe schon bei der XI. Legion in Ephesos Dienst getan, da hingst du noch an den Brüsten deiner Mutter.«
»Jawohl, Tribun.«
In dieser Stunde fand Cornelius Sabinus zu der Erkenntnis, daß seine militärische Laufbahn ein Irrweg war und von Umständen bestimmt wurde, die nichts, aber auch gar nichts mit Karriere zu tun hatten. Die spielerischen Waffenübungen mit Chaerea – nur der Langeweile entsprungen – hatten dabei den Anfang gemacht. Weil nun Chaerea sein Freund wurde, befreundete er sich auch mit dessen Beruf, und als es darum ging, Helena aufzuspüren, tat er den nächsten Schritt.
Sabinus lief in dem kleinen Raum auf und ab und schlug sich mit der Faust gegen die Stirn. Es war, als habe Mars ein besonderes Auge auf ihn und wolle ihn nicht aus dem Soldatenkleid schlüpfen lassen. Er war ja schon dabeigewesen es zu tun, da war der Tod des Onkels dazwischengekommen und sein Entschluß, diesen zu rächen.
Und nun war er hier, mußte den Vorgesetzten spielen und diesem verlotterten Haufen von Galgenvögeln zeigen, wie ein römischer Tribun auftrat. Nun, dafür war morgen auch noch Zeit, jetzt mußte er Livilla einen Besuch abstatten. Rufus wollte wie ein Hündchen hinterhertrotten, doch Sabinus schickte ihn zurück.
»Geh in die Kaserne und sag auch den anderen, daß ich allein hinübergehe.«

Der Himmel hatte sich verfinstert, ein kühler, steifer Wind war aufgekommen. Wohin man von hier auch blickte, es gab für das Auge wenig Erfreuliches. Auf dem kleinen Felsplateau kümmerten ein paar vom Sommer ausgedörrte, stachelige Büsche, die sich verzweifelt in den steinigen Boden krallten. Gegen Süden

öffnete sich ein Tal, wo einige bescheidene Weinfelder angelegt waren, die aber aus der Entfernung fast ebenso grau aussahen wie der Himmel und die weite Fläche des Meeres.
Der Weg zu Livillas Haus stieg leicht an, und Sabinus hatte schon etwa die Hälfte zurückgelegt, als er hinter sich ein Keuchen hörte. Er wandte sich um und sah den Decurio, der sich im Laufschritt näherte.
»Tribun – Tribun ...«, japste Cucullus, »vielleicht kennst du die Vorschriften noch nicht, aber niemand, gleich welchen Ranges, darf mit der Gefangenen allein sprechen, niemand ...«
»Decurio!« bellte Sabinus. »Nimm zuerst einmal Haltung an, wenn du mit mir sprichst! Im übrigen interessieren mich deine Vorschriften nicht! Es gibt längst neue, die mir der Kaiser in eigener Person mitgeteilt hat. Ich werde euch morgen früh alle davon in Kenntnis setzen – abtreten!«
Das eine Auge des Decurio glühte vor Zorn, doch er stand stramm und rief:
»Jawohl, Tribun!«
Sabinus sah die beiden Wachen vor der Tür, die ihn erstaunt musterten.
»Ich bin der Tribun Cornelius Sabinus, euer neuer Vorgesetzter. Morgen beim Apell werdet ihr erfahren, was sich von nun an ändern wird. Während ich mit der Gefangenen spreche, macht ihr eure Runden ums Haus, in einem Abstand von etwa dreißig Ellen. Verstanden?«
»Verstanden, Tribun!«

Sabinus klopfte an die verwitterte, mit Eisenbändern beschlagene Tür. Er klopfte stärker, und die Tür ging einen Spalt auf.
»Wer ist es?« hörte er eine Stimme von drinnen.
»Der Tribun Cornelius Sabinus, Prinzessin, vom Kaiser zum Nachfolger des Priscus bestimmt. Darf ich eintreten?«
»Laß ihn herein, Myrtis!«
Die Sklavin trat zurück und ließ ihn vorbei. Der kleine Raum war mit einfachen Möbeln behaglich eingerichtet; ein offenes, bis zur Decke reichendes Bücherregal fiel sofort ins Auge.
»Du hast dir ja eine richtige Gelehrtenstube eingerichtet, Prinzessin.«

Livilla saß am Fenster und blickte auf den Besucher.
»Kennen wir uns nicht, Tribun?«
Mit ihren straff zurückgekämmten Haaren und dem einfachen Hauskleid wirkte Livilla eher unscheinbar, doch aus ihren großen, klugen Augen strahlten Kraft und Selbstbewußtsein.
»Kennen ist wohl zuviel gesagt, wir sind uns bei einem Gastmahl des Kaisers begegnet.«
»Ah – dann bist du der junge, eifrige Tribun, der dem Kaiser so gern dienen wollte?«
»Wenn du diesen Eindruck hattest, Prinzessin ...«
»Es gibt hier keine Prinzessin, Tribun, sondern nur die auf Lebenszeit verbannte Julia Livilla, die ihr Schicksal verwünscht, das sie als Schwester eines Scheusals zur Welt kommen ließ.«
Sabinus griff den Faden nicht auf.
»Vielleicht wärst du lieber meine Schwester geworden? Mein Vater ist Buchhändler und Verleger, und eine Büchernärrin wie du wäre ihm als Tochter hochwillkommen gewesen.«
Livilla lächelte, und das war, als fiele ein Lichtstrahl auf ihr Antlitz.
»Ja, Tribun, das wäre für mich wohl besser gewesen, und ich säße nicht hier. Daß du allein mit mir redest, ist gegen die Vorschriften. Willst du dich beim Kaiser verdächtig machen wie Aulus Priscus? Was ist aus ihm geworden?«
»Asche!« sagte Sabinus schlicht.
»Das hätte ich mir ja denken können. Nun, Sabinus, du wirst es wohl besser machen – als treuer Diener deines Herrn.«
»Das hoffe ich, Julia Livilla. Ich darf dich davon in Kenntnis setzen, daß der Kaiser so gnädig war, die strengen Vorschriften abzuändern. Du kannst das Haus verlassen, wann du willst. Dabei werden dich zwei Wachen in gehörigem Abstand begleiten. Ich bin berechtigt, dich zu besuchen und mit dir zu reden, wann immer du es mir gestattest. Es ist dir auch erlaubt zu korrespondieren, doch ich muß jedes Schreiben prüfen. Falls du eine zweite Dienerin wünschst ...«
»Nein, meine treue Myrtis genügt mir. Die zweite Dienerin wäre ja doch nur ein Spitzel. Immerhin, mein Brüderchen hat mir einige Erleichterungen gewährt – ich frage mich nur, zu welchem Zweck. Daß er mir einen Gefallen tun will, schließe ich aus. Wie

geht es übrigens dem göttlichen Herrn der Welt, der mit Jupiter spricht wie andere mit ihrem Koch?«
»Der Senat zittert, und das Volk freut sich.«
»Es wird ihm schlecht ergehen, wenn eines Tages alle zittern.«
»Hast du noch irgendwelche Fragen oder Wünsche?«
»Nein, Tribun, aber ich freue mich, daß du hier bist. Priscus war ein Langweiler und dumm dazu. Er hat seinen Platz in der Urne verdient.«
»Vielleicht hast du recht, Julia Livilla, ich kannte ihn nicht. Darf ich dich morgen gegen Mittag wieder besuchen? Wir könnten zusammen spazierengehen.«
»Ein guter Vorschlag, Tribun. Also auf morgen!«
Sie langweilt sich, dachte Sabinus, und freut sich über jede Abwechslung. Natürlich will sie mir auf den Zahn fühlen – und ich ihr. Nur nichts überstürzen, nahm er sich vor. Es wird eine Weile dauern, ihr Mißtrauen zu überwinden und ihr begreiflich zu machen, daß wir beide dasselbe wollen.

Die Verschwörung des Papinius hatte den Kaiser furchtbar aufgeregt; auch als sie aufgedeckt und ihre Teilnehmer festgenommen waren, konnte er sich lange nicht beruhigen. Hatte er die eigensüchtigen Motive der Agrippina und des Lepidus noch verstanden, so schien es ihm unfaßbar, daß die neuen Verschwörer nur den Grund nannten, sie wollten verhindern, daß aus dem Principat eine Monarchie werde, denn er, Gaius Julius Caesar, ähnle in seinem Auftreten immer stärker einem Monarchen, der nichts neben sich gelten lassen und den Senat zu einer Herde serviler Jasager herabwürdige.
Caligula verstand diese Männer nicht. Was waren die Senatoren unter Augustus und Tiberius denn anderes gewesen als willige Gehilfen des Princeps? Augustus war es, sein hochgeehrter und bewunderter Vorfahr, der dem Senat Macht und Bedeutung genommen, die dieser in den Zeiten der Republik besessen hatte, und er, Gaius Caesar, tat nichts anderes, als diese Tradition weiterzuführen. Damit wurde, wie jedermann wußte, die Gefahr eines Bürgerkrieges vermieden, denn die senatorischen Familien lagen sich doch dauernd in den Haaren, und ihr Schlachtfeld hieß Rom. Das von Augustus begründete Principat

hatte dem ein für alle Mal den Riegel vorgeschoben. Diese Argumente brachte Caligula in einem Monolog vor, und Caesonia war seine meist schweigende Zuhörerin.
»Ich sei ein Verschwender, werfen sie mir vor, und vergeude Staatsgelder für private Zwecke. Ein Kaiser tut nichts Privates! Wenn ich mir da und dort Villen erbaue, dann doch hauptsächlich, um den Glanz des Römischen Reiches zu erhöhen, denn jedes Kind weiß, daß ich sie nicht alle gleichzeitig bewohnen kann. Diese hirnlose Hammelherde kennt eben nicht die Bedeutung von Symbolen. Wenn ich bei einem Staatsbankett ein paar Millionen Sesterzen verbrauche, dient das dem gleichen Zweck: Ich zeige unseren Vasallen die Macht, den Glanz und den Reichtum Roms, vor dem sie zittern sollen! Zittern und zahlen, jawohl! Ich bin es, der das Reich zusammenhält – ich – ich – ich, der Princeps!«
Caesonia lag auf einem Sofa und prüfte ihr Gesicht in einem Spiegel, während sie Caligula zuhörte. Sie ließ den goldenen Spiegel sinken.
»Aber mir brauchst du das doch nicht klarzumachen, mein Lieber. Ich weiß, daß du recht hast, und viele, vielleicht mehr als du denkst, wissen es zum Glück auch.«
Caligula war kurz stehengeblieben, doch jetzt rannte er wieder so schnell auf und ab, daß sein violetter Prunkmantel sich aufblähte.
»Haben die römischen Patrizier ein so kurzes Gedächtnis? Wünschen sie sich die Zeit zurück, als ein alter, verbitterter Kaiser auf Capri saß und Sejanus seine blutige Geißel über Rom schwang? Ich jedenfalls denke nicht daran, diesem Gesindel zu weichen, und wenn sie noch so viele Verschwörungen aushecken.«
Seine starren Augen belebten sich im Zorn, und das sonst so bleiche Gesicht war leicht gerötet.
»Manchmal glaube ich fast, daß dies alles von oben angezettelt wird, damit ich keine Ruhe finde und weiterhin auf sie angewiesen bin.«
»Wer sind sie?« fragte Caesonia.
Caligula lachte scheppernd.
»Na, wer schon? Der dicke Callistus natürlich und Clemens, der Prätorianerpräfekt.«

Er blieb stehen und schlug sich an die Stirn.
»Natürlich, diese beiden wollte ich mir ja vornehmen, und das werde ich jetzt gleich tun.«
Er stürzte hinaus. Über Caesonias etwas hartes, von Lastern gezeichnetes Gesicht huschte ein flüchtiges Lächeln. Wie wichtig er sich nahm, und wie besorgt er um sein Leben war. Für sie galt nur das Hier und Jetzt, und so lautete ihre Devise: Carpe diem! (Nütze den Tag). Fortuna war launisch, und Caligula war es auch. Sollte er sie morgen davonjagen wie Orestilla oder Paulina, dann wollte sie ihre Zeit als Augusta wenigstens genützt haben. Doch sie war nicht besorgt, denn sie wußte, daß er sie brauchte wie die Pflanze das Wasser und der Sklave die Peitsche. Ihr als einziger seiner Gemahlinnen hatte er Münzen schlagen lassen, mit der Inschrift »Augusta«, so daß alle Welt über ihren Rang unterrichtet war. Sie konnte zufrieden sein, und sie war es auch.

Für den nächsten Morgen hatte Caligula den Prätorianerpräfekten Clemens und seinen Sekretär Callistus bestellt. Er empfing die beiden mit dem Ruf:
»Hier bin ich und gebe mich in eure Hand! Habe ich den Tod verdient, so tötet mich. Aber dann falle ich durch meinen eigenen Willen und werde nicht das Opfer einer finsteren Verschwörung.«
Caligula riß einem der germanischen Leibwächter das Schwert von der Seite und warf es vor Clemens hin; die Wächter aber wies er hinaus.
»So, nun sind wir ganz unter uns. Clemens, du brauchst das Schwert nur aufzuheben und zuzustoßen, wenn du meinst, ich bin des Todes würdig. Ihr seid meine beiden engsten Vertrauten, und wenn ich denn fallen soll, dann durch euch. Oder seid ihr zu feig dazu? Dann tue ich es selbst, aber nur auf euer Geheiß.«
Er hob das Schwert auf und setzte die Spitze auf seine Brust. Callistus wußte, daß dies nur ein Schauspiel war und daß sie beide keine Möglichkeit hatten zu entkommen. Die Leibwache würde sie draußen sofort niedermachen, und Caligula wußte dies und auch, daß sie es wußten.

Manchmal bist du schon leicht zu durchschauen, Stiefelchen, dachte Callistus, und was du für schlau hältst, ist nur kindisch und theatralisch.
Clemens ließ sich seine Gefühle nicht anmerken, doch er dachte wie Callistus: wenn er jetzt zustieße – wäre es noch so verlockend – sie würden den Palast nicht lebend verlassen.
So taten sie denn das in ihrer Lage einzig Richtige: Sie fielen dem Princeps zu Füßen, und Callistus küßte seine rechte, Clemens seine linke Hand.
»Was wären wir ohne dich?« riefen sie unisono. »Nur durch dich sind wir stark, durch dich sind wir mächtig. Die seligen Götter mögen dich uns lange erhalten!«
»Steht auf! Ich wußte, auf euch ist Verlaß. Bereitet für die nächsten Tage die Hinrichtung der Hochverräter vor und gestaltet sie so, daß ganz Rom sich lange und eindringlich daran erinnert.«

Zwischen dem Tigillum sororium, dem Opferfest für Janus und Juno am ersten Oktober und den Meditrinalia, einem dem Jupiter geweihten Weinfest am elften Oktober, gab es in Rom keine religiösen Feierlichkeiten. So verlegte Caligula die Hinrichtung der Papinius-Verschwörer auf den sechsten Oktober, und er wollte daraus ein warnendes Schauspiel mit möglichst vielen Teilnehmern machen. Der Pöbel war natürlich ausgeschlossen, denn der hätte sich nur amüsiert und die falschen Schlüsse gezogen.
Nein, zu dieser Hinrichtung war ein Consilium des Senats geladen, dessen Teilnehmer der Kaiser selbst auswählte, dann die Häupter der wichtigsten römischen Ritter- und Patrizierfamilien und noch eine Reihe anderer Personen, deren Anwesenheit er für wünschenswert hielt.
Caesonia, die eine große Vorliebe für blutige und grausame Schauspiele besaß, ob es sich nun um Tierhetzen, Gladiatorenkämpfe oder Hinrichtungen handelte, hatte ihr Erscheinen angekündigt, und das war es auch, was Caligula so an ihr schätzte: Sie mußte ihm zuliebe nichts vortäuschen, denn sie hatten den gleichen Geschmack.

Die vatikanischen Gärten erstreckten sich jenseits der Tiberschleife beim Augustus-Mausoleum nach Westen und waren seit langem im Besitz der kaiserlichen Familie. Caligula hatte dort ein Stadion errichten lassen, eine Kampfbahn für Wagenrennen und andere sportliche Veranstaltungen. Dort erhob sich auch der Obelisk aus Heliopolis, für den man ein eigenes Schiff hatte bauen müssen.

Hier sollte nun nach Einbruch der Dunkelheit das Strafgericht stattfinden, und so umringten fackeltragende Prätorianer die kaiserliche Loge und den für die Hinrichtungen vorgesehenen Platz. Die Senatoren, Ritter und anderen Zuschauer gruppierten sich ringsum auf den terrassenförmig ansteigenden Sitzen.

Als die Prätorianer ihre Fackeln entzündeten, war dies das Zeichen für die schon wartenden Zuschauer, ihre Plätze einzunehmen. Und alle, alle waren sie gekommen: die Senatoren in ihren purpurgesäumten Togen und den roten Lederstiefeln, die Patrizier mit ihren klangvollen Namen, die jedes Kind in Rom kannte, aber auch Schmeichler und Speichellecker hatten sich eingefunden, damit der Kaiser sie vielleicht bemerken und ihren Eifer belohnen konnte.

Nachdem alle Plätze besetzt waren, verging eine gute halbe Stunde, bis heller Fanfarenklang ertönte und der Kaiser mit seiner Gemahlin erschien, gefolgt von einem Schwarm von Freunden und Hofbeamten, darunter Helikon, der Tänzer Mnester, Callistus, Asiaticus und die Hofdamen der Caesonia.

Dann führte man die Verurteilten in schweren Fesseln vor. Sextus Papinius mußte getragen werden, denn die Folter hatte seine Glieder so zerrissen, daß er weder gehen noch stehen konnte. Nach ihm kamen der Quästor Betilinus Bassus, drei Senatoren, dazu ein Dutzend andere, die auf irgendeine Weise in die Verschwörung verwickelt waren. Für jeden von ihnen war ein Pfahl in den Boden gerammt und daran wurden sie mit den Händen festgebunden. Ein Herold des kaiserlichen Gerichts trat vor, verlas die Anklagepunkte und das Urteil:

»Sämtliche Angeklagten wurden des Hochverrats und der Verschwörung gegen den Kaiser für schuldig erkannt und werden zur Auspeitschung und Enthauptung verurteilt.«

Da konnte Caligula nicht mehr an sich halten und kreischte von seinem Thronsessel herab:
»Nun, hat es sich gelohnt für euch? Habt ihr geglaubt, es ist so leicht, den Kaiser zu töten, ihr feigen, hinterhältigen Schurken? Ihr seid schlimmer als der Pöbel, ihr seid der Auswurf der Menschheit! Nun sollt ihr am eigenen Leib spüren, was es einträgt, den Princeps zu verraten!«
Er gab ein Zeichen und setzte sich schwer atmend wieder hin.
Den Verurteilten wurden die Kleider heruntergerissen, und hinter jeden trat ein Prätorianer mit der schweren Peitsche. Dann klatschten die Hiebe auf entblößte Rücken, die ersten Schreie ertönten, während Caligula scheppernd lachte.
»Das tönt wie liebliche Musik! Schlagt fester zu, Leute, damit eure Instrumente um so besser klingen. Was ist mit Bassus, warum höre ich von dem keinen Ton?«
Es hatte tags zuvor geregnet, so daß der mit Bassus beschäftigte Prätorianer immer wieder auf dem feuchten Boden ausglitt. Caligula bemerkte es und rief:
»Legt dem Mann die Kleider unter, damit er einen besseren Stand hat.«
So stieg der Soldat auf die zusammengeknüllte Toga des Delinquenten und schlug um so eifriger zu.
Cassius Chaerea stand mit einigen anderen Tribunen um die Loge des Kaisers und betrachtete die nackten, an den Pfählen sich windenden Leiber der Gequälten, denen die schweren Lederpeitschen tiefe, blutige Furchen in die Haut rissen. Für Chaerea war der Anblick nicht neu. Er hatte bei der Legion unzählige Auspeitschungen mit angesehen. Doch da lag jeweils ein bestimmtes Vergehen vor, und die Zahl der Hiebe war genau festgelegt. Hier aber wurde geschlagen bis zur Bewußtlosigkeit. Im übrigen zweifelte er an der Schuld einiger dieser Männer. Wie lange sollte dieser blutige Tanz noch so weitergehen? Und stets mußten die Prätorianer Henkerdienste leisten; denn er, der große Henker, war immer schwerer zufriedenzustellen.
Da und dort wurde einer der Gepeitschten bewußtlos vom Pfahl genommen und auf die Erde gelegt. Man hielt scharfe Essenzen vor ihre Nasen, damit sie wieder zu sich kamen und nicht fühllos

den Tod erlitten. Mehrmals hatte Caligula den Henkern eingeschärft:
»Sie müssen spüren, wie sie sterben! Ich wünsche keinen schnellen Tod!«
Dann traten die im Köpfen geübten Prätorianer heran und hackten auf die zerfleischten Körper ein, bis sich das Haupt vom Rumpf löste.
Als Sextus Papinius an die Reihe kam, wurde sein Stiefvater Cerealis herbeigeholt, der sich durch seinen Verrat Leben und Freiheit erkauft hatte.
Der Kaiser rief ihm zu:
»Stell dich da vorne hin, Anicius Cerealis, damit du siehst, wie dein Sohn stirbt.« Der Henker hob das Schwert und Cerealis schloß die Augen, doch Caligula bemerkte es.
»Halt, halt, das gibt es nicht! Du hast den Verrat aufgedeckt, und so muß es dir doch ein Vergnügen sein, die Bestrafung mitanzusehen.«
Cerealis öffnete die Augen und sah das Schwert niederfahren, sah den blutig zerschlagenen Körper seines Sohnes, der sich kaum noch regte und wandte sich schroff ab, mochte es dem Kaiser gefallen oder nicht.
Caligula lachte scheppernd.
»Laßt ihn nur gehen! Möge er seinen Verräterlohn genießen und sich an seinem mit vielfachem Tod erkauften Leben erfreuen.«
Nun war es still geworden. Das flackernde Licht der vielen Fakkeln tanzte über die kreuz und quer liegenden kopflosen Körper. Der Boden um die Pfähle war zerstampft und mit Blut getränkt.
Der Kaiser erhob sich.
»Jetzt ist mir wohler«, rief er lachend. »Denn so ein Akt der Gerechtigkeit hinterläßt in mir ein gutes Gefühl. Der Kaiser hat seine Pflicht erfüllt, Rom ist gerettet, der Frieden gesichert. Ob ich allerdings mit dem Senat versöhnt bin, wird sich noch zeigen. Jedenfalls zürne ich nur noch ganz wenigen.«
Die anwesenden Senatoren senkten schweigend ihre Köpfe. Wer war wohl damit gemeint? Über wen würde sich der kaiserliche Zorn entladen? So blieb die Angst als ständiger Begleiter den ehrwürdigen Vätern treu, und jeder hoffte, daß es ihn nicht treffen würde.

Ehe Caligula die Sänfte bestieg, fiel sein Blick auf Chaerea.
»Sieh da, sieh da, unsere Venus in Uniform! Hat dein weiches Gemüt sehr unter der Hinrichtung gelitten, Tribun? Wenn ja, dann könnte ich dich in Weiberkleider stecken und den Hofdamen meiner Caesonia zuteilen. Es würde dir allerdings schwerfallen, ihr lautes Organ mit deiner zarten Stimme zu übertönen.«
Er lachte scheppernd und blickte spöttisch auf den stramm dastehenden Chaerea. Bisher hatten nur seine Kameraden von den Demütigungen gewußt, die ihm der Kaiser fast täglich zufügte – jetzt aber war es sozusagen öffentlich geworden.
»Ich gewähre dir drei Tage Urlaub, mein süßes Häschen, damit du dich von dem Schreck erholen kannst.«
Lachend bestieg der Kaiser seine Sänfte, und grell durchschnitt ein Gedanke das von Scham und Zorn betäubte Gehirn des tief Gedemütigten: Tod! Jetzt hast du dich ums Leben geredet, Princeps, jetzt hat der Henker seinen Henker gefunden.

Im Senat wurde tagelang hin- und hergeredet, welche Ehrung man dem Kaiser erweisen könnte, um ihm damit zugleich die Glückwünsche für die aufgedeckte Verschwörung auszudrükken. Endlich hatte ein Senator den glücklichen Einfall, die Göttlichkeit des Kaisers durch einen Senatserlaß zu bestätigen und ihn unter die römischen Staatsgötter aufzunehmen. Darüber hinaus wurde beschlossen, der neuen Gottheit einen großen Tempel zu errichten mit eigener Priesterschaft und eigenem Ritual.
Der Kaiser nahm den Beschluß gnädig zur Kenntnis und erklärte, er wundere sich nur, daß er nicht früher erfolgt sei. Und sofort witterte er eine Möglichkeit, Geld daraus zu schlagen. Er erließ eine Verfügung, daß die Aufnahme in das neue Priesterkollegium mit einer Spende verbunden sei, die zwischen fünf und zehn Millionen Sesterzen zu liegen habe – je nach Rang und Vermögen. Seinen Onkel Claudius Caesar berief der Kaiser als einen der ersten und setzte dessen »Spende« auf acht Millionen fest.

Der völlig verstörte Claudius war nicht so reich, daß er die Summe sogleich zur Verfügung hatte. So ging er zu Callistus und klagte ihm sein Leid.

»Acht Millionen! Wo soll ich die hernehmen? Die Quellen meines kaiserlichen Neffen sind mir verschlossen, außerdem habe ich mich mit Geldangelegenheiten nie befaßt. Ich besitze nur mein Haus in Rom und die Villa bei Tibur. Kann ich mich nicht einfach weigern?«

Callistus seufzte und lächelte mitleidig.

»Weigern? Nein, dazu würde ich nicht raten. Das könnte den Kaiser wieder auf die alten Gedanken bringen, daß tote Verwandte die besten Verwandten seien. Du mußt die Summe aufbringen, Prinz Claudius, da hilft alles nichts. Und ich habe auch schon eine Idee. Laß aus deinen beiden Häusern alles zusammentragen, was entbehrlich ist – Möbel, Leuchter, Statuen, Bilder – und gib es auf eine Versteigerung. Ich werde unterdessen ausstreuen lassen, daß Kostbarkeiten aus dem Kaiserhaus zu haben sind, und setze ein paar Strohmänner in die Auktion. Die müssen bei zu niedrigen Geboten einfach die Hand heben, und wenn sie den Zuschlag bekommen, lege ich das Geld dafür aus. Ich weiß, daß ich es von dir zurückbekomme, eines nicht mehr allzufernen Tages. Vielleicht mache ich sogar noch ein gutes Geschäft dabei.«

Claudius schnitt einige Gesichter, räusperte sich und sagte:

»Du bist ein wahrer Freund, Callistus. Ohne deine Hilfe wäre ich vielleicht schon nicht mehr am Leben oder würde meinen Nichten Gesellschaft leisten. Ich hoffe nur, daß ich es dir eines Tages vergelten kann.«

Callistus hob die Hände.

»Was wären wir ohne Hoffnung? Uns ist es leider versagt, aus Luft Geld zu machen, wie unser göttlicher Kaiser das tut. So müssen wir uns eben anders behelfen.«

Die Senatoren hatten nicht vergessen, was der Kaiser nach der Massenhinrichtung in den vatikanischen Gärten gesagt hatte: »Ob ich allerdings mit dem Senat versöhnt bin, wird sich noch zeigen. Jedenfalls zürne ich nur noch ganz wenigen.«

Da erhob sich natürlich die bange Frage: Wer waren diese wenigen? Es sickerte durch, daß einer der Hingerichteten auf der Folter einen Namen genannt hatte, nämlich den des Senators Scribonius Proculus. Doch der war seit längerem aus Rom verschwunden, und aus seinen Sklaven war auch auf der Folter nur herauszubekommen, daß er in dringender Angelegenheit auf sein Landgut in Apulien gereist sei. Da dies aber vor Aufdekkung der Verschwörung geschehen war, konnte man es nicht gut eine Flucht nennen. Im übrigen gab es auch sonst keinen Hinweis, daß Proculus an der Verschwörung beteiligt war. Die nach Apulien gesandte Reiterschwadron fand das Nest leer. Der Majordomus erklärte, sein Herr habe schon vor fünf Tagen die Rückreise angetreten.

So war der ahnungslose Scribonius alleine schon dadurch zum Schuldigen geworden, daß man ihn gesucht und zweimal nicht angetroffen hatte.

Obwohl der Kaiser diesen Senator kaum kannte, hatte sich in ihm ein Haß auf Scribonius angestaut, als hinge seine Seelenruhe einzig und allein von dessen Vernichtung ab. Doch Caligula wollte keinen neuen Prozeß, sondern kam auf den Gedanken, der Senat müsse sich selber von diesem Verräter befreien.

»Das ist wie bei Wundbrand. Um den ganzen Körper zu retten, muß das befallene Glied so schnell wie möglich abgeschnitten werden.«

Und diesmal sollte es in der Curia geschehen, vor den Augen der Senatoren. Als Scribonius nach Brauch und Herkommen seine Rückkehr meldete und am nächsten Tag seinen Sitz im Senat wieder einnehmen wollte, ließ Caligula einige seiner Kreaturen dort verteilen, die auf ein bestimmtes Wort hin den Proculus anfallen und töten sollten.

Caligula hatte den Freigelassenen Protogenes eigens dafür angestellt, eine Liste der zur Hinrichtung Vorgemerkten zu führen und sie jeweils auf den neuesten Stand zu bringen. Er setzte sich an den Eingang der Curia, während die Senatoren den ihnen wohlbekannten Buchhalter des Todes scheu grüßten und schnell auf ihre Sitze flüchteten. Als Proculus erschien und ihn grüßte, sagte Protogenes vorwurfsvoll:

»Mich grüßt du, aber du haßt den Kaiser!«

Auf dieses Wort fielen die Mörder über Proculus her und schnitten ihn mit ihren Dolchen fast in Stücke. Einige besonders eifrige Senatoren liefen herbei und stachen mit ihren Schreibgriffeln auf den Sterbenden ein, der starb, ohne zu wissen, warum er getötet wurde wie ein wildes Tier in der Arena. Kurz darauf erschien der Kaiser, und seine Kreaturen schleiften die blutigen Reste des Unglücklichen stolz vor seinen Thron. Caligula nickte zufrieden und rief:

»Jetzt bin ich versöhnt mit euch! Ich hoffe, daß nun aus euren Reihen alles ausgetilgt ist, was mir oder dem Reich schaden bringen kann.«

Caligula raffte sich zu einer versöhnlichen Geste auf und begnadigte den früheren Konsul Pompeius Pennus, der wegen Majestätsbeleidigung angeklagt war. Seiner Geliebten Quinsilia, die auf der Folter geschwiegen hatte, wurde ein Geschenk von achthunderttausend Sesterzen ausbezahlt. Als der schon greisenhafte Konsul dem Kaiser für die Gnade danken und ihm die Hand küssen wollte, zog sie Caligula zurück und streckte den Fuß hin.

Er bleibt sich doch treu, dachte Valerius Asiaticus, der Zeuge dieser Szene war. Den nach wie vor zum engeren Kreis um den Kaiser zählenden Senator hatte auch bei der letzten Verschwörung niemand verdächtigt – zu Recht, denn er hatte zwar von ihr gewußt, sie aber nur aus der Ferne wohlwollend betrachtet. Asiaticus hielt die Götter für eine von Menschen ersonnene Fiktion, denn, so meinte er, der Olymp sei ja nur ein Spiegelbild der irdischen Verhältnisse, und keiner der Götter sei geeignet, als Vorbild zu dienen, wie auch kein religiöses oder philosophisches Weltbild ihn veranlassen konnte, es zu seinem Ideal zu erheben. Doch er vertrat nach wie vor die Ansicht, daß Rom es sich auf die Dauer nicht leisten könne, einen sich göttlich dünkenden Halbverrückten auf dem Kaiserthron zu dulden.

So war er in letzter Zeit ganz von selbst in den Kreis um den Senator Annius Vinicianus hineingewachsen, der – mit Zustimmung und Wissen von Callistus und dem Präfekten Clemens – in aller Stille eine neue Verschwörung vorbereitete. Diese Männer waren nun allerdings keine Idealisten, denn hier herrschten handfeste Motive vor. Doch bisher gab es weder Pläne noch konkrete Absprachen, auf welche Weise die Eiterbeule aufzustechen war.

Vinicianus, Callistus, Clemens und etliche andere dachten nicht im Traum daran, selbst den Dolch gegen Caligula zu heben. Jeder von ihnen hatte längst sein Schäfchen ins Trockene gebracht, und so sollte es auch bleiben für »die Zeit danach«.
Der zynische Asiaticus hatte das bei einem Symposion deutlich ausgesprochen.
»Wir wünschen es alle zum Henker, unser Stiefelchen, und im Palatinum gibt es kaum noch einen Menschen von Rang, der nicht genauso denkt, aber keiner möchte den Henker spielen. Wer will schon als Kaisermörder in die Geschichte eingehen? Morden darf nur er, der grausame Gott, maßlos, hemmungslos, nach Lust und Laune, und Begriffe wie Anstand, Gerechtigkeit oder gar Sorge für das ihm anvertraute Reich bedeuten ihm längst nichts mehr. Er hat sie durch einen anderen Begriff ersetzt, nämlich die von ihm so hochgeschätzte Tugend – ja, so nennt er es! – der Adiatrepsia, das ist der griechische Begriff für Schamlosigkeit. Dabei setzt er sich selbst zum Maß aller Dinge, um alle anderen herabzuwürdigen. Nicht einmal vor unseren größten Dichtern macht sein dünkelhafter Hochmut halt. Er scheut sich nicht davor, Vergil als talentlos und unwissend zu bezeichnen und nennt den Historiker Livius einen Schwätzer und Schlamper.«
»Leider kein hinreichender Grund, um ihn umzubringen«, meinte Clemens trocken.
Asiaticus lächelte.
»Gewiß nicht, denn euch erscheint als der hinreichendste Grund der, daß er uns allen an den Kragen will. Und ich gebe euch sogar recht. Es ist einfach widernatürlich, von so einem niederträchtigen und nichtswürdigen Menschen bedroht und vielleicht ums Leben gebracht zu werden. Das ist, als falle eine stinkende Ratte ein edles Pferd an.«
Vinicianus lachte herzlich.
»Bei allen Göttern! Du vergleichst uns mit edlen Pferden. Die Rattenmetapher halte ich zwar für zutreffend, aber das Pferd . . .«
»Die meisten Vergleiche liegen schief, mir ist in der Eile kein anderer eingefallen. Aber zurück zum Kernpunkt: Wer soll es tun? Jeder Tag, der untätig vergeht, kann uns alle der Gemonischen Treppe näher bringen. Keiner von uns will das – also was

tun? Eigentlich läge es an dir, Arrecinus Clemens, die Sache voranzutreiben. Du bist der einzige, den Caligula bewaffnet in seine Nähe läßt und dich noch immer für seinen ergebenen Freund und Diener hält.«

»So ist es leider nicht mehr«, wehrte Clemens ab. »Seit er mir und Callistus die bühnenreife Szene mit dem Schwert vorgespielt hat, läßt er mich nicht mehr in seine Nähe, doch er tut alles, um uns gegeneinander aufzuhetzen. Du kannst es bestätigen, Callistus.«

Der dicke Sekretär nickte.

»Das stimmt wortwörtlich. Es vergeht kein Tag, da der Kaiser nicht irgend etwas Abfälliges über Clemens äußert und auf meine Zustimmung lauert, die ich ihm natürlich geben muß, um nicht seinen Argwohn zu erregen.«

Clemens fügte hinzu:

»Und mir liegt er dauernd in den Ohren, daß auf Callistus kein Verlaß mehr sei und wen ich zu seinem Nachfolger vorschlage. Bisher konnte ich mich damit herausreden, ein kaiserlicher Sekretär und ein Prätorianerpräfekt hätten so unterschiedliche Aufgaben zu erfüllen, daß hier mein Rat ziemlich wertlos sei.«

Vinicianus rief begeistert:

»Aber genau damit erreicht er doch nur, daß wir uns gemeinsam gegen ihn verbünden, anstatt – wie er es gerne hätte – uns zu hassen und zu bespitzeln. Außer Helikon und seinem Todeslistenschreiber Protogenes hat er doch keinen Freund mehr am Hof. Die beiden wissen, daß sie mit ihm fallen werden, und so können sie nur für ihn sein, auf Gedeih und Verderb.« Er wandte sich an Clemens. »Ihr bei den Prätorianern habt es da leichter. Ihr könnt euch immer auf euere Befehle berufen und der nächste Kaiser wird nichts Eiligeres zu tun haben, als euch mit Donativen zu überhäufen.«

Clemens ließ sich nicht erschüttern.

»Mag sein, aber dafür tun wir auch die Dreckarbeit, um die uns keiner beneidet.«

Callistus nickte.

»Stimmt, aber damit sind wir wieder beim Thema: Wer also wird bei ihm die Dreckarbeit tun, obwohl ich sie eher als heldenhafte Befreiungstat bezeichnen möchte.«

Die Frage war an Clemens gerichtet, der sich plötzlich mit der Faust aufs Knie schlug.
»Natürlich! Warum bin ich da nicht schon eher draufgekommen? Ich kenne einen Mann, der dafür in Frage käme, doch ich will seinen Namen nicht nennen, ehe ich mir nicht ganz sicher bin. Ich werde euch in den nächsten Tagen Bescheid geben.«

Seit der Kaiser Caesonia geheiratet hatte, war es um Pyrallis ruhiger geworden. Sie war mit Caligulas Einverständnis aus dem Palatinum ausgezogen und lebte in einem kleinen, alten Haus, das sie in der Nähe des Caesarforums erworben hatte. Caligula hatte sie einige Male sehr reich beschenkt, und es entsprach seinem Wunsch, daß sie ihr Kurtisanendasein aufgab.
»Wer einem Gott beigelegen hat, darf nie mehr durch profanen Beischlaf entweiht werden«, hatte der Kaiser ihr allen Ernstes erklärt. Dann und wann wurde sie zu Festen und Banketten geladen, spielte auf ihrer Laute die bei den Vornehmen so beliebten Gassenhauer und sang freche Hurenlieder dazu.
Wenn Caligula sie danach manchmal mit in seine Gemächer nahm, dann weniger, um ihr beizuliegen, als um seine schlaflosen Nächte zu verkürzen. Er lief dabei in seinem Dormitorium auf und ab und redete mit ihr über alles mögliche, wobei es seine Art war, die Themen abrupt zu wechseln. Dabei trank er unablässig, bis er vom Reden und vom Wein so müde wurde, daß er einige Stunden nach Mitternacht einschlief. Dabei hatte er sie gern neben sich und Pyrallis konnte nicht anders, als diesen umgetriebenen, besessenen, grausamen und verrückten Menschen zu lieben. Für alles, was er getan hatte, erfand sie Entschuldigungen, und einmal sagte sie ihm sogar ins Gesicht:
»Ich glaube, Gaius, daß die meisten der dir angelasteten Rechtsbrüche und Grausamkeiten von den Kreaturen an deinem Hof ausgeheckt und dir untergeschoben wurden, um ihre eigene Stellung zu stärken und um sich Vorteile zu verschaffen.«
Caligulas starre Augen glitzerten, seine breite, finstere Stirn furchte sich. Doch er sagte ungewöhnlich sanft:
»Mache dir keine Illusionen, Pyrallis. Du siehst mich – und ich weiß nicht warum – in einem viel milderen Licht. Aber ich bin weder grausam, noch breche ich das Recht, weil ich das gar nicht

kann. Ich bin der Kaiser, Pyrallis, und dem ist alles erlaubt. Was er tut, ist recht, und seine Grausamkeit ist nur Vorsicht, um andere abzuschrecken.«

Als Pyrallis sich nach einer solchen Nacht aus den Armen des schlafenden Caligula löste und leise hinausging, begegnete sie Caesonia im Kreise ihrer Hofdamen. Der Begriff Eifersucht war der Kaiserin fremd, und sie achtete niemals darauf, wen Caligula mit in sein Bett nahm. Für Pyrallis empfand sie eine gewisse Sympathie, denn sie wußte, daß diese niemals versuchte, den Kaiser in irgendeiner Weise zu beeinflussen. So lächelte sie erfreut und rief:
»Pyrallis! Hast du dem Imperator eine vergnügliche Nacht bereitet? Wie war die Laune unseres Herrn?«
»Ob die Nacht für ihn vergnüglich war, weiß ich nicht – der Kaiser hat drei Stunden geredet und ist dann in meinen Armen eingeschlafen. Ich bin jetzt noch ganz steif von der unbequemen Lage. Auf meiner Seite war das Vergnügen jedenfalls nicht ...«
Caesonia lachte schallend.
»Ich kenne das, meine Liebe, ich kenne das. Willst du mit mir ein kleines Frühstück einnehmen?«
Da konnte Pyrallis nicht nein sagen, außerdem war sie tatsächlich hungrig. Sie ließen sich in einem kleinen Triclinium nieder, und Caesonia winkte ihre Damen hinaus.
»Das ist ein wenig lästig, das bin ich von früher her nicht gewohnt. Immer laufen diese schnatternden Gänse hinter einem her, ob man sie braucht oder nicht.«
»Das wäre mir auch lästig, und ich bin froh, daß ich dem Kaiser seine Ehepläne mit mir damals ausgeredet habe.«
Caesonia blickte eher belustigt als erstaunt drein.
»Was? Dich wollte er heiraten?«
»Ja, mich, die Hure, wenn du das meinst.«
»Ich habe keine Vorurteile, Pyrallis«, sagte Caesonia beschwichtigend. »Wenn sich ein armes Mädchen an einen reichen, alten Mann um einen Ehevertrag verkauft, handelt es im Grunde auch wie eine Hure. Ich habe nichts gegen Huren, warum auch? In dieser Männerwelt müssen Frauen auf ihren Vorteil achten, und wer nach oben will, braucht eben die Männer dazu.«

»Das läßt sich nicht leugnen. Dir jedenfalls ist gelungen, was keiner deiner Vorgängerinnen gelang: den Kaiser festzuhalten. Könntest du deinen Einfluß auf ihn nicht dazu nützen, ihn ein wenig vorsichtiger zu machen? Und auch nachsichtiger? Ich meine, im Umgang mit anderen. Ich denke dabei an die Gefahr für ihn. Die zwei Verschwörungen werden nicht die letzten bleiben, fürchte ich.«
Caesonias hartes, lasterhaftes Gesicht verzog sich zu einem häßlichen Lachen.
»Da pochst du an die falsche Tür. Ich mag ihn, wie er ist, und hätte es nicht gerne, sollte er sich ändern. Dazu besteht auch keine Hoffnung – zum Glück. Ich weiß, wie sie ihn hassen und fürchten, und glaube nicht, daß noch irgendwer es jemals wagen wird, sich gegen ihn zu verschwören. Die Nacht in den vatikanischen Gärten war allen eine Lehre.«
»Es werden wieder welche kommen.«
»Ich fürchte mich nicht.«
»Ich fürchte für ihn ...«
»Wenn er untergeht, dann gehe ich mit ihm, aber es war nie meine Art, mir über das Morgen Gedanken zu machen. Du liebst ihn, Pyrallis, nicht wahr?«
»Ja – du nicht?«
»Ich fürchte ihn nicht, und ich glaube, das schätzt er noch höher.«
»Ich wollte, ganz Rom hätte Grund, ihn nicht zu fürchten ...« sagte Pyrallis leise.

XXXII

Cornelius Sabinus hatte schon beim ersten Anblick des finsteren Quintus Cucullus geahnt, daß er mit ihm Schwierigkeiten haben würde. Inzwischen hatte er sich dessen Personalakte näher angesehen und die vielen Eintragungen erzählten von einem langen, verpfuschten Leben.
Dabei hatte alles recht verheißungsvoll angefangen. Cucullus wurde als Sohn eines reichen Weinhändlers in Gallien geboren,

doch er hatte keine Lust zu einem so biederen Beruf, überließ dem jüngeren Bruder die Nachfolge und trat in eine der gallischen Legionen ein. Er war ein heller Kopf, konnte schreiben und lesen und stieg schnell zum Centurio auf, wenn es auch wegen seines Jähzorns und seiner Rauflust immer wieder zu Rückschlägen kam. Sein Rücken war gefurcht wie ein frischgepflügter Acker, denn in seiner Legion hatte er die längste Strafliste. Als Centurio ohrfeigte er im Zorn einen Tribunen, entging um ein Haar dem Henker, wurde ausgepeitscht, degradiert und zu den afrikanischen Legionen versetzt. Dort bewährte er sich mehrmals in den Scharmützeln mit aufständischen Berbern, verlor ein Auge und erhielt zwei Schwerthiebe übers Gesicht. So wurde er zum Decurio befördert, also zum Führer einer berittenen Schwadron. In der heißen, trockenen Ödnis des afrikanischen Feldlagers verfiel er dem Trunk und der Spielsucht. Als er sich beim Würfelspiel betrogen glaubte und einen Kameraden fast totschlug, wurde er zwar nicht degradiert, doch auf unbestimmte Zeit zur Bewachung Verbannter eingeteilt. So kam er nach Pandataria, und es dauerte keine Woche, da geriet er auch mit Sabinus aneinander.
Cucullus war ein harter und unbeliebter Vorgesetzter und setzte seinen Männern oft so zu, daß einige von ihnen schon Mordpläne hegten. Außer dem Wachdienst gab es auf Pandataria für die Soldaten keine anderen Aufgaben, so daß Cucullus seine Leute »um der Disziplin willen« erbarmungslos drillte. Sie mußten exerzieren, Geländekampf üben, im Laufschritt die Insel umrunden, und wehe dem, der schlapp machte oder gar aufbegehrte! Die Peitsche blieb nur ganz selten an der Wand hängen, denn Cucullus ließ die Legionäre schwer für sein eigenes verpfuschtes Leben büßen. Die Hiebe, die er während seiner langen Dienstzeit empfangen hatte, gab er jetzt weiter, und immer lagen auf der Krankenstation drei oder vier Männer auf dem Bauch, bis ihre schweren Wunden verheilt waren.

Als Sabinus sah, was hier vorging, befahl er Cucullus zu sich.
»Decurio, Strafe muß sein, das weiß ich. Daß die Leute nicht ohne Grund hierher versetzt wurden, weiß ich auch – und dabei bist du mit eingeschlossen. Doch ich glaube, du gehst mit der

Peitsche etwas zu freizügig um, und so möchte ich in Zukunft von jeder Bestrafung – auch der kleinsten – vorher informiert werden. Ist das klar?«
Es war erschreckend, mit anzusehen, wie der Zorn den Leib des Decurio durchraste, ihn aufblähte und aufwühlte. Er war sein Leben lang Soldat gewesen und wußte, daß man einem Tribun nicht ungestraft widersprach, doch dieses Wissen lag im Kampf mit seinem finsteren, jähzornigen Naturell.
Sabinus ahnte, was in ihm vorging, und legte seine Hand warnend an den Schwertgriff.
»Nun – ich warte!«
»Jawohl, Tribun!« stieß Cucullus mühsam heraus und drehte sich um.
»Halt, Decurio, ich habe dich noch nicht entlassen.«
Cucullus machte eine Kehrtwendung und stand stramm. Anscheinend hatte er sich wieder in der Gewalt, doch sein gesundes Auge sprühte vor unbändigem Haß.
»Solltest du wider Erwarten so unvernünftig sein, meinen Befehl zu mißachten, so kündige ich dir schon jetzt deine endgültige Degradierung zum Gregarius (einfacher Soldat) an, und dabei wird es diesmal bleiben – solange du lebst.«
»Jawohl, Tribun!«
»Abtreten!«

Inzwischen war schon fast ein Monat vergangen, und Sabinus war Livilla nicht näher gekommen. Es hatte den Eindruck, sie spiele mit ihm Katz und Maus. Ging sie einmal aus sich heraus, so behauptete sie wenig später genau das Gegenteil, woraus Sabinus den Schluß zog, daß sie ihn für einen vom Kaiser entsandten Spitzel hielt. Ihm konnte das gleichgültig sein, denn es würde ihm nicht schwerfallen, Caligula irgend ein Märchen aufzutischen. Doch er hatte sich vorgenommen, Livilla davon zu überzeugen, daß er auf ihrer Seite stand und daß es für ihn außerordentlich wichtig war, wenn sie ihm Namen von Menschen nannte, mit denen er in Rom rechnen konnte.
Dabei spürte er ihre Sympathie, las aus ihren Augen das Wohlgefallen an ihm als Mann – ja fast so etwas wie eine Bereitschaft,

die ihm signalisierte: Meinen Körper kannst du haben, meine Gedanken nicht.
Vielleicht sollte ich es auf diese Weise versuchen, überlegte Sabinus, vielleicht öffnet sie mit ihrem Schoß auch den Mund?
Er blickte auf die Sanduhr. Es wurde Zeit für den heutigen Spaziergang, und das für die Jahreszeit ausnehmend schöne Wetter wäre ein Grund, ihn etwas auszudehnen.

Während Rufus Schwert, Gurt und Helm brachte, klopfte es draußen.
»Der Miles (Soldat) Appius bittet um Gehör«, meldete Rufus.
»Laß ihn herein!«
Ein noch junger Legionär betrat den Raum und salutierte.
»Salve Tribun! Darf ich dich um eine kurze Unterredung bitten?«
»Ja, Appius, aber sehr kurz, denn ich muß weg. Rufus, nimm sein Schwert und stelle dich vor die Tür.«
Rufus grinste, zog dem Legionär das Schwert aus der Scheide und verschwand.
»Ich bin es gewöhnt, vorsichtig zu sein – also rede jetzt!«
»Ich – das heißt wir – also wir haben natürlich von deiner Verfügung erfahren, daß du jede Bestrafung vorher genehmigen mußt. So haben ich und einige meiner Kameraden beschlossen, dich über etwas aufzuklären, was du vielleicht nicht weißt. Nach dem Weggang des Centurio Priscus erhielt Cucullus den geheimen Auftrag, seinen Nachfolger – also dich – zu bespitzeln.«
Sabinus war keineswegs überrascht, denn er hatte sich schon gedacht, daß der zutiefst mißtrauische Caligula auch ihn überwachen lassen würde. Aber durch Cucullus?
»Woher willst du das wissen, Appius?«
»Cucullus war schwer betrunken und hat damit geprahlt, als er uns – mir und den drei anderen – auf dem Weg zur Latrine begegnete.«
»Kannst du mir seine Worte wiederholen?«
Appius nickte.
»Ich habe mir jedes davon gemerkt. Er sagte: ›Ich – ich allein bin hier der Herr, auch wenn der Neue ein Tribun ist. Denn mich – mich hat man damit beauftragt, dem Burschen auf die Finger zu

sehen – versteht ihr, mich, den Decurio Cucullus. Ich bin der wahre Herr dieser Insel ...‹ hat er gerülpst und sich erbrochen.«
»Habt ihr es weitererzählt?«
»Bis jetzt nicht.«
»Nun, du berichtest mir nichts Neues, Appius. Was ihr wißt, war mir längst bekannt, aber ich gebe euch Vieren den strengen Befehl, darüber zu schweigen. Cucullus wird sein trunkenes Geschwätz längst vergessen haben, und ich rate euch dringend, dies auch zu tun – wenigstens vorläufig. Trotzdem danke ich dir, Appius, denn du hast genau das Richtige getan. Sage das auch deinen Kameraden.«
Sabinus nahm zwölf Denare aus einem Beutel und schob sie über den Tisch.
»Drei für jeden von euch, und falls ihr wieder etwas hört oder euch das geringste auffällt, so wendet euch an mich.«
Appius grinste übers ganze Gesicht.
»Zu Befehl, Tribun!«

So sorglos, wie Sabinus sich dem Appius gegenüber benommen hatte, war er freilich nicht. Und jetzt fiel ihm auch ein, wie häufig sich Cucullus um Livillas Haus herumgedrückt hatte, wie er um jeden Preis versuchte, etwas von ihren Gesprächen zu erlauschen. Sabinus hatte das für Wichtigtuerei und platte Neugierde gehalten, doch jetzt wußte er es besser. Er hielt es nicht für besonders klug, einen jähzornigen Säufer als Spitzel zu beschäftigen, aber vielleicht wußten die in Rom nicht so genau Bescheid. Vermutlich verlor der krankhaft mißtrauische Caligula allmählich die Übersicht.

Sabinus stand auf und trat vor die Tür. Die fahle Novembersonne versuchte ihr Bestes, um durch den steifen Wind etwas Wärme auf die kleine Insel zu senden, doch sie mühte sich vergebens. Sabinus zog fröstelnd seinen wollenen Umhang zusammen und ging im Laufschritt den Weg zu Livillas Haus. Sie empfing ihn wie immer freundlich und gleichmütig.
»Ein geeigneter Tag für eine längere Wanderung«, meinte sie.
»Daran habe ich auch schon gedacht – und für ein ausführliches Gespräch.«

Sie nahmen den längeren Weg, der zuerst nach Norden, dann in einem weiten Bogen an der Westseite entlang zurückführte. Die beiden Wachen folgten in einem Abstand, der außer Hörweite lag.
Sabinus eröffnete das Gespräch ohne Umschweife.
»Ich weiß, daß du mich für einen Spitzel des Kaisers hältst; zumindest vermute ich es. Vielleicht schätzt du mich anders oder richtiger ein, wenn ich dir eine kleine Geschichte erzähle.
In Rom lebte ein Mann, der sehr wohlhabend war und einer der ältesten Familien angehörte. Vor langer Zeit war er Senator, doch jetzt lebte er sehr zurückgezogen. In schon etwas fortgeschrittenem Alter heiratete er aus Zuneigung eine wesentlich jüngere Frau, die ihm einen Sohn schenkte, aber zwei Jahre später im Kindbett starb. Wenige Wochen später erlag sein Söhnchen einer Kinderkrankheit. Der Mann war nahe daran, sich das Leben zu nehmen, doch als Anhänger der stoischen Lehre beschloß er, sein Schicksal anzunehmen, und lebte nur noch für seine privaten Forschungen und seine umfangreiche Bibliothek.«
Livilla spitzte die Ohren.
»Vielleicht kenne ich diesen Menschen?«
»Nein, ich glaube nicht. Aber höre weiter: Der Mann besaß einen Großneffen, den er liebte wie den eigenen Sohn, und es galt als ausgemacht, daß dieser der Erbe seines Vermögens sein würde. Auch der Neffe schätzte seinen Onkel, und sie kamen sich während eines längeren Aufenthalts in Epidauros näher. Danach ging der Neffe aus persönlichen Gründen nach Ephesos, blieb mit dem Onkel in brieflicher Verbindung und mußte nach seiner Rückkehr erfahren, daß der alte Herr kurz zuvor Selbstmord verübt hatte. Er ging der Sache nach und fand schnell heraus, daß das Auge des Kaisers auf den reichen und anhanglosen Mann gefallen war, worauf seine Kreaturen eine falsche Anklageschrift entwarfen und ihm mit Hinrichtung und Einzug des gesamten Vermögens drohten, es sei denn, er scheide freiwillig aus dem Leben und hinterlasse dem Kaiser zwei Drittel seines Besitzes. Der alte Mann wählte diesen Weg, um für seinen Neffen wenigstens ein Drittel zu retten. Und nun stelle ich dir eine Frage, Julia Livilla: Nachdem der Neffe über alle Zusammenhänge aufgeklärt war, rechtlich empfand und sich geistiger

Gesundheit erfreute – wie, glaubst du, hat er reagiert? Haßte er den Kaiser oder ließ ihn der schlimme Tod des Onkels gleichgültig oder lobte er sogar das kaiserliche Gericht?«
Livilla blieb stehen und schaute Sabinus fragend an:
»Ich weiß nicht, was du mit dieser für Caligulas Herrschaft alltäglichen Geschichte bezweckst, aber der junge Mann wird den Kaiser kaum gelobt haben; er müßte ihn sogar hassen, wenn er seinen Onkel liebte.«
Sabinus nickte:
»Jeder vernünftige Mensch würde antworten wie du. Nun, dieser Neffe steht vor dir, Livilla, und wenn du willst, kannst du mich weiterhin für einen Spitzel des Kaisers halten.«
»Du bist das? Wie hieß dein Onkel?«
»Er war in Wirklichkeit mein Großonkel und hieß Cornelius Calvus. Als ich damals aus Ephesos zurückkam, hatte ich die feste Absicht, die Legion zu verlassen und in das Geschäft meines Vaters einzutreten. Aber der Gedanke an Rache wurde so stark, daß ich den Spieß umdrehte, mich beim Kaiser für seine Gnade untertänig bedankte und um Aufnahme in seine Prätorianergarde bat. Ich wußte, daß es nur eine Möglichkeit gibt, ihn zu töten – als Mitglied der Garde. Die beiden gescheiterten Verschwörungen haben mich das gelehrt. Um Caligulas Vertrauen zu erwerben, meldete ich mich freiwillig als Nachfolger des Priscus. Aber er ist sehr argwöhnisch, und so erfuhr ich heute durch Zufall, daß Cucullus angewiesen ist, dich und mich zu bespitzeln. So ist nun die Lage, Prinzessin, und ich habe mich damit in deine Hand gegeben. Du kannst mir glauben, dann müssen wir unser Gespräch zu gegebener Zeit fortsetzen, und du kannst mich denunzieren, dann ende ich auf der Schlachtbank.«
Livilla legte ihm ihre Hand auf den Arm.
»Verraten werde ich dich keinesfalls; ob ich das Gespräch fortsetze, weiß ich noch nicht. Ich werde es dich morgen wissen lassen. Einverstanden?«
»Einverstanden.«
Den Rest des Weges legten sie schweigend zurück.

Als Sabinus später auf sein Haus zuging, lief ihm schon Rufus entgegen.

»Herr, Herr, es ist etwas Schlimmes geschehen. Cucullus hat einen Mann niedergeschlagen, und nun liegt er da wie tot, rührt sich nicht mehr ...«
»Wen? Und wann?«
»Er ist einer seiner Leute, den Namen haben sie nicht gesagt.«

Sabinus eilte im Laufschritt zur Kaserne, wo der Mann auf der Krankenstation lag. Cucullus stand mit finsterem Gesicht daneben und fing sofort zu reden an.
»Ich konnte doch nicht wissen, daß der Kerl einen leichten Schlag nicht verträgt! Fällt gleich um und stellt sich tot!«
»Was heißt hier leichter Schlag? Womit hast du ...?«
»Mit dem flachen Schwert auf den Kopf, ganz leicht nur!«
Sabinus beugte sich über den Mann, der seltsam keuchend und stoßweise atmete. Über der linken Schläfe war sein Haar blutverklebt, und Sabinus betastete die Stelle behutsam mit dem Finger. Er fühlte keine Beule, sondern eine deutliche Vertiefung.
»Du hast ihm den Schädel eingeschlagen, Cucullus.«
Er wandte sich an die anderen Legionäre.
»Entwaffnet den Decurio und sperrt ihn in den Carcer. Ich werde dann überlegen, was zu tun ist. Gibt es hier einen Arzt?«
»Ja, Herr. Auf der Westseite der Insel lebt ein Arzt, aber ich weiß nicht, ob ...«
»Rede nicht lang! Holt ihn her und sagt ihm gleich, daß dem Mann der Schädel eingedrückt ist.«
Cucullus ließ sich wort- und widerstandslos abführen.
Mir soll's recht sein, dachte Sabinus, auf diese Weise werde ich meinen Spitzel los.
Er blieb im Krankenzimmer, bis der Arzt eintraf. Der alte Mann sah verschreckt aus und zitterte vor Aufregung.
»Entschuldige, Medicus – wie darf ich dich nennen?«
»La-Lakydes aus Chios. Allerdings habe ich schon seit vielen Jahren ...«
»Aber du bist doch Arzt?«
»Allerdings. Aber ich wurde schon unter Tiberius hierher verbannt, bin auch angewiesen, meinen Beruf nicht mehr auszuüben.«

»Tiberius ist tot, und in diesem Fall ist wohl eine Ausnahme gestattet. Ich werde mich um Aufhebung deines Urteils bemühen. Doch jetzt –« Sabinus deutete auf den Verletzten.
Der Arzt beugte sich hinab und befingerte die Wunde.
»Ja, der Schädel ist an der linken Stirnseite eingebrochen. Da drücken Knochensplitter aufs Gehirn, man müßte trepanieren ...«
»Tu, was nötig ist!«
Der Arzt schüttelte seinen grauen Kopf:
»Dafür fehlen mir die Instrumente.«
Er öffnete seine Ledertasche und musterte den Inhalt.
»Man könnte es ja versuchen ...«
»Bei allen Göttern, dann versuch's!« rief Sabinus erregt.
»Gut. Ich brauche viel heißes Wasser, ein scharfes Rasiermesser und zwei Leute, die den Kranken festhalten. Jede Bewegung kann tödlich sein.«
So mußte einer der Männer den Kopf festhalten, den der Arzt an der Wundstelle sorgsam rasierte. Dann wusch er sich die Hände, reinigte seine Instrumente im heißen Wasser und schnitt die rötlich verschwollene Haut über der Wunde kreuzförmig ein. Die vier Hautlappen zog er mit einer Pinzette zurück und klebte sie an der kahlen Haut mit einem Pechpflaster fest. Dann hob er mit einem winzigen Spatel Stück um Stück des zertrümmerten Knochens ab.
»Gar nicht so schlimm, wie ich gedacht habe«, murmelte er zufrieden. »Jetzt brauche ich mehr Licht! Halte deine Lampe dicht über der Wunde – ja, so.«
Der Arzt blickte durch das denargroße Loch auf die weißliche Hirnhaut, führte behutsam eine Pinzette ein und zog ein scharfkantiges Knochenstück heraus.
»Das ist der Übeltäter! Jetzt ist der Druck weg, und der Mann müßte sich erholen.«
Der Arzt klappte die Haut zurück und legte einen festen Verband an.
»Habt ihr Pfeffer oder Essig vorrätig?«
Beides hielt man dem Verletzten abwechselnd unter die Nase, bis er das Gesicht verzog und erwachte.

»Das übrige muß seine kräftige Natur tun«, meinte der Medicus und packte seine Instrumente ein.
Sabinus wiederholte sein Angebot, persönlich beim Kaiser um seine Freilassung zu bitten.
In den klaren, klugen Augen des alten Mannes blitzte es spöttisch.
»Woher willst du wissen, daß ich von hier fort will? Also bemühe dich nicht, denn Caligula hat meine Strafe schon vor Jahren aufgehoben, und ich bin dennoch geblieben. Aber mein Honorar möchte ich haben. Ich kriege von dir hundert Sesterzen oder einen schönen frischgeprägten Aureus, was gerade zur Hand ist.«
Sabinus händigte ihm den Aureus aus und bedankte sich nochmals.
»Wenn nach zwei Tagen keine sichtbare Besserung eintritt, dann betet zu Hippokrates, mich aber laßt in Ruhe. In drei Tagen schaue ich dann noch einmal vorbei.«
Sabinus wandte sich an die Männer.
»Auch wenn die Kerkertür fest ist, möchte ich, daß sie zusätzlich von zwei kräftigen Leuten bewacht wird.«

Der November war in Rom eine sehr stille Zeit. Die Luft wurde merklich kühler, das Leben zog sich von der Straße in die Häuser zurück, und wenn im Oktober der staatliche Festkalender noch randvoll war, so gab es im November nur einen offiziellen Feiertag: die Feriae Jovi am dreizehnten Tag des Monats – die Zeit des Vollmondes.
An diesem Tag opferte der Flamen Dialis, der oberste Priester des Jupiter, dem Göttervater einen weißen Widder. Dieses Amt gehörte zu den angesehensten in der römischen Staatsreligion, denn es folgte unmittelbar auf den Rex sacrorum, den höchsten aller Priester, doch war es eingeengt durch eine Reihe von Bestimmungen und Verboten, deren Ursprung sich in graue Vorzeit verlor und deren Bedeutung niemand mehr kannte. So durfte sich der Flamen Dialis den Bart nur mit einem kupfernen Messer scheren und mußte eine reinwollene Toga tragen, die seine Frau gewebt hatte. Niemand durfte seinen Körper berühren, und wenn er ausging, so umgaben ihn Diener mit Ruten,

die jeden wegscheuchten, der ihm zu nahe kam. Der Anblick von Leichen und Gräbern war ihm ebenso streng verboten wie der von vorbeiziehenden Soldaten. Außerdem durfte er kein gesäuertes Brot und kein rohes Fleisch essen, keinen Hund berühren, kein Pferd besteigen, keinen Knoten an der Kleidung tragen, nicht arbeiten oder auch nur Arbeitende ansehen, auch nicht schwören, seine Priesterkappe untertags nicht abnehmen, keine Weinrebenlaube betreten und noch vieles mehr, das manchem unsinnig erschien, aber durch uralten Brauch geheiligt war.

Für die Iden des November (13. November) hatte sich der Kaiser zur Opferschau angesagt, was nicht allzu häufig geschah. Der Flamen Dialis verachtete diesen Menschen, in dem er einen gottlosen Usurpator sah, der das Testament des Tiberius verfälscht hatte und der in seiner lästerlichen Art, sich als Zwilling des Jupiter aufzuspielen, den Göttern ein Greuel war. Nun, die schlechten Vorzeichen mehrten sich, und der Erzpriester des Jupiters sah nicht ohne Schadenfreude, daß die Götter grollten. Im Palatinus hatte ein Blitz die Wohnung des Majordomus in Brand gesetzt. Da war unverkennbar die Hand Jupiters zu erkennen. Vor kurzem hatte man aus Hellas gemeldet, daß das Schiff, mit dem die Kolossalstatue des olympischen Zeus abtransportiert werden sollte, im Hafen von einem Blitz getroffen worden und brennend gesunken sei. Zudem hätten zahllose Menschen aus dem Zeustempel ein gewaltiges Gelächter vernommen.

Diese Gedanken zogen dem Priester durch den Kopf, als er mit seinen Gehilfen vor dem Tempel des kapitolinischen Jupiter stand und das Opfertier erwartete. Wann der Kaiser eintraf, wußte er nicht, denn der pflegte überraschend zu erscheinen oder ohne Angabe von Gründen fernzubleiben. Er, der Flamen Dialis, würde jedenfalls die heilige Handlung um dieses Verrückten willen nicht aufschieben und auch nur verzögern.

Da erschienen die Opferschlächter und zogen den prächtigen weißen Bock, der sich wütend sträubte, die Treppen hinauf. Auf ein Zeichen hin ließ der Flamen Dialis die Türen der drei Cellae öffnen, damit die Götterbilder dem Opfer beiwohnen konnten. Den Tempel des Jupiter Optimus Maximus bewohnte nicht nur

der gewaltige Blitzeschleuderer selbst, sondern auch seine Gemahlin Juno und die römische Stadtgöttin Minerva.
Die heilige Handlung mußte in völliger Stille ablaufen, nur der leise Ton einer Flöte durfte sie begleiten.
Während der nun ruhig gewordene Widder vor dem Tempel stand, las der Priester von einer Rolle die heiligen Texte ab, die in einem so altertümlichen Latein abgefaßt waren, daß sie kaum noch jemand verstand. Er las sehr langsam und sorgfältig, denn ein einziger Versprecher genügte, um die Zeremonie ungültig zu machen. Dann ging er auf das Opfertier zu, besprengte es mit Wein und bestreute es mit einer Mischung aus Salz und Weizenschrot. Dabei zog er – wie alle anderen – seine Toga über den Kopf, um verschleiert am eigentlichen Opfer teilzunehmen.
Während er dies tat, hörte man von draußen Unruhe und eilige Schritte. Der Kaiser stürmte die Treppe herauf, verkleidet als Neptun mit einem goldenen Bart, den bronzenen Dreizack schwingend.
»Heute möchte ich meinem Bruder ein Opfer bringen in eigener Person!« rief er in die atemlose Stille. Er wies auf den Widder. »Ein Schafbock! Das ist zu wenig, Jupiter verlangt ein höheres Opfer!«
Er schwang den schweren, bronzenen Dreizack und schmetterte ihn auf das Haupt des Opferpriesters, der schon den Dolch in der Hand hatte, um dem Bock die Kehle durchzuschneiden. Der Priester stürzte zu Boden, ein entsetztes Raunen ging durch die Gruppe der an der heiligen Handlung Beteiligten. Der Flamen Dialis wandte sich sofort ab, da er keinen Toten sehen durfte.
»Ich hoffe, du kannst diesen Frevel verantworten, Princeps!« rief er dem Kaiser zu und ging in den Tempel, um die Türen der Cellae schließen zu lassen.
Caligula lachte schallend.
»Ich kann alles verantworten, und wenn ich Lust hätte, würde ich euch jetzt – so wie ihr dasteht – meinem göttlichen Bruder opfern, fürchte aber, damit Jupiter zu beleidigen. Denn er will makellose Opfertiere. Ihr fetten, hinkenden und triefäugigen Kahlköpfe scheint mir dazu wenig geeignet.«

Er deutete grinsend auf den toten, verkrümmt daliegenden Opferpriester.
»Wer will, kann die Leber dieser Kreatur auf Vorzeichen untersuchen lassen.«
Laut lachend und seinen Dreizack schwingend, tänzelte er davon.

Behutsam weckte Rufus seinen Herrn, indem er ihn sacht an der Schulter rüttelte.
»Wach auf, Tribun! In der Kaserne muß etwas geschehen sein.«
Sabinus richtete sich auf und blickte aus dem Fenster. Aus einem grau verhangenen Himmel sprühte ein feiner Nieselregen, und er konnte kaum etwas erkennen. Er schlüpfte hastig in seine Tunika und legte den Brustpanzer an.
»Schnell, mein Schwert!«
So lief er hinaus, hörte aus der Ferne Rufen und Schreien und sah Menschen durcheinanderlaufen. Ein Legionär stürzte auf ihn zu.
»Tribun! Tribun, der Gefangene ist entflohen! Cucullus hat einen der Wächter erwürgt und den anderen niedergeschlagen – der ist noch immer bewußtlos.«
»In welche Richtung ist er gelaufen?«
»Das weiß niemand, wahrscheinlich nach Westen, um sich in den Pinienwäldern an der Küste zu verstecken.«
Sabinus schüttelte den Kopf.
»Auf dieser kleinen Insel hat er nicht die geringste Möglichkeit zu entkommen. Verständigt die Leute am Hafen, dann wollen wir abwarten. Irgendwo wird er sich etwas zu essen stehlen, oder er kommt wieder zur Vernunft und stellt sich freiwillig,«
Inzwischen hatten zwei Dutzend Legionäre ihren Tribun umringt.
»Das bezweifle ich«, sagte einer, »denn Cucullus hat keinen Verstand.«
Ein anderer meinte:
»Wir sollten die Insel in Trupps von je vier Mann absuchen lassen. Weit kann er nicht gekommen sein.«

»Wer meldet sich dazu freiwillig?« fragte Sabinus grinsend. Die Männer senkten ihre Köpfe und scharrten mit den Füßen. Schließlich erhoben sich fünf Hände.
»Nein, Leute, dafür seid ihr mir zu schade. Wer weiß, was dieser Verrückte in seiner Wildheit noch anrichtet. Wir befinden uns nicht im Krieg, und deshalb möchte ich jedes Risiko vermeiden. Stellt Tag und Nacht doppelte Wachen auf und holt mich, sobald ihr nur das geringste bemerkt.«
Wie das unter Soldaten üblich ist, wurden später die Worte des Tribuns beredet und alle waren sich einig, daß er ein großartiger Kerl und auf Cucullus keinen Pfifferling mehr zu geben sei.
»Das hat er schön gesagt: Wir sind ihm zu schade, um bei diesem Leuteschinder etwas zu riskieren. Da fühlte man sich endlich einmal wieder als Mensch behandelt.«
Sie waren alle rauhe Gesellen, aufsässig, schwer zu lenken, und hatten eine Menge auf dem Kerbholz. Daß ein Vorgesetzter sie wie Menschen behandelte, waren sie lange nicht mehr gewöhnt und Sabinus hatte seither bei ihnen einen Stein im Brett.

Er nahm ein flüchtiges Bad, bewaffnete sich mit Lanze und Schwert und ging mit Rufus zu Livillas Haus, um sie von der neuen Lage zu unterrichten.
Die beiden verdatterten Wachen vor ihrer Tür gestanden zitternd, daß Cucullus ins Haus eingedrungen sei, wo er den Tribun erwarte.
»Bei Mars und Quirinus!« schrie er sie an. »Warum habt ihr ihn nicht festgenommen?«
»Aber – aber – er sitzt doch fest, da drinnen ...«
»Verdammte Feiglinge!« fauchte Sabinus und riß die Tür auf.
Cucullus räkelte sich auf dem Speisesofa, das Kurzschwert in der rechten und den Dolch in der linken Hand. Livilla und Myrtis standen am Fenster, offenbar von ihm beauftragt, den Weg im Auge zu behalten. Der Decurio erhob sich langsam, und Sabinus sah jetzt erst richtig, wie groß und kräftig er war.
»Auf dich habe ich gewartet, Tribun, um mit dir gründlich abzurechnen. Du kannst aber auch freiwillig die Waffen niederlegen; dann werde ich dich als Gefangenen mit einem Bericht nach Rom

senden. Mag dann der Kaiser über dich und deine Vergehen urteilen.«

»Wovon sprichst du eigentlich? Du hast einen deiner Männer erschlagen und zwei lebensgefährlich verletzt, und willst mich ... also, ich glaube, deine Trunksucht hat dir den Verstand verwirrt. Leg deine Waffen nieder und begib sich zurück in den Kerker. Das ist mein Befehl als Tribun!«

Cucullus lachte dröhnend.

»Tribun magst du sein, aber ich habe Anweisung, dich in allem zu überwachen, und was ich inzwischen gesehen und gehört habe, wird man in Rom mit Interesse aufnehmen.«

Livilla blickte Sabinus an, und in ihren Augen lag eine Frage, die er sofort verstand: Kann dieser Mann uns gefährlich werden? Ja, dachte er, dieser Mensch ist eine Gefahr für sich und alle anderen. Er darf die Insel nicht lebend verlassen.

»Du redest Unsinn, Cucullus, und du weißt es. Um mich hinzuhalten, phantasierst du irgend etwas zusammen, doch auf so primitive Finten falle ich nicht herein. Wirf jetzt Dolch und Schwert auf den Boden und laß dir von Rufus Handfesseln anlegen.«

Sabinus sah sein gesundes Auge in Jähzorn aufleuchten, und fast im selben Augenblick sprang Cucullus ihn an. Er versuchte, ihn mit der Lanze abzuwehren, doch der andere schlug sie mit einem Schwerthieb in Stücke. Sabinus rannte schnell aus der Tür, weg vom Haus, in Richtung auf die Uferfelsen, um ihn dort zu erwarten.

Rufus lief zur Kaserne und schrie:

»Ich hole Verstärkung!«

Sabinus hoffte, daß der jetzt stärker werdende Regen dem Einäugigen mehr zu schaffen machen würde als ihm.

Keuchend stampfte Cucullus heran, und Sabinus erkannte schnell, daß nicht der Regen, sondern dessen Jähzorn und unbändiger Haß seine besten Verbündeten waren. Wenn die Redensart, jemand sei blind vor Zorn, jemals auf einen Menschen zutraf, dann auf Cucullus. Ungestüm drang er mit seinem Schwert auf Sabinus ein, doch seinem Angriff fehlte die Methode, denn er dachte nur daran, Sabinus zu töten, ohne zu überlegen, wie er diesen überwinden konnte. Vermutlich hielt er ihn

für einen jener Tribunen aus reicher Familie, die keine militärische Ausbildung absolviert hatten und ihren Rang nur als Sprungbrett zu Höherem betrachteten.
Wieder einmal kam ihm die harte Schule von Chaereas Fechtstunden zugute, und er parierte spielend die wirren und kaum gezielten Schläge des Gegners. Dabei wich er Schritt um Schritt zurück, um den Gegner auf die jäh abfallenden Klippen zu locken. Sabinus stolperte, gab sich eine winzige Blöße, und schon streifte ihn das Schwert am linken Unterarm, doch er fühlte keinen Schmerz und konzentrierte sich ganz auf diesen wild dreinschlagenden Dreschflegel. Noch immer hielt Cucullus den Dolch in seiner Linken, und es gelang Sabinus, die Hand so hart zu treffen, daß er die Waffe fallen ließ. War es Eigensinn, daß er sich nach dem Dolch bückte? Beim Schwertkampf verschaffte der Dolch ihm nicht die geringsten Vorteile, doch Cucullus tat es, und Sabinus nutzte den Augenblick und brachte ihm eine tiefe Wunde an der linken Schulter bei.
Cucullus stieß einen rauhen Schrei aus, ließ den Dolch fahren und warf sich wie ein Rasender auf Sabinus. Der sprang gedankenschnell beiseite und stieß das Schwert tief in die ungedeckte linke Hüfte des Gegners. Cucullus stolperte, fiel hin, hielt aber seine Waffe fest und versuchte sich wieder aufzurichten. Da hörte Sabinus hinter seinem Rücken Schritte und Stimmen, und er rief so laut er konnte:
»Bleibt uns vom Leibe! Ich brauche keine Hilfe!«
Es gelang Cucullus, humpelnd auf die Beine zu kommen, doch aus seiner linken Seite rann in Strömen das Blut, und Sabinus hatte ihn jetzt da, wo er ihn haben wollte: am Rande der Klippen. Cucullus wehrte die kräftigen Hiebe nur noch schwach ab und wich immer weiter zurück. Der Blutverlust wurde so stark, daß sein rechtes Bein einknickte und er sich mit dem Schwert abstützen mußte. Sabinus nutzte diese Chance und schlug ihm mit einem kraftvollen Hieb die Waffe aus der Hand. Cucullus stürzte zu Boden und sah sich suchend um. Doch sein Schwert war über die Klippen gefallen und für ihn unerreichbar.
»Ergib dich, Cucullus!«

Der rappelte sich noch einmal mühsam auf, warf einen langen Blick auf Sabinus und die hinter ihm wartenden Männer, drehte sich langsam um, ließ sich auf alle Viere nieder, kroch mühsam wie ein dicker, schwerer Käfer ein Stück höher und ließ sich von da in den Abgrund rollen.
Sabinus drehte sich um und rief den regennassen Legionären zu: »Wer will, kann ihn dort unten suchen und ihm, falls nötig, den Gnadenstoß versetzen. Bringt seinen Leichnam dann zur Kaserne, ich werde nachkommen.«

Vor Livillas Haus standen keine Wachen, vermutlich hatten die Leute in ihrer Aufregung vergessen, daß sie einzig und allein ihretwegen auf dieser karstigen Insel waren.
»Ist – ist er tot?« war ihre Frage.
»So gut wie, jedenfalls bedeutet er keine Gefahr mehr, weder für uns noch für die armen Teufel, die hier Dienst tun müssen.«
Sie trat näher.
»Aber du blutest ja!« Livilla zog ihn näher ans Fenster und hob behutsam seinen linken Arm. »Hast du mit ihm gekämpft?«
Sabinus nickte.
»Da muß dich ein Schwerthieb gestreift haben, die Wunde ist nicht tief, doch sie reicht vom Ellenbogen bis fast zum Handgelenk. Myrtis, hole etwas zum Verbinden!«
Er ging zur Tür.
»Jungfrau versorgt ihren verwundeten Helden, wie? Nein, das ist mir zu abgeschmackt – du bist keine Jungfrau, und ich bin kein Held. Wäre Cucullus etwas besonnener gewesen, läge ich jetzt da draußen, aber so ist er an seinem unbändigen Haß zugrundegegangen. Ich lasse mich in der Kaserne versorgen und komme morgen wieder.«
Livilla lächelte unergründlich mit leisem Spott, wie Frauen eben über störrische Männer lächeln.
»Wie du willst, Sabinus. Aber die Jungfrau bedankt sich trotzdem beim Helden für ihre wunderbare Errettung. Übrigens bin ich dir von gestern noch eine Antwort schuldig. Ich glaube dir, Sabinus, habe dir im Herzen wohl schon von Anfang an vertraut, aber in meiner Lage ist Vorsicht dringend geboten. Du

weißt, wie locker mein Kopf sitzt, denn eines Tages wird Caligula zu der Einsicht gelangen, daß tote Schwestern die besseren Schwestern sind. Laß dich jetzt versorgen, wir reden morgen weiter.«

Er nickte und ging hinaus, wo der triefende Rufus unter dem windschiefen hölzernen Porticus wartete.

»Sorge dafür, daß hier die Wachen erneuert werden und dann schau, daß du ins Trockene kommst.«

Sabinus ging zur Krankenstation, ließ sich verbinden und schaute nach dem Verwundeten.

»Es geht aufwärts mit ihm«, berichtete die Krankenwache. »Er hat schon ein paarmal die Augen aufgeschlagen und ganz vernünftig geredet. Ich glaube nicht, daß wir den Arzt nochmals brauchen.«

»Und der niedergeschlagene Wächter?«

»Hat zum Glück nur eine Riesenbeule auf dem Kopf. Er ist schon wieder aufgestanden.«

Im kleinen Kasernenhof lagen zwei Leichen, die des erwürgten Kerkerwächters und die des Cucullus.

Sabinus ließ die Männer antreten und ernannte die zwei dienstältesten Legionäre zu Unterführern.

»Ordnung muß sein«, sagte er. »So werdet ihr besser zurechtkommen, und ich weiß, an wen ich mich wenden muß.«

Dabei blickte er die beiden alten Kämpfer grimmig an, doch er wußte recht gut, daß sie ihn nicht besonders ernst nahmen.

»Jetzt hört einmal her! Ich werde mit dem nächsten Schiff einen Bericht nach Rom senden, der ungefähr so lautet: Der Decurio Quintus Cucullus hat im Zustand schwerer Trunkenheit einen Legionär grundlos angegriffen und lebensgefährlich verwundet. Er mußte gefangengesetzt werden, konnte jedoch in der Nacht seine beiden Wächter überwinden, wobei er einen tötete. Danach ergriff er die Flucht, wurde von mir, dem Tribun Cornelius Sabinus, in den Klippen gestellt und ist während des Kampfes tödlich abgestürzt. Hat jemand von euch gegen diese Schilderung etwas einzuwenden und entspricht sie in allen Punkten der Wahrheit? Muß etwas hinzugefügt werden?«

Einer rief:
»Daß er ein Schweinehund und Leuteschinder war, könntest du noch erwähnen, Tribun.«
»Das war er ohne Zweifel, doch ich fürchte, daß es niemanden interessieren wird. Noch Fragen? – Gut, dann schafft die beiden hinaus und sammelt dürres Holz. Wenn der Regen aufgehört hat, sollen sie verbrannt werden.«

Er ging in sein Haus, trank zwei Becher Wein und legte sich nieder. Der verletzte Arm schmerzte höllisch, doch nach weiteren zwei Bechern ließ es etwas nach. Er überdachte seine Lage und fand, daß sie besser nicht sein konnte. Die Möglichkeit, daß Cucullus schon einen Bericht nach Rom gesandt hatte, war gering. Seither hatte nur ein Schiff angelegt. Er hatte die Männer inzwischen befragt, doch keinem war etwas aufgefallen; auch in der Kammer des Decurio war nichts zu finden gewesen. Der Kaiser hatte angeordnet, er müsse spätestens nach Ablauf von drei Monaten zurück sein, es sei denn, er werde eher abberufen. Inzwischen waren sieben Wochen vergangen, und so blieb ihm noch genügend Zeit, mit Livilla die Lage zu erörtern.
Er gähnte tief, drehte sich zur Wand und schlief sofort ein.

XXXIII

Der Prätorianerpräfekt Arrecinus Clemens hatte sich lange und gründlich überlegt, ob er den Tribunen Cassius Chaerea einweihen sollte, aber als er wieder einmal Zeuge von Caligulas grausamen Spötteleien wurde, nahm er seinen Untergebenen bei nächster Gelegenheit beiseite.
»Hier hört uns niemand, Tribun – aber sieh dich ruhig um! Mißtrauen ist heutzutage angebracht, und was ich dir zu sagen habe, sage ich besser ohne Zeugen.«
Chaerea blieb steif und abweisend.
»Präfekt?«
»Nimm zuerst einmal Platz, und sei nicht so störrisch, ich komme nämlich als ein Bittender. Vorgestern habe ich wieder

einmal miterlebt, wie der Kaiser dich behandelt, und konnte mir denken, was du dabei empfandest.«
Chaerea blickte auf.
»So? Auf einmal kannst du das? Als ich mich vor einem Jahr bei dir darüber beklagte, sagtest du, der Kaiser habe das nicht so gemeint, er sei noch jung und werde sich ändern. Warum jetzt plötzlich dein Mitgefühl, Präfekt?«
»Weil sich die Lage geändert hat. Was wir alle hofften, ist – wie du weißt – nicht eingetreten. Ganz im Gegenteil. Als Caligula den Thron bestieg, dachte ich wie du: Das ist ein neuer Anfang, jetzt brechen für Rom die goldenen Zeiten an. Ich wurde der Nachfolger Macros, glaubte fest an dessen Untreue und diente dem jungen Kaiser mit derselben Begeisterung wie du und alle anderen. Dich hat er zum Tribun ernannt, mich zum Präfekten – wir hatten allen Grund, glücklich und dankbar zu sein. Wir sind in derselben Lage, Chaerea, und haben im Grunde das gleiche erlebt. Glaubst du, mir gefällt es, wenn er euch als Henker und Steuereintreiber mißbraucht? Wir sind nur noch seine gutbezahlten Büttel, vom Volk verhaßt, vom Senat gefürchtet, von den Patriziern verachtet. Ich habe auch meinen Stolz, Chaerea, und trage mein Präfektenkleid seit einiger Zeit mehr mit Unbehagen als mit Begeisterung. Vielen anderen ergeht es wie dir und mir, und nur wenige noch finden, daß unsere hohe Entlohnung die schmutzigen Handlangerdienste aufwiegt, die der Imperator uns zumutet. Die Lage ist so unerträglich geworden, daß wir sie ändern müssen. Teilst du diese Ansicht, Chaerea?«
Dem brummte der Kopf, denn solche Worte hätte er niemals von seinem Präfekten erwartet.
»Wer ist wir, Präfekt?«
»Das kann ich dir jetzt noch nicht sagen, belassen wir es vorerst dabei. Also?«
»Selbst wenn ich dir beipflichte, daß die Lage untragbar geworden ist, was ändert sich dadurch? Der Senat kuscht, seine Kreaturen Callistus, Helikon, Protogenes und wie sie alle heißen mögen, haben ganz Rom mit ihren Spitzeln durchsetzt. Wo soll man da anfangen, wo eingreifen?«
»Da ich in dir eine gewisse Bereitschaft finde, werde ich dir einiges preisgeben. Es ist lange nicht mehr so, wie du denkst.

Caligula hat fast keine Freunde mehr, und von seinen Kreaturen sind ihm außer Helikon und Protogenes nicht mehr viele geblieben. Der Senat kuscht zwar, aber es hat sich in aller Stille eine mächtige Opposition gebildet. Ich darf dir jetzt noch keine Namen nennen, kann dir aber sagen, daß unser göttlicher Kaiser ziemlich einsam geworden ist auf seinem hohen Thron. Die Luft da droben ist dünn geworden, Chaerea, und läßt sich immer schwerer atmen. Ich glaube, er spürt schon etwas davon, doch diesmal ist es keine kleine Verschwörung von ein paar Ehrgeizlingen oder Idealisten, diesmal ist es Rom, das sich gegen ihn stellt. Der Pöbel zählt nicht, obwohl auch da die Unzufriedenheit wächst. Die Leute haben schon Angst, in den Circus zu gehen, weil sie damit rechnen müssen, dort plötzlich als Gladiatoren zu enden. Der Haß breitet sich aus, Chaerea, und uns kann es nur recht sein. Laß dir diese Dinge durch den Kopf gehen, und wenn du einen Entschluß gefaßt hast, melde dich wieder.«
Chaerea erinnerte sich an die Worte seines Freundes Sabinus, als dieser ihm mitgeteilt hatte, warum er in die Leibgarde eingetreten sei: »Monat für Monat füttert er die Arenen mit menschlichem Schlachtvieh ... Dazu kommen die Reichen aus patrizischen wie plebejischen Familien, die er in den Tod treibt. Wie soll das weitergehen?« Und er, Chaerea, hatte abgewiegelt, es Kindereien genannt, doch inzwischen dachte er anders. Es war eine Schande! Eine Schande für jeden einzelnen, eine Schande für ganz Rom! Doch ein Rest von Mißtrauen war ihm geblieben, und er wollte das Gespräch mit Clemens erst fortsetzen, nachdem er sich mit Sabinus beraten hatte. Lange konnte es nicht mehr dauern, bis der Freund zurück war, und dann würde sich entscheiden, was zu tun sei.
So gab er Clemens zu verstehen, daß er mit ihm rechnen könne, doch er wolle einige der Beteiligten selbst kennenlernen, um auch von ihnen zu hören, was beabsichtigt sei und wann und wie.
»Unser Motto heißt: bald! Wir können und wollen nicht mehr warten, weil jeder von uns rechnen muß, den morgigen Tag nicht mehr zu erleben. Ehe Rom zerbricht, muß er zerbrochen werden.«
»Da pflichte ich dir bei, Präfekt.«

Es war in ganz Rom bekannt, daß der Kaiser wenig von Astrologie hielt, schon weil sein Vorgänger ihr völlig ergeben war. Caligula wollte in jeder Beziehung anders sein als alle anderen, einmalig, unverwechselbar, göttlich.
Thrasyllus, der Astrologe des Kaiser Tiberius, war inzwischen gestorben, doch er hatte in seinen letzten Jahren einen jüngeren Gehilfen namens Sulla beschäftigt, der als sein Schüler galt und in Rom von vielen konsultiert wurde. Von Zeit zu Zeit ließ auch der Kaiser bei Sulla unter einem falschen Namen ein Horoskop stellen, doch er war so sehr von seiner Göttlichkeit überzeugt, daß er sich als über dem Schicksal stehend empfand und den Prognosen keine große Bedeutung beimaß.

Caligula besaß trotz seiner Launen und Verrücktheiten ein feines Gespür für Veränderungen. Irgend etwas schien sich anzubahnen, doch er wußte nicht was. Nicht daß er sich unmittelbar bedroht fühlte, auch glaubte er an keine neue Verschwörung, doch da war etwas, das sich unmerklich veränderte wie der Pegelstand einer Wasseruhr, dessen Sinken mit bloßem Auge nicht zu erkennen ist.
Er sprach mit Caesonia darüber, der allerdings nichts aufgefallen war.
»Ich sehe das ganz positiv, mein Lieber. Gerade weil nichts geschieht, weil alle kuschen, weil du deine Gegner endlich niedergemacht und ausgerottet hast, glaubst du etwas Geheimnisvolles, Unmerkliches zu erfühlen. Dein feiner Sinn spürt, daß nichts geschieht, absolut nichts, und eben das ist ungewöhnlich. Stell dir einmal vor, du sitzt einen ganzen Tag neben einem rauschenden Brunnen, den man abends abstellt. Vernimmst du nach zwei oder drei Stunden sein Rauschen noch? Nein, es ist deinem Ohr zur Gewohnheit geworden. Aber dann, wenn das Geräusch plötzlich abbricht, trifft die Stille dein Ohr fast schmerzhaft. In einer solchen Stille befinden wir uns jetzt.«
»Eine kluge, fast philosophische Erklärung; sie mag sogar zutreffen. Vielleicht sind alle nur erschreckt von meiner kühnen Tat am Jupiteraltar? Wer wagt es heute noch, dem Gott einen Menschen zu opfern? Vielleicht sollte das ganz allgemein wieder eingeführt werden? Dem Janus statt eines Widders einen fetten

Senator? Der Juno eine Patrizierin statt der Ziege? Dem Mars einen Ritter anstelle des Rosses? Was hältst du davon?«
Caesonia gähnte. Solche Unterhaltungen langweilten sie.
»So mag es früher vielleicht gewesen sein, aber heute geht das nicht mehr, und wir müssen uns auf weniger feierliche Art des Henkers bedienen. Du langweilst dich nur, das sehe ich schon. Laß dir von Sulla ein Horoskop stellen, vielleicht hilft dir das weiter.«
»Ich werde von ihm deines stellen lassen, damit ich sehe, wann und wie ich dich loswerden kann. Warum ich noch immer mit dir verheiratet bin, ist mir ohnehin ein Rätsel.«
Caesonia lachte auf ihre laute, freche Art.
»Vielleicht, weil du Angst hast, daß dein Leben dann noch langweiliger wird? Übrigens solltest du nicht vergessen, daß du dem Senat ein Versöhnungsmahl versprochen hast. Du schiebst es immer wieder auf, doch ich glaube, das solltest du nicht tun. Jetzt, wo sie dir alle aus der Hand fressen, verdienen sie schon eine Extrabelohnung.«
»Ich hab's nicht vergessen«, sagte Caligula ungeduldig, doch seine Gedanken beschäftigten sich mit dem Horoskop. »Du weißt ja, was ich von Astrologie halte, aber vielleicht ist doch etwas daran.«

So erhielt Sulla wieder einmal von Callistus den Auftrag, dem anonymen Hofbeamten, der am 31. August im siebenhundertfünfundsechzigsten Jahr nach der Gründung Roms in Antium geboren worden war, das Horoskop zu stellen. Natürlich wußte Sulla längst, wer der Unbekannte war, denn jeder halbwegs Gebildete kannte die Geburtsdaten des Kaisers. Der Auftrag war schnell zu erledigen, denn das Geburtshoroskop lag schon vor, und so berechnete er nur die Prognostik für die nächsten Monate. Bei Jahresbeginn ergaben sich eine Reihe schlechter Konstellationen, besonders in Bezug auf Mars und das achte Haus, so daß Sulla nicht umhin konnte, vor der Gefahr eines gewaltsamen Endes zu warnen.

Caligula, sonst abergläubisch und furchtsam, nahm es auf die leichte Schulter, doch er lud Sulla zu sich, um Genaueres zu erfahren.

»Mir ist das zu wenig präzise, wenn es heißt ›Gefahr eines gewaltsamen Endes‹ – so hast du es doch formuliert? Das halte ich für Unsinn! Entweder ich werde umgebracht, oder ich bleibe am Leben; oder gibt es eine dritte Möglichkeit?«
Sulla hob sein zerfurchtes Gelehrtengesicht von der Schriftrolle, über die er sich wegen seiner schlechten Augen ganz tief gebeugt hatte.
»Die Sterne machen geneigt, aber sie zwingen nicht. Das vor allem muß bei astrologischen Vorhersagen bedacht sein, Majestät. Du sprichst von einer dritten Möglichkeit? Ich werde dir eine vierte und fünfte nennen. Wer übrigens spricht von Mord? Ein gewaltsames Ende bedeutet auch, daß du stürzt und dir das Genick brichst, daß du vom Pferd fällst oder beim Wagenrennen verunglückst. Es sind ja schon Menschen gestorben, weil ihnen ein loser Dachziegel aufs Haupt fiel – auch das ist ein gewaltsamer Tod. Im übrigen bezieht sich meine Prognose auf Rom, was nichts anderes heißt, als daß du in Ephesos oder Alexandria wieder ganz anderen Einflüssen ausgesetzt bist. Für Reisen hast du während dieser Zeit gute Aspekte. Du kannst dich also der Gefahr entziehen, wenn du willst.«
»Wann genau besteht diese Gefahr?«
Sulla hielt sich den Papyrus ganz dicht vor die Augen.
»Etwa in der Zeit von Mitte bis Ende Januar.«
Der Kaiser lachte, aber nicht laut und scheppernd, sondern eher zaghaft.
»Da habe ich ja noch gut zwei Monate Zeit zum Überlegen. Sei bedankt, Sulla, für deine Auskunft, aber ich halte die Astrologie trotzdem für eine unnütze Wissenschaft. Sie nützt nur dem, der sie betreibt, weil sie seinen Beutel füllt.«
Sulla hob lächelnd die Hände.
»Wir werden sehen ...«
Caligulas starre Augen blitzten boshaft, als er sagte: »Hast du für dich selbst auch Prognosen gestellt? Etwa für den heutigen Tag?«
»Natürlich, Majestät. Eine Einladung beim Kaiser ist ein so bedeutsames Ereignis, daß ich vorher die Sterne befragt habe.«
»Und was sagen sie? Haben sie dir mitgeteilt, daß draußen vor der Tür ein Prätorianer steht, der dir im nächsten Augenblick den Kopf abschlagen wird?«

Sulla ließ sich keine Furcht einjagen.
»Dann muß ich mich wohl verrechnet haben. Jedenfalls konnte ich für heute und die nächsten Tage keinen gefährlichen Aspekt entdecken.«
Caligula war anzusehen, wie sehr er dieses Gespräch genoß, obwohl ihn Sullas furchtlose Haltung etwas enttäuschte.
»Natürlich nicht, denn die Bedrohung kommt nicht von Jupiter, dem Stern, sondern von Jupiter, dem Gott – von mir! Ich stehe über den Sternen, über dem Schicksal, denn ich bin das Schicksal!«
»Gewiß, Majestät, sehr vielen bist du zum Schicksal geworden.«
»Gut, daß du es einsiehst. Gehe jetzt nach Hause, Sulla, und ziehe den Dummen weiterhin das Geld aus der Tasche. Von mir bekommst du kein As, aber du darfst verkünden, daß ich deine Dienste in Anspruch nahm. Als Astrologe des Kaisers kannst du künftig das dreifache Honorar verlangen. So bezahle ich dich, ohne dich zu bezahlen.«
»Deine Sparsamkeit ist im ganzen Reich bekannt, Majestät.«
Das brachte Caligula so zum Lachen, daß er fast erstickte. Noch außer Atem sagte er:
»Das – das ist der beste Witz, den ich jemals gehört habe. Sulla, ich bin dir weiterhin gnädig gesinnt, und deine Prognose war richtig: Heute wird dir nichts geschehen.«
Sulla verneigte sich tief, doch ihm war nicht entgangen, daß der Kaiser das Wort heute auffällig betont hatte.

Caligula hatte den Befehl, im Tempel von Jerusalem sein Bildnis des »Neuen Jupiter« aufzustellen, nicht vergessen. Publius Petronius, der Legat von Syrien, hatte ihm einen ausführlichen Bericht erstattet, der sich auf die Herstellung der Kolossalstatue in Sidon bezog und ihn vom Angebot der Juden informierte, den Befehl durch eine Geldsumme abzulösen.
Caligulas Habgier und sein ungeheuerer Geldbedarf wurden in diesem Fall aber übertroffen von seiner Eitelkeit. Er mußte einfach als Gott im Haupttempel dieses aufsässigen Volkes präsent sein. So war es ihm völlig gleichgültig, ob die Juden fünf oder

fünfhundert Talente Gold boten – er bestand auf der genauen Ausführung seines Auftrages und hatte dies dem Legaten auch mitgeteilt.
Der maßvolle und vernünftige Petronius wurde dadurch zum nächsten Schritt gezwungen und begab sich mit der fertigen Statue nach Ptolemais, einer bedeutenden Hafenstadt im südlichen Syrien, wo zwei Legionen der Euphratarmee im Winterquartier lagen. Mit ihnen sollte Petronius laut kaiserlichem Befehl nach Jerusalem marschieren, um dort – wenn nötig mit Gewalt – seinen Auftrag auszuführen.
Petronius hielt das ganze für Unsinn, einer Laune des eitlen und tyrannischen Kaisers entsprungen. Politische Unvernunft war ihm von Herzen zuwider, aber er sah keine Möglichkeit, den Befehl zu umgehen.

Das von Bergen umgebene Ptolemais lag westlich von Galiläa in der Ebene von Megiddo, und es sprach sich in der lebhaften Hafenstadt schnell herum, daß Petronius eingetroffen war und welchen Auftrag er hatte.
Hunderte von jüdischen Familien lagerten vor den Toren der Stadt und baten um Gehör. Petronius empfing eine Abordnung von drei Männern, die ihm – wie schon damals in Antiochia – ihre Beweggründe darlegten und ihn flehentlich um Verständnis baten. Der einsichtige Petronius nahm diese Bitten nicht auf die leichte Schulter. Er ließ die Statue in Ptolemais zurück und ging mit einem kleinen Gefolge nach Tiberias am See Genezareth, wohin er die Häupter der Juden berief, um ihnen Sinn und Zweck eines Befehls darzulegen, den er selbst für unsinnig hielt. Er beschloß, nicht nur vor einer kleinen Abordnung zu reden, sondern vor allen angereisten Juden, die er in das große Amphitheater befahl.
»Es war seit jeher das Ziel des Römischen Reiches, die ihm unterworfenen Völker zu befrieden und sie – ohne Unterschied – gleich zu behandeln. Wir sehen darin einen Akt der Gerechtigkeit, und unsere Provinzen von Hispania bis Asia, von Noricum bis Africa haben es uns gedankt mit unerschütterlicher Treue und mit Vertrauen auf ein Gesetz, das gleichermaßen für alle gilt. Ich wiederhole es: für alle – ohne Ausnahme! Ihr seid nun

nach Tiberias gekommen, um mir das Unmögliche abzuverlangen, nämlich euch diese Ausnahme zu gestatten. Der Kaiser hat einen Befehl erteilt, der nichts weiter bedeutet als eine Gefälligkeit für Gaius Julius Caesar, die noch dazu keinen Obolus kostet. Er will – wie das auch bei Tiberius und Augustus geschah – seine Person in sämtlichen Provinzen verehrt wissen, nicht zuletzt auch, um sich den Völkern, die er nicht alle aufsuchen kann, bekannt und vertraut zu machen. Kein Volk, ob in Ost oder West, Süd oder Nord, hat dagegen etwas einzuwenden gehabt, und alle zollen dem Kaiser die verlangte und auch schuldige Verehrung. Kein Volk, außer euch, den Judäern! Wie soll man so etwas nennen? Mutwille, Aufsässigkeit oder gar Aufruhr und Empörung? Mit einem solchen Verhalten stellt ihr euch selbst außerhalb unserer Völkergemeinschaft, beschwört Unruhe und Unfrieden herauf. Und von mir verlangt ihr noch, daß ich dem Vorschub leiste, daß ich euch in euerem Ungehorsam unterstütze.«
Er machte eine Pause, und sogleich ertönten Zwischenrufe aus der Menge:
»Wir gehorchen dem Kaiser, aber er ist kein Gott!«
»Wir beten keinen Menschen an, das ist die schlimmste Lästerung!«
»Der Kaiser duldet die Religion der Germanen und der Ägypter, warum nicht auch unsere? Sie ist die älteste der Welt, und wir können verlangen, daß man unsere alten Sitten und Gesetze achtet.«
Petronius hob die Hände, bis wieder Stille eintrat.
»Der Kaiser achtet alle Religionen und hat noch niemals einen Kult behindert. Haben die Kaiser eurer Hauptstadt nicht sogar einen Sonderstatus verliehen und nur eine ganz kleine römische Besatzung dorthin verlegt? Anstatt dafür ewig dankbar zu sein, empört ihr euch und lenkt des Kaisers Zorn auf euer Haupt und übrigens auch auf meines. Auch ich muß die Gebote meines Herrn erfüllen, und wenn ich es nicht tue, um euch zu schonen, so droht mir – und das mit Recht – ein schimpflicher Tod. Der Imperator ist mein oberster Befehlshaber, und wenn er es für richtig hält, so muß ich euch in seinem Namen bekriegen. Wollt ihr die Pax romana (römischer Frieden) stören? Ist es im Sinne

eures Gottes, daß Frauen und Kinder leiden, Männer getötet werden?«
Da schrie die Menge wie aus einem Mund:
»Ja, wir sind bereit zu leiden für das uns von Gott auferlegte Gesetz!«
»Dann wollt ihr tatsächlich den Krieg, wollt gegen den Kaiser kämpfen?« fragte Petronius ratlos.
Ein bärtiger, weißgekleideter Priester oder Gelehrter ergriff das Wort:
»Nein, Legat, das wollen wir nicht. Wir opfern unserem Gott zweimal täglich für des Kaisers Wohl, aber wenn er darauf besteht, sein Bildnis im Tempel aufzustellen, so bringen wir uns ihm als Opfer dar – dann muß er uns alle töten lassen. Mann um Mann, Frau um Frau, jedes Kind bis hinab zu den Neugeborenen.«
»Ist das auch eure Meinung?« wandte Petronius sich an die Menge.
»Ja – ja – ja!« schallte es ihm vielstimmig entgegen.
Petronius wandte sich ab. Er konnte sich eine widerwillige Bewunderung dieses Volkes nicht versagen, das sich lieber selbst aufopferte als die Gesetze seines Gottes zu brechen. Er ging in den Palast zurück, wo früher Herodes Antipas als Tetrarch von Galiläa und Peräa residiert hatte, bis Caligula ihn zugunsten seines Saufkumpans Agrippa abgesetzt hatte.
»Was ist nur mit diesem Volk los?« fragte er die ihn begleitenden Offiziere. »Sie lassen sich abschlachten für nichts – so wenigstens sieht es in unseren Augen aus. Dieser eine und noch dazu unsichtbare Gott bedeutet ihnen alles. Wie soll ich damit fertig werden, was ist hier zu tun?«
»Vielleicht wollen sie es nur darauf ankommen lassen«, meinte ein Tribun.
»Wenn wir in Jerusalem an der Spitze von zwei Legionen einziehen, werden sie kuschen«, sagte ein anderer.
Petronius schüttelte den Kopf.
»Das glaube ich nicht. Die opfern sich auf für ihren Gott. Diesen Eindruck gewann ich schon damals in Antiochia, als ich mit einigen jüdischen Schriftgelehrten verhandelte. Man kann sich mit ihnen über alles einigen, sie sogar zeitweise

bis aufs Blut besteuern, doch in diesem Punkt geben sie nicht nach. Da geht es nicht um Freiheit, Ehre oder Besitz, da geht es um etwas Höheres, um etwas, das uns verschlossen bleibt.«

»Jupiter sei Dank!« sagte der Tribun, und aus seiner Stimme klang Spott.

Petronius seufzte:

»Ich werde morgen noch einmal mit ihnen reden müssen; vielleicht finde ich doch einen Weg der Verständigung. So kann es jedenfalls nicht weitergehen. Seit diese Menschen wissen, was ihnen bevorsteht, rühren sie keine Hand mehr. Die Aussaat hat sich schon um mehrere Wochen verzögert, Handel und Wandel liegen brach, und ich trage die Verantwortung für diese unhaltbare Lage. Stünde der Kaiser hier an meiner Stelle, er würde es sich reiflich überlegen, ob er seinen Willen mit Gewalt durchsetzt. Bei allen Göttern – und damit schließe ich den jüdischen mit ein – es muß zu einer Einigung kommen, und zwar bald. Sorgt dafür, daß sich morgen in der Mittagsstunde die Juden wieder im Theater versammeln. Ich werde eine Lösung finden und sollte es meine letzte Handlung als Legat von Syrien sein.«

Caligula hatte in seiner jetzt über dreijährigen Regierungszeit den von Tiberius hinterlassenen Staatsschatz – man schätzte ihn auf fast vier Milliarden Sesterzen – vergeudet, ohne damit für Rom etwas Wesentliches zu schaffen. Nicht ein einziges öffentliches Gebäude hatte er in der Stadt errichten lassen, wenn er auch zwei von Tiberius begonnene Bauvorhaben zu Ende führte. Es waren dies der Tempel des Augustus und das von Publius Pompeius auf dem Marsfeld errichtete Theater. Der größte Staatsmann hatte Rom das erste Theater aus Stein geschenkt, denn die ernsten und genügsamen Republikaner schämten sich, ein Gebäude, das nur dem Vergnügen diente, aus dauerhaftem Material zu errichten. Auch Pompeius war ein Kind seiner Zeit und rechtfertigte seine frivole Tat, indem er in das oberste Stockwerk der Zuschauertribüne für die Venus Victrix ein Tempelchen einfügte und so dem profanen Bau sakrale Weihen verlieh. An das Theater sollte sich ein Hof mit langen Säulenhallen anglie-

dern, damit sich das Publikum bei plötzlichen starken Regenfällen unterstellen konnte. Doch Pompeius – dieser große Rivale Caesars – hatte den Bau erst gegen Ende seines Lebens begonnen, so daß vieles unfertig blieb. Zwischen den Säulengängen der Curia Pompei fiel später Julius Caesar unter den Dolchen seiner Mörder, worauf man die Räume vermauerte und das Theater kaum noch genutzt wurde. Unter Tiberius wurden die Bauarbeiten wieder aufgenommen, fanden aber erst unter Caligula ihren Abschluß, und der Kaiser tat so, als habe er allein das große Theater errichtet und damit Rom einen seiner schönsten Bauten geschenkt.
Die von Pompeius für sein Theater veranstaltete Einweihungsfeier wurde so legendär, daß man noch in jenen Tagen von dem über neunzig Jahre zurückliegenden Ereignis sprach – für den eitlen Caligula ein Grund, auf den längst verblichenen Pompeius eifersüchtig zu sein. Callistus mußte in den Archiven so lange suchen, bis er den offiziellen Bericht über dieses Ereignis fand.
»Die Feiern zogen sich über eine Woche hin. Sie begannen mit sportlichen Wettkämpfen der Jugend Roms und setzten sich mit Theater- und Musikdarbietungen fort. Der Höhepunkt bestand in den Tierkämpfen, bei denen unter anderem fünfhundert Löwen erlegt wurden.«
»Fünfhundert?« sagte Caligula fragend und schien ganz aus der Fassung zu geraten.
Callistus, voll boshafter Freude, nickte.
»Ja, Majestät, fünfhundert. So steht es hier. Darauf folgten noch die ersten Elefantenkämpfe, die Rom jemals sah.«
Callistus sah, wie es hinter der finsteren Stirn seines Herrn arbeitete.
»Fünfhundert Löwen lassen sich heutzutage nicht mehr auftreiben; Pompeius hatte da noch andere Möglichkeiten. Wir werden das Vieh durch Menschen ersetzen müssen.«
Callistus erstarrte. Solche kurzen Bemerkungen des Kaisers verhießen nichts Gutes. Vorsichtig versuchte er sich heranzutasten.
»Du meinst also, Majestät, daß es einmal ganz ohne Tiere geht?«
»Nein, nein«, sagte Caligula lebhaft, »so denke ich mir das nicht. Ein paar Löwen, Tiger und Leoparden sollen schon auftreten, dazu Bären und Wölfe. Das erwarten die Leute einfach. Ich

meine nur, wir sollten das Schwergewicht auf die Gladiatorenspiele legen, dazwischen kurze Szenen aus der Mythologie mit viel Blut und Geschrei – wie es der Pöbel eben liebt. Du kennst ja diese Stücke, es sind immer die gleichen, da braucht sich kein Schreiberling etwas Neues einfallen zu lassen. Herkules verbrennt im Nesselgewand, Aktäon wird von Hunden zerfleischt; auch die Attis-Legende ist sehr beliebt, wenn man dem Burschen die Eier abschneidet. Wie da mancher quiekst und winselt! Übrigens wurde die Prometheus-Sage lange nicht mehr gespielt – das wäre doch auch etwas?«
»Ja, gewiß, Majestät. Die Szene ist nur recht schwierig, weil die wenigsten Adler dazu zu bewegen sind, einem Menschen die Leber aus dem Leib zu fressen.«
»Dann laßt euch etwas einfallen! Da müssen die Raubvögel eben hungern, und dem Darsteller des Prometheus wird der Bauch aufgeschnitten, so daß die Leber freiliegt. Also wenn ich ein Adler wäre ...«
Caligula lachte scheppernd.
Aber du bist nur eine Ratte, dachte Callistus, eine feige, grausame, blutgierige Ratte, die man besser heute als morgen totschlagen sollte.
»Die Kosten werden gewaltig sein«, gab Callistus zu bedenken.
»Nein, mein Freund, diesmal wollen wir ein wenig sparen. Daher mein Vorschlag, die Spiele weniger mit Tieren als mit Menschen zu bestreiten. Laß die Gefängnisse leeren! Und wenn das nicht reicht, so müssen meine Prätorianer eben ein paar Dutzend Parasiten zusammenfangen; es treiben sich ja genug davon in Rom herum. Um die ist es nicht schade, und wir sparen uns die Getreidespenden. Da wir gerade beim Thema Spenden sind: Von dir, Callistus, erwarte ich zur Einweihung des Theaters einen spürbaren Zuschuß, denn der Ruhm deines Herrn kommt schließlich auch dir zugute. Stifte zehn Löwen, ein Rudel Wölfe oder ein paar Gladiatoren. Ich gestatte gern, daß der Aufseher es im Theater bekannt gibt. Du wirst immer reicher, Callistus, und ich sehe dich von deinem Geld keinen Gebrauch machen. Du lebst recht gut, gewiß, aber trotzdem mußt du inzwischen ein beträchtliches Vermögen angesammelt haben. Das Geld muß in den Umlauf, Callistus, nur so gedeihen Handel und Wandel.

Wenn du darauf sitzt wie ein Huhn auf seinen Eiern – wer hat dann etwas davon? Schau mich an! Rom blüht und gedeiht, weil ich das Geld unter die Leute bringe. Der Herr muß seinem Diener ein Vorbild sein, also eifere mir nach.«
Der dicke Sekretär begann zu schwitzen. Je länger Caligula bei einem solchen Thema verweilte, desto unbehaglicher wurde ihm. Um ihn abzulenken, spielte er den Beleidigten.
»Da verkennst du mich aber, Majestät. Ich will dich nicht mit Einzelheiten langweilen, aber viele der Dienste, die ich dir zu leisten bemüht bin, zahle ich stillschweigend aus meiner eigenen Tasche, etwa die Spitzel und Zuträger, die ich zu deinem Schutz beschäftige. Außerdem spende ich regelmäßig für den Tempel deiner Gottheit und veranstalte so manches aufwendige Symposion, nicht zu meinem Vergnügen, sondern um die Stimmung in Rom zu erkunden.«
Caligula lächelte, doch seine starren Augen blieben kalt.
»Ich weiß, daß du viel für mich tust, mein Freund, doch manchmal glaube ich, es könnte mehr sein.«

Als der Kaiser endlich gegangen war, mußte Callistus sofort ein Bad nehmen. Er war naßgeschwitzt, zitterte aber zugleich, als friere es ihn.
»Du wirst hoffentlich nicht krank werden«, fragte ihn der Badesklave besorgt, und seine Besorgnis war echt, denn Callistus hatte immer eine offene Hand.
»Nein, nein, ich bin nur überarbeitet. Im Dienst des Kaisers hat man wenig Ruhe, weiß du, denn ich diene ja einem Gott, und dem gehört man mit Leib und Seele, Tag und Nacht.«
Auch das heiße Bad, die lange Massage und drei Becher Falerner konnten die Besorgnis des Callistus nicht zerstreuen. Er sandte dem Präfekten Clemens eine Botschaft und bat ihn für den nächsten Tag um einen Besuch.

Sie trafen sich im Palatinum, in den Amtsräumen des Callistus, da eine private Zusammenkunft leicht als Verschwörung ausgelegt werden konnte. Sollte der Kaiser überraschend erscheinen, so war es eben eines der Dienstgespräche, wie sie schon so oft hier stattgefunden hatten.

»Ich bin besorgt«, eröffnete Callistus das Gespräch. »Er macht jetzt immer häufiger Andeutungen, die mir nicht gefallen. Vielleicht bläst Helikon ihm da etwas ins Ohr. Jedenfalls fühle ich mich nicht mehr wohl in meiner Haut.«
Mochten die beiden Männer auch äußerlich und in ihrem Wesen sehr verschieden sein, so zogen sie doch jetzt an einem Strang und informierten sich gegenseitig über jede Äußerung des Kaisers, mochte sie noch so harmlos erscheinen.
»Mir ergeht es ähnlich. Ich will dich nicht beunruhigen, doch bei meinem letzten Gespräch mit Caligula beließ es der Kaiser nicht mehr bei Andeutungen. Wenn es auch noch nicht wie ein Befehl klang, so war es doch als möglicher Vorschlag aufzufassen.«
Callistus blickte Clemens unruhig an.
»Rede schon! Was hat er gesagt, erinnere dich an jedes Wort.«
Clemens beugte sich vor und flüsterte:
»Er sagte: ›Clemens, wenn ich dir, nur um deine Treue zu erproben, befehlen würde, Callistus festzunehmen – was tätest du?‹ Ich antwortete ohne Zögern: ›Natürlich gehorchen, Majestät. Callistus käme ja sofort wieder frei.‹ Da hättest du ihn sehen sollen! Wie eine Furie ging er auf mich los und fragte, woher ich denn wissen wolle, daß du gleich wieder freikämst. Ich tat ganz unschuldig. ›Aber du hast doch selbst gesagt, es geschieht nur, um meine Treue zu erproben, nicht weil Callistus schuldig ist. So wenigstens habe ich es verstanden.‹ Seine Augen waren wie Dolche, als er sagte: ›Vielleicht ist Callistus längst schuldig, und er verstellt sich nur. Vielleicht steckst sogar du mit ihm unter einer Decke, wer weiß ...‹ Ich sagte ihm, wenn er meiner Treue nicht mehr sicher sei, solle er mich anklagen; dabei würde sich sofort meine Unschuld herausstellen. Nun, du kennst ihn ja, er sprang dann sofort auf ein anderes Thema über. Doch glaube ich, läßt es ihm keine Ruhe, bis er uns beide beseitigt hat – zuerst dich und dann mich.«
Callistus fröstelte.
»Es hilft nichts, wir müssen ihm zuvorkommen. Gibt es neue Pläne?«
»Ich habe inzwischen mit Cassius Chaerea gesprochen, einem meiner Tribunen. Sein Name wird dir vertraut sein, denn er ist inzwischen zum Hauptziel des kaiserlichen Spottes geworden.

Der gute Kerl hat eine etwas hohe Stimme, sieht aber dabei aus wie Herkules persönlich. Die ewigen Hänseleien haben ihn so zermürbt, daß er bereit ist, den Dolch zu ziehen. Er hat es zwar nicht ausgesprochen, aber es war zwischen seinen Worten herauszuhören. Seine Bedingung ist allerdings, daß er noch mit einigen der Beteiligten sprechen will. Ich schlage vor, daß du und Vinicianus es tut. Wenn er sieht, wie weit die Verschwörung schon reicht, wird er nicht mehr zögern. Callistus, das ist der ideale Mann! Ihm geht seine Soldatenehre über alles, und er leidet schon seit vielen Monaten unter den Kränkungen des Kaisers; und nun erst recht, seit dies vor aller Öffentlichkeit geschah.«
Callistus nickte.
»In jener Nacht in den vatikanischen Gärten. Ich habe davon gehört. Laß Chaerea nicht mehr los, Clemens, schüre seine Empörung – verurteilt haben wir Caligula längst, jetzt brauchen wir einen Henker.«

Von den häufigen Donativen und Prämien, die Chaerea erhielt, hatte er seinen Grundbesitz bei Praeneste erweitert und dort ein kleines Gutshaus errichtet. Seit er sich entschlossen hatte, am Sturz des Kaisers mitzuwirken, fürchtete er, daß man bei einer vorzeitigen Aufdeckung an seiner Familie Rache nehmen könnte. Immer wieder schob er es auf, Marcia die Notwendigkeit eines Umzugs begreiflich zu machen – im übrigen wußte er auch nicht wie. Er konnte schließlich nicht sagen: Liebe Marcia, ich bin in ein Komplott zum Sturz des Kaisers verwickelt, und da bald etwas geschehen wird, wäre es mir lieber, ihr lebtet auf dem Land, bis alles vorbei ist. Durch sein Gespräch mit Clemens hatte er den entscheidenden Schritt getan, und es blieb ihm jetzt nichts anderes übrig, als Marcia wenigstens die halbe Wahrheit zu sagen.
Zuerst aber sprach er mit dem Veteranen Aulus, seinem Gärtner und Majordomus. Es war ein kühler Tag mit jagenden Wolken, Wind und etwas Sonnenschein. Sie setzten sich ins Haus, und Aulus holte einen Krug Wein und zwei Zinnbecher.
»Ach Aulus, nun bist du erst seit kurzem im Haus, und schon muß ich dich bitten, eine Veränderung hinzunehmen«

Aulus versuchte beherrscht zu bleiben, doch sein narbiges Gesicht zuckte verräterisch.
»Heißt das – heißt das, ich muß fort von hier?«
»Ja, Aulus, das heißt es, aber nicht weg von unserer Familie – falls du einverstanden bist. Ich möchte dich bitten, mit Marcia aufs Land zu gehen. Du weißt ja, daß ich bei Praeneste ein kleines Gut gebaut habe. Dorthin sollst du Marcia begleiten und dieselbe Rolle weiterspielen wie jetzt: Majordomus, Gärtner und Aufseher für ein paar Feld- und Hausskiaven.«
»Und du, Tribun?« fragte Aulus in strammer Haltung.
»Ich bleibe in Rom.«
Aulus, der nach wie vor in militärischen Kategorien dachte, wagte es nicht, den »Vorgesetzten« mit Fragen zu behelligen.
»Liegt wohl ein wenig einsam, dein Landgut, wie?«
Chaerea lächelte.
»Ich weiß schon, daß es dir nicht recht ist und du lieber in Rom bleiben möchtest. Du willst wissen, warum ich es tue, aber du wirst erst später verstehen, weshalb ich dir den Grund nicht nennen kann. Nur soviel: in Rom ist etwas im Gange, das möglicherweise zu einem Aufruhr führt. Als Soldat weißt du ja, wie das ist: bei dergleichen trifft es nicht immer die Schuldigen, sondern viele Unbeteiligte werden mit hineingerissen. Diesem Risiko möchte ich meine Familie nicht aussetzen. Vielleicht geschieht auch gar nichts, Aulus, ich halte das sogar für wahrscheinlicher. Aber den Kindern wird es guttun, wenn sie auch einmal das Landleben kennenlernen. Ein Hauslehrer findet sich leicht. Von dem möglichen Aufruhr erwähnst du Marcia gegenüber nichts – verstanden?«
»Jawohl, Tribun.«
»Das muß ich ihr selbst beibringen«, murmelte er und ging mit zögernden Schritten auf sein Haus zu.
Schon aufgrund seiner einfachen Herkunft war Chaerea kein Sprachkünstler und kaum imstande, eine harte Tatsache durch ornamentale Umschreibungen in ein freudiges Ereignis zu verwandeln. Er war sein Leben lang Soldat gewesen und ging – auch wenn er es nicht wollte – immer den direkten Weg. Nach einigem belanglosen Herumgerede über Familiendinge, begann er herumzustottern.

»Wir sollten ... wir müßten – nein, das heißt, ihr müßt weg von hier, ja, weg von Rom ...«
Marcia blickte ganz erschrocken drein.
»Was ist geschehen? Warum müssen wir weg von hier? Du hast doch nichts angestellt?«
»Was soll ich schon angestellt haben?« brummte Chaerea. »Und geschehen ist auch nichts. Aber es könnte etwas geschehen; ich kann es dir nicht deutlicher sagen, der Kaiser will es vorerst geheimhalten. Es ist etwas Dienstliches, verstehst du, etwas rein Dienstliches.«
Er atmete auf. Gut, daß ihm diese Ausrede noch eingefallen war. Denn vor dem Dienstlichen hatten die Frauen Respekt, jedenfalls meistens.
Marcia schien nicht sehr überzeugt, doch auch bei ihr hatte das »Dienstliche« seine Wirkung getan, und sie fragte nicht weiter.
»Und wo sollen wir hin? Vielleicht zu deiner Schwester aufs Land? Ohne mich! Zwei Frauen in einem Haushalt – nein, also da mache ich ...«
»Jetzt halt einmal den Mund!« entfuhr es ihm wider Willen. Marcia hielt erschrocken inne, denn von dieser Seite kannte sie ihren gutmütigen Gemahl noch nicht.
»Weder beeindruckt mich dein vorlautes Gerede, noch kann es mich umstimmen. Außerdem hast du vergessen, daß ich vor einem halben Jahr bei Praeneste ein kleines Gutshaus errichten ließ. So bist du zwar die Nachbarin meiner Schwester, hast aber einen eigenen Herd, der etwa zwei Meilen von dem ihren entfernt ist. Genügt das?«
Marcia schmollte:
»Unser Gutshaus! Erstens hast du mir kaum etwas davon erzählt, doch dem wenigen, was ich erfuhr, war zu entnehmen, daß es nicht mehr ist als eine Hütte. So eine für Schäfer oder kleine Bauern ...«
Chaerea schlug mit der Faust auf den Tisch.
»Beim geschwänzten Faunus! Dann hast du eben nicht richtig zugehört. Das Haus dort ist doppelt so groß wie dieses, hat nach Süden einen riesigen Obstgarten, und im Westen schließen sich die Hütten der Sklaven an. Dazu gehört so viel Grund, daß zehn Familien davon leben könnten. Was glaubst du, habe ich mit

unserem Geld gemacht? In die Tabernae getragen oder ins Lupanar? Du kannst der Göttin Fortuna in Praeneste ein gewaltiges Dankopfer bringen, daß ich kein solcher Mann bin!«
Marcia schaute ihn liebevoll an.
»Einen solchen hätte ich auch nicht geheiratet. Dann muß ich unseren Jungen also aus der Schule nehmen?«
»Natürlich, aber was schadet das? Er wird einen Hauslehrer bekommen, und eine noch bessere Lehrmeisterin wird die Natur sein, die er dort draußen erlebt.«
Danach trank der sonst eher nüchterne Chaerea mit Aulus zwei Krüge Wein leer. Er war so froh, daß er das Gespräch mit Marcia hinter sich hatte und seine Familie bald in weitgehender Sicherheit wußte.

XXXIV

Der Spielplan für die Einweihung des Pompeius-Theaters war endlich fertig ausgearbeitet, wobei sich Helikon mit einem besonders perfiden Vorschlag nicht hatte durchsetzen können. Dieser kaiserliche Gesellschafter, der Caligula wie ein Schatten folgte und dessen Grausamkeit und Rachsucht für seine Zwecke noch anzustacheln wußte, hatte den Vorschlag gemacht, einen Teil der für die Spiele benötigten Todeskandidaten aus den Reihen der in Rom lebenden Juden zu holen.
»Du hättest doch allen Grund dazu, Majestät, wenn man hört, wie dieses Volk deine Göttlichkeit mißachtet und sich sogar gegen die Aufstellung deiner Standbilder sträubt.«
Caligula kannte Helikons Abneigung.
»Nein, Helikon, da mache ich nicht mit. Callistus hat mir die Juden in Rom immer als kaisertreu, gewerbefleißig und als sehr gute Steuerzahler geschildert. Ich bin nicht gesonnen, eine Kuh zu schlachten, die ich melken kann. Laß lieber ein paar Dutzend mehr aus dem Pöbel zusammenfangen. Diese Parasiten liegen ohnehin schwer auf der kaiserlichen Tasche.«
»Man darf das Volk nicht über Gebühr verärgern. Ist der Pöbel sich erst einmal einig geworden, kann er eine Gefahr darstellen.«
Caligula winkte ab:

»Diese Zeiten sind vorbei. Die letzten Volksaufstände gab es während der Republik; Augustus hat damit endgültig aufgeräumt, und du wirst sehen: Das Volk wird mir zujubeln, wenn ich im Pompeius-Theater die Festspiele eröffne. Wenn die Schwerter der Gladiatoren gegeneinanderklirren, wenn das Blut fließt und die Gedärme aus aufgeschlitzten Leibern quellen, wenn Löwen fauchen, Wölfe knurren, Stiere brüllen und Bären brummen, dann vergißt der Pöbel den kleinen Blutzoll, den es ihn gekostet hat. Dieses Gesindel vergißt und vermehrt sich sehr schnell. Nein, Helikon, das macht mir keine Sorgen.«

Die Spiele hatte man auf die festlose Zeit vom zweiten bis zum fünften Dezember verlegt. Danach folgte eine Reihe wichtiger Staatsfeste wie die Consualien, die Saturnalien und die Divalien. Natürlich sprach es sich in Rom schnell herum, daß der Kaiser seinen Untertanen dreitägige Spiele bescheren wollte. Es gab wahre Schlachten um die kostenlosen Tesserae (Eintrittskarten), kleine hölzerne Täfelchen, auf denen die Reihen- und Sitznummern verzeichnet waren. Wer keine davon ergattern konnte, versuchte sie von anderen, die mehr davon hatten, zu kaufen, so daß vor dem Theater ein lebhafter Handel getrieben wurde, während andere schon hineinströmten, um ihre Plätze einzunehmen.

Der Kaiser erschien – wie meist – viel zu spät. Doch das Publikum zürnte nicht, denn es wurden kostenlose Speisen und Getränke verteilt, man traf Freunde und Bekannte, unterhielt sich, bis der Lärm dieser festlich erregten Menge erstarb, als der helle, schneidende Ton von zwölf Fanfaren den Kaiser ankündigte.

Caligula war, wie so oft in diesen Tagen, schon am Vormittag leicht angetrunken, doch er befand sich in bester Laune und grüßte das Volk mit lässigen Handbewegungen. Dann ließ er sich auf seine Liege in der kaiserlichen Loge fallen, und ein festlich gekleideter Magistratus – in der Hand den adlergekrönten Elfenbeinstab, auf dem Kopf die goldene Laubkrone – warf ein weißes Tuch in die Arena und eröffnete damit die Spiele.

Wie es alte Tradition war – keiner pflegte sie eifriger als Caligula – traten zuerst lahme, alte oder verstümmelte Gladiatoren auf,

die sich mit Holzschwertern und anderen unbrauchbaren Waffen lustige Zweikämpfe lieferten, bis das Publikum zu protestieren begann und blutiger Ernst in die Arena einzog.
Nun traten die echten Gladiatoren auf, die in den beiden Kasernen an der Via Labicana ausgebildet wurden und die viele Monate am Palus (Holzpuppe) üben mußten, ehe sie aufeinander losgelassen wurden.

Nun zogen sie prächtig aufgeputzt und in fester Ordnung ins Amphitheater ein, von den Zuschauern beklatscht und bejubelt. In ihren purpurnen Mänteln und den glänzenden Paradehelmen mit den hochaufragenden roten Federbüschen boten sie einen kriegerischen Anblick.
Die Gruppe stellte sich vor der Kaiserloge auf, hob den rechten Arm und rief im Chor:
»Ave imperator, morituri te salutant« (Heil dir, Kaiser, die Todgeweihten grüßen dich).
Diesmal begann die Vorstellung mit den Samnites, das waren mit Schild und Schwert bewaffnete Kämpfer, deren laut dröhnende Hiebe auf die großen, reich verzierten Bronzeschilde sogleich die Arena erfüllten. Drei Gruppen kämpften gleichzeitig, jeder der Männer mit verbissener Kraft. Es ging um ihr Leben, und für den, der ein paarmal gesiegt hatte, war es kein schlechtes Leben. Begeisterte Zuschauer überhäuften ihn mit Geschenken, Patrizierinnen zogen ihn gierig in verschwiegene Betten, und je länger er überlebte, desto besser ging es ihm. Er konnte sich freikaufen, Besitz erwerben, und – wenn er rechtzeitig aufhörte – im Schoße einer Familie geehrt und geachtet alt werden. Den berühmtesten Gladiatoren wurden sogar Statuen errichtet, und sie galten als Vorbild für die männliche Jugend. Daß Ruhm und Reichtum mit dem Tod Dutzender von Kameraden erkauft war, störte nur ganz wenige Römer, und die äußerten ihre Abneigung nicht allzu laut.

Dort unten im Sand der Arena kämpfte jetzt Carus, ein mittelgroßer, nicht sehr muskulöser Gladiator, der eher dünn und biegsam wirkte und rohe Kraft durch blitzschnelle Reaktionen zu ersetzen verstand. Wie ein Kobold umtanzte er seinen Gegner,

einen riesigen Schlagetot, den das Los ihm beschert hatte. Die Kämpfer wurden nämlich durch ein Losverfahren bestimmt, das zwar gerecht war, aber zur Freude des Publikums auch sehr ungleiche Kämpfer zusammenführte. Alles blickte nur auf Carus, dessen kleine, sehnige Gestalt den gewaltigen Gegner umtanzte wie eine flinke Ratte den grimmigen Wolf. Wohin der Riese auch schlug, Carus war längst wieder woanders und brachte seinem Gegner kleine, scharfe, listenreiche Hiebe ein. Der blutete bald aus zahlreichen, wenn auch nicht gefährlichen Wunden, grunzte, fluchte, hieb wie ein Berserker um sich und traf entweder ins Leere oder auf den blitzschnell vorgestreckten Schild des wieselschnellen Gegners.
Da wurde Carus übermütig, winkte frech zum Kaiser hinauf, der sogar gnädig zurückwinkte, behandelte seinen schwerfälligen Gegner wie einen Bullen, der sich am Nasenring herumführen läßt. Das Publikum tobte, Carus grinste, der Riese schnaubte und beschloß den Leichtsinn seines Gegners zu nützen. Als Carus ihn gedankenschnell in die linke Schulter stach, tat der andere, als sei er schwer angeschlagen, ächzte, schwankte, was Carus sofort dazu nutzte, zwei Verehrerinnen in der Loge mit erhobenem Schwert zu grüßen. Sein Gegner straffte sich plötzlich und hieb ihm mit einem einzigen Schlag den Arm unterhalb des Ellenbogens ab. Die Hand umklammerte noch das Schwert, als sie blutend in den Sand fiel. Carus blickte so dumm und überrascht drein wie ein Junge, dem man sein liebstes Spielzeug wegnimmt. Ein Raunen der Empörung ging durch das Publikum. Wie konnte Carus sich von diesem Tölpel nur so täuschen lassen? Der fühlte noch keinen Schmerz, aber er dachte an sein schönes Haus, an den inzwischen erworbenen Reichtum, an seine willigen Geliebten aus höchsten Kreisen. Dies alles ließ sich auch mit einer Hand genießen, und so warf er sich in den Staub, hob die verbliebene linke Hand zum Zeichen der Aufgabe und hoffte auf die Gnade des Publikums. Doch er hatte sich verrechnet. Die Leute waren von ihm tief enttäuscht. Der andere hatte sich wacker geschlagen, blutete aus zahlreichen Wunden und grinste jetzt stolz über sein ganzes brutales, verschwitztes und mit Staub bedecktes Gesicht. Er setzte die Spitze seines

Schwertes auf den Nacken des liegenden Gegners und blickte um sich. Die meisten Daumen zeigten nach unten, und er hörte Rufe, die ihn feierten und den Unterlegenen schmähten. Nun blickte alles auf den Kaiser, der lässig das pollice verso (Todeszeichen) zeigte, um sich dann mit Caesonia weiter zu unterhalten. So fuhr Carus das Schwert ins Genick, und sein sehniger Körper zuckte noch lange im Sand, als trenne er sich nur schwer vom Leben. Als Charon verkleidete Sklaven eilten herbei, schlugen ihm mit einem Hammer den Schädel ein und schleiften ihn durch den blutgetränkten Sand hinaus.

Die Munera (Gladiatorenspiele) setzten sich fort mit dem Auftreten von zwei Kämpferpaaren, den Thraces, die mit der Sica (Krummschwert) kämpften und einen kleinen runden Schild, die Parma, trugen. Doch das waren zaghafte Burschen, die vor lauter Angst, einander weh zu tun, nur herumtanzten und den Sand aufwirbelten. Der Kaiser gähnte, das Publikum brüllte Beleidigungen und Zoten:
»Wenn ihr so lahm weitermacht, sitzen wir am Abend noch da!«
»Bewegt euch, ihr müden Pisser!«
Schließlich wurde ein Lorarius (Zuchtmeister) in die Arena geschickt, der die ängstlichen Kämpfer mit scharfen Peitschenhieben so lange aufeinander hetzte, bis sie bereit waren, einander abzuschlachten.

Mit begeisterten Zurufen wurden die Essedarii (Wagenkämpfer) empfangen, die sich von schnellen zweirädrigen Wagen aus bekämpften, wozu großes Geschick und viel Übung gehörte. Sie führten ein langes Schwert, umkreisten einander in schnellen Schleifen und versuchten dabei, den Gegner aus dem Wagen zu stoßen, ihn zu verletzen oder seine Zügel zu durchschneiden. Dabei kam es weniger auf den Tod eines der Kämpfer an, sondern der Sieg galt als erfochten, wenn einer der beiden aus dem Wagen stürzte.

Da diese Gladiatorenspiele nicht unmittelbar aufeinander folgten, sondern von Gauklern, Akrobaten, Seiltänzern und Feuerschluckern unterbrochen wurden, zogen sie sich bis spät in den

Nachmittag hin. Caligula hielt es dabei nie lange aus, doch zu den Netzkämpfen, die den Abschluß bildeten, erschien er wieder in seiner Loge.

So lange es manchmal dauerte, bis diese Kämpfe begannen, so waren sie doch voll Spannung und erfreuten sich bei den Ludi Circenses der größten Beliebtheit. Da kämpfte der Retiarius, der ein Netz hielt und den schweren bronzenen Dreizack schwang, gegen den mit einem Kurzschwert bewaffneten Murmillo, der als Helmzier einen Fisch trug. Die beiden ahmten den Kampf eines Fischers mit seine Beute nach, wobei der Retiarius versuchte, sein Netz über den Murmillo zu werfen, um ihn kampf- und bewegungsunfähig zu machen. Der aber tat alles um dies zu verhindern und dem Netzkämpfer zuvorzukommen. So waren die Kräfte etwa gleich verteilt, und der Kampf gestaltete sich häufig so spannend, daß von den Retiarii immer nur ein einziges Paar auftrat.

Diesmal schien der »Fischer« die Oberhand zu gewinnen, denn er hatte seine Beute schon halbwegs ins Netz verstrickt und versuchte nun, mit dem langen Dreizack dabei nachzuhelfen. Der Murmillo hieb wie rasend mit dem Schwert um sich, versuchte, die Stricke zu zerhauen, was ihm aber nicht gelang. Das löste natürlich beim Publikum ein schallendes Gelächter aus, denn der im Netz gefangene Schwertkämpfer bot mit seinem verrutschten Helm und den verzweifelten, durch die Stricke gehemmten Bewegungen einen wahrhaft erbärmlichen Anblick.

Der Netzkämpfer strahlte vor Freude über seinen Sieg. Es kostete ihn nur noch einen Stoß mit dem Dreizack, und sein Gegner stürzte hilflos in den Sand. Aber auch der andere hatte so wacker und verzweifelt gekämpft, daß ein Teil der Zuschauer ihm ihre Sympathie zuwandte. So blickten alle auf den Kaiser, dem jetzt die Entscheidung zufiel.

»Die Kämpfer sind rar geworden«, flüsterte ihm Clemens ins Ohr, »für die nächsten Tage werden wir noch eine ganze Anzahl benötigen.«

Caligula nickte und streckte den Daumen nach oben. Frenetischer Beifall durchtoste das Theater, und sogar der Retiarius grinste erleichtert, denn der Gestürzte war ein Freund, mit dem er schon häufig geübt hatte. Er half dem Murmillo aus dem Netz, sie grüßten mit erhobenem Arm den Kaiser und schritten durch den blutigen Sand zum Ausgang.

Für den nächsten Tag war eine Reihe von szenischen Handlungen angesagt, die aus Theaterstücken und der Mythologie stammten und immer mit dem dramatischen Tod der Hauptdarsteller endeten.
»Auf diese Weise kommt etwas Bildung unters Volk, und das hat es wieder einmal mir zu verdanken«, bemerkte Caligula zynisch, während auf der Scaena (Bühne) ein schlanker hölzerner Turm von etwa dreißig Ellen Höhe aufgebaut wurde.
Es sollte der *Flug des Ikarus* vorgeführt werden, wobei natürlich nur an den dramatischen Absturz gedacht war. Von der Plattform des Turmes wurde ein Seil zur Mauer über der obersten Sitzreihe gespannt, und schon trat er auf: Ikarus, Sohn des Erfinders und Baumeisters Dädalus, der mit den von seinem Vater konstruierten Flügeln zu nahe an die Sonne flog, worauf die mit Bienenwachs befestigten Federn sich lösten. Während ein Schauspieler mit getragener Simme das Schicksal des Dädalus rezitierte, der von König Minos auf Kreta mit seinem Sohn gefangengehalten wurde, mußte der junge Darsteller des Ikarus die Leiter zum Turm besteigen. In seinem Gesicht mit den schreckgeweiteten Augen stand die nackte Todesangst, doch der Einpeitscher trieb ihn mit wuchtigen Hieben die Leiter hinauf. Oben wartete ein kräftiger Gehilfe, der den geflügelten Ikarus hochhob und die zwischen seinen Schwingen befestigte Rolle auf das Seil setzte.
Der Sprecher deklamierte:

»Ikarus, der Kühne, ach!
Schwang in seinem Frevelmut
sich hoch – bis an des Himmels Dach
da sengte ihn der Sonne Glut
zerstörte seine Schwingen schnell
schreiend stürzte er hinab ...«

An dieser Stelle gab der Gehilfe dem Ikarus einen Stoß und er schwebte mit ausgebreiteten Flügeln bis der am anderen Ende wachende Sklave das Seil löste und Ikarus schreiend und federwirbelnd am Rande der Bühne abstürzte. Tosender Jubel lohnte

die lehrreiche und wahrheitsgetreue Aufführung, während der Sklave mit dem Hammer dem reglos Daliegenden mit wuchtigen Hieben den Schädel einschlug.
Bis der Turm fortgeschafft und ein neues Bühnenbild errichtet war, wurde das durcheinanderschreiende Publikum von einer Schlangenfrau, einem Feuerschlucker und zwei raufenden Zwergen unterhalten, doch niemand achtete besonders auf diese harmlosen Darbietungen. Der Kaiser ließ frischgebackene Sesamkringel und Fruchtsaft an die Menge verteilen, wobei sich die Plebs wieder besonders hervortat im Schubsen, Drängeln und Fluchen, während die besseren Leute ostentativ sitzen blieben.

Inzwischen war die Scaena mit Büschen und Bäumen in einen lichten Wald verwandelt worden, und jeder halbwegs Gebildete wußte gleich, daß sich dort jetzt das Schicksal des Aktäon vollenden solle. Der wurde als Kind von dem Kentauren Cheiron zu einem tüchtigen Jäger erzogen. An dieser Stelle setzte auf der Bühne die Handlung ein.
Ein Raunen der Begeisterung ging durch die Menge, als der Kentaur auftauchte. Die Maskenbildner hatten sich selbst übertroffen und zwei Zwerge solange gedrillt, bis sie den Pferdemenschen perfekt darstellen konnten. Der junge, anmutige Aktäon trug zur Freude der weiblichen Zuschauer nur einen knappen Lendenschurz und zeigte seinen straffen, sehnigen Körper von allen Seiten. Welch ein Kontrast zu Cheiron, dem Pferdemenschen! Mit seinen kurzen, gedrungenen Armen und Beinen und dem plumpen Gesicht wirkte dieses Wesen tatsächlich, als sei es den Wäldern entsprungen. Cheiron lehrte den Aktäon Speerwerfen und Bogenschießen, doch das geschah nur in Andeutungen, und man hielt sich nicht lange dabei auf. In der nächsten Szene streift Aktäon durch die Wälder, bleibt stehen, lauscht, läuft geduckt weiter und erstarrt plötzlich. Zwischen den Bäumen sieht er einen sprudelnden Quell, der sich in einen kleinen Teich ergießt. Dort badet die göttliche Artemis mit einigen Nymphen. Eine Szene, die beim Pöbel sofort begeisterte Zurufe auslöste.
Aktäon ist so hingerissen, daß er ein paar Schritte näher tritt und dabei von den Nymphen gesehen wird. Mit empörten Rufen

weisen sie Artemis auf den Jüngling hin. Die göttliche Jägerin stampft zornig mit dem Fuß und spricht eine Verwünschung aus.
Der von einem jungen Schauspieler dargestellte Aktäon verschwand blitzschnell hinter der Bühne, und an seine Stelle trat der von Artemis zur Strafe in einen Hirsch Verwandelte. Ihn mußte ein zum Tode »ad Bestias« verurteilter Verbrecher spielen. Zwar hatte er noch seine menschliche Gestalt beibehalten, aber er trug ein Hirschfell und auf dem Kopf ein Geweih.
Artemis war mit ihren Nymphen verschwunden, und Aktäon lief wie gehetzt in die Mitte der Bühne – nicht nur, weil die Regie dies forderte, sondern weil eine Meute hungriger Bluthunde ihm folgte. Zwei davon sprangen ihn gleichzeitig an, fetzten ihm das Hirschfell vom Körper, zerfleischten seine Arme, seine Brust, andere verbissen sich in seine Beine. Mit hohen, entsetzlichen Schreien versuchte der Unglückliche sein Gesicht zu schützen, doch die zwei Dutzend Bluthunde hatte man eine Woche hungern lassen, und bald war von Aktäon nicht mehr viel übrig. Das löste beim Publikum großen Beifall und einige Zurufe aus:
»Die könnten noch einen vertragen!«
»Caesar, du fütterst deine Tiere schlecht!«
»Ein fetter Senator würde sich vielleicht noch finden!«
Diesen Ruf hatte Caligula verstanden, und er fand seine Zustimmung. Er lachte schallend und rief ins Publikum hinab:
»Nicht nur einen! Wenn es nach mir ginge, könnten sie den gesamten Senat haben. Aber ich will auch nicht, daß sie sich überfressen, die armen Hunde. Wir werden sie später noch brauchen.«
Tosender Beifall lohnte diese Bemerkung, während die Senatoren in ihren Logen die Köpfe duckten. So mancher dachte bei sich: Ich wüßte schon das geeignete Futter für die Bestien – und schaute hinauf zur Kaiserloge, wo purpurn der Mantel des Tyrannen leuchtete.
Mit Mühe konnten die mit Peitschen und langen, spitzen Stökken bewaffneten Tierwärter die Bluthunde wieder in ihre Käfige zurücktreiben. Was von Aktäon geblieben war – viel war es nicht – schoben die Arbeiter in eine Ecke und häuften etwas Sand darauf.

Die nächste Vorführung bezog sich auf die römische Geschichte und löste jedesmal lebhafte Wetten aus. Es handelt sich um die Geschichte des Gaius Mucius, der in das Lager des Etruskerkönigs Porsenna schlich, um Rom durch seine Ermordung zu befreien. Der nämlich belagerte schon eine geraume Weile die Stadt und es bestand die Gefahr, daß sie ihm nicht mehr lange standhielt. Doch Mucius erstach aus Versehen den Sekretär des Königs, wurde festgenommen und vor Porsenna gebracht. Der maßlos Erzürnte bedrohte Mucius mit Folter und Tod, doch der sagte nur verächtlich:
»Ich werde dir zeigen, wie wenig mich deine Drohung schreckt.«
Diese Worte hatte nun der Darsteller des Mucius zu sprechen, worauf er seine rechte Hand in ein offenes Feuer hielt, bis sie verbrannt war. Der zum Tode verurteilte Verbrecher konnte dadurch sein Leben retten, doch er durfte keinen Schmerzenslaut ausstoßen und keine Miene dabei verziehen. Das Publikum hatte schon vorher Wetten abgeschlossen, ob der Mann die Qual durchstand oder ob er – auch wenn es sein Leben kostete – aufgab.
»Nun, was meinst du, Caesonia? Wird er die Rolle des Mucius durchhalten oder müssen ihm die Diener Charons den Schädel einschlagen?«
Caesonia gähnte ausgiebig.
»Ich finde das einfach langweilig. Wo ist denn da der Witz? Am liebsten ginge ich in den Palast zurück und nähme ein Bad. Ich bin ohnehin schon halb erfroren und beneide diesen Mucius, denn er kann sich wenigstens eine Hand wärmen.«
Caligula lachte laut und rief:
»Eine Hand wärmen! Das ist wirklich gut!« Er wandte sich zu seinen Freunden um. »Habt ihr das gehört? Eine Hand wärmen!«
»Die Augusta hat Witz – ohne Zweifel«, bemerkte Asiaticus unbewegten Gesichts, während Helikon meinte:
»Man sieht, daß dem Mucius da unten die Wärme langsam zu viel wird.«
Der Mann hatte die ersten Sekunden tapfer ausgehalten, doch als die Haut Blasen schlug und die Flammen sich ins Fleisch fraßen, begann sein Gesicht schmerzlich zu zucken. Er wußte, was von seiner Standhaftigkeit abhing, und drückte mit seiner

linken Hand die rechte noch tiefer ins Feuer, doch der Schmerz wurde stärker als seine Angst vor dem Tod, und mit einem lauten Schrei zog er die Hand zurück.

»Feigling!«

»Memme!«

»Schlappschwanz!«

So schallte es aus dem Publikum. Von hinten nahten die Diener des Totenfährmannes Charon und zerrten den Mann davon.

Der rief laut:

»Nein, nein – ich versuche es noch einmal, dieses Mal halte ich durch!«

Alles blickte zur kaiserlichen Loge.

»Der Mann langweilt mich«, wiederholte Caesonia und streckte den Daumen nach unten. Caligula und seine Hofschranzen taten es ihr nach, und der größere Teil des Publikums – vor allem jene, die auf ihn gewettet hatten – folgte ihnen. Sogleich sauste der schwere Hammer auf den Kopf des Mucius, und er fiel in den Sand. Ein Sklave schlug einen eisernen Haken in den Nacken des Erschlagenen und schleifte ihn hinaus ins Spoliarium (Leichenkammer).

Caesonia stand auf. Sie hatte genug. Doch Caligula blieb, er wollte sich noch die Entmannung des Attis ansehen.

»Das ist doch etwas für dich, meine Liebe. Die meisten Kerle schauen so verblüfft drein, wenn ihnen das Scrotum abgeschnitten wird, das solltest du nicht versäumen.«

Caesonia lachte laut und schamlos:

»Mir ist es lieber, wenn's dran bleibt!«

Caligula blickte stolz um sich. Das war eine Frau nach seinem Geschmack, die ihm in ihrer Schamlosigkeit in nichts nachstand.

»Also gut, dann sehen wir uns morgen bei den Tierhetzen. Da ist diesmal einiges dabei, das deinem Geschmack eher entspricht.«

Soldaten sind auf ihre Weise fromm und für feierliche Zeremonien sehr aufgeschlossen. Das galt auch für harte Burschen, wie sie auf Pandataria Strafdienst leisten mußten.

»Jetzt, wo er hin ist, könnten wir für Cucullus doch auch eine würdige Totenfeier veranstalten. Ich meine ...«

»Nein!« sagte Sabinus bestimmt und schnitt dem Legionär die Rede ab. »Cucullus war in jeder Beziehung ehrlos. Er schlug einen seiner Untergebenen tot, behandelte euch ungerecht, forderte mich, einen Tribun, zum Zweikampf – nein! Sollen wir Klageweiber bestellen und ihm die Neniae (Totenklage) singen lassen? Welche Ruhmestaten wären von ihm zu berichten? Für euren Kameraden könnt ihr das tun, aber die Asche des Cucullus schüttet ohne weitere Umstände ins Meer.«

Das war vor zwei Tagen geschehen, und nun fand Sabinus endlich Muße, Livilla einen ausführlichen Besuch abzustatten.

Wie immer verriet ihr Gesicht keine Regung, doch er fand sie aufgeschlossen und lebhafter als sonst.

»Myrtis, setz dich hinaus ins Vestibulum und achte darauf, daß keiner dem Haus zu nahe kommt. Du darfst uns nur stören, wenn Gefahr droht, hörst du?«

Myrtis nickte gleichmütig und verschwand.

»Ich grüße meinen tapferen Helden«, spottete sie, und er konterte:

»Und ich hoffe, daß die zarte Jungfrau sich von ihrem Schrecken erholt hat.«

Livilla lächelte leise.

»Ich habe schon größere Schrecken erlebt, Sabinus, das darfst du mir glauben. Und damit wären wir schon beim Thema. Wir wollen ja beide etwas unternehmen, damit der Schrecken ein Ende hat. Was aber kann ich in meiner Lage tun? Du gehst in einigen Wochen nach Rom zurück, und ich bin mir nicht einmal sicher, ob ich diese Insel je lebend verlasse.«

»Das wirst du, Livilla! Ich jedenfalls werde alles dazu tun, daß es schon bald geschieht.«

»Ich erinnere mich an unser vorletztes Gespräch, da sagtest du, es gäbe nur eine Möglichkeit, Caligula zu töten, nämlich als Mitglied der kaiserlichen Garde. War das nur eine allgemeine Bemerkung, oder bist du selbst bereit, es zu tun?«

Sabinus nickte:

»Ja, Livilla – ich sehe inzwischen sogar den Sinn meines Lebens darin. Es ist nicht nur die Rache für meinen Onkel Calvus, sondern ganz einfach das Bedürfnis, ein Übel auszumerzen. Dabei bin ich weder besonders rachsüchtig, noch habe ich eine Veranlagung zum Helden – enttäuscht dich das? Vielleicht will ich den Kaiser nur für etwas büßen lassen, von dem er nichts weiß und für das er nichts kann? Wer kennt sich schon selbst so gut, um alle seine Beweggründe aufzudecken? Auch mit dem beschlagnahmten Vermögen hat es nichts zu tun; das mir von Calvus verbliebene Drittel ist mehr als genug. Ich weiß nur eines: Ehe Caligula nicht aus der Welt geschafft ist, werde ich keine Ruhe finden.«

»Gut, dann habe ich dich damals richtig verstanden. Aber dir ist hoffentlich klar, daß eine Ein-Mann-Verschwörung keinen Sinn hat? Selbst wenn es dir gelingt, ihn zu töten – seine Kreaturen werden dafür sorgen, daß du ihn nicht lange überlebst, und für ihn einen Nachfolger finden, der uns nicht gefallen wird. Nein, Sabinus, Caligula ist inzwischen so verhaßt, daß es nicht schwer sein wird, halb Rom gegen ihn aufzubringen. Ich selbst kann von hier aus nur eines tun: Ich werde dir eine Reihe von Namen nennen, die du dir merken mußt. Nichts Schriftliches! Es sind nicht viele, aber an sie mußt du dich wenden, wenn du nach Rom zurückkehrst.«

»Falls sie noch am Leben sind ...«

»Das hoffe ich.«

Livilla nahm ein kleines Buch aus dem Regal; Sabinus sah, daß es nach der neuen Art geheftet und aus Pergament gefertigt war.

»Das ist ein Verzeichnis sämtlicher römischer Patrizierfamilien; ich habe übrigens damals gleich nach dem Namen deines Onkels gesucht. Er ist noch aufgeführt wie viele andere, die ein Opfer unseres mörderischen Stiefelchens geworden sind. Ich werde jetzt nacheinander auf einige Namen deuten, die du dir merken sollst.«

Sabinus setzte sich neben sie, und Kopf an Kopf blickten sie in das Buch. Von Livilla ging ein so lockender weiblicher Duft aus, daß Sabinus sie, fast ohne es zu wollen auf die Wange küßte. Erstaunt blickte sie ihn an.

»Sind wir nun Verschwörer oder ein Liebespaar?«

»Wir sind das eine und können das andere noch werden. Livilla, ich bin nicht aus Holz! Monatelang habe ich keine Frau mehr gehabt und auch kaum eine entbehrt. Doch jetzt, da du so dicht neben mir sitzt ... Eine Fackel darf man eben nicht zu nahe an dürres Holz halten.«

»Wer ist das Holz und wer die Fackel?«

»Die Fackel bist du, welche Frage!«

»Also gut, dann werde ich dich nicht mehr in Versuchung führen.«

Sie stand auf und setzte sich ihm gegenüber.

»Jetzt ist das dürre Holz außer Gefahr. Also ...«

Sie legte nach und nach ihren Zeigefinger auf bestimmte Namen, die sich Sabinus einprägte. Darunter war auch der von Valerius Asiaticus. Sabinus sah auf.

»Diesen Mann kenne ich! Er gilt nach wie vor als enger Freund des Kaisers. Irrst du dich nicht?«

»Nein. Der Kaiser hat während eines Banketts seine Frau in einen Nebenraum geführt, um danach der Tischgesellschaft einen genauen Bericht von seinem Beischlaf zu geben. Asiaticus hat ihm das nie verziehen, auch wenn er es nicht zugibt. Er ist sehr wichtig, weil der Kaiser ihn für harmlos hält und ihn nach wie vor zu seinem engeren Freundeskreis zählt.«

»Du bist doch verheiratet, Livilla. Wie steht dein Mann zum Kaiser? Warum hast du mir seinen Namen nicht genannt?«

Sie winkte verächtlich ab.

»Marcus Vinicius ist ein Schlappschwanz! Ich will es etwas milder ausdrücken: Er ist gutmütig und nachgiebig und geht immer den Weg des geringsten Widerstandes. Was soll ihm auch an mir liegen? Tiberius hat ihn zu meinem Gatten gemacht; Caligula hielt ihn für harmlos und schob ihn auf ein ruhiges Amt im Ausland ab. Er nützt niemand, er stört niemand – mit einem Wort: ein Niemand! Vermutlich ahnt er nicht, was in Rom vorgeht, und hält Caligula nach wie vor für den besten aller Kaiser.«

»Gut, vergessen wir ihn. Darf ich wissen, was dich bewegt, deinem eigenen Bruder den Tod zu wünschen?«

»Du hast einen Anspruch darauf, es zu wissen. Bei der Verschwörung des Lepidus waren es andere Gründe, doch jetzt ist es nur noch mein Wille, frei zu sein – frei für ein Leben in Rom, nach meinem Geschmack, ohne dauernd überwacht und gegängelt zu werden. Der Preis für diese Freiheit kann nur Caligulas Tod sein. Denn so lange er lebt, wird er Agrippina und mich

niemals begnadigen. Wie ich ihn kenne, grübelt er längst darüber nach, wie er uns am unauffälligsten aus dem Weg schaffen kann. Dich Sabinus, hatte ich schon in Verdacht, von ihm dafür beauftragt zu sein.«
»Den Verdacht habe ich nun zerstreut.«
Sie lächelte, stand auf und sagte:
»Ja, das hast du. Möchtest du einen Becher Wein?«
»Ja, gern. Wenn der Anschlag mißlingt, wird man dich mit mir in Verbindung bringen. Jeder der Legionäre kann hier bestätigten, daß wir fast täglich mehrere Stunden zusammen verbrachten.«
Livilla schenkte aus einem kleinen Krug behutsam einen Becher voll.
»Aber das geschah schließlich auf ausdrücklichen Wunsch des Kaisers, um mich auszuhorchen.«
»Natürlich, aber er wird es dann so verstehen, als hättest du mich verführt.«
Livilla zog die Brauen hoch.
»Verführt?«
Er lachte:
»Nicht so, sondern zur Verschwörung überredet, zum Verrat verführt. Wobei ich auch nichts gegen die klassische Form der Verführung hätte.«
Sie zog ihre Hand zurück.
»Ich bin ein gebranntes Kind, Sabinus. Ich habe mit Männern kein Glück gehabt.«
»Nun – Vinicius wurde dir schließlich aufgezwungen ...«
»Ich denke an Seneca, den Dichter.«
»Den kenne ich gut. Er ging bei meinem Vater ein und aus.«
»Wie fandest du ihn?«
»Geistreich, immer liebenswürdig – ein angenehmer Mensch.«
Livilla nickte bitter.
»Gewiß, das ist er. Man kann über ihn nur Gutes sagen. Aber als ich ihn bat, gemeinsam mit uns gegen Caligula vorzugehen, da zog er sich feige zurück. Es sei nicht die Aufgabe des Dichters, an Verschwörungen teilzunehmen. Dafür eigne er sich nicht, außerdem stehe er ohnehin auf der Todesliste des Kaisers.«

»Das mag stimmen, ich habe Caligula sehr abfällig von ihm reden hören.«
»Und ich habe ihm das Leben gerettet, weil ich Caligula, kam das Gespräch auf Seneca, stets daran erinnerte, daß er an Schwindsucht leide und ohnehin ein Todeskandidat sei. Ich glaubte, ihn zu lieben – nein, ich habe ihn geliebt, doch bei ihm war es mehr eine Spielerei, eine Abwechslung ... Wie steht es bei dir damit, Sabinus? Haben deine Eltern dir schon eine Braut erwählt, oder willst du vorläufig lieber frei bleiben?«
Sabinus seufzte schwer.
»Ich habe mir selber die Braut erwählt, bin ihretwegen zur Legion und nach Ephesos gegangen, doch sie mochte sich von ihrem schwulen Mann nicht trennen, nachdem sie von mir ein Kind empfangen hatte. Da zog sie das sichere Familienleben vor, und ich stand da wie ein dummer Junge, hatte ein Jahr vergeudet ...«
Er zuckte die Schultern.
»Vergeudet? Ein Jahr der Liebe ist doch nicht vergeudet! Auch wenn deine Geliebte sich gegen dich entschied – nicht einmal die Götter sind imstande, dir diese Erinnerung zu nehmen.«
»So kann man's auch sehen. Vielleicht solltest du es mit mir versuchen, Livilla.«
»Du bist ein hübscher Bursche und hast Mut. Allein damit übertriffst du schon meine beiden Männer, denn Vinicius fehlt der Mut, und Seneca ist häßlich.«
Sabinus überlegte, was sie an Seneca häßlich fand, aber er sagte nichts. Er zog Livilla an sich und küßte sie herzhaft und lange auf den Mund. Sie versuchte sich zu befreien, doch sie tat es nur mit halber Kraft. Sabinus spürte ihr Nachgeben, ließ seine linke Hand unter ihre Tunika gleiten und liebkoste den schlanken, kühlen Schenkel. Livilla machte sich frei, ging zur Tür und schob den Riegel vor. Die angelehnten Fensterläden zog sie zu.
»Warum sollen wir uns nicht in jeder Weise verbinden? Ich mag dich, Sabinus, denn du hast mir neue Hoffnung gebracht.«
Er sah im Dämmerlicht, wie sie schnell ihre knappe Tunika über den Kopf zog. Wie jung und schlank sie wirkt, dachte Sabinus,

fast wie eine Siebzehnjährige. Er schälte sich aus seinem Lederpanzer und ging auf sie zu.
»Komm, Sabinus, entkleide dich ganz! Ich weiß schon gar nicht mehr, wie ein nackter Mann aussieht.«
Sabinus schlüpfte schnell aus seinen Kleidern. Sein harter Phallus war wie eine Waffe gegen Livilla gerichtet. Sie nahm sein Glied und streichelte es sacht.
»Du bist ein rechter Adonis, mein Freund, so hübsch und glatthäutig. Hast wohl schon sehr viele Frauen gehabt?«
Sabinus zog Livilla an sich und küßte zärtlich ihre festen, kleinen Brüste.
»So viele auch wieder nicht. Ich Esel war ja meiner Geliebten in Ephesos die ganze Zeit treu.«
»So lange man jemand liebt, muß man das auch.«
Sabinus hob Livilla hoch und bettete sie auf die Liege. Sie umklammerte ihn mit ihren schlanken Schenkeln und er streichelte sacht ihren feuchten Schoß.
»Komm, Sabinus, komm! Vielleicht bist du der letzte Mann, der mich liebt, und ich die letzte Frau, die dich umarmt. Wir leben ja beide mit der Klinge am Hals ...«
Kraftvoll drang er in sie ein, umklammerte ihre Hüften, und sie paßte sich seinem Rhythmus an, willig und geschickt, preßte heftig seinen verletzten Arm, doch er merkte nichts davon, spürte nur, wie sich ihr Körper aufbäumte, sich an ihn drängte. Mit ungeheurer Lust verströmte er sich in diesen Frauenleib, der sich wand wie eine Natter im zu engen Käfig. Beide hatten niemals eine so lustvolle Vereinigung erlebt, und das bewirkte vielleicht der Todesengel, der unsichtbar neben ihrem Lager stand.
Dann tranken sie gemeinsam aus einem Becher, und Livilla sagte lächelnd.
»Das ist wie eine Hochzeitsfeier.«
»Ja, meine Liebe, ich hoffe es gefällt dir auf Pandataria. Die Insel ist nämlich sehr im Kommen und wird Baia und Bauli bald an Berühmtheit übertreffen. Wir werden eine sehr schöne Zeit hier verbringen.«
Livilla kicherte und ging auf das Spiel ein.
»Man hört sogar schon, daß eine kaiserliche Prinzessin hier die Sommerfrische verbringt.«

»Was du nicht sagst! Da befinden wir uns ja in bester Gesellschaft. Vielleicht sollten wir daran denken, hier ein Haus zu bauen?«
Livilla, die sonst so beherrschte, preßte eine Hand auf den Mund, um ein lautes Lachen zu unterdrücken.
»Wie wohl das tut, wenn man einmal richtig lachen kann«, sagte sie noch ganz außer Atem.
Sabinus richtete sich auf.
»Ich glaube, da war etwas ...«
Beide lauschten. Dann hörten sie das leise Klopfen und die Stimme der Dienerin.
»Herrin, Herrin, die Wache will wissen, ob etwas geschehen ist. Um diese Zeit, sagen sie, macht der Tribun mit dir einen Rundgang ...«
»Beim hinkenden Vulcanus!« fluchte Sabinus. »Soldaten sind schlimmer als eine Wasseruhr, und wenn etwas nicht zur bestimmten Zeit geschieht, werden sie gleich unruhig.«
Hastig kleidete er sich an.
»Ich muß die Kerle beruhigen, sonst kriegen wir Schwierigkeiten.«
Livilla zog sich eine Decke über den nackten Leib und Sabinus schob den Riegel zurück. Myrtis huschte an ihm vorbei ins Zimmer und er trat vors Haus.
Er war jetzt lange genug beim Militär, um zu wissen, was er zu tun hatte.
»Ja, seid ihr denn wahnsinnig geworden?« brüllte er die beiden Wachen an. »Ich versuche die Prinzessin zu verhören, weil der Kaiser endlich Ergebnisse sehen will, und ihr stört mich dabei! Ist euch Jupiters Blitz in die Hirne gefahren! Ihr beide tretet noch heute einen verschärften Arrest von zehn Tagen bei Wasser und Brot an! Abtreten!«
Beschämt und verdattert entfernten sich die Wachen.
»Rufus, laß neue Wachen aufziehen! Ich bin zwar kein Cucullus, aber eine solche Dummheit muß einfach bestraft werden.«
»Die Leute waren in Sorge um dich«, bemerkte Rufus schüchtern.
»Ich weiß, mein Junge, aber in diesem Fall kann ich leider nicht anders handeln.«

Er ging zurück ins Haus, wo Myrtis ihrer Herrin gerade die Haare richtete. Livilla blickte auf.
»Wollen wir unseren gewohnten Spaziergang noch nachholen, Tribun?«
Sabinus schaute sie liebevoll an.
»Gerne, wenn er wieder in den Gärten der Venus stattfindet.«
»Warum nicht? Wenn es dir dort gefallen hat ...«
»Und wie!« rief Sabinus begeistert.
»Myrtis, wir machen später weiter. Setz dich wieder vor die Tür und bewache uns.«
Ein kaum erkennbares Lächeln erschien auf den Lippen der Sklavin, doch die scharfsichtige Livilla bemerkte es.
»Brauchst dein Lächeln nicht zu verbergen, Myrtis. Denn ich weiß, was du denkst, und wie ich dich kenne, freust du dich mit uns.«
Myrtis knickste.
»So ist es, Herrin, ich gönne dir alle Freuden.«
»Jetzt verschwinde, denn wir sind ungeduldig.«
Livilla schob wieder den Riegel vor die Tür.
»Sie ist eine treue Seele und war die einzige, die sich sofort bereit erklärte, mit mir in die Verbannung zu gehen. Sobald ich wieder in Rom bin, bekommt sie ihre Manumissio (Freilassung). Allerdings wird es nach Caligulas Tod wenig zu belohnen und viel zu bestrafen geben. Ich beneide Caligulas Nachfolger – wer immer es sein wird – nicht um sein Amt.«
Sabinus, der dabei war, seine Kleider wieder abzulegen, meinte:
»Wir sollten nicht zu weit in die Zukunft blicken, um so mehr da die Gegenwart auch einiges zu bieten hat.«
Livilla lachte und küßte seine Brustwarzen.
»Du hast recht, setzen wir unseren Spaziergang in die Hortis Venerae fort.«
Draußen zogen die neuen Wachen auf, denen Rufus gleich einschärfte, daß der übliche Spaziergang des Tribuns mit der Prinzessin heute unterbleibe.

XXXV

Helikon, der griechische Freigelassene, war ein Mensch ohne Moral und ohne Gewissen. Ihn bewegte einzig und allein sein eigenes Wohlergehen und gleich danach das von Caligula – freilich nicht aus echter Sorge oder Freundschaft, sondern weil der hochgebildete, kluge und illusionslose Höfling recht gut wußte, wie eng sein Schicksal an das des Kaisers gebunden war. Das einzige Gefühl, dem er sich von Zeit zu Zeit – gegen alle Klugheit – hingab, war sein Haß auf die Juden.

Helikon entstammte einer freien griechischen Familie aus Alexandria, die durch Fehlspekulationen des Vaters in tiefe Schulden geraten war, von denen er sich nur befreien konnte, indem er zwei seiner fünf Söhne den Gläubigern als Sklaven überließ. Daran war nichts Ungewöhnliches, so etwas geschah täglich. Helikon kam an einen jüdischen Weinhändler, der die Griechen haßte und diesen Haß seine Sklaven fühlen ließ. Auch daran war in Alexandria nichts Besonderes; denn in der Riesenstadt lebten Griechen, Juden und Ägypter: die beiden letzteren an Zahl etwa gleich, während die Griechen eine deutliche Mehrheit bildeten. Immer wieder kam es zu Zusammenstößen – vor allem zwischen Juden und Griechen – deren Anlaß häufig der Gegensatz in Religion, Brauchtum und Sitte war. Aber es konnte auch geschehen, daß sich die Juden mit den Ägyptern gegen die Griechen oder alle drei zusammen gegen die Römer empörten. So war das Amt des römischen Praefectus Aegypti nicht gerade beliebt. Denn die Gefahr war groß, sich an dem ständigen brodelnden Topf Alexandria die Finger zu verbrennen.

Helikon war schon zu Tiberius' Zeiten nach Rom an den kaiserlichen Hof gekommen, doch der alte Kaiser schätzte den scharfen Verstand des jungen Griechensklaven nicht richtig ein, und so blieb er im Schatten, bis Caligula den Thron bestieg. Bald erkannte der junge Kaiser, daß es kein besseres Mittel gab, Langeweile zu vertreiben oder neue »Scherze« zu ersinnen als Helikon, der – kaum geeignet, Caligula zum Besseren zu leiten – ihn bei allen seinen Untaten noch unterstützte und zu neuen anstachelte. Auf diese Weise war Helikon sehr mächtig und dem

Kaiser unentbehrlich geworden. Da Caligula seine Kreaturen reich beschenkte, hatte Helikon viel Besitz angesammelt, doch keine Freunde gewonnen. Wer etwas von ihm wollte, tat ihm natürlich schön. Ansonsten war er nach seinem Herrn der meistgehaßte Mann in Rom. Helikon wußte das, und nicht anders als Callistus, der ihn tief verachtete, wollte auch er für »die Zeit danach« vorsorgen.
Da ihn trotz aller Klugheit sein rachsüchtiges und menschenverachtendes Wesen daran hinderte, sich Freunde und Fürsprecher zu schaffen, war alles, was er hatte, sein zusammengerafftes Vermögen. Er besaß einige Millionen Sesterzen, ein Haus in Rom und eine Fischfabrik in Ostia, die das so beliebte Garum (Fischtunke) in großen Mengen herstellte.
Was also tun, um mit dem Geld auch das Leben zu retten? Helikon, der genau spürte, wie sich weite Kreise des Hofes und des Senats nach und nach von Caligula abwandten, und der hinter ihren servilen Mienen las, wie sehr sie auf den Sturz des Kaisers hofften und ihn dabei miteinbezogen, begann schon seit Monaten für »die Zeit danach« Vorsorge zu treffen.
Auf ihn, den Freund und Schatten des Kaisers, wartete nach dessen Sturz der Henker. Er mußte sich also in einen anderen Menschen verwandeln und hatte alle seine Möglichkeiten dafür genutzt. In einem sicheren Versteck seines Stadthauses lagerte eine Kassette, die alles enthielt, um aus Helikon den römischen Medicus legionum (Truppenarzt) Titus Atticus zu machen, der einer inzwischen aufgelösten afrikanischen Legion angehört hatte und für seine Verdienste mit einer Reihe von Phalerae (Orden) ausgezeichnet worden war. Dies alles war mit Urkunden zu belegen, deren Echtheit niemand bezweifeln konnte. Er hatte sich mit der Zeit so umfassende medizinische Kenntnisse erworben – Caligula nannte ihn sogar spaßhaft den besten Arzt von Rom – daß er diese Rolle ohne weiteres spielen konnte.
Nach und nach hatte er seinen Besitz in Rom aufgelöst, zu Geld gemacht und dieses an eine Bank in Athen transferiert. Denn dort, in der einst so mächtigen Stadt des alten Hellas, wollte er untertauchen, um als der in den Ruhestand versetzte Truppenarzt Titus Atticus seine Besitztümer ungefährdet genießen zu können.

Ein schöner Plan, klug erdacht und bei einiger Vorsicht gewiß auch durchzuführen, vorausgesetzt, Helikon wählte den richtigen Zeitpunkt. Welcher aber war der richtige? Durfte Helikon es wagen, sich davonzustehlen, so lange Caligula lebte? Der Kaiser hätte ihn früher oder später in jedem Winkel der Welt aufgespürt, auch unter einem falschen Namen. Blieb also nur der unbekannte Zeitpunkt seines Sturzes. Aber war es dann nicht zu spät? Würde das Schwert, das Caligula traf, nicht zugleich ihn treffen?

Es hatte Helikon viel Nachdenken gekostet, den mutmaßlich richtigen Weg zu wählen, um jenen vielleicht schon sehr nahen Schreckenstag zu überleben. Als er spürte, wie sich die Stimmung zunehmend gegen den Kaiser wandte, und der Zeitpunkt immer näher rückte, da man mit seinem Sturz rechnen mußte, beschloß Helikon, sich davonzumachen.

Er wählte dafür den dritten Tag der Theaterspiele. Die ersten beiden hatte er an der Seite seines Herrn in der kaiserlichen Loge verbracht, auffällig hustend und niesend, so daß niemand – auch nicht Caligula – einen Verdacht schöpfte, als sich Helikon am Morgen des dritten Spieltages wegen einer schweren Erkältung entschuldigen ließ.

Für diesen Tag hatte der Kaiser etwas ganz Besonderes geplant. Er und Caesonia sollten nicht wie üblich im Wagen oder in einer Sänfte zum Marsfeld ziehen, sondern hoch zu Roß vor aller Augen, als Mars und Minerva gekleidet. Doch die Kaiserin trat nicht als Göttin der Künste und des Handwerks auf, sondern als die kriegerische Stadtgöttin Roms – der griechischen Athene entsprechend – gerüstet mit Helm, Schild und Schwert. Natürlich war der Helm aus gleißendem Gold und ihr Schild mit nußgroßen Edelsteinen besetzt. Auf ihrer üppigen Brust lag die goldene Aegis mit dem Medusenhaupt inmitten sich windender Schlangen.

Caligula bot als Mars einen eher lächerlichen als kriegerischen Anblick, auch wenn seine dürren Beine durch goldene Schienen verdeckt waren. Sein schlaffer, schwammiger Körper war nur noch sehr schwer in den goldenen Brustpanzer Alexanders zu pressen, dafür aber verdeckte der prächtige Helm mit dem wehenden Federbusch die Kahlheit seines Hauptes. Sein Gesicht mit den kalten, starren Augen, der breiten, finsteren Stirn und dem schmalen, grausamen Mund paßte gut zum Bild eines Gottes der Rache und des Krieges.

Hinter den von Prätorianern gesäumten Straßen brüllte sich der Pöbel heiser, wobei es an anzüglichen Zurufen – meist Caesonia betreffend – nicht fehlte.

Der Jubel klang wie immer, wenn der Kaiser öffentlich auftrat, die Prätorianer versahen ihren Dienst zuverlässig und genau – wie immer. Alles war wie immer, doch Caligula vermißte das Hochgefühl seiner göttlichen Allmacht, wie er es sonst bei solchen Gelegenheiten empfunden hatte. Unter den vielen Togen und wollenen Übermänteln – auch heute war es winterlich kühl – ahnte Caligula zahllose Dolche und Kurzschwerter, die, für ihn bestimmt, nur auf den rechten Augenblick warteten. Dieses Wissen ließ in ihm kein Hochgefühl aufkommen, und so war er sehr schlechter Laune, als er seine Loge im Theater betrat. Nur Helikon wäre geeignet gewesen, sein Gemüt etwas aufzuheitern, aber der hatte es vorgezogen, wegen Krankheit im Bett zu bleiben. Ob er ihm noch trauen konnte? Oder trug auch Helikon schon den Verschwörerdolch im Gewand?

Für heute waren ausschließlich Venationes (Tierhatzen) angesetzt, als Abschluß und Höhepunkt des Einweihungsfestes. Dafür hatte man sich die *ad bestias* verurteilten Missetäter aufgehoben, die zum Gaudium eines verrohten und blutgierigen Publikums auf gräßliche Art in der Arena sterben mußten. Von ihnen gab es aber nicht genug, um die Vorstellung eines ganzen Tages zu bestreiten, und so gehörten zu den Venationes auch recht anspruchsvolle Tierdressuren.

Die Vorstellung wurde mit einem Elefanten eröffnet, der darauf abgerichtet war, einen Menschen mit seinem Rüssel zu packen, ihn hochzuheben und in ein Wasserbecken zu werfen. Niemand geschah dabei etwas zu Leide, auch wenn die jungen Sklaven in ihren nassen Kleidern vor Kälte zitterten.

Das Publikum beklatschte nachsichtig dieses harmlos heitere Spiel; denn es war ja nur der Auftakt zu der eigentlichen Vorstellung.

Danach trat ein Stierkämpfer aus Hispania auf, doch der Pöbel wußte sein genau festgelegtes, etwas langwieriges Tötungsritual nicht gebührend zu schätzen. Der muskulöse, schwarze Stier wurde zuerst von Gehilfen durch Zurufe und Stiche mit langen Lanzen bis aufs Blut gereizt. Dann geriet er in Kampfesstimmung, scharrte mit den Vorderbeinen im Sand und schnaubte vernehmlich. Der Stierkämpfer – er trug ein langes, schmales Schwert und einen rotbespannten Schild – umtänzelte sein Opfer, das vergeblich versuchte, ihn mit den Hörnern aufzuspießen. Dann kam der Augenblick, da der Stier erschöpft stehen blieb, um sich zu sammeln und neue Kraft zu schöpfen. Darauf hatte der Stierkämpfer nur gewartet, und stieß dem Bullen sein langes Schwert durch den gesenkten Nacken ins Herz. Der Stier zitterte, spuckte Blut und brach wie vom Blitz gefällt zusammen. Nun, das war immerhin etwas, auch wenn der hochdramatische Effekt eines menschlichen Todes dabei fehlte. Dieser Augenblick war jetzt gekommen. Mitten auf der Bühne wurde eine Baumattrappe aufgestellt und fest im Boden verankert.

»Zwei Raubmörder fliehen vor den Leoparden!« verkündete der Ausrufer, und schon wurden die beiden hereingeführt, unbewaffnet, so daß jeder wußte, daß kein eigentlicher Kampf stattfand. Verloren standen die Männer im großen Halbrund des Theaters und blinzelten in die fahle Wintersonne. Natürlich wußten die beiden, daß sie zum Sterben hierhergekommen waren, aber sie klammerten sich an irgendeine verzweifelte Hoffnung, und diese Hoffnung stellte der Baum dar. Als die zwei gefleckten Raubkatzen geduckt in die Arena schlichen, rannten die Männer zu dem Baum und versuchten hinaufzuklettern. Doch den hatte man so gewählt, daß er kaum für zwei ausreichte, und er war auch nicht hoch genug, um die Beine vor den Angriffen der Leoparden zu schützen.

So fand nun doch ein Kampf statt, und zwar einer Mann gegen Mann, bis es dem Kräftigeren gelang, den anderen niederzuschlagen und sich in die Krone des Baumes zu retten. Die ausgehungerten Raubkatzen fielen sofort über den Gestürzten her, der noch halb betäubt war und sich kaum wehrte. Mit ihren dolchspitzen Zähnen rissen sie das Fleisch von seinem Körper und fraßen sich unter den Zurufen des Pöbels satt.

»Schmeckt's dir, Miezekatze?«
»Der Gauner ist ein wenig zäh, was?«
»Vergeßt den anderen auf dem Baum nicht!«
Doch den Leoparden genügte das eine Opfer, und so wurden sie von den Wärtern hinausgetrieben. Dafür kam jetzt ein Löwenpaar herein. Zögernd betraten sie den ihnen unbekannten Boden, schnupperten im Sand und nahmen den Blutgeruch auf. Auch sie hatte man tagelang hungern lassen, so daß ihr ganzer Instinkt auf Beute gerichtet war.
Der Flüchtling auf dem Baum begann vor Angst zu zittern, und tat eine so ungeschickte Bewegung, daß der Ast unter ihm brach. Er fiel in den Sand, sprang aber sofort wieder auf und kletterte schnell und geschickt wie ein Affe den Stamm hinauf, schwang sich auf die unteren Äste und versuchte behutsam einen höheren zu erreichen. Doch der war zu dünn und hätte kaum ein Kind getragen, so daß er sich damit begnügen mußte, seine Beine so eng wie möglich an sich zu ziehen.
Das hatte natürlich beim Publikum tosenden Jubel ausgelöst, denn es sah gar zu drollig aus, wie schnell sich der Bursche wieder auf den Baum schwang.
Das Löwenpaar hatte mit Interesse den Vorgang beobachtet und begann vorsichtig den Baum zu umrunden. Nach einer Weile blieb der Löwe stehen, gähnte und legte sich in den Sand. Die Löwin aber näherte sich witternd, schaute hinauf, entdeckte die Beute in gerade noch erreichbarer Höhe. Sie erhob sich auf die Hinterbeine und schlug mit den Tatzen nach dem auf seinem Ast kauernden Menschen, der verzweifelt nach oben blickte, aber da waren nur die dünnen, zum Höherklettern nicht geeigneten Äste. Unterdessen war es der Löwin gelungen, eine Pranke in seinen Fuß zu schlagen. Der Mann schrie auf, zog den Fuß zurück, worauf die Raubkatze sofort den anderen zerfleischte. Nun versuchte sich der Gepeinigte doch an dem dünnen Ast hochzuziehen, doch der brach ab, und er stürzte auf den Körper der Löwin. Die sprang sofort mit einem empörten Fauchen beiseite, um sich dann knurrend auf die leichte Beute zu werfen. Der Delinquent hatte Glück, denn die Löwin biß ihm sofort das Genick durch. Nun war auch der mächtige Wüstenkönig bereit, sich der Mahlzeit anzuschließen. In schöner Eintracht zerrissen

sie den toten Körper, bis nur noch einige Knochen- und Kleiderreste übrigblieben.
»Im Grunde ist es doch immer dasselbe«, maulte Caligula. »Können sich die Theaterleute nicht einmal etwas Neues einfallen lassen? Außerdem geht es mir immer zu schnell. Ehe man es sich versieht, sind die Burschen tot und aufgefressen. Man müßte mehr Spannung in die Szene legen oder zur Abwechslung einmal eine Frau auftreten lassen.«
»Deinem Wunsch wird gerade Folge geleistet«, sagte Caesonia und deutete auf die Bühne.
Dort hatte man den Baum entfernt und ein mannshohes Kreuz aufgebaut. Ein Paar wurde hereingeführt und die Frau sofort mit Stricken an das Kreuz gefesselt. Dem Mann wurde ein Dolch und ein hölzernes Schwert ausgehändigt, während der Ausrufer ihre Verbrechen verlas.
Die beiden waren als Gattenmörder zum Tod verurteilt worden. Um miteinander leben zu können, hatte der Mann seine Frau und beide gemeinsam den Gatten der Geliebten umgebracht. Auf sie wurde nun ein Rudel ausgehungerter Wölfe losgelassen, doch der Mann machte es ihnen nicht leicht. Er stellte sich vor seine ans Kreuz gebundene Geliebte und wehrte die jaulenden und knurrenden Tiere mit gezielten Hieben ab. Doch sein hölzernes Schwert war nicht geeignet, ihnen einen ernsthaften Schaden zuzufügen, und zwei der Mutigsten drangen immer näher auf ihn ein und schnappten nach seinen Beinen. Aus welchen Gründen auch immer – die Sympathie des Publikums galt dem mutigen Kämpfer, der nicht aus Habgier, sondern aus Liebe getötet hatte, was viele verzeihlich und verständlich fanden.
Plötzlich fiel ihm ein Schwert vor die Füße. Niemand wußte, woher es kam. Irgendwer aus dem Publikum – vielleicht ein Freund oder Verwandter – hatte die scharfe Waffe in die Arena geschleudert. Sie traf einen der Wölfe, der jaulend davonlief, während die anderen für einige Augenblicke zurückwichen. Der Mann nutzte dies, warf sein Holzschwert beiseite und ergriff die scharfe Waffe.
»Danke – danke!« rief er lachend ins Publikum hinauf, was dessen Sympathie noch steigerte. Nun aber hatten es die Wölfe

schwer. Einem der Zudringlichsten schlug er den Kopf ab, einen zweiten stach er durch den Hals, daß das Blut in hohem Bogen herausschoß. Da die Wölfe zu den wenigen Tierarten gehören, die ihresgleichen verspeisen, fiel das restliche Rudel über die zwei Getöteten her, während der Mann aufmerksam und mit erhobenem Schwert seine Geliebte bewachte. Von seinen Waden lief das Blut in dünnen Streifen herunter, doch die Verletzungen waren offenbar nicht schwer. Aus dem Publikum wurde die Forderung immer lauter, den beiden das Leben zu schenken.

»Leben lassen! Leben lassen!« skandierte die Menge und reckte massenweise den Daumen in die Höhe. Nun blickte alles auf den Kaiser, denn eine alte Tradition gebot es, daß dieser dem Willen des Volkes folgte. Er hätte also den Daumen heben müssen, doch er tat es nicht.

»Ich lasse mich nicht erpressen«, murrte er. »Wenn ich dem Vorschub leiste, werden künftig die Gattenmörder ein leichtes und gefahrloses Spiel haben. Nein, die beiden kann ich nicht begnadigen!«

Die Rufe wurden immer lauter: »Leben lassen! Leben lassen!«

Das Wolfsrufel auf der Bühne hatte seine Angriffe vorläufig aufgegeben. Aus sicherem Abstand beobachteten sie ihren Gegner, der beruhigend auf seine Geliebte einsprach, ohne dabei die Tiere aus den Augen zu lassen.

»Ich glaube, es ist besser, du gibst dieses eine Mal nach«, meinte Caesonia, »man kann die beiden ja immer noch zur Zwangsarbeit verurteilen. Die Leute wollen ja nur, daß sie am Leben bleiben.«

»Nun gut!« knurrte Caligula und streckte seinen Daumen hoch. »Die beiden werden sich später noch wünschen, hier gestorben zu sein.«

Ein frenetischer Jubel brandete auf.

»Macte Caesar! Macte Caesar!« (Heil dem Kaiser).

Auf der Bühne trieb man sofort die Wölfe hinaus und band die Frau los. Sie umarmte und küßte ihren Geliebten und verließ mit ihm Arm in Arm die Arena.

Der Kaiser stand auf.

»Ich habe Hunger.« Er schaute auf die tobende Menge. »Irgendwann werden sie es mir büßen müssen«, murmelte er.

Die Gelegenheit ergab sich noch am gleichen Tag. Der Kaiser hatte nicht vorgehabt, auch den Nachmittag im Theater zu verbringen, doch dem Gericht war es in einem Schnellverfahren gelungen, zwei Ritter aus angesehenen Familien eines Majestätsverbrechens zu überführen und Caligula hatte sie eilends zur Verwendung als Gladiatoren »begnadigt«. Sie durften mit scharfen Waffen gegen Löwen, Tiger, Leoparden, Bären und Wölfe kämpfen, denn es war bei den Venationes der Brauch, die dafür vorgesehenen Tiere auf irgendeine Weise abzuschlachten. Gelang das den Menschen nicht, hetzte man sie so lange aufeinander, bis das Ziel erreicht war.
Doch die beiden Ritter erwiesen sich als Reinfall. Der eine, schon ein älterer Mann, hatte sich niemals mit dem Waffenhandwerk befaßt und ließ sich fast ohne Gegenwehr von einer Löwin totbeißen. Der andere kämpfte zwar tapfer, hatte aber das Pech, gleich zu Anfang im vom Blut glitschigen Sand auszugleiten, was sein Gegner, ein riesiger Braunbär, sofort dazu nutzte, ihn mit seinen Pranken zu erdrücken.
»Das geht ja schon gut an!« maulte Caesonia. »Da kann ich ja gleich ins Theater gehen und mir eine langweilige Tragödie des Euripides ansehen.«
Caligula starrte sie mit seinen kalten Augen nachdenklich an.
»Ich könnte dich und deine Hofdamen hinunterschicken, als Furien verkleidet, doch ich fürchte, die Bestien würden bei eurem Anblick die Flucht ergreifen.«
Caesonia winkte müde ab. »Du hast auch schon bessere Witze gemacht. Ich finde, man sollte die Venationes mit einem Massenkampf abschließen. Alles, was noch an Menschen und Tieren verfügbar ist, gleichzeitig in die Arena treiben und sie mit Einpeitschern aufeinanderhetzen.«
Die schlaffen Züge Caligulas belebten sich.
»Eine gute Idee! Damit ersparen wir uns weitere langweilige Einzelkämpfe. Jeder gegen jeden!«
Er sandte einen Tribun mit dem entsprechenden Befehl zur Theaterleitung. Doch es erwies sich, daß kaum noch Kämpfer vorhanden waren, dafür aber noch weit über hundert Tiere.
Inzwischen war das Publikum wegen der sich hinziehenden Pause unruhig geworden. Der ewig aufsässige Pöbel rief spötti-

sche Bemerkungen zur Kaiserloge hinauf. Caligula, der sonst auf dergleichen kaum achtete, befahl dem Präfekten Clemens mit scharfer Stimme:
»Laß die lautesten Schreier festnehmen und schick sie in die Arena! Mindestens ein Dutzend, hörst du!«
Dieser Befehl war kaum wortgetreu auszuführen, denn alle verstummten, als die Prätorianer ausschwärmten. So griffen sich die Soldaten ganz beliebig ein Dutzend Zuschauer heraus, doch sie achteten darauf, daß es jüngere und kräftige Männer waren. Die meisten der Festgenommenen stimmten sofort ein Protestgeschrei an, sie seien völlig unschuldig, und es sei eine Schande, wie man heutzutage mit freien römischen Bürgern umgehe. Dadurch wurden andere aufgeschreckt, protestierten, ballten die Fäuste und riefen Verwünschungen zum Kaiser hinauf.
Caligula bebte vor Zorn. Was diese Ratten und Schmeißfliegen sich wieder erlaubten! Schmähungen, Proteste, Kritik am Kaiser! Er brüllte:
»Schafft sie hinter die Bühne, dann Zungen herausschneiden und zu den Tieren in die Arena!«
Er hatte diesen Befehl so laut herausgebrüllt, daß fast alle ihn hörten. Das Geschrei erstarb, und lähmende Furcht senkte sich über die Zuschauer.
Die ihrer Zunge Beraubten wankten mit blutverschmierten, schmerzverzerrten Gesichtern in die Arena. Man warf ihnen Schwerter und Lanzen vor die Füße und öffnete die Gatter der Tierkäfige.
Caligulas kalte starre Augen belebten sich.
»Ach hätte doch ganz Rom nur eine Zunge und einen Hals!« rief er bedauernd. »Wie leicht wäre es dann, zu regieren!«
Caesonia lächelte träge.
»Wie stumm sie geworden sind – die mit und die ohne Zunge. Sie kuschen vor dir, weil sie dich mehr fürchten als alles andere.« Sie richtete sich in ihrer Liege auf. »Schau – jetzt geht es richtig los, jetzt rührt sich etwas.«
Die von Kopf bis Fuß mit Leder gepanzerten Einpeitscher trieben mit scharfen Hieben Mensch und Tier gegeneinander, bis ein allgemeines Gemetzel im Gange war. Die Zungenlosen – vor

wenigen Augenblicken noch unbescholtene Handwerker, Händler, Tagelöhner oder auch Nichtstuer – hatten sich vor Schmerz, Zorn und Todesangst in mutige Kämpfer verwandelt, die ihr Leben so teuer wie möglich verkauften. Nicht wenige der Bestien fielen sterbend in den Sand, ehe die zwölf Männer nach und nach dem Ansturm der wilden Tiere erlagen.
Der Pöbel hatte schnell vergessen, daß es Unschuldige aus seinen Reihen waren, die dort unten um ihr Leben kämpften, und schrie sich vor Begeisterung die Kehlen heiser. Doch als der Rausch vorbei war und die toten Tier- und Menschenkörper mit Haken durch den Blutsumpf hinausgeschleift wurden, stellten sich Nüchternheit und Nachdenken ein. Eine gemeinsame Huldigung an den Kaiser blieb aus, die Menschen schlichen geduckt davon, und nicht wenige brachten ihren Hausgöttern Opfer dar, weil sie diesmal noch davongekommen waren. Viele nahmen es auch auf die leichte Schulter und vergaßen den Vorfall schnell, doch bei einigen Hundert Nachdenklichen hatte dieser Willkürakt, der auch jeden anderen hätte treffen können, ein schales Gefühl hinterlassen. Wo blieb denn da noch ein Vergnügen, wenn jeder Besuch von Circus oder Theater mit Lebensgefahr verbunden war? Es war ja verständlich, wenn der Princeps mit echten oder eingebildeten Feinden nicht gerade zimperlich verfuhr, aber einfach völlig Unschuldige aus dem Volk herausgreifen – das ging entschieden zu weit!

Callistus hatte Helikon schon seit langem beobachten lassen, denn er fürchtete den Einfluß dieses Menschen auf den Kaiser und wollte über jeden seiner Schritte unterrichtet sein. So war es ihm auch nicht entgangen, daß Helikon insgeheim Verkäufe tätigte, und Callistus wußte sogar von ihm verpflichteten Banken, daß er Gelder nach Hellas transferierte. Tat er dies im Auftrag oder auf eigene Rechnung? Irgend etwas ging da vor, und Callistus traute diesem Helikon alles zu. Kürzlich hatte ihm einer seiner Spitzel berichtet, Helikon habe im Kreis von Vertrauten geäußert, der Dicke sei nun endlich schlachtreif. Da konnte nur er, Callistus, damit gemeint sein, und so lauerte er auf eine

Gelegenheit, Helikons Plänen zuvorzukommen. Auch den Kaiser würde es unsicher und nachdenklich machen, wenn sein Liebling plötzlich verschwand.
Als ihm an diesem Morgen von seinen Spitzeln berichtet worden war, daß sich Helikon allein und unauffällig gekleidet mit einer Tiberbarke auf den Weg nach Ostia gemacht habe, hatte er beschlossen, zuzuschlagen.

Helikon stand zufrieden, doch auch etwas aufgeregt am Bug des langsamen Schiffes, das flußabwärts glitt und neben allerlei Fracht auch ein paar Dutzend Passagiere beförderte. Er fühlte sich unter diesen einfachen Menschen völlig sicher. Selbst wenn einer von ihnen ihn im Circus oder auf der Rennbahn an der Seite des Kaisers gesehen hatte, so war die Entfernung dabei so groß, daß es unmöglich war, ihn jetzt wiederzuerkennen.
Helikon hatte seine Fischfabrik in Ostia zu neunzig Prozent an einen Teilhaber verkauft und wollte sich persönlich um die restliche Bezahlung kümmern. Dabei konnte er sich gleich nach einem Schiffsplatz umsehen, wenn es auch zu dieser Jahreszeit nur wenige Kapitäne wagten, eine Reise aufs offene Meer zu unternehmen. Doch irgend etwas trieb ihn zur Eile an und legte ihm nahe, sich besser heute als morgen aus dem Staub zu machen.

Gegen Mittag legte das Schiff in Ostia an. Sänften, Maultiere und Pferde waren hier am Tiberufer zu mieten, denn das Geschäfts- und Hafenzentrum lag noch fast eine Wegstunde entfernt.
Helikon nahm eine Sänfte, denn er wollte jede auch noch so geringe Möglichkeit vermeiden, von irgend jemandem erkannt zu werden. Während er mit den Sänftenträgern verhandelte, traten zwei in lange braune Mäntel gekleidete Männer auf ihn zu.
»Auf ein Wort, Herr«, sagte der eine und lud ihn mit einer Handbewegung zum Mitkommen ein. »Es gäbe noch eine bequemere Möglichkeit in die Stadt zu gelangen – wir werden es dir zeigen.«
Inmitten der Eseltreiber, Pferdevermieter und Sänftenträger fühlte Helikon weder Furcht und Mißtrauen und folgte den Män-

nern einige Schritte. Während der eine von ihnen auf etwas deutete und Helikon damit ablenkte, stieß ihm der andere einen langen Dolch in den Nacken. Helikon röchelte, schwankte; die beiden zogen ihn schnell hinter einen Busch, schnitten die Geldkatze von seinem Gürtel, schwangen sich auf ihre an einen Baum gebundenen Pferde und verschwanden.

Niemand hatte etwas bemerkt, nur die beiden Sänftenträger hatten ihrem möglichen Kunden eine Weile nachgesehen.

»Der Kerl ist verschwunden«, bemerkte der eine achselzuckend.

»Vielleicht geht er nur pissen und kommt wieder.«

Wenig später fand man den Toten. Da ihn ein Kupfertäfelchen in seinem Gürtel als den früheren Truppenarzt Titus Atticus auswies, wurde die Leiche in die Kaserne nach Ostia gebracht, wo ein Tribun, der öfters am Hof zu tun hatte, sie genauer ansah.

»Der Kerl kommt mir bekannt vor. Vielleicht bin ich ihm einmal in Rom begegnet.«

Dann entdeckte man an seiner linken Hand den kaiserlichen Freundschaftsring mit den ineinanderverschlungenen Händen und der Aufschrift *Gaius.*

»Ich glaube, wir müssen jemand vom Hof benachrichtigen«, sagte der Tribun.

Am nächsten Tag erhielt Caligula die Nachricht, sein Freund Helikon sei in Ostia vermutlich ein Opfer von Raubmördern geworden. Seltsam sei nur, daß man ihm den goldenen Ring gelassen habe und daß er offenbar unter einem erfundenen Namen aufgetreten sei; denn ein Truppenarzt Titus Atticus sei nirgends verzeichnet.

Caligula war außer sich, nicht nur über den Tod des langjährigen Gefährten, sondern auch über die Möglichkeit, daß ihn Helikon hintergangen hatte.

Callistus, mit der Ordnung des Nachlasses betraut, machte dem Kaiser die seltsame Meldung, Helikon habe nicht viel hinterlassen.

»Das ist ein ganz eigenartiger Fall, Majestät. Helikon hat in aller Stille sein Vermögen aufgelöst und auf krummen Wegen ins Ausland gebracht. Mit dem erfundenen Truppenarzt Titus Atticus hat er sich eine ganz neue Existenz geschaffen. Wir fanden in seinem Haus nach langem Suchen eine Kassette, deren durchwegs gefälschter Inhalt das Curriculum des erfundenen Arztes lückenlos belegt.«

Callistus stellte mit Erstaunen fest, daß die sonst so starren und toten Augen des Kaisers unruhig zu flackern begannen. Zudem fand er seinen sonst so redegewaltigen Herrn in einem Zustand, in dem es ihm offenbar die Sprache verschlagen hatte. Helikons Verrat mußte ihn schwer getroffen haben. Callistus machte ein betrübtes Gesicht, doch er genoß die Situation von ganzem Herzen.

»Er wollte ...« stotterte Caligula, »Helikon wollte ... also so, wie es aussieht, muß man annehmen, daß er – daß er zumindest etwas – etwas Ungewöhnliches plante ... Vielleicht zu meinem Schutz? Oder um etwas herauszufinden? Das wäre doch möglich, Callistus, oder?«

»Das wäre eine von mehreren Möglichkeiten«, sagte der Sekretär bedächtig.

Caligula achtete nicht darauf, sondern spann den Faden weiter.

»Während er dies tat, wurde er von seinen und auch meinen Feinden entdeckt, und sie brachten ihn um. Callistus, ich glaube, eine neue Verschwörung ist im Gange!«

Der letzte Satz hatte fast hilflos geklungen und auch ein wenig resigniert.

»Nein, Majestät, das glaube ich nicht. Ich sehe in Helikons Tod ein unglückliches Zusammentreffen mehrerer mir bis jetzt nicht bekannter Ursachen. Clemens und ich haben gemeinsam ein Netz von Spionen aufgebaut – zu deinem Schutz –, und wenn etwas im Gange wäre, würden wir es erfahren. Du kannst ganz beruhigt sein.«

Gerade das aber wünschte Callistus nicht. Vielmehr sollte die Bemerkung von seiner Zusammenarbeit mit Clemens Caligula zusätzlich beunruhigen, der doch alles tat, um seinen Sekretär und Präfekten gegeneinander aufzuhetzen.

»So – ihr arbeitet also zusammen?« fragte der Kaiser mißtrauisch.

»Aber das taten wir doch schon immer«, sagte Callistus verwundert, »Wir beide sind zwar nicht imstande, die Kraft und Wirkung deiner göttlichen Person zu ersetzen, aber während du in

Germanien warst, haben wir es zumindest versucht. Ich mag Clemens nicht besonders, das gebe ich zu, und ihm wird es wohl genauso ergehen, doch zum Wohle des Römischen Reiches und um uns deine Gnade zu erhalten, stellt man das Persönliche zurück.«
»Du glaubst also nicht, daß etwas geplant ist?«
Callistus zuckte die Schultern.
»Zumindest gibt es dafür nicht die geringsten Anzeichen.«
»Ist Protogenes im Amt?«
»Gewiß – jedenfalls hat er sich nicht abgemeldet. Soll ich ihn holen lassen?«
»Nein, ich werde selbst zu ihm gehen.«

Mit wehender Toga eilte Caligula seinen Wachen voraus, durchquerte Atrien, Säulenhallen und Gärten, ohne auf die sich tief verneigenden Diener zu achten. Protogenes hatte seine Arbeitsräume in dem großen, düsteren Bau aus der republikanischen Zeit, in dem auch das kaiserliche Gericht tagte. Alle liefen bei Caligulas Erscheinen aufgeregt durcheinander, denn niemand konnte sich erinnern, daß der Kaiser jemals hier erschienen war. Da die Tür verschlossen war, ließ sie Caligula sogleich von seiner Leibwache aufbrechen.
Der Raum war aufgeräumt und sah aus wie immer. In zwei hohen Regalen lagen die Aktenrollen, auf dem einfachen Schreibtisch warteten Federkiel und Tintenfaß auf den Benutzer. Caligula durchwühlte eigenhändig die Fächer, doch er fand nicht, was er suchte.
»Die Liste! Die Liste!« kreischte der Kaiser. »Wo ist die Liste?«
Einige Mitglieder des kaiserlichen Gerichts hatten sich zusammengefunden. Einer wagte zu antworten:
»Wir wissen es nicht, Majestät. Protogenes hat sich jede Einmischung verbeten. Vielleicht wird er noch kommen ...«
»Er hat niemals unentschuldigt gefehlt, seit er für mich tätig ist, war Tag und Nacht zu erreichen. Überprüft seine Wohnräume!«
Dort fand man die Spuren einer überstürzten Abreise. Es fehlten Kleider, Sandalen und noch so manches, was ein Mensch auf Reisen braucht. Seinem Diener hatte er nur gesagt, daß er in kaiserlichem Auftrag für länger allein verreisen müsse.

Damit mußte sich Caligula vorerst abfinden: Protogenes, der gewissenhafte Überwacher der Todeslisten, war verschwunden und mit ihm die wichtigsten Unterlagen.
Helikon tot – Protogenes auf und davon. Caligula spürte schmerzlich, wie sehr ihm seine beiden Freunde – nein, nicht Freunde, eher Lebenshilfen – fehlten. Caligula hatte ein ausgezeichnetes Gedächtnis, doch Protogenes ein noch besseres. Zwar führte er Listen, aber die Namen der Hingerichteten, Gefangenen, Angeklagten, Verdächtigten und meist auch die ihrer Angehörigen hatte er im Kopf, und er irrte sich nie.
Warum aber war er geflohen? Er wie auch Helikon hatten niemals das geringste zu fürchten gehabt. Caligula hatte ihnen vertraut, wie er keinem vertraute, und er hatte auch nie Anlaß gehabt, es zu bereuen, wenn auch jetzt die Umstände von Helikons Tod mehr als verdächtig waren. Ob Callistus in letzter Zeit an Protogenes etwas aufgefallen sei?
Der dicke Sekretär hob bedauernd die Hände.
»Nein, Majestät, aber so oft hatte ich nicht mit ihm zu tun.«
Auch wenn die anonyme Warnung von mir stammt, dachte er hämisch. Damit hast du deine beiden Stützen verloren, Stiefelchen. Jetzt bleiben dir nur noch die blonden Tölpel deiner germanischen Leibwache, aber die sind lediglich Instrumente, deren sich auch ein anderer bedienen kann.
Caligula eilte zurück in seine Privatgemächer. Da gab es so etwas wie ein Arbeitszimmer, das er aber nur gelegentlich für private Schreibarbeiten nutzte.
»Hinaus! Stellt euch vor die Tür!« gebot er den Wachen.
Zitternd vor Hast und Aufregung öffnete er das Tintenfaß, nahm einen unbeschriebenen Papyrus und setzte in großen Buchstaben das Wort »GLADIUS« an den Anfang. Er beschwerte die Rolle mit einem goldenen Venusfigürchen, nahm eine zweite und schrieb »PUGIO« darüber. Schwert und Dolch – in diesen zwei Worten wollte er festhalten, was mit seinem Totenschreiber Protogenes entschwunden war. Er wunderte sich selbst, wieviele Namen in seinem Kopf waren – Namen, die längst auf einer Urne stehen müßten. Sie kamen in das »Schwert«, während im »Dolch« nur die verdächtigen, die potentiellen Angeklagten Platz fanden. Das war ein herrliches Spiel, wenn er kurz überlegte, in

welche der Listen ein bestimmter Name paßte. Dabei stellte er sich vor, was der Betreffende gerade tat.
Dieser Appius Gallus zum Beispiel, ein rechter Hinterbänkler, der im Senat nie den Mund auftat, aber Caligula las es ihm vom Gesicht ab, was er dachte. Dieser fette Senator wünschte ihm täglich einen Dolch in die Brust oder Gift in den Wein, gab sich aber keine Blöße. Keine zweideutige Bemerkung, keine Respektlosigkeit, kein Widerspruch – nichts, woran man ihn packen konnte. Doch etwas würde sich finden, und so kam Gallus ins »Schwert«. Caligula stellte sich dabei vor, wie der Dicke gerade behaglich zu Hause saß oder lag und sich mit seiner Frau über das Abendessen unterhielt. Vielleicht wünschte er sich heute »Porcellum oenococtum«, denn diese Menschen besaßen keinerlei Phantasie, und ein Spanferkel in Wein gekocht war für Gallus genau das Richtige. Da träumte er also von seinem Spanferkel und wußte nicht, daß das Holz für seinen Scheiterhaufen schon geschlagen wurde, wußte nicht, daß diese Mahlzeit vielleicht seine letzte in Freiheit war. Ich bin nicht nur Jupiter, ich bin zugleich das Fatum vieler Menschen. Caligula freute sich dieses Gedankens. Es heißt: omnibus telis fortunae proposita est vita nostra (Unser Leben ist ein Ball des Schicksals) oder auch das Schicksal sei blind. Es wirft den Ball mal hierhin, mal dorthin, ganz nach Belieben.
Caligula kicherte hämisch, nahm die Feder und schrieb zwei beliebige Namen in das »Schwert«. Er kannte diese Männer nicht näher, wußte nur, daß es die Häupter zweier bekannter Adelsfamilien waren. Das Schicksal hat zugeschlagen, meine Freunde, und kein Gott ist imstande, euch zu retten.
Er legte die Feder hin und genoß, wie schon lange nicht mehr, das Gefühl seiner absoluten Macht.

XXXVI

Publius Petronius, der Legat von Syrien, war in seinem Leben schon mehrmals in sehr heikle Situationen geraten, aber mit Ehrlichkeit, Vernunft und einigen Zuständnissen war immer eine Lösung zu finden gewesen. Diesmal aber sah er keine Mög-

lichkeit, die auswegslose Lage zu meistern. Welche Kompromisse sollte er den Juden anbieten? Die wollten alles oder nichts, und Petronius, der ihre Religion genau kannte, wußte auch, daß sie nicht anders handeln konnten – ja, handeln durften, wenn sie ihren Gott – den sie mehr fürchteten als alles andere – nicht erzürnen wollten.
Seit er zu den Juden im Theater von Tiberias gesprochen hatte, war Petronius rastlos tätig gewesen, um sich auf irgendeine Weise mit ihnen zu einigen, aber alles war vergebens. Er sprach mit Hohepriestern, mit Pharisäern und Sadduzäern, schilderte ihnen seine Zwangslage, führte ihnen eindringlich vor Augen, daß er zwar hier der Herr, in Rom jedoch nur ein Knecht sei. Das verstanden sie durchaus, er spürte ihr Mitgefühl und glaubte einige Male der Lösung des Problems nahe zu sein, doch sie boten alles an: Fronarbeit, Geld, Umsiedlung und warfen zuletzt ihr Leben und das ihrer Familien in die Waagschale.
Publius Petronius geriet in einen Zustand der Resignation, der gar nicht zu ihm paßte, dem er sich aber nicht entziehen konnte. Inzwischen waren zwei Wochen seit seiner Ankunft in Tiberias vergangen, doch die Zeit der Aussaat war schon um mehr als fünfzig Tage überschritten, weil niemand eine Arbeit tat, bis sich die Lage geklärt hatte.
Petronius war trotz seiner fatalen Situation ein nüchterner Denker geblieben und so wußte er, daß es für ihn nur drei Möglichkeiten gab: Er konnte die Aufstellung der Statue mit Gewalt erzwingen, mußte aber gewärtig sein, damit einen Volksaufstand auszulösen. Des weiteren gab es den Ausweg, sich ins Schwert zu stürzen oder – als dritte Möglichkeit – den Juden nachzugeben und die Folgen auf sich zu nehmen.

Petronius entschied sich für letzteres und berief eine Volksversammlung ein. Wieder füllten die Juden mit ihren Familien das große Theater bis zum Rand und wieder trat Petronius vor sie hin und wartete, bis das Gemurmel erstarb.
»Judäer! Ich bin ein Römer und entstamme einem kriegerischen Volk. Mut zählt bei uns seit jeher zu den ersten Tugenden, und ihr habt mir gezeigt, in welchem Maß auch ihr diese Tugend besitzt. Ich bin mit mir zu Rate gegangen und folge nun eurem

Beispiel, denn es gehört viel Mut dazu, gegen einen Befehl des Kaisers zu handeln. Vielleicht gelingt es mir, mit Hilfe und Unterstützung eures Gottes dennoch, Gaius Caesar umzustimmen, und ich werde der erste sein, der sich mit euch über eure Rettung freut. Wenn nicht, so nehme ich die Folgen auf mich und kann meiner Verurteilung mit dem Trost entgegensehen, kein Unrecht begangen zu haben. Mögen sie uns also beistehen, meine Götter und euer Gott, und ihrem Entscheid werden wir uns unterwerfen.«
»Gott segne dich, du Gerechter!«
»Du erhältst einen Ehrenplatz im Herzen der Judäer!«
»Heil dir, Petronius!«

Unter solchen Zurufen verließ der Legat das Theater, ritt noch am selben Tag nach Ptolemais und sammelte dort seine Truppen. Er wußte, daß einige der Offiziere seine Entscheidung nicht guthießen und ihm das auch in gewundenen Worten zu verstehen gaben. Aber jeder von ihnen erhielt dieselbe Antwort:
»Es ist einzig und allein meine Entscheidung, und wenn sie Folgen hat, so werde ich allein sie tragen.«

Anfang Dezember traf der Legat in Antiochia ein. Von hier schrieb er einen militärisch knappen Brief an den Kaiser, in dem er für sein Vorgehen um Verständnis bat.
»Ich glaube, Imperator, in deinem Interesse gehandelt zu haben, wenn ich den Juden nachgab. Zum einen bestand die Gefahr eines weite Teile des Landes ergreifenden Volksaufstands, zum anderen hielt ich es für außerordentlich nachteilig für die Versorgung Roms und das Steueraufkommen, wenn die Kornernte im nächsten Jahr sehr bescheiden ausfällt, und zu dieser Vermutung hatte ich allen Anlaß. Solltest du nämlich, wie mir aus Rom berichtet wurde, eine Heerfahrt in den Osten unternehmen, stünde es mit der Ernährung deiner Truppen sehr schlecht.
So habe ich deine Statue, Imperator, im Hafen von Ptolemais aufstellen lassen, wo dich die Kapitäne der ausfahrenden römischen Schiffe um gutes Wetter anflehen werden und wo die Ankömmlinge in der Fremde ihren Kaiser begrüßen können. Ich hoffe, damit in deinem Sinne gehandelt zu haben.«

Da in diesen Tagen gute Windverhältnisse herrschten, traf der Brief schnell in Rom ein, wo ihn Callistus – wie alle wichtigen Schreiben – persönlich seinem Herrn vorlas. Als er nach dem Lesen aufblickte, erschrak er vor der wutverzerrten Fratze des Kaisers, der atemlos hervorstieß:
»Das ist ... das ist ... Befehlsverweigerung! Wie kann es dieser Schwächling, dieser feige und hinterhältige Mensch nur wagen, gegen meinen Willen zu handeln? Ich werde – ich werde – nein, diesmal liegt die Schuld nicht bei den Juden, sondern bei Publius Petronius, den ich von nun an einen Hochverräter nennen werde. Und diese Frechheit, mich im Hafen von Ptolemais als Wettergott zu mißbrauchen! Da haben die Juden wenigstens etwas zu lachen. Aber ihm wird das Lachen vergehen, dafür sorge ich! Schreibe ihm einen Brief, Callistus, mit der kurzen Aufforderung, aus seinem hochverräterischen Verhalten die Konsequenzen zu ziehen. Wir werden uns dann bei Gelegenheit über seine Nachfolge unterhalten müssen.«
Callistus verneigte sich stumm. Er schrieb den Brief, ließ ihn vom Kaiser abzeichnen und wartete mit seiner Beförderung so lange, bis Ende Dezember die Winterstürme aufkamen und kein Schiff mehr auslaufen konnte. Das tat er freilich nicht im stillen, sondern besprach und beriet sich mit Clemens. So hatten sie es beide abgesprochen, damit jeder »für die Zeit danach« des anderen Fürsprecher sein konnte.

Cornelius Sabinus erlebte in diesen Tagen eine Zeit ungeheueren Hochgefühls. Dazu trug nicht zuletzt seine Liebschaft mit Livilla bei, denn er war in einer Patrizierfamilie aufgewachsen und konnte sich der Magie hochgeborener Namen nicht entziehen. Livilla war ein Sproß des julisch-claudischen Kaisergeschlechts, das, mochte es auch etwas jünger sein als die schon seit fünfhundert Jahren bezeugten Cornelier, doch zu den höchsten Ämtern des Römischen Reiches aufgestiegen war.
Livilla war keine einfache Geliebte, die ihren Liebhaber stets mit offenen Armen empfing. Sabinus mußte sie jedesmal erneut verführen, und nicht immer war sie willig. Zwar fehlte ihr jene Kratzbürstigkeit, wie sie Helena bisweilen gezeigt hatte; bei ihr spielten sich die Stimmungen mehr im Inneren ab.

Die Zeit der Trennung stand kurz bevor, denn es waren schon fast drei Monate vergangen, und Sabinus wartete nur noch das nächste Schiff ab. Auf einem ihrer letzten gemeinsamen Spaziergänge sagte er zu ihr:

»Die Trennung fällt mir nicht leicht, doch ich weiß, daß wir uns wiedersehen. Ich kann nicht sagen, was mich so sicher macht – ich weiß es einfach. Aber ich kann mich nicht freuen auf diese Zeit, denn unsere Lebensumstände werden dann ganz andere sein. Hier bin ich dein Bewacher und als Vorgesetzter der Legionäre fast so etwas wie der Herr dieser Insel. In Rom wirst du wieder im Palatinum wohnen, und sollte ich – was geplant war – die Palastgarde verlassen, so wird es für mich kaum noch eine Möglichkeit geben, dich zu sehen, geschweige denn, uns unbeobachtet zu treffen. Ich bin mir auch nicht sicher, ob du es dann noch willst.«

Livilla hatte, wie es ihre Art war, still zugehört, ohne ihn mit einem Wort oder einer Geste zu unterbrechen. Jetzt blieb sie stehen und blickte aufs Meer hinaus.

»Sicher im Leben ist nur eines, nämlich daß wir sterben müssen. Verzeih, wenn ich dir mit einer Binsenweisheit antworte, denn deinen letzten Satz habe ich als Frage verstanden. Auch ich kann dir nicht sagen, was dann sein wird. Du mußt mich verstehen, mein Lieber, ich bin jetzt dreiundzwanzig Jahre alt, und in meinem noch recht kurzen Leben hat mich Fortuna nicht gerade mit glücklichen Ereignissen überschüttet. Als ich zwei Jahre alt war, starb mein Vater, an den ich keine Erinnerung mehr habe. Ich war zwölf, da wurde mir die Mutter genommen; ich habe sie bis zu ihrem Tod nicht wiedergesehen. Meinen Bruder Drusus – ihn mochte ich am liebsten – ließ Sejanus im Kerker verhungern, Nero starb hier auf Pandataria, auch er ein Opfer des Sejanus. Er beging Selbstmord, um einer schimpflichen Hinrichtung zu entgehen. So kam es Schlag auf Schlag, Sabinus – ja glaubst du denn, ich bin aus Stein? Schicksalsschläge verletzen genauso wie solche mit einer Waffe. Und beide hinterlassen Narben, die einen auf der Haut, die anderen auf der Seele, und jeder Krieger weiß, daß Narben oft ein Leben lang schmerzen können. Ich habe es verlernt, mich auf etwas freuen zu können, geschweige denn einer Sache sicher zu sein. Wie es mit Caligula weiterging, welche Hoffnungen uns alle beseelten und was daraus wurde, brauche ich dir ja nicht zu erzählen. Du weißt es so gut wie ich. Ich rede nicht gerne viel, Sabinus, doch du bist mein Geliebter, ich mag dich sehr und wollte dir erklären, warum ich über die Zukunft – mag sie uns Gutes oder Schlechtes bringen – keine Vermutungen anstellen will.«

Sabinus schüttelte den Kopf.

»Eine lange Rede zwar, aber keine Antwort.«

»Ich kann dir keine geben und genau das habe ich versucht, dir zu erklären.«

»Du hast gesagt, du magst mich sehr. Aber das bedeutet nicht, daß du mich liebst. Nun, ich bin der einzige Mann auf der Insel, der für das Bett einer kaiserlichen Prinzessin in Frage kommt, sehe nicht schlecht aus, bin noch einigermaßen jung und könnte sogar dein und deiner Schwester Retter sein. Gründe genug, um mich zu mögen und ein paarmal mit mir zu schlafen.«

Livilla blickte ihn traurig an.

»Aber Sabinus, das sind für eine Frau doch ehrenwerte Gründe, um sich einem Mann hinzugeben. Was erwartest du von mir? Wäre es dir lieber gewesen, ich hätte die Hochmütige und Unantastbare gespielt, hätte gesagt: Tribun Cornelius Sabinus, ich verkehre nicht mit Leuten unter meinem Stand? Das sind doch Kindereien, über die sich erwachsene Menschen nicht streiten sollten. Natürlich habe ich mich nach einem Mann gesehnt, aber nicht wie eine Ziege nach dem Bock, die jeden heranläßt, wenn es nur ein Bock ist. Glaubst du, ich hätte deinen Vorgänger oder gar Cucullus in mein Bett gelassen?«

»Denen konntest du nicht trauen. Aber wir beide haben das gleiche Ziel.«

Livilla nickte heftig.

»Ja, so ist es! Ein guter Grund, sich zusammenzutun und das Bündnis – da wir nun Mann und Frau sind – durch Venus besiegeln zu lassen.«

»Manchmal habe ich gedacht, du könntest meine Frau werden ...«

Livilla ließ ein leises, klingendes Lachen hören.

»Das wäre freilich ein unsittlicher Antrag für die Gemahlin des Marcus Vinicius. Auch der nächste Princeps wird kaum gestat-

ten, daß eine Prinzessin aus der kaiserlichen Familie sich wegen ihres Liebhabers scheiden läßt. Ach Sabinus, hören wir doch auf damit! Es führt zu nichts, und klingende Worte bringen uns einer Lösung nicht näher. Sollte Fortuna uns wohlgesinnt sein, so wird Caligula bald in eine der Gruben fallen, die er unermüdlich für andere gräbt. Und falls wir beide am Leben bleiben, so wird sich in Rom doch eine Möglichkeit finden, damit wir uns ungestört treffen können. Voraussetzung aber ist, daß wir es beide noch wollen. Beide! Hörst du! Darauf gibt es jetzt noch keine Antwort. Schluß damit! Begraben wir vorerst dieses Thema! Gehen wir ins Haus zurück, Sabinus. Ich habe Lust, mit dir zu schlafen.«
Sabinus seufzte betont wehleidig.
»Da kann ich nur hoffen, daß diese Lust auch in Rom noch anhält.«
»Ich weiß nicht, ob ich dort noch dieselbe bin. Tempora mutantur nos et mutamur in illis (Die Zeiten ändern sich und wir mit ihnen). Jedenfalls bist du mir nicht mehr böse?«
»Warum sollte ich, wo wir beide uns doch so sehr mögen ...«
»Kaum sagt man die Wahrheit, erntet man nur Spott.«
»Manches erträgt sich leichter mit Spott.«
»Schau, die Sonne kommt wieder heraus. Die Tage werden jetzt schon länger, aber seit du da bist, werden sie mir nicht mehr lang. Sabinus, ich habe das untrügliche Gefühl, daß dieses Jahr unser aller Glücksjahr wird.«
»Das würde für Stiefelchen Unglück bedeuten ...«
Livilla nickte heftig.
»Alles Unglück dieser Welt wünsche ich ihm an den Hals. Möge eine neue Pandora erstehen und ihr Gefäß über ihn ausleeren.«
»Wobei bekanntlich eines zurückblieb ...«
»Ja, die Hoffnung. So soll es sein! Ohne Hoffnung, ohne Beistand, verhaßt von aller Welt soll er ins Reich der Schatten fahren. Wenn die Götter gerecht sind, werden ihn dort jene erwarten, die er vorausgeschickt hat und ihn peinigen in Ewigkeit.«
»So rachsüchtig bin ich gar nicht. Mir genügt es schon, wenn ich seinen Leichnam auf dem Scheiterhaufen sehe und wir beide ihn überlebt haben. Dann kann alles nur besser werden.«
»Jetzt rede nicht so viel, Sabinus, komm lieber ins Haus.«

Anfang Januar entschloß sich Caligula plötzlich zu einer Reise nach Capri. Diesen Plan faßte er nach einem Gespräch mit Pyrallis, als er ihr – um seinen Mut zu demonstrieren – von der Vorhersage des Astrologen Sulla erzählte. Er fürchtete zwar Blitz und Donner, wobei er sich verkroch wie ein verängstigtes Tier, doch die Astrologie nahm er nicht ernst, schon aus Opposition gegen Tiberius. Denn er wollte in allem anders sein als diese ihm verhaßte Vaterfigur.

»Im Januar komme eine Gefahr auf mich zu, hat der bärtige Sulla geheimnisvoll angedeutet. Da frage ich mich nur, warum er mich nicht vor Lepidus oder vor Papinius gewarnt hat. Die beiden wollten mir doch gewissermaßen ans Leben, aber da schwiegen sich die Sterne offenbar aus.«

Pyrallis setzte sich auf und zog die purpurne Decke über ihre Brüste.

»Dein Onkel, der selige Kaiser Tiberius, hat doch ganz fest an die Macht der Sterne geglaubt. Alle in Rom sprachen damals darüber.«

»Und? Nahm ihn das Volk etwa ernst mit seinem albernen Aberglauben?«

»Nein, ich glaube nicht. Die Leute spotteten darüber. Was war dein Onkel für ein Mensch? Ich war noch ein Kind, als er aus Rom fortging, und habe ihn niemals gesehen.«

Caligula aber wollte nicht an Tiberius erinnert werden, dem er sich noch immer unterlegen fühlte. Da kam ihm die Idee, wie er im Januar aus dem für ihn angeblich so gefahrenträchtigen Rom verschwinden konnte.

»Ich mag nicht über ihn reden, aber ich schlage dir etwas anderes vor: Schau dir an, wie er gelebt hat, und dann finde selbst ein Urteil. Wir werden zusammen eine kleine Reise nach Capri unternehmen. Nur wir beide – gefällt dir das?«

Wie immer, wenn Caligula mit Pyrallis zusammen war, wirkte er ausgeglichen, und sein finsteres Gesicht hellte sich ein wenig auf.

»Das wird Caesonia aber gar nicht freuen«, wandte sie ein.

»Caesonia ist nicht eifersüchtig; im übrigen tue ich, was ich will. Sie wird am 11. Januar an den Carmentalia teilnehmen. Das ist ein Frauenfest, und es macht sich gut, wenn die Kaiserin gelegentlich ihre fromme Seite herauskehrt.«

Pyrallis lächelte.
»Natürlich freut es mich, mit dir mitten im Winter in den Süden zu reisen. Auf Capri wird es sicher angenehmer sein als in Rom, und vielleicht hat Sulla doch ein wenig recht. Verbinden wir also das Nützliche mit dem Angenehmen.«
Caligula rieb sich erfreut die Hände.
»Ich möchte auch nicht, daß es bekannt wird. Wir stehlen uns einfach aus Rom fort und hinterlassen den Senat in größter Verwirrung. Sie werden nicht wissen, was sie tun sollen und scheinheilige Opfer für meine Rückkehr bringen.«
»Ganz verheimlichen wird es sich aber doch nicht lassen«, meinte Pyrallis.
»Nein, das nicht. Ich werde Clemens und Callistus Bescheid sagen und nur eine Centurie Prätorianer mitnehmen«
Pyrallis lachte auf ihre verhaltene und herzliche Art.
»Das sind ja immerhin hundert Mann! Unauffälliger geht es wohl nicht?«
»Ach, in Rom verläuft sich das. Wir lassen uns in einer Fähre zum Hafen bringen, nehmen zwei einfache Triremen und machen uns davon. Freilich wird das bemerkt werden, aber nicht einmal die Prätorianer wissen, wohin wir reisen.«

Während der Fahrt betonte Caligula mehrmals, daß sie nur wie ganz einfache Leute reisten, und er schien es zu genießen. Auf dem offenen Meer war das Wetter unruhig, doch sie fuhren hart an der Küste entlang, die immer in Sichtweite blieb. Antium, Astura, das Promunturium Circeum, Anxur, Sinuessa und Volturnum zogen vorbei.
In Cumae legten sie an. Caligula hatte sich dort eine Villa über dem Meer errichten lassen, die er jetzt Pyrallis stolz vorführte.
»Das Haus ist so geschickt auf den Felsen gesetzt, daß nur ein einziger schmaler Zugang hierher führt – ein Zugang, den ein paar Männer leicht bewachen können.« Er deutete nach Norden. »Dort drüben liegt die Höhle der Sibylle, aber von den Orakeln halte ich so wenig wie von Astrologie.«
»Befrage das Orakel und vergleiche den Spruch mit Sullas Vorhersage. So läßt sich prüfen, wie ernst beide zu nehmen sind.«

Caligula zögerte. Er glaubte nicht an Orakel, zugleich aber fürchtete er sich davor. Doch davon sollte Pyrallis nichts merken.
»Warum nicht?« sagte er leichthin, »beehren wir morgen die Sibylle von Cumae. Viel Geschäft wird sie in dieser Jahreszeit ohnehin nicht machen. Weißt du übrigens, daß deine Vorfahren den Ort gegründet haben? Er hieß früher Kyme und war die früheste griechische Siedlung auf italischem Boden.«
»Dann kann man das Orakel vielleicht als einen Ableger von Delphi bezeichnen.«
»Richtig, meine kluge Schöne oder schöne Kluge – was ist dir lieber?«
»So klug bin ich gar nicht. Ich habe ja nur eine Vermutung ausgesprochen. Und mit meiner Schönheit wird es bald zu Ende gehen. Ich nähere mich dem dritten Decennium, da sollte eine Frau längst Mutter und gut versorgt sein.«
»Nun, gut versorgt bist du, und Mutter könntest du noch werden.«
Pyrallis lächelte.
»Ein weiterer Grund, das Orakel zu befragen. Wie hältst du es morgen, Gaius – erscheinst du als römischer Kaiser oder als einfacher Pilger?«
»Weder noch; ich erscheine ganz einfach. Aber meine Prätorianer werden das Gebiet abriegeln müssen, und die Orakelpriesterin mag daraus ihre Schlüsse ziehen.«

Kühl und klar zog der Morgen herauf, doch die Luft war hier wesentlich milder als in Rom; da und dort blühten sogar schon einige Blumen und Büsche. Sie ritten nebeneinander auf zwei Mauleseln durch die friedliche, von Weinbergen und Ölgärten gesäumte Landschaft. Die eigentliche Stadt Cumae lag hinter einer hohen Festungsmauer so verborgen, daß fast nichts von ihr zu sehen war.
Die Prätorianer hatten die wenigen Pilger aus der Umgebung der Orakelhöhle vertrieben, so daß sie jetzt allein waren, als sie den kurzen, steilen Weg zur Akropolis hinaufstiegen, um dort beim Apollotempel dem Herrn des Orakels ein Opfer darzubringen.

»Dem Apoll dürfen nur Rinder, Schafe oder Ziegen geopfert werden, wobei seltsamerweise die Ziegen den Vorrang haben. Meine Leute haben schon eine hinaufgebracht.«
»Mein Vater hat mir einmal erzählt, warum das so ist. Er wußte es, seit er einen reichen Pilger als Diener nach Delphi begleitet hatte. Sie nennen es das heilige Zittern vor Apoll; ich nehme an, sie werden es uns vorführem.«

Als die Priester sich herandrängten, um den Kaiser ehrerbietig die Hand zu küssen, wehrte Caligula ab und sagte in gespielter Bescheidenheit:
»Ich bin als einfacher Pilger hier, verehrte Priester des Apoll. Nicht als Kaiser will ich ein Staatsorakel einholen, sondern als Gaius Caesar eine Frage stellen. Haltet es wie mit den anderen Pilgern auch.«
Die Priester verneigten sich und traten zurück. Ein weißer Ziegenbock wurde herangeführt und von einem der Priester mit einem Eimer heiligen Quellwassers übergossen. Für einen Augenblick erstarrte das überraschte Tier, um sich dann heftig schüttelnd von der kühlen Nässe zu befreien.
»Er zittert!« riefen die Priester. »Seht sein heiliges Zittern vor Apoll!«
Caligula zwinkerte Pyrallis zu, und beide traten zurück, als sich die Opferschlächter näherten. Alle verhüllten ihre Häupter, während der Ziegenbock mit durchschnittener Kehle am Boden lag und zuckend sein Blut verströmte.
Danach stiegen sie hinunter in die Grotte der Sibylle. Nach dem kleinen, säulengeschmückten Eingang folgte ein langer in den Tuffstein eingeschnittener Gang, immer wieder unterbrochen durch Seitengalerien, die sich aufs Meer hinaus öffneten und als Lichtquelle dienten.
Caligula, den jede Vorschrift ärgerte, die er nicht selbst erlassen hatte, sprach unbekümmert und mit lauter Stimme, während sich die Priester betreten anblickten.
»Ein solcher Aufwand um ein altes Weib, das angeblich in die Zukunft schaut. Bei Delphi ist das doch anders, Pyrallis? Ich glaube, da geht man nicht in den Berg, sondern auf den Berg.

Das hier ist natürlich geheimnisvoller, weil es aussieht, als steige man hinab in die Unterwelt ...«

»Majestät!« zischte ein alter, kahler Priester. »Ich muß dich bitten, jetzt zu schweigen – wir nähern uns dem Adytum (Allerheiligstes).«

Caligula lachte schallend.

»Gut, gut, ich bin ja schon still, damit die Sibylle in Ruhe über ihre Lügen nachdenken kann.«

Der Gang endete in einem kleinen Wartesaal mit aus den Wänden gehauenen Sitzbänken. Ein schwerer, roter, mit goldenen Lorbeerblättern bestickter Vorhang verbarg das Adytum vor den profanen Augen.

»Stelle eine Frage«, skandierten die vier Priester im Chor.

Caligula grinste spöttisch, doch er spielte mit.

»Mir soll Anfang des Jahres Gefahr drohen. Ich will wissen, woher sie kommt.«

»Und du?« wandten sie sich an Pyrallis.

»Meine Zukunft liegt in den Händen der Götter und des Kaisers – das weiß ich, und mehr will ich nicht wissen.«

»Mir scheint, Pyrallis ist klüger als ich«, sagte Caligula anerkennend.

Zwei der Priester verschwanden hinter dem Vorhang; die beiden anderen erklärten mit heiserer Stimme:

»Die Sibylle nimmt jetzt ein rituelles Bad, kleidet sich um und begibt sich in den kleinen Orakelraum. Dabei kaut sie die dem Apollo heiligen Lorbeerblätter und fleht ihn um seinen Beistand an. Wenn sie des Gottes Stimme vernimmt, läßt sie sich auf dem Dreistuhl nieder und stammelt ihre Visionen heraus. Manchmal brüllt sie so laut, daß es durch die ganze Höhle zu hören ist.«

Diesmal brüllte sie nicht. Nach geraumer Zeit erschienen die beiden Priester wieder und überreichen Caligula eine kleine Schriftrolle.

»Die Antwort Apollos durch den Mund der Sibylle.«

Caligula steckte sie achtlos weg.

»Gehen wir! Da herunten erstarrt man ja allmählich vor Kälte.«

Während sie zurückschritten, fragte Pyrallis:

»Bist du nicht neugierig auf die Antwort des Gottes?«

»Ich bin selber ein Gott! Wenn Apollo mir etwas zu sagen hat, dann wendet er sich an mich, nicht an das alte Weib, das zusammen mit den Priestern die Gläubigen schröpft. Dieser Unsinn kann warten.«
So spielte er vor Pyrallis den Unbekümmerten, doch sie durchschaute ihn. Seine abergläubische Furcht vor der Antwort ließ ihn zögern.
Später, als sie mit einem Krug Wein auf der Terrasse der Villa saßen und das uralte Schauspiel der Wellen betrachteten, die gischtspritzend und donnernd an den Klippen zerschellten, kam Caligula von sich aus auf das Orakel zurück. Er holte den Pypyrus hervor, rollte ihn auf, las und brach in ein schrilles, schepperndes Lachen aus.
»Hör dir das an, Pyrallis: ›Hüte dich vor einem Cassius!‹ So lautet der Spruch, und er ist tatsächlich an dümmlicher Einfalt nicht zu überbieten. Es heißt: Hüte dich vor einem Cassius, nicht einfach vor Cassius! Natürlich ist das symbolisch gemeint und bezieht sich auf einen der Caesarmörder. Genauso hätte der Spruch lauten können: Hüte dich vor einem Brutus! Oder ganz einfach: Hüte dich vor einem Mörder! Nun, das tue ich ja schon die ganze Zeit, und wie ich meinen Senat kenne, wird er bald wieder einen neuen Cassius oder Brutus oder Verräter gebären.«
»Und wenn sich die Warnung doch auf einen bestimmten Cassius bezieht?«
»Aber Pyrallis, diesen Namen gibt es in Rom tausendfach, als Zu-, Haupt- oder Nebennamen. Welcher von ihnen soll es nur auf mich abgesehen haben? Das ist doch alles Unsinn! Den Gang zum Orakel hätten wir uns sparen können.«
Caligula dachte eine Weile mit gerunzelter Stirn nach.
»Da fällt mir jetzt plötzlich Cassius Longinus ein, den ich vor kurzem zum Prokonsul von Asia ernannt habe, ein aufsässiger und hinterhältiger Mensch, der mir niemals verziehen hat, daß ich ihm Drusilla wegnahm und sie dem Lepidus gab. Er wäre damals zu gern ein Mitglied der kaiserlichen Familie gewesen. Dem wäre eine neue Verschwörung durchaus zuzutrauen. Weit weg von Rom könnte er in Asia Anhänger sammeln ...«

Caligula verlor sich in finstere Betrachtungen, doch Pyrallis, die wußte, was solcher Argwohn bewirken konnte, versuchte ihn abzulenken.
»Aber du hast doch selbst gesagt, daß es Tausende dieses Namens gibt und daß der Spruch ihn nur als Symbol für allgemeines Verrätertum nennt. Ich neige jetzt mit dir zu der Meinung, daß diese Priester zusammen mit ihrer Sibylle tatsächlich nur die Dummheit gläubiger Rat- und Hilfesuchender ausnützen.«
Caligula schreckte aus seinen Gedanken.
»Nicht wahr, so siehst du es auch? Man braucht nur etwas Nüchternheit und Vernunft, um die Sache zu durchschauen. Vergessen wir es!«
Ganz aber vergaß Caligula den Orakelspruch doch nicht und gab nach seiner Rückkehr sofort den Befehl, Cassius Longinus in seinem Amtssitz Ephesos festzunehmen und nach Rom zu bringen. Doch während der Reise mit Pyrallis verlor er kein Wort mehr darüber.

Am nächsten Tag fuhren sie nach Neapolis weiter und setzten von dort nach Capri über. Caligula hatte ein Dutzend seiner Prätorianer vorausgeschickt, um die alte Kaiservilla wohnlich zu machen, denn ihm lag daran, daß Pyrallis sich wohlfühlte.

XXXVII

Als Cornelius Sabinus in Rom eintraf, war der Kaiser zwei Tage zuvor nach Capri abgereist. Nachdem er seine Eltern begrüßt und ihre neugierigen Fragen beantwortet hatte, wobei er aus guten Gründen die Wahrheit unterschlug, meldete er sich bei Arrecinus Clemens zurück. Die beiden mißtrauten einander, denn Sabinus hielt den Präfekten nach wie vor für eine Kreatur Caligulas, wogegen Clemens annehmen mußte, der Tribun habe sich aus Liebedienerei und um dem Kaiser seine tiefe Verehrung zu zeigen, nach Pandataria gemeldet.
So redeten sie die ganze Zeit aneinander vorbei. Während Sabinus eine farblose, nichtssagende Schilderung seines Dienstes auf

Pandataria gab, tat Clemens, als sei nicht das geringste geschehen, und zeigte sich besorgt über die Abwesenheit des Kaisers. »Um diese Jahreszeit nach Capri zu fahren! Aber der Eigensinn unserer hochverehrten Majestät ist ja stadtbekannt. Ich lasse täglich den Göttern für seine glückliche Rückreise opfern.«
»Da handelst du sehr fromm und ehrenhaft«, sagte Sabinus und versuchte Bewunderung in seine Stimme zu legen. Nachdem jeder dem anderen seine Lügen aufgetischt hatte, hielt Clemens den Tribun für einen kriecherischen Ehrgeizling, auf dem man sein Auge haben mußte, während Sabinus überlegte, ob es nicht tunlich sei, den Präfekten zusammen mit dem Kaiser zu töten.

Mit Chaerea traf er während des Dienstes zusammen, und sie wählten einen gemeinsamen freien Abend für eine gründliche Aussprache.
»Soll ich zu dir kommen?« fragte Chaerea.
»Nein, ich fürchte, mein Haus wird bewacht.«
»Bei mir ist es zwar ein bißchen ungemütlich«, meinte Chaerea, »aber ein Stück Brot und ein Krug Wein werden sich finden.«
Sabinus verstand die Anspielung nicht, doch er fand sie bestätigt, als er Chaereas Haus betrat.
»Wo ist dein Cerberus, der Veteran Aulus? Und wo sind Marcia und die Kinder?«
»Jetzt setz dich erst einmal!«
Chaerea machte einen Stuhl frei, auf dem einige Kleidungsstücke und sein Paradehelm lagen.
»Es geht ein bißchen chaotisch zu, seit Marcia ihren Haushalt verlegt hat. Ich habe nur noch den jungen Sklaven zurückbehalten, aber der ist mit dem Garten und der Küche vollauf beschäftigt. Er ist gerade dabei, uns ein Huhn zu braten, allerdings ohne alle Feinheiten, auf die ganz einfache Legionärsart.«
»Was ist los, Chaerea? Jetzt rück endlich mit der Wahrheit heraus!«
Chaerea beugte sich vor und sagte mit leiser Stimme:
»Es geht bald los, mein Freund. Ich habe Marcia in unser Landhaus geschickt, damit ihr und den Kindern nichts geschieht, falls es zu einem Aufstand kommen sollte. Doch seit ich weiß, wer alles beteiligt ist, scheint mir diese Gefahr gering.«

»Beteiligt woran?«
Chaerea tat erstaunt.
»Na, woran wohl? Am Sturz des Kaisers! Du hast mich doch die ganze Zeit dafür zu gewinnen versucht. Jetzt bin ich dabei!«
»Und warum?«
»Weil ganz Rom dabei ist.«
»Na, na, das klingt mir aber zu einfach. Als ich kürzlich mit Arrecinus Clemens sprach, schien mir das nicht der Fall.«
Da schlug Chaerea sich aufs Knie und brach in schallendes Gelächter aus. Sein breites, gutmütiges Gesicht zerfloß vor schierer Heiterkeit.
»Bei allen Göttern, Sabinus, da habt ihr euch gegenseitig etwas vorgemacht. Woher soll er auch wissen, daß du zu Caligulas Gegnern gehörst? Er mußte dich ja für einen besonders eifrigen Arschkriecher halten, als du dich so spontan nach Pandataria gemeldet hast. Du wirst bald sehen, daß alles ganz anders läuft. Clemens, Callistus, Asiaticus, Vinicianus und mit ihm zwei Drittel des Senats sind sich einig, daß Caligulas Zeit abgelaufen ist. Das Ausmaß dieser Verschwörung ist so groß, daß jeder Verräter fürchten muß mit Caligula in den Orcus zu fahren. Wenn der Kaiser aus Capri zurück ist, schlagen wir zu.«
Sabinus war völlig überrascht.
»Wenn ich es nur glauben könnte ...«
»Das darfst du ruhig. Ich selbst habe meine endgültige Zustimmung noch aufgeschoben, bis du zurück warst. Wir beide gehören zu den wenigen, die sich dem Kaiser bewaffnet nähern dürfen, denn wir sind ja sein Schutz und Schirm.« Wieder mußte Chaerea lachen, als er diese Worte aussprach. »Wie wird er sich wundern, wenn er unsere Schwerter auf seinem göttlichen Leib fühlt!«
»Du bist also fest entschlossen ...«
Chaerea nickte mehrmals mit Nachdruck.
»Darum bin ich ja so fröhlich. Seit ich weiß, daß ich bereit bin, es zu tun, ist mir eine Last vom Herzen gefallen. Endlich werde ich mich rächen können für jahrelange Demütigung, und dazu zähle ich nicht nur seine unsittlichen Hänseleien, sondern auch die schändlichen Dienste, die er uns zugemutet hat. Wir Prätorianer müssen unsere Ehre wiederherstellen vor dem römischen Volk,

vor dem Senat und auch vor dem Heer, das uns zwar um unsere Vorrechte beneidet, uns aber zugleich als kaiserliche Büttel und Steuereintreiber verspottet.«
»Welche Rolle spielt Claudius Caesar dabei?«
»Das – das weiß ich nicht. Von ihm war nie die Rede. Nachfolger seines Neffen wird er kaum werden wollen. Am besten wär es, ihn nach Caligulas Sturz auf seinen Landsitz zu verbannen und die Republik wiederherzustellen. Er ist mit Leib und Seele Gelehrter und wird froh sein, wenn man ihn nicht weiter behelligt.«
Sabinus schüttelte den Kopf.
»Die Republik wiederherstellen? Wie denkst du dir das?«
»Aber es ist doch alles noch vorhanden!« rief Chaerea begeistert. »Der Senat, die beiden Konsuln, die Quästoren, Ädilen und Prätoren – jedes Staatsamt, das es in der Republik gegeben hat, besteht noch heute. Was brauchen wir einen Princeps? Der Senat und die beiden Konsuln übernehmen wie einst die Staatsmacht. Die Amtszeit der Konsuln ist ja ohnehin auf ein Jahr begrenzt, da kann keiner sich zum Tyrannen aufschwingen.«
»Das klingt alles sehr schön, aber ich glaube nicht, daß alle Prätorianer damit einverstanden sind. Die Offiziere sind durch hohe Donativen verwöhnt – wir selbst wissen das schließlich am besten. Damit ist es vorbei, wenn wieder republikanische Formen eingeführt werden. Die Prätorianer sind dann ohnedies überflüssig, denn es hat sie in der Republik nicht gegeben. Sie wurden erst von Augustus zum Schutz des Princeps eingeführt. Du sägst also an dem Ast, auf dem du sitzst, Chaerea.«
Der wischte den Einwand mit einer Handbewegung beiseite.
»Dann müssen sich eben die ehrenwerten Väter etwas einfallen lassen! Dafür werden sie schließlich bezahlt. So ließen sich zum Beispiel einige Auxiliar-Legionen auflösen und durch die Prätorianer ersetzen. Im übrigen wird ein Teil von ihnen zur Erhaltung der öffentlichen Sicherheit in Rom gebraucht. Nein, Sabinus, dafür wäre leicht eine Lösung zu finden.«
Der winkte ab.
»Also gut – und wie soll es nun weitergehen?«
»Ich werde mit Clemens ein Treffen vereinbaren, bei dem auch Callistus, Asiaticus, Vinicianus und andere zugegen sind. Dort

wirst du bestätigt finden, was du mir anscheinend nicht glauben willst: Die wichtigsten Leute Roms stehen hinter unserer Bewegung.«

Seit Caligula aus Rom verschwunden war trafen sich die Verschwörer ganz unbekümmert. In Rom herrschte eine gelöste Stimmung, als ahnte man, daß sich die Verhältnisse bald ändern würden. Caligulas schlimmste Speichellecker unter den Senatoren hielten sich jetzt klugerweise zurück und gingen mit verstopften Ohren und geschlossenen Augen durch die Welt. Einer der Gefürchtetsten war der neuernannte Konsul Pomponius Secundus, der sich bei jedem Gastmahl dadurch hervortat, daß er sich zu Füßen des Kaisers niederließ und diesem zwischen jeder Mahlzeit inbrünstig die Sandalen küßte. Aber sogar er schien zu spüren, daß es nicht klug war, jetzt noch auf den Kaiser zu setzen. Er meldete sich krank und war vorerst nicht mehr in der Öffentlichkeit zu sehen.

Als sich die Häupter der Verschwörung zu einer ausführlichen Besprechung trafen, taten sie das keineswegs im Geheimen, sondern benützten dazu den kleinen Festsaal der Castra Praetoria. Die Eingänge wurden von zuverlässigen Leuten bewacht, und selbst der geschickteste Spitzel hätte keine Möglichkeit gehabt, etwas zu erlauschen.

An diesem Vormittag waren etwa dreißig Männer in dem Saal versammelt, darunter die Senatoren Vinicianus und Asiaticus, Caligulas Sekretär Callistus, der Prätorianerpräfekt Clemens, sowie die Tribunen Chaerea und Sabinus. Um kein Aufsehen zu erregen, hatte man auf die Teilnahme von Claudius Caesar verzichtet, denn diesen kannte fast jedes Kind in Rom.

Als alle versammelt und die Eingänge gesichert waren, erhob sich der Senator Valerius Asiaticus, der sich selbst für einen geschliffenen Redner hielt und jede Gelegenheit nützte, dies auch anderen zu beweisen. Wie es sich für einen gebildeten Römer gehörte, begann er seine Rede mit einem Zitat:

»›Vindicta bonum, vita iucundius ipsa‹, hat einer unserer Dichter gesagt, doch ich kann ihm nicht recht geben. Rache mag zwar

gut und manchmal auch angebracht sein, wir aber haben uns zusammengetan, weil wir das Leben durchaus erfreulich finden und nicht bereit sind, es den Gelüsten eines wahnsinnigen Tyrannen zu opfern. So will ich unser Vorhaben nicht Rache nennen, sondern eine Notwendigkeit zum Wohle aller und nicht zuletzt, um die Würde Roms zu wahren. Ja, meine Freunde, Rom ist dabei, sein Ansehen und seine Würde zu verlieren unter der Herrschaft eines Kaisers, der es bedauerlich findet, daß unser Volk nicht einen einzigen Hals hat, den zu durchschneiden es ihn gelüstet. Nun – Caligula hat nur einen Hals und ein Herz, und es genügt ein einziger wohlgezielter Stoß, uns alle von ihm zu befreien.
Wir haben nun den Plan gefaßt, die zu Ehren unseres großen Augustus gegründeten Ludi Palatini (Palatinischen Spiele) dafür zu nützen. Und zwar aus mancherlei Gründen. Wir alle nehmen an diesen Spielen teil, und unsere Aufgabe wird es sein, die Leibwachen abzulenken, wenn Caligula vom Theater in den Palast oder von dort zurück ins Theater geht. Clemens wird unseren Freund, den Tribun Cassius Chaerea, zur persönlichen Bewachung einteilen, und er wird – auf seinen eigenen Wunsch – den ersten Streich führen.«
Da sprang Sabinus auf und rief:
»Dann führe ich den zweiten – dazu habe ich allen Grund. Außerdem bin ich mit Chaerea befreundet und möchte ihm beistehen.«
»Warum nicht!« rief Asiaticus. »Je mehr Streiche ihn treffen, desto sicherer stirbt er.«
Callistus meldete sich zu Wort.
»Niemand weiß, ob der Kaiser zu den Palatinischen Spielen zurück ist. Er soll sich mit Pyrallis im Süden aufhalten; vielleicht überwintert er sogar auf Sizilien, das er so liebt.«
»Dann wird eben von Fall zu Fall neu entschieden, und wir werden es wieder und wieder versuchen. Sobald Caligula nach Rom zurückkehrt, ist er uns ausgeliefert. Wenn er allerdings in die Spuren seines Vorgängers tritt und seine Residenz nach Capri verlegt, wird es schwierig werden, an ihn heranzukommen. Aber es gibt nicht die geringste Veranlassung, so etwas

anzunehmen. Sollte er es aber tatsächlich planen, so geht das nicht von heute auf morgen, und wir werden rechtzeitig davon erfahren.«
Er wandte sich zu den Tribunen Chaerea und Sabinus:
»Euch beiden kann ich versprechen, daß Rom euch feiern wird wie Helden und Befreier – das seid ihr ja tatsächlich. Ihr sollt euren Kameraden ein Vorbild werden, eure Statuen und Büsten werden Tempel, Straßen und die Castra Praetoria schmücken.«
Sabinus hob eine Hand:
»Da kann auch ich ein Dichterwort beisteuern: ›nescis, quid vesper serus vehat‹ (Man soll den Tag nicht vor dem Abend loben), und deshalb möchte ich die Herren bitten – gewiß auch im Namen meines Freundes Chaerea – von Helden, Ehrungen, Büsten und Statuen erst zu sprechen, wenn es angebracht ist. Man darf Fortunas Langmut nicht überschätzen.«

Als Clemens später mit Callistus allein war, meinte er:
»Diesen Sabinus muß man sehr ernst nehmen. Das ist ein heller Kopf, der bei aller Begeisterung nicht das Gefühl für die Realität verliert. Da scheint mir Chaerea eher ein Träumer, der verdächtig oft von den Schönheiten der Republik faselt. Nun, wir werden sehen. Die kaiserlichen Prinzessinnen sind schließlich auch noch da und werden ein Wort mitzureden haben. Gut, daß der Senat sie damals einstimmig verurteilt hat. So kann die Rache nicht eine ganze Institution treffen.«
Callistus lächelte sardonisch.
»Wenn alles nach Plan verläuft, stehen wir mit sauberen Händen da ...«
»So muß es auch sein«, sagte Clemens ernst. »Wer soll denn sonst einen neuen Anfang machen, wenn nicht wir?«

Die Villa Jovis auf Capri war seit Tiberius' Tod zum Spukhaus geworden, und auch Caligula, Pyrallis und den Prätorianern gelang es nicht, sie neu zu beleben.
Caligula nahm Pyrallis bei der Hand und führte sie durch Arkaden, Gänge und Atrien, zeigte ihr die mit Stuck und Fresken geschmückten Wohnräume, die Thermen und die im Felsen verborgenen Kammern, die geheimen Treppen und Ausgänge.

»Tiberius fürchtete ständig Anschläge auf sein Leben, obwohl er hier nicht den geringsten Anlaß dazu hatte. Aber sein Astrologe Thrasyllus ängstigte ihn dauernd mit dunklen Vorhersagen. Diesem schlauen Betrüger gelang es, sich die Freundschaft des Kaisers zu erschleichen, der sich schließlich nicht mehr wohlfühlte, wenn sein Astrologe nicht in unmittelbarer Nähe war. Ich hätte diese alte Kassandra längst in den Orcus geschickt. Komm – jetzt zeige ich dir etwas anderes.«

Wieder durchquerten sie Gänge, Säulenhallen und Atrien, zum Teil mit atemberaubenden Blicken auf das Meer und die steile Felsenküste. Caligula zögerte, als sie einen kleinen Saal betraten, der zu einem verwilderten Gärtchen hin offen stand.

»War es hier? Seit ich die meisten Einrichtungsgegenstände in Gallien habe verkaufen lassen, erscheint mir hier fast alles fremd, und ich finde mich nicht mehr zurecht.«

Pyrallis wartete schweigend. Es fröstelte sie in diesen kahlen, kalten Räumen. Ein kühler Wind kam vom Meer herauf und durchzog das ganze Haus.

Caligula betrachtete die Fresken an den Wänden.

»Die Taten des Herkules! Doch, hier war es, als mir Kaiser Tiberius die Toga virilis anlegte. Ich war damals neunzehn, und der Alte tat sehr feierlich, aber sonst tat er nichts. Er haßte mich und bevorzugte meine älteren Brüder. Auch Drusus und Nero hatten hier die Männertoga empfangen, doch sie wurden in aller Form dem Senat empfohlen, und das Volk erhielt am Tag ihrer Volljährigkeit eine Spende.«

Caligulas Gesicht hatte sich bei dieser Erinnerung verfinstert. Er lächelte hämisch und böse.

»Was haben sie nun davon? Tot sind sie alle, alle tot, nur noch Schatten, die gelegentlich durch die Erinnerung einiger Menschen geistern.« Er lachte hämisch und begann in dem leeren Raum herumzutanzen. »Schatten sind sie – tot sind sie – Schatten sind sie ...« sang er mit lauter, mißtönender Stimme.

Pyrallis schauderte es.

»Komm Gaius« bat sie, »gehen wir hier weg, mir ist kalt.«

Caligula hielt inne.
»Du mußt nur tanzen, dann wird dir warm. Aber du hast recht, ein schöner Aufenthalt ist es hier nicht. Ich habe die Thermen heizen lassen, da werden wir uns aufwärmen.«
Durch ihren früheren Beruf war Pyrallis in viele, manchmal sehr reich ausgestattete Privathäuser gekommen, doch die privaten Thermen des Tiberius stellten alles in den Schatten. Apodyterium (Ankleideraum), Frigidarium, Tepidarium und Caldarium leuchteten in den kostbarsten farbigen Marmorsorten: schneeweißer persischer und gefleckter phrygischer Marmor für die Wände, grüner Serpentin, sizilischer Jaspis und Pfauenmarmor für die Säulen mit ihren zierlichen vergoldeten Bronzekapitellen und -basen. Von den Badebecken war das kalte mit blauem Lapis verkleidet, das heiße mit rotem Porphyr und das laue mit gelbem Marmor. Die kunstvollen Mosaikarbeiten auf den Böden zeigten Neptun mit seinen Meernymphen, dazu Delphine, Schiffe und im Wasser spielende geflügelte Genien.
»Gehen wir zuerst ins Sudatorium«, schlug Caligula vor.
Sie betraten den Schwitzraum, dessen dichte Dampfschleier gnädig den häßlichen, aufgeschwemmten Körper des Kaisers verbargen.
Dabei ist er noch nicht einmal dreißig Jahre, dachte Pyrallis. Er müßte Sport treiben, weniger essen und trinken ...
»Komm her, meine Nymphe!« sagte Caligula, und sie setzte sich auf den Schoß des feuchten, dichtbehaarten Ungetüms. Er begann ihre Brüste zu kneten und streichelte ihren glattrasierten Schoß.
»Wo hast du denn die Haare deiner Venusgrotte gelassen?«
»Das ist eine neue Mode aus Ägypten, die jetzt viele Frauen in Rom pflegen. Man fühlt sich nackter, aber auch sauberer – es ist ein angenehmes Gefühl.«
Sie liebten sich heftig in dem mit heißem Dampf erfüllten Raum. Dann tauchten sie ins Tepidarium, spülten den Schweiß ab und plantschten danach noch im quellfrischen Frigidarium.
»Vielleicht soll ich es dir nicht sagen, Pyrallis, damit du nicht hochmütig wirst, aber ich liebe dich. Caesonia liebe ich, weil wir in vielem gleich sind, und so war es auch mit Drusilla, meiner göttlichen Panthea. Bei dir, Pyrallis, schätze ich den Gleichmut,

deine Wahrheitsliebe und Furchtlosigkeit. Würde ich jetzt meine Prätorianer hereinrufen und ihnen befehlen, dir den Kopf abzuschlagen, so weiß ich, du würdest lächelnd und ohne Furcht dein Haupt beugen. Darum nennen mich so viele grausam, weil mich das Geduckte, die zitternde Angst, die kriecherische Unterwürfigkeit so reizen. Da muß ich mit der Faust dreinfahren, verstehst du das? Solche Menschen kann ich nur ertragen, wenn ich sie quäle und demütige, und so lange es mir Spaß macht, werde ich es auch tun.«

»Aber Gaius, gerade diese Menschen sind doch dein Produkt! Sie reagieren auf dein Verhalten mit Angst, Unterwürfigkeit und gelegentlich auch mit Verrat. Das ist ein Kreislauf des Schrekkens, den nur du, als der Stärkere, unterbrechen kannst.«

»Lohnt es sich dann noch zu leben – Kaiser zu sein, göttlich und allmächtig zu sein? Das verstehst du nicht, Pyrallis, auch wenn du noch so klug bist. Gehen wir jetzt hinauf ins Peristylum. Wenn es nicht zu kalt ist, können wir im Freien speisen.«

Inzwischen war es Nacht geworden, und die Prätorianer hatten zwischen die schlanken Säulen des Peristyls große bronzene Öllampen gestellt.

»Schau, Gaius, der Himmel! So klar ist er in Rom nie zu sehen.«

»Schafft die Lampen fort!« rief Caligula.

Nun war der bestirnte Himmel noch deutlicher zu sehen. Wie goldene Ampeln hingen die Sterne am samtschwarzen Firmament, und Lunas milder Schein wandelte alles in Silber.

Pyrallis küßte dem Kaiser die Hand.

»Danke, mein Lieber. Laß jetzt die Lampen wieder bringen, aber im Freien ist es doch noch zu kühl.«

So nahmen sie ihr Nachtmahl im Triclinium ein, und Caligula spülte seiner Gewohnheit nach die Speisen mit Strömen von Wein hinunter.

»Sollen wir uns hier ein Liebesnest bauen?« fragte er mit schwerer Zunge. »Mein Onkel hat schon gewußt, was er tat, als er sich hierher zurückzog. So hielt er sich den Senat vom Leib und regierte mit schriftlichen Verfügungen. Dabei besteht die Gefahr, daß einer in Rom zu mächtig wird und den Kaiser verrät. Damals war es Sejanus, bei mir wären es vielleicht Clemens oder Callistus.

Ich habe mir auch schon überlegt, ob ich meine Residenz nicht nach Alexandria verlegen soll. Ägypten ist ohnedies kaiserliche Provinz und was von den Palästen der Ptolemäer noch übrig ist, soll sich durchaus mit Rom messen können.«
Er gestikulierte beim Reden mit den Händen und stieß dabei einen Krug um. Wie eine Blutlache breitete sich der dunkelrote Wein auf dem Boden aus. Caligula lachte.
»Das sieht aus, als sei einer geköpft worden.«
Sofort wurde ein neuer Krug gebracht, und Caligula redete weiter.
»Auch Antium, meinen Geburtsort, habe ich schon in Erwägung gezogen. Dort verehrt mich das Volk wirklich und nicht nur, weil ich es mit Brot und Spielen füttere. Nur weg von Rom, die Stadt ist mir allmählich verhaßt.«
Pyrallis lächelte.
»Und doch würdest du sie missen. Sie ist nun einmal das Herz der Welt, und wo es schlägt, soll auch der Kaiser sein.«
»Bei Tiberius ging es auch.«
»Um welchen Preis! Möchtest du, daß dir ein Sejanus die Macht entwindet? Nicht immer wird man solchen Menschen Herr.«
Caligula erhob sich schwankend und rülpste laut.
»Ich – ich bin ein Gott – bin Jupiter, Neptun, Mars, Herkules – ich überwinde alle und alles ...«
Er stolperte und fiel auf seine Liege zurück. Plötzlich würgte es ihn, und ächzend erbrach er sich auf den Boden. Pyrallis wandte sich ab, während die bei Tisch diensttuenden Prätorianer den Kaiser stützten und säuberten.
Er kann tun, was er will, dachte sie verwundert, doch es gelingt mir nicht, ihn zu hassen.

In jener Nacht hatte Caligula einen Traum. Er wollte sich im Palatinum zur Nachtruhe begeben, als sich die ihn begleitenden Männer seiner Leibwache plötzlich in römische Götter verwandelten. Da war Merkur mit seinem geflügelten Helm, der kriegerisch gepanzerte Mars, der doppelgesichtige Janus, der bleiche, finstere Saturn, der strahlende, sonnengleiche Apollo und noch andere, die er nicht erkannte, doch es war keine Frau darunter.
»Wo ist Jupiter?« fragte Caligula.

Apollo deutete nach oben:
»Wir sind beauftragt, dich zu ihm zu führen.«
Gemeinsam bestiegen sie ein goldenes Schiff, dessen purpurne Segel sich blähten und das sich wie eine vom Sturm getragene Feder schnell in die Luft erhob. Caligula sah das nächtliche Rom unter sich vorüberziehen. Der palatinische Hügel mit seinen ineinandergeschachtelten Palästen, den Tempeln und dem gewaltigen langgestreckten Viereck des Hippodroms wurde schnell kleiner und entschwand. Caligula spürte trotz der geblähten Segel keinen Wind, doch er wußte, daß das goldene Schiff gedankenschnell dem Olymp zueilte. Als das Schiff sich hinabsenkte, wurde die Nacht zum sonnenhellen Tag. Da saßen sie nun in heiterer Tischrunde an der goldenen Tafel, und Caligulas Begleiter beeilten sich, die freien Plätze einzunehmen. Vor diesem unirdischen Glanz sank Caligula in die Knie, und staunend erkannte er die zwölf Hauptgötter des griechischen Olymps: Am Tafelende saß Zeus, der Blitzeschleuderer, der Herr über Welten und Wind, Sturm und Donner, der Schwurgott, der Beschützer von Haus, Familie und Freundschaft, der Hüter des Rechts und des Staates. Neben ihm Hera, seine Schwestergemahlin, dann Poseidon und Demeter, Apollo und Artemis, Ares und Aphrodite, Hermes und Athene und am Ende der Tafel der lahme Gott des Feuers und des Handwerks, Hephaistus mit Hestia, der Haus- und Familiengöttin.
Wie Donner hallte die Stimme des Göttervaters.
»Gaius Caesar, trete vor meinen Thron!«
Caligula war kaum fähig sich zu bewegen; seine furchtgelähmten Glieder gehorchten ihm nicht mehr. Er sammelte seine Kräfte und schleppte sich vor den Thron des Blitzeschleuderers. Je näher er ihm kam, desto größer ragte der Gott vor ihm auf, und als er vor dem goldleuchtenden Thronsessel stand, reichte er ihm gerade bis an das Knie. Er wagte nicht, zu dem Gewaltigen aufzublicken, sondern verharrte mit gesenktem Haupt, demütig wartend.
Wieder ertönte die mächtige Stimme, weithin hallend, als müsse die ganze Welt sie vernehmen.
»Du nennst dich meinen Zwillingsbruder, Gaius, verkündest dem Volk, in dir lebe und herrsche die irdische Hälfte des Zeus.

Du lügst, Gaius! Du bist ein Mensch, ein kleiner sterblicher Mensch, der uns mit Opfergaben nährt wie Bürger, Bauern und Handwerker. Ich habe dir den Olymp mit seiner Götterrunde gezeigt, damit du deine Kleinheit erkennst und dir nicht weiter eine Würde anmaßt, die du nicht besitzst. Nimm es als Geschenk und eile zurück zu den Sterblichen, denen du zugehörst.«

Caligula rührte sich nicht. Die Worte des Gewaltigen hallten in seinem Innern nach und plötzlich fühlte er sich klein und unbedeutend und hatte nur den Wunsch, zurückzukehren zu den Menschen, wo er unbestritten der Herr und Kaiser war.

»Wie komme ich zurück?« flüsterte er und starrte furchtsam auf den mit goldener Sandale bekleideten Fuß des Blitzeschleuderers.

Der Fuß bewegte sich; Caligula spürte einen harten Stoß, es wurde Nacht, und er spürte den sausenden Wind, während er vom Olymp auf die Erde zurückfiel.

Mit einem Schrei richtete er sich auf. Der wachhabende Prätorianer eilte herbei.

»Imperator? Hast du einen Befehl?«

»Wo bin ich?« stammelte der Kaiser.

»Auf Capri in der Villa Jovis, Imperator.«

»Ah so – ja gut. Geh und hole Pyrallis! Halt, nein – laß sie schlafen. Wie spät ist es?«

»Drei Stunden nach Mitternacht, Imperator.«

»Ist gut, geh zurück.«

Gleich nach Tagesanbruch ließ er Pyrallis wissen, daß er die Rückreise befohlen habe.

Später sagte er zu ihr:

»Ein seltsamer Traum hat mich gewarnt. Ich muß in Rom nach dem Rechten sehen und möchte bei den Palatinischen Spielen anwesend sein.«

Pyrallis fragte ihn nach seinem Traum, doch er antwortete nur mit Ausflüchten.

So kam der Kaiser eher zurück, als man dachte. Er kündigte an, für den Adel und den Senat von Rom sein schon lange versprochenes Versöhnungsmahl zu veranstalten und bestimmte dafür den 16. Januar.

Mit Callistus, dem er am ehesten traute, sprach er ganz offen über die mit dem Festmahl verbundene Absicht.

»Ich will sie einmal alle beisammen haben, verstehst du? Senat, Adel, Staats- und Hofbeamte, und ich werde jeden einzelnen genau beobachten. Du weißt, ich bin ein Menschenkenner von hohen Graden und kann in den Gesichtern lesen. Ich sehe es jedem an, ob er mir wohlgesinnt ist oder nicht. Und dann mache ich eine Liste, mein Freund, und jeder meiner Gegner wird daraufstehen. Schade, daß Protogenes verschwunden ist, aber du kannst mir ja zur Hand gehen.« Er lächelte zufrieden. »Das wird die nächste große Säuberung sein, und ich mache sie so gründlich, daß ich danach ohne Leibwache ausgehen kann. Ich sehe es deinem skeptischen Gesicht an, daß du mir nicht glaubst. Sei gewiß – was ich vorhabe, führe ich auch durch, das habe ich schon einige Male bewiesen.«

Callistus lief es kalt über den Rücken. Wenn das ernst gemeint war, würde so viel Blut fließen wie noch nie, und es wäre schwierig, nicht selbst in den tödlichen Strudel zu geraten. Seine Gedanken purzelten durcheinander: jetzt nur nichts Falsches sagen!

Callistus nickte nachdenklich und verzog keine Miene.

»Ein betörender Gedanke, Majestät. Aber hast du nicht selbst schon mehrmals den Vergleich mit der Hydra angestellt? Wo man drei Köpfe abschlägt, wachsen sechs nach und wenn du drei Dutzend abschlägst ...«

»Nein, Callistus, die Rechnung ist falsch wie die meisten Vergleiche«, unterbrach ihn Caligula mit schlauem Lächeln. »Gewiß, Herkules hatte es schwer mit der sagenhaften Hydra, aber ich habe es mit Menschen zu tun, mit meist furchtsamen Menschen. Ich weiß auch, wie gefährlich es ist, wenn die Furcht zu groß wird – sie kann dann in Haß und Todesverachtung umschlagen. Diesmal, Callistus – und das wird nicht von heute auf morgen geschehen – werde ich alles vernichten, was gegen mich Furcht, Haß, Verachtung oder verschwörerische Gedanken hegt, dazu die Familien, Freunde und Anhänger dieser Menschen.«

Caligulas starre, tote Augen waren lebendig geworden und flakkerten in fanatischer Begeisterung. Die bleichen schlaffen Wangen überzog eine zarte Röte. Er beugte sich vor und zog Callistus am Ärmel ganz nahe heran.
»Ich möchte wieder einmal ruhig schlafen können, Callistus. Denn so lange ich weiß, daß in diesem dreimal verfluchten Rom Mordpläne ausgebrütet werden, finde ich keine Ruhe.«
»Aber Majestät«, versuchte Callistus zu begütigen, »so ruhig wie jetzt war es noch nie. Ich versichere dir beim Leben meiner Tochter, daß meine Spitzel seit deinem letzten Strafgericht nicht mehr die geringste Unruhe oder Verschwörung haben feststellen können. Keine Verschwörung und kein Mordplan bleiben auf die Dauer geheim – gerade du hast es ja schon zweimal bewiesen.«
»Mag sein, mag sein, daß jetzt noch nichts ausgereift ist, aber man muß die Axt an die Wurzeln legen, verstehst du?«
Callistus hob die Hände:
»Ich verstehe dich, Majestät, aber was soll ich tun?«
»Vorläufig nichts, Callistus, wir werden das Gespräch nach dem Festmahl fortsetzen.«
Oder auch nicht, dachte Callistus grimmig, weil es nämlich sein kann, daß du dieses Festmahl nicht überlebst, Stiefelchen.

Noch am selben Tag beriet er sich mit dem Prätorianerpräfekten Clemens.
»Bei mir hat er zwar nichts angedeutet, aber er will die Wachen an diesem Abend verdoppeln.«
Callistus rieb sich zufrieden die Hände.
»Er hat Angst! Das ist ein gutes Zeichen. Denn wer Angst hat, verliert die Übersicht. Früher hätte er nicht einmal mir schon vorher seine Pläne verraten, aber die Furcht treibt ihn dazu. Er muß sich jemandem mitteilen, und für uns ist es das beste, was er tun konnte. Ich würde vorschlagen, ihn schon während des Festmahls zu töten. Dir muß es doch möglich sein, Leute deines Vertrauens in seine Nähe zu bringen. Vor allen Augen soll er sterben und dieses aus Heimtücke veranstaltete Bankett wird zu einem Freudenmahl!«
Clemens blickte nachdenklich drein.

»Du stellst dir das einfacher vor, als es ist. Der unmittelbare Schutz des Kaisers sind schon seit langem nur noch Germanen. Er läßt keinen römischen Prätorianer an sich heran. Diese Leibgarde hätschelt er so sehr, daß deren Tribun Frisius Lanius ausschließlich dem Kaiser unterstellt ist. Dieser Lanius (Schlächter) braucht von mir keine Befehle entgegenzunehmen und ist dementsprechend eingebildet. In Germanien hat er sich durch Enthauptung zahlreicher sogenannter Verräter aus den Legionen des Gaeticulus hervorgetan. Das hat ihm den Ehrennamen *Lanius* und die Zuneigung des Kaisers eingetragen. Mit ihm mußt du rechnen, immer und überall, besonders aber bei öffentlichen Banketten. Ich konnte für diesen Abend auf alle Fälle Chaerea und Sabinus zum Dienst einteilen, vielleicht ergibt sich eine zufällige Gelegenheit, an ihn heranzukommen. Doch erhoffe dir nichts davon.«
»Nein, ich erhoffe mir nichts«, sagte Callistus bitter. »Aber bedenke auch, daß unsere Köpfe von Tag zu Tag lockerer sitzen. Caligula schreckt vor nichts mehr zurück und hat recht klar angedeutet, was er demnächst plant.«
»Dazu darf es nicht kommen, das weiß ich, und wir müssen auf der Hut sein. Vor allen Dingen eines: Jedem Kind in Rom muß es klar sein, daß der Plan zu Caligulas Beseitigung von uns ausgegangen ist, auch wenn Chaerea, Sabinus oder andere die Tat begehen. Da darf es nicht den geringsten Zweifel geben! Ich möchte nicht zuletzt noch quasi aus Versehen mit dem Stiefelchen zugrunde gehen.«
Clemens lächelte.
»Ich weiß, du bist ein allzeit vorsichtiger Mann.«
»Wäre ich sonst noch am Leben?«

XXXVIII

Dicht an dicht reihten sich die langen Tische und die Speisesofas im großen Bankettsaal des Kaiserpalastes. Auf einer erhöhten Tribüne erhob sich der goldfunkelnde Tisch des Kaisers, ein

Wunderwerk der Schnitzkunst mit Einlagen von Elfenbein und geschnittenen Steinen.
Bei großen Gastmählern saß Caesonia an der Seite des Kaisers; auf den Plätzen gegenüber speisten wechselnde Tischgäste, die von Caligula dazu aufgefordert wurden. Im Rücken des Kaisers bildete die germanische Leibwache einen so dichten Ring, daß keine Maus ungesehen hätte durchschlüpfen können, nach vorn war er durch drei Doppelreihen seiner Leibgarde abgesichert, die in Abständen am Fuß der Tribüne wachten. Jeder, der sich dem Kaiser – von welcher Seite auch immer – unaufgefordert näherte, wäre unweigerlich in ein Schwert oder eine Lanze gelaufen.
Seit einigen Wochen war Caligula überängstlich geworden und bat nur noch Menschen an seine Tafel, die er für absolut harmlos hielt, vor allem Schauspieler und Wagenlenker.
Heute saß ihm Claudius Caesar gegenüber, den man aus seiner beschaulichen Landvilla herbeibefohlen hatte, um »kaiserliche Familie« zu spielen. Seit Agrippina und Livilla verbannt waren, bestand diese nur noch aus Caesonia, Caligula und Claudius.

Zu Beginn des Festmahls ließ der Kaiser seinen Sekretär Callistus rufen. Caligula deutete hinab in den Saal.
»Mir scheint, einige Plätze sind leer geblieben. Nimm zwei Schreiber und vergleiche die Einladungsliste mit den Anwesenden. Und dann mache eine Aufstellung all derer, die nicht gekommen sind. Auf diese Namen bin ich besonders neugierig ...«
Und ich weiß auch warum, dachte Callistus und überlegte sich, wie er den Auftrag verzögern konnte.
Noch ehe die Speisen aufgetragen wurden, hatte Caligula einige Becher Wein hinuntergestürzt, die aber seine Unrast eher verstärkten.
»Majestät, du wolltest das Versöhnungsmahl mit einer kurzen Rede eröffnen«, erinnerte ihn Callistus.
Immer wenn es um rednerische Selbstdarstellung ging, fühlte Caligula sich besonders angesprochen, denn er sah in sich den glänzendsten Rhetor seiner Epoche. Doch er hatte vergessen, sich vorzubereiten, außerdem war ihm der Wein schon so zu Kopf gestiegen, daß seine Gedanken wie ein wilder Bienen-

schwarm durcheinanderschwirrten und es ihm schwerfiel, sie zu ordnen.
Schwankend erhob er sich und sofort trat Stille ein. Einer der Gäste stieß seinen Weinbecher um, der klirrend über den Marmorboden rollte.
»Festnehmen!« kreischte Caligula wie ein Irrer. »Das ist Majestätsbeleidigung! Festnehmen, in Ketten legen und bei den nächsten Spielen verwenden!«
Zwei Prätorianer führten den Mann hinaus. Nun herrschte eine so beklemmende Stille, daß man glaubte, die Herzen der Anwesenden klopfen zu hören.
»Ich habe mich gnädig bewogen gefunden, mit euch, den Konsuln, Rittern und Senatoren Roms, ein Versöhnungsmahl zu feiern.«
Caligula hielt inne, trank einen Schluck und blickte grimmig auf gesenkte Köpfe und in reglose Gesichter. Wie er sie alle haßte!
»Doch Versöhnung nicht um jeden Preis! Ich weiß, daß mindestens die Hälfte von euch mich lieber tot als hier an diesem Tisch sähe, und ich werde bald herausfinden, wer zu dieser Hälfte gehört. Vielleicht könnte es zur Versöhnung beitragen, wenn alle meine Gegner sich freiwillig meldeten, und ich werde mich dann gnädig zeigen und sie nur auf Lebenszeit aus Rom verbannen. Wer davon Gebrauch machen will, trete vor.«
Caligula ließ seine kalten starren Augen über die Festgemeinde schweifen und hatte dabei nach langer Übung eine Fähigkeit entwickelt, jedem einzelnen in die Augen zu blicken – ganz kurz nur, gedankenschnell, doch die Wirkung verpuffte, da die meisten ihren Kopf gesenkt hielten.
Vielleicht sind gerade das die Schlimmsten, überlegte der Kaiser, denn sie wollen nicht, daß ich ihnen ihr schlechtes Gewissen ansehe. Es kann aber auch möglich sein, daß jene, die meinem Blick trotzen, damit nur ihre Schuldlosigkeit vortäuschen wollen. Es war zum verzweifeln!
Die starren Augen irrten ab, begannen zu flackern wie ein Kerzenlicht im Wind. Fast körperlich spürte Caligula, wie Haß, Mißtrauen, Rachsucht und Furcht ihm aus dem Saal entgegenschlugen. Mit aller Kraft mußte er die spontane Regung unterdrücken, sie allesamt, wie sie da waren, Frauen und Männer, alte und

junge, festnehmen und sofort köpfen zu lassen. Er wußte nicht einmal, ob die Prätorianer einem solchen Befehl gehorcht hätten.
»Es meldet sich also keiner – nun, das habe ich mir fast gedacht . . .«
Valerius Asiaticus, der ganz in der Nähe saß und nach wie vor als Freund des Kaisers galt, erhob sich langsam.
»Wenn ich etwas dazu sagen darf, Majestät. Ich glaube, es ist einfach so, daß du keine Feinde mehr hast. Wir sitzen alle hier, genießen deine Gastfreundschaft, geehrt und dankbar . . . Wir fühlen uns alle wohl, und ich muß dir sagen, daß es mich kränkt, wenn du einfach annimmst, die Hälfte von uns sei gegen dich. Haben wir dir irgendeinen Grund zu diesem Vorwurf gegeben?«
Caligula rang sichtlich um Geduld.
»Ja, ja, ich kenne dich, Asiaticus, und von dir weiß ich, daß du auf deine etwas lässige und stoische Art immer auf meiner Seite warst. Warum aber sprichst du für die anderen? Kennst du sie denn alle, vertraust du ihnen allen?«
»Einige kenne ich schon . . .«
»Das ist es eben!« rief der Kaiser. »Einige kenne ich auch, aber die vielen, die ich nicht oder weniger gut kenne?«
»Auch Mißtrauen muß seine Grenzen haben«, erklärte Asiaticus steif.
Caligula lachte scheppernd.
»Hätte ich gedacht wie du, wäre ich längst nicht mehr am Leben.«

Chaerea, der mit Sabinus in der Nähe des Kaisers stand, überlegte während dieses Streitgesprächs, ob ein Überraschungsangriff Erfolg verspräche. Er war dabei ganz ruhig, und sein Herz schlug um keinen Takt schneller. Der Kaiser stand vor seinem goldenen Tisch, hinter ihm wachte die germanische Garde mit gezogenen Schwertern. So bliebe nur die Möglichkeit, auf den Tisch zuzulaufen – nein, langsam auf ihn zuzugehen, als müsse er eine dringende Meldung machen. Oder besser noch, er beugte sich zum Ohr des Claudius hinab, als sei die Nachricht für ihn bestimmt. Dann gälte es, blitzschnell das Schwert zu ziehen und Caligula über den Tisch hinweg zu erstechen. Im selben Augenblick würden ihn seine Leibwachen zurückreißen, doch es gäbe keine Möglichkeit nachzustoßen, weil ja der Tisch dazwischen stand. Chaerea schüttelte unmerklich den Kopf. Es wäre töricht, so etwas zu tun, abgesehen von der Tatsache, daß die Germanen auf Caligulas Befehl ein Blutbad unter den Gästen anrichten würden. Mit diesem Angriff hätte der Kaiser seine eigenen Worte sofort bestätigt gefunden – nein, der Augenblick war noch nicht gekommen.

Cornelius Sabinus, vom Präfekten Clemens zu Chaereas möglicher Unterstützung ganz in der Nähe plaziert, stellte fast genau die selben Überlegungen an wie sein Freund.

Clemens indessen sandte ein Stoßgebet hinauf zu Mars, er möge den beiden Tribunen keine Angriffslust einhauchen, denn auch ihm erschien dieser Ort für die geplante Tat kaum geeignet. Der schlimmste aller möglichen Fälle wäre ein mißglückter Anschlag gewesen; dann lieber warten auf eine bessere und weniger risikoreiche Gelegenheit.

Der Kaiser hatte das Streitgespräch mit Asiaticus abrupt beendet. In endloser Folge wurden die Speisen aufgetragen, roter und weißer Wein sprudelte in die Becher und Pokale. Je weiter der Abend fortschritt, desto weniger Wasser mischten die Gäste dem Wein bei, der ihre angstverkrampften Glieder löste und das in Caligulas Gegenwart stets anwesende hohläugige Gespenst der Furcht für einige Stunden verdrängte.

Callistus hatte sich seines Auftrags entledigt und stellte fest, daß von den vierhundertundzehn Geladenen zweiundfünfzig nicht erschienen waren. Für achtzehn von ihnen waren Stellvertreter mit Entschuldigungen erschienen, bei den anderen mußte der Grund ihres Fernbleibens noch ermittelt werden.

Während die Gäste noch speisten, ertönten die Fanfaren der Herolde und baten um Aufmerksamkeit. Der Hofmeister trat vor und kündigte eine artistische Einlage an, als Geschenk und Überraschung des Imperators für die verehrten Gäste.

Sklaven liefen herbei und streuten unterhalb der Tribüne Sand auf den Boden. Dann ertönte ein dumpfer Trommelwirbel, und zehn mit schweren Ketten beladene Männer wurden hereingeführt. Sie mußten sich im Halbkreis niederknien, und der Hofmeister verkündete:

»Der Tribun Frisius erklärt sich bereit, diese zehn Männer innerhalb von drei Minuten zu enthaupten, und zwar jeden mit einem Streich. Wer ihm das nicht zutraut, kann dagegen wetten.«
Der Hofmeister zog eine Cera (Schreibtafel) heraus und blickte erwartungsvoll in die Runde.
»Tausend Sesterzen dagegen!«
»Fünfhundert dagegen!«
Caligula gab ein Zeichen, und der Hofmeister rief:
»Fünfzigtausend für Frisius!«
Die meisten boten gegen den »Schlächter«, schon um ihn zu ärgern. Denn der baumlange, muskelbepackte, rotblonde Friese war berüchtigt und allgemein verhaßt.
Als niemand mehr wettete, trat Frisius vor und legte betont langsam Helm, Brustpanzer und Beinschienen ab. Nur mit Mühe faßte die knappe Tunika das riesige Muskelpaket. Die kleinen Augen unter der niedrigen Stirn funkelten freudig, als Frisius das schwere, lange Schwert hob, während ein Sklave die Sanduhr umdrehte.
Der Hofmeister rief: »Los!«, und Frisius begann mit einer fast tänzerischen Grazie sein Schlachtwerk. Die Köpfe der gebeugt Knieenden fielen einer nach dem anderen in den Sand, und es schien, als sei die Wette schon gewonnen. Doch der achte Delinquent spielte nicht so ergeben mit wie alle anderen. Er krümmte sich in Erwartung des Hiebes zusammen, wobei sein Hals zwischen den Schultern verschwand und das herabsausende Schwert nur den Hinterkopf traf. Der Mann fiel mit gespaltenem Schädel vornüber, doch der Kopf blieb dran.
Damit hatte Frisius nicht gerechnet. Mit offenem Mund starrte er den Spielverderber an, hinter seiner niedrigen Stirn arbeitete es mühsam. In jähem Zorn riß er den Gestürzten an den Haaren hoch und trennte seinen Kopf ab. Danach enthauptete er die beiden letzten, wandte sich zu den Gästen und hob in Siegerpose das bluttriefende Schwert.
»Stümper!« schallte es ihm entgegen.
»Du hast verloren, Lanius!«
»Laßt den Schlächter abschlachten!«
Der rotblonde Riese ließ verwirrt sein Schwert sinken und blickte hilfesuchend auf den Kaiser. Der grinste nur böse.

»Du hast verloren, Frisius, und mich hast du fünfzigtausend Sesterzen gekostet. Da gibt es einiges gutzumachen, mein Lieber. Für die nächsten sechs Monate wird dein Sold um ein Drittel gekürzt. Zahlt den Gewinnern ihre Wetten aus!«
Mit gesenktem Kopf stapfte Lanius davon, maßlos traurig, daß sein Ruf – ja, seine Ehre – derart gelitten hatte.
Kurz nach Mitternacht zog sich das Kaiserpaar zurück, während der betrunkene Claudius Caesar noch über eine Stunde blieb und sich stotternd und Gesichter schneidend mit einigen der Gäste unterhielt.
Ihm war aufgefallen, daß seit einiger Zeit niemand mehr wagte, mit ihm frivole Scherze zu treiben. Sein Stottern erregte kein freches oder nachsichtiges Grinsen mehr, jeder begegnete ihm mit Respekt und höflicher Aufmerksamkeit. Der tüchtige, aber im Alltagsleben sehr einfältige Gelehrte ahnte nicht im entferntesten den Grund. Vielleicht ist Caligula doch noch zur Vernunft gekommen, mutmaßte er, und läßt es nicht mehr zu, daß ein Mitglied der kaiserlichen Familie verspottet wird. Ob das ein gutes Zeichen ist? Claudius wußte, daß sein Leben an einem seidenen Faden hing, doch die Gefahr hatte ihn abgestumpft und in eine stoische Haltung getrieben.
Nach dem Festmahl bat er seinen Neffen, ihn zu seiner Arbeit zurückkehren zu lassen, doch Caligula bestand auf seiner Anwesenheit bei den Palatinischen Spielen. Schließlich würden sie zu Ehren des Augustus veranstaltet, und es sei Familienpflicht, daran teilzunehmen.
»Sie dauern ja auch nur drei Tage«, meinte Claudius entgegenkommend, doch Caligula setzte ihm sofort einen Dämpfer auf.
»Ich habe mich soeben entschlossen, die Ludi Palatini um drei Tage zu verlängern, denn ich selber will dabei als Tänzer auftreten.«
Claudius riß seine Augen auf und stotterte:
»D-d-du – als Tä-Tänzer? Aber, aber ...«
Caligula tätschelte ihm die Schulter.
»Nun beruhige dich schon. Ich hatte immer großen Erfolg mit meinen Tanzdarbietungen vor einem kleinen, erlesenen Kreis. Warum willst du dem Volk diesen Genuß vorenthalten?«
Claudius seufzte.

»Also sechs Tage? Wenn du es wirklich für notwendig hältst, Gaius …«

Zwei Tage nach dem Versöhnungsfest hatte Caligula eine kurze Unterredung mit Callistus.
»Nun, wie steht's mit der Abwesenheitsliste? Wer hat unentschuldigt gefehlt, wo kann das kaiserliche Gericht eingreifen?«
»Da bleiben nur achtunddreißig Namen. Neun von den Geladenen sind gestorben, siebzehn haben sich schriftlich wegen Krankheit oder dringender Familiengeschäfte entschuldigt, zwölf waren verreist und konnten nicht mehr rechtzeitig benachrichtigt werden.«
»Gute Arbeit, Callistus, da bleibt keine Frage offen. Trotzdem sollte man den siebzehn Unabkömmlichen etwas auf den Zahn fühlen. Waren sie wirklich krank, waren die Angelegenheiten wirklich so dringend? Vielleicht saßen die angeblich Kranken in einem Hinterzimmer und brüteten eine Verschwörung aus? Es wird viel Arbeit geben, und viel Köpfe werden rollen, Callistus. Aber wir verschieben das alles auf die Zeit nach den Spielen, die ja morgen beginnen.«
»Bis dahin wird sich manches klären«, sagte Callistus vieldeutig. Caligula schaute ihn mißtrauisch an.
»Wie soll ich diese Bemerkung verstehen?«
Der dicke Sekretär ließ sich nicht aus der Ruhe bringen.
»Ich meine das in bezug auf die Namensliste. Ärzte werden die Krankheiten bestätigen oder nicht, Verreiste werden heimkehren oder nicht – man sieht dann viel klarer.«
»Das hoffe ich«, sagte Caligula unwirsch und eilte hinaus. Dann kam er gleich wieder herein.
»Noch etwas. Der Proconsul von Asia soll festgenommen und nach Rom gebracht werden.«
»Cassius Longinus? Darf ich fragen, was man ihm vorwirft, Majestät?«
»Er heißt Cassius! Außerdem mag ich ihn nicht!«
Und wieder verschwand der Kaiser.
Viele heißen Cassius, dachte Callistus verwundert, wenn das jetzt schon ein Verbrechen ist, welche werden die nächsten sein? Die mit dem Namen Lucius, Marcus, Publius oder Sextus?

»Der nächste wird ein Gaius sein«, flüsterte Callistus inbrünstig und blickte grimmig auf die Tür, durch die Caligula gerade gegangen war.

Zur Erinnerung an den verstorbenen und vergöttlichten Kaiser Octavianus Augustus hatte dessen Gemahlin Livia vor über dreißig Jahren szenische Spiele gestiftet, die jedes Jahr auf dem Palatinum in einem eigens dafür errichteten Theater stattfanden. Dieser Bau wurde von geschickten Handwerkern ganz aus Holz gefertigt und konnte trotz der beschränkten Platzverhältnisse auf dem Palatinischen Hügel gut zehntausend Menschen fassen. Für den ängstlichen und mißtrauischen Kaiser war ein schmaler, überdachter Durchgang gebaut worden, der unmittelbar vom Palast in die Theaterloge führte.

Die Ludi Palatini waren keine sehr aufwendigen Spiele, bei denen Hunderte von Menschen und Tieren abgeschlachtet wurden, sondern eine Art unterhaltsame Gedenkfeier zu Ehren des großen Augustus. Dabei kamen ernste und heitere Einakter zur Aufführung, unterbrochen von Musikdarbietungen, wobei täglich mindestens einmal ein langer Hymnus auf Kaiser Augustus von Chorsängern und Rezitatoren vorgetragen wurde.

So war auch das Publikum ein ganz anderes als bei den Tierhetzen, Gladiatorenspielen und auf der Wagenrennbahn. Römische Bürger der mittleren und oberen Schicht sahen es als Verpflichtung an, des göttlichen Augustus auf diese Weise zu gedenken – auch wenn sie sich gelegentlich langweilten. Natürlich drängte sich auch der Pöbel dazwischen, doch weniger der Vorstellung wegen, sondern in der Hoffnung, der Kaiser werde Speisen und Getränke verteilen lassen.

Am ersten und letzten Spieltag wurde dem Andenken des Augustus ein Opfer dargebracht, an dem der Kaiser persönlich teilnahm. Caligula hatte bisher nur ganz sporadisch an den Spielen teilgenommen, erschien zu unbestimmten Zeiten und blieb meistens nicht sehr lange. Das Beste hatte man für den letzten Tag aufgespart, und es galt vor allem den

Liebhabern blutrünstiger Szenen aus Mythologie und Dichtung.

Am Abend zuvor hatte der Kaiser angedeutet, daß er den sechsten und letzten Tag der Spiele im Theater verbringen werde, so daß der Präfekt – neben der immer anwesenden germanischen Leibwache – eine Kohorte Prätorianer, geführt von den Tribunen Cassius Chaerea und Cornelius Sabinus antreten ließ.

Unterhalb der Kaiserloge war ein Altar errichtet worden, auf dem Caligula in eigener Person dem Divus Augustus ein Opfer darbrachte. Der als Priester amtierende frühere Konsul Nonius Asprenas hielt den zum Opfer bestimmten Flamingo, und Caligula trennte dem Vogel mit einem kräftigen Schnitt den Hals durch. Ein Blutstrahl schoß hervor, der das Gewand des Asprenas traf. Nichts erheiterte Caligula mehr, als wenn anderen ein Mißgeschick zustieß. Er lachte laut, und bemerkte ohne Rücksicht auf die Opferhandlung:

»Das sieht ja fast aus, als hätte ich dem Augustus einen Konsul geopfert. Du solltest einen Haruspex konsultieren, Asprenas, denn ein solches Vorzeichen bedeutet nichts Gutes.«

Dieser Vorfall erheiterte Caligula so sehr, daß seine gute Laune den ganzen Vormittag anhielt. Selten hatte man ihn so heiter und gelöst gesehen, und alle, die ihm begegneten, bedachte er mit einem Scherz.

Cassius Chaerea, der mit einigen seiner Offiziere unterhalb der Kaiserloge stand, bekam auch etwas davon ab.

»Ich verspreche es dir, Chaerea, heute darfst du als Minerva auf die Bühne. Mit deinem zarten Stimmchen und deinem kräftigen Körper bist du der ideale Darsteller unserer kriegerischen Stadtgöttin. Wir werden schon ein passendes Kostüm für dich finden.«

Caligula lachte schallend und ließ sich in der Kaiserloge nieder.

Ich werde in einer ganz anderen Rolle auftreten, Imperator, dachte Chaerea, und du wirst in diesem Stück die Hauptfigur sein.

Der letzte Tag der Ludi Palatini wurde mit dem »Mimus Laureolus« des Catullus eröffnet. Natürlich stammte die seichte, blutrünstige Szene nicht von dem berühmten Valerius Catullus, der

schon unter Augustus jung gestorben war, sondern von einem noch lebenden Stückeschreiber, dem einzig und allein daran lag, daß der Pöbel seine – meist geborgten – Einfälle beklatschte.
Der »Mimus Laureolus« stellte in drei Szenen das abenteuerliche Leben eines Räuberführers dar, der unter Augustus die Umgebung von Rom mit seinen Untaten in Atem gehalten und schließlich am Kreuz geendet hatte.
Die Schauspieler bemühten sich redlich, die Vorgänge möglichst realistisch darzustellen. Da gab es die berühmte Szene, als Laureolus ein Landhaus beraubte, die Besitzer darin einsperrte und es in Brand steckte. Zwei der Bewohner konnten sich gerade noch aus dem einstürzenden Gebäude retten, blutspuckend und mit Wunden bedeckt, doch Laureolus schlachtete sie mit seinen Gesellen hohnlachend ab. Bisher war alles nur gespielt, und niemand kam zu Schaden. Als aber der Räuber endlich gefangen und verurteilt wurde, ersetzte ihn ein zum Tod verdammter Verbrecher. Den führte man nun auf die Bühne, peitschte ihn mit Ruten und nagelte den brüllenden Mann an das Kreuz. Nach einiger Zeit ließ er den kahlgeschorenen Kopf sinken und versank in Bewußtlosigkeit.
»Wieder aufwecken!« schrie es aus dem Publikum, »der spürt ja sonst nichts!«
Doch die Bühne mußte für die nächste Szene freigemacht werden und so schlug ihm ein als Charon verkleideter Sklave den Schädel ein.
Während der kleinen Pause bis zum nächsten Stück ließ der Kaiser Fruchtsaft und gebratene Vögel verteilen, und mehrmals war sein lautes schepperndes Lachen zu hören, wenn der Pöbel sich vor Gier gegenseitig die Köpfe einschlug.

Für die nächste Szene forderten die kaiserlichen Herolde absolute Ruhe, denn Caligulas Liebling, der Pantomime Mnester trat in der Hauptrolle auf. Das Stück hieß »Kinyras und Myrrha« und spielte in Paphos auf Zypern.
Die Prinzessin Myrrha verliebte sich leidenschaftlich in ihren Vater, den König Kinyras von Zypern, machte ihn betrunken und näherte sich ihm verkleidet und mit anderer Frisur als fremdes Mädchen. Der König verfiel ihrem Zauber und schlief mit ihr

elf Nächte, wobei sie jedesmal vor Tagesanbruch verschwand. In der zwölften Nacht aber verschlief sie den Sonnenaufgang, und Kinyras erkannte seine Tochter. Sie ergriff sofort die Flucht, während sie ihr Vater mit gezücktem Schwert verfolgte. Doch sie entkam ihm, und Kinyras stürzte sich in sein Schwert. Myrrha wurde von den Göttern in einen Baum verwandelt, aber das war dem Publikum zu wenig aufregend, und so hatte man das Stück umgeschrieben.
Mnesters pantomimische Kunst ließ den unglücklichen König lebendig werden, doch während der Todesszene entschwand er, und ein Straßenräuber wurde mit kräftiger Nachhilfe zum »Selbstmord« gezwungen. Das Ende der schönen Myrrha mußte eine verurteilte Kindermörderin spielen – sie starb unter dem Blitz des Jupiter, das heißt, zwei Bogenschützen spickten ihren Körper mit brennenden Pfeilen.
Ja, das war eine Szene nach dem Geschmack des Pöbels, der johlte und tobte und nach einer Fortsetzung schrie. Doch die beiden Stücke hatten so lange gedauert, daß die Mittagszeit längst überschritten war. Caligula ließ eine längere Pause verkünden und erhob sich.

»Ich brauche jetzt ein Bad, und Hunger habe ich auch«, bemerkte er.
Seine Freunde stimmten ihm bei, und angeregt plaudernd verließen sie die Kaiserloge, um den Durchgang zum Palast zu betreten. Daneben befand sich ein kleiner Aufenthaltsraum für die Bühnendarsteller, und hier wartete eine Gruppe von Knaben aus Asia, die in einem Mysterienspiel als Tänzer auftreten sollten. Caligula unterhielt sich mit ihnen, ermunterte sie mit freundlichen Worten und kündigte für den Abend seinen eigenen Auftritt als Tänzer an.
Seinen Freunden befahl er:
»Geht ihr schon voraus, ich komme gleich nach.«
Valerius Asiaticus, Claudius Caesar und andere folgten der Aufforderung, während die Leibwache in respektvollem Abstand draußen wartete. Der Tanzmeister der Knaben beklagte sich beim Kaiser über die Kälte und meinte, es wäre gut, wenn sich die kleinen Tänzer vor ihrem Auftritt noch wärmen könnten.

Caligula stimmte ihm zu und betrat allein den gedeckten Durchgang zum Palast.
Chaerea und Sabinus hatten ihn nicht aus den Augen gelassen. Sie verständigten sich mit einem Blick, gingen an den germanischen Wachen vorbei, wobei Chaerea sagte:
»Wir begleiten den Kaiser! Ihr könnt euch später anschließen.«
Chaerea erreichte ihn als erster, zog seine Waffe und zögerte einen Augenblick.
»Tu es!« rief Sabinus, und Chaerea versetzte dem Kaiser einen tiefen Hieb in den Nacken. Caligula taumelte und wandte sich um. Sein schlaffes verlebtes Gesicht war eine Maske des Entsetzens.
»Wa-was tut ihr ...?« stotterte er, während das Blut in dicken Strömen aus der Halswunde quoll.
Sabinus verharrte einen Augenblick und schaute dem Kaiser in die Augen. Sie hatten ihre Kälte und Starrheit verloren, waren lebendig, ja menschlich geworden und blickten geweitet vor Angst und Schmerz auf den jungen Tribun.
»Für Calvus und Livilla!« zischte Sabinus, holte aus und hieb sein Schwert quer über Caligulas Gesicht, um diese Maske des Entsetzens auseinanderzuhauen. Mit einem Schrei stürzte der Kaiser zu Boden.
»Ich lebe noch!« rief er drohend und versuchte sich aufzurichten.
Da kamen vier weitere Verschworene zur Hilfe, und schlugen mit ihren Schwertern so lange auf ihn ein, bis er jede Ähnlichkeit mit einem Menschen verloren hatte. Ein wahrer Blutrausch hatte die Männer gepackt und immer neue kamen hinzu.
Einer rief: »Das ist für meine Frau!« und stieß seinen Dolch mehrmals in den Unterleib des blutüberströmten Körpers.
Ein anderer brüllte: »Und das für meinen Sohn!« Dabei bemühte er sich zitternd, Caligulas rechte Hand abzuschneiden.
Der Lärm hatte die germanische Leibwache aufgestört, und die Männer stürmten mit gezogenen Schwertern in den Gang.
»Wo – wo ist der Kaiser?« rief der Centurio und blickte sich um.
Die Verschwörer traten zurück, und einer wies auf das blutige Bündel.
»Da liegt er! Wenn ihr wollt, könnt ihr das Scheusal mitnehmen. Vielleicht macht ihn sein Zwillingsbruder wieder lebendig.«

Ob der Germane ihn verstanden hatte, war nicht klar, doch er drang mit einem Wutschrei auf die Verschwörer ein, und seine Leute taten es ihm nach. Es entspann sich ein Kampf, bei dem es auf beiden Seiten Tote gab.

Chaerea und Sabinus hatten sich – so war es vorher abgesprochen – im Haus des Germanicus auf dem Palatin versteckt, wo sie ausharren wollten, bis die Aufregung abgeklungen war.

Im Theater aber hatte sich die Situation zugespitzt. Der germanische Tribun Frisius Lanius, der »Schlächter«, hatte jetzt die Leitung des blutigen Stückes übernommen. Sein Schlachtruf lautete: »Rache für den Kaiser!«, und seine Männer folgten ihm bedingungslos. Sie hatten bereits drei völlig unbeteiligte Senatoren getötet, darunter auch Nonius Asprenas, wodurch das blutige Vorzeichen seinen Sinn erhielt.
Dann erschien der furchtlose Senator Valerius Asiaticus mit ein paar Dutzend Prätorianern. Ihn kannten auch die Germanen als engen Freund des Kaisers, und so senkten sie ihre Schwerter, um ihn anzuhören. Er wandte sich an Frisius, der leidlich Latein verstand und rief:
»Sage deinen Männern, daß der Tod des Kaisers mit der Billigung des Senats und von weiten Teilen des Volkes geschehen ist. Eure Treue wird man belohnen, aber was ihr hier tut, kann ich nicht gutheißen. Steckt eure Schwerter weg und zieht euch in die Kaserne zurück. Ich verspreche euch hier vor Zeugen, daß ihr weder bestraft noch entlassen werdet. Der nächste Princeps wird eure Dienste gewiß wieder in Anspruch nehmen.«
Frisius erklärte seinen Männern die Lage, und sie steckten zögernd ihre Schwerter ein.
Asiaticus aber eilte mit den Prätorianern zum Forum, wo schon eine große Menschenmenge wartete und nach den Köpfen der Mörder verlangte.
Er bestieg mit zwei Senaturen die Rostra, die altehrwürdige Rednertribüne auf dem Forum. Dort stand schon Arrecinus Clemens mit einigen Tribunen. Er lächelte Asiaticus zu.
»So sind sie! Noch vor wenigen Wochen hat er ein Dutzend Unschuldiger aus ihren Reihen von wilden Tieren zerfleischen

lassen und jetzt fordern sie das Leben seiner Mörder. Sprich du zu ihnen, Asiaticus, denn ich fürchte, mir fehlen die geeigneten Worte.«
Valerius Asiaticus trat vor und hob die Hand. Es dauerte lange, bis Ruhe eintrat.
»Bürger von Rom! Der Princeps Gaius Caesar ist tot, und ich – sein ehemaliger Freund – scheue mich nicht zu sagen, er hat den Tod verdient – tausendfach. Habt ihr denn vergessen, welche Steuern er den Ärmsten von euch abgepreßt hat? Taglöhner, Lastträger, Handwerker, kleine Händler und sogar Huren mußten seine Prassereien mit ihren sauer genug verdienten Geldern bezahlen, abgesehen von den vielen Wohlhabenden, die er umbringen ließ, um sie zu beerben. Der Senat – das verspreche ich euch – wird sämtliche dieser ungerechten Steuern wieder abschaffen. Fragt jetzt noch wer nach den Mördern?«
Die Menge schwieg, nur ein undeutliches Gemurmel war zu hören.
»Gut! Sollte die Frage aber tatsächlich noch einmal gestellt werden, so sagt einfach, ich sei der Mörder Caligulas. Ja, meine Freunde, ich wäre stolz und glücklich, hätte ich meine Hand an den Tyrannen legen dürfen.«
Da löste sich die Menge auf, denn der Hinweis auf die Steuerlast war nicht ohne Wirkung geblieben. Nur der parasitäre Straßenpöbel, der weder Steuern zahlte noch arbeitete, lärmte noch eine Weile herum.

Sogar der Tod eines Tyrannen von der Art Caligulas verursachte sofort ein gewisses Vakuum, quasi eine Gesetzesleere, die von nicht wenigen zur persönlichen Bereicherung genutzt wurde.
Den im Palatinum diensttuenden Prätorianern bot sich eine solche Möglichkeit in diesen Stunden geradezu an. Fast alle waren bei der Nachricht von der Ermordung des Kaisers zum Forum geeilt, bei einigen aber überwog die Habgier ihre Neugier. Sie blieben zurück und durchstreiften die weitverzweigte Palastanlage auf der Suche nach leichter Beute. Da verschwand ein Silberbecher, dort ein vergoldetes Öllämpchen oder eine zierliche Jaspisvase.

Ein Prätorianer namens Titus durchforschte auf diese Weise auch einige an den Palast angrenzende Gebäude. Dabei betrat er einen Pavillon, dessen offene mit Säulen bestandene Terrasse der Kälte wegen durch einen schweren Vorhang geschützt war. Titus sah, daß sich etwas hinter dem Vorhang bewegte und freute sich schon auf ein Sklavenmädchen, das in seiner Angst hier Zuflucht gesucht hatte. Er riß den Vorhang mit einem Ruck zurück und rief:
»Komm nur heraus, mein Täubchen!«
Doch es erschien nur ein zitternder älterer Mann, der furchtbare Gesichter schnitt und stotternd fragte:
»Wo-wollt ihr mi-mich jetzt auch tö-töten?«
Der Prätorianer erkannte den Prinzen sofort und salutierte stramm.
»Warum sollen wir dich töten, Claudius Caesar? Wir alle mögen dich und haben dich oft bedauert, wenn der Imperator, also, wenn Caligula dich ungerecht behandelte. Ich spreche auch im Namen meiner Kameraden, wenn ich dich als unseren neuen Kaiser begrüße.«
Claudius versuchte sich zu sammeln.
»Ich – ein-ein Kaiser? Ich w-weiß nicht, ob ich d-das mö-möchte ...«
Doch Titus führte ihn entschlossen zu einigen seiner Kameraden. Sie fanden eine Sänfte, setzten Claudius hinein und brachten ihn auf schnellstem Weg zur Castra Praetoria.
Die Offiziere grinsten.
»Gut gemacht, Leute. Wir schützen den neuen Kaiser, bis ihn der Senat bestätigt.«
Aber Claudius wollte sich nicht so schnell mit der ihm aufgezwungenen Rolle abfinden. Nach Art der Gelehrten begann er mit den Offizieren zu diskutieren, und nun, da er nicht mehr unmittelbar bedroht war, fand er – ohne zu stottern – die spitzfindigsten Formulierungen.
»Meine Herren, ich weiß die mir angetragene Ehre zu schätzen, aber dafür bin ich nicht der geeignete Mann. Ich möchte nur in Frieden an meinem Werk arbeiten, ohne Zwang und Bedrohung ...«
»Aber Claudius Caesar«, gab ein älterer Offizier zu bedenken, »man wird dich niemals in Ruhe lassen. Der nächste Kaiser – wer

immer es sein wird – wird in dir eine ständige Gefahr sehen, und falls man zur Republik zurückkehrt, wird man mit dir den letzten kaiserlichen Sproß austilgen. Schon deine Verwandtschaft mit Caligula macht dich verdächtig. Im Grunde bleibt dir nur ein Weg: Du mußt selber Kaiser werden.«

So redeten sie lange hin und her, und Claudius spürte, daß die Prätorianer wieder einen Kaiser und keine Republik wünschten. Er konnte das verstehen, denn diese Spezialtruppe wäre ohne einen Princeps überflüssig gewesen. So gab er schließlich nach und versprach jedem Mann ein Donativ von fünfzehntausend Sesterzen.

Im Haus des Germanicus hatte man ein ähnliches Gesprächsthema, doch dort neigte die Mehrzahl der Versammelten eher zur Wiederherstellung der Republik.

Sabinus beobachtete erstaunt und manchmal auch befremdet seinen Freund Chaerea, der durch die gemeinsame Tat wie verwandelt schien, unablässig redete und dabei erregt mit den Händen herumfuchtelte. Nun sagte er schon zum dritten oder vierten Mal:

»Ich bin für die Wiedereinführung der Republik! Nichts muß deshalb verändert oder vorbereitet werden – es ist alles noch da. Die Prätorianer lassen sich ohne großen Aufwand in eine Stadtmiliz verwandeln; die Älteren werden abgefunden und in den Ruhestand versetzt, die überzähligen Jungen auf verschiedene Legionen verteilt. Eine solche Gelegenheit kommt niemals wieder! Unsere beiden Konsuln haben heute bereits bewiesen, daß sie verantwortlich handeln können, als sie die noch vorhandenen Staatsgelder vor dem plündernden Pöbel retteten. Zusammen mit dem Senat könnten sie morgen schon die Regierungsgeschäfte übernehmen.«

Asiaticus und zwei der anwesenden Senatoren stimmten Chaerea sofort zu.

»Chaerea ist kein Politiker, doch er sieht die Lage klar und deutlich. Warum sollen wir das Risiko eines weiteren Prinzipats eingehen?«

»Ihr vergeßt Augustus«, meldete sich Callistus zu Wort. »Er hat schließlich Rom zu dem gemacht, was es heute ist.«

»Richtig«, entgegnete der Senator Vinicianus, einer der Hauptverschworenen. »Aber Augustus ist und bleibt eine Ausnahme. Schon mit Tiberius ging es bergab, und Caligula hat bewiesen, wie lange und ungestraft man dieses Amt mißbrauchen kann. Wer sagt uns, daß der nächste Kaiser es besser macht. Es könnte sogar noch schlimmer werden ...«
Sabinus stand auf und sagte:
»Nach einem Caligula ist das nur schwer vorstellbar.«
»Aber immerhin möglich«, beharrte Chaerea.
»Möglich ist alles«, gab Sabinus zu. »Wer käme denn als Nachfolger in Frage?«
»Claudius Caesar«, sagte Callistus schnell.
Da verzog Asiaticus spöttisch sein kluges und etwas arrogantes Gesicht.
»Claudius ist ein ehrenwerter Mann, doch glaube ich, er ist weder fähig noch willens, die Nachfolge seines Neffen anzutreten. Der dürfte genug von allem haben, was mit dem Kaisertum zusammenhängt.«
»Wer weiß?« Callistus hob fragend die Hände. »In meinen langen Gesprächen mit ihm schien er diese Möglichkeit durchaus in Betracht zu ziehen.«
Im Laufe des Gesprächs wurden auch noch andere Namen genannt, bis gegen Abend der Präfekt Clemens hereinplatzte.
»Meine Herren, es scheint, wir haben wieder einen Kaiser. Claudius Caesar hält sich in der Castra Praetoria auf und konnte für die Nachfolge gewonnen werden.«
»Ohne Zustimmung des Senats?« fragte Vinicianus scharf.
»Natürlich nicht«, sagte Clemens begütigend. »Schließlich hat noch niemand einen Eid auf ihn geschworen. Die Prätorianer wollen nur, daß Prinz Claudius bei der morgigen Senatssitzung als möglicher Nachfolger Caligulas genannt wird.«
Damit löste sich die Versammlung im Hause des Germanicus auf.

Chaerea und Sabinus ritten mit Clemens zur Castra Praetoria. Dort rief der Präfekt die Offiziere zusammen und erörterte mit ihnen die Lage.
»Was soll mit Caesonia geschehen?« fragte Chaerea.

Die Männer blickten sich unbehaglich an.
»Ich halte es für besser, sie verschwindet«, sagte einer.
»Verbannen?« fragte Clemens.
»Vielleicht sollten wir dieses Problem durch Julius Lupus lösen lassen.«
Alle Augen richteten sich auf den Centurio Lupus, der jetzt einige Schritte vortrat.
»Deine Degradierung wird natürlich sofort rückgängig gemacht, Tribun Lupus«, sagte Clemens.
Caesonia hatte Lupus einer Kleinigkeit wegen mit ihrem Haß verfolgt und Caligula überredet, ihn auf die Galeeren zu schikken. Mit viel Geduld war es Clemens gelungen, den Zwist beizulegen, doch Lupus war degradiert worden und hatte schimpfliche Aufgaben übernehmen müssen.
Lupus stand stramm.
»Ich werde das Problem lösen, Präfekt.«

Lupus wählte einige Männer und machte sich auf den Weg zum Palatinum.
Caesonia hatte sich mit einigen treuen Dienerinnen in ihre Gemächer eingeschlossen, doch als Lupus die Tür aufbrach und ihr gegenübertrat, blickte sie ihm furchtlos entgegen.
»Aha, der gewesene Tribun Lupus kommt, um Rache zu nehmen. Kühle dein Mütchen, du Elender! Nun bereue ich es doch, daß Caligula sich überreden ließ, dich zu begnadigen.«
»Dafür ist es nun zu spät – übrigens bin ich seit heute wieder Tribun.«
Nach diesen Worten durchbohrte er ihre Brust. Schreiend flohen die Sklavinnen aus dem Zimmer. In einer Ecke saß die einjährige Drusilla und wimmerte leise vor sich hin. Haßerfüllt packte Lupus das Kind und schmetterte es an die Wand.
»Diese Teufelsbrut muß ausgerottet werden!« schrie er. »Wenn sie zehn Kinder gehabt hätte, würde ich alle zehn umbringen!«

Pyrallis war nicht bei den Palatinischen Spielen gewesen, und so hatte sie erst am späten Nachmittag vom Tod des Caligula erfahren. Sie hüllte sich in einen unauffälligen Kapuzenmantel und lief hinüber zum Palatinum.

Alles wirkte wie ausgestorben, nur einige plündernde Prätorianer huschten in den Gängen herum. Einer aus der Leibgarde erkannte sie.

»Schau, schau, die schöne Pyrallis sucht ihren Geliebten. Von dem ist nicht mehr viel übrig, fürchte ich. Du kannst seine Reste im Theater zusammenlesen.«

»Hat sich deine Suche hier gelohnt?«

Der Mann zuckte die Schultern.

»Ist nicht mehr viel übrig ...«

»Kannst dir einen Aureus verdienen, wenn du mich begleitest.«

Der Prätorianer nickte.

»Das ist ein Wort!«

Caligulas Leiche lag noch immer an Ort und Stelle, um ihn herum die anderen beim Kampf mit der Leibwache Gefallenen. Pyrallis beugte sich über den Toten. Sein Körper war gräßlich zugerichtet, das Gesicht von dem Schwerthieb entstellt. Die Augen standen weit offen, sie blickten starr und kalt wie zu Lebzeiten. Pyrallis versuchte sie zu schließen, doch der Körper war schon starr, und es gelang ihr nur halb.

»Suche dir ein paar Kameraden zusammen, holt eine Decke und tragt den Leichnam in meinen Garten – es ist nicht weit. Dort erhält jeder von euch einen Aureus.

So geschah es dann, und als Pyrallis später erfuhr, daß auch Caesonia und Drusilla tot waren, ließ sie deren Leichen zusammen mit Caligula eilig verbrennen. So endete der Herr der Welt im bescheidenen Garten einer Hure, und sie war es auch, die ihm als einzige ein paar Tränen nachweinte.

Epilog

Während sich die Senatoren am Tag darauf in der Curia versammelten, marschierten draußen die Prätorianer auf, und es wurden immer mehr. Dies geschah auf Befehl des Präfekten Clemens, um die Senatoren bei ihren Beratungen zu schützen, aber auch, um darzutun, daß die Mehrheit der Prätorianer Claudius Caesar als Kaiser haben wollte. Das Volk unterstützte sie dabei, denn der Pöbel hatte kein Verständnis für eine republikanische Staatsform, sondern wollte einen Herrn, zu dem man aufblicken, den man gutmütig verspotten, dem man im Circus zujubeln konnte – einen Herrn, der Korn spendete, Spiele veranstaltete und ganz allgemein dafür sorgte, daß es sich in Rom behaglich leben ließ.

Im Senat brodelte es. Einig war man sich nur bei dem Antrag gewesen, die Tyrannenmörder Cassius Chaerea und Cornelius Sabinus als Helden und Befreier zu ehren, wobei der Konsul Saturninus die beiden in einer kurzen Rede hoch über Brutus und Cassius stellte, denn »was sie taten, geschah nicht zu ihrem Vorteil oder Nutzen, sondern allein, um Roms Ehre und Würde zu wahren und zu schützen«.
Dann aber prallten die Meinungen aufeinander. Die einen wollten zur Republik zurückkehren, andere eine Monarchie wie in den frühen Tagen Roms, die meisten aber schienen geneigt, das Prinzipat fortzusetzen.
Als gegen Mittag der Prätorianerpräfekt Clemens darum ersuchte, vor den Senatoren zu reden, war die Sache entschieden. »Ehrwürdige Väter! Die Mehrheit meiner Prätorianer hat sich für Claudius Caesar als neuen Princeps entschieden. Nun erfahre ich, daß auch die Mehrheit der Senatoren diese Meinung teilt. So bitte ich die Ehrwürdigen Väter, einen Beschluß zu fassen, damit ich meine Männer auf Claudius Caesar vereidigen lassen kann.«

Damit war der Fall entschieden. Der Gelehrte und Historiker Claudius Caesar bestieg als Tiberius Claudius Caesar Augustus Germanicus den römischen Kaiserthron. Er reformierte die Staatsverwaltung, gab von Caligula enteignete Vermögen zurück und befreite seine Nichten Agrippina und Livilla aus der Verbannung. Zwar ließ er sämtliche Büsten und Statuen seines Vorgängers entfernen, weigerte sich aber, eine Damnatio memoriae (Austilgung der Erinnerung) aussprechen zu lassen. Er blieb zeitlebens ein zerstreuter Mensch und überließ die Regierungsgeschäfte weitgehend fähigen und verantwortungsbewußten Männern, darunter Callistus. Dessen Bemühungen, eine Reihe ehrenwerter Männer vor Caligulas Nachstellungen zu schützen, wurden entsprechend gewürdigt. Nymphidia, die Tochter des Callistus, wurde von Caligula schwanger und gebar einen Sohn – Sabinus Nymphidius. Dieser brachte es unter Kaiser Nero zum Prätorianerpräfekten. Er starb bei dem Versuch, nach Neros Ermordung auf dessen Thron zu gelangen.
Cassius Chaerea wurde wenige Wochen nach Caligulas Tod vom kaiserlichen Gericht republikanischer Umtriebe beschuldigt und außerdem verdächtigt, er habe mit Caligula auch Claudius beseitigen wollen. Chaerea war zu stolz, dies zu leugnen, und wurde in aller Stille mit dem Schwert hingerichtet. Ihm folgten Julius Lupus, weil er ohne direkten Befehl Caesonia und Drusilla getötet hatte. Auch Protogenes, der Buchhalter des Todes, wurde aufgegriffen und verlor seinen Kopf.
Cornelius Sabinus wurde vorerst nicht behelligt, aber bald von allen gemieden. Er schied aus der Prätorianertruppe aus und lebte zurückgezogen in seinem ererbten Haus, enttäuscht und verbittert. Als er von der Hinrichtung seines Freundes erfuhr, ersuchte er Kaiser Claudius um eine Audienz. Er erhielt einen Termin, doch es war nicht der Kaiser, der ihn empfing, sondern Julia Livilla.
»Nimm Platz, Sabinus, und höre mir gut zu. Du bist ebenso belesen wie ich und solltest aus der Geschichte wissen, daß Tyrannenmörder zwar vom Volk bejubelt und vom Adel gelobt werden, jedoch nur für kurze Zeit. Das Volk vergißt sie schnell, aber der Adel wird durch sie immer wieder daran erinnert, daß einer der ihren – mag er gehaßt und gefürchtet worden sein – zu

Tode kam. Zwar halten sie die Tat für gerechtfertigt, aber der Täter muß verschwinden. Ihr beide seid mit Cassius und Brutus verglichen worden – doch man hat zu erwähnen vergessen, wie diese beiden Tyrannenmörder endeten: beide durch Selbstmord, verfolgt und geächtet. Auch für dich, Sabinus, hatte das kaiserliche Gericht eine Anklage vorbereitet, doch es gelang mir, sie niederzuschlagen. Ich habe die Tage in Pandataria nicht vergessen, mein Freund.«
»Das ehrt mich, Prinzessin, aber du willst sie auch nicht fortsetzen diese Tage, nehme ich an.«
»Selbst wenn ich wollte – ich kann es nicht. Mein Gemahl lebt wieder am Hof, und Onkel Claudius wacht eifersüchtig über die Tugend seiner Nichten. Beginne ein neues Leben, Sabinus, und versuche zu vergessen, was geschah.«
»Vergessen, daß man Chaerea köpfte wie einen Straßenräuber? Vergessen, daß man mich ächtet, als hätte ich ein Verbrechen begangen? Wie stellst du dir das vor?«
»Du mußt es versuchen, Sabinus, ich kann dir keinen anderen Rat geben.«

Eine Woche später erhielt Sabinus ein vom Kaiser unterzeichnetes Urteil, das ihn auf Lebenszeit aus dem Römischen Reich verbannte. Es wurde ihm freigestellt, sich in einer der Provinzen oder Vasallenstaaten einen Aufenthaltsort zu suchen. Sabinus lachte und warf das Urteil ins Feuer.
Er hörte noch, wie er zu Chaerea sagte: »Man wird uns feiern, uns Büsten und Statuen errichten ...« Und die Frauen Roms werden uns zu Füßen liegen, hatte er noch in Gedanken hinzugesetzt.
Jetzt aber war es schon so weit gekommen, daß man seinen Vater als »Vater des Kaisermörders« bezeichnete und die Leute dazu aufhetzte, ihre Bücher woanders zu kaufen.
Am nächsten Morgen fand der Majordomus seinen Herrn, den ehemaligen Tribun Cornelius Sabinus, tot auf dem Boden seines Arbeitszimmers liegen. Er hatte sich in sein Schwert gestürzt, das ihm noch eine halbe Elle aus dem Rücken ragte.

Nicht lange überlebte ihn Julia Livilla, die ein Jahr später der

Rachsucht Messalinas, der dritten Gemahlin des Kaisers Claudius, zum Opfer fiel. Ihrer stolzen und herrischen Schwester Agrippina gelang es, nach Messalinas Sturz die vierte Frau des Kaisers zu werden. Sie bewegte Claudius dazu, ihren Sohn Nero zu adoptieren, der dann auch sein Nachfolger wurde. Ihn störte die herrschsüchtige Mutter, und er ließ sie im fünften Jahr seiner Regierung ermorden.
Valerius Asiaticus, der kluge und gleichmütige Stoiker, begann unter Claudius aus Langeweile Umsturzpläne zu schmieden und starb, als er festgenommen werden sollte, durch eigene Hand.
Der Prätorianerpräfekt Arrecinus Clemens stieg unter Claudius noch zum höchsten Staatsamt auf und wurde Konsul; er fiel als alter Mann der Willkür des Kaisers Domitian zum Opfer.
Seneca, der sich auf Sizilien prächtig erholt hatte, kehrte nach Rom zurück und nahm wieder seine Verbindung mit Livilla auf. Die rachsüchtige Messalina ließ ihn nach Korsika verbannen, doch Agrippina holte ihn acht Jahre später zurück. Er wurde der Erzieher ihres Sohnes Nero und von diesem später als lästiger Mahner zum Selbstmord gezwungen.
Für den Legaten Publius Petronius lohnte sich die mutige Tat, und ganz offensichtlich stand ihm der Judengott bei. Caligulas Schreiben mit dem Befehl zum Selbstmord wurde durch widriges Wetter so lange aufgehalten, daß er die Nachricht vom Tod des Kaisers dreiundzwanzig Tage eher erhielt. Er gehörte danach zu den engsten Beratern des Kaisers Claudius, unter dessen Regierung er hochgeehrt starb.
Pyrallis aber verschwand nach Caligulas Tod im Dunkel der Namenlosen. Agrippina lobte und belohnte sie für die vorläufige Beisetzung Caligulas. Seine, Caesonias und Drusillas Reste wurden ausgegraben, ordentlich verbrannt und im Mausoleum der Julier in aller Stille beigesetzt. Danach zog Pyrallis von Rom fort, und man hat nichts mehr von ihr gehört.

Verzeichnis der wichtigsten Ortsnamen

Antike Bezeichnung	*Heutiger Ortsname*
Antium	Anzio
Anxur	Terracina
Bauli	Bacoli
Borbetomagus	Worms
Cumae	röm. Orakelstätte bei Neapel
Cyrene	Libyen
Durocortorum	Reims
Gesoriacum	Boulogne
Idistaviso-Feld	Talebene am rechten Weserufer in der Nähe von Minden
Jamnia (jüd. Hafenstadt)	Yavne
Kommagene	röm. Vasallenstaat im Norden von Syrien (heute südöstl. Türkei)
Lacus Trasimenus	Trasimenischer See
Lugdunum	Lyon
Messana	Messina
Mogantiacum	Mainz
Neapolis	Neapel
Numidien	röm. Provinz (jetzt NO von Algerien)
Pandateria (Pont. Insel)	Ventotene
Praeneste	Palestrina
Puteoli	Pozzuoli
Ptolemais (Hafenstadt in Galiläa)	Akko
Rhegium	Reggio di Calabria
Synedrion	Jüd. Hoher Rat in Jerusalem
Sidon	Saida (Hafenstadt im Libanon)
Tauremenium	Taormina
Tibur	Tivoli
Transtiberim (röm. Stadtviertel)	Trastevere

Stammtafeln

Julische Linie

- Kaiser Augustus ∞ Scribonia (2. Gemahlin)
  - Aemilius Paulus ∞ Julia
    - Agrippina d. Ä. (14 v. Chr. – 33) ∞ Germanicus (15 v. Chr. – 19)
      - Nero Caesar (6–31)
      - Drusus Caesar (8–33)
      - Gaius Julius Caesar Augustus (»Caligula«) (12–41)
      - Agrippina d. J. (15–59)
        - Nero (späterer Kaiser) (37–68)
      - Drusilla (16–38)
      - Livilla (17–42)

Claudische Linie

- Livia Drusilla (später 3. Gemahlin d. Augustus) ∞ Tiberius Claudius Nero
  - Kaiser Tiberius Augustus (42 v. Chr. – 37)
  - Nero Claudius Drusus ∞ Antonia
    - Germanicus Caesar (Vater von Caligula) (15 v. Chr. – 19)
    - Claudius (späterer Kaiser) (10 v. Chr. – 54)

Anmerkung

Nur die für den Roman wichtigen Personen sind mit ihren Lebensdaten aufgeführt.

Die wichtigsten Adoptionen: Kaiser Augustus hatte nur eine Tochter (Julia) und so adoptierte er Tiberius mit der Auflage, dieser müsse seinen Neffen Germanicus (Caligulas Vater) adoptieren. So wurde Caligula, eigentlich Großneffe des Tiberius, de jure sein Enkel. Caligula wiederum adoptierte Tiberius Caesar, den Enkel seines Vorgängers, und ließ ihn wenig später ermorden.

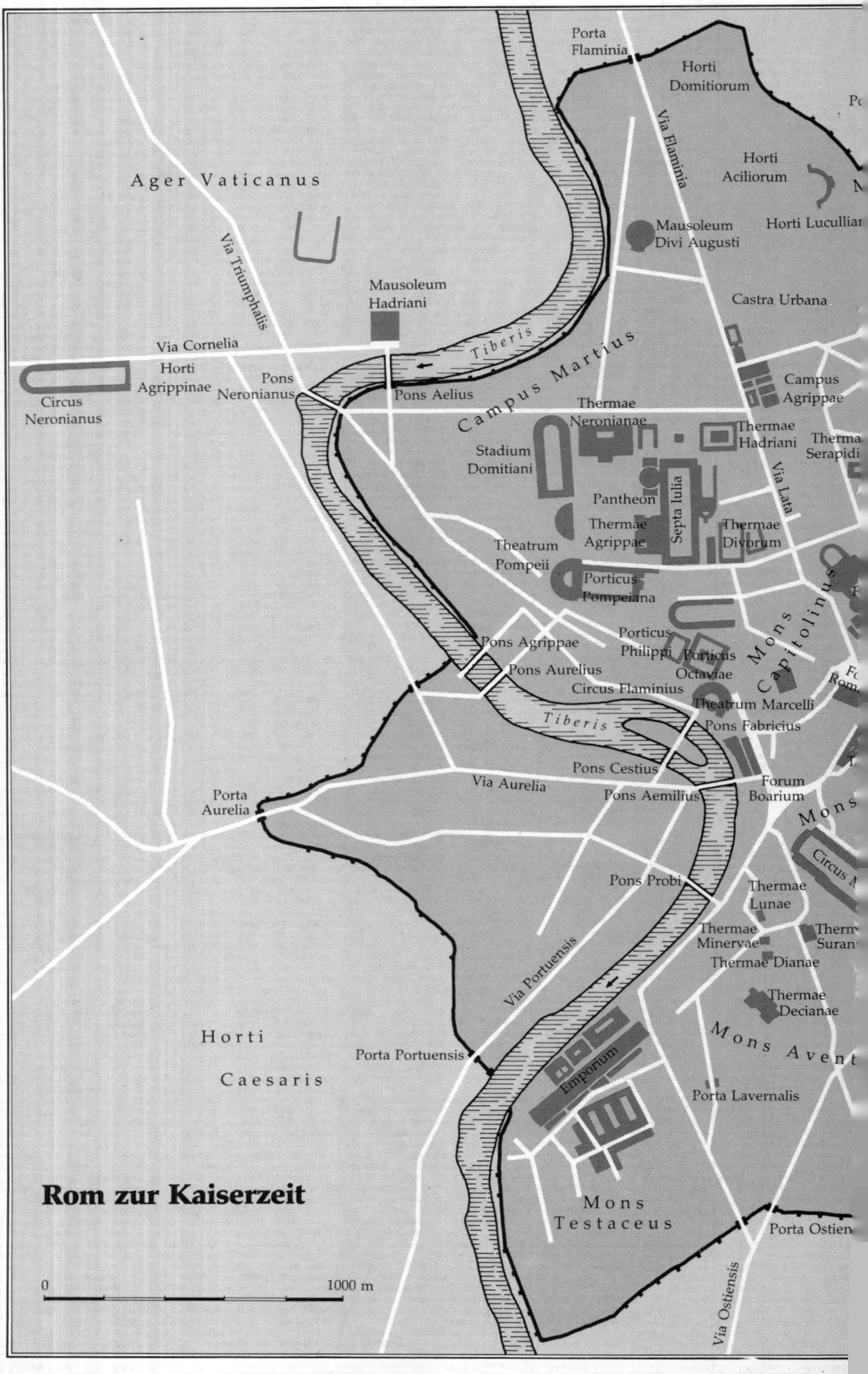

Rom zur Kaiserzeit
Ager Vaticanus
Via Triumphalis
Via Cornelia
Horti Agrippinae
Circus Neronianus
Pons Neronianus
Mausoleum Hadriani
Pons Aelius
Tiberis
Campus Martius
Porta Flaminia
Horti Domitiorum
Via Flaminia
Horti Aciliorum
Horti Lucullia
Mausoleum Divi Augusti
Castra Urbana
Campus Agrippae
Thermae Neronianae
Thermae Hadriani
Stadium Domitiani
Via Lata
Pantheon
Septa Iulia
Thermae Agrippae
Thermae Divorum
Theatrum Pompeii
Porticus Pompeiana
Porticus Philippi
Porticus Octaviae
Mons Capitolinus
Pons Agrippae
Pons Aurelius
Circus Flaminius
Theatrum Marcelli
Pons Fabricius
Pons Cestius
Via Aurelia
Porta Aurelia
Pons Aemilius
Forum Boarium
Pons Probi
Thermae Lunae
Thermae Minervae
Thermae Dianae
Thermae Decianae
Via Portuensis
Porta Portuensis
Emporium
Porta Lavernalis
Horti Caesaris
Mons Testaceus
Porta Ostien
Via Ostiensis
0
1000 m